新罕布什尔旅馆

[加] 约翰·欧文 著　陆汉臻 译

U0898833

河南文艺出版社
·郑州·

The Hotel New Hampshire by John Irving
Copyright ©1981 by Garp Enterprises, Ltd.
Simplified Chinese edition copyright © 2021 by Dook Media Group Limited
Published by agreement with The Turnbull Agency Inc, acting in conjunction with Intercontinental Literary Agency (ILA) through Big Apple Agency (China).
ALL RIGHTS RESERVED.

中文版权 © 2021读客文化股份有限公司
经授权，读客文化股份有限公司拥有本书的中文（简体）版权
豫著许可备字-2021-A-0102

图书在版编目（CIP）数据

新罕布什尔旅馆 /（加）约翰·欧文著；陆汉臻译.
—郑州：河南文艺出版社，2021.11
（读客外国小说文库）
ISBN 978-7-5559-1228-6

I. ①新… II. ①约… ②陆… III. ①长篇小说－加拿大－现代 IV. ①I711.45

中国版本图书馆CIP数据核字（2021）第197900号

著　　者　[加] 约翰·欧文
译　　者　陆汉臻
责任编辑　李亚楠
责任校对　王　宁
特邀编辑　叶　子　　王　品
策　　划　读客文化
版　　权　读客文化
封面设计　陈艳丽
出版发行　河南文艺出版社
印　　刷　三河市龙大印装有限公司
开　　本　890mm×1270mm　1/32
印　　张　18
字　　数　440千
版　　次　2021年11月第1版　2021年11月第1次印刷
定　　价　69.00元

如有印刷、装订质量问题，请致电010-87681002（免费更换，邮寄到付）
版权所有，侵权必究

THE HOTEL NEW HAMPSHIRE

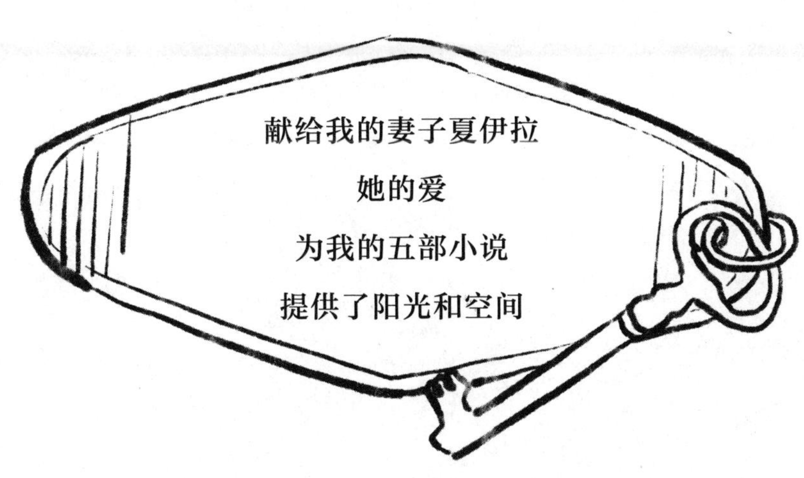
献给我的妻子夏伊拉
她的爱
为我的五部小说
提供了阳光和空间

目 录

本书作者从以下作品中获益匪浅，谨向各位作者诚致谢意：《世纪末的维也纳》，作者卡尔 · E. 休斯克；《神经质的光辉》，作者弗雷德里克 · 莫顿；《维也纳大全》，作者J. 西德尼 · 琼斯；《维也纳》，作者大卫 · 普莱斯–琼斯；“时代–生活丛书”的各位编辑；《拉美莫尔的露琪亚》，作者葛塔诺 · 多尼采蒂；《多佛歌剧指南》和《剧本》系列（由艾伦 · H. 布勒乐撰写序言并翻译）；《梦的解析》，作者西格蒙德 · 弗洛伊德。

特别感谢唐纳德 · 贾斯蒂斯。我还要特别感谢我非常钟爱的莱斯利 · 克莱尔和加州圣罗莎索诺玛县强奸危机中心。

一九八〇年七月十八日，位于第八十一大街和第五大道交叉口的斯坦霍普酒店改变了经营和所有权，并改名为美国斯坦霍普酒店，从此成了一家非常优秀的酒店，丝毫没有小说所描述的困扰斯坦霍普酒店的各种问题。

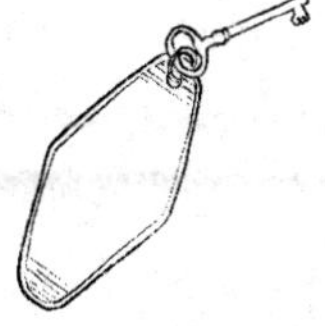

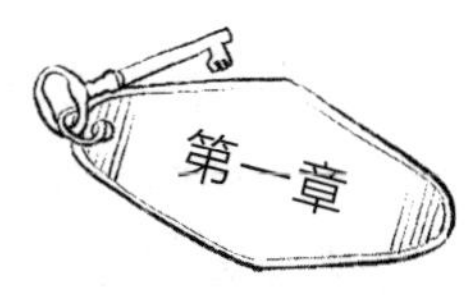

一头叫“缅因州”的熊

父亲买熊的那个夏天，我们都还没有出生，甚至还没有被怀到母亲的肚子里：老大弗兰克没有；最闹腾的老二弗兰妮没有；老三我，没有；更别提老四莉莉和老五艾格了。我的父母生长在同一个小镇，从小就认识，但父亲买熊那会儿，他们还没有“结合”——弗兰克总爱用这个词。

“还没有‘结合’，弗兰克？”弗兰妮老爱取笑弗兰克。弗兰克虽然排行老大，但我觉得弗兰妮总把他当毛头小孩对待。“弗兰克，你是说，”弗兰妮说，“他们还没有上床打炮？”

“爸妈那个时候尚未圆房。”莉莉有一次这么说。尽管莉莉比我们小，只比艾格大一点，但她说话办事一板一眼的，倒像我们的大姐姐——弗兰妮一看莉莉这架式，心里就高兴。

“圆房？”弗兰妮说。我不记得那时弗兰妮到底多大，但艾格那时肯定还很小，不适合听弗兰妮说这样的话。“老爸买下那头熊之后，爸妈才明白了性那档子事儿。是那头熊让他俩开了窍——那小畜生，天生一个坏胚子、风流种，对着树发情，自己玩自己，还想强奸狗狗。”

“它不过偶尔抓咬狗狗，”弗兰克带着厌恶的语气说，“可没有强奸狗狗。”

“它想强奸来着。”弗兰妮说，“别说你不知道。”

“那是爸爸的说法。”莉莉插嘴道。她的语气也带着一丝厌恶，但与弗兰克的厌恶对象略有不同：弗兰克厌恶的是弗兰妮；而莉莉厌恶的是父亲。

于是只好由我——五个孩子，我排行老三，恰好在中间，我可不像他们那样脑子一根筋——来澄清事实，或者说，尽我可能来澄清事实。在我们这个家里，大家最喜欢讲的故事就是父母的罗曼史：父亲是怎么买的熊，父亲和母亲是怎么相爱的，然后，又是怎么一口气生下了弗兰克、弗兰妮和我的（“砰，砰，砰！”弗兰妮总爱这么说）；稍微喘口气，他们又有了莉莉和艾格（“就像吹泡泡。”弗兰妮说）。这些都是我们小时候常听父母讲的故事，也是我们长大过程中相互之间又讲了不知多少遍的故事——都发生在我们还不记事的时候，所以我们只能听父母讲，而他们的讲法总是在不断变化。通过那些我们记事前发生的事情，我更清楚地了解了我的父母——那些事比我记事之后发生的事更有意义，因为我记事之后的这些事，当然受到了他们起起落落的生活经历的影响，反而不一定那么真实了，我对这些事情的看法也总是起起落落。但是，对于父亲买熊的那个著名的夏天，对于父亲母亲传奇般的相爱经历，我的看法倒是与他们惊人的一致。

当父亲结结巴巴地给我们讲起那个故事，当他的说法与以前不一致，或者去掉了我们最爱听的段落时，我们就会像凶猛的鸟儿一样一齐向他乱叫。

“不是你这会儿在骗人，就是你上次说了谎。”弗兰妮会对父亲说——我们几个兄弟姐妹当中，就数她说起话来最不留情面。父亲只是摇头，一脸的无辜。

“你们难道还不明白？”他会这样问我们，“你们的想象力太强，胜过了我的记忆力。”

“去，叫妈妈来。”弗兰妮会向我发号施令，一把将我推下沙发。或者，弗兰克把坐在他腿上的莉莉抱下来，低声对她说：“去，把妈妈叫来。”我们疑心父亲在瞎编乱造，所以要叫母亲来做证，辨个是非。

“你故意把最刺激的部分省掉了。”弗兰妮指责父亲，“你是不是觉得莉莉和艾格还太小，听不得这些上床胡搞的事？”

“哪有什么上床胡搞的事。”母亲总是这样说，“那个时候不像今天这么自由，这么开放。要是哪个女孩到外头与人过了夜，或一起过了个周末，连她的同伴都会骂她浪女，或更难听的词；从那以后，真的没人会理她了。‘她只好找同类去混了。’我们常这样说。还有这样的说法：‘你是什么人，就找什么人。’”弗兰妮——不管是八岁、十岁、十五岁，还是二十五岁——听到这里，总是翻翻白眼，用胳膊肘撞我，或者挠我胳肢窝。我不甘示弱，也挠她的胳肢窝，她却大叫：“变态！乱摸自己的姐姐！”弗兰克——不管是九岁、十一岁、二十一岁，还是四十一岁——总是讨厌弗兰妮肆无忌惮地讲性，更讨厌她动手动脚地示范。弗兰克会立刻对父亲说：“不说那个了。说说那辆摩托车吧。”

“不行，继续讲性。”莉莉对母亲说——这话干巴巴的，毫无幽默感。这时，弗兰妮就会把舌头伸进我的耳朵里，或者舔着我的脖子弄出放屁似的噗噗声。

“好吧，”母亲说，“男男女女在一起的时候，我们可不能随便谈性。搂搂抱抱是有的，动作也有重有轻，一般也是在汽车里。总归可以把车子停到隐蔽的地方。当然，还有很多泥路，那里人少，车也少——那时的车子也不像现在的这么小。”

“这么说，想躺就躺，想趴就趴啰。”弗兰妮说。

母亲对弗兰妮皱起眉头，依然坚定地说出自己对那个时代的看法。她说的都是大实话，但说得太无趣——她的说话方式与父亲没法比。我们总找母亲来核实父亲讲的故事是否属实，但找一次后悔一次。

“最好还是叫老爸继续讲下去。”弗兰妮说，“老妈太一本正经了。”弗兰克皱起了眉头。“噢，你自个儿玩儿去吧，弗兰克，那样你更自在。”弗兰妮对弗兰克说。

弗兰克的眉头皱得更紧了。过了一会儿，他说：“如果你一开始就要爸爸讲摩托车的事，或者其他具体的事，你就会从爸爸那里听到更好的故事，而不像现在这样笼统地讲什么衣服、习俗、性习惯，没意思。”

“弗兰克，你倒说给我们听听，什么是性？”弗兰妮说。幸好，父亲的一句话及时救了场。他用梦幻般的声音说：“我可以告诉你们：这样的事今天不可能发生。你也许认为你们现在更自由，但是规矩也更多。熊的故事不可能发生在今天。现在不可能让熊自由走动。”那一刻，我们沉默不语，都忘了斗嘴了。父亲讲故事的时候，连弗兰克和弗兰妮都能静静地坐在一起，坐得很近，相互碰着身体，不再斗嘴打闹；甚至连我也能坐到弗兰妮跟前了，可以让她的头发掠过我的脸，让她的大腿抵着我的大腿。好像父亲一说话，我的心思就抛开弗兰妮了。莉莉静静坐在弗兰克的腿上，跟死人似的一动不动（只有莉莉才能做到）。艾格还太小，耳朵里还听不进去这样的话，更不用说理解了，但也能安静地坐着，不哭不闹。即使弗兰妮将他抱在怀里，他也能做到一动不动；每当我把他放在我的腿上，他就会呼呼睡去。

“那是一头黑熊，”父亲说，“重四百磅[1]，脾气暴躁。”

“美国熊[2]。”弗兰克喃喃地说，“脾气不好。”

“是的，”父亲说，“不过大多数时候还是很温驯的。”

---

1 1磅约合0.4536千克。——译者注（本书中注释，如无特殊说明，均为译者注。）

2 原文为拉丁语。

“这头熊太老了，老得不成样子了。”弗兰妮虔诚地说。

这通常是父亲的开场白——我记得父亲第一次给我们讲这个故事的时候，就是以这句话开始的。“这头熊太老了，老得不成样子了。”当时，我坐在母亲的腿上，我记得我的感受永远定格在这个时间和地点上了。弗兰妮挨着我坐在父亲的腿上，弗兰克盘着腿，独自坐在破败的东方地毯上，身体挺得直直的。在他身边的是我们家养的第一只狗，名叫“索罗”（它老放臭屁，有一天被安乐死了）。“这头熊太老了，老得不成样子了。”父亲就这样开始讲。我看着这只又呆又可爱的拉布拉多犬，只觉得它在地板上慢慢长大了，变成与熊差不多大的样子，然后一副老态，浑身臭烘烘的，狗毛蓬乱不堪，歪斜在弗兰克身边。我眼睛一眨，它又变成了一只狗（但“索罗”绝不是“一只狗”而已）。

那是第一次，我不记得有莉莉和艾格在——他俩一定太小了，即使在，也跟不在一样。“这头熊太老了，老得不成样子了。”父亲说，“它的两条腿撑不了多久了。”

“可它也只有这两条腿啊！”我们大声喊道——这是我们习惯性的反应——弗兰克、弗兰妮和我都把这话熟记于心了。等莉莉和艾格听惯了这故事，他们也会与我们一起这样喊。

“这头熊都懒得再给人表演节目了。”父亲说，“只是做做样子而已。它最喜欢的一样东西，就是那辆摩托车。所以，我买了这头熊，同时也买下了摩托车。这样一来，它就肯离开它的驯兽师，跟着我来了。对它来说，摩托车比驯兽师要重要得多。”

后来，弗兰克轻轻戳了一下莉莉的身体，莉莉就会发问——她已经被他训练有素了：“这头熊叫什么名字？”

于是弗兰克、弗兰妮、父亲和我就齐声喊道：“‘缅因州’！”这只笨熊就叫这个名字。一九三九年夏天，父亲买了这头熊，连同那辆带着自家加装的挎斗的一九三七年产的印度摩托车——共花了他两百美元，外加一箱子他最好的夏装。

*

那年夏天，我的父亲和母亲都是十九岁，他俩都生于一九二〇年，同在新罕布什尔州的德瑞镇长大。在成长的那些年里，他们或多或少相互疏远了。可是他们终于在他乡相遇，让他们自己都吃惊不已——美妙的故事都是这么开始的。他们两个人竟然都跑到一个名叫“海边的阿布史诺特”的度假酒店去打暑期零工了！对他们来说，这可是远离家乡来到了一个陌生的地方，因为缅因州与新罕布什尔州相距太遥远了[1]（在那个时候，他俩都这么想）。

我母亲做房间服务员，也干端盘子的活儿，不穿制服，只穿自己平常的衣服，从帐篷底下端出鸡尾酒，送到参加草坪聚会的客人手里（参加草坪聚会的客人是高尔夫球手、网球手和槌球手，还有从海上比赛归来的水手）。我父亲在厨房打下手，帮客人拿行李，整理高尔夫球场轻击区的草坪，还要确保网球场上的白线鲜明、笔直。另外，他还负责搀扶那些从船上下来步履不稳的人（这些人本来就不该上船）安全登上码头，不让海水弄湿他们的身体。

他们打这份零工，当然都是经过各自家长同意的，但是，在他乡不期而遇，还是让他们觉得难堪不已。这是他们离开家乡独自外出的第一个夏天，毫无疑问，他们把这个豪华的度假胜地想象成一个可以展示自己魅力的地方——在这个没有一个人认识他们的地方，他们可以让自己变得更加光鲜亮丽一些。我父亲刚从一所私立男校毕业，他收到了哈佛大学的秋季入学通知书。他知道自己要等到一九四一年的秋天才能去上学，因为他必须先打工挣钱，为自己挣

1 其实这两个州紧挨着。

到足够的学费。在一九三九年的这个夏天，在“海边的阿布史诺特酒店”，我父亲本来只想让客人们和酒店的同事们知道他马上要去哈佛上学。但是，因为我的母亲也来了，她了解他的实际情况，所以，我父亲只好对他们实情相告。只要挣到足够的学费，他就可以立刻上哈佛；当然，考上哈佛，本身就是一个不小的成就，新罕布什尔州德瑞镇的乡亲们听说他被哈佛大学录取，都吃惊不已呢。

我父亲名叫温斯洛·贝瑞，是德瑞中学的橄榄球教练的儿子，但他并不属于教师子弟。他是“运动员”的独子，他的父亲——大家都叫他鲍勃教练——不是哈佛出身，大家也不相信他能生出个将来能上哈佛的儿子。

我祖母在生我父亲的时候，因为难产，死了。那时我祖父刚刚三十二岁，带着他的儿子从艾奥瓦州来到了东部地区。无论作为单身汉，还是第一次做父亲，这个年纪都有点大了。他来这里，是为了给他的儿子寻找受教育的机会的，为此他将自己的全部本事都贡献出来了。他将自己的一身体育才能，卖给了当地最好的一所预备学校，以换取他儿子将来在这所学校读书的机会。其实，德瑞中学算不上一流名校。

德瑞中学曾想过与埃克塞特或安多弗等名校一争高下。二十世纪初，它在无奈之下不得不做出妥协，由此也便决定了自己的未来。这所离波士顿不远的学校，那时录取了被埃克塞特和安多弗淘汰下来的几百个男生，还录取了一百多个哪个学校也不想收的男生。德瑞中学的课程是相当标准和严格的，受雇来这里教书的大多数教师都不一定吃得消，因为这些教师中的大部分也是被其他学校挑剩下的。不过，话要说回来，即使在新英格兰地区的预备学校里属于二流，德瑞中学也比这一地区的公立学校不知好了多少倍，更比德瑞镇的唯一一所公立高中好得多了。

德瑞中学是那种愿意做交易的学校，比如，它就与橄榄球教练鲍勃·贝瑞做了一桩交易，于是鲍勃得到了一份微薄的薪水，以及一个承诺：等他的儿子温[1]·贝瑞长大，就可以入校就读（而且免费）。鲍勃教练和德瑞中学都不曾料想的是，我父亲后来竟成了一个多么出色的学生。哈佛大学第一轮就录取了他，只不过没有得到奖学金。假如他毕业的中学不是德瑞，而是别的名校，他就可能得到拉丁语或希腊语专业的奖学金；父亲觉得自己有语言天赋，起初就想主修俄语。

我的母亲（因为是个女孩）永远也上不了德瑞中学，她上的是私立女子中学，也在这小镇上。这也是一所二流学校，不过比公立高中强些，镇上的父母如果不希望自己的女儿与那些乱七八糟的男孩子接触，这是唯一的选择了。德瑞中学有宿舍，95% 的学生是寄宿生，而汤普森女子中学不一样，这是一所私立走读学校。我外公外婆的年纪比鲍勃教练要大，他们希望自己的女儿只与德瑞中学的男孩交往，不要与镇上其他乌七八糟的男孩有来往——我外公是德瑞中学的退休教师（大家都叫他“荣休拉丁语教授”），我外婆是马萨诸塞州布鲁克林的一个医生，她母亲把她嫁给了一个哈佛小子；我外婆希望她的女儿也能有同样的命运。尽管我外婆从来没有抱怨过那个哈佛小子把她带到了乡下，远离了波士顿的社交圈，但是，如今她心中却抱有这样的希望：让自己的女儿结识从德瑞中学出来的一个像样的男孩，以便有机会让我母亲重回波士顿。

我的母亲名叫玛丽·贝茨。她知道，我的父亲温·贝瑞并不是她母亲心目中的那个理想的德瑞中学男孩。上不上哈佛姑且不论，他毕竟是鲍勃教练的儿子——再说了，现在又要延期上学，这与上得起哈佛、真的上了哈佛，是两码事。

一九三九年的那个夏天，我母亲对自己的未来也有了打算，但这个打算一点也不能让她开心。她的父亲，就是那位荣休拉丁语教授，

1 温斯洛的昵称。

得过中风，不能出门，只能在家里摇摇晃晃地走来走去，嘴里流着口水，叽叽歪歪地说着拉丁语，而他的妻子只会在一旁徒劳地叹息、哀愁。没有别的办法，年轻的玛丽只好担负起照顾父母的责任。玛丽·贝茨只有十九岁，但她的父母比大多数人的祖父母还要老，她必须尽孝心来照顾他们，即使心里不愿意，也只好放弃上大学的打算，待在家里服侍双亲。她想自己可以学学打字，在镇上找份工作。这个夏天，她找了“海边的阿布史诺特酒店”的这份工作，想借此好好体验一下外面精彩的世界，秋天一到，她就要待在家里做枯燥无味的事了。她知道，德瑞中学的男孩子会一届比一届年轻——到最后，没有哪个小伙子会看上她，将她带回波士顿的。

玛丽·贝茨从小与温斯洛·贝瑞在同一个小镇长大，但他们彼此之间没有什么交往，见面除了点个头、做个鬼脸，没有什么别的表示了。“不知道为什么，我们的目光似乎总是越过对方，看向了别处。”父亲对我们这些孩子说——直到他们远离了那个从小长大的熟悉的地方之后，才彼此正眼相看。在那个乱哄哄的德瑞小镇，还有那个同样乱哄哄的德瑞中学校园里，他们可是从来没有这样好好看过对方。

一九三九年六月，我母亲从汤普森女子中学毕业。得知德瑞中学早已办完毕业典礼放假关门了，她感到非常伤心。她的两三个“追求者”（这是她自己的说法）也已回家，她本希望他们会邀请她做毕业舞会的舞伴。镇上高中的男生，她一个也不认识。她妈妈向她推荐了德瑞中学的温·贝瑞，气得她急乎乎地跑出了餐厅。“我还不如找鲍勃教练去！”她对她母亲喊道。她的父亲，荣休拉丁语教授，睡眼蒙眬地从餐桌上抬起头。

“鲍勃教练？”他说，“那个白痴又来借雪橇了？”

鲍勃教练——别人给他起了个绰号，叫艾奥瓦鲍勃——不是白痴，但对荣休拉丁语教授来说，学校从中西部雇来的那个运动员，可不能与他们这些文化课老师相提并论。中风似乎将他的时间感彻底搞乱套了。好几年前，玛丽·贝茨和温·贝瑞还是小孩子，鲍勃教练曾到他家里借过一套旧雪橇。那套雪橇，谁都知道，一动不动躺在贝茨家的前院已经有三年了。

“这傻瓜有拉雪橇的马吗？”荣休拉丁语教授问他的妻子。

“没有，他自己拉！”我外婆说。贝茨一家人望向窗外，只见鲍勃把小温放在雪橇的驾驶座位上，背着手抓起雪橇的横档，拉着雪橇跑了起来。大雪橇滑出了满是积雪的前院，滑到了大街上，那个时候，街道还是榆树成荫的——“拉得跟马一样快！”我母亲常常这样说。

艾奥瓦鲍勃个子矮小，在参加美国十大橄榄球联盟比赛的所有正式内线球员中，算是最矮小的一个了。他曾承认自己绊倒擒住过一个带球进攻的跑卫，忘乎所以地咬了他一口。在德瑞中学，他不仅是橄榄球教练，还是铅球教练，还辅导过那些对举重感兴趣的学生。但在贝茨夫妇看来，艾奥瓦鲍勃没啥学问，不上档次：一个矮胖的大力士，长得很滑稽，头发短短的，乍一看像个秃头，有事没事就在镇上的街道上慢跑——“头顶上缠着的那条汗巾，颜色难看死了。”荣休拉丁语教授总不忘这么说。

鲍勃教练的寿命很长——我们这几个孩子现在都忘了奶奶和外公外婆长什么样了，只记得他。

“什么声音？”鲍勃住在我们家楼上的那段时间，每到半夜，弗兰克总要惊恐地发问。弗兰克听到的声音，自从鲍勃教练搬到我们家里之后，我们也常听到。那是我们的老爷爷在我们的头顶上吱嘎吱嘎做俯卧撑、呼哧呼哧做仰卧起坐呢。

“是艾奥瓦鲍勃的声音。”莉莉有一次低声说，“他想永远保持美妙身材呢。”

*

最后带玛丽·贝茨去参加毕业舞会的，不是温·贝瑞，而是贝茨家族的一个牧师，年纪比我母亲大很多，但还是单身一个，是他好心好意带我母亲去了。“那真是一个难熬的夜晚。”母亲对我们说，“我真是太难受了。在自己的家乡，我竟然成了个局外人。不过，那个牧师很快就做了我和你父亲结婚仪式上的证婚牧师！”

这么快就结婚？当他俩站在“海边的阿布史诺特酒店”那绿得有点不真实的豪华草坪上，参加员工见面会的时候，是无论如何也想象不到有这么一天的。那次的见面会相当正式。男女员工各站一排，有人报出一个女孩的名字，这个女孩就从队列里出来。接着，一个男孩也应声从队列里出来，这两个人就这样见面了，好像要成为接下来的舞会的舞伴。

“这位是玛丽·贝茨，刚从汤普森女子中学毕业！她将做客房服务员，兼做招待。她喜欢航海。是不是，玛丽？”

草坪上聚集了各色人等：男服务员和女服务员、场地工作人员、球童、游艇服务员、厨房工作人员、临时工、女招待、客房服务员、洗衣工、管道工和乐队成员。交际舞非常流行，更靠南的度假胜地——比如拉科尼亚的韦尔和汉普顿海滩——在夏天吸引了不少大牌乐队，但“海边的阿布史诺特酒店”有自己的乐队，以缅因州寒冷地区特有的方式模仿着大乐队的声音。

“这位是温斯洛·贝瑞，他喜欢别人叫他温！是不是，温？今年秋天，他就要上哈佛了！”

我父亲直视着我母亲，但我母亲微笑着转过脸去——她为自己，也为我父亲，感到难为情。她从来没有注意到，他原来是一个多么英俊的小伙；他的身体与鲍勃教练一样壮实；德瑞中学又教给他如何待人接物，如何穿衣，如何塑造出波士顿人（不是艾奥瓦人）喜欢的发型。看他那样子，好像已经在哈佛上学了——不知道当年我母亲看到他这副模样，是怎么想的。“噢，我忘了当时自己是怎么想的。”她告诉我们这些孩子，“我大概在想他很有教养吧。看他的样子，这是一个知道如何喝酒又不会喝到难受的男孩，他的那双眼睛黑极了，亮极了，不管你什么时候抬头看他，你总能发现他一直在盯着你看——但是等你看他的时候，他的眼神又避开了。”

我父亲这一辈子一直保持着他的这个本事；我们总感觉他在我们身旁，感觉他一直在密切而深情地观察着我们——但是，当我们抬头看他时，他的眼睛却似乎在看别的地方，在梦想着什么，在制订什么计划，在思考什么难题，或遥想着哪个远方。即使他显出对我们的计划和生活完全视而不见的样子，他其实也在偷偷“观察”我们。那是超然与温情的一种奇怪结合——在缅因州，在灰色的大海环抱着的那块碧绿草坪上，我母亲第一次感受到了我父亲的那种超然与温情。

员工见面会：下午四点

直到那个时候，她才知道他也在这里。

见面会结束了，员工们收到通知，他们必须为第一次鸡尾酒、第一次晚宴、第一晚的歌舞活动做好准备。我母亲抓住了我父亲的目光，他就向她走过来了。

“我要过两年才能挣到钱去上哈佛。”他立刻对她说。

“跟我想的一样。”我母亲说，“我想，你能考上哈佛，也算不错了。”她马上加了一句。

“你以为我考不上？”他问。

玛丽·贝茨耸了耸肩——她父亲中风后说话含糊不清，她总也不懂她父亲在说什么，只好耸耸肩膀了事，一来二去，就养成了这个习惯。今天她戴了白手套，戴着一顶带面纱的白帽子；为了做好这第一次草坪聚会的服务工作，她是做了精心打扮的。我父亲很喜欢她精致的发式——头发完美地包裹着她的头，背后长发飘飘，前面的头发都撩到耳后，面孔清清爽爽的，用一种简单而又神秘的方式将两边的头发压在帽子下面。我父亲不禁奇怪起来，她的手怎么这样巧。

“今年秋天你打算做什么？”他问她。

她又耸了耸肩。或许我父亲透过白色面纱，从她的眼睛里看到了她的愿望：她太希望有人能将她从她想象的未来中拯救出来。

“我记得，我对他好，他也对我好，这可是第一次。”母亲告诉我们，“我们孤身一人来到了一个陌生的地方，我们知道彼此的事情，但他们都不认识我们。在那个时候，我想，这也算得上亲密关系了吧。”

“在那个时候，哪有什么亲密不亲密的事！”弗兰妮有一次这样说，“当着情人的面，你连屁都不敢放一个！”

弗兰妮每次说话都掷地有声——我总是相信她的话，甚至她的语言都是超越她自己的时代的——好像她总是知道该朝哪个方向追赶潮流；我永远也赶不上她的节奏。

那天晚上，酒店自己的乐队模仿着大牌乐队的做派，起劲地演奏着。可是，来的客人很少，跳舞的更少；旅游季才刚刚开始，在缅因州，旺季来得慢——这里天太冷，即使是夏天，也少有暖和的天。舞厅的地面铺着油光锃亮的硬木板，这样的硬木板一直铺到敞开的门廊，站在门廊上，你可以俯瞰底下的大海。下雨的时候，他们就得给门廊搭上篷子，因为舞厅四面敞开，雨飘进来会打湿光亮的舞池地板。

这第一天晚上，乐队演奏到很晚才结束，差不多算是给员工们的专场演出了——因为到场的客人本来就很少，而大多数客人又回房间睡觉了，他们可不想在外面受冻。我的父亲和母亲，还有其他员工，就互相邀请，跳了一个多小时的舞。我母亲一直记得，舞厅的大吊灯坏掉了——暗淡的灯光在头上闪烁，不均匀的彩色斑点洒落下来，在若明若暗的光线下，舞池的地板显得很柔和、很虚幻，好像出现了蜡烛光下才有的纹理。

“我认识的人也来这里了，我很开心。”母亲小声对父亲说。父亲非常正式地邀请她跳舞，但他的舞步是那么的僵硬。

“可是你并不了解我。”父亲说。

“我这么说，”父亲告诉我们说，“就是为了再让你妈妈耸肩膀。”母亲真的耸了耸肩膀，心里还想，这人可真难弄，太不好说话了——或许还自以为高人一等吧。看到母亲又耸肩膀，父亲心里非常确定了：他现在迷上她，绝不是偶然的。

“可是我想让你了解我。”他对她说，“我也想了解你。”

（“恶心。”每次听到这里，弗兰妮总免不了要说这么一句。）

突然，一阵引擎声盖过了乐队的演奏声。很多人停下了舞步，跑着离开舞池，到外面去看看发生了什么事。母亲非常感谢这个突如其来的中断，因为她不知道如何应对父亲的话。他们也一起朝面向码头的门廊走去，但是没有拉手。他们看到，在随风摇摆的灯光下，一艘龙虾船正离开码头，往海上开去。龙虾船刚把一辆黑魆魆的摩托车运到码头上，摩托车此时正轰隆作响——轮子空转着，也许是为了把管子里又湿又咸的空气排出来吧。摩托车手好像一心一意要先把轰鸣声调试好，再打算开动它。摩托车边上装了一个挎斗，挎斗里坐着一个黑影，看上去是一个非常庞大的家伙，一动不动，好像是一个人身上穿了太多的衣服，弄得笨手笨脚的。

“是弗洛伊德。”一个员工说。另一个年长一点的员工喊道：“是的！是弗洛伊德！是弗洛伊德和‘缅因州’！”

我的父亲和母亲都以为“缅因州”是摩托车的名字。这个时候，乐队停止了演奏。看到跳舞的人都走了，一些乐手也跟着他们来到了门廊上。

“弗洛伊德！”大家喊道。

我父亲总是告诉我们，他想到这个就很开心：弗洛伊德马上就会骑着摩托车来到门廊下，在完美的砾石小道两边高高挂起的电灯的照耀下，向员工们介绍自己。弗洛伊德就要过来了——父亲如此想，因为他坠入爱河了，所以一切都有可能发生。

当然，这个弗洛伊德，并非那个弗洛伊德；就在那一年，那个弗洛伊德死了。这个弗洛伊德是个维也纳犹太人，他的本名很古怪不好念。他走起路来一瘸一拐的，每年夏天都来这个阿布史诺特酒店上班（从一九三三年离开他的家乡奥地利之后一直这样）。人们都叫他弗洛伊德，因为他有安抚员工和客人的精神痛苦的本事；他是一个杂耍艺人，从维也纳来，又是个犹太人，阿布史诺特酒店里那些自以为有点脑子的古里古怪的外国客人就觉得，叫他“弗洛伊德”是再自然不过的事情了。一九三七年夏天，当他骑着一辆崭新的印度摩托车——他还自己动手，给摩托车装了个挎斗——来到这里表演的时候，这个名字好像尤其适合他。

“谁会坐在你身后，谁会坐在挎斗里，弗洛伊德？”酒店的女员工这样取笑他——因为他一脸麻子，满是伤疤（“都是长疥疮留下的洞洞！”他说），长得奇丑无比，所以没有哪个女人会喜欢他。

“除了‘缅因州’，没有人会坐我的摩托车。”弗洛伊德一边说，一边拉开了挎斗上的帆布篷。挎斗里坐着一头熊，黑得像摩托车的尾气，身上的肌肉比艾奥瓦鲍勃还粗大，神情比任何流浪狗都警觉。弗洛伊德在缅因州北部的一个伐木营地弄到了这头熊，他对酒店老板说，自己可以训练这头熊，让它为客人们表演节目。弗洛伊德那一年从奥地利乘船来到纽约的布斯湾港，他身上带着几份工作文件，上面用大写字母标记着他可以胜任的两项工作：经验丰富的驯兽师兼饲养员；在机械方面有极佳的能力。因为阿布史诺特酒店没有动物可以让他一试身手，他只好负责车辆维修工作，在非旅游季节，把车辆妥善封存，然后就去伐木营地和造纸厂做维修工。

后来他告诉我父亲，那段时间他一直想方设法在找熊。弗洛伊德说，有熊才会有钱。

我父亲看到弗洛伊德把摩托车开到门廊下面，身体一跃，从摩托车上跳了下来，这时那些老员工快活地向他欢呼起来——我父亲觉得很惊奇。看着弗洛伊德将挎斗上的“那个人”搀扶下来，我母亲心里的第一个念头是，这一定是一个很老很老的女人——也许是摩托车手的母亲吧（一个裹着黑色毯子的臃肿女人）。

“‘缅因州’！”有个乐手喊了一声，吹起了喇叭。

我的父亲和母亲看熊跳起了舞。它两条后腿站立，慢慢从弗洛伊德身边跳过来，然后四爪着地，绕着摩托车跑了一两圈。弗洛伊德站在摩托车上，鼓起了掌。这只叫“缅因州”的熊也开始鼓掌。这时，母亲感觉到，父亲拉了她的手握在他的手里——他们没有鼓掌——她并没有缩回手，反而也施加了点力，握紧了父亲的手。他俩的眼睛始终没有离开在他们面前表演的这只笨拙的熊。我母亲一定在想：我十九岁了，我的人生就这样开始了。

“你真是那样想的，是吗？”弗兰妮总是这样问。

“万物相连。”母亲总是这样说，“那就是我的感觉，是的。我感觉我的人生开始了。”

“我的天哪。”弗兰克说。

“你喜欢的是我，还是那头熊？”父亲问。

“别傻问了，”母亲说，“我全都喜欢。这就是我人生的开始。”

这句话，与父亲说到那头熊时的开场白一样（“这头熊太老了，老得不成样子了。”），都有同样的“让我身临其境”的效果。当我母亲说那就是她人生的开始的时候，我觉得自己一下子被这个故事深深吸引了；我仿佛觉得，母亲的人生就展现在我面前了，就像那辆摩托车，经过长时间的怠速运转之后，终于进了挡，向前开了。

我父亲在想什么呢？他不会只是因为看到一艘被龙虾船运来的熊，就拉起了我母亲的手吧？

“我知道这头熊将来会属于我。”父亲告诉我们，“我不知道自己怎么会有这种想法。”或许，这个想法——他看到了一样东西，他觉得将来一定会属于他——也是促使他去拉母亲的手的原因吧。

你看出来了吧，为什么我们这些孩子会问这么多问题。这个故事讲得实在含混不清，做父母的一般都喜欢把自己的故事讲成这个样子吧。

*

在第一次见到弗洛伊德和他的熊的那个晚上，我的父亲和母亲甚至都没有接吻。乐队撤走了，男女员工回到了各自的宿舍楼——那是两个与酒店主楼分开的楼，建筑样式比主楼稍微差个档次。父亲和母亲走到码头去看海——不知道他们说话没有？如果说了，说了些什么？他们从来没有告诉过我们这些孩子。那天晚上，码头上一定停泊着几条高级的帆船。在缅因州，私人码头上一定还会有一两艘龙虾船停泊着。或许还有一只小艇，父亲建议借来划一会儿；母亲或许没有同意。波帕姆堡当时还是一片废墟，不是现在旅游胜地的模样。波帕姆堡附近的海岸上没什么光亮，要是有的话，阿布史诺特酒店的客人一定能看见码头上站着的这两个人。在肯纳贝克河宽阔的河口，只有湾角浮着一个发亮的浮标。斯泰奇岛上可能有一座灯塔，或许从一九三九年开始就有了——可是我父亲怎么也记不起来了。

总之，在那个年代，那是一片漆黑的海岸。因此，当白色单桅帆船从远处驶来——从波士顿驶来，从纽约驶来：反正是从西南方向驶来，从文明地带驶来——的时候，父亲和母亲必定一眼就能看到它。

他们会目不转睛地迎着帆船开过来的方向，一直看到它靠上码头为止。父亲抓住了从船上甩过来的系泊绳索；他总是对我们讲，拿到这绳索，他一阵惊慌，手忙脚乱地不知怎么办才好——是绑到什么东西上面？还是把船拉过来？这时，一个穿着白色无尾晚礼服、黑色休闲裤和黑色礼服鞋的男人轻松地走下帆船的甲板，爬着梯子登上了码头，从父亲手里接过绳索。那个人毫不费力地引导着单桅帆船经过码头的尾部，然后将绳子甩回到船上。“你们走吧！”他对帆船上的人喊道。我母亲和父亲说他们没有看到船上有水手，但那艘单桅小帆船静悄悄地离开了码头，回到了大海中——远处那黄色的灯光，就像一只不断下沉的玻璃杯，慢慢消失了——那个穿晚礼服的人转向我父亲，说：“谢谢你的帮忙。你是新来的？”

“是的，我们俩都是。”父亲说。

虽然经过了一趟旅行，但这个男人的一身华服依然挺括如初。夏天才刚刚开始，但他已经晒了一身黑。他掏出一个漂亮的黑色扁平盒子，主动向我父亲和母亲敬烟，但他俩并不抽烟。“我还想着能赶上最后一支舞。”这个男人说，“乐队已经撤走了？”

“撤走了。”我母亲说。十九岁的母亲和父亲从未见过这样的男人。“他自信得不得了。”母亲告诉我们。

“他很有钱。”父亲说。

“弗洛伊德和熊都来了吗？”这人问。

“来了。”父亲说，“还有一辆摩托车。”

穿着白色晚礼服的男人一边狠命地抽着烟——不过抽得很干净——一边望着那黑乎乎的酒店。几乎没有几个房间亮着灯，但是户外的一串串灯照亮了小路、树篱和码头，也照亮了这个男人晒黑的脸，他不禁眯起了眼睛。灯光也倒映在黑黑的海面上，泛起的波浪上看似星星点点。

“你知道吗？弗洛伊德是个犹太人。”这个男人说，“你知道吗？

他幸亏逃离了欧洲。欧洲很快就没有犹太人的立足之地了。我的经纪人告诉我的。”

这条重要的消息一定给我父亲留下了深刻的印象，他渴望进入哈佛——渴望去闯荡这个世界——但他没有意识到，一场战争将暂时打断他的计划。那天晚上，那个穿白色无尾晚礼服的男人使得我父亲再次拉起母亲的手，母亲反过来也加了一把力，紧紧握住了父亲的手。他俩就这样手拉着手，礼貌地等着那个男人吸完烟，等着他道晚安或继续说话。

那个男人最后只说了一句话：“这个世界很快就没有熊的立足之地了！”说完大笑一声，露出一副与晚礼服一样洁白的牙齿，将烟头扔进海里。因为有晚风吹拂，我父亲和母亲没有听到烟头落入海水时发出的嘶嘶声，也没有听到单桅帆船再次靠近码头的声音。那人很快走到梯子跟前，唰唰唰爬下梯子。只有在这时，玛丽·贝茨和温·贝瑞才意识到那白色的单桅帆船又悄然滑行在梯子底下了，那人一个箭步登上了甲板。这次没有绳子过手。这艘单桅帆船并没有张开帆，靠别的动力嘎嘎嘎地缓慢移动着，朝西南方向（再一次向波士顿或纽约的方向）开去——它是不怕夜航的。那个穿白色无尾晚礼服的男人最后不知对我父母喊了一句什么话——他的话被啪嗒啪嗒的引擎声淹没了，被打在船体的海浪声淹没了，被吹走海鸥的那阵风刮跑了（那些海鸥，真像醉汉们扔进海里的带着羽毛的派对帽，在海面上漂浮摇摆着）。我父亲这辈子一直在想，他要是能听清那句话就好了。

*

后来，弗洛伊德告诉父亲，父亲见过的那个人，就是“海边的阿布史诺特酒店”的老板。

"Ja[1]，就是他，没错。"弗洛伊德说，"他就这样来无影去无踪的，一个夏天也就来那么几次。有一次，他和在这里工作的一个姑娘跳了最后一支舞，从此我们再也没见过这个姑娘。过了一个星期，一个人来取她的东西了。"

"他叫什么名字？"父亲问。

"也许就叫阿布史诺特吧，谁知道呢？"弗洛伊德说，"有人说他是荷兰人。我从来没有听人说起过他的名字。他对欧洲可是了如指掌——这个我敢确定！"

父亲很想打听犹太人的情况，他觉得母亲用胳膊肘推了他一下。几个小时后，他们坐在高尔夫球场的一个拨球区——在月光下，绿色的草皮变成了蓝色，插在球洞里的红色小旗迎风飘扬。这只叫"缅因州"的熊被人摘掉了嘴套，这会儿正想着在旗杆上刮擦身体呢。

"过来，蠢货！"弗洛伊德对熊说，但熊并不理他。

"你的家人还在维也纳吗？"我母亲问弗洛伊德。

"家里只有妹妹一个人了。"他说，"从去年三月到现在，我没有她的一丁点消息。"

"去年三月，"我父亲说，"纳粹占领了奥地利。"

"是的，还用你说给我听吗？"弗洛伊德说。

缅因州刮擦着身体，看到旗杆没有任何反抗的意思，就大为恼火，一气之下把旗杆从球洞里拔了出来。球杆在草皮上滚了起来。

"耶稣啊，上帝啊！"弗洛伊德说，"我们得赶紧离开这里，不然这家伙就要在这高尔夫球场上挖洞了。"我父亲将愚蠢的"18"号旗插回到球洞里。我母亲那天晚上放了假，但还是穿着房间服务员的制服，她跑在熊的前面，不断喊着熊的名字。

这头熊很少跑动，只是摇摇摆摆地走着，而且就绕着摩托车转。

---

1 德语，意为"是的"。

他总是喜欢在摩托车上蹭自己的身体，所以挡板上原来的红漆变成了铬合金一样的银色，闪闪发光。挎斗的圆锥形部分因为它不断地推啊压啊而凹了进去。它经常去碰排气管，老是烫伤自己，因为摩托车刚停下来它就要去蹭身体，于是排气管上就粘了好几撮烧焦了的熊毛，非常难看——好像这摩托车以前就是一只毛茸茸的动物似的。所以这头熊全身的黑皮毛不是很完整，东缺一块西缺一块的，有的地方干脆被烫平了，变成了褐色——干海带那种难看的颜色。

这头熊从前接受过什么样的训练？会做什么？这对每个人来说都是个谜——甚至连弗洛伊德也知道得不多。

傍晚时分，在这个草坪上，他们一起做了一场表演，但这场表演，与其说是熊的表演，还不如说是摩托车和弗洛伊德的表演。弗洛伊德开着摩托车转了一圈又一圈，那熊坐在挎斗里，挎斗上的顶棚已经去掉，于是熊看上去就像飞行员坐在开放式的驾驶舱里，只是眼前没仪表盘。在公开表演的时候，“缅因州”一般是戴着嘴套的——红色的皮革嘴套，让我父亲想起在长曲棍球比赛中运动员偶尔戴的那种面具。戴着嘴套，这熊看上去好像小了一号，它不断挤弄着本来就皱巴巴的脸，显得更皱了，又使劲伸长着鼻子，活像一只过于肥胖的狗。

他们开着车转了一圈又一圈，就在客人们感到无聊，就要扭头不看这古怪的表演，准备与朋友聊天的时候，弗洛伊德停下摩托车，跳了下来，并不熄灭引擎，走到挎斗边，用德语训斥这头熊。这些客人觉得这情景很是滑稽，或许是因为这个说德语的人很滑稽。弗洛伊德不停地训斥，直到这头熊慢慢地爬出挎斗，爬上摩托车，坐到驾驶位上。厚重的前熊爪抓着车把，两条后腿却够不着搁脚板，也够不着后刹车控制装置。弗洛伊德爬进挎斗，命令熊把摩托车开走。

摩托车一动不动。坐在挎斗里的弗洛伊德只是大声喊叫，说摩托车为什么不走；熊脸色阴沉，握着车把，只在座位上抖动着身体，前后摆动着双腿，好像在踩水。

“‘缅因州’！”有人喊了一声。熊点点头，一副既觉得难堪，又死要面子的样子。它坐在驾驶位上没有下来。

弗洛伊德勃然大怒，用德语对熊吼叫起来——大家都喜欢听他这样说德语——他爬出挎斗，走到握着把手的熊旁边。他要手把手地教它开摩托车。

“离合器！”弗洛伊德说，紧紧握住放在离合器手柄的那只熊爪。“油门！”他又大喊一声，他抓着熊的另一只爪子，让摩托车的轮子空转起来。弗洛伊德叫人对这辆一九三七年产的印度摩托车进行了改装，把变速杆安装在油箱旁边，这样，一旦出现紧急情况，驾驶员就可以利用握着手把的一只手来进档换挡。“换挡！”弗洛伊德大叫一声，猛地换上了挡。

这头熊终于开动了摩托车。摩托车朝草坪开去，油门发出低沉平稳的吼声。摩托车既没有加速也没有减速，径直朝那些衣着华丽、自命不凡的客人冲去——这些男人，都戴着帽子，即使刚参加完体育活动；即使是游泳的酒店男客，穿的都是带上装的泳衣——但是，在三十年代，男性泳裤越来越流行了。在缅因州，情况并非如此。男夹克和女夹克的肩部都带着衬垫；男人们穿着宽松肥大的白色法兰绒衣服；女运动员们穿马鞍鞋和短袜；“打扮入时”的女性穿能显出自然腰身的衣服，袖子常常是鼓起来的。熊骑着摩托车向他们冲来——弗洛伊德在后面死命地追赶——的时候，穿得花花绿绿的客人们一下四处逃散开来。

“Nein! Nein! [1] 你这蠢熊！”

“缅因州”握着车把，笨重的身体俯身向前，继续往前冲去，只是稍微拐了一个弯。它嘴套下面是一副什么样的表情，客人们谁也

1 德语，意为“不！不！”

没有看清。

“你这个愚蠢的畜生！”弗洛伊德在后面喊道。

摩托车没有停——穿过那个大帐篷，但没有撞到一根柱子，也没有钩住铺在餐桌上的白色亚麻桌布。好几个服务生穿过碧绿的大草坪追赶着摩托车。那些打网球的客人看到这个情景，在球场上欢呼起来，但当开着摩托车的熊逼近他们时，他们赶紧逃离了球场。

“缅因州”知道自己在干什么——也可能不知道。但摩托车从不撞到树篱，也从不跑得太快；绝不会开到码头边上，也从没有要登上游艇或龙虾船的意思。等客人们看够了这把戏的时候，弗洛伊德就追上了摩托车。弗洛伊德坐到熊的后面，紧紧抱住它那宽阔的后背，引导“缅因州”和这辆一九三七年产的印度摩托车回到了草坪上。

“所以，还有几个问题需要解决！”他对着人群喊道，“还有美中不足的地方，但无须担心！不用多少工夫，它就会开得很溜的！”

表演就是这样。一直是这样，从来没有变过。就这样，弗洛伊德教会“缅因州”开摩托车了；他说这头熊只能学到这里了。

“这熊不是那么聪明。”弗洛伊德告诉我父亲，“我得到它的时候，它就很老了。我觉得这不要紧。在幼崽的时候，它就被驯服了。但是伐木营没有教给它任何本事。不管怎么说，伐木工人是没有什么教养的。他们比动物也强不到哪里去。他们把这头熊当宠物养，只知道喂得它饱饱的，不让它捣乱，于是它好吃懒做，四处闲逛。跟那些伐木工人一样。伐木工人爱喝酒，这头熊也养成了喝酒的坏毛病。它现在不喝了——我不让它喝——但是，你知道吗？它还是想怎么干，就怎么干，没有什么规矩。”

我父亲当然不知道。他觉得弗洛伊德是个很好的人，这辆一九三七年产的印度摩托车是他见过的最漂亮的摩托车了。在不上班的日子里，我父亲会带着我母亲开着摩托车在海边的路上兜风，他们俩拥抱在一起，享受清凉咸湿的空气，但他们从来不是两个人单独出来：不让“缅因州”坐在挎斗里，他们是不可能将摩托车从酒店里开出来的。如果摩托车不带上“缅因州”就开走了，它就要发疯，也只有那样的情况才会逼得这只老熊胡乱奔跑。它跑起来，速度快得让人目瞪口呆。

“你们要走，赶紧走。”弗洛伊德对我父亲说，“最好先把摩托车推到小道上，然后再推到大路上，这个时候你再发动引擎。你先试验一下，不要带上玛丽。衣服穿厚穿多一点——如果它追上你，它的爪子可不留情，会在你身上乱抓。它不会发怒——只会感到兴奋。来吧，试试看。你开出几英里之后，回头看一下，如果它还在后面追着，你最好停下来等它，然后把它带回来。它会心脏病发作的，或者迷路——这家伙太笨了。”

“它不会捕猎，什么也不会。你不喂它，它就得饿死。只不过是一只宠物，不是什么真正的畜生。它的智商充其量也只有德国牧羊犬的两倍。你要知道，这样的智商，在这个世界是算不上聪明的。”

“这个世界？”莉莉总爱这样发问，眼睛还瞪得大大的。

对我父亲来说，一九三九年夏天的这个世界是崭新的、充满温情的：一边有我母亲羞答答的抚摸，一边有一九三七年产的印度摩托车的轰鸣，“缅因州”身上浓烈的气味，缅因州凉爽的夜，还有足智多谋的弗洛伊德。

弗洛伊德有点跛脚，这当然是一次摩托车事故造成的，当时他的那条腿没有放对位置。“这是歧视。”弗洛伊德说。

弗洛伊德虽然个子很小，但长得壮实，行动起来机敏得像一只小动物。他的肤色很特别（就像绿色的橄榄煮着煮着慢慢变成了棕色），一头黑发油光光的。奇怪的是，他的一边脸颊上长了一撮毛，就在眼睛的下边，如丝绸般柔软，至少有一块硬币那么大，比大多数痣要大，比胎记要明显——这撮毛成了弗洛伊德脸部天生的一部分，就像一个紧紧贴在缅因州海边礁石上的瑁贝。

“那是因为我的脑袋长得太大，”弗洛伊德告诉我父母，“头上就没有足够的地方长头发了，于是头发心生嫉妒，在不该长的地方长了一撮。”

“也许是熊毛吧。”弗兰克有一次这样说——他可不是开玩笑。弗兰妮尖叫起来，紧紧搂住我的脖子，使得我一不小心咬到了自己的舌头。

“弗兰克太怪了！”她大声说道，“给我们看看你的熊毛，弗兰克。”那个时候，弗兰克已经快到青春期了；他的发育有点超前，他自己都觉得不好意思。但是弗兰妮的话并没有让我们这几个孩子分心，我们依然沉浸在弗洛伊德和他的那头熊带来的魔力之中，就像一九三九年的那个夏天我父亲和母亲那样入迷。

父亲告诉我们，有几个晚上，他会送母亲回到宿舍，在宿舍门口吻别。如果弗洛伊德已经睡着了，父亲就会解开“缅因州”连在摩托车上的锁链，并取下“缅因州”的嘴套，这样它就可以吃东西了。我父亲要带着它去钓鱼。摩托车上盖着一块防水布，快垂到地上，就像一顶敞开的帐篷，保护着“缅因州”不挨雨淋。父亲好几次都是用这块防水布包着他的钓鱼工具。

他们两个常去湾角码头。这个码头在酒店码头的那一边，停满了捕龙虾的船和渔民的小艇。父亲和“缅因州”坐在码头边上。接着，父亲在鱼钩上装上诱饵——父亲称之为茶匙盘——投到海里，去抓青鳕。他要现逮青鳕给“缅因州”吃。只有一天晚上，父亲与“缅因州”之间发生了口角。父亲通常一个晚上能抓三四条青鳕——父亲觉得够了，“缅因州”也吃得差不多了——然后他们就回家。但有一天晚上，青鳕没有出来。一个小时过去了，一条青鳕都没有上钩。父亲从码头上站起身来，准备把熊带回家，给它戴上嘴套，拴到链条上。

“走吧。”父亲说，“今晚海里没有鱼。”

“缅因州”不肯走。

"走吧！"父亲说。

"缅因州"也不让父亲走。

"厄尔！"熊咆哮起来。父亲只好坐下来，继续钓鱼。"厄尔！""缅因州"又抱怨起来。父亲一次又一次投下鱼钩，一次又一次换了诱饵，他什么办法都想尽了。要是他能在泥滩里挖到蛤蠕虫就好了，那样的话他就能用它做诱饵在海底捞到比目鱼。每次父亲要离开码头，"缅因州"就不免要发一通脾气。父亲想到了一个办法：跳进海里，从另外一边游上岸，然后偷偷溜回宿舍去找弗洛伊德，然后从酒店里拿些食物给"缅因州"吃，趁机再把它锁到链条上。不过他并没有这样做。过了一会儿，父亲恢复了刚才的劲头，对"缅因州"说："好吧，好吧，你想吃鱼？那我们就抓一条鱼，该死的！"

天快亮的时候，一个捕虾的渔夫来到码头边，准备出海去打捞他早就放好的抓虾器，同时带上了他准备新放的抓虾器。很不幸的是，渔夫还带着诱饵。"缅因州"一下子闻到了诱饵的气味。

"你最好把诱饵拿出来给它吃。"父亲说。

"厄尔！""缅因州"大吼一声。捕虾人赶紧把所有做诱饵的鱼都交了出来。

"我会赔你钱的。"父亲说，"马上赔。"

"'马上赔'！你知道我这会儿想干什么？"捕虾人说，"我想把这头熊放进我的抓虾器里，用它来做诱饵。我想亲眼看它被龙虾活活咬死！"

"厄尔！""缅因州"吼道。

"最好别挑逗它。"父亲对捕虾人说。捕虾人答应了。

"是的，这头熊不太聪明。"弗洛伊德对父亲说，"我早就应该告诉你的。他最有兴趣的就是吃。在伐木营里，他们喂得它太饱。它有事没事就吃——吃了很多垃圾食品。现在，它动不动就觉得自己没有吃饱——有时还想喝点什么。所以你必须记住：如果你没有先让它吃饱喝好，那你自己是绝不能坐下来吃东西的。它会不高兴的。”

因此，让“缅因州”在草坪上表演之前，弗洛伊德总是把它喂得饱饱的——因为白色亚麻桌布上摆满了开胃小菜、美味生鱼片和各色烤肉，如果“缅因州”饿着肚皮上场，那麻烦就大了。弗洛伊德让“缅因州”吃饱喝足了才出来表演，只见它肚皮胀鼓鼓的，两只爪子紧抓着车把手，平静地开着摩托车，一声不响，甚至显出无聊之色，好像它现在最大的身体需求就是打一个可怕的饱嗝，或让肠胃好好蠕动起来。

“这个表演有点愚蠢，我在赔钱。”弗洛伊德说，“这地方太豪华了。来这里的客人都是势利小人。我应该去一个粗人聚集的地方，一个有宾果游戏的地方——不能是一个只跳舞的地方。我应该去一个更加平民化的地方——一个可以斗狗赌钱的地方，你知道吗？”

我父亲不知道那是什么样的地方，但对那种地方，他一定心驰神往了——比拉科尼亚的挡鱼堰坝更粗鄙的地方，甚至比汉普顿海滩的档次还要低的地方。那里有的是醉汉，他们看了熊的表演，一般出手很大方。阿布史诺特酒店的客人实在是太文雅了，这个地方不适合弗洛伊德这样的艺人，也不适合“缅因州”这样的熊。这里的客人太文雅了，甚至也看不出那辆摩托车的门道：那可是一九三七年产的印度摩托车。

不过，我父亲看得出来，弗洛伊德并没有到别处表演的雄心。弗洛伊德在阿布史诺特酒店度过的这个夏天不是那么忙碌；他原想着能在这里捞上一笔，但事实证明，这里并不是什么金矿。弗洛伊德想着要换一头熊。

“带着这么愚笨的熊，”他对我的父亲和母亲说，“我是怎么也不能赚到大钱了。当然，去了别的便宜一点的度假地，又会有别的问题。”

母亲拉住父亲的手，紧紧握了一下，暗暗向父亲发出了警告——或许是因为她觉得父亲在想象那些“别的问题”，想象“便宜一点的度假地”的模样了。实际上，父亲在想他上哈佛的学费，他非常喜欢这辆一九三七年产的印度摩托车，喜欢这头叫“缅因州”的熊。他没见过弗洛伊德在训练“缅因州”方面付出的丝毫努力。温·贝瑞是一个非常相信自己能力的孩子；鲍勃教练的儿子就是这样一个年轻人，他相信，凡事只要能想得到的，就没有做不到的。

父亲原本的打算是，在阿布史诺特酒店打完这个暑期零工之后，他就去坎布里奇，在那里租一个房间，找一份工作——说不定在波士顿找[1]。他要逐渐熟悉哈佛大学周围的环境，在附近找份工作，这样一来，如果赚够了学费，他就可以立刻注册入学。他甚至想边上学边打工。我母亲当然很喜欢他的这个计划，因为从波士顿往返德瑞镇很方便，那个时候一天有好几趟“波士顿和缅因”号火车可以坐。她甚至开始想象前去看望父亲的情景——有那么多长长的周末；别的时候，如果时机合适，她也可以去坎布里奇或波士顿看他。

“说实在的，你对熊了解多少？”她问父亲，“对摩托车了解多少？”

她不喜欢我父亲的另一个计划——如果弗洛伊德不愿意放弃他的摩托车或他的熊，父亲就与弗洛伊德一起去伐木场。温·贝瑞是个身体强壮的男孩，但不是一个粗俗的孩子。母亲认为伐木场是个粗俗的地方，父亲去了那里，出来之后就不会再是原来的那个人了——或者说，他根本不会再从伐木场出来了。

她根本用不着担心。那个夏天的开始和结束，显然是早已经过精心策划的，不是我的父亲和母亲提前想象的任何微不足道的安排所能左右的，一切都来得势不可当。一九三九年的夏天势不可当地

1 坎布里奇是哈佛大学的所在地，离波士顿不远。

来了，正如欧洲的战事势不可当地来了。所有人——弗洛伊德，玛丽·贝茨和温斯洛·贝瑞——都被那个夏天轻轻抛上了天空，就像肯纳贝克河口的海鸥在汹涌激荡的水流上翻滚。

*

八月底的一个晚上，母亲伺候客人用完晚餐，刚刚换上她玩槌球游戏时常穿的那双马鞍鞋和长裙，父亲就被人从房间叫出去帮助一个受伤的人。父亲跑过槌球游戏草坪，母亲在那里等他。她肩上扛着那根木槌。好几棵树上挂着一串串圣诞节常见的小灯，把槌球草坪照得有点鬼气———在我父亲看来，我母亲就像“一个拿着棍子的天使”。

“我马上就来。”父亲对她说，“有人受伤了。”

她和他一起去了，还有其他几个男人，他们一起跑向酒店的码头。码头边上停着一艘大船，船身上下起伏，船上灯光闪烁。船上有一支乐队在演奏，多是些铜管乐器。咸咸的空气混杂着浓烈的燃料味、马达的尾气和碾碎的水果味。看上去好像服务生给船上的客人端上了一大碗果味潘趣酒，客人们不是把酒洒在自己身上，就是用酒清洗甲板。在码头的一头，一个男人侧身躺着，面颊上的伤口血流不止：他爬梯子时被绊了一下脚，被一个系泊的楔子划伤了脸。

这个躺着的人个子很大，在蓝色的月光下，脸显得很消瘦。有个人碰了他一下，他立刻坐了起来。“Scheiss[1]！”他说。

父亲和母亲看过弗洛伊德的很多次表演，学会了这个德语词，知道它的意思等于英语的“shit”。在几个强壮的年轻人的帮助下，这个德国人站了起来。他那件白色无尾晚礼服上有一大摊血，这件礼

1 德语，意为“狗屎，该死的”。

服很大，两个男人都能穿得下。他那蓝黑色的腰带看上去像块窗帘布，领结直直地竖在喉咙处，像个扭曲的螺旋桨。他下巴宽厚，身上散发着船上那种水果潘趣酒的浓烈气味。他向一个人吼着。船上传来德语的合唱声。一个身材高大、皮肤黝黑的女人，身穿带有黄色花边或褶边的晚礼服，从码头的梯子上爬上来，活像一只穿着丝绸衣服的黑豹。这个流血的男人一把抓住了她，重重地斜靠在她身上，尽管她显然也有力量，动作也很敏捷，但还是被那个男人推到了我父亲的怀里。我父亲赶紧扶住她，让她站稳。我母亲注意到，这个女人比那个男人年轻多了，也是个德国人——对他咯咯咯地说着轻快的德语，而这个男人对留在船上的那些德国合唱团的成员继续恶狠狠地叫唤着，做着各种手势。这两个高个子的男女慢慢离开了码头，向砾石小道走去。

在阿布史诺特酒店的门口，那个高个子女人转向我父亲，说："他需要缝针，对吧？你们酒店当然有医生。"

前台经理悄悄对父亲说："叫弗洛伊德来。"

"缝针？"弗洛伊德说，"医生住得很远，在巴斯，那是个酒鬼。我知道怎么给人缝针。"

前台经理跑到宿舍楼跟前，大声喊着弗洛伊德的名字。

"快骑上你的摩托车，把托德医生带来！他到酒店之后，我们会先想办法让他醒酒的。"经理说，"看在上帝的分上，快去吧！"

"即使我能找到他，来回也需要一个小时。"弗洛伊德说，"你知道我能给人缝针。让我穿上合适的衣服就行。"

"这次不一样。"前台经理说，"我想这次不一样了，弗洛伊德——我的意思是，那家伙是个德国人，弗洛伊德。这次割破的是他的脸。"

弗洛伊德脱下了工作服，露出长满麻子的橄榄色身体。他开始梳理潮湿的头发。"衣服。"他说，"拿衣服来。去找托德医生来太麻烦了。”

“这次的伤口是在他脸上，弗洛伊德。”我父亲说。

“脸又怎么样？”弗洛伊德说，“还不一样是皮肤，对吗？跟手上脚上的皮肤一样。我以前给很多人缝过脚上的伤口。被斧头砍伤的，被锯子锯伤的——那些愚蠢的伐木工。”

外面，从船上下来了几个德国人，拿着箱子和别的沉重行李，从码头出发，抄最近的路——经过第十八洞——到了酒店入口。“看看那些蠢猪，”弗洛伊德说，“在草坪上弄出这么多凹陷，小白球都会掉进去的。”

侍者领班走进弗洛伊德的房间。这是男员工宿舍里最好的房间——没人知道弗洛伊德是怎么搞到的。领班开始脱衣服。

“别的衣服都行，就是你的不行，笨蛋。”弗洛伊德对他说，“医生怎么能穿侍者的衣服？”

父亲有一件黑色燕尾服，与侍者的黑色裤子多少有点搭，于是拿来给了弗洛伊德。

“我跟他们说过了，说过不知多少次了。”领班说——他赤裸着身体，还这么有权威地说着这样的话，叫人看了觉得非常滑稽，“我们必须有一个医生，真的住在酒店里的医生。”

弗洛伊德穿好衣服，说：“这不是有了？”前台经理赶在弗洛伊德之前跑回了酒店。父亲看到，领班非常无助地看着弗洛伊德脱下的那身衣服；不是很干净，还散发着“缅因州”身上的那种浓重怪味；很明显，领班不想穿这身衣服。父亲一路跑着，追上了弗洛伊德。

那几个德国人在砾石路上吃力地推着一个大箱子过来了，现在站在了酒店入口外面的车道上；早上得有人来耙耙这些石头，平整一下这条砾石路。“这酒店没有人能帮一下我们吗？”一个德国人喊道。

在主餐厅和厨房之间的配菜间，划破脸的大个子德国人躺在擦得一尘不染的柜台上，活像一具尸体。苍白的头枕着他那件再也不会变白的礼服，螺旋桨似的黑色领带无力地垂在喉咙边，腰带在那里上下起伏着。

“是个好医生吗？”他问前台经理。穿黄色皱领长袍的年轻女巨人握着德国人的手。

“一个非常好的医生。”前台经理说。

“尤其擅长给伤口缝针。”我父亲说。我母亲握着他的手。

“这是一家不太文明的酒店，我认为。”德国人说。

“建在了荒地里。”这个皮肤黄褐色、具有运动员身板的女人说。她马上笑了一声，化解了她自己的这句玩笑话。“这个伤口不是很严重，我认为。”她一边说，一边看着我的父亲和母亲，以及那个前台经理，“我认为我们用不着太高级的医生。”

“只要不是犹太人就行。”德国人刚说完，就咳嗽起来。弗洛伊德待在小房间里，只有他一个人在这里；他手拿着针，却穿不过线去。

“不是犹太人，我敢肯定。”黄褐色皮肤的公主笑了起来，“缅因州没有犹太人！”但是，当她看到弗洛伊德的时候，脸上立刻露出疑惑的表情。

“Giuten Abend, meine Dame und Her.[1]”弗洛伊德说，“Was ist los?[2]”

我父亲告诉我们，因为弗洛伊德长了一身的疖子疤，黑色燕尾服穿在他身上，显得十分臃肿和扭曲——他的样子给人的感觉就是，他的这身衣服是偷来的，而且至少是从两个不同的人那里偷来的。甚至他手里拿着的那最显眼的东西也是黑色的——一团黑色的线圈，抓在弗洛伊德那灰色橡胶厨用手套里，这种手套一般是洗碗女工戴的。弗洛伊德从阿布史诺特酒店的洗衣房找了一枚最好的针，这枚针拿在弗洛伊德的小手里，显得太大了，好像他拿着这枚大针要去

1 德语，意为“晚上好，我的夫人和先生。”

2 德语，意为“怎么了？”

缝补赛艇的风帆。也许他以前真的缝过风帆。

“医生先生？”德国人问，他的脸色变得越来越白。他的伤口似乎立刻止住了血。

“我就是医生，弗洛伊德教授。”弗洛伊德一边说，一边靠近他，斜眼看着伤口。

“弗洛伊德？”女人说。

“是的。”弗洛伊德说。

弗洛伊德把第一杯威士忌倒进德国人的伤口。威士忌流到了德国人的眼睛里。

“啊呀！”弗洛伊德说。

“我瞎了！我瞎了！”德国人喊道。

“不，你没有瞎。”弗洛伊德说，“你本来应该闭上眼睛才是。”他在伤口上又倒了一杯酒，然后动手缝了起来。

*

第二天早上，酒店经理吩咐弗洛伊德在德国人离开之前不要让“缅因州”表演节目——等大船装好足够的物资，这些德国人就会马上离开。弗洛伊德不愿再穿医生的那套行头了，一再要求换上自己的修理工服装，骑上一九三七年产的印度摩托车兜风去。所以，当这个德国人看到弗洛伊德的时候，他正穿着修理工服装，在面向大海的网球场一侧骑着摩托车瞎溜达，而没有老老实实待在酒店里，待在草坪上。一脸肿胀、贴着绷带的德国人小心翼翼地走近弗洛伊德，开始还以为这个小个子摩托车修理工是前一天晚上那位令人担心的“医生教授”的孪生兄弟呢。

“不，他就是那个医生。”晒黑了皮肤的德国女人说。她拉着德国男人的胳膊。

“这位犹太医生一大早在干什么呢？”德国人问弗洛伊德。

“这是我的爱好。”弗洛伊德说，连头都不抬一下。我父亲在一旁把摩托车工具递给弗洛伊德——就像外科医生的助手。弗洛伊德一下子握紧了那把四分之三英寸长的扳手。

这对德国男女没有看到熊。“缅因州”正在网球场的围栏上蹭着自己的身体，在金属网上使劲蹭着自己的后背，一边有节奏地晃着身体，一边还哼哼地呻吟着，好像在自慰似的。

为了让它蹭得更舒服些，我母亲特意为它去掉了嘴套。

“我从未听说过有这样的摩托车。”德国人对弗洛伊德说，显然有点不屑，“我认为是个垃圾，不是吗？什么印度摩托车？我从未听说过。”

“你骑骑看再说。”弗洛伊德说，“想骑吗？”

德国女人一开始似乎有点犹豫不决——不过很快就拿定了主意：她不想骑。但德国男人显然很想骑。他站在摩托车旁边，碰了碰油箱，又摸了摸连着离合器的电线，还爱抚了一下变速杆。他捏住节流阀把手，使劲扭转车头。他接着摸了摸软软的橡胶管——一堆金属里就这根重要的管子裸露在外，汽油通过这个管子流向化油器。不经弗洛伊德同意，他擅自打开了化油器的阀门。他拿手指头碰了一下阀门里面。手指头沾上了汽油，便在摩托车座位上擦了擦。

“你不介意我骑，医生先生？”德国男人问弗洛伊德。

“不介意，来吧。”弗洛伊德说，“骑上，兜一圈。”

那是一九三九年的夏天，我父亲预料到了事情的结局，但他不能横加干涉。“这样的结局我是怎么也无法阻挡的。”父亲总是这样说，“结局就这样来了，就像这场战争。”

我母亲站在网球场的围栏旁，看那个德国男人骑上了摩托车；她觉得最好还是把“缅因州”的嘴套戴回去。可是“缅因州”对她很不耐烦，它使劲摇着头，更加狠命地在围栏上蹭起自己的身体来。

“只要动作标准，一蹬脚就能启动，是吗？”德国男人问道。

“只要用脚一蹬，”弗洛伊德说，“立马就启动。”说完，和我父亲一起从摩托车边上走开了。德国女人看他俩走开了，也朝后退了几步。

“走啰！”德国男人一边说，一边用脚蹬了一下启动杆。

一听摩托车发出砰的一声，引擎还没怎么转起来，这只叫“缅因州”的熊就停止了剐蹭，立刻站直了身体，胸部浓密粗糙的皮毛立刻变得坚硬起来。它的视线穿过网球场，紧盯着一九三七年产的印度摩托车——看样子马上要跑起来，竟然不带上它！德国人换好挡，摩托车动了起来。他开始开得很小心，穿过草地，来到附近的一条砾石小道。“缅因州”将自己直立的身体放下，腾地一下向摩托车跑去。它大步穿过网球场，破坏了正在进行的一场双打网球赛——打网球的客人慌忙丢掉了网球拍，任由网球在地上乱滚。近网接球的那个人干脆死命抱住了球网；他闭上眼睛，不敢看熊从他身边飞奔过去。

“厄尔！”“缅因州”大吼一声。骑在咳咳作响的摩托车上的德国人什么都没有听见。

但是德国女人听到了熊的吼叫。她转过身来——我父亲和弗洛伊德也转过身来——看着那头熊。“Gott[1]！野兽！”她大喊一声，身子一歪，昏倒在我父亲的身上。我父亲轻手轻脚地把她拉到草坪上躺下。

看到一头熊在后面追上来，德国人立刻失去了方向感，都弄不清楚大路在哪边了。当然，找到了大路，他是完全可以甩掉那头熊的。可是他只在酒店旁边狭窄的小路、散步道和松软的运动场上打转，根本跑不上速度。

“厄尔！”熊又咆哮一声。德国人突然转了向，向槌球草坪冲去，向为午餐准备的野餐帐篷冲去。“缅因州”跑了不到二十五码的

---

1 德语，意为“上帝”。

距离就追上了摩托车，笨手笨脚地想爬到德国人的身后——好像“缅因州”终于把弗洛伊德的驾驶技术学到手了，马上要为客人好好表演一番。

*

德国人这一次死活不让弗洛伊德为他缝针了。弗洛伊德自己也承认，这一次的手术太复杂，他干不了。“真是乱成一团麻了。”弗洛伊德大声对我父亲说，“要缝这么多针——我吃不消。这家伙一边缝针一边还嗷嗷叫，我受不了。”

于是，这个德国人被海岸警卫队送到了巴斯的医院。为了不让那头神秘“野兽”的真相被揭穿，大家把“缅因州”藏在洗衣房里，不让它出来。

“从森林里，刚跑出来的。”苏醒过来的德国女人说，“一定是被摩托车的马达声激怒了。”

“是头母熊，还怀着幼崽呢。”弗洛伊德解释说，“每年的这个时候，野熊最不老实了。”

但是阿布史诺特酒店是不会轻易放过这件事的——弗洛伊德当然知道。

“我要走了，省得再听他啰嗦。”弗洛伊德对我父亲和母亲说。他俩知道弗洛伊德说的那个“他”，就是阿布史诺特酒店的老板，就是那个穿白色晚礼服，时不时露个面，跳上最后一支舞就走的男人。“我可以想象那个大人物会说什么：‘好了，弗洛伊德，你知道危险在什么地方——我们谈好了的。当时我同意你将这头动物带到酒店，我们说好你必须对它负责。’要是他对我说，我是一个幸运的犹太人——幸亏我生活在他妈的美国——我就会叫‘缅因州’吃了他！”弗洛伊德说，“他和他的那些高级香烟，我都不需要。这么说吧，这个酒店不适合我。”

被关在洗衣房的“缅因州”一直紧张不安，现在看到弗洛伊德在收拾衣服，把刚洗好的湿衣服都收拾起来了，心里更加慌了。“厄尔！”它对自己轻轻吼了一声。

“噢，闭嘴！”弗洛伊德喊道，“你这头熊也不适合我。”

“是我的错。”我母亲说，“我不该将它的嘴套拿掉。”

“它咬你算是对你亲热。”弗洛伊德说，“问题是这畜生的爪子太厉害，把那浑蛋抓得不成样子了！”

“要是他不去抓‘缅因州’的皮毛，”我父亲说，“我想它也不至于发这么大脾气。”

“当然不会！”弗洛伊德说，“谁愿意被别人乱抓身上的皮毛？”

“厄尔！”“缅因州”又抱怨了一声。

“‘厄尔！’你正经应该叫这个名字！”弗洛伊德对“缅因州”说，“你也太蠢了，只会这么吼叫。”

“那你下一步怎么办？”父亲问弗洛伊德，“你要去哪里？”

“回欧洲去。”弗洛伊德说，“欧洲有更聪明的熊。”

“欧洲有纳粹。”父亲说。

“给我一头聪明的熊，我去干了那些纳粹。”弗洛伊德说。

“我会细心照看好‘缅因州’的。”父亲说。

“不能只是照看。”弗洛伊德说，“你可以买下它。两百美元，外加你的那些衣服。这些衣服还都是湿的！”弗洛伊德大喊一声，把自己的湿衣服扔到了地上。

“厄尔！”熊又沮丧地叫了一声。

“别乱叫，厄尔。”弗洛伊德对熊说。

“两百美元？”母亲问。

“这是迄今为止我得到的全部工钱了。”父亲说。

“我知道他们给你开多少钱。”弗洛伊德说，“所以我只要你两百美元。当然，摩托车也是你的了。知道你为什么必须得到这辆摩托车，是吧？因为‘缅因州’是不能坐小汽车的，一坐就呕吐。有次我看见一个伐木工人用链条锁着它，叫它上了一辆敞篷小货车，这头笨熊扯开了后挡板，打碎了后窗，抓坏了驾驶室里的那个家伙。所以，不要犯傻。买下这辆印度摩托车。”

“两百美元。”父亲又嘀咕了一声。

“把你的衣服拿来。”弗洛伊德说。他把自己的湿衣服留在了洗衣房的地上。他们到我父亲的房间去了，“缅因州”也想跟着去，但弗洛伊德叫我母亲把它带到外面去，用链条锁在摩托车上。

“它知道你要走了，心里发慌呢，这可怜的东西。”母亲说。

“它只是舍不得那辆摩托车。”弗洛伊德说。他最终还是让“缅因州”上楼去了——阿布史诺特酒店本来是不允许他这样做的。

“我还管他们允许不允许？”弗洛伊德一边说，一边穿上我父亲的衣服。我母亲站在门外，紧张地观察着走廊的动静——因为酒店是不让熊和女人到男员工的宿舍里来的。

“我的衣服你穿都太大。”看弗洛伊德穿好衣服，我父亲对他说。

“我还能长个子呢。”弗洛伊德说——但那个时候他已经四十岁了，“要是当年有贴身的衣服穿，我说不定早就长成大个儿了。”他穿上了我父亲的三条裤子，一条套一条；穿上了两件上衣，上衣口袋里塞满了内衣和袜子，还把第三件上衣搭在肩上。“还要衣箱干什么呢？”他问道。

“可是你怎么去欧洲？”我母亲向着门里面悄声问。

“渡过大西洋不就行了！”弗洛伊德说。

“进来吧。”他对我母亲说。他抓起母亲和父亲的手，把他们的手合在一起。“你们还年轻，”他对他们说，“所以，好好听我说：你们恋爱了。我们就从这个假设开始，好吗？”虽然我的母亲和父亲从来没有相互表白过，但现在弗洛伊德抓着他俩的手，他们只好点点头。“好吧。”弗洛伊德说，“那么，我接下来要说三件事。你们一定要答应我这三件事，好吗？”

“我答应。”我父亲说。

“我也答应。”我母亲说。

“好。”弗洛伊德说，“第一件事：你们马上结婚，省得让臭男人和妓女改变你们的想法。明白了吗？你们赶紧结婚，不管有多大的代价。”

“好的。”我父母同意了。

“第二件，”弗洛伊德说，这次他的眼睛只看着我父亲，“你马上去哈佛读书——答应我——不管有多大的代价。”

“但我马上要结婚了啊。”父亲说。

“我说你得付出代价，是不是？”弗洛伊德说，“你答应我：去哈佛读书。老天给你的每一个机会，你都要抓住不放——即使老天给你很多机会。机会总有到头的一天，你知道吗？”

“不管怎样，我想让你去哈佛读书。”母亲对父亲说。

“不管付出什么样的代价。”父亲说。他同意去哈佛读书了。

“还有第三件事。”弗洛伊德说。“你准备好了吗？”他转向我母亲；他放下我父亲的手，推开一边，只握着我母亲的手。“原谅他，”弗洛伊德对我母亲说，“即使你得为此付出代价。”

“让她原谅我什么？”父亲问。

“你就原谅他吧。”弗洛伊德说，他的眼睛只盯着我母亲一个人。我母亲耸耸肩膀。

“还有你。”弗洛伊德对“缅因州”说，“缅因州”已经钻到我父亲的床底下，嗅来嗅去。它在床下发现了一个网球，立刻放进嘴里。听到弗洛伊德对它说话，它吃了一惊。

“呜噗！”“缅因州”说，吐出了网球。

“你，”弗洛伊德对“缅因州”说，“但愿你总有一天会心存感激，因为有人将你从这恶心的自然世界救了出来！”

弗洛伊德说完了。母亲总是说，这是一场婚礼，也是一个祝福仪式。父亲总是说，这是一个完美的犹太人传统仪式；对我父亲来说，犹太人始终是一个谜——就像中国、印度、非洲以及所有他从未去过的异国他乡始终是个谜一样。

父亲拿起链条，把“缅因州”拴在摩托车上。当我父亲和母亲与弗洛伊德吻别时，“缅因州”伸过头来，想把吻别的人隔开。

“小心！”弗洛伊德喊了一声。他们赶紧散开了。“它还以为我们在吃东西呢。”弗洛伊德对我父母说，“有它在身边的时候，你们接吻一定要小心。它不知道接吻是怎么回事。它以为你们在吃东西。”

“厄尔！”“缅因州”说。

“算我求你们，”弗洛伊德说，“就叫它厄尔吧——它整天这么叫唤。‘缅因州’这个名字实在愚蠢。”

“厄尔？”我母亲说。

“厄尔！”熊说。

“好吧。”父亲说，“就叫你厄尔。”

“再见，厄尔。”弗洛伊德说，“Auf Wiedersehen! [1]”

他们久久注视着弗洛伊德。弗洛伊德在湾角码头等一只小船把他带到布斯湾。最后，他坐捕虾人的小船走了。我的父母当然知道弗洛伊德要在布斯湾换一艘更大的轮船，但他们在想，要是这龙虾船横渡漆黑的大海，送弗洛伊德去欧洲，会是怎么样一个场景。他们看着龙虾船噗噗噗地开走了，在海面上颠簸着驶向远方。他们一直看到那船变得比海面上的燕鸥甚至矶鹞还小为止。这个时候他们再也听不到那船的声音了。

“那天晚上你们就做了第一次？”弗兰妮总是这样问。

---

1 德语，意为“再会！”

“弗兰妮！”母亲说。

“呃，你说你感觉跟结婚了一样。”弗兰妮说。

“我们什么时候做了第一次，这无关紧要。”父亲说。

“你们那天晚上确实做了，对吗？”弗兰妮说。

“别管那个了。”弗兰克说。

“什么时候做，无关紧要。”莉莉说，她自有她那一套奇怪的说法。

真是那样——什么时候第一次做，真的不重要。反正，在一九三九年的夏天，我父母离开“海边的阿布史诺特酒店”的时候，他们已经坠入爱河——也自认为结婚了。毕竟，他们已经答应了弗洛伊德。他们带着弗洛伊德的这辆一九三七年产的印度摩托车，带着他的熊——现在改名叫“厄尔”了——回到了家乡新罕布什尔州德瑞镇。他们开着摩托车首先去了我外婆家。

“玛丽回来了！”我外婆喊道。

“她坐在什么机器上面？”荣休拉丁语教授问，“和她在一起的是谁？”

“她坐在摩托车上，开摩托车的是温·贝瑞！”我外婆说。

“不，不！”荣休拉丁语教授说，“另外一个家伙是谁？”老人盯着坐在挎斗里的那个身上鼓鼓囊囊的家伙。

“一定是鲍勃教练。”我外婆说。

“白痴！”荣休拉丁语教授说，“这是什么天气，他竟然穿这种衣服？难道艾奥瓦人不知道如何穿衣吗？”

“我要与温·贝瑞结婚了！”我母亲冲上去，告诉她的父母，“这是他的摩托车。他要去哈佛读书。这是……厄尔。”

*

鲍勃教练更善解人意。他非常喜欢厄尔。

“我很想知道它能举起多少重量。”这位前十大联盟的前锋说，“我们能不能给它剪指甲？”

再举办一次婚礼就太傻了，我父亲认为弗洛伊德为他们举办的那一次已经足够了。但我母亲的家人一再坚持要让那个圣公会牧师为他们举行婚礼。牧师就是带母亲去参加毕业舞会的那个人。我父母只好照办。

他们举行了一个非正式的小型婚礼，鲍勃教练做伴郎，荣休拉丁语教授把女儿交到了我父亲手里，没说别的，只是冷不丁咕哝一句奇怪的拉丁短语；外婆哭了，因为她心里完全明白，温·贝瑞不是那个注定能把玛丽·贝茨带回波士顿的哈佛小子——至少，不能马上带她回波士顿。整个婚礼过程中，厄尔倒是能静静地坐在摩托车的挎斗里——有饼干和鲱鱼吃，它就能安生。

婚礼之后，母亲和父亲两人共度了一场极其短暂的蜜月之旅。

“这次你们一定干了！”弗兰妮总是这样大声嚷嚷。但他们不一定有机会干，因为他们没有在旅馆里过夜。他们一大早坐火车去了波士顿，然后在坎布里奇附近闲逛，想象他们有朝一日住在这里，父亲就在哈佛读书，该有多好；连夜又坐慢火车回新罕布什尔了，第二天天亮的时候回到了家。他们的第一张婚床应该是我母亲少女时代住的房间里的那张单人床——在父亲为了积攒上哈佛的学费外出闯荡期间，母亲将仍然住在这里。

厄尔要走了，鲍勃教练感到很难过。鲍勃确信他可以教会这头熊如何打防守，但我父亲告诉他，这头熊将外出为他家挣生活费，为他挣学费。一天晚上（那时纳粹已经占领了波兰），空气中刚有初秋的寒意，母亲在德瑞中学的田径场上与父亲吻别了。田径场的那边就是艾奥瓦鲍勃家的后门。

“照顾好你的父母，”父亲对母亲说，“等我回来，我要好好照顾你。”

“恶心！”弗兰妮总是这样哼一句。不知什么原因，听了这一段，她总觉得不舒服。她从不相信这一段。莉莉也不相信，她身体一颤，扬起了鼻子。

“闭嘴，好好听故事。”弗兰克总是这样说。

至少我不像我的这些兄弟姐妹那样一根筋。我可以想象我母亲和父亲吻别的场景：一定是小心翼翼的——鲍勃教练在一旁与熊玩着游戏，逗它开心，这样它就不会认为我母亲和父亲在偷偷吃东西，却不与它分享。在厄尔身边接吻，永远是充满危险的。

我母亲告诉我们，她知道我父亲会对她忠诚的，因为，要是他敢吻别人，厄尔就会抓挠他。

“你对妈妈忠诚了吗？”弗兰妮问父亲，她总是用她这种可怕的方式发问。

“当然。”父亲说。

“我才不信。”弗兰妮说。莉莉总是一脸的忧心忡忡——弗兰克则把视线投向别处。

那是一九三九年的秋天。我母亲怀孕了，她自己竟然不知道——怀上了弗兰克。我父亲骑着摩托车在东海岸卖艺，去了各家度假酒店——有大乐团演奏，有玩宾果游戏的人群和赌场的酒店。随着季节的转换，他一直往南走。一九四〇年春天弗兰克出生的时候，他正在得克萨斯州；那时，父亲和厄尔正与一个叫孤星铜管的乐队各处巡回演出。得克萨斯人很喜欢看熊表演的节目。在沃斯堡，几个醉汉壮着胆来偷摩托车，却不曾料想厄尔在那里睡觉，它脚上的锁链连着摩托车。这几个醉汉住了院，得州的法庭判处父亲支付医疗费。为了迎接第一个孩子的降生，他一路往东，昼夜兼程往家里赶，这又花掉了他辛苦赚来的一些钱。

等父亲赶到德瑞镇的时候，母亲还在医院里。他们给这个孩子起名为“弗兰克”，因为我父亲说，无论他们两个人彼此之间，还是对待家人，都要用这样的态度：坦诚相见[1]。

“恶心！”弗兰妮总是这样说。但弗兰克对自己名字的来历颇感自豪。

父亲这次回来，在德瑞镇和母亲待在一起的时间并不长，待到她再次怀孕，他又走了。这一回，他与厄尔去了弗吉尼亚海滩和南北卡罗来纳。七月四日[2]那天，发生了一个事故，他和厄尔被人赶出了科德角的法尔茅斯。这场事故之后不久，父亲回家与母亲团聚了，在家里休养身体。那一天，法尔茅斯举行了独立日游行活动，我父亲的摩托车的一个轴承突然掉了。一名来自布扎兹湾的消防员前来帮助父亲修理坏掉的摩托车，厄尔却大发脾气，横冲直撞。原因是，这名消防员不巧带着两只达尔马提亚犬，这是很愚笨的犬种；这两条达尔马提亚犬果然不长脑子，竟然打了坐在挎斗里的厄尔。厄尔二话不说就将一只狗断了头，然后把另一只狗追进了奥斯特维尔男子垒球队的游行队伍里，这只愚蠢的狗躲在里面不出来了。这样一来，游行队伍一下子就乱掉了，布扎兹湾来的那个消防员也不愿帮父亲修摩托车了，法尔茅斯县的治安官把父亲和厄尔押送到了郊外。因为厄尔不愿意坐小汽车，所以这段路走得异常艰辛：汽车拖着摩托车走，厄尔则坐在摩托车的挎斗里。五天之后他们才配上了零件，修好了引擎。

更糟糕的是，厄尔从此对狗产生了兴趣。鲍勃教练想了好些运动的点子，训练它捡球，改进它的前滚动作，甚至叫它做仰卧起坐，想着能让厄尔改掉这个坏习惯。但是厄尔太老了，不相信剧烈运动会有什么用——让艾奥瓦鲍勃去相信好了。厄尔发现，想杀死一只狗，甚至都不用费劲地跑来跑去，只要略施诡计——厄尔可是一头无比狡猾的熊——狗就会直奔它而来。“接着，一切都完了。”鲍勃教练说，

---

1 弗兰克的原文为Frank，作形容词，意为“坦率的，直截了当的”。

2 美国独立日。

“它本可以成为一个多么棒的橄榄球后卫啊！”

因此，父亲大部分时间都用铁链锁住厄尔，还给它戴上嘴套。我母亲说厄尔很沮丧，她发现这头老熊越来越不开心，但我父亲说，厄尔一点也不沮丧。“它只是在想狗而已。”父亲说，“能与摩托车锁在一起，它最开心不过了。”

*

一九四〇年的夏天，父亲住在德瑞镇的贝茨家里，晚上去汉普顿海滩为游客表演节目。他教会了厄尔一个新的节目，名叫《找工作》。这个节目用不着这辆旧摩托车，正好让摩托车少点磨损。

一天晚上，父亲和厄尔在汉普顿海滩的一个露天音乐演奏台上表演节目。灯光亮起，大家看到厄尔坐在一把椅子里，身上穿着男人的衣服。这身衣服是鲍勃教练的，当然进行了大幅度的改造。待观众的笑声平息，父亲手里拿着一张纸，走上演奏台。

“你叫什么名字？”父亲问。

“厄尔！”厄尔说。

“哦，是厄尔，我明白了。”父亲说，“你想找份工作，对吗？”

“厄尔！”厄尔说。

“是的，我知道你叫厄尔。你想要一份工作，对吗？”父亲说，“这上面说你不会打字，你连字都不识一个——上面还说你还有酗酒的毛病。”

“厄尔。”厄尔表示同意。

观众时不时往台上扔来水果，不过父亲事先已将厄尔喂得饱饱的——这里的观众跟父亲在阿布史诺特酒店见到的观众不一样。

“好吧，如果你不会说别的，只会说自己的名字，”父亲说，“那我就要斗胆说一句，今晚你不是喝醉了，就是实在太笨了，连自己的衣服都不会脱了。”

厄尔没有吭声。

“怎么样？”父亲问，“让我们看看你会不会脱衣服。脱下你的衣服。快点！”演到这里，父亲要从厄尔的屁股底下猛地抽掉椅子，厄尔要做一个前滚翻动作——那是鲍勃教练教的。

“这么说，你会翻跟斗啰。”父亲说，“厉害。衣服，厄尔。让我们看看你怎么脱衣服。”

可以说，让一群人看熊脱衣服，是一件很傻的事：我母亲很讨厌这个节目——她说，让厄尔在这么一群粗野喧嚣的人面前把自己脱得光光的，对厄尔是不公平的。厄尔脱衣服的时候，父亲通常要帮它解掉领带——如果父亲不帮它，它有时一怒之下，会直接将领带扯断。

“你对领带下手真狠啊，厄尔。”父亲会这样说。汉普顿海滩上的观众都很喜欢听这句话。

等厄尔脱光衣服，父亲就会说：“很好，来吧——别停。脱掉你那身熊皮。”

“厄尔？”厄尔会这样说。

“脱掉你的熊皮。”父亲会说，然后扯扯厄尔的皮毛——就那么轻轻扯了一下。

“厄尔！”厄尔会大吼大叫起来，而观众则会吓得惊恐地尖叫。

“我的上帝，你真是一头熊啊！”父亲会这样大叫一声。

“厄尔！”厄尔会大吼起来，绕着椅子一圈一圈追赶父亲。这时一半的观众吓得跑进夜色中，一些观众跌跌撞撞跑过柔软的沙滩，跑进水里去了，还有一些观众往台上扔来更多的水果和盛着热啤酒的纸杯。

每星期一次在汉普顿海滩赌场表演的节目，对厄尔来说，是动作比较温和的一个节目。我母亲改进了厄尔的舞蹈风格。她带着厄尔在空荡荡的舞台上一亮相，大乐队就奏响第一支曲子，一对对观众赶紧挤过来看，眼神充满了好奇。只见那头矮小的熊身板宽阔，穿着艾奥瓦鲍勃的衣服，弓着背，在我母亲的引领下，灵活地倒腾着两只后爪——舞姿出人预料的优雅。

那些晚上，都是由鲍勃教练在家照看弗兰克。演出结束之后，我父母带着厄尔骑着摩托车沿海岸公路回家。他们会在豪宅云集的拉伊镇停下来看海浪，拉伊的海浪人称“白浪”。新罕布什尔州的海岸比缅因州的海岸开发得更早，但也更脏乱。看着拉伊的白浪上磷光闪闪，我父母一定想起了在阿布史诺特酒店的那些夜晚。他们说，在骑摩托车回德瑞镇的路上，他们总要在那里驻足停留一会儿。

一天晚上，厄尔不愿离开拉伊的白浪了。

“它以为我要带它去钓鱼。”父亲说。“听着，厄尔，我没有钓鱼的装备——没有诱饵，没有茶匙盘，没有钓竿——蠢货。”父亲对厄尔说，摊开空空的两只手。厄尔表情茫然。他们发现这熊几乎瞎了。他们说服了厄尔，今晚不去钓鱼，带它回了家。

“它怎么一下子这么老了？”母亲问父亲。

“它都开始在挎斗里撒尿了。”父亲说。

⁂

一九四〇年的秋天，父亲离家去外地做冬季演出了。此时，我母亲正怀着弗兰妮。父亲决定去佛罗里达，母亲接到的第一封信，是他从克利尔沃尔特寄出的，紧接着又收到他从塔本泉寄出的信。厄尔得了一种奇怪的皮肤病，耳朵感染了，身上生了熊特有的真菌。生意也很冷清。

转眼到了一九四一年年初，时值晚冬。过几天弗兰妮就要出生了。但是，这一次父亲没有回家——弗兰妮永远也不会原谅他。

“我怀疑他早就知道我是一个女孩。”弗兰妮总爱这样说。

等到一九四一年的夏天，父亲才再次回到了德瑞镇。他很快又让母亲怀孕了。这一次母亲怀上了我。

他答应再也不离开她了；他在迈阿密的马戏演出很成功，赚了足够的钱，秋天可以去哈佛读书了。他们可以过一个轻松愉快的夏天了。他们有时仍去汉普顿海滩演出，但只有在他们觉得高兴去的时候才去。为了去哈佛上课，他坐火车去波士顿；除非能在坎布里奇找到一个便宜的住所，否则他就这样每周往返于学校与家之间。

厄尔在一分一秒地变老。每天必须为它的眼睛涂上一种淡蓝色的药膏，就像水母身上的那种薄膜；但厄尔马上就把药膏擦在家具上了。母亲惊恐地注意到它身上的大部分毛都掉了，整个身体似乎也在萎缩，皮肤变得越来越松弛了。“它的肌肉不紧了。”鲍勃教练忧心忡忡地说，“它应该练练举重，或者跑跑步。”

“骑着摩托车出去，不带上它，”我父亲对他的父亲说，“那样它就会跑着追你去。”可是，看鲍勃教练骑上摩托车走了，厄尔也并不去追赶他。它一步也不跑，它一点也不在乎那摩托车了。

“对厄尔来说，”父亲说，“亲昵的关系确实会生出一点轻蔑来。”他与厄尔一起辛苦演出了那么长时间，现在终于理解为什么弗洛伊德对这头熊有这么大的怒气了。

我的父母很少谈起弗洛伊德。欧洲有了战事，不难想象他会遭遇什么。

*

哈佛广场的烈酒商店在出售威尔逊公司生产的一种黑麦威士忌，名叫“干了吧”，很便宜，但我父亲是不喝烈酒的。坎布里奇的牛津烧烤店从前卖一种生啤，用形似窄口白兰地酒杯的玻璃容器装着，一壶一加仑。只要你能在很短的时间内喝完这一壶，就能免费续一壶。上完一星期的课，父亲常在那里喝上一壶，然后匆匆赶到北站，坐火车回德瑞镇。

他尽量加快了课程的进度，为的是早点毕业。他之所以能做到这一点，并不是因为他比其他哈佛小子聪明（他只是比大多数男生年长，不比他们聪明），而是因为他很少与朋友们玩乐。他家里有一个怀孕的妻子，还有两个婴儿；他几乎没有时间去和朋友们玩乐。他说，他唯一的娱乐就是听收音机里的职业棒球赛。世界职业棒球大赛结束几个月后，父亲从收音机里听到了日本偷袭珍珠港的消息。

一九四二年三月份，我出生了，他们给我取名为约翰——取的就是约翰·哈佛[1]的名字。（弗兰妮之所以叫弗兰妮，是因为弗兰妮与弗兰克发音有点相近，听上去像兄妹。）母亲不仅忙着照顾我们这些孩子，还要忙着照顾荣休拉丁语教授，又要帮鲍勃教练照顾衰老的厄尔；她没有时间和朋友们玩乐。

到一九四二年夏末，战争的威胁悬在每个人的头上：这不仅仅是一场欧洲战争了。虽然这辆一九三七年产的印度摩托车耗油量很小，但现在也不开动了，成了厄尔的住所。狂热的爱国热情席卷了全国的各大校园。学生们从学校得到了配给的糖券，大多数学生把糖券送给了家人。在三个月的时间里，父亲在哈佛的每一个熟人，不是应召入伍，就是自愿参加了某种军事训练项目。不久，荣休拉丁语教授去世，外婆很快也随他而去——在睡梦中寿终正寝。母亲继承了一份小小的遗产。父亲自愿提前入伍，一九四三年春接受了新兵训练。那年他二十三岁。

父亲把弗兰克、弗兰妮和我留给了待在家里的母亲照看，离开了他的父亲艾奥瓦鲍勃，还把照顾厄尔的繁重任务交给了他。

---

1 哈佛大学最早的主要捐款人，一般被认为是哈佛大学的创始人，哈佛大学就是以他的姓氏命名的。

父亲写来家信说，接受训练的新兵住在大西洋城的各个旅馆，他们一住，就几乎要把旅馆毁掉。他们每天清洗木地板，沿着木板小路行进，去沙丘上进行步枪射击训练。有了这些受训的新兵，木板路上的酒吧生意一时兴隆起来，但我父亲从来不去。部队里没有人问你年纪大小；受训的新兵大多比我父亲年轻，他们把所有的神射手奖章悉数别在胸前，一杯接着一杯地喝。酒吧里充斥着来自华盛顿的办公室女郎，大家都抽不带过滤嘴的香烟——只有我父亲一个人不抽。

父亲说，每个人都幻想着在出国打仗前“最后浪一把”，但大多数人只是过过嘴瘾，很少有梦想成真的；只有父亲做到了——他和我母亲在新泽西的一家旅馆亲热了整整一夜。幸运的是，这次父亲没有让母亲怀孕，所以母亲暂时不用操心新的孩子，只要照顾好弗兰克、弗兰妮和我就行了。

父亲从大西洋城来到纽约北部一所以前的预备学校，在这里接受密码训练，然后被送到犹他州卡恩斯市的查尼特菲尔德，接着又被送到乔治亚州的萨万纳——他以前与厄尔来过这里，在一家叫德索托的老酒店表演过。最后，父亲被送到了汉普顿路，从这里出发，他登船去了欧洲战场。他心里有一个模糊的想法：在欧洲说不定会找到弗洛伊德呢。我父亲确信，他给我母亲留下了三个孩子，他一定能平平安安回到家中的。

他被派到意大利的一个空军轰炸机基地执行任务。在这里，最大的危险是在喝醉的时候开枪射杀别人，或者被喝得醉醺醺的人开枪射杀，或者在喝得醉醺醺的时候掉进厕所里——我父亲认识的一个上校就遇到过这种事；这个上校好几次拉屎就遇到这样的危险，幸好每次都被别人救了出来。还有一个危险是，从意大利妓女那里感染性病。父亲不喝酒，不乱搞女人，所以他平安无事地度过了第二次世界大战。

父亲乘坐海军的运输船离开了意大利，经特立尼达到了巴西——

“巴西就像说葡萄牙语的意大利”，他在给我母亲的信里这样写道。最后，我父亲坐一架 C-47 运输机回到了美国，患有炮弹休克症的飞行员驾驶着这架运输机从迈阿密最宽阔的街道呼啸着腾空而起。从空中，父亲认出了一个停车场，以前厄尔在一次演出之后在这里呕吐过。

我母亲在战争中所做的贡献，除了为母校汤普森女子中学做秘书工作，主要是接受了医院的培训；她参加了德瑞镇医院为助理护士开办的第二期培训班。她每星期去医院上八小时的班，但平时要补缺代班，随叫随到——这是常有的事（当时医院的护士严重短缺）。她最喜欢的岗位是妇产科和产房。她深知没有丈夫陪伴的女人在医院里生孩子是什么滋味。我母亲就是这样度过战争岁月的。

战争结束后不久，父亲带鲍勃教练去波士顿的芬威公园看了一场职业橄榄球赛，然后他们去北站赶火车回德瑞镇。在去北站的路上，他们碰到了父亲的一个哈佛同学，这位同学把一辆一九四〇年产的雪佛兰轿车以六百美元的价格卖给了他们——比新车还要贵一点呢，但这辆车外形保养得很好，汽油又便宜得可笑，一加仑也许只要二十美分；鲍勃教练和我父亲分担了保险费。这样，我们家终于有了一辆汽车。父亲继续在哈佛完成他最后的学业。母亲这下有办法带弗兰克、弗兰妮和我去新罕布什尔州的海滩玩了。有一次，艾奥瓦鲍勃开车带我们去了怀特山。在山上的时候，弗兰妮一把将弗兰克推到一个黄蜂窝里，弗兰克被黄蜂叮得很厉害。

哈佛大学的生活发生了变化：宿舍变得异常拥挤，学校的克里姆森运动队换了新队员。美国人发现了伏特加酒——斯拉夫文化专业的学生声称这是他们的功劳：不掺任何别的东西，用小小的高脚玻璃杯一口喝下去——纯俄罗斯喝法。但我父亲依然喜欢喝啤酒。他换了专业，改修英国文学了。这一次，他又想加快课程的进度，想提早毕业。

当时已经没有多少大乐队了。在以前，交际舞算是一种运动，一种很好的消遣，现在也不时兴了。厄尔已经老得不能再上台表演了；我父亲从空军退役后的第一个圣诞节，是在乔丹马什百货公司的玩具部打工度过的。他又让我母亲怀孕了。母亲这次怀上的是莉莉。弗兰克、弗兰妮和我的名字都有具体的由来，而莉莉这个名字偏偏没有特别的原因——这让莉莉对父母心生怨恨；或许我们都没有想到，她心里竟然结下了这么大的怨恨——说不定她这一辈子都在怨恨吧。

一九四六年，父亲从哈佛大学毕业了。德瑞中学新请的校长在哈佛教工俱乐部面试了我父亲，并录用了他——让他去德瑞中学教英语，同时兼任两个校运动队的教练，起薪为每月两千一百美元。或许是鲍勃教练向新校长推荐了我父亲。我父亲那年二十六岁。他接受了德瑞中学的这份教职，但是他从来没有想过要把它作为终生的事业。这份工作仅仅意味着他终于可以与我母亲和我们这些孩子团聚在德瑞镇贝茨家的老宅里，可以待在他的父亲和他心爱的老熊厄尔身边了。在我父亲人生的这个阶段，他的梦想，显然比他去哈佛上大学这件事更重要——对他来说，也许比我们这些孩子更重要，当然比第二次世界大战更重要。“他人生的每个阶段都是这样。”弗兰妮总是这样说。

莉莉生于一九四六年，那一年弗兰克六岁，弗兰妮五岁，我四岁。我们突然有了一个父亲——说真的，我们好像第一次见到他；在我们成长的这几年里，他总是不在家：不是去欧洲打仗、去哈佛上学，就是与厄尔一起在外面到处跑。在我们眼里，他就是一个陌生人。

他和我们在一起时做的第一件事，是一九四六年秋天带我们去了一趟缅因州，我们以前从未去过那个地方。他带我们参观了“海边的阿布史诺特酒店”。当然，对我父亲和母亲来说，这是一次浪漫的朝圣之旅、怀旧之旅。莉莉太小，还不能出远门，厄尔又太老，也是不宜出门的，但父亲坚持让厄尔跟着我们一起去。

“看在上帝的分儿上，阿布史诺特酒店也是厄尔的酒店。”父亲对母亲说，“如果我们不带老‘缅因州’去看这阿布史诺特酒店——那感觉就完全不一样了！没有‘缅因州’就不行！”

就这样，莉莉被留在了家里让鲍勃教练照看，母亲开着一九四〇年产的雪佛兰小轿车，带着弗兰克、弗兰妮和我出发了，车上还带了一大篮子的野餐食物以及一大堆毯子。父亲已经把一九三七年产的印度摩托车修好，现在他就骑着这辆摩托车跟在我们后面，厄尔坐在挎斗里。我们就是这样慢慢地沿着弯弯曲曲的海岸公路——那时缅因州还没有收费公路——一路北上，车速慢得令人难以置信。好几个小时之后，我们到了布伦瑞克；又过了一小时，我们过了巴斯。不一会儿，我们就看到了淤青色的大海波涛汹涌，那是肯纳贝克河的入海口；看到了波帕姆堡，看到了湾角的钓鱼小屋——看到一条链子挡住了通往阿布史诺特酒店的那条车道。

季节性临时歇业

阿布史诺特酒店已歇业好几个季节了——在父亲拆下链条，我们的车子往老酒店开去的时候，他一定意识到了这一点。酒店的几幢楼房被遗弃在那里，一片荒凉，毫无色彩可言，看上去像堆堆白骨。房间的窗户大多用木板封了起来；没有封的，都被砸烂了。第十八杆洞的那面褪色的小旗插在高起的门廊的地板裂缝里，这门廊原来就是舞厅的边缘。“海边的阿布史诺特酒店”屋顶上的那面耷拉着的旗子，仿佛在暗暗地告诉人们，这是一座被困已久的城堡。

“耶稣啊，上帝啊！”父亲说。我们这些孩子挤在母亲身边，抱怨着：天太冷，雾太重，这个地方太吓人。来之前父母对我们说，我们要去一个度假酒店，如果这就是所谓的度假酒店，我们无论如何也不会喜欢的。网球场的泥地都开裂了，长满荒草，槌球场草坪的草也长到父亲的膝盖那么高了，海边锯齿形的水草也是疯长。弗兰克被一个破旧的三柱门划伤了手，呜呜地哭了起来。弗兰妮一定要父亲抱。我紧贴着母亲的屁股。厄尔关节炎发作了，不愿从摩托车的挎斗上下来，戴着嘴套在呕吐。父亲为厄尔去掉了嘴套。厄尔在烂泥里找到了一样东西，抓起来就要吃。那是一只旧网球，父亲夺了过来，往大海扔去。厄尔以为父亲在与它玩游戏，马上跑过去追那个球；很快，这头老熊又似乎忘记了自己在干什么，一屁股坐到地上，眯着眼看着码头——或许它看不到什么码头了。

酒店的码头快要沉到海里了。码头边的船库被战争期间的一场飓风刮到大海里去了。周围的渔民用老码头来加固他们挡鱼的堰坝，堰坝与建在湾角的捕虾人码头连成了一片，现在常有一个男人或一个男孩拿着来复枪在那里站岗。“他站在那里，是为了射杀海豹。”父亲赶紧解释——因为远处带着枪的那个人把我母亲吓坏了。在缅因州，围堰捕鱼很不成功，海豹是最大的祸害：海豹闯入堰坝，狼吞虎咽地吃掉被围住的鱼，然后破堰而逃。海豹就用这种方式吃掉了很多鱼，还毁坏渔网，所以气愤的渔民们一看到海豹，就会举枪射杀。

“这就是弗洛伊德所说的‘残酷的自然法则之一’。”父亲说。他坚持让我们看看他和母亲住过的宿舍。

看到眼前这个破败景象，他们俩一定都很沮丧——在我们这些孩子看来，这里简直太不舒服了，我们只觉得陌生，毫无其他感觉——我母亲感到更为沮丧，不是因为她看到原先那么辉煌的酒店如今破败成这个样子，而是因为看到父亲面对此情此景，竟然有如此强烈的反应。

“战争真的改变了太多的东西。”母亲说，耸了耸她那著名的肩。

“耶稣啊，上帝啊，”父亲不停地感叹，“竟然会成这个样子！他们怎么把它弄成这个样子？他们太不民主了。”他对我们这些困惑不解的孩子说。“应该有办法设定标准，设定好的品味，但又不至于太过头，让你破产。在阿布史诺特酒店和汉普顿海滩的某种旅馆之间，应该有一个折中方案，好让大家都活下去。耶稣啊，上帝啊。”他不停地感叹，“耶稣啊，上帝啊！”

我们跟着他，围着这破败的建筑转，在草坪上转——草坪上杂草丛生，树木被砍得乱七八糟。我们找到了乐队成员乘坐过的那辆旧公共汽车，还有一辆草坪上的员工使用过的旧卡车——卡车上全是生了锈的高尔夫球杆。这些车以前都是由弗洛伊德负责修理和维护的，现在再也跑不起来了。

“耶稣啊，上帝啊！”父亲连声感叹。

我们听到远处传来厄尔的一声吼叫。“厄尔！”它在向我们呼叫。

我们听到远处的两声来复枪响——从湾角码头传来的。我想我们大家都明白，这不是射杀海豹的枪声。这是射杀厄尔的枪声。

“哦，天哪，温！”我母亲说。她赶紧抱起我，往前跑去；弗兰克激动地绕着她跑。

父亲将弗兰妮抱在怀里，往前跑去。

“‘缅因州’！”他喊道。

“我打中了一头熊！”码头上的一个男孩喊道，“我打中了一头大熊！”那个男孩穿着粗布连体工装裤，膝盖处都磨破了，上身穿着一件柔软的法兰绒衬衫；胡萝卜色的头发喷着定型盐水，硬邦邦的，闪着亮光；苍白的脸上起了很奇怪的疹子，嘴里一副烂牙；看来只有十三四岁的年纪。“我打中了一头熊！”他尖叫道。他兴奋得很，在外面海上劳作的渔民不知道他在喊什么。他们不可能听到他的声音，因为渔船马达轰鸣，加上海面上风又大。渔民们慢慢地把船靠拢到码头周围，然后准备登上码头，去看看究竟发生了什么事。

厄尔趴在码头上，大大的脑袋压在一卷上过柏油的绳子上，两只后爪蜷曲在身下，一只厚重的前爪只差几英寸就抓到那桶诱饵鱼。熊的眼睛已经不好使很久了，它一定把拿着步枪的男孩误认为拿着钓竿的我父亲了。它甚至可能依稀想起吃青鳕的情景了。当它慢慢向前走去，走到小男孩身边的时候，它那依然灵光的鼻子嗅出诱饵鱼的味道。这头熊前来向这个警觉地守望着海面提防着海豹的小男孩打了招呼，小男孩肯定被吓坏了。他的枪法很好——当然了，在这个距离之下，即使枪法不好，也能一枪打中这头熊。小男孩朝厄尔的心脏连开两枪。

“天啊，我不知道它是有主人的。”拿着步枪的男孩对我母亲说，“我不知道它是只宠物。”

“你当然不知道。”我母亲安慰他说。

“对不起，先生。”男孩对我父亲说，但我父亲没有听他的话。父亲在码头上坐下，坐在厄尔身边，把这只死去的熊的脑袋抬起来，放到他的腿上；然后把厄尔的脸贴到他的肚子上，哭了起来。当然，他不是只为厄尔哭。他也为阿布史诺特酒店和弗洛伊德哭，为一九三九年的那个夏天哭。我们这几个孩子不禁担心起来。因为，那个时候，我们认识这头熊已经很久了，我们对熊的了解胜过我们对父亲的了解，所以，我们都感到不解：为什么这个刚从哈佛大学回家，刚从战场回家的男人抱着这只老熊痛哭不止？我们这些孩子，真的还太小，不会真正了解厄尔，但这头熊总在我们身边，我们总记得它硬硬的皮毛，记得它热乎乎的口气散发出的水果味和泥土味，记得它身上的死天葵味和尿骚味——我们对它的记忆，比对荣休拉丁语教授和外婆的记忆，还更清晰呢。

我真的忘不了站在破败的阿布史诺特酒店底下的码头上的那一天。那时我四岁，我坚信这就是我有生以来第一个记忆——这个记忆与别人告诉我的故事不同，与别人为我描述的情景不同。那个身体强壮、长着一张绅士脸的男人是我的父亲，他怀里抱着那头死去的熊哭泣着——在一个破烂的码头上，底下就是危险的大海。好几只小船慢慢靠近了。我母亲把我们这些孩子紧紧抱在她身边，就像我父亲紧紧抱着厄尔。

“那个笨孩子把人家的一只狗打死了吧。”一只船上的一个渔夫说。

从码头的梯子上爬上来了一个老渔夫，他穿着一件脏兮兮的油布黄雨衣，斑驳的白胡须也是脏兮兮的，满脸晒得黑黑的。他的湿靴子走起来咕咕作响，身上净是鱼腥味，比厄尔的卷曲的爪子旁边放着的那桶诱饵鱼的气味重多了。他年纪这么大，当年在阿布史诺特酒店最辉煌的时候，想必在附近的海里捕过鱼。这个老渔夫，也见识过好日子。

这个老人看到了那头死熊，脱下他那顶宽大的西南部人常戴的帽子，拿在一只手里——这只手很大很硬，活像一把鱼叉。“我的老天啊。”他毕恭毕敬地说了一声，然后拿一只胳膊搂住背着来复枪的男孩的肩膀，这孩子正瑟瑟发抖呢。

“我的老天啊，你打死了‘缅因州’！”

第一家新罕布什尔旅馆

第一家新罕布什尔旅馆的由来是这样的。德瑞中学意识到，为了生存，必须向女孩子敞开大门，这样一来，汤普森女子中学就招不到学生了。突然之间，女校的校舍闲置了，这一块弃之不用的大片房地产就这样被抛到了德瑞镇的市场上——那是一个永远低迷的市场。没有人知道该如何处理女校的这些校舍。

“不如统统烧掉，”母亲建议，“把整个校园改造为一个公园。”这里已经差不多是一个公园了——这里地势稍高，差不多有两英亩吧，就在德瑞小镇荒芜的中心地带。好几幢老旧板房，原先住着好几个大家庭，现在零散地租给了寡妇和鳏夫，租给了贝瑞学校的退休教师。这些房子周围全是毫无生机的榆树，同样的榆树也围着一幢砖结构的四层主楼，现在成了怪物一般的存在。这幢楼以埃塞尔·汤普森的名字命名。汤普森小姐曾是圣公会的一个牧师，一生以男人的面目示人，直到她去世，人们才发现她是个女儿身（在这之前，人们都尊称她为爱德华·汤普森牧师，她是德瑞圣公会教区的教长，曾将逃跑的奴隶藏匿于教区，由此出名）。有一次，汤普森小姐为她的马车换轮子，不幸被轧死在轮子底下，这下彻底暴露了她的真实性别。德瑞镇的一些男士对这个发现不觉得多吃惊，在她声名最为隆盛的时候，他们找她忏悔过。她聚集了大笔的财富，但没有为教区留过一分钱，她把所有的钱都用在办女子中学上了——“一直办到让那个令人憎恶的男校招收女孩子为止。”埃塞尔·汤普森写过这样的话。

如果说德瑞中学令人憎恶，我父亲不会反对。虽然我们这些孩子喜欢在学校的田径场玩耍，但父亲从来不忘提醒我们，德瑞中学算不上一所“真正的”学校。德瑞镇从前就是一个乳制品生产区，德瑞中学的田径场从前是养奶牛的牧场。德瑞中学是在十九世纪初建立的，当时建了新校舍，但是没有把旧牛棚拆掉，学校允许奶牛在校园里自由走动，就像学生一样自由。学校的现代化景观改造，使得运动场的情况大为改善，但是那些牛棚，还有当时建的那些最早的建筑，依然占据着学校脏乱不堪的中心位置。直至今日，牛棚里还象征性地养着几头奶牛，按照鲍勃教练的说法，这就是学校的“饲养计划”：让学生边上学，边打理牧场。这个计划使得学生的学上得松松垮垮，奶牛也被折腾得够呛。于是，第一次世界大战之前，这个计划不得不废止了。但是，德瑞中学的一些教员——很多是刚来的年轻教员——认为学校应该回到那个“边学边牧”的模式里去。

我父亲坚决反对让德瑞中学回到以前的那种模式——他称那种模式为“牧场式教育实验”。“等我的孩子长大，上了这个可怜的学校，”我父亲总是对我母亲和鲍勃教练气呼呼地说，“毫无疑问，他们凭着打理好一个花园的本事，就能得到学分。”

“因为能铲屎而获得大学的录取通知书！”艾奥瓦鲍勃说。

换句话说，这个学校在寻求一种办学理念。它现在稳居普通预备学校的二流地位；虽然按照学生的学业能力要求重新设置了课程，但是学校的教师越来越显得力不从心，他们没有能力给学生教授这些能力，所以，就顺水推舟说，学生不需要这些能力——毕竟，学生的接受能力也越来越低，他们想学也学不了。报考人数在下降，因此招生标准一降再降，这个学校最后堕落到这个地步：别的学校一脚踢掉的学生，这里照单全收。有一些教师，比如我父亲，相信学生的读写技能——甚至标点符号——是非常重要的，但是面对这样的学生，他们只好绝望地哀叹，这些技能你教了也是白教。“珍珠放在了蠢猪的面前。”父亲愤愤地说，“我们倒不如教他们如何打草，如何挤奶。”

“他们也不会打橄榄球。”鲍勃教练痛苦地说，“他们不会相互挡人。”

“他们甚至不知道如何跑动。”父亲说。

“他们不会撞人打人。”艾奥瓦鲍勃说。

“噢，不，他们会打人。”弗兰克说——他总是受别人欺负。

“他们还闯进温室，将那些植物全毁了。”母亲说。她是从德瑞中学的校报上读到这个事件的——父亲说这份校报文辞不通，毫无文化可言。

“有一个家伙还朝我亮出了那玩意儿。”弗兰妮说。这话引起了父母的忧虑。

“在哪里？”父亲问。

“就在冰球场后面。”弗兰妮说。

“你到冰球场后面干什么？”弗兰克说，仍是一贯的厌恶口气。

“冰球场都变形了。”鲍勃教练说，“自从那个人——不知道他叫什么名字——退休之后，就没有人维护了。”

“他没有退休，他死了。”父亲说。我父亲常常生他父亲的气，因为艾奥瓦鲍勃老了，说话糊涂了。

一九五〇年，弗兰克十岁，弗兰妮九岁，我八岁，莉莉四岁，艾格刚出生——他还什么都不懂，心里自然不会有我们这样的担心：我们有一天都要上这所人人都说不好的德瑞中学。父亲相信，等到弗兰妮长大的时候，德瑞中学可能就招女生了。

“当然不是突然有了进步的办学理念——他们根本不会有，”我父亲说，“他们这样做，纯粹是为了避免关门罢了。”

他说得一点没错。到一九五二年，德瑞中学的教学水平受到了质疑。入学人数在逐年下降，招生标准更是受人诟病。入学人数在持续下降，学费连年上涨，这就赶跑了更多的学生。这样一来，不少教师就得解雇——而其他一些有理念、有路子的教师干脆辞职走人了。

学校橄榄球队在一九五三年赛季的战绩是一胜九负。鲍勃教练觉得学校眼巴巴地想让他赶紧退休，以便将橄榄球队彻底解散了事——养这支球队太费钱，那些曾经支持过橄榄球队（以及其他各个球队和赛事）的校友都觉得没有脸面回来看橄榄球比赛。

“都是该死的球队制服惹的祸。”艾奥瓦鲍勃说。我父亲翻了个白眼，对鲍勃教练的老年胡话尽量表露出宽容的神情。我父亲已经从厄尔身上看到了衰老的可怕。但说句公道话，鲍勃教练对制服的看法也不无道理。

德瑞中学的校服颜色，可能代表了现在已经灭绝了的那种奶牛的肤色，本该是巧克力深棕色加闪亮的银色。可是年复一年，校服里合成面料的成分越来越多，鲜艳的可可色和银色变得日益暗淡无光。

“成了烂泥和乌云的颜色。”我父亲说。

德瑞中学的几个学生，就是与我们这些孩子一起玩的那几个——当他们不向弗兰妮亮出他们那玩意儿的时候就与我们玩——告诉我们，有人给校服的颜色起了好几个名字，这些名字在学生中很流行。有一个年纪大一点的男孩，名叫德·米奥——拉尔夫·德·米奥，是艾奥瓦鲍勃手下为数不多的明星球员之一，也是父亲冬季和春季田径队的短跑明星选手——他告诉弗兰克、弗兰妮和我，德瑞中学的校服真正代表了什么颜色。“死人脸上的灰白色。”德·米奥说。我那时十岁，非常怕他；弗兰妮十一岁，与他交往时显得还比较老练；弗兰克十二岁，见谁都怕。

“死人脸上的灰白色。”德·米奥慢慢地为我重复了一遍。“棕色——奶牛那样的棕色，就像粪便。”他说，“就是你说的屎，弗兰克。”

“我知道。”弗兰克说。

“再给我看一次。”弗兰妮对德·米奥说。她指的是他那玩意儿。

因此，大便和死人脸成了这个垂死的德瑞中学校服的标志性颜色。学校董事会的不少成员在这个诅咒下苦苦追寻着学校的发展前途，其他成员又回忆起学校当年的牛棚时代，回忆起建在这个没有悠久历史的新罕布什尔的小镇的德瑞中学是如何一步一步走向衰落的。最后他们决定，德瑞中学向女生敞开大门。

那样做，至少能增加入学人数。

“橄榄球队这下要完了。”鲍勃教练说。

“到时候女生玩起橄榄球来，都比你们大多数男生玩得好。”父亲说。

“我就是这个意思。”鲍勃教练说。

“拉尔夫·德·米奥玩得不错。”弗兰妮说。

“什么玩得不错？”我问。弗兰妮在桌子底下踢了我一下。弗兰克坐在那里闷闷不乐，他的个头比我们其他几个孩子都要大，凶巴巴地坐在弗兰妮旁边，我的对面。

“德·米奥至少跑得快。”父亲说。

“德·米奥至少会撞人。”鲍勃教练说。

“他肯定会。”弗兰克说。弗兰克好几次挨了拉尔夫·德·米奥的打。

每次拉尔夫想打我的时候，都是弗兰妮挺身保护了我。有一天，我们——就弗兰妮和我——看他们在橄榄球场上画线，我们避开了弗兰克（我们经常想办法避开他）。德·米奥走上来，一把将我推到了橄榄球训练用的阻塞器上。他穿着比赛服：大便和死人脸，19号（19

也正是他的年纪）。他摘下头盔，一口把护齿吐到煤渣跑道上，咧嘴露着光亮的牙齿，对弗兰妮笑笑。“滚开。”他对我说，但眼睛始终看着弗兰妮，“我要跟你姐姐说几句悄悄话。”

“你用不着推他啊。”弗兰妮对德·米奥说。

“她才十二岁。”我说。

“滚。”德·米奥说。

“你用不着推他啊，”弗兰妮说，“他才十一岁。”

“我得告诉你我有多难过。”德·米奥对弗兰妮说，“等你上学的时候，我就不在这里了。我早就毕业了。”

“你这话什么意思？”弗兰妮问。

“他们要招收女生了。”德·米奥说。

“我知道。”弗兰妮说，“那又怎样？”

“太遗憾了，就这样。”德·米奥对弗兰妮说，“等你长大了，来这里上学了，我却不在这里了。”

弗兰妮耸了耸肩，完全与母亲耸肩的样子一样——漂亮，有个性。我从煤渣跑道上捡起德·米奥的护齿，把这黏糊糊的、沾满了煤渣的护齿扔给了德·米奥。

“你为什么不把护齿放回嘴里？”我问他。我跑步速度很快的，但我觉得还是跑不过拉尔夫·德·米奥。

“滚开。”他说。他突然拿起护齿向我头部扔来。我蹲下了。护齿从我头上飞了过去。

“你怎么没去比赛？”弗兰妮问他。在灰不拉叽的木质露天看台——那里就算是德瑞中学的“运动场”了——在这后面，就是训练场，我们听到了护肩和头盔碰撞的声音。

“我的大腿根受伤了。”德·米奥告诉弗兰妮，“你想看吗？”

“你那东西掉下来才好。”我说。

“看我能不能抓住你，强尼。”他说，但眼睛依然看着弗兰妮。

没其他人叫我“强尼”的。

“你那里受伤了，你抓不住我的。”我说。

但是我错了。他在四十码线的地方就抓住了我，将我按倒在地，把我的脸死死贴在刚画好线的石灰上，屈膝骑在我的后背上。忽然，他从我身上滚了下去，侧身躺在了煤渣跑道上，大口大口喘着气。

“耶稣啊。”他轻轻叫了一声。弗兰妮抓住了他下体弹力护身里的护阴垫，使劲一扭，朝他的私处捅去。那个时候，我们把那个地方叫作私处。

看他躺在地上，弗兰妮带着我赶紧逃走了。

“你是怎么知道那东西的？”我问弗兰妮，“就是他弹力护身里的那个东西。我说的是那护阴垫。”

“他给我看过一次。”她一脸严肃地说。

我们躺在训练场后面树林深处满是松针的地上。在这里我们听得见鲍勃教练的哨子声和球员们身体相互碰撞的声音，但他们看不见我们。

每次拉尔夫·德·米奥打弗兰克，弗兰妮却从来不管。我问她，拉尔夫打我的时候，她为什么管我？

“你不是弗兰克。”她轻声但严厉地说。她在树林边上的湿草上打湿了裙角，撩起裙摆为我擦去脸上的石灰，我看到了她露出的肚皮。一根松针扎到了她的肚皮上，我帮她把松针拔了下来。

“谢谢你。”她说。她捏着裙角仔细擦着我的脸，要把所有的石灰都擦掉。她把裙子撩得更高了，往裙角上吐了一口唾沫，继续擦。我的脸有点疼。

“为什么你喜欢我，我喜欢你，但我们都不太喜欢弗兰克？”我问她。

“我们就是相互喜欢。”她说，“我们永远会相互喜欢下去的。弗兰克是个怪胎。”

“但他是我们的哥哥啊。”

“是吗？你还是我弟弟呢。”她说，“这不是我喜欢你的原因。”

“那你为什么喜欢我？”我问。

“就是喜欢。”她说。我们在树林里扭打了一会儿。有一样东西掉到她的一只眼睛里去了；我帮她取了出来。她浑身是汗，闻起来好像是干净的泥土味。她的胸部已经高起，但两只乳房似乎隔得很开，不过她的身体还是非常强壮的。她一般情况下都打得过我，即使我完全骑到了她的身上，她仍然可以腾出手来胳肢我，弄得我直想撒尿；如果让她骑在我身上，那我是绝对不能动弹一下的。

“总有一天我能打过你。”我对她说。

“那又怎样？”她说，“到那时，你就不想打了。”

一个长得胖嘟嘟的橄榄球队员，名叫波因德克斯特，跑到树林里来大便。看见他过来，我们赶紧躲到一处蕨类植物丛中——这里我们是很熟悉的，好几年都在这里玩。橄榄球队员这几年一直在训练场后面的这片树林里大便，好像胖一点的队员尤其喜欢这个地方。从这里跑回体育馆，路可不少。如果他们不清空肠子就去训练，鲍勃教练就要训他们。我们在想，那些胖子不可能完全清空肠子吧——也说不清为什么。

“是波因德克斯特。”我低声说。

“除了他还有谁！”弗兰妮说。

波因德克斯特笨手笨脚的，总是扒不下护臀。有一次，他不得不把钉鞋都脱下，然后把下半身运动服全脱掉，就这样脚穿袜子蹲在地上。这一次，他好不容易扒下护臀和裤子，可是两条膝盖又不能分得很开，摇摇晃晃地蹲在那里，双手扶着头盔（头盔就放在他面前的地上），好不容易才保持了身体的平衡，结果拉得球鞋里到处都是，只好先擦了屁股，又擦鞋。弗兰妮和我担心他会顺手抓起蕨类植物擦屁股，只见他气喘吁吁，手忙脚乱，拿起刚才路上扯来的一把枫叶胡乱解决了。鲍勃教练的哨子声急促响起——我们听到了，波因德克斯特也听到了。

他起身往练习场跑去，弗兰妮和我在后面鼓起了掌。他停下来听，我们就停止鼓掌；可怜的胖男孩站在树林里，呆呆地想着他怎么会听到掌声。他赶紧跑回球场去。他是个很烂的球员，少不了挨他们的骂，受他们的气。

弗兰妮和我偷偷溜到了橄榄球队员回体育馆总要经过的那条小路。这条路很窄，被橄榄球员的钉鞋踩得坑坑洼洼。我们有点担心德·米奥或许会突然出现。因此弗兰妮脱下裤子蹲在路上的时候，我走到训练场边上为她望风；然后我们换过来，我脱下裤子蹲在路上，弗兰妮为我望风。我们用薄薄的一层树叶将那几堆乱糟糟的东西盖起来。然后我们就退到我们常去的蕨类植物丛中，等橄榄球队员训练结束。莉莉早就在那里了。

"回家去。"弗兰妮对她说。莉莉刚七岁。大多数时候，她对我和弗兰妮来说太小了，无法一起玩儿，但我们在家里待她还是很好的。她没有朋友，似乎很迷恋弗兰克，因为弗兰克喜欢像照顾小孩一样照顾她。

"我不想回家。"莉莉说。

"最好还是回家去。"弗兰妮说。

"你的脸怎么这么红？"莉莉问我。

"德·米奥在他脸上擦了毒粉，"弗兰妮说，"他在四处寻人，想给更多的人擦毒粉。"

"要是我回家去，他会看到我的。"莉莉十分严肃地说。

"如果你马上走，他就不会。"我说。

"我们会为你望风的。"弗兰妮说。她从蕨类植物丛中站起身来。"一个人都没有。"她低声说。莉莉跑回家了。

"我脸上真的很红吗？"

弗兰妮一把将我的脸扳到她跟前，在我脸颊上舔一下，在我额头上舔一下，在我鼻子上舔一下，再在我嘴唇上舔一下。“我舔不到什么东西了。”她说，“我全都舔完了。”

我们一起躺在蕨类植物里，虽然算不上无聊，但要等他们训练结束，着实也等了不少时间。有几个球员往小路那边走去。第三个家伙踏进了那个陷阱。一个从波士顿来的跑卫，这是他在德瑞中学的第五年了，就是为了撑年纪，以便上了大学进橄榄球队打球。他的那只脚向前滑了一下，但没有摔倒。他看了看自己的钉鞋，脸上的表情无比恐怖。

“波因德克斯特！”他尖叫一声。波因德克斯特一向跑得慢，总落在这些前去冲澡的球员的后面。

“波因德克斯特！”波士顿来的跑卫尖叫着，“你这狗屎一样的白痴，波因德克斯特！”

“我干什么了？”波因德克斯特在后面上气不接下气地问。他总是那么胖——“基因里就胖。”弗兰妮后来知道了基因这个词，嘴上总是这么说。

“你非得在半路上干这事，你这浑蛋？”跑卫责问波因德克斯特。

“不是我干的！”波因德克斯特说。

“把我的鞋子擦干净，你这狗屎一样的白痴。”跑卫说。在德瑞这样的学校，巡边员一般由年纪小个头大的男孩担任，但这些孩子身体胖，体质弱。因为年纪小，只好常常为那么几个优秀运动员做这做那——鲍勃教练总让优秀运动员来做持球手。

几个粗野壮实的后卫立刻围住了波因德克斯特。

“学校里还没有女孩子，波因德克斯特，”波士顿来的跑卫说，“所以，只能让你来擦掉鞋上的屎。”

波因德克斯特只好照办——他至少熟悉这个活儿。

弗兰妮和我往家里走。我们经过了德瑞中学那几个摇摇欲坠的牛棚，看到了养在里边做样子的几头奶牛，接着又经过鲍勃教练住的房子的后门，只见门廊上倒立着从那辆一九三七年产印度摩托车上卸下来的那块锈迹斑斑的挡泥板——你可以在上面刮去鞋上的泥。这是厄尔留下来的唯一的户外遗物了。

“到了我们该上德瑞中学的时候，”我对弗兰妮说，“但愿我们能住在别的地方。”

“我是绝不会给别人的鞋子擦屎的，”弗兰妮说，“没门儿。”

鲍勃和我们一起吃晚饭，在餐桌上，他不停地哀怨他的这个烂透了的橄榄球队。“这是我的最后一年了，我发誓。”老人说——这样的话不知说了多少遍，“波因德克斯特这小子今天训练了一半竟然去小路上拉屎。”

“我看见弗兰妮和约翰把衣服脱掉了。”莉莉说。

“别胡说。”弗兰妮说。

“就在小路上。”莉莉说。

“在那里干什么？”母亲问。

“就干鲍勃爷爷说的那件事。”莉莉说。

弗兰克鼻孔里哼了一声，表示厌恶；父亲立刻把我和弗兰妮赶回我们的房间。到了楼上，弗兰妮悄声对我说：“你看到了？只有你我是一伙的。莉莉不是。弗兰克不是。”

“艾格也不是。”我加了一句。

“艾格不算，笨蛋。”弗兰妮说，“艾格还没有长成人。”艾格只有三岁。

“他们两个在盯我们的梢呢。”弗兰妮说，“弗兰克和莉莉。”

“别忘了还有德·米奥。”我说。

“他啊，我想忘就忘，容易得很。”弗兰妮说，“等我长大了，屁股后面会跟一大堆德·米奥。”

听到这里，我心里一惊，不再吭声了。

“别担心。”弗兰妮在我耳边悄声说。我没说什么。她蹑手蹑脚地走过走廊，溜进我的房间，爬到我的床上。我们开着房门，这样能听到他们楼下的说话声。

“这学校，不适合我的孩子。”父亲说，“我早就这样想了。”

“好吧，”母亲说，“你一天到晚这么说，孩子们都相信了。到时候他们就不敢去那里上学了。”

“到时候，”父亲说，“我们要把他们送到外地，上好点的学校去。”

“我不在乎学校好不好。”弗兰克说——这一点上我和弗兰妮与他有同感。我们虽然讨厌德瑞中学，但一听到要把我们送到外地上学，我们更加不安了。

“外地哪儿？”弗兰克问。

“谁要去外地？”莉莉问。

“嘘。”母亲说，“没有人会去外地上学。我们家没有钱。在德瑞中学当老师，不说有别的什么好处，至少我们的孩子可以免费在这里上学。”

“可是这个学校不怎么样。”父亲说。

“比一般的学校还是好。”母亲说。

“听着，”父亲说，“我们马上要赚钱了。”

这个倒是新鲜事。弗兰妮和我竖起耳朵，静静地听着。

弗兰克对这个事一定感到紧张了。“我可以走了吗？”他问。

“当然可以，亲爱的。”母亲说。“我们靠什么赚钱？”母亲问父亲。

“看在上帝的分上，快告诉我吧。”鲍勃教练说，“我都想着要退休了。”

“听着。”父亲说。我们仔细听着。“德瑞中学可能真的一无是处，但它会扩大，它马上要招收女生了，知道吗？即使不扩大，它也不会萎缩下去。这个学校在这里办了这么多年，它不会萎缩。它一心一意要生存下去，它会生存下去的。它不会变成一所好学校，但它会有很多的发展和变化，到时候我们会认不出这个学校的。它会不断变化——这一点你尽可以相信。”

“那又怎么样？”鲍勃问。

“所以这里还是有一所学校的。”父亲说，“这所私立学校将继续在这里办学，在这个破烂的小镇办学，”他说，“但汤普森女子中学是办不下去的，因为现在德瑞镇的女孩都会跑到德瑞中学去上。”

“这谁都知道。”母亲说。

“我可以走了吗？”莉莉问。

“可以，可以。”父亲说。“听着，”他对母亲和鲍勃说，“难道你们还不明白？”弗兰妮和我当然什么也不明白。我们看见弗兰克鬼鬼祟祟地走过楼上的走廊。“汤普森女子中学的这幢老楼会变成什么呢？”父亲问。母亲说要烧了它。鲍勃教练建议改成一座监狱。

“这里够大，建监狱合适。”鲍勃说。有人在镇议会上提出了这个建议。

“这里的人不想要监狱。”父亲说，“不想在镇中心建监狱。”

“不过这看上去已经像监狱了。”母亲说。

“只要加点铁窗就行了。”艾奥瓦鲍勃说。

“听着。”父亲说，听口气有点不耐烦了。弗兰妮和我一下子僵住了，弗兰克在我房间外晃来晃去——莉莉在外边附近的地方吹起了口哨。“听我说，听我说，”父亲说，“这个镇现在很需要一家旅馆。”

楼下餐桌上这时谁也不说话了。躺在床上的弗兰妮和我都想到了，毁掉老厄尔的，正是一家“旅馆”。我们脑子里的旅馆，就是一个巨大的废墟，散发着鱼腥味，有人拿着枪看守着。

“为什么需要旅馆？”母亲说话了，“你不是老说这是一个破烂的小镇——谁会想来这里？”

“或许他们是不想来这里，”父亲说，“但不得不来。我说的是德瑞中学的那些学生家长。他们是要来看孩子的，对吗？你知道吗？这些家长会越来越有钱，因为学费在不断上涨，也不会再有奖学金这回事了——只有有钱人家的小孩才能来这里读书。家长来学校看孩子，但不能住在镇里，只能去海滩，那里有各色各样的酒店，有的甚至要开车到更远的地方，到山上找旅馆——就是不能住在镇上，这里一家旅馆都没有。”

这就是我父亲的打算。尽管德瑞中学已经穷得雇不起足够的门卫了，但父亲还是想在德瑞镇上开一家旅馆，觉得德瑞中学能带来客源——他好像并不担心：这个小镇这么乱七八糟的，要是客人不想在镇上的旅馆住下来，怎么办？来新罕布什尔州消夏的游客一般都会去海滩——德瑞镇离海滩只有半小时的车程。这里离山上也只有一个小时的车程，很多滑雪者都会去那里，到了夏天，也有各种湖泊可以玩。可是德瑞镇处于山谷地带，在内陆，不在高原。你可以说，德瑞镇离大海很近，因为在这里可以感受到大海的湿润；你也可以说，德瑞镇离大海太远，因为你在这里根本享受不到大海的清新。来自大海和高山的清新空气无法穿透笼罩在斯夸姆斯特河上方沉闷的雾霾。德瑞镇就是斯夸姆斯特河谷里的一座小镇——冬天寒冷湿润，夏天闷热潮湿。这不是一个美丽如画的新英格兰小村，而是建在一条污染严重的河上的一个磨坊小镇——这个丑陋不堪的磨坊现在被人遗弃了，就像汤普森女子中学被人遗弃了一样。这个小镇的唯一希望都寄托在德瑞中学上了——但又没有人愿意去那里上学。

“不过，要是在镇上建了旅馆，”父亲说，“会有客人来住的。”

“但汤普森女子中学只能改造成个糟糕透顶的旅馆，”母亲说，“破旧的校舍，你怎么也改变不了。”

“你知道这片地多便宜就可以买到吗？”父亲说。

“你想过要花多少钱才能改造它吗？”母亲说。

“这个想法真让你沮丧！”鲍勃教练说。

弗兰妮压住了我的两只胳膊——这是她通常使用的攻击方式：不让我的胳膊动弹一下，然后用下巴在我肋骨上、腋窝下挠我痒痒，或者咬我脖子（咬得够重，使我只好乖乖躺着不动）。我们的四条腿在被子底下乱倒腾，把被子都踢掉了——谁能抢先夹住对方的两条腿，谁就能得到最初的优势。这时莉莉全身裹着被单，怪兮兮地爬进了我们的房间——她总是有她的怪招。

“很抱歉，我给你们惹麻烦了。”裹在被单下面的莉莉说。

莉莉要偷偷告诉我们什么事情的时候总感到不好意思，于是总把自己全身包裹起来，爬着来到我们的房间。“我给你们带了点东西来。”莉莉说。

“是吃的？”弗兰妮问。我扯下莉莉身上的床单，弗兰妮接过莉莉叼在嘴里的一个纸袋，里面有两根香蕉，两个热乎乎的面包卷，都是从餐桌上拿来的。“没有喝的？”弗兰妮问。

莉莉摇摇头。

“来吧，快上来。”我对莉莉说。莉莉立刻爬上了床，我们三个人挤在了一起。

“我们马上要搬到旅馆去住了。”莉莉说。

“不一定。”弗兰妮说。

楼下的餐桌上，他们似乎在谈论别的什么事情。鲍勃教练又在生我父亲的气了——好像还是为以前同样的事生气：他不满意“生活在未来”——这是鲍勃的原话。他对我父亲总是为未来做计划，而不是扎扎实实地生活在当下的做法很是不满。

“他就是这么一个人。”我母亲说。在鲍勃教练面前，她总是为我父亲辩护。

“你有位这么好的妻子，这么好的一个家，”艾奥瓦鲍勃对我父亲说，“还有这么大的房子住——继承来的遗产！不用花一分钱就得到了！你有一份工作。即使工资不高，又怎么样！——你要那么多钱干什么？你是一个很幸运的人了。”

“我不想当老师。”父亲平静地说——这说明他又生气了，“我不想当教练。我不想让我的孩子将来上这么烂的学校。这个小镇土得掉渣，这个学校在垂死挣扎，全是有钱人家的问题学生。他们的父母出于绝望，把孩子送到这里，是为了让学校治一治他们已经相当老成的混混气质。于是，这个学校和这个小镇不可救药的土气，加上这些学生无法无天的混混气质——怎一个烂字了得！”

“你现在还是多陪陪我们家里的这几个孩子吧，”母亲说，语气非常平静，“少为他们过几年到哪里读书发愁吧。”

“又是未来！”艾奥瓦鲍勃说，“他总是生活在未来！首先是走南闯北——为了能上哈佛。上了哈佛，又是火急火燎的——为了早点毕业。为什么？为了得到这份工作。但现在又东抱怨西抱怨。他为什么就不能开开心心地工作？”

“开开心心地工作？”我父亲问，“您不是也不开心吗？”

我们在楼上可以想象我们的爷爷鲍勃教练生气的样子。他每次与我父亲争吵，总是以怒气冲冲的方式结束。我父亲的脑子转得比艾奥瓦鲍勃快得多；每当鲍勃感到自己的脑子不够用了，但又觉得自己在理，他就不免火冒三丈。弗兰妮、莉莉和我总能想象爷爷长满疤痕的秃头上冒着烟。是的，鲍勃与我父亲一样，也看不上德瑞中学，但鲍勃至少觉得自己在尽心尽力做事，他也希望看到我父亲一门心思做好眼前的事，而不是总盘算着未来（鲍勃的原话）。毕竟，鲍勃有一次激动之下忘乎所以地咬过一个跑卫，但他没有见过我父亲对什么事情如此投入过。

我父亲虽然也喜欢运动，喜欢锻炼身体，但他从来没有对哪个运动项目表现出很大的热情——鲍勃爷爷或许对此感到苦恼吧。艾奥瓦鲍勃很爱我的母亲，我父亲在外面打仗，在外面读书，在外面与厄尔一起卖艺赚钱的那些年里，他深知我母亲的艰辛，鲍勃教练或许认为我父亲不怎么顾家——我知道，在最后那些年里，鲍勃还觉得我父亲没有照顾好厄尔。

“对不起打断一下。”我们听到楼下弗兰克在说话。弗兰妮的两只手紧紧地搂住我的腰，我挣扎了一下身体，迫使她抬起下巴，不让她的下巴压着我的肩膀，可是莉莉还是稳稳地坐在我的头上。

“什么事，亲爱的？”只听母亲说。

“怎么了，弗兰克？”这时，楼下的椅子嘎吱一声响，我们知道父亲站起身，伸手去抓弗兰克。父亲总喜欢与弗兰克扭打一下，或想鼓动弗兰克玩一下，好让弗兰克放松下来，但弗兰克不喜欢那样。我和弗兰妮最喜欢父亲满屋子乱跑，与我们一起打闹，但弗兰克一点也不喜欢。

“对不起打断一下。”弗兰克又说了一遍。

“你说吧，你说吧。”父亲说。

“弗兰妮不在自己房间。她跑到约翰的床上去了。”弗兰克说，“莉莉与他们在一起，她给他们带去了吃的。”

我感觉到弗兰妮一下子从我身边溜走了，她猛地从我的床上跳下，从我的房间跑出去了。我在后面看到她的法兰绒睡衣鼓鼓的，像一张吃了风的帆一样飞舞在楼梯口。莉莉抓起她自己的那块床单，爬进了我的壁橱，躲了起来。贝茨家的老宅非常大，有很多地方可以躲藏，但这些地方我母亲不见得都知道。

我还以为弗兰妮跑回她自己的房间去了呢，可是我听到了她冲下楼去的声音，接着又听到了她的尖叫。

“弗兰克，你这个怪胎！”弗兰妮尖叫着，“你这放屁精！你只会在小鸟的澡盆里拉屎！”

“弗兰妮！”母亲说。

我跑到楼梯口，紧紧抱住扶手。楼梯上铺着又厚又软的地毯，整个房子里都铺着。我看到弗兰妮冲到餐厅，径直朝弗兰克冲去，一下子把他按倒在地，将他的脑袋夹在她的腋下。她的动作够快的——但弗兰克动作迟缓，不擅长运动，尽管个头比弗兰妮大，比我更大，但他的动作协调很差。我很少和他打架，即使是打着玩，也很少。弗兰克打起架来，其实是很少打着玩的，即使他说是打着玩的，他也会伤着你。他个头太大，即使不喜欢运动，但还是很结实。他自有一套攻击办法，就是用胳膊肘猛戳你的耳朵，用膝盖猛击你的鼻子；他打起架来，会用他的手指头直戳你的眼睛，用头直接顶破你的嘴唇。世上就有这么一些人，他们对自己的身体感到很不满意，似乎就很想冲撞任何别人的身体。弗兰克就是这样一个人，所以我一般都离他远远的，这不仅仅是因为他比我大两岁。

弗兰妮有时就忍不住要招惹他，到头来就是两人互相伤害。我看见她和弗兰克在餐桌底下相互死命地掐在一起。

“叫他们住手，温！”母亲说。父亲想把他们拉出来再拆散他们，却一头撞到了桌子上。鲍勃教练钻到了另一边的桌子底下。

“该死的！”父亲说。

我扒着扶手站在楼梯上看着下面，突然感觉有一样暖乎乎的东西贴在我屁股上。原来是莉莉，她从被单底下探出头来。

“你这耗子不如的浑蛋，弗兰克！”弗兰妮尖叫着。

弗兰克抓住了弗兰妮的头发，猛拽她的头往餐桌腿上撞。接着，弗兰克的手猛抓弗兰妮的乳房——我胸前当然没有乳房，但弗兰克一抓弗兰妮的乳房，我的胸口却猛地感到一阵疼痛。弗兰妮只好放开了弗兰克的头，而弗兰克拽着弗兰妮的头又往桌子腿上连撞两下，一只拳头缠绕起她的头发。这时，鲍勃教练一把抱住了两个人的三条腿，将他俩从桌子底下拉了出来。弗兰妮飞起那条没有被抱住的腿，啪地踢到了鲍勃的鼻子上，但鲍勃并没有倒下。弗兰妮大哭起来。她使劲往后拉伸着自己的头发，狠狠咬住弗兰克的脸颊。弗兰克的一只手还紧紧掐着弗兰妮的一个乳房，肯定掐得很紧，因为弗兰妮的嘴巴本来是咬着弗兰克的脸颊的，现在张开了，发出了失败的呜咽声。这呜咽声非常可怕，听了让人非常丧气，莉莉赶紧披上床单跑回我的房间去了。父亲将弗兰克掐着弗兰妮乳房的手掰开，鲍勃教练将弗兰妮的头夹到自己腋下，这样弗兰妮就不能再咬弗兰克的脸颊了。弗兰妮腾出一只手猛抓弗兰克的私处——不管弗兰克穿了弹力护身服，戴了护阴垫，还是什么也没有穿戴，到了关键时刻，弗兰妮总是猛击别人的私处。弗兰克的四肢突然抽搐起来，嘴里发出无比哀伤的声音，我听了不禁一阵寒战。父亲扇了弗兰妮一记耳光，但弗兰妮仍不松手。父亲只好使劲将她的手指掰开。鲍勃教练一把将弗兰克从弗兰妮手里夺了过来，弗兰妮最后飞起一条长腿狠狠踢了弗兰克一脚，父亲只得又扇了弗兰妮一记嘴巴子。这才算消停。

父亲坐在餐厅的地毯上，把弗兰妮的头抱在胸前，抱着她在怀里摇晃，而弗兰妮大哭不止。“弗兰妮，弗兰妮，”他轻柔地对她说，“为什么非要到伤到你的地步你才肯罢手？”

“放松，孩子，轻轻呼吸。”鲍勃教练对弗兰克说。弗兰克侧身躺下，卷曲着的双膝紧贴胸前，脸色灰白，就像德瑞中学校服的颜色。艾奥瓦鲍勃知道如何安慰那些被人抓了蛋蛋而倒地的人。“感觉有点恶心，对吗？”鲍勃教练轻声问道，“放松地呼吸，躺着别动。那感觉很快就会消失的。”

母亲收拾好桌子，扶起倒地的椅子。她克制着自己，不说一句话，但她对家人之间的暴力是无比痛恨的，这种痛恨就写在她那张感受到伤害的痛苦和恐惧的脸上。

“好了，试着深吸一口气。”鲍勃教练对弗兰克说。弗兰克深吸了一口气，咳嗽起来。“好吧，好吧，”艾奥瓦鲍勃说，“先慢慢呼吸，等一会儿再说。”弗兰克痛苦地哼了一声。

父亲检查了弗兰妮的下唇。弗兰妮的眼泪止不住地流下来。她发出咔咔咔的哽咽声，好像有气卡在胸口出不来。“我想你需要缝几针，亲爱的。”父亲说，但弗兰妮愤怒地摇摇头。父亲紧紧抱住弗兰妮的头，在她眼睛上方吻了两下。“对不起，弗兰妮，”父亲说，“我该拿你怎么办？怎么办？”

“我不需要缝针。”弗兰妮伤心地说，“不要缝针。决不要。”

弗兰妮的下唇有一块很不平整的肉突出来了，父亲不得不合起两只手掌放在弗兰妮的下巴下面，去接她流下来的血。母亲拿来了一块包着冰的毛巾。

我回到自己的房间，好说歹说让莉莉从壁橱里出来了。她想和我待在一起，我表示理解。她很快就睡着了。我躺在床上，想着一件事：每次有人提到“旅馆”这两个字，总会发生流血的事，总是突然叫人感到悲伤。父亲和母亲开车把弗兰妮送到德瑞中学的医务室，校医为弗兰妮缝合了嘴唇。没人会责怪父亲——弗兰妮尤其不会。弗兰妮当然会责怪弗兰克，那个时候，我也是经常责怪弗兰克。父亲不会责怪他自己——即使责怪他自己，也不会太长时间。母亲会责怪自己，不知为什么，她会更久一点。

每当我们打架的时候，父亲通常会对我们大喊：“你们知道这让你们的母亲和我有多难过吗？想象一下，我和你妈妈一直打架，你们怎么会受得了？我和你妈妈打过架吗？打过吗？你们喜欢我们打架吗？”

我们当然不喜欢。他们确实不打架——大多数时候不打架。他们只是常为一件事争吵不休：该活在将来，还是该享受当下？在这个问题上，鲍勃教练对我父亲意见很大，而且把这个意见以无比激烈的方式表达了出来。我们知道，母亲对父亲也有意见，只不过说得没有那么难听。（她知道，父亲就是那样一个人，有什么办法？）。

对我们这些孩子来说，这样的争论算不了什么大事。我让莉莉翻过身来，这样我才可以伸开腿平躺下来。我的头并没有埋在枕头里，我竖起两只耳朵，仔细听着鲍勃教练在楼下对弗兰克说的话。“放松，孩子，靠在我身上就好了。”鲍勃说，“秘诀就在于呼吸。”弗兰克在对鲍勃哭诉着什么。鲍勃教练说：“孩子啊，女孩子的奶子是抓不得的，难怪人家要来抓你的蛋蛋。你说能抓吗？”

弗兰克继续哭诉着，说他觉得弗兰妮太可怕了，她从来不让他一个人好好待着，她总是怂恿弟弟妹妹来与他作对，他想避开她，可怎么也避不开，如此，等等。“凡是发生在我身上的倒霉事，都是因为她在里面捣鬼！你们都不知道！”他说，声音很沙哑，“你们都不知道她是怎么取笑我的。”

我想我是知道的，弗兰克说得没错，弗兰妮老取笑他。他太不讨人喜欢，问题就在这里。弗兰妮对弗兰克很凶，但是弗兰妮本身不是一个凶恶的人；弗兰克对我们这些弟弟妹妹不是真的很凶，但是他就是让人讨厌，真说不清是怎么回事。我躺在那里，想着想着，把自己都想糊涂了。莉莉打起了呼噜。我听到艾格在大厅那头抽着鼻子。我心想，要是艾格醒来了，吵着要找母亲，鲍勃教练该怎么办？鲍勃正在浴室照顾弗兰克，已经够手忙脚乱的了。

“继续。”鲍勃说，“让我看着你尿。”弗兰克还在不住地抽泣。“对了！”鲍勃大叫一声，好像他刚看到结束区有人失球了。“看到没有？没有血了，孩子——只是尿。你没事了。”

“你们不知道，”弗兰克不停地说，“你们不知道。”

我出去看艾格想要什么。我想，他只有三岁，他想要的，无非是一些无法得到的东西吧。让我惊讶的是，我走进他的房间时，看到他很高兴的样子。他看到我显然也很惊讶。我把所有柔软的布艺玩具动物一一放回他的床上——他刚才扔得房间角落到处都是。他开始为我介绍这些都是什么动物：这是磨破的松鼠，他曾趴在它身上呕吐过好几次；这是磨破的大象，只剩一只耳朵了；那是橙色的河马。我每次要走，他都不高兴，于是我把他带到我房间，放在莉莉旁边。然后我把莉莉抱回她自己的房间。我抱着她走了很长一段路回到她的房间，还没等我把她放到她自己的床上，她就醒来了，很不高兴。

“你总不让我在你的房间睡觉。”她说。说完转头就睡着了。

我回到自己的房间，上了床，看到艾格睁着眼睛毫无睡意，还说着胡话。他兴奋异常。这时，我听到了楼下鲍勃教练的说话声——开始以为是在对弗兰克说话，但后来我听出来是对我们家的那条老狗索罗说话。弗兰克没有什么响动了，一定是睡着了，或者至少是在悄悄生闷气。

“你身上的气味比厄尔还难闻。”艾奥瓦鲍勃对我们家的狗说。说真的，索罗身上的气味实在可怕。它不光是老放屁，要是你一不留神，它的口臭就能把你熏死。对我来说，这只黑色的老拉布拉多猎犬比厄尔身上的难闻气味更加可怕——虽然我对厄尔身上难闻气味的记忆是很模糊的。“我们该拿你怎么办？”鲍勃低声对索罗说。我们吃饭的时候，索罗很喜欢躺在餐桌下面，我们吃饭不结束，它就放屁放个没完。

鲍勃打开了楼下的窗户。“过来，孩子。”他对索罗喊道。“耶稣啊。”鲍勃轻声说。我听到前门打开了，鲍勃教练大概已经把索罗放出去了。

我躺在床上，睡意全无，艾格在我身上爬来爬去。我等着弗兰妮回来。只要我醒着，弗兰妮回来的时候就能听到，她就会给我看她缝的针。艾格终于睡着了。我把他抱回他自己的房间，把他放到他的那些动物中间。

父亲和母亲开车带弗兰妮回家的时候，索罗还在外面；如果说不是它的叫声吵醒了我，那就是我错过了它的叫声。“嗯，看起来不错。”鲍勃教练说。很显然，他对弗兰妮嘴唇上缝的针感到很满意。“过一阵就好了，不会留下一点伤疤的。”

“五针。”弗兰妮说，声音很含混，好像他们给她换了一根舌头。

“五针！”艾奥瓦鲍勃大叫一声，“这么多！”

“索罗又在这里放屁了。”父亲说。他的声音听上去很累，心情也不大好，好像他们去了医务室之后就一直在不停地说话，说得现在都没有什么力气了。

“噢，这狗真可爱。”弗兰妮说。我听到索罗硬硬的尾巴不停地打在椅子或餐具柜上——啪啪啪。只有弗兰妮会在索罗身旁一连躺上几个小时，根本不受这条狗身上各种恶臭的影响。当然，弗兰妮对气味的感觉总的来说好像不如我们敏感。她从不讨厌为艾格换尿布——那是在我们都很小的时候——还为莉莉换尿布。索罗现在老了，可能在一夜之间会发生什么意外都不好说，弗兰妮从来不觉得狗屎那么令她讨厌；她对气味强烈的东西有一种很强的好奇心。在我们这几个孩子中间，能忍着一直不洗澡忍得最久的，就是她了。

我听到家里三个大人都过去与弗兰妮吻别，互道晚安。我心想：一家人就应该这样的——前一分钟还在打架，下一分钟就相互原谅了。我想她肯定会到我房间里来的——不一会儿她果然来了，给我看了她的嘴唇。缝得很利索的几条黑线在嘴唇上闪着亮光，看上去有点像阴毛；弗兰妮已经长阴毛了，我还没有。弗兰克也长了，但他不喜欢。

“你知道你缝的这几条线看上去像什么吗？”我问她。

“啊，我知道。”她说。

“他伤着你了吗？”我问她。她蹲在我的床边，让我碰了一下她的乳房。

“是另外一只，笨蛋。”说完，她把身体移开了。

“你真的抓弗兰克抓得不轻。”我说。

“啊，我知道。”她说，“晚安。”她站在我的房门口，又偷偷回看了一眼。“我们马上要搬到旅馆去住了。”她说。接着，我听到她走进了弗兰克的房间。

“想看我缝的线吗？”她轻声问。

“想看。”弗兰克说。

“你觉得这线缝得看上去像什么？”弗兰妮问他。

“挺乱的。”弗兰克说。

“是的，你知道像什么的，对吗？”弗兰妮问。

“是的，我知道。”他说，“就是太乱了。”

“我要为你的蛋蛋说声抱歉，弗兰克。”弗兰妮对他说。

“噢。”他说，“没事了。我也要说声对不起，对你的……”说到这里他停住了。他长这么大，从未说过“奶子”这个词，更没有说过“奶头”。弗兰妮等着听他下面要说什么。我也等着。“我要对所有这一切，说声对不起。”弗兰克说。

“噢，好吧。”弗兰妮说，“我也是。”

接着，我听到弗兰妮去招惹莉莉了。但莉莉睡得很死，根本不吃她这一套。“想看我缝的线吗？”弗兰妮轻声说。过了一会儿，我听见弗兰妮对莉莉说：“做个好梦。小孩子。”

当然，弗兰妮没有必要把缝的线给艾格看。艾格看了，说不定还以为是弗兰妮吃完东西没擦干净嘴巴呢。

“我开车送您回家吧？”我父亲对他父亲说。艾奥瓦鲍勃说，他要走路回家，这是锻炼身体的好方法。

“你可能认为这是一个破烂小镇，”鲍勃说，“但在这里，至少晚上散步是很安全的。”

我竖着耳朵又听了一会儿。我知道，现在是我父亲与母亲单独在一起。

“我爱你。”我父亲说。

我母亲说：“我知道你爱我。我也爱你。”我知道，这个时候她也很累了。

“我们去散会儿步吧。”父亲说。

“我不想把孩子们单独留在家里。”母亲说。我知道这不是理由。弗兰妮和我完全能照顾莉莉和艾格，弗兰克能照看好他自己。

“用不了十五分钟。”父亲说，“我们走到那边，去看看吧。”

他们要去看的，当然就是汤普森女子中学那幢令人讨厌的楼房，父亲想把它改造成一家旅馆。

“我是在那个学校念的书。”母亲说，“那幢楼我比你熟悉。我不想去看。”

“你以前是很喜欢晚上与我一起散步的。”父亲说。我听到母亲笑了一声，有点嘲笑的意味，我可以想象，她一定又耸了耸肩膀。

楼下很安静。我听不出他们有没有接吻，也听不出他们穿上夹克的声音——这是个秋夜，潮湿又清凉。接着，我听见母亲说：“我想你不一定清楚，你要往这个楼里砸进去多少钱，才能把它改造成一家像样的旅馆，一家有人愿意来住的旅馆。”

“不是愿意住不愿意住的问题。”父亲说，“要记住，这将是镇上唯一一家旅馆。”

“那么钱从哪里来？”母亲说。

“走吧，索罗。”父亲说。我知道他们要出门去了。“走吧，索罗。走吧，我们去把这个小镇熏个底朝天。”父亲说。母亲不禁又笑了起来。

“回答我一个问题。”她说，这次显得有点娇滴滴了。父亲早已经在之前的某个时候、某个地方说服她了——或许是在医生为弗兰妮的嘴唇上缝线的时候（我知道弗兰妮是很坚忍的：她那时没有掉一滴泪）。“钱从哪里来？”母亲问他。

“你知道的。”他一边说，一边关上了门。我听到索罗在秋夜里吠叫，它看见什么都叫，或者什么也没看见也叫。

我知道，如果这个时候有一艘白色单桅帆船停在贝茨家老宅的前廊和棚架前，我父亲和母亲也不会感到惊讶的。如果当年那情调独特的“海边的阿布史诺特酒店”的主人，就是那个身穿白色无尾晚礼服的男人，在那里迎接他们，他们也不会眨一下眼睛的。如果他在那儿，抽着烟——看他那晒得黝黑的皮肤还是那么无可挑剔——如果他对他们说："欢迎登船！"他们就会立刻登上那艘白色的单桅帆船出海的。

他们沿着松树街往艾略特公园走，经过最后几排由寡妇和鳏夫们住着的房子，眼前就是可怜的汤普森女子中学的校舍了——在这个夜晚，在我父亲和母亲的眼里，这幢高楼想必成了一座灯火通明的城堡或别墅，里面正在为富豪和名流举办一场盛大的晚会。事实上现在这楼里没有一盏灯亮着，经常在此转悠的只有一个老警察，开着一辆破旧的巡逻警车，每隔一个小时来此查看一次，赶走在角落里幽会的少男少女。在艾略特公园，也只有一盏街灯亮着。弗兰妮和我在天黑之后是绝不会光脚到公园里转悠的，因为害怕踩到玻璃啤酒瓶——还有用过的安全套。

可是，我父亲一定描绘了一幅完全不同的图画！他一定带着母亲经过了那些死了不知多久的榆树树桩；在他们的耳朵里，脚下吱嘎作响的玻璃必定如踩到高级海滩上的鹅卵石那么动听。我父亲一定这样说："你能想象得到吗？一个家庭经营的旅馆！大部分时间我们自己随意住。到了周末，学校放假，我们就可以大赚一笔，甚至连广告都不用打——至少不用打太多。平时我们开餐馆和酒吧，吸引做生意的来这里开午餐和鸡尾酒会。"

"做生意的？"母亲可能会大声问，"什么样的午餐和鸡尾酒会？"

索罗的臭气把灌木丛中幽会的少男少女们熏跑了。警车拦住父亲和母亲的去路，要求他们亮明自己的身份——即使这个破旧校舍周围现在就是这样一种状况，我父亲一定还是信心十足。"噢，是你啊，温·贝瑞。"警察一定这么说。老霍华德·塔克总是开着警车巡夜；他是个白痴，浑身是雪茄味——他总是拿啤酒熄灭雪茄。索罗一定在向他乱叫，因为他身上的气味与索罗自己一贯的气味不相吻合。“可怜的鲍勃在这个赛季的日子难过啊。”老霍华德·塔克一定这样说——人人都知道我父亲是艾奥瓦鲍勃的儿子，他还曾是鲍勃担任教练的德瑞中学橄榄球队的一个替补四分卫——那时的球队是经常赢的。

“又一个艰难的赛季。”我父亲一定这样开玩笑说。

“你们在这儿干什么？”老霍华德·塔克一定会问他们。

我父亲毫无疑问会回答说：“呃，霍华德，告诉你一个秘密，我们要买下这块地。”

“是吗？”

“当然。”父亲会这样说，“我们要把这个地方改造成旅馆。”

“旅馆？”

“没错。”父亲会说，“还有一间带酒吧的餐厅，客人可以来吃午餐，开鸡尾酒会。”

“来吃午餐，开鸡尾酒会？”霍华德·塔克会这样重复一遍。

“你尽情想象吧。”父亲会说，“新罕布什尔最好的旅馆！”

“天哪。”老警察可能只会这样感叹一声。

接着，值夜班的老巡警霍华德·塔克问我父亲：“你打算给这旅馆取个什么样的名字？”

记住：这是在夜晚，夜晚总能激发我父亲的灵感——他第一次见到弗洛伊德和他的熊是在夜晚；他与“缅因州”一起钓鱼是在夜晚；那个穿白色晚礼服的人现身也是在夜晚；那个德国人和他的铜管乐队来到阿布史诺特酒店的时候是天黑之后，德国人流血也是天黑之后；我父亲和母亲第一次睡在一起也一定是在天黑之后；现在弗洛伊德所处的欧洲也是一片漆黑。此刻，在艾略特公园，我父亲站在巡逻警车车灯里，看着眼前女子中学的这幢砖结构的四层主楼，觉得这楼看上去确实很像一座县立监狱——大楼外面到处是锈迹斑斑的防火逃生梯，如同布满了脚手架，正在对大楼进行改造。毫无疑问，此刻我父亲紧紧握住了我母亲的手。在这片黑暗中——黑暗之中的想象力永远不会受阻——我父亲细细体会着他未来那个旅馆的名字，感觉着正向他阔步走来的那个未来。

“你打算给旅馆起个什么名字？”老警察问。

“新罕布什尔旅馆。”我父亲说。

“我的天哪！”霍华德·塔克说。

“我的天”[1]——取这个名字或许更好，但这事很快就定了：这个旅馆就叫新罕布什尔旅馆。

*

父亲和母亲回来的时候，我还没有睡着——他们出去了远远不止十五分钟，所以我知道，即使他们在路上没有遇到弗洛伊德，没有遇到那个身穿白色晚礼服的人，至少也遇到了那艘白色的单桅帆船。

“耶稣啊，上帝啊！”我听见父亲说，“到了外边，你能不干这事吗，索罗？”

我可以清楚地想象他们回家的景象：索罗走在小镇的路上，冲着那些护墙板房子周围的树篱放起了响屁，叫醒了那些睡眠本来就不好的老人。他们弄不清现在几点了，可能会起来看看外面，于是就会看到我父亲和母亲手牵着手，带着那条狗，在外面走着。这些已经忘了时光流逝的老人一边上床，一边咕哝：“又是艾奥瓦鲍勃的儿子，带着贝茨家的女孩和那头老熊。”

“只有一件事我不明白。”我母亲说，“在住到旅馆之前，我们只好卖掉这个房子，搬到别的地方去住，对吗？”

当然只能这样了，因为只有这样，我父亲才能弄到一笔钱，一

---

1 作为感叹语的“holy cow”直译的意思是“圣牛”。

笔将一所学校改造成一家旅馆所需的资金。我父亲以极其便宜的价格买下了汤普森女子中学——德瑞镇也很高兴有人接手了这个烂摊子。谁愿意让这块叫人心烦的地方一直闲置着？谁家愿意看到自己的孩子老受伤——总是有小孩跑到那里去玩，不是打破窗子，就是在火灾逃生梯上乱爬。但是必须卖掉我母亲家的老宅——贝茨家族的那个很气派的老宅——才能有钱来支付改造这旧校舍的费用。这或许就是当年弗洛伊德对我母亲说的话的意思吧：你必须原谅他。

“在搬到旅馆之前，我们只得将它卖掉，”父亲说，“但我们不一定马上搬家。具体细节问题到时候再说吧。”

这些细节问题（还有别的很多问题）要过好几年才能解决——所以就有了弗兰妮这样的说法：“要是父亲能买到另一头熊，他就没有必要这么辛苦去开一家旅馆。”说这话的时候，她嘴唇上的线早就拆了，伤疤也不明显了——好像用手指头一抹，这伤疤就可以抹掉，或者，叫人好好亲吻一下就能擦掉。其实，我父亲心中一直存有两个幻想：一是，熊能好好活在这人世；二是，人可以在旅馆里过一辈子。

艾奥瓦鲍勃的胜利季

一九五四年，弗兰克成了德瑞中学的新生——对他来说，这算不上一个多么了不起的人生转变，只不过从此开始，他独自一人闷在自己房间里的时间更多了。那一年，德瑞中学里发生了一起非常暧昧的同性恋事件，与同一宿舍的几个男孩有关，这些男孩的年龄都比弗兰克大。最后大家都认为，这是德瑞中学里一桩再普通不过的恶作剧，弗兰克成了这个恶作剧的受害者。毕竟，他是个走读生，走读生对宿舍生活一无所知，也不足为奇。

一九五五年，弗兰妮上了德瑞中学。那是学校招收女生的第一年，但过渡期并不顺利。只要有弗兰妮在，过渡期就永远不会顺利。学校出现了很多不曾预料的问题，从教室里的性别歧视，到体育馆侧翼分配给女生的淋浴间数量不够，不一而足。另外，女教师的突然到来，使几桩原先就摇摇欲坠的婚姻顷刻破裂，德瑞中学的男生们也整日做起春梦来了，种种春梦，毫无疑问，比以前增加了一千倍。

一九五六年，轮到我上德瑞中学了。这一年，德瑞中学为鲍勃教练买入了全部守卫队员和三个巡边员。学校知道他马上就要退休了，但是从战争结束以来，还没有哪一个赛季他带队赢过球。校方觉得，为学校橄榄球队储备得力队员，也算是让鲍勃教练脸上有光的举措，于是从波士顿最厉害的几个中学招来了几个毕业生充任队员，为期一年。于是，鲍勃教练不仅第一次有了守卫队员，而且前锋也大为加强，阻挡对手的能力也一下提高不少。虽然鲍勃教练不太喜欢通过买入队员来壮大球队实力的做法——我们把这样的球员叫作“枪手”（甚至在鲍勃教练的那个时代也是这样叫的）——但他对学校的这一举动深表谢意。不过，德瑞中学考虑的，不只是让鲍勃教练在最后一个赛季胜利收场。为了吸引更多校友捐款，为了吸引新的年轻教练来执教这支球队，德瑞中学也是什么办法都用上了。鲍勃知道，如果再输一个赛季，德瑞中学的橄榄球队就要彻底玩完。鲍勃教练宁愿带着自己训练这么多年的这支球队去赢得一个赛季，而不愿用这种不光彩的手段来赢球。

“再说了，”鲍勃教练说，“即使是好球员也要教练指导。没有我，这些人也不会这么抢手。每一个人都要制订一个全盘计划；每个人都需要有人告诉他们哪里错了。”

在过去的那些年里，在全盘计划和可能出错的问题上，艾奥瓦鲍勃有很多话要对我父亲讲。鲍勃教练说，改造汤普森女子中学的任务极为艰巨，简直可以与“强奸犀牛”相比。改造工期比我父亲预期的长了一点。

他不费多大力气就卖掉了母亲的家族老宅——多么漂亮的一幢房子，自然卖了一个好价。新主人迫不及待地想入手，很快就办完了所有手续。我们还要在这里租住一年，为此付了一笔不小的房租。

我记得当时看到几百张课桌从教室里搬了出来，这里马上就要成为新罕布什尔旅馆了。这些课桌原本都是用螺丝固定在地板上的，所以地板上留下了无数个小洞，要么用什么东西填满小洞，要么拿地毯将全部的地板铺起来。我父亲要处理很多很多这样的细节问题。

四楼的卫浴设备是他无论如何也想不到的。但是我母亲应该清楚地记得，在她上汤普森女子中学之前很久，顶楼的马桶和盥洗台就是装错了的。那些卫浴设备根本不是为高中学生准备的——马桶和盥洗台都是小型的，适合于新罕布什尔州北部的幼儿园小朋友使用。因为这些设备比原先订购的正常设备要便宜得多，校方也就顺水推舟，没有追究。这就苦了这么多届的高中女生，她们要小便，要洗漱，就得蹲下身子，碰坏膝盖。要是在小马桶上猛地放下屁股去，她们的后背一不小心就会伤着，膝盖就会猛然顶住小洗漱台，眼前的镜子直接照见她们的乳房。

“耶稣啊，上帝啊！”父亲说，“这些浴室是为小精灵准备的。”他原来想把这些老旧的卫浴设备统统拆掉；他当然知道，客人是不喜欢使用公共卫生间的，但是，如果保留原有的这些马桶和洗漱台，就能省下一大笔钱——毕竟，中学的卫浴设备与旅馆的应该相差无几。

“这些镜子我们还可以用的。”母亲说，“把它们装得高一点就是了。”

“这些马桶和洗漱台也可以继续用。”父亲说。

“给谁用？”母亲问。

“给小矮人用？”鲍勃教练说。

“给莉莉和艾格用，”弗兰妮说，“至少可以用好几年。”

还有那些与书桌配套的椅子，也都是用螺丝钉固定在地板上的。父亲也舍不得扔。

“这些椅子还是好好的嘛。”父亲说，“坐上去多舒服。”

“奇怪的是，椅子上还刻着名字。”弗兰克说。

“奇怪吗，弗兰克？”弗兰妮说。

“这些椅子是固定在地板上的。”母亲说，“这样客人就不能随便搬动椅子。”

“为什么要让客人随便搬动旅馆的家具？”父亲问，“我的意思是，我们要按照旅馆应有的样子来布置房间，明白吗？我不希望客人们随便搬动椅子。”他说，“他们不能那样做。”

“在餐厅也不行？”母亲问。

“吃完一顿大餐之后，客人们一般喜欢把椅子往后推。”鲍勃教练说。

“呃，他们不能往后推椅子了——就这样。”父亲说，“我们只好让他们把桌子推开了。”

“为什么不把桌子也固定起来呢？”弗兰克说。

“这个想法太古怪了。”弗兰妮说。她后来说，弗兰克心里的不安全感太强烈了，他真希望把整个生活都固定在地板上。

当然，分割房间，再安装独立的卫浴设备，费时最长。旅馆的管道系统与城市火车站货场的铁轨一样复杂；有人在四楼冲了马桶，水流下来的声音整个旅馆都可以听到——四楼的水在艰难地往下面流。有些房间仍挂着黑板。

“只要擦得干干净净，”父亲说，“挂着又何妨？”

“是啊，”艾奥瓦鲍勃说，“前一个客人可以给下一个客人留言。”

“可以写‘再也别住这家旅馆’。”弗兰妮说。

“那没有什么关系。”弗兰克说，“我只要有一个属于自己的房间就行了。”

“在旅馆里，弗兰克，”弗兰妮说，“每个人都会有一个房间的。”

鲍勃教练也想要一个房间。退休之后，德瑞中学不让他再住在学校宿舍里了。鲍勃教练心里喜欢弗兰妮的这个说法，但没有表露出来。等改造完毕，他想马上就搬进来住。他对操场上的这些设备未来如何处置很感兴趣：地面开裂的排球场、曲棍球场、篮球场上的篮板和篮筐——篮筐上的网早就烂掉了。

“最让人产生遗弃感的，”鲍勃说，“就是这些没有网的篮筐。看了就伤心。”

有一天，我们看到几个工人拿着风钻，准备把贴在死灰色石头大门上的“汤普森女子中学”（THOMPSON FEMALE SEMINARY）这几个用砖头刻成的大字凿下来。他们干了一半就停工了，大门上只剩下 MALE SEMIN 这几个字母——我想他们肯定是故意这样干的。因为那一天是星期五，工人们星期一才回来继续干活儿，所以整个周末这几个字母都要挂着。我父亲和母亲很生气，可是鲍勃觉得很好玩。

“你为什么不干脆把这个旅馆叫作‘MALE SEMEN’[1]？”艾奥瓦鲍勃问我父亲，“这样省事，只改动一个字母就行了。”鲍勃的心情很好，因为他的球队就要赢球了，另外，他知道自己马上要离开讨厌的德瑞中学了。

即使我父亲心情不好，也很少表现在脸上。（他精力十分充沛——“精力产生精力”，他常常一遍又一遍对我们重复这句话，不管是在我们做家庭作业的时候，还是在他训练他所执教的球队的时候。）他并没有从德瑞中学辞职，可能不敢吧，或者是母亲不让他辞职。他继续整修着新罕布什尔旅馆，一边整修，一边在冬春学期教三个班的英语课，还兼做田径教练，所以整修旅馆的进度减慢了一半。

弗兰克好像在德瑞中学消失了，就像学校牛棚里养的那几头象征性的奶牛，你有时注意不到他。他读书挺用功——他好像觉得功课很难——也上必修的体育课，但他说不上特别喜欢哪项运动，哪个项目都不够好，所以没有资格参加哪个运动队（或者说他也不想参加）。他个子大，人又壮实，但行动笨拙，一如既往。

弗兰克十六岁的时候，上嘴唇长出了一撮稀疏的小胡子，这让他看起来老成了许多。他身上有一种懒散的小狗气息，走起路来步履沉重，土里土气，看得出来，总有一天他会成为一只高大威猛的狗；但他只是头上有这个威猛的假象，要让他真的具有威猛大犬的

1 意为“男性精子”。鲍勃开玩笑说，把大门上的SEMIN改成SEMEN。

气概，等下辈子吧。他没有什么朋友，这个谁也不担心，因为弗兰克从来就不喜欢交朋友。

弗兰妮当然有无数的男朋友，大多数的年纪比弗兰妮大，其中有一个我很喜欢：他是学校四年级的，长着一头红头发，身材高大，说话不多，是大学划船队首船划桨手。他的名字叫斯特拉瑟斯，从小在缅因州长大，除了手上长了水泡——涂上了一层松香以增强其硬度——身上有时有一股湿袜子的气味，我们全家人都很喜欢他。连弗兰克也喜欢他。索罗对着斯特拉瑟斯大叫不已，但那是因为他身上的气味：索罗害怕斯特拉瑟斯抢了自己的风头。我不知道斯特拉瑟斯是不是弗兰妮最喜欢的男朋友，但我知道他很喜欢弗兰妮，待我们几个人也挺不错。

其他一些人待我们就不怎么好了。其中一个就是学校为鲍勃教练买来的那几个波士顿枪手的头头。那个买来的四分卫简直让拉尔夫·德·米奥看起来成了圣人。这个四分卫名叫斯特林·达夫，有人也叫他契普或契帕，此人一脸凶相，身上棱角分明，来自波士顿一所气派的郊区学校。

“那个契帕啊，一个天生做头领的料。”鲍勃教练说。

我想，他倒是秘密警察里的一个天生指挥官。契帕·达夫金发碧眼，非常英俊，脸上光溜溜的，可以说太秀气了。我们一家人几乎都是黑头发，只有莉莉是一个例外，她的头发算不上是金色，灰不拉叽的，很苍白的样子。

我很喜欢看契帕·达夫在没有很好的防线来保护他的情况下打四分卫，也很喜欢看他不得不抛很多次球才有机会触地得分的场面——学校招生办公室的确给鲍勃教练找到了很好的球员，德瑞中学的橄榄球队现在再也没有落后过。如果他们得到了球，他们就一直能持球，达夫很少有机会需要传球。尽管这是我们这些孩子记忆中的第一个获胜的赛季，但看着他们干巴巴地碾过球场，耗光时间，在三四码外得分，还是让我们感到无趣得很。他们打得不花哨，只是身体强壮，动作精确，教练指导得也好；他们的防守并不强——别的球队有时能扳回一些比分，但不能持续，原因是别的球队很少得到球。

“控球。”艾奥瓦鲍勃高兴地喊道，“这是战后我第一次拥有的一支能控球的球队。”

弗兰妮现在与契帕·达夫好归好，但他们很少单独在一起——这是唯一让我感到安慰的一点。达夫与弗兰妮在一起的时候，旁边总有几个橄榄球队的后卫陪着——有时还有一两个巡边员。那一年，他们老聚在一起，让整个校园充满不安的气氛，别人有时会看到弗兰妮与他们混在一起。达夫的心被弗兰妮勾去了——学校的每个男孩，除了弗兰克，差不多都被弗兰妮吸引了。女孩子们与弗兰妮在一起的时候就显得很谨慎；弗兰妮常使她们相形见绌，她或许做不了她们的好朋友。弗兰妮总喜欢与新来的人交朋友，对陌生人总有这样那样的好奇，所以在弗兰妮的那些女朋友看来，她对老朋友不够忠心。

我不知道这些事。我完全一无所知。有时弗兰妮会安排我与女孩子约会，但女孩们通常比我大，约会没有成功的。“女孩子都觉得你很可爱，”弗兰妮说，“但是你得跟人家说说话，你知道——你不能一上来就跟别人亲热啊。”

“我哪里一上来就跟人亲热了？”我告诉她，“我从来搂不上她们的脖子。”

“嗯，”她说，“那是因为你只是坐在那里干等着。大家都知道你心里在想什么。”

“你们不可能知道。”我说，“不会总是知道。”

“你是说你在想我吗？”她问我，但我没有应答。“听着，小子。”弗兰妮说，“我知道你想我想得太多了——如果你是这个意思的话。”

*

在德瑞中学，第一个称我为“小了”的，就是弗兰妮，尽管我只比她小一岁。让我感到难堪的是，这个称呼竟然传开了。

“嘿，小子。”契帕·达夫有一次在体育馆的淋浴间对我说，“在这个学校，你姐姐的屁股长得最漂亮。她和谁上过床吗？”

“斯特拉瑟斯。”我说，但我希望那不是真的。斯特拉瑟斯至少比达夫强。

“斯特拉瑟斯！”达夫说，“就那个混账的划桨手？那个划船的笨蛋？”

“他身强体壮。”我说。这倒是一点没错——划桨手一个个身强体壮，而斯特拉瑟斯更是强中之强。

“是强壮，不过还是个笨蛋。”达夫说。

“他整天只知道划桨！”跑卫莱尼·梅茨说。梅茨总是与达夫形影不离——即使淋浴的时候也是如此，总是贴着达夫站在他右边，好像在浴室里也要准备接他的球似的。他很笨，笨得像脚下的水泥地；又硬，硬得也像脚下的水泥地。

“好了，小子。”达夫说，“你转告弗兰妮，就说是我说的，她长了一对德瑞中学最好的屁股。”

“还有最好的奶子！”莱尼·梅茨叫道。

“呃，那个还行。”达夫说，“但是最为特别的，就是她的屁股。”

“她的笑容也很迷人。”梅茨说。

契帕·达夫心怀鬼胎地对我翻了翻白眼——好像要向我表明，他知道梅茨有多傻，而他自己有多聪明。“别忘了抹点香皂，莱尼。”达夫边说，边把那块滑溜溜的香皂递给了梅茨，梅茨本能地去接香皂。梅茨动作敏捷，两只手抓住香皂，像一头熊似的紧紧抱在了肚子上。

我关掉了淋浴头，因为有个块头比我大的人挨着我站在淋浴莲蓬头下面。他一把将我推开，重新把水打开。

“走开吧，老兄。”他轻声说。原来是一名前锋，他在球场上的职责是防止对方球员伤到契帕·达夫。他名叫小塞缪尔·琼斯，大家都叫他小琼斯。小琼斯长得很黑，与激发了我父亲想象力的那个夜晚一样黑。他会一路打下去的，将来要去宾州大学橄榄球队，还要去克利夫兰的职业橄榄球队，一直打到别人打烂他的膝盖为止。

一九五六年的时候，我十四岁，小琼斯是我见到的个头最大的家伙了。我赶紧离他远点。这时达夫说：“嘿，小琼斯，你难道不认识这个小子？”

“不认识，从来没有见过这人。”小琼斯说。

“呃，他是弗兰妮·贝瑞的弟弟。”达夫说。

“你好。”小琼斯说。

“你好。”我说。

“老教练鲍勃就是他的爷爷，小琼斯。”

“那太好了。”小琼斯说。他手里拿着一小块肥皂搓出一大堆肥皂泡，往嘴里吸了一大口肥皂泡沫，仰着头，从淋浴头上接了一大口水，漱了漱口。我想，他不刷牙的时候，就这样凑合着漱口吧。

“我们一直在讨论一个事，”达夫说，“我们到底喜欢弗兰妮的什么地方。”

“她的微笑。”梅茨说。

“你还说她的奶头呢。”契帕·达夫说，“我说她的屁股是德瑞中学里最好看的。我们还没有问这个小子他喜欢他姐姐什么地方。但我想我们还是先问你吧，小琼斯。”

小琼斯使劲擦着那块肥皂，最后终于擦得什么也不剩。他那个巨大的脑袋上满是白色的泡沫。他在淋浴头下冲洗了身体，肥皂泡都绕在了他的脚踝上。我低头看了看自己的脚，感觉到最后还剩下两个艾奥瓦鲍勃手下的后卫紧紧贴在我身边。一个名叫切斯特·普拉斯基，因为长时间待在太阳底下而晒伤了脸，而且脖子上还长了许多疖子，前额上也全是。他主要是一个后卫——不是他自己选择的，只是因为他没有莱尼·梅茨跑得快。切斯特·普拉斯基是一个天生的后卫，因为他擅长迎着对手冲去，而不是躲闪他们。与他在一起的，是一个长得与小琼斯一样黑的男孩，紧紧贴近我，就像一只死死叮在你身上的马蝇。但是，除了肤色，他们之间没有任何别的相似之处。他有时会站在一边当接球手，当他跑出后场时，他只能接住契帕·达夫安全的短距离的传球。他的名字叫哈罗德·斯瓦罗。他的个子不比我大，但他能飞。人如其名[1]，他的动作轻盈如燕，如果有人擒住他的话，他的身体好像能分成两半似的，一溜烟逃脱；当他没有球可接的时候，他就飞身越出界外，躲在后场，通常是躲在切斯特·普拉斯基或小琼斯的身后。

这几个人都站在那里，围住了我——我想，此刻要是一颗炸弹扔进了浴室，鲍勃教练的胜利赛季就彻底完蛋了。至少就运动方面来说，我是唯一一个不会被谁想起的人。我和艾奥瓦鲍勃手下的这些外来的后场根本不在同一量级上，也不能与大个子前锋小琼斯相提并论。当然，还有别的前锋，但小琼斯是契帕·达夫从来没有倒下的主要原因所在。总有一个洞能让切斯特·普拉斯基带着莱尼·梅茨通过——这其中的原因也是小琼斯：小琼斯可以挖出一个足够大的洞，让他们并排跑过去。

“来吧，小琼斯，想一想。”契帕·达夫说，语气显得极为恶毒——他的讥讽口气给人这样一个暗示：他不相信小琼斯有思考的能力。“你喜欢弗兰妮·贝瑞哪一点？”

“她那一双小脚很漂亮。”哈罗德·斯瓦罗说。大家都盯着他看，但他不看任何人，只在淋浴头的落水中蹦蹦跳跳。

1 斯瓦罗的英文原文是Swallow，意为“燕子”。

"她的皮肤很漂亮。"切斯特·普拉斯基说。这话一出，使得旁边的人止不住地注意起他的疖子来了。

"小琼斯！"契帕·达夫大声喝道。小琼斯一下子关掉淋浴头。他站在那里，让水滴了一会儿。他让我觉得我自己好像成了多年前的艾格，还在蹒跚着学走路呢。

"要我说，她只是另一个白人女孩而已。"小琼斯说。他的视线在我们每个人身上都停了一秒钟，然后移开，看向别处。"好像是个不错的女孩。"他说——这是对我说的。然后他打开了我的淋浴头，把我推到了水下面——水太冷了——我快步走出了淋浴房，身后留下了一股凉风。

让我没有想到的是，甚至契帕·达夫与他的关系都会这么生分。我感到担心的是，弗兰妮要遇到麻烦了；更让我忧心的是，我对此却无能为力。

"契帕·达夫那个人渣谈论了你的屁股，你的奶头，甚至你的脚！"我告诉弗兰妮，"你要当心他。"

"我的脚？"弗兰妮说，"他是怎么说我的脚的？"

"好吧。"我说，"说你脚的人是哈罗德·斯瓦罗。"人人都知道哈罗德·斯瓦罗是个疯子。在那个时候，如果有人像哈罗德·斯瓦罗一样发疯，我们就说他疯得像只跳华尔兹的老鼠。

"契帕·达夫怎么说我的？"弗兰妮问，"我只关心他怎么说。"

"他只关心你的屁股，"我告诉她，"他对每个人都这么说。"

"我不在乎他怎么说。"她说，"我没那个兴趣。"

"呃，他的兴趣可足了。"我说，"你就与斯特拉瑟斯一个人好就行了。"

"噢，小子，让我告诉你。"她叹了口气，"斯特拉瑟斯是很可爱，但他这个人太无聊，无聊，无聊。"

我耷拉下了头。我和弗兰妮走在楼上的走廊里。现在我们租住在别人的房子里，当然我们觉得这依然还是贝茨家的老宅。弗兰妮很少到我房间来了。我们在各自的房间里做作业，在卫生间外边聊天。弗兰克好像连卫生间都不用了。母亲每天都在积攒纸箱和行李箱，在我们房间外的走廊里堆了好大一堆。我们很快就要搬到新罕布什尔旅馆去住。

“我不明白你为什么要当拉拉队员，弗兰妮。”我说，“我是说，有别的好当，非要当这个——拉拉队员。”

“因为我喜欢。”她说。

有一次拉拉队训练结束之后，我遇见了弗兰妮。那是在离蕨类植物丛不远的地方——我们上了德瑞中学之后，很久没来这个地方了。我们开始不知道他们是艾奥瓦鲍勃的橄榄球队里的几个后卫队员。只见他们在林中小路上与什么人搭着讪，那条小路是回体育馆的近路。接着他们在一个大泥坑里开始“修理”那个人，那个泥坑是被橄榄球鞋踏出来的，坑坑洼洼的，就像被机关枪扫射过似的。等弗兰妮和我看清楚了这几个人就是后卫队员时，他们正在殴打一个人，我们赶紧往小路的另一个方向跑去。那几个后卫总是喜欢打人。我们还没跑出二十五码的距离，弗兰妮一把抓住我的胳膊，叫我停了下来。“我觉得那个人是弗兰克。”她说，“他们在打弗兰克。”

我们当然得回去。在那一瞬间，在我们还没有完全看清到底发生了什么事之前，我觉得自己无比勇敢。我感到弗兰妮抓住了我的手，我用力掐了她一下。她的下身穿着拉拉队的短裙，那裙子太短了，我的手背都擦到了她的大腿。她突然将她的手从我的手里挣脱开来，尖叫起来。穿着运动短裤的我，顿时感到两腿变得冰冷。

弗兰克穿着乐队制服。他们已经把他的屎棕色的裤子（裤子腿上有一条死灰色的条纹）完全扒下来了，内裤被拉到脚踝处。他的上衣被拧巴在前胸中央，一个银肩章掉在泥坑里。弗兰克的脑袋被哈罗德·斯瓦罗狠狠压在骑着的膝盖底下——弗兰克的脸，以及他头上戴着的那顶带棕色辫子的银色帽子的颜色都与泥浆没有什么两样。哈罗德抓住弗兰克的一只胳膊拉伸开来，莱尼·梅茨拉伸着弗兰克的另一只胳膊。弗兰克肚子朝下趴在泥坑里，睾丸泡在泥坑中央，看了让人震惊的光屁股从烂泥浆里冒了出来，然后又沉了下去，契帕·达夫的一只脚踏在弗兰克的屁股上，用力将屁股压下去，松开脚，那屁股又冒上来，他再用力把它压下去，如此反复。切斯特·普拉斯基，就是那个挡人的后卫，坐在弗兰克的膝盖上，腋下死死夹着弗兰克的脚踝。

“来吧，快点！”契帕对弗兰克说。他把弗兰克的屁股狠狠压下去，压到了泥坑的深处。橄榄球钉鞋在弗兰克的屁股上踏出了白色的小凹痕。

“来吧，你这个玩泥巴的烂人。”莱尼·梅茨说，“你听见那个人的喊声了吧——快点！”

“住手！”弗兰妮朝他们尖叫，“你们在干什么？”

看到弗兰妮来了，感到最恐慌的，是弗兰克。契帕·达夫也没有掩饰他的惊讶之情。

“噢，看看谁来了。”达夫说。我看得出来，他在想接下来该怎么说。

“他喜欢这个，我们就给他这个。”莱尼·梅茨对弗兰妮和我说，“弗兰克喜欢在泥坑里打洞，是不是，弗兰克？”

“放开他。”弗兰妮说。

“我们没有伤到他。”切斯特·普拉斯基说。他为自己的肤色永远感到尴尬，于是他只看着我，不看弗兰妮。看到弗兰妮那么好的皮肤，他或许会受不了的。

“你哥哥喜欢男孩子。”契帕·达夫对我们说，然后问弗兰克，“是不是，弗兰克？”

“那又怎样？”弗兰克说。他一副生气的样子，显然还没有被他们打得筋疲力尽；他说不定还能用手指头抠他们的眼睛，他说不定还能弄伤他们一两个人呢。弗兰克总是找人打架。

“搞男孩子的屁眼儿，”莱尼·梅茨说，“那是最恶心人的事了。”

“就像在烂泥里打洞。”哈罗德·斯瓦罗解释说。但看他的表情，他好像巴不得赶紧跑开，再也不想拉着弗兰克的手臂了。哈罗德·斯瓦罗看上去总是神色不安——好像是夜里第一次穿过一条繁忙的街道。

“嘿，我们没有伤到他。”契帕·达夫说。他从弗兰克屁股上挪开脚，向着弗兰妮和我的方向走了一步。我记得鲍勃教练总是说起膝盖受伤的事；我在想，要不要飞起一脚猛踹契帕·达夫的膝盖？然后就让他打我，想怎么打就怎么打吧。

我不知道弗兰妮是怎么想的，只听她对达夫说：“我想跟你谈谈，单独谈。就现在。”

哈罗德·斯瓦罗突然尖声大笑起来，音调很高，带着鼻音，就像一只跳华尔兹的老鼠在尖叫。

“嗯，没问题。”达夫对弗兰妮说，“可以谈谈，单独谈谈，什么时候都可以。”

“就现在。”弗兰妮说，“我想现在就谈——否则以后永远不要再说话。”

“好吧，就现在，没问题。”达夫说。他对着他的几个后卫队员翻了个白眼。切斯特·普拉斯基和莱尼·梅茨看上去好像心生嫉妒，而哈罗德·斯瓦罗则皱着眉头看着自己队服上的草渍。这是他队服上唯一的一块污渍：一小块青草污迹。哈罗德·斯瓦罗刚才肯定靠草地太近了。他皱眉头或许是因为弗兰克展开的身体挡住了他的视线——他看不到弗兰妮的脚了。

“让弗兰克走。”弗兰妮对达夫说，“让其他人都走——都去健身房。”

“我们放他走，没问题。”达夫说，“我们正要放他走呢，对吧？”这个四分卫马上对几个后卫使了使眼色。他们放开了弗兰克。弗兰克踉踉跄跄地站起身来，慌忙用手盖住私处，那个地方已经沾上了厚厚的一层泥浆。他气呼呼地穿好衣服，一句话也没说。在那一刻，我最怕的就是弗兰克，而不是其他人——那些家伙已经按照达夫的吩咐，沿小道往体育馆走了。莱尼·梅茨转过身来挤眉弄眼的，还挥了挥手。弗兰妮向他竖起了中指。弗兰克走在我和弗兰妮之间，湿湿的身体左摇右晃，蹒跚着步子往家走。

“落下什么东西了吧？”契帕·达夫问他。

弗兰克的铜钹落在灌木丛里了。他停下脚步——他竟然忘记了自己的乐器！为此，他感到很丢人，比刚才受到的种种侮辱更丢人。弗兰妮和我都很讨厌弗兰克的铜钹。我想，吸引弗兰克去学校乐队的，就是那身制服——只要是制服，不管什么样子。弗兰克不喜欢交际，但是，当学校恢复成立行进乐队的时候，他怎么也抗拒不了那身制服对他的诱惑。第二次世界大战结束不久，德瑞的一支行进乐队在校园巡游庆祝过，此后德瑞中学再也没有这样的乐队，现在，因为鲍勃教练的胜利季，学校又重新建起了这支乐队。弗兰克什么乐器也不会，所以他们就给了他一副铜钹。别的乐队成员可能觉得拿着铜钹很难看，很愚蠢，但弗兰克不这样想。他喜欢随着乐队行进，什么也不用做，只等他的伟大时机到来——砰！

要是家里有一个爱弹乐器的人，每天练啊练，吱吱嘎嘎，叮叮当当，嘀嘀嘟嘟，或许会把我们都逼疯。好在弗兰克不用“练”铜钹。偶尔，在匪夷所思的那个时刻，他紧锁的房间里会传来一声震耳的哐当声，好像要把什么东西震碎似的。我们——其实就是弗兰妮和我——就不禁会想象，弗兰克正穿着制服行进在队伍中，站在镜子面前浑身是汗，直到他受不了自己的呼吸声，才突然一声巨响，激情澎湃地将这出大戏猛然收尾。

这可怕的声音使得索罗大叫起来——说不定还放大屁。母亲掉下了手里的东西。弗兰妮跑到弗兰克房间门口，砰砰砰地猛敲门。我对那个声音有不同的想象：它让我想起了突如其来的枪声。我总是在想，在那 瞬间，大家都被弗兰克开枪自杀的声音吓坏了。

在那几个后卫埋伏弗兰克的那条小路上，弗兰克将沾满烂泥的铜钹从灌木丛取出来，夹在腋下——铜钹哐当哐当响起来。

“我们去哪儿？”契帕·达夫问弗兰妮，“去哪里单独谈？”

“我知道一个地方，”弗兰妮说，“就在附近。那是我永远不会忘记的一个地方。”我当然知道她指的是那个蕨类植物丛——我们的蕨类植物丛。据我所知，弗兰妮从没有带斯特拉瑟斯去过那儿。我想，她这么清楚地提到这个地方，目的就是为了让弗兰克和我知道哪里可以找到她，去营救她。但弗兰克一心一意往家里走，边走边跺着脚，一句话也没跟弗兰妮说，也没看她一眼。契帕·达夫对我笑笑说：“快滚，小子。”——他那双蓝眼睛冷若冰霜。

弗兰妮拉住达夫的手，将他拉出了小路。我很快追上了弗兰克。

“耶稣啊，弗兰克，”我说，“你要去哪里？我们得帮帮她。”

“帮弗兰妮？”弗兰克问。

“她已经帮了你。”我对他说，“她救下了你的屁股。”

“那又怎样？”他说。突然之间他哭了起来。“你怎么知道她需要我们的帮助？”他哭着说，“也许她就想和他单独待着。”

我觉得这个想法太可怕了——几乎和想象契帕·达夫要对弗兰妮做她不想做的事情一样可怕——我抓住弗兰克制服上剩下的那个肩章，拖着他跟在我后面走。

“别哭了。”我说，因为我不想让达夫听到我们来了。

“我想和你谈谈——只是谈谈而已！”我们听到弗兰妮在那边尖叫。“你这耗子不如的浑蛋！本想你是个不错的人，没想到你竟然是这么一个超级浑蛋。我恨你！快住手！”她尖叫道。

“我以为你喜欢我。”我们听到契帕·达夫说。

“我可能喜欢过你，”弗兰妮说，“但现在不了，永远不会了。”我们听见弗兰妮说——听她的口气，她已经不再生气了。突然，她放声哭了起来。

弗兰克和我走到蕨类植物丛，看到达夫已经把他的橄榄球裤脱到了膝盖处，但脱不下护臀垫，就像几年前，弗兰妮和我躲在蕨类植物丛中偷看到一个叫波因德克斯特的胖子蹲在树丛里拉屎时脱不下护臀垫一样。弗兰妮正在穿衣服，但在我来说，她的动作显得出奇的木然——她坐在蕨类植物丛中（她后来告诉我，是达夫把她推进了那个地方），双手捂着脸。弗兰克突然敲响了那该死的铜钹，声音大得吓人，我还以为我们头顶上的两架飞机相撞了呢。接着，他把右手上的铜钹猛地打到了达夫的脸上。这是四分卫在整个赛季遭受的最严重的打击。我们看得出来，他还不习惯。显然，他的裤子脱成那样，行动很不方便。他一倒地，我就径直扑向了他。弗兰克继续敲着铜钹——好像这是我们家族在屠杀敌人之前经常奏响的仪式性舞曲。

达夫的大脑袋使劲一甩，猛地将我从他身上甩掉了，就像索罗轻松地将艾格打翻在地。弗兰克的铜钹发出的巨响好像弄得这个四分卫晕头转向了。这声音似乎也把处于木然中的弗兰妮一下子唤醒了。她对着契帕·达夫的私处使出了那个所向无敌的动作，而他则做出了一副可怜兮兮的听天由命的姿态——弗兰克当然很熟悉弗兰妮的这一招，我当然也记得以前拉尔夫·德·米奥所遭受的痛苦。弗兰妮不偏不倚抓了个正着。达夫的屁股压在松针上，他的裤子还脱在他的膝盖处，弗兰妮一把抓起他的护阴垫，拉到大腿的中央才猛地放手。就在那一瞬间，弗兰克、弗兰妮和我都看到了达夫的私处——已经吓得萎缩成一小团。“大家伙！”弗兰妮朝达夫连声尖叫，“你那家伙真大！”

弗兰妮和我不让弗兰克敲铜钹了，这震耳的铜钹声好像真的会杀死树林，把小动物从树林深处赶出来呢。契帕·达夫侧身躺在那里，一只手护着睾丸，另一只手捂着一只耳朵，他的另一只耳朵紧紧贴着地面。

我发现达夫的头盔躺在蕨类植物丛中，走过去拾起那头盔。我们很快弃他而去——就让他一人在那里好好静养吧。我们又回到了小路的泥坑边。弗兰克和弗兰妮用四分卫的头盔装满了泥浆，然后将这装满泥浆的头盔丢在那里，等他来取。

"大便和死人脸。"弗兰克一脸阴沉地说。

弗兰克不停地敲着他的铜钹——他太兴奋了。

"耶稣啊，弗兰克，"弗兰妮说，"别敲了。"

"对不起。"他对弗兰妮和我说。快到家的时候，他又说："谢谢你们。"

"也谢谢你。"弗兰妮说，"谢谢你们两个。"她边说边掐了一下我的胳膊。

"要知道，我真是一个同性恋。"弗兰克喃喃地说。

"我早就猜到了。"弗兰妮说。

"不要紧的，弗兰克。"我说——做弟弟的我还有别的什么好说的呢？

"我在想着该用哪种方式告诉你们。"弗兰克说。

弗兰妮说："你用这种方式告诉我们，可是很奇特啊。"

弗兰克笑了一声。从我父亲发现新罕布什尔旅馆四楼的马桶这么小的那一天之后到现在，我想这是我第一次听到弗兰克的笑声。我记得当时父亲说，那是"为小精灵准备的卫浴设备"。

我们有时不禁想知道，住在新罕布什尔旅馆的生活会不会永远如此浪漫。

*

其实，我们应该知道的更重要的事情似乎是，等我们全家人搬进这家旅馆，准备开门迎客时，会有什么样的客人来住。开业的时间越来越近，我父亲越来越强调他的完美旅馆的理论了。他在电视上看过一个采访瑞士一家酒店管理学校校长的访谈节目。校长先生说，一家新开的旅馆要想成功，秘诀在于这家新旅馆能多快建立起自己的预订模式。

“提前预订！”父亲在一张新衬衫的硬纸板上写下了这句话，把它贴在即将离开的那所母亲家族老宅的旧冰箱上。

“早上好，提前预订！”在早餐桌上，我们这样互相问候，想捉弄一下父亲，但父亲显然在严肃考虑这件事。

“你们这下可以笑了。”有一天早上他对我们说，“哎，我已经接了两单。”

“两单什么？”艾格问。

“两单提前预订。”父亲说，口气非常神秘。

我们正在做周末埃克塞特队来德瑞中学参加橄榄球比赛的客房接待计划。我们知道这是新罕布什尔旅馆的第一单“提前预订”。每年，德瑞中学总是以大比分惨败给埃克塞特或安多弗这样的大牌学校，结束其惨不忍睹的橄榄球赛季。叫人更难受的是，我们还不得不去埃克塞特或安多弗学校客场比赛，在他们比赛场上的那片修整得非常漂亮的草坪上丢人现眼。埃克塞特学校的体育场称得上真正的体育场；埃克塞特和安多弗的校服也都极为漂亮——当时这两所学校还都是男校，学生都穿西装戴领带上课，有些学生甚至穿西装戴领带参加橄榄球比赛。即使穿非正式的服装，他们的外表看上去也强过我们。看到这样干净自傲的学生，我们不由得自惭形秽。每一年，我们的橄榄球队穿着“大便和死人脸”颜色的球服，跌跌撞撞地出现在他们的球场上——当比赛结束时，我们就觉得自己差不多成了大便和死人脸。

埃克塞特和安多弗常拿我们练手。他们喜欢在倒数第二场比赛中与我们交手——权当热身——因为赛季的最后一场比赛就是埃克塞特和安多弗之间的较量。

不过，在艾奥瓦鲍勃的胜利季，我们换成了主场作战。本赛季，我们最后的对手是埃克塞特。无论输赢，这都将是德瑞中学的一个胜利季，但大多数人（包括我的父亲和鲍勃教练）都觉得今年的德瑞队将一路凯歌：保持不败纪录，最后一场击败埃克塞特队——德瑞队以前从未战胜过埃克塞特队。在德瑞中学的这个胜利季，大批校友回来观战了，与埃克塞特队决赛的这个周末成了学生家长的周末。鲍勃教练真希望他那几个从别的学校引进的后卫以及小琼斯能穿上崭新的队服迎战对手。不过，老人家一想到球场上将会出现下面这样的场景，也就心满意足了：他手下的这支球队，虽然穿着“大便和死人脸”颜色的破烂球服，依然把埃克塞特队打得满地找牙——他们身穿干脆利索的印着深红色字母的白色队服，头戴深红色的头盔，又有何用？

不管怎么说，那个赛季，埃克塞特打得不是很好。他们五胜三负的战绩，当然比我们看到的很多球队出色多了，但这支球队并不是他们的校史上最伟大的球队。艾奥瓦鲍勃认为他的球队有机会取胜，而我父亲则把整个橄榄球赛季看作新罕布什尔旅馆开张的好兆头。

与埃克塞特队比赛的那个周末的所有房间都被提前预订了——都预定了两晚，没有一个空房间了。周六的餐厅也全部预订满了。

母亲担心那个“大厨”——父亲坚持要这样称呼她——会吃不消。她是个加拿大人，从爱德华王子岛来，在爱德华王子岛，她为一个航运家庭做了十五年的厨师。“为一家人做饭，与为旅馆做饭，那可是有天差地别的。”母亲警告父亲。

“可那也是一个大家庭啊——她自己是这么说的。”父亲说，“再说了，我们是一家小旅馆。”

“可是决赛的那个周末，我们的旅馆是客满的，”母亲说，“餐厅也是客满的。”

那个“大厨”叫尤里克太太，为她打下手的是她的丈夫马克斯，他以前做过商船船员和厨师，失去了左手的大拇指和食指。他对我们这些孩子说，那是在“无畏号”的厨房出的事故，一边说一边眨眨眼睛，那眼神显得胆大无比。他一边说，可能在一边想，要是让他太太知道他在哈利法克斯与一位无畏的女士在岸上共度了一段美好的时光，真不知道她会怎么收拾他。

“我突然低头一看，”马克斯告诉我们——莉莉的眼睛始终盯着他那只没有拇指和食指的手，“啊，我那血淋淋的拇指和食指混在那一堆胡萝卜中间，菜刀正随心所欲地切着。”马克斯像爪子一样的手缩了回来，好像是从锋利的刀刃底下抽回来。莉莉不由得眨了眨眼睛。莉莉十岁了，但她看起来与八岁的时候相比并没有长高多少。六岁的艾格看起来没有莉莉那么脆弱，而且他自有想法，一点也不为马克斯·尤里克的血腥故事所动。

尤里克太太不爱说话。她能一连好几个小时盯着填字游戏看，却并不动笔填上任何一个方格。她洗好马克斯的衣服，挂在厨房里晾干——这厨房原先是汤普森女子中学的女更衣室，因此这里原本就挂满了晾干了的女式袜子和内衣。尤里克太太和我父亲一致认为，新罕布什尔旅馆最吸引客人的菜肴应该是家常菜。说起家常菜，尤里克太太最擅长两种烤肉、一种新英格兰风味的煮菜、两种派——到周一，她还可以利用周末剩下的烤肉制作各种肉馅饼。午餐有汤和冷切肉，早餐有烤蛋糕，等等。

“没有什么花里胡哨的东西，就是简单、营养。”尤里克太太干巴巴地说。她让我和弗兰妮想起了我们熟悉的德瑞中学的营养师，那些营养师坚信食物不在好吃，而在道义上必需。我们也与母亲一样，对尤里克太太的烹饪技术颇为担忧——因为我们的一日三餐也全指望她。但父亲相信尤里克太太的厨艺是万万没有问题的。

尤里克太太有一间属于自己的房间，那是个地下室。“不错，离我的厨房很近。”她说。她常熬汤，一熬就是一夜，她时不时得过去瞅一眼，所以住在厨房旁边很方便。马克斯·尤里克也有一间自己的房间，在四楼。这幢楼没有安装电梯，我父亲很高兴这间四楼的房间能派上用场。四楼的各个房间安装的卫浴设备都是些适合儿童使用的小号马桶和盥洗台，但是马克斯多年来用惯了“无畏号”上狭窄的厕所，所以，使用这种小矮人才感到舒服的设施，他并不觉得对他是种侮辱。

“爬爬楼梯对心脏好，”马克斯对我们说，“能促进血液循环。”他一边说，一边用那只缺了两个手指的手拍拍他那枯瘦的灰色胸膛。但我们的想法是，马克斯在想尽办法远离他的妻子，他甚至不怕爬楼梯，小便、洗脸都要上楼去，管他马桶小不小、洗漱台矮不矮。他声称“心灵手巧”，每当厨房没事，不需要他为妻子打下手时，他就忙着修这修那。“从马桶到门锁，什么都修！”他嘴巴里的舌头转起来很灵活，就像钥匙在锁孔里转动，还能发出可怕的嗖嗖声——就像从新罕布什尔旅馆四楼的小马桶冲下的水，艰难流到下面去，一路不断发出可怕的声响。

“那第二单预约是什么？”我问父亲。

我们知道，到了春天，德瑞中学有一个周末要举办毕业典礼，到冬天，有一个周末要举办一场大型曲棍球比赛。另外，还有一些家长常来学校看望自己的孩子，这些人数量虽然不多，但客源稳定，不需要提前预订。

“是毕业典礼，对吗？”弗兰妮问。可是父亲摇了摇头。

“一场大型的婚礼！”莉莉大喊一声，我们都转过去盯着她看。

“谁的婚礼？”弗兰克问。

“不知道。”莉莉说，“我只知道是一场大型婚礼——一场真正的大型婚礼。新英格兰地区最盛大的婚礼。”

我们从来不知道莉莉是怎么想出这些事情的。母亲忧虑地看着莉莉，然后对父亲说话。

“不要弄得神秘兮兮的。”她说，“我们都想知道：谁下了这第二单提前预订？”

“那要等到夏天了。”他说，“还有很多时间可以准备。我们必须先集中精力做好德瑞队与埃克塞特队决赛的那个周末。急事急办。”

“或许是盲人大会吧。”我们早上步行去学校上课的时候，弗兰妮对我和弗兰克说。

“或许是麻风病诊所集会。”我说。

“就这样吧。”弗兰克忧心忡忡地说。

我们现在不走训练场后面穿过树林的那条小路了。我们径直穿过足球场，有时把苹果核扔进球门，有时候沿着校园宿舍中间的那条主路走。我们担心会遇见艾奥瓦鲍勃手下的那几个后卫，我们谁也不愿意单独与契帕·达夫相遇。我们没有把那件事告诉父亲——弗兰克叫弗兰妮和我别告诉他。

“妈妈早就知道了。”弗兰克告诉我们，“我是说，她知道我是个同性恋。”

他的这句话只让弗兰妮和我感到片刻吃惊而已；我们想到，对母亲叙说心中秘密是完全没有问题的，真的。如果你有秘密，妈妈一定会替你保守；如果你想要一个民主辩论，想要一个持续几个小时几个星期甚至几个月的家庭讨论，那么父亲也就什么都知道了。他对秘密没有什么耐心，不善于保守，但这次对他的第二单预订是什么，他倒是至今只字未提。

“可能会是欧洲所有伟大的作家和艺术家的一个大聚会吧。”莉莉这样猜想。我和弗兰妮在桌下相互踢着脚，翻着白眼。我们的眼睛在说：莉莉很怪，弗兰克是同性恋，艾格还只有六岁。我们的眼睛还说：在我们这个家，就我们两个合得来——就我们两个。

“马上会有一个马戏团表演吧。”艾格说。

“你怎么知道的？”父亲厉声问他。

“噢，别这样，温。”母亲说，“真是马戏团吗？”

“只不过是一个小马戏团。”父亲说。

“不会是P. T. 巴纳姆[1]的后代吧？”鲍勃教练问。

“当然不是。”父亲说。

“一定是金氏兄弟！”弗兰克说。他的房间贴着一张金氏兄弟表演老虎戏的海报。

“不是。我是说这真是一家很小的马戏团。”父亲说，“一种私人马戏团。”

“你是说，那种二流马戏团？”鲍勃教练说。

“没有古怪的动物的马戏团？”弗兰妮说。

“当然没有。”父亲说。

“你说‘古怪的动物’，是什么意思？”莉莉问。

“没有长够四条腿的马。”弗兰克说，“一头背上多长了一个脑袋的牛。”

“你都从哪里看到的？”我问。

“会有老虎和狮子吗？”艾格问。

“这么说，他们要住到四楼去啰？”艾奥瓦鲍勃说。

“不，把他们安置在尤里克太太那儿！”弗兰妮说。

“温，”母亲说，“什么马戏团？”

“呃，他们可以使用这个场地。”父亲说，“他们可以在原先的操场上搭起帐篷，在我们的餐厅里吃饭，有些人可能会住在我们的旅馆里——我想，他们大多数人是拉着自己的房车来的吧。”

---

1 P. T. Barnum（1810—1891），美国马戏团老板，被称为“马戏团鼻祖”，因展现畸形人表演而名噪一时。

“会有什么样的动物？”莉莉问。

“这个嘛，”父亲说，“我觉得他们没有太多的动物。要知道，这是一个很小的马戏团，可能没几只动物。我想他们可能会有一些特别的节目吧——不过我真不知道他们有什么动物。”

“什么样的节目？”艾奥瓦鲍勃问。

“说不定是一个蹩脚的马戏团。”弗兰妮说，“只有山羊、鸡，以及一些常见的垃圾动物，比如，一头愚蠢的驯鹿，一只会说话的乌鸦。不会有什么大型动物，也不会有什么异国情调的动物。”

“我情愿他们不要带异国情调的动物到这里来。”母亲说。

“什么节目？”艾奥瓦鲍勃问。

“这个嘛，”父亲说，“我不好说，或许会有高空荡秋千？”

“你不知道他们有什么动物，”母亲说，“也不知道他们会上演什么节目。那你知道些什么？”

“我只知道这是一个很小的马戏团。”父亲说，“他们只想预订一些房间，一半的餐厅座位。星期一他们休息。”

“星期一休息？”艾奥瓦鲍勃说，“他们预订了多久？”

“这个嘛——”父亲说。

“温！”我母亲说，“他们要在这里待几个星期？”

“他们整个夏天都要待在这里。”父亲说。

“哇呜！”艾格大叫一声，“马戏团！”

“马戏团。”弗兰妮说，“古怪的马戏团。”

“愚蠢的行为，愚蠢的动物。”我说。

“古怪的节目，古怪的动物。”弗兰克说。

“呃，你马上就有伴儿了，弗兰克。”弗兰妮对他说。

“别胡说。”母亲说。

“大家不用担心。”父亲说，“只是一个小型的私人马戏团。”

“马戏团叫什么名字？”母亲问。

“呃——”父亲说。

“你不知道马戏团的名字？”鲍勃教练问。

“我当然知道！”父亲说，“它叫‘弗里茨的节目’。”

“‘弗里茨的节目’？”弗兰克问。

“这是什么节目？”我问。

“好了，”父亲说，“这只不过是马戏团的名字。我想他们肯定不止这一个节目。”

“听起来很现代啊。”弗兰克说。

“现代吗，弗兰克？”弗兰妮说。

“听起来怪兮兮的。”我说。

“什么怪兮兮的？”莉莉问。

“一种动物吗？”艾格问。

“别管那么多了。”母亲说。

“我想我们还是集中精力对付埃克塞特队来德瑞比赛的那个周末吧。”

“是的，你们自己，还有我，都搬进去再说。”艾奥瓦鲍勃说，“我们有的是时间来讨论夏天的事。”

“整个夏天的房间都提前预订出去了？”母亲问。

“你瞧，”父亲说，“生意真是不错啊！整个夏天都有着落了，还有埃克塞特队来比赛的这个周末。急事急办。现在我们全家要尽快搬进旅馆去住。”

在埃克塞特队来德瑞镇比赛的那个周末前的一个星期，我们全家搬到新罕布什尔旅馆了。在那个周末，艾奥瓦鲍勃的那几个枪手九次倒地触球，取得了第九场的连胜，保持了一场未负的记录。弗兰妮没有去看那场比赛——她已经决定不再当拉拉队员了。那个星期六，弗兰妮和我帮母亲将搬家车没有送走的最后一批东西搬到新罕布什尔旅馆去。父亲和鲍勃教练带着莉莉和艾格去看了比赛；弗兰克当然也去了，他是乐队的成员。

这个四层楼的旅馆总共有三十个房间，我们家占用了东南角的七个房间，分别在两个不同的楼层。那个地下室的房间给了尤里克太太，马克斯在四楼有一间休息的房间，这样算来，共有二十二个房间可供客人使用。女侍者兼女领班朗达·雷在二楼有一间白天使用的休息室——她对父亲说，有了休息室，就可以让她振奋精神。在三楼的东南角，就在我们房间的顶上，有两个房间是为艾奥瓦鲍勃预留的。这样一来，给客人住的房间只剩下十九间了，其中十三间带有正常的卫浴设备，另外六间的卫浴设备是迷你型的。

“房间足够了。”父亲说，“这毕竟是个小镇，再说平时也没有多少人来。”

那个叫“弗里茨的节目”的马戏团来住，这些房间或许是够了，但我们担心的是，埃克塞特队来比赛的那个周末，可能会客满。

在我们搬到旅馆的那个星期六，弗兰妮发现了内部通话系统，打开了所有房间的“接收”按钮。当然了，现在所有的房间都是空的，但我们在想象，第一批客人走进房间的时候，会是怎么样一副场景。这个被父亲称为“喊话箱”的系统，当然是汤普森女子中学留下来的——校长可以通过这个系统向各个教室宣布消防演习内容，不在教室的老师也可以监听有没有学生在调皮捣蛋。父亲认为，保留了这个对讲系统，就没有必要在房间里装电话机了。

“客人有什么事，可以通过对讲系统对我们讲。”父亲说，“我们也可以对他们叫早，通知他们吃早餐。如果想打电话，他们可以使用前台的电话机。”当然，这种对讲系统也意味着可以监听客人在房间的动静。“从道德上来讲，这是不可以的。”父亲说。但弗兰妮和我都迫不及待地想监听客人了。

我们搬进旅馆的那个星期六，旅馆前台的电话还没有接通，我们房间里的电话也没有接通，床上还没有床单被罩，因为与我们的旅馆签了服务合同的被单供应商要到星期一才开始服务。朗达·雷也要等到星期一才正式上班，但她已经提前来了——等我们搬进来的时候，她已经在这里查看她在新罕布什尔旅馆的那间日间休息室了。

“这个休息室对我很有用的，你知道吗？”她对我母亲说，“我的意思是，早上伺候客人吃完早餐之后，在伺候客人吃中餐之前，要是不躺一会儿，我是没有力气为客人打扫房间整理床铺的。在午餐和晚餐之间，要是我不躺一会儿，我就会浑身不舒服。如果你住在我现在住的地方，你不会想回家的。”

朗达·雷住在汉普顿海滩，夏天的时候，她在那里的旅馆当过服务员，为客人换床单。她一直想在哪家旅馆找一份正式工作——而且，我母亲猜，她也想借此永远离开汉普顿海滩。她的年纪与我母亲差不多大，她说她记得当年在赌场看过厄尔表演的节目。她没有看过厄尔的交际舞表演，但她记得露天乐队的演出，厄尔表演了一个叫“找工作”的节目。

“我从来不相信这是一头真的熊。”她对我和弗兰妮说。我们看见她在休息室里打开一个小箱子。“我的意思是，”朗达·雷说，“我觉得，看一头假熊脱衣服又有什么好大惊小怪的？”

我们看她从小箱子里取出睡衣，觉得很奇怪，因为这只是日间休息室，难道她也打算在这里过夜了？弗兰妮对这个女人心生好奇，我也觉得她有点外国人的情调。她的头发是染过的，但我说不出这是什么颜色，因为世上就没有这种颜色——不是红色，也不是金黄色；好像是一种塑料的颜色，或者是一种金属的颜色，我真想上去摸一摸她的头发，看看那是什么样的感觉。朗达·雷年轻时候的身体一定与弗兰妮一样壮实，现在变得很胖了，虽然依然很有力气，但是身材变形了。她身上的气味很难分辨清楚，我们离开她的房间之后，弗兰妮还在一个劲儿地猜呢。

“两天前她在手腕上洒过香水。”弗兰妮说，“你们明白我的意思吗？”

“明白。”我说。

“但是她那时没有戴表带——她的手表被她哥哥或者父亲戴去了。”弗兰妮说，“总之是戴在哪个男人的手腕上。那个男人出汗很厉害。”

“是的。”我说。

“后来，朗达把手表戴在喷过香水的手腕上，她戴着这块手表，整理了一天的床铺。”弗兰妮说。

“什么样的床铺？”我问。

弗兰妮想了一会儿。“非常古怪的人睡过的床铺。”她说。

“也许是那个叫‘弗里茨的节目’的马戏团睡过的床铺！”我说。

“没错！”弗兰妮说。

“睡了整整一个夏天！”我们几个孩子齐声说。

“没错，”弗兰妮说，“我们在朗达·雷身上闻到的就是她的表带的气味——就是那个气味。”

弗兰妮的说法已经很接近朗达·雷身上的真实气味了，但是我的鼻子里闻到的气味要比这个稍微好一点——也就是稍微好那么一点。我想起了朗达·雷晾在她的日间休息室的衣柜里的长筒袜。我想，要是我现在站在朗达·雷的身后，皱起鼻子使劲闻她膝盖后面的长筒袜的气味，我就一定能闻到她身上的真实气味。

“你知道她为什么穿长筒袜吗？”弗兰妮问我。

“不知道。”我说。

“有人把热咖啡洒到了她的腿上，”弗兰妮说，“而且是故意的，就是为了想烫伤她。”

“你是怎么知道的？”我问。

“我看过她腿上的伤疤。”弗兰妮说，“这件事是她告诉我的。”

我们围在喊话控制盒周围，关掉了所有房间的喊话器，专门听朗达·雷房间的动静。只听她在那里哼哼，还听到她在抽烟。我们在想，要是有个男人与她在一起，她会说些什么话？

“太吵了。”弗兰妮说。我们听到了朗达·雷的呼吸声，夹杂着喊话器的噼啪声——就像电篱笆发出的声音。这个喊话系统已经有年头了，靠一个汽车电池来供给电源。

父亲带着莉莉和艾格从赛场回家了。弗兰妮和我把艾格放到升降机里，把他拉到四楼，又放到一楼，玩得很开心。弗兰克马上告诉父亲我们在玩升降机。父亲过来对我们说，这个升降机只用于给房间送饭送菜，运送床单、被罩、毛巾、桌布，也可以运别的一些东西——但是不能运人。

“这个升降机是很不安全的。”父亲说。如果我们放开绳子，那吊篮就凭借自身的重力飞速落下去了。速度很快——吊篮里装的如果是东西，这也许不算快；但如果装着人，那就太快了。

“不过艾格很轻啊。”弗兰妮还想争辩，“我的意思是，我们不会叫弗兰克坐进去的。”

“你们根本就不能让人坐进去！”父亲说。

莉莉突然找不到了，我们放下了手头的活儿，上下各处找她，花了将近一个小时才找到她。莉莉与尤里克太太在一起，坐在厨房里听尤里克太太讲她小时候因为不乖而受罚的故事：有一次因为晚饭前忘了洗手，她被剪了头发，被剪成一块一块的，丢尽了脸；每次说了脏话，她就要被罚站，光脚站到雪地里去；如果她偷吃了食物，就得挨罚——吃下一汤匙的盐。莉莉听得有点入神。

“你和妈妈都不在家的时候，”莉莉对父亲说，“你不会把我们留给尤里克太太照看，对吗？”

弗兰克得到了一个最好的房间，弗兰妮有点愤愤不平。她与莉莉合住一个房间。我和艾格虽然各住一个房间，但我们的房间连着，中间有个门洞，没有装门。马克斯·尤里克拆掉了他房间里的喊话器，我们监听他的房间时，只听到静电声——好像这个老水手还在遥远的海上呢。尤里克太太的房间里呼呼作响，很是热闹——好像是她炉子上的汤锅在温火中沸腾着。

我们在等待着客人的到来，期盼着新罕布什尔旅馆开张营业的那一天——我们的心变得焦躁不安，怎么也平静不下来。

父亲为我们进行了两次消防演习，想消耗掉我们过剩的精力，但我们越玩精力越旺，越玩越想玩。天黑下来了，可是旅馆里停电了，于是我们手拿蜡烛，在空荡荡的房间穿来穿去，玩起躲猫猫游戏。

我躲进了二楼朗达·雷的日间休息室。我吹灭了蜡烛，凭我的嗅觉找到了她放睡衣的那个抽屉。我听到弗兰克在三楼发出了尖叫，他在黑暗中摸到了一个盆栽植物。只有弗兰妮在放声大笑，她的笑声在楼梯间里回荡。

“你们现在尽情玩吧！”父亲在房间里大声喊道，“以后住了客人，你们可不能随意乱跑了。”

莉莉在朗达·雷的房间里找到了我，并帮我把朗达的衣服放回抽屉里。我们离开朗达房间的时候，父亲发现了我们，把莉莉带回到我们的房间，把她安顿在床上。他很不高兴，因为他想给电力公司打电话，问为什么停电，却发现家里的电话还没接通。母亲主动带艾格出去散步，在火车站给电力公司打了电话。

我去找弗兰妮，但她悄悄返回旅馆大堂，谁也没有发现她。她把所有房间的对讲系统调到了“广播”模式，开始向每个房间广播一条消息。

“请大家注意听！”弗兰妮大声说，“请大家注意听！所有人都起床，做性别检查！”

“什么是性别检查？”我一边在心里这样问着自己，一边跑下楼梯来到大堂。

幸运的是，弗兰克没听清楚这个广播。他正躲在四楼堆放材料的壁橱里，那里面没有安装对讲系统。他听到了弗兰妮的声音，但他并不清楚她在说什么。他以为父亲又要带他们进行消防演习了，慌忙从壁橱里跳出来，一下踩进了一个桶里，身子往前一倾，趴了下去，头撞到了地板上，一只手碰到了一只死老鼠。

我们听到了弗兰克的尖叫声。马克斯·尤里克在四楼走廊尽头的房门打开了，大吼一声——那声音很绝望，好像他落到了海里，正在下沉。

“别尖叫了，你这尖叫连上帝都怕！要不然，我要吊起你的小指头，挂在逃生梯上！”

这一下，让弗兰克心情大为不好。他说我们的游戏“幼稚可笑”，不玩了，回到自己的房间去了。我和弗兰妮来到三楼角落的那个房间，透过大窗户眺望着艾略特公园。这是鲍勃教练的房间，不过他现在不在，去参加体育系的一个庆祝宴会了。他们开始庆祝这个胜利季了——还有最后一场要比呢。

艾略特公园现在空无一人——其实任何时候都是如此——那些废弃的运动设施就像枯树一样立在昏暗的街灯下。改造旅馆所用的最后一些建筑设施——就是几台柴油机和工人的窝棚——还在那里，但新罕布什尔旅馆的改造现在已经完工，就剩下周围的景观美化了，接下来的几天唯一还要使用的机器就是反铲挖土机了，现在正蹲在前面的石板路附近，活像一只饥饿的恐龙。还有好几棵死榆树的树桩需要挖出来，在新的停车场周围有好些坑洞需要填埋。柔和的亮光从我们家住的几个房间里透出来，我们知道父亲正借着烛光，把莉莉安顿在床上。弗兰克呢，不用说，一定站在自己房间的镜子前，美滋滋地欣赏自己身上的那一套乐队制服。

我和弗兰妮看到巡逻车开进了艾略特公园——就像一条鲨鱼慢悠悠地游弋在被遗弃的水域，在寻觅一顿不可能得到的大餐。我们猜想，可能是老巡警霍华德·塔克看到母亲带着艾格从火车站往回走，便将他俩“逮捕押送”过来了。我们猜想，看到新罕布什尔旅馆里的烛光，老巡警说不定以为旅馆在闹鬼吧——老汤普森女子中学学生的鬼魂还久久不散。最后，霍华德把巡逻车停在最显眼的一堆建筑垃圾后面，关掉了引擎和车灯。

我们看到黑漆漆的警车里，只有霍华德的雪茄头闪着亮光，就像一只动物的眼睛闪着红光。

我们看见母亲带着艾格悄没声地穿过了操场。他俩突然从黑暗中冒出来，从昏暗的光线中冒出来，好像他俩活在世上的这一辈子，就那么短暂的一瞬间才被那么暗淡的灯光照亮——此情此景令我心头一阵刺痛，我感到身边的弗兰妮也不由得打了一个寒战。

“我们把所有的灯都打开吧。”弗兰妮建议道，“把所有房间的灯都打开。”

“可是没有电啊。”我说。

“现在是没电，笨蛋，”她说，“但是我们现在把所有灯的开关都打开，等电来了，整个旅馆就灯火通明了。”

这想法听起来很不错，所以我帮着她打开了所有的灯的开关——连马克斯·尤里克房间外面的走廊灯都打开了——还打开了户外的泛光灯。这盏泛光灯将来会照亮餐厅外边的门廊，而现在只能照亮那台反铲挖土机，只能照亮垂挂在一棵小树树梢上的一顶黄色的钢制安全帽——挖土机挖得只剩下这棵小树了。那个工人，就是这顶安全帽的主人，好像永远不会回来了。

这顶被人遗弃的安全帽让我想起了斯特拉瑟斯，斯特拉瑟斯与这顶帽子一样结实而迟钝；我知道弗兰妮有些时候没有见他了。我知道没有哪个男朋友能讨她的欢心，她似乎为此闷闷不乐。弗兰妮告诉过我，她还是一个处女，倒不是因为她一心想做处女，而是因为德瑞中学没有一个男孩——用她的话说——“值得她失身”。

“我的意思是，我并不觉得自己有多么高贵，”她对我说，“我可不想让哪个傻瓜随随便便来破我的身，我也不想让人嘲笑我。这是很要紧的，约翰，尤其是第一次。”

“为什么？”

“就是这样。”弗兰妮说，“第一次，这就是为什么。这第一次永远会在你的心里。”

我有点不相信。我希望不是这样。我想起了朗达·雷：第一次对她意味着什么？我想起了她的那几件睡衣，想起了她那几件散发着说不上什么气味的睡衣——那气味就像她戴着表带的手腕的气味，就像她膝盖后面的长筒袜的气味。

我和弗兰妮把所有的电灯开关都打开了。我们往外一看，霍华德·塔克的那辆巡逻车还是一动不动地停在那里。我们悄悄溜到外面。等到来电的时候，我们要看整个旅馆灯火通明的那一刻。我们爬上挖掘机的驾驶座，静静地等待着。

霍华德·塔克一动不动地坐在警车里，像是要一直坐到退休似的。对了，艾奥瓦鲍勃特别喜欢说这样一句话：霍华德·塔克一直在巡视“死亡之门”。

就在霍华德·塔克打开警车的点火装置的那一刻，整个旅馆的灯全都亮了起来，好像是霍华德打开了这些灯似的：巡逻车的前灯一亮，旅馆的每一盏灯也同时亮了起来。霍华德·塔克的警车往前一滑，随即又停了——好像突然亮起的旅馆灯光让他一时睁不开眼了，慌乱中，他的脚也从油门或离合器上滑下来了。可以这么说，老霍华德·塔克发动汽车的那一刻，新罕布什尔旅馆突然灯火通明，他确实有些不习惯，他一定有点受不了。在艾略特公园，他巡逻的那些地方都是不那么敞亮的角落——他偶然会发现有人在那里搂搂抱抱，常有一些十几岁的青涩少男少女突然暴露在他的警车灯下。他还抓到过一些坏蛋在汤普森女子中学搞些小破坏。有一次，他抓到德瑞中学的几个学生偷了学校的几头母牛，把它们拴在曲棍球场的一个球门上。

霍华德·塔克发动警车的那一刻，看到四个楼层所有的灯光突然全部亮起，必定大吃一惊——那场景想必与新罕布什尔旅馆突然遭到轰炸的情景一模一样。马克斯·尤里克的收音机里响起一阵音乐，吓得马克斯惊恐地尖叫起来。在尤里克太太的地下室厨房里，烤炉的定时器也突然响声大作。莉莉突然在睡梦中大叫起来。站在黑漆漆的镜子前面的弗兰克一下子清醒过来。艾格听到了穿过旅馆各个房间的电流的嗡嗡声，感到心慌，赶紧闭上了眼睛。我和弗兰妮坐在挖掘机里，用手紧紧捂住了耳朵——好像这突然的亮光之后，就会紧接着来一场大爆炸。老巡警霍华德·塔克感到自己的脚从离合器上滑了下来——就在这一刻，他的心脏停止了跳动，与这个世界告别了。而在这个世界，旅馆却可以如此轻松地恢复自己的生机。

我和弗兰妮是最早跑到警车边上的人。我们看到老巡警的身体趴在方向盘上，汽车喇叭响个不停。父亲、母亲和弗兰克很快从新罕布什尔旅馆跑了出来，好像这警车喇叭拉响了警报，我们又要进行一次消防演习似的。

“天哪，霍华德，你死了！”父亲一边使劲摇晃着老人的身体，一边对他说。

“我们没想到会这样，我们没想到会这样。”弗兰妮说。

父亲捶了一下老霍华德·塔克的胸口，让他平躺在警车的前座上，然后又不断捶打着他的胸部。

“快打电话叫人！”父亲说。可是我们旅馆里的电话机还不能用。父亲看着警车眼花缭乱的电线、开关、耳塞和话筒。“喂？喂！”他拿起一样东西，对着它喊了起来，又推推另一样东西。“他妈的这是怎么用的？”他大声叫着。

“哪位？”不知从警车的哪个孔里传出一个声音。

“快叫一辆救护车到艾略特公园来！”我父亲说。

“是万圣节警报？”那个声音说，“是万圣节恶作剧？喂。喂。”

“耶稣啊，上帝啊，今天是万圣节！”父亲说。“该死的烂机器！”他喊道，一只手砰地一下拍到了警车的仪表盘，另一只手狠狠地捶在霍华德·塔克毫无动静的胸膛上。

“我们可以叫辆救护车！”弗兰妮说，“学校的救护车！”

我和弗兰妮跑着穿过艾略特公园。从新罕布什尔旅馆各个房间里射出的耀眼灯光把公园照得透亮。“天哪。”艾奥瓦鲍勃惊叹一声——我们在公园的松树街入口处与他撞了个满怀，他正在那里抬头望着那明亮的旅馆，好像在嘀咕：怎么不等我来，这个旅馆就宣布开门营业了？在这非自然的光线下，鲍勃教练在我看来一下子老了好几岁。但是我心里知道，他的老相与他的年纪相仿——一个爷爷，一个再打一场比赛就要退休的老教练是怎样的老法，他就是怎样的老法。

“霍华德·塔克心脏病发作了！”我对他说。说完，我与弗兰妮继续往德瑞中学的方向跑去。德瑞中学也是很多心脏病发作的假警报的发源地——尤其是在万圣节期间。

弗兰妮打架输了

万圣节那一天，德瑞镇警察局像往常一样派老警察霍华德·塔克去艾略特公园巡逻，新罕布什尔州警察局也派了两辆警车去德瑞中学巡逻校园，于是镇上的警力比平常增加了一倍。虽然德瑞中学的历史并不悠久，但它的万圣节恶作剧名声可是不小。

有一年的万圣节，德瑞中学的一头奶牛不知被哪个人拴在了汤普森女子中学的球门里。在另一年的万圣节，有人把一头奶牛牵到德瑞中学的运动员更衣室，赶进了室内游泳池。游泳池里氯气太多，奶牛的反应极为强烈，结果淹死了。

还有一年的万圣节，镇上的四个小孩一不小心闯进德瑞中学的宿舍楼，对学生们叫喊“不给糖就捣蛋”。这几个孩子全都被学生绑架，被迫在学校里过了夜。一个学生还装扮成行刑手，将这几个孩子的头发剃了个精光，结果，把其中一个孩子吓得一个星期都不能说话。

“我恨死了万圣节。”弗兰妮说。我们看到，德瑞镇的街上很少有人玩“不给糖就捣蛋”的游戏；镇上的小孩子都害怕过万圣节。街上偶尔会出现一个缩手缩脚的孩子，头上戴着纸袋或面罩，如果我和弗兰妮在他身边跑过，他就会吓得瑟瑟发抖。还有一群小孩子——

一个装扮成女巫，一个装扮成幽灵，还有两个装扮成最近上映的火星人入侵地球那部电影里的机器人——看到我俩在人行道上朝他们跑过去，便慌里慌张地逃进一个安全的地方——逃到了不知是谁家的门口，那里灯光很亮。

不少家长不放心自己的孩子，于是就开车出来，在街道两旁停了车，坐在车里注视着孩子小心翼翼地走到一户人家的门前按下门铃——如果里面出来一个什么人要打孩子，他们也好上前解救。父母们还担心孩子们拿到藏着剃须刀片的苹果、下了砒霜的巧克力饼干——这样的忧虑无疑时常袭上守望在一旁的父母的心头。一位焦虑不安的父亲打开车灯，正好照见我和弗兰妮，便急忙跳下车，上前追赶我们。“嘿，你们两个！”他厉声喝道。

“霍华德·塔克心脏病发作了！”我对他大叫一声。这叫声似乎很管用，那个男人立刻僵在那里不动了。我和弗兰妮跑过德瑞中学敞开着的大门——活像墓地的大门——向操场跑去。在尖尖的铁栏杆边上跑过，我不禁想象，到了埃克塞特橄榄球队来这里比赛的那个周末，这里会多么的热闹——那时会有多少人在这大门口吆喝着兜售三角旗、毯子和牛铃，兜售那些为球队呐喊助威所必需的用品。现在这扇大门边上毫无生气。我和弗兰妮跑进大门的时候，一群孩子从我们身边匆匆跑过——跑到大门外面去了。他们似乎在逃命，几个小孩的惊恐不安的脸就像其他孩子戴的万圣节面具那样吓人。他们身上穿着的黑白相间的南瓜皮颜色的塑料衣服已经破烂不堪。孩子们都在哭，听上去就像儿童医院的病房里生病孩子在啼哭——因为惊吓过度，有的孩子哽咽着哭不出声了。

“耶稣啊，上帝啊！”弗兰妮说。孩子们慌忙从弗兰妮身边逃开了——好像弗兰妮穿着万圣节衣服，我戴着那种最可怕的面具似的。

我抓住一个小男孩，问他：“出了什么事？”小男孩扭动着身子竭力想挣脱，尖叫着要咬我的手腕——只见他浑身湿湿的，不停地颤抖着，还散发着一股奇怪的气味；他的骷髅装被我一抓就碎了——我感觉就好像抓着了湿透的卫生纸或腐烂的海绵。“巨蜘蛛！”他神不守舍地大喊一声。我松开手，放了他。

“出了什么事？”弗兰妮对孩子们大声喊道。孩子们一溜烟跑了——他们刚才出现得突然，现在消失得也突然。操场在我们面前延展，黑黢黢，空荡荡。在操场的尽头，是灯影稀疏的德瑞中学的学生宿舍和教学楼，看过去就像好几艘高大的轮船停泊在迷雾笼罩的港口——大多数学生差不多早早睡了，只有几个勤奋的学生还在挑灯夜读。我和弗兰妮知道，这个学校是没有几个“好学生”的，在这个万圣节的星期六，我们想，即使是好学生也不会好好学习的——黑黑的宿舍窗户也不一定意味着他们在睡觉，说不定他们在宿舍里摸黑喝酒，说不定在胡闹，还说不定抓了几个小孩子，在黑咕隆咚的房间里欺负他们呢。或许这些学生又发明了一种新的宗教，校园里很时髦的那种，这种宗教的仪式需要整整一个晚上的时间来完成——万圣节之夜正好是一个难得的机会。

一定发生了什么不对头的事。尽管我现在身处我这一辈子见过的最黑暗的夜晚，但对我来说，离我很近的那个白色木质足球门似乎还是太白了。那个球门太醒目、太惹眼。

“我希望此刻索罗与我们在一起就好了。”弗兰妮说。

索罗将与我们在一起，我想——有一件事情，我知道，但弗兰妮不知道。就在今天，父亲带着索罗去了兽医那里，去让那条老狗安乐死了。弗兰妮不在的时候，我们有过一场严肃的讨论，讨论这样处理索罗的必要性何在。莉莉和艾格也不在场。父亲对母亲、弗兰克和我——还有艾奥瓦鲍勃——说：“弗兰妮不会明白的。莉莉和艾格又太小，征求他们的看法是没有意义的，他们还没有理性思维。”

弗兰克不喜欢索罗，但对索罗被判处死刑，连弗兰克似乎都感到难过。

“我知道它身上气味太臭，”弗兰克说，“不过那不算什么致命疾病吧。”

“在旅馆里就算。”父亲说，“索罗的肠胃得了绝症。”

“再说，索罗也太老了。”母亲说。

“等你们老了，”我对父母说，“我们不会让你们安乐死的。”

“那我呢？”艾奥瓦鲍勃说，“我想，下一个离开这个世界的人就是我了。你们得忍受我放臭屁，要不就送我去养老院！”

“您说这个干吗？”父亲对鲍勃教练说，“只有弗兰妮一个人真正喜欢这只狗。只有她才会真正感到难过，我们要尽可能让她感到一些宽慰。”

父亲无疑认为痛苦十有八九来自期待，所以，他不征求弗兰妮的意见，并不是真的胆怯。他当然知道弗兰妮的看法，但他的主意已定：索罗必须离开这里。

我在问自己：我们搬进新罕布什尔旅馆之后多久，弗兰妮才会发现爱放屁的索罗不在了？弗兰妮一定会四处寻找索罗，那个时候父亲只好向她摊牌了。

“是这样的，弗兰妮，”我想象父亲会这样开场，“你知道，索罗的年纪已经不小了，它越来越不能很好地控制自己了。”

走在黑色的天空下，走过那白色的足球门，想到弗兰妮会如何看待我们对索罗的做法，我身上不禁一阵寒战。“凶手！”她会把这个称呼安在我们头上。我们心里肯定都会有愧疚感。“弗兰妮，弗兰妮。”父亲一定会这样轻声叫着她的名字，但弗兰妮必然会大闹一场。住在新罕布什尔旅馆的那些陌生人一定会被弗兰妮的大喊大叫惊醒的，我同情他们。

我发现了球门的一个问题：球网不见了。我想，难道是赛季结束了？不，橄榄球还要再打一个星期，足球肯定也要再踢一个星期。我想起来了，在过去的几年里，球网是一直挂在球门上的，直到下了初冬的第一场雪，维护人员才会将球网撤去，好像那第一场暴风雪，才让他们想到，他们忘了自己该做的事。我想到，那时的球网老把飘散的雪聚拢在一起，就像蜘蛛网将灰尘紧紧聚拢在一起一样。

“球网不见了——球门里的球网没了。”我对弗兰妮说。

“这可了不得。”她说。我们很快跑进了树林里。即使天这么黑，弗兰妮和我也能找到那条捷径，就是那些橄榄球运动员常走的那条小路——其他人是从来不走的，就因为这些家伙老走。

是万圣节恶作剧？我不禁这样想。他们偷走那球网干什么？还没等我想完，弗兰妮和我突然一头扎进了一张网里。我们的头顶上是球网，脚下是球网，与我们罩在一起的，还有另外两个人：一个是德瑞中学的新生，名叫法埃尔斯通，他的脸圆得像汽车轮胎，柔软得像奶酪；另一个是镇上一个玩“不给糖就捣蛋”游戏的小男孩，装扮成大猩猩的模样，但他的体型更接近于蜘蛛猴。大猩猩面具戴在他的后脑勺上，所以从后面看他，你看见的是一只猴子，可是当你听到尖叫，转到前面看他的脸的时候，你才发现这是一个吓得魂不附体的小男孩。

这是一个丛林陷阱，装扮成大猩猩的这个小男孩拼命地乱抓乱撞。法埃尔斯通竭力想躺下，但网不停地抖动着，他无法稳住身体——他一会儿撞到我，说一声“对不起”，一会儿撞到弗兰妮，说一声“上帝啊，非常对不起”。每次我想站起来，这网就突然从我脚下抽走，或者我头顶上的网一下子又拽着我的头往一边拉去，将我摔倒在地。弗兰妮匍匐在地上，保持身体的平衡。网里面还有一个很大的棕色纸袋，纸袋里装的尽是这个穿猩猩装的小孩子的万圣节物品——玉米糖、黏糊糊的凝固了的爆米花球，还有带着皱巴巴的玻璃糖纸的棒棒糖——不断掉出来，在我们身下散落一地。这个穿猩猩装的孩子不断尖叫着，气都有点喘不过来了，歇斯底里地叫喊着，好像就要噎住气了。弗兰妮一把搂住他，想让他平静下来。“没关系，这只不过是一个肮脏的诡计。”她对他说，“他们很快会放我们走的。”

“巨蜘蛛！”这孩子边叫，边乱打着自己的身体，在弗兰妮的臂膀里不停地抽搐着。

“不，不是，”弗兰妮说，“不是蜘蛛。他们是人。”

我想我知道这是些什么样的人。我情愿落在了蜘蛛网里。

“一下子抓了四个！”有个声音在说——这声音听起来很熟悉，我好像在更衣室里听到过，“他妈的一下子抓了四个！”

“一个小个子，三个大个子。”另一个也很耳熟的声音说。是一个垒球手的声音，要么是挡人的后卫的声音——不好分辨。

手电筒一闪一闪地照到了我们身上——就像夜里的一只机器蜘蛛眨巴着眼睛。

“啊，看看里面是谁。”领头的一个家伙说。那是四分卫契帕·达夫的声音。

“一双漂亮的小脚。”哈罗德·斯瓦罗说。

“皮肤也很漂亮。”切斯特·普拉斯基说。

“笑容也很迷人。”莱尼·梅茨说。

“还有全校最好看的屁股。”契帕·达夫说。

“霍华德·塔克心脏病发作了！”我对他们几个人说，“我们得赶紧叫辆救护车！”弗兰妮跪在地上喘口气。

“让他妈的猴子走吧。”契帕·达夫说。网移动了一下。哈罗德·斯瓦罗的细细的黑胳膊把那个穿猩猩服的孩子从网里拽了出来，把他放了。“不给糖就捣蛋！”哈罗德说，那个小猩猩一溜烟地逃进了夜色里。

“是你吗，法埃尔斯通？”达夫问。手电筒照在这个名叫法埃尔斯通的性情温和的男孩身上。这孩子看起来好像要在网里睡着了，两个膝盖紧紧贴在胸前，眼睛紧闭，一只手捂着嘴巴。

“你这个同性恋，法埃尔斯通。”莱尼·梅茨说，“你在干什么？”

“他在吮吸大拇指。”哈罗德·斯瓦罗说。

“放他走。”四分卫说。切斯特·普拉斯基痛苦的脸色在手电光中瞬间绽放了。他把昏昏欲睡的法埃尔斯通从网里拽了出来。在一阵轻微的肉体碰撞肉体的声音之后，我们听到苏醒的法埃尔斯通迅速跑开了。

“看看现在留下的是谁。”达夫说。

“有人心脏病发作了。”弗兰妮说，“我们真的急着要去医务室叫救护车。”

“你现在哪里都不能去。”达夫说。“嘿，小子。”他一边对我说，一边拿着手电对着我的脸，“你知道我想让你做什么吧，小子？”

“不知道。”我说。有人隔着网踢了我一脚。

“小子，我想让你做的是，老老实实待在这里，待在我们的这张大蜘蛛网里，直到其中一只蜘蛛告诉你你可以走了为止。明白吗？”

“不明白。”我说。有人又踢了我一脚，踢得比刚才更狠了一些。

“学聪明点。”弗兰妮对我说。

“对了，”莱尼·梅茨说，“学聪明点。”

“你知道我想让你做什么吗，弗兰妮？”契帕·达夫问弗兰妮，但弗兰妮没有理他。“我想让你再带我去一次那个地方。”他说，“就是那个我们可以单独幽会的地方。还记得吗？”

我想爬得离弗兰妮近一点，但有人把网拉得更紧了。

“她要与我在一起！”我喊道，“弗兰妮要与我在一起。”

我一屁股坐在地上，那张网收得越来越紧，一个人跪在我的背上。

“放开他。”弗兰妮说，“我带你去那地方。”

“待在这儿，不要动，弗兰妮。”我说，但她没有听我的。她让莱尼·梅茨把她从网下拉了出来。“记住你说的话，弗兰妮！”我对着她大声说，“你还记得自己说过的话吗——关于第一次？”

"那句话不一定能当真。"她说，显得有气无力，"那句话不一定算数。"

她 定想逃跑来着，因为我听到了黑暗中扭打的声音。只听莱尼·梅茨大叫："够了！婊子养的，你这婊子！"又是一阵打击的声音——肉搏的声音——然后我听到弗兰妮说："好吧，好吧，你这杂种。"

"你为我去找那个地方，莱尼和切斯特会帮你的，弗兰妮，"契帕·达夫说，"好吗？"

"你这浴缸里的蠢货，"弗兰妮说，"你这老鼠不如的杂种。"接着我又听到一阵肉搏扭打的声音。弗兰妮说："好吧！好吧。"

哈罗德·斯瓦罗的膝盖顶着我的后背压着我。要不是这网缠住了我的手脚，我或许与他有的一拼，但现在我动弹不得。

"我们很快就会回来找你的，哈罗德！"契帕·达夫喊道。

"坚持一会儿，哈罗德！"切斯特·普拉斯基说。

"机会马上就能轮到你，哈罗德！"莱尼·梅茨说。大家一阵哄笑。

"我不想轮到这样的机会，"哈罗德·斯瓦罗说，"我不想惹麻烦。"那几个人走远了，偶尔还可以听到弗兰妮的骂声——他们离我越来越远了。

"你会惹麻烦的，哈罗德。"我说，"你知道他们要对她做什么。"

"我不想知道。"哈罗德·斯瓦罗说，"我不要惹麻烦。我到这个学校来上学，就是为了躲开麻烦。"

"呃，你已经惹上麻烦了。"我说，"他们要强奸弗兰妮，哈罗德。"

"他们常干这样的事。"哈罗德·斯瓦罗说，"但我不干。"我还在网下挣扎着，但他很容易就把我压在底下。"我也不喜欢打架。"他说。

"他们把你看作一个疯疯癫癫的黑鬼。"我对他说，"他们就是这样看你的。所以他们和她在一起，却把你一个人留在这里，哈罗德。但麻烦是一样的。你惹的麻烦与他们的一样。”

“他们从来不会有麻烦的。”哈罗德说，“没有人告发过他们。”

“弗兰妮会的。”我说。我感到玉米糖压到了我的脸上，压到了潮湿的地面上。这当然又是一个我难以忘怀的万圣节，我觉得自己与以前一样弱小和无用——在每一个万圣节，在德瑞镇，我总是受到比我大得多的孩子的惊吓，他们用糖果袋套住我的头，使劲摇晃，使我满耳充斥着玻璃糖纸的声音，最后糖果袋在我耳边突然啪地一下爆破。每一次都吓得我要死。

“他们长什么模样？”父亲总是问我们。

可哪里看得清他们的模样，他们装扮成幽灵、大猩猩、骷髅，当然，还有更可怕的样子。在万圣节之夜，人人都伪装，你抓不到恶作剧的人。有人把弗兰克绑在最大的宿舍楼的消防梯上，吓得他尿了裤子，但你抓不到他们，你从来抓不到他们。有人把一大盆又冷又湿的意大利面泼在我和弗兰妮身上，大叫：“快看活鳝鱼！赶快逃命！”我们躺在黑暗的人行道上，扭动着沾满意大利面的身体，互相打着对方，大声尖叫着——你根本抓不着他们。

“他们要强奸我姐姐，哈罗德！”我说，“你得帮帮她。”

“我谁也帮不了。”他说。

“有人能帮她。”我说，“我们可以跑去找人。我知道你很能跑的，哈罗德。”

“我是能跑。”他说，“但是谁会帮你对付那些家伙呢？”

我知道霍华德·塔克不可能来帮我了。这时我听到校园和镇上传来了警车乌拉乌拉的警报声，我猜想父亲一定在警车里捣鼓了好一阵子，已经学会用无线电来求救了。不管怎么说，现在找不到什么人可以帮助弗兰妮。我哭了起来，哈罗德·斯瓦罗把膝盖的力量压在了我的肩膀上。

大概安静了一秒钟，那警报似乎在深吸一口气。在这个空当，我们听到了弗兰妮的声音。又是肉搏扭打的声音，我想——但这次的声音有所不同。弗兰妮发出的声音让哈罗德·斯瓦罗想起谁可以帮助她了。

“小琼斯可以对付那些家伙。”哈罗德说，“小琼斯可从来没有败在谁的手下。”

“是啊！”我说，“他是你的朋友，对吗？他喜欢你，不喜欢他们，对吗？”

“他谁也不喜欢。”哈罗德·斯瓦罗带着羡慕的口气说。突然压在我身上的重量消失了，他开始抓着网，把我从网里拉出来。“快起来。”他说，“小琼斯确实有喜欢的人。”

“喜欢谁？”我问。

“他喜欢别人的姐妹。”哈罗德·斯瓦罗说。这个说法没有让我放下悬着的心。

“你什么意思？”我问他。

“快站起来！”哈罗德·斯瓦罗说，“小琼斯喜欢别人的姐妹——他跟我说过的，老兄。他说，‘人家的姐妹都是好姑娘’。——他就是这么说的。”

“他说这话是什么意思？”我问。我加快步子努力赶上他——他可是德瑞中学跑得最快的人。鲍勃教练说过，哈罗德·斯瓦罗能飞。

我们朝小路尽头的那个光亮跑去。我们跑过了我们最后听到弗兰妮声音的那个地方——就是那片蕨类植物丛，就是那些后卫在轮流搞弗兰妮的那个地方。我停住脚步，想冲进那片树林，找到弗兰妮，但哈罗德·斯瓦罗一把抓住了我，把我拉向一边。

“你无法对付那些家伙，兄弟。”他说，“我们得找小琼斯去。”

为什么小琼斯会帮我们？我不知道。我想我到死也找不到这个问题的答案。我一边紧赶慢赶努力追上哈罗德·斯瓦罗的脚步，一边想，如果小琼斯真的像他口口声声说的那样喜欢“别人的姐妹”，那么，我们找他帮忙，对弗兰妮来说不见得是好事。

“他怎么会喜欢别人的姐妹？”我气喘吁吁地问哈罗德。

“就好比喜欢自己的姐妹。”哈罗德·斯瓦罗说。“老兄！你为什么这么慢？老兄，小琼斯有个亲姐姐，几个花花公子强奸了她。”停了一会儿，他又说，“我想大家都知道这件事！”

“你不住宿舍，就会错过很多事情。”我想起弗兰克总是这样说。

“抓住那几个人了吗？”我问哈罗德·斯瓦罗，“抓到强奸小琼斯姐姐的那几个家伙了吗？”

哈罗德·斯瓦罗说道：“是小琼斯抓住了他们！我想大家都知道这件事。”

“那他是怎么惩罚他们的？”我问哈罗德·斯瓦罗。哈罗德走在我前面，已经来到了小琼斯的宿舍楼。他飞快地跑上楼梯，我落在他身后整整一段楼梯。

“别问这个！”哈罗德·斯瓦罗站在上面，向我喊道，“没人知道他是怎么惩罚他们的，老兄。没有人问。”

小琼斯到底住在什么地方？我心里嘀咕。爬过三楼的楼梯，继续往上爬，我的肺都快要炸了，哈罗德·斯瓦罗也不见了踪影。他正在上面等我呢，在顶楼——也就是五楼——的楼梯平台上等我。

我想，小琼斯说不定是住在天上。哈罗德向我解释说，德瑞中学的大多数黑人运动员都住在这个宿舍楼的顶层。“住在这里谁也不会见到我们，知道吗？”哈罗德问我，“就像高高树枝上的那些小鸟，老兄。在这个学校，黑人就被安排在这样的地方。”

五楼这个地方又暗又热。“热气往上走，你不知道？”哈罗德·斯瓦罗说，“欢迎来到丛林地带。”

每个房间的灯都熄灭了，但有音乐声从底下的门缝里传出来。这个宿舍楼的第五层就像城里实施灯火管制的一条小街，到处是夜总会和酒吧。房间里还传出咔咔的脚步声，我听得清清楚楚——黑暗中有人在不停地跳舞。

哈罗德·斯瓦罗在一扇门上砰砰敲了起来。

“你想干什么？”里面传来小琼斯可怕的声音，“你想找死？”

“小琼斯，小琼斯！”哈罗德·斯瓦罗一边喊，一边敲得更用力了。

“你真想找死，是不是？”小琼斯说。我们听到里面一连串的开锁声，好像在打开牢房里的一道道门锁。

“如果有谁的母亲想死，”小琼斯说，“我会乐意帮助他的。”又开了好几道门锁。我和哈罗德·斯瓦罗从门口退了几步。“你们两个谁想先死？”小琼斯说。热浪和萨克斯管的声音从他的房间冲了出来，他的写字台上点着的一支蜡烛照亮着他的后背，写字台铺着美国国旗，看上去就像总统的棺椁。

“我们需要你的帮助，小琼斯。”哈罗德·斯瓦罗说。

“那是肯定的。”小琼斯说。

“他们抓走了我姐姐，”我对他说，“他们抓走了弗兰妮。他们正在强奸她。”

小琼斯两手夹住我的腋窝，把我高高架起，我们两个面对着面。他架着我的身体轻轻地往墙上靠。我感到我的脚离地已有一两英尺，但我并不挣扎。

“你说的是强奸吗，老兄？”他问。

“是的，强奸，强奸！”哈罗德·斯瓦罗说，在我们身边转来转去，像一只蜜蜂，“他们在强奸他的姐姐，老兄。这是真的。”

“你姐姐？”小琼斯放下了我。我的身体挨着墙壁滑到地板上。

“我姐姐弗兰妮。”我说。这个时候我真担心他又会来一句：“在我眼里，她只不过是另一个白人女孩。”他什么也没说。他突然哭了起来——他的那张大脸被眼泪打湿了，好像勇士的一副盾牌在雨中闪着光亮。

“求你了！”我对他说，“我们得赶紧去。”小琼斯却摇摇头，他的眼泪如注，喷溅到哈罗德·斯瓦罗和我的身上。

“我们来不及了，”小琼斯说，“我们不可能及时赶到那个地方。”

“他们有三个人，”哈罗德·斯瓦罗说，“搞三次需要时间的。”我感到一阵恶心——想起了那个万圣节，一遍又一遍地想起那个躺在地上满肚子都是垃圾的万圣节。

“我是认识这三个人的，对不对？”小琼斯说。我看到他在穿衣服了——我刚才都没有注意到他赤身裸体。他穿上一条很宽大的灰色运动裤，一双大脚套上头部很高的白色篮球鞋，头戴一顶棒球帽，鸭舌朝向后面。显然，他打算穿这身衣服出门。他站在宿舍楼五楼的走廊里，突然大叫起来：“黑人出手，法网不漏！”各个房间的门都打开了。“猎狮去！”小琼斯喊道。住在顶层的这些黑人运动员从各自的房间向外盯着他看。“都振作起来！”小琼斯说。

“猎狮去！”哈罗德·斯瓦罗喊叫着，飞快地跑过走廊，“都振作起来！黑人出手，法网不漏！”

这个时候我才突然意识到，在德瑞中学，我认识的黑人学生，没有一个不是运动员——当然，如果他们没有用处，我们这个学校是不会收他们的。

“猎狮是什么？”我问小琼斯。

“你姐姐是个好姑娘，”琼斯说，“我知道她是个好姑娘。每个人的姐姐或妹妹都是好姑娘。”我当然同意他的说法。哈罗德·斯瓦罗碰了一下我的胳膊，说：“听到了吧，老兄？每个人的姐姐或妹妹都是好姑娘。”

我们飞快地跑下楼梯，竟然安静得出奇，要想想我们这群人的人数可不少。哈罗德·斯瓦罗跑在前面，在每层楼梯平台都要很不耐烦地等我们一会儿。小琼斯的块头如此之大，但没想到他的跑动速度快得惊人。在二楼楼梯的平台上，我们碰到了两个从家里回来的白人学生，他们看见跑下楼梯的这一群黑人运动员，慌忙躲到二楼的走廊上去了。“猎狮去！”黑人运动员边跑边喊，“黑人出手，法网不漏！”

下面几层的房间没有一间打开门，有两间房间赶忙熄了灯。我们到了宿舍楼外面。在万圣节的夜色中，我们向树林跑去，向那林中小路边上的那个地方跑去——那个地方我一辈子都认得，一辈子都不会忘记。我闭着眼睛都能找到这个蕨类植物丛——我和弗兰妮两个人第一次一起来这里玩，以后也总来这里玩。

“弗兰妮。”我叫了一声，但没有人应答。我带着小琼斯和哈罗德·斯瓦罗走进了树林，在我们身后，黑人运动员们以扇状的队形走在小路上，然后转身进入了树林。他们摇晃着树木，踢着枯叶，嘴里还哼着小曲。我突然注意到，所有的人都戴着棒球帽，鸭舌朝后，个个赤着膊，他们中有很多人还戴着街球手面罩。他们穿过树林时弄出的声响，就像巨大的旋转刀片切过田野时发出的呼啸声。我们手里的手电筒闪着亮光，好像一群很大的萤火虫飞到蕨类植物丛中。我们找到了莱尼·梅茨，他的裤子还没有提起来，两个膝盖夹着我姐姐的头。他两腿跪在弗兰妮的胳膊上，跨在她的头上。切斯特·普拉斯基——毫无疑问排在第三的位置——差不多要完事了。

契帕·达夫已经不在这里了。他当然是第一个上的手。他是一个小心翼翼的四分卫，他并没有持球太久。

“我当然知道他要干什么。”弗兰妮对我说——很久以后对我说的，“我已经为他做好了准备，我甚至想象过与他一起做的情形。不知怎的，我早就知道一定会是他——我的第一次。但我从没想到，我与他的第一次，他竟然会让别人看。我甚至告诉他，他们不用强迫我，我会让他这样做的。但是他竟然抛下了我，把我丢给了他们——我一点心理准备都没有。我绝不会想到会是那样。”

在我姐姐看来，为了她在新罕布什尔旅馆干下的房间灯光恶作剧，为了她无意中促使霍华德·塔克离开了我们这个世界，她付出了这个不相称的代价。“哎，为了这小小的乐趣，我被迫付出了这么个代价。”弗兰妮说。

在我看来，莱尼·梅茨和切斯特·普拉斯基好像没有为他们得到的这个“乐趣”付出足够的代价。梅茨一看到小琼斯，就立刻放开了我姐姐的胳膊。他提起裤子就想跑——但他是个跑卫，只习惯于前面有人挡他，而且是在相对开阔的场地。在漆黑的树林里，他几乎看不见哼着小曲的黑人运动员黑乎乎的身体。尽管他使尽力气跑，速度也不慢，他还是撞到了一棵和他的大腿一样粗的树，撞断了锁骨。他很快被包围了，几个黑人运动员把他拖回到蕨类植物丛中的那个“快活地”。小琼斯一声令下，大家一起动手，把他身上的衣服全都扒了下来，把他绑到一根长曲棍球球杆上。然后他们抬着一丝不挂的梅茨，到了男生部主任那里。

我后来才知道，猎狮者总是要交出一部分猎物的。

有一次，他们抓到一个露阴癖，这家伙一直让女生宿舍不堪其扰。他们吊起他的脚踝，倒挂在洗澡人数最多的女生浴室的那个淋浴喷头下面——他的身体用透明的浴帘包裹着。然后他们叫来主任。“黑人出手，法网不漏。”小琼斯说，“我是五楼治安官。”

“哦，小琼斯。这是怎么回事？”主任问。

“女生宿舍一楼的浴室里发现一个裸体男生，就在你右手边。”小琼斯说，“就在他露阴的那一刻，猎狮者当场抓住了他。”

莱尼·梅茨就这样被拉到男生部主任那里。切斯特·普拉斯基比他先到一步。“猎狮去！”哈罗德·斯瓦罗在树林里尖叫一声。莱尼立刻松开弗兰妮的胳膊，切斯特·普拉斯基也悄没声地从我姐姐身上爬了起来，抬腿就跑。他什么衣服也没穿，光着嫩嫩的脚在树林里慢慢小跑着，倒没有撞到树。每隔二十码左右，他就会被黑人执法者吓得半死——这些黑人运动员慢慢穿行在树林里，摇晃着树木，折断树枝，哼着小曲。这是切斯特·普拉斯基第一次与别人一起轮奸女孩子，他被这夜晚的丛林仪式完全弄昏了头脑　　他觉得奇怪，这树林里怎么突然到处是丛林土著！（或许是食人族！他想。）——他弯着腰，跌跌撞撞地往前走着，嘴里轻声呜咽着——这与我对早期人类的想象完全一致，还不能直立行走，大多是四肢着地爬着前进。他被拉到男生部主任在宿舍楼的房间的时候，就是这样一丝不挂，浑身是被树枝刮过的伤痕，四肢着地趴在地上。

自从德瑞中学开始招收女生以来，男生部主任就没有过过一天开心的日子。在那之前，他是学生部主任——一个身材匀称、循规蹈矩的人，手不离烟斗，喜欢打打羽毛球网球什么的。他的妻子是一个衣着时髦的健康女人，长相年轻，活泼得像个拉拉队队员，只有她那令人吃惊的眼袋暴露了她的真实年龄。他们没有孩子。“这些男生，”主任总是说，“都是我的孩子。”

当“姑娘们”来到学校的时候，他对这些男孩子的感觉就完全不同了。他迅速指派他的妻子担任女生部主任，来协助自己的工作。他对自己的男生部主任这一新头衔很是满意，但让他感到绝望的是，自从德瑞中学来了这些姑娘，他的这些男孩子就遇到了各种各样的新麻烦。

“噢，天哪！”听到有人（他不可能知道是切斯特·普拉斯基）乱敲他的门，他或许说了这句话，“我太讨厌万圣节了。”

“我去开门。”他的妻子说。女生部主任走过去开门。“我知道，我知道，”她兴奋地说，“就是给糖，要不捣蛋！”

她开门一看，原来是一丝不挂的切斯特·普拉斯基蜷缩在门口。这个挡人的后卫浑身是疖子，散发着男人的性感。

据说，女生部主任的这一叫不要紧，不但吵醒了她和她先生住的这栋宿舍楼下面两层楼里的所有学生，还吵醒了睡在医务室隔壁房间的办公桌上的夜班护士巴特勒太太。“我太讨厌万圣节了。”她或许对自己嘀咕了一声。她走到医务室门口，看到了小琼斯、哈罗德·斯瓦罗和我。小琼斯怀里正抱着弗兰妮。

在蕨类植物丛中，我帮弗兰妮穿上了衣服，小琼斯帮她理好头发。弗兰妮哭个不停。小琼斯对她说：“你想自己走路，还是不想？”我们很小的时候，父亲经常这样问我们。他是问我们想走路还是想坐车。小琼斯的意思当然是，如果弗兰妮不想走路，他就会抱她。弗兰妮正想让人抱呢——于是小琼斯就抱起她走了。

小琼斯抱着弗兰妮经过蕨类植物丛的另一片地方，在这里，莱尼·梅茨被绑到了长曲棍球球杆上，准备进行另一种风格的旅行。弗兰妮一路哭个没完。小琼斯说：“嘿，你是个好姑娘，我一眼就看出来了。”弗兰妮还是哭个不停。“嘿，你听好了。”小琼斯说，“你知道吗？有人触碰了你，但你不想让人触碰，这个时候你实际上没有真的被人触碰——你必须相信我的说法。他们那样触碰你的时候，其实触碰的并不是你。你要知道，他们并没有真的触碰到你。你的身体里仍然还是完好的你。没有人触碰过你——真的没有。你的的确确是个好姑娘，你相信我吗？你的身体里还是一个完好的你，你相信吗？”

“我不知道。”弗兰妮低声说，说完继续哭着。她的一只胳膊垂在小琼斯的身体一边，我握住了她的手。她掐了我一下，我回掐她一下。

哈罗德·斯瓦罗飞快地穿过树林，悄无声息地走在小路上，给我们带路。他很快找到了医务室，打开了门。“怎么回事？”夜班护士巴特勒太太问。

“我是弗兰妮·贝瑞，”我姐姐说，“我被人打了。”

“被人打了”，这是弗兰妮的委婉说法——大家都知道她被强奸了。弗兰妮只承认“被人打了”，人人都明白这样说的意义：这样一来，这件事就永远不会成为一个法律问题。

“她的意思是，她被人强奸了。”小琼斯对巴特勒太太说。但弗兰妮不停地摇着头。我想，弗兰妮明白小琼斯的好意，明白小琼斯说她身体里的那个她没有被人触碰的意图——就是为了想把她所遭受的这场性虐待转化成一场她打输了的架。她低声对他说着话——他仍然把她紧紧抱在怀里。不一会儿，他把她放下来，让她站着，对巴特勒太太说："好吧，她被人打了一顿。"巴特勒太太明白其中的意思了。

"她被人打了，被人强奸了。"哈罗德·斯瓦罗说。他怎么也不能静静地站着不动。小琼斯看了他一眼，让他冷静了下来，对他说："你为什么还不赶紧走，哈罗德？你为什么不去找达夫先生呢？"这话让哈罗德的眼睛一亮，他飞也似的跑掉了。

我想给父亲打个电话，可是想起新罕布什尔旅馆的电话还不能用。我给校园保安打了个电话，让他们转告我父亲：弗兰妮和我在德瑞中学的医务室，弗兰妮"被人打了一顿"。

"这只不过又是一个万圣节，小子。"弗兰妮拉着我的手说。

"最糟糕的一个。"我对她说。

"迄今为止最糟糕的一个。"弗兰妮说。

巴特勒太太把弗兰妮带走了，让她去洗澡——且不说别的事。小琼斯对我说，如果弗兰妮把自己洗干净，她被人强奸的证据就要丢失了。我跟在巴特勒太太后面，这样对她解释，但巴特勒太太已经与弗兰妮谈过了，弗兰妮不想深究这件事。"我被人打了一顿。"她说。但她会听从巴特勒太太的建议，过些时候再去检查一下，看看她有没有怀孕（检查结果是她没有怀孕），有没有感染性病（不知是谁传给她一点小毛病，不过后来治好了。）

父亲来到医务室的时候，小琼斯已经走了，去帮着其他人将莱尼·梅茨抬到男生部主任那里，哈罗德·斯瓦罗则在校园各处转悠，像老鹰搜寻鸽子一样仔细搜寻着达夫[1]。雪白的医务室病房里只有我和

1 达夫的名字Dove，意为"鸽子"。

弗兰妮。弗兰妮穿着白色的病人衣服，坐在床上。她刚洗完澡，头上包着毛巾，左颧骨敷着冰块，右手无名指包着绷带（手指甲被扯掉了）。“我想回家，”弗兰妮对父亲说，“告诉妈妈我要几件干净衣服。”

“他们对你做了什么，亲爱的？”父亲问。他在床上坐下，坐在她身边。

“他们打了我一顿。”弗兰妮说。

“你在哪儿？”父亲问我。

“他去找人了，救了我。”弗兰妮说。

“你看到事情经过了吗？”父亲问我。

“他什么也没看见。”弗兰妮说。

我本来想告诉父亲，我看见了第三幕。虽然我们都知道“被人打”意味着什么，我还是按照弗兰妮的说法对父亲说了。

“我想回家。”弗兰妮说。可是，对我来说，新罕布什尔旅馆算不上什么家——只不过是一个巨大而陌生的勉强安身之所。父亲回去给弗兰妮拿衣服了。

可惜的是，小琼斯没有看到莱尼·梅茨被绑在长曲棍球球杆上，像烤肉叉上一块烤得半生不熟的肉一样，被人抬着穿过校园送到主任那里。可惜的是，我父亲没有目睹哈罗德·斯瓦罗寻找达夫时的那个老练样——他像影子一样潜入宿舍楼的每一个房间。哈罗德最后认定契帕·达夫只能躲在女生宿舍。他想，确定达夫躲在哪个女生的房间，是迟早的事。

男生部主任拿来他妻子的骆驼毛大衣——这件大衣就在他的手边，最方便拿——盖住切斯特·普拉斯基的身体，大声叫道：“切斯特，切斯特，我的孩子！怎么回事？与埃克塞特队的比赛只剩下一个星期了！”

“树林里到处是黑鬼。”切斯特·普拉斯基语气悲哀地说，“他们把那里都接管了，快逃命吧。”

女生部主任把自己锁在浴室里。又有人在砰砰地敲门了——敲门声传到她的耳朵，她对丈夫喊道：“这回你自己去开那该死的门！”

“是黑鬼，别让他们进来！”切斯特·普拉斯基喊道。他两手紧紧抓着裹在身上的女生部主任的大衣。男生部主任勇敢地打开了门。男生部主任与小琼斯的秘密警察有过一段时间的交往。这个秘密警察是德瑞中学非常隐秘的组织，是一支非常不错的执法队。

“上帝啊，小琼斯！”男生部主任说，“干得有点过分了。”

“谁来了？”女生部主任在浴室里喊道。这时，他们把莱尼·梅茨抬进了主任家的起居室，放在壁炉前面的地板上。断掉的锁骨现在疼得厉害，真要了梅茨的命。他又看到壁炉里的火，以为那是为他准备的。

“我招，我招！”他叫道。

“你当然得招。”小琼斯说。

“我干了！”莱尼·梅茨叫道。

“你当然干了！”小琼斯说。

“我也干了！”切斯特·普拉斯基大声说道。

“谁第一个干的？”小琼斯问。

“是契帕·达夫！”两个后卫齐声喊道，“达夫第一个干的！”

“您听到了吧，”小琼斯对男生部主任说，“您都明白了吧？”

“他们都干了些什么——对谁干的？”男生部主任问。

“他们轮奸了弗兰妮·贝瑞。”小琼斯说。这个时候，女生部主任从浴室里出来了，看到这么多黑人运动员在门口晃悠着，她还以为是哪个非洲国家来的黑人合唱队，不禁又尖叫起来，转身跑回浴室，将自己锁了起来。

“我们马上把达夫带来。”小琼斯说。

“不要用蛮力，小琼斯！”男生部主任大声说，“看在上帝的分儿上，不要用蛮力！”

我一直与弗兰妮待在一起。母亲和父亲回到了医务室，拿来了弗兰妮的衣服。鲍勃教练在家看莉莉和艾格——跟以前一样，我想。可是弗兰克去哪里了？

弗兰克到外面执行“任务”去了，父亲神秘兮兮地说。父亲听到弗兰妮“被人打了”，他想到了最坏的一面。他还料到，弗兰妮回家躺倒在她自己的床上，第一件事就是急着找索罗。

“我要回家。”她老是这么说。她还说，“我想让索罗与我一起睡。”

“或许现在去还来得及。”父亲说。他在看橄榄球比赛之前把索罗留在了兽医那里。如果今天兽医忙得不可开交，那老放屁的索罗说不定还在哪个笼子里活蹦乱跳的呢。弗兰克就是去执行那个侦察任务去了。

与小琼斯的那个迟到的营救任务一样，弗兰克也来迟了。他砰砰地敲着兽医家的门，把兽医吵醒了。“我太讨厌万圣节了。”兽医可能说了这句话。他的妻子告诉他，贝瑞家的一个男孩来打听索罗的事。“噢噢。对不起，孩子，”兽医对弗兰克说，“你家的狗今天下午就死了。”

“我想见索罗。”弗兰克说。

“噢噢。”兽医说，“狗已经死了，孩子。”

“您已经把它埋了？”弗兰克问。

“这太感人了。”兽医的妻子对她的丈夫说，“就让那孩子自己去埋那条狗吧，如果他愿意的话。”

“噢噢。”兽医说，领着弗兰克到了最里面的一间狗舍。弗兰克看到三只死狗堆在一起，旁边是堆在一起的三只死猫。“周末我们不埋动物的。”兽医解释说，“哪一个是索罗？”

弗兰克一眼就认出了浑身恶臭的索罗。索罗的身体已开始变硬，但弗兰克还是设法将这条死去的拉布拉多黑犬装进一个大垃圾袋。兽医和他的妻子不可能知道，弗兰克是不会将索罗埋掉的。

“太晚了。”弗兰克低声对父亲说。这个时候，父亲、母亲、弗兰妮和我都回到了家——新罕布什尔旅馆。

“上帝啊，我都可以自己走路！你们看。”弗兰妮说。我们都走在她的近旁，好随时扶住她。“索罗，过来！”她喊道，“来吧，孩子！”

母亲哭了，弗兰妮抓住了她的胳膊。“我没事，妈妈。”她说，“真的没事。我想没有人碰了我身体里的那个我。”父亲也哭了，弗兰妮也一把抓住他的胳膊。我似乎哭了一整夜，哭得太伤心了。

弗兰克把我拉到一边。

“你要干什么？”我问。

“过来看。”他说。

是索罗，装在垃圾袋里，躺在弗兰克的床底下。

“上帝啊，弗兰克！”我说。

“我要做好它，为了弗兰妮。”他说，“能赶上圣诞节！”

“圣诞节，弗兰克？”我说，“做好它？”

“我要在索罗的身体里塞上东西，把它做成一个标本！”弗兰克说。在德瑞中学，弗兰克最喜欢的课程就是生物学，一门古怪的课程，教课的老师叫福伊特，是一个业余的标本剥制师。在福伊特的帮助下，弗兰克已经填充了一只松鼠和一只非常奇怪的橙色小鸟。

“天哪，弗兰克。”我说，“我不知道弗兰妮会不会喜欢。”

“除了活的，这就是最好的东西了。”弗兰克说。

我不知道是不是这样。我们突然听到弗兰妮大叫一声——一定是父亲把索罗的事告诉了她。一边是悲痛不已的弗兰妮，另一边是吵吵着要出去找契帕·达夫算账的艾奥瓦鲍勃。大家费了好大一番口舌才把他劝了回来。弗兰妮又想洗澡了，我躺在床上听着水哗哗地放到了浴缸里。过了一会儿，我站起来，走到浴室门口，问她有什么需要我带的吗。

“谢谢。”她轻声说，“你出去为我找来昨天，找来快要过去的今天吧，我想让它们回来。”

“就这些吗？”我问，“就要昨天和今天？”

“就这些。”她说，“谢谢你。”

“我想办法去找，弗兰妮。”我对她说。

“我知道你会去找的。”她说。我听到她的身体慢慢沉到浴缸里面的声音。“我没事。”她轻声说，“没有谁能得到我身体里那个我。”

“我爱你。”我轻声说。

她没有回应我。我回到了床上。

我听到我房间天花板上鲍勃教练的动静——他在上面又是俯卧撑，又是仰卧起坐的，接着又是单臂屈伸（我听到了杠铃发出有节奏的当啷声，还有老人怒气冲冲的呼吸声）。我真希望我父母能同意他去找达夫算账，达夫可不是这个艾奥瓦老前锋的对手。

不幸的是，小琼斯和黑人护法队远远不是达夫的对手。达夫径直来到了女生宿舍，来到迷恋他的一个拉拉队员的房间里，这个女孩名叫梅琳达·米切尔，别人也叫她明迪，她发疯似的迷上了达夫。达夫告诉她，他刚才与弗兰妮·贝瑞“鬼混”去了，可弗兰妮又与莱尼·梅茨和切斯特·普拉斯基鬼混了，他就倒了胃口。

“现在弗兰妮弄了一帮黑鬼到处找我。”达夫告诉明迪，“她和黑鬼成了朋友，尤其与小琼斯好得不得了，就是那个装老好人，老在主任跟前告状的家伙。”这几年一直对弗兰妮心存嫉妒的明迪·米切尔让达夫钻进了她的被窝。哈罗德·斯瓦罗来到明迪的房门前，轻声叫着：“达夫，达夫——你看见达夫了吗？黑人护法队在找他。”明迪说她是从不让任何男孩进她的房间的，她也不能让哈罗德进来。

所以他们没有找到达夫。第二天一早，达夫、切斯特·普拉斯基、莱尼·梅茨这三个人一起被德瑞中学开除了。他们的父母听到这件事，为这几个孩子没有受到任何犯罪指控而心存感激，很有气度地接受了学校的这个开除决定。不少教师，以及大部分的学校董事，因为不能把这一事件拖延到埃克塞特队来校比赛之后再来处理而感到不快，可他们还是说，失去艾奥瓦鲍勃的这三个后卫虽然让人感到尴尬，但比起失去艾奥瓦鲍勃本人，还是值得的，因为，要是这三个后卫还在球队，老人是断然不肯带德瑞校队与埃克塞特队比赛的。

这个事件后来谁也不提了，德瑞中学向来有最好的沉默传统。说起来真的不可思议，像德瑞中学这样淳朴的学校，在处理丑闻方面竟然学到了那些比它世故老道的学校惯用的不事声张的手段——而那些学校可是花了代价买到教训的。

因为“殴打”弗兰妮·贝瑞——大家认为，这只不过比德瑞中学万圣节常见的乱象稍微过头了一点罢了——切斯特·普拉斯基、莱尼·梅茨和契帕·达夫被学校开除了。在我看来，达夫是逃脱了他应有的惩罚。弗兰妮和我没有见他最后一面，也许弗兰妮早就预料到了。我们也还没有见到小琼斯的最后一面。在他待在德瑞中学期间，他成了弗兰妮的朋友——如果不是她的保镖的话。弗兰妮在哪儿，小琼斯就在哪儿。我清楚地知道，正是小琼斯，让弗兰妮产生了她自己确实是个好姑娘的想法——他总是这样对她说。我们离开德瑞中学的时候，没有见到小琼斯的最后一面——他又一次迟到了，就像那次他去营救弗兰妮的时候一样。这就是他与众不同的风格。你要知道，小琼斯后来去了宾州州立大学打橄榄球，是布朗斯队的职业橄榄球员——一直打到有人毁坏了他的膝盖为止。之后，他上了法学院，在纽约的一个机构里工作——那个机构，根据他的建议，会取名为“黑人护法队”。还是莉莉说得对——有一天她这样对我们说——一切都只不过是童话而已。

切斯特·普拉斯基这一辈子的大部分时间都在做着他痛苦的种

族主义噩梦，而所有的噩梦都终结在一辆小汽车里。警察说，他的双手本应放在方向盘上，却在乱摸别人。那个女人也死了，莱尼·梅茨说他认识那个女人。他在锁骨好了以后，马上回去打橄榄球了。他在弗吉尼亚的一个大学打过橄榄球，他把这个女人介绍给了切斯特·普拉斯基，结果这个女人与切斯特一起过圣诞假期，死在了他手里。梅茨从来没有被职业橄榄球队录用——因为他的动作明显不够敏捷——却被美国军队征召入伍，美国军队并不在乎他的行动有多慢。最后他死在越南，为国捐躯了——这是军方的说法。其实，他并没有死在敌人之手，也没有踩到地雷。莱尼·梅茨死于另一种战斗：他骗了一个妓女，那个妓女毒死了他。

对我来说，哈罗德·斯瓦罗太疯狂，跑起来太快了，我根本跟不上他。天知道他后来怎么样了。哈罗德，不管你在哪里，我都祝你好运！

或许那是一个万圣节的缘故，我所记得的艾奥瓦鲍勃的胜利季总是充斥着万圣节的气氛，总让我想起幽灵、巫师、魔鬼和各种有魔法的生物。我也不会忘记：那是我们在新罕布什尔旅馆的第一个晚上，但我们都没有睡好。到了一个新地方，晚上总是不容易睡好——你得适应不同的床发出的各种声响。莉莉醒来的时候总是干咳不止，好像成了一个很老很老的女人似的——看到她那么小的个头，我们总是不免吃惊。她这次醒来的时候，咳嗽的方式与以前不一样了，好像她对自己糟糕的身体也很恼火，就像母亲感到很恼火一样。艾格睡得很死，除非有人叫醒他，否则他一般是不会醒来的。一旦醒来，他就清醒异常，好像已经醒了好几个小时似的。万圣节后的第二天早上，艾格是自己醒来的——醒来的时候非常安静。住在以前的家里的时候，我总能听到弗兰克在他的房间里自慰，他那样做已经好几年了。但是听到他在新罕布什尔旅馆自慰的感觉就不一样了——也许是因为我知道索罗藏在他床底下的垃圾袋里吧。

万圣节后的第二天早上，我看着清晨淡淡的亮光落到了艾略特公园。地上已经起霜了。不知是谁昨天把碾碎的南瓜打到了旅馆的玻璃窗上，这糊状的南瓜冻在了玻璃上。透过这南瓜糊，我看到弗兰克肩上挎着垃圾袋，深一脚浅一脚吃力地向生物实验室走去。父亲透过这同一扇窗户，也看到了他。

“弗兰克要把垃圾袋带到哪里去？”父亲问。

“他说不定找不到垃圾桶了。”我说，这个解释可以让弗兰克顺利逃脱，“我的意思是，我们这里没有电话可用，之前又没有电。说不定附近也没有垃圾桶吧。”

“有的。”父亲说，“垃圾桶就在送货车的入口。”父亲盯着弗兰克的背影，摇了摇头，“这傻瓜一定会一直走到垃圾场去吧。天哪，这孩子真古怪[1]。”

我心里突然一颤——我知道父亲并不知道弗兰克真是个同性恋。

艾格终于从浴室出来了。父亲走过去想使用浴室，但弗兰妮把他堵在了门口。她还想洗个澡，正在浴缸里放水呢。母亲对父亲说：“你不要对她说一个不字。她想洗多少次澡，就让她洗多少次。”他们吵了起来，走开了——他们很少吵的。“我对你说过，我们还需要一个浴室。”母亲说。

我听着弗兰妮往浴缸里放水的声音。“我爱你。”我在锁着的门前低声说。但是，水声哗哗——只有这水能为她疗伤——弗兰妮不可能听到我的低语。

---

1 原文queer，可以表示古怪，也可以表示同性恋。

一九五六年圣诞快乐

我记得，在一九五六年余下的那些日子里，从万圣节到圣诞节，弗兰妮一天要洗三次澡——一直洗到圣诞节那一天才罢手，从那天起，她才重新喜欢上了自己的天然、成熟、美好的体味。在我的鼻子闻来，弗兰妮身上的气味总是那么美好，尽管有时她散发的体味过于浓烈。可是，一九五六年万圣节到圣诞节的这段时间里，弗兰妮觉得自己的体味太难闻了。所以她一天要洗好几次澡，想彻底去掉她身上的气味。

我们家又要了新罕布什尔旅馆的一间浴室作为我们的家用浴室。父亲的第一个家庭旅馆就这样开张了，我们每一个人都开始练手做生意了。母亲一直关照着尤里克太太那古怪的自尊心——她做的菜外形朴素，味道很好。尤里克太太总要指挥马克斯先生干这干那，马克斯先生就躲她远远的，老是窝在四楼自己的房间里。父亲只管朗达·雷一个人——“也不是真管”，弗兰妮总是这样说。

朗达的精力十分充沛，真是出奇地充沛。一个早上她就能一口气把旅馆所有的床铺换下来，整理好。在餐厅，她一个人可以同时伺候四桌的客人，绝不会上错一个客人的菜，也绝不会让任何客人等。

到了晚上，在酒吧，她忙碌的样子让父亲目瞪口呆（除周一以外，酒吧每天要营业到晚上 11 点），下班前她还把所有桌子归整得井井有条，绝不耽误第二天 7 点客人来此用早餐。但是，等她的工作一结束，回到她的“日间休息室”，她好像不是进入了冬眠状态，就是处于昏睡之中。只要她按时做完了所有的工作，哪怕此时正是精力最旺盛的时候，她都会是一副昏昏欲睡的模样。

“为什么叫它‘日间休息室’？”艾奥瓦鲍勃问，“我的意思是，朗达什么时候回过她在汉普顿海滩的家了？我的意思是，她晚上住在这里是没有什么问题的，但为什么我们偏偏不说她住在这里的——她为什么不这么说？”

“她活儿干得不错。”父亲说。

“她住的是日间休息室。”母亲说。

“什么是日间休息室？”艾格问。好像大家都想弄清楚这个问题。

弗兰妮和我在对讲系统里监听起朗达·雷的房间，一监听就是好几个小时。监听了好几个星期之后，我们才弄明白日间休息室是怎么回事。上午 10 点左右，我们打开朗达房间的对讲系统，弗兰妮听到了一阵呼吸声，报告说：“她睡着了。”有时候她报告说：“她在吸烟。”

到了深夜，我和弗兰妮有时也要监听朗达·雷的动静。我说：“她这会儿或许在看书。”

“你开玩笑吧？”弗兰妮说。

实在无聊的时候，我们会一个客房一个客房监听过去，或者干脆把所有房间的对讲系统同时打开。

我们听到马克斯·尤里克的房间有静电声，透过静电声我们偶尔能听到马克斯在听收音机。我们听到尤里克太太地下室厨房里的炖锅在咝咝作响。我们知道三楼住着艾奥瓦鲍勃，于是时不时地听听他的杠铃声——我们还时不时加上几句评论，打断他的训练。比如，我们常常这样对鲍勃教练说："快点，爷爷，再快一点！赶紧抓起那些家伙儿——的动作有点慢了。"

"这两个傻孩子！"鲍勃会这样咕哝一句。有时候，他抓起两片举重铁片，放在对讲系统前使劲一拍，让我和弗兰妮吓一大跳，我们只好赶紧捂住嗡嗡作响的耳朵。"哈！"鲍勃教练大喊一声，"这下逮到你们两个小浑蛋了，对不对？"

"3F 房间住了个疯子。"弗兰妮对着对讲系统大声广播起来，"大家都要锁好房门。3F 房间住了个疯子。"

"哈！"艾奥瓦鲍勃大笑一声——他依旧躺在地上推举着杠铃，或者做着俯卧撑、仰卧起坐、单臂屈伸，"这个旅馆里住的尽是疯子！"

艾奥瓦鲍勃鼓励我练举重。弗兰妮出了事之后，我深有感触，觉得应该把自己的身体锻炼得更强壮些。到感恩节的时候，我能坚持每天跑上六英里，而德瑞中学的越野跑路程只要求跑两点一五英里。鲍勃每天让我吃大量的香蕉、牛奶和橙子。"还要吃意大利面、米饭、鱼、大量的绿色蔬菜、热麦片和冰激凌。"老教练对我说。我每天举重两次，除了跑六英里，每天早上还要在艾略特公园练习短跑。

一开始，我的体重增加了。

"别吃香蕉了。"父亲说。

"别吃冰激凌了。"母亲说。

"不，不，"艾奥瓦鲍勃说，"长肌肉需要时间。"

"肌肉？"父亲说，"他身上尽是脂肪。"

"你看上去像个胖娃娃，亲爱的。"母亲对我说。

"你看上去像只泰迪熊。"弗兰妮对我说。

"继续吃。"艾奥瓦鲍勃说，"只要坚持举重和跑步，你的身体很快就会有变化的。"

我快十五岁了。在万圣节和圣诞节之间，我的体重增加了二十磅，现在我的体重是一百七十磅，但身高没长，还是五英尺六英寸。

“要吃到身体爆炸为止？”弗兰妮说。

“老兄，”小京斯对我说，“如果我们把你的身体涂成黑白两色，再在你的眼睛周围画上眼圈，你就太像一头熊猫了。”

“很快的，”艾奥瓦鲍勃说，“你就会减掉二十磅，全身上下都变得硬邦邦。”

弗兰妮打了一个寒战，神情很夸张，还在桌子底下踢了我一脚。“全身上下硬邦邦！”她叫道。

“恶心。”弗兰克说，“太恶心了。举重，香蕉，楼梯上下跑得气喘吁吁。”早上如果下雨，我不在艾略特公园练短跑，就改在新罕布什尔旅馆的楼梯上飞奔。

马克斯·尤里克说他要往楼梯井里扔一枚手榴弹。在一个下雨的早晨，朗达·雷在二楼的楼梯平台上拦住了我。她穿着一件睡衣，一副睡眼惺忪的样子。她说：“我要跟你说，听到你跑步的声音，我就感觉好像听到隔壁房间的情侣在做爱。”她的日间休息室离楼梯井最近。她喜欢叫我约翰·欧。“你的脚步声我倒不介意，约翰·欧，”她对我说，“就是你的呼吸声我受不了。我不知道你是气喘吁吁得要死了，还是到高潮了——这么跟你说吧，真吓死我了。”

“别听他们胡扯。”艾奥瓦鲍勃说，“你是我们这个家里第一个真正关心自己身体的孩子。”

“你总得痴迷一事，坚守一生。”鲍勃告诉我，“好好练，强壮起来，到时候让他们吓一跳。”

过去是这样，现在也是这样：我的这个好身体要归功于艾奥瓦鲍勃。从那时开始，我对健身的痴迷从未中断——还有对香蕉的痴迷。

那多出来的二十磅要过一段时间才能减掉——一旦减掉，就永远减掉了。现在，我的体重是一百五十磅，一直没有变化。

到十七岁，我终于又长高了两英寸，从此再也不长了。我现在身高五英尺八英寸，体重一百五十磅。全身硬邦邦。

再过几天我就四十岁了，即使在这个年纪，我还是不忘健身。我依然记得一九五六年的那个圣诞节。现在有了漂亮的负重机，再也不用往杠铃里加举重片，不会忘记拧紧螺丝，让举重片滑到一起，挤坏你的手指，或者举重片掉下来砸到你的脚趾了。但是，无论多么现代的体育馆，多么现代的设备，只要你轻轻举几下，时光又回到了义奥瓦鲍勃的房间——那个美妙的三楼的老房间，破旧的东方地毯上放着举重片，索罗也总是睡在这地毯上。在这个地毯上练完举重，我和鲍勃就盖上用那种死去的狗的皮毛做成的毯子。在这个体育馆里，我练了一会儿举重，那种持久的、奢侈的疼痛感开始传遍全身，这时，我的脑海里又浮现一个个衣衫不整的人，我想起了德瑞中学体育馆的马鬃垫，马鬃垫上的帆布满是污渍——我们总在那里等小琼斯完成训练。小琼斯把所有的举重片都放上杠铃，我们拿着空杠铃站在那里，等着他。在为克利夫兰布朗斯队效力的时候，小琼斯的体重是二百八十五磅，他仰卧着能举起五百五十磅的重量。在德瑞中学的时候，他没有那么强壮，但在我眼里已经足够强壮了，他为我树立了仰卧推举的榜样和目标。

“你能举起多重？”他问我，“你自己知道吗？”

我告诉他我能举起的重量。他摇摇头说：“好吧，我们加倍。”于是我加倍，在杠铃上套上三百磅左右的举重片。他说：“好吧，躺到垫子上，朝天躺好。”德瑞中学没有做卧推的长凳，所以我只好仰面躺在垫子上。小琼斯抓起三百磅重的杠铃，轻轻放在我的喉咙上，离我的喉结只有一点点空隙。我双手抓着杠铃，感觉两个胳膊肘陷进了垫子里。“来，举过头顶。”小琼斯说完，走出健身房，去外边喝水了，或去洗澡了。我躺在杠铃下面，动弹不得。这三百磅压在我身上，我一点也举不起来。几个块头很大的人走进举重房，看到我躺在那里，压在三百磅底下，很恭敬地问我：“呃，过一会儿，你会举起来吗？”

“是的，我现在休息一会儿。”我说，气喘得像一只癞蛤蟆。他们离开了，过一会儿再回来。

小琼斯过一会儿也回来了。“怎么样？”他问。他为我减去二十磅，然后减去五十磅，接着又减去一百磅。

“举举看。”他不停地这样说。他不停地出去又回来，直到我能从杠铃底下脱身为止。

体重只有一百五十磅的我从来没有推举过三百磅——当然，我这一辈子两次推举过二百一十五磅。我相信，举起我自己体重两倍的杠铃也不是不可能。在这样的重量下，我差不多可以进入一种美妙的恍惚状态。

有时候，我一举起重量，眼前就浮现出黑人护法队哼着小曲穿梭在林间的情景，有时候想起小琼斯住的那个五楼宿舍的奇怪气味——那是一个高挂在天上的闷热无比的丛林俱乐部。我在跑步的时候，在我跑到大约三四英里的时候，有时甚至跑到六英里的时候，我的肺就能生动地想起我追赶哈罗德·斯瓦罗的感觉。我仿佛看到弗兰妮的一缕头发散落在她张开的嘴边，弗兰妮没有发出任何声音——莱尼·梅茨跪在她的胳膊上，跑卫特有的两条笨重的大腿紧紧夹住她的头。切斯特·普拉斯基压在她的身上——那是一个机器人。——当我数着我的俯卧撑的次数（75，76，77……），数着我的仰卧起坐次数（121，122，123……）的时候，我有时真的重复他的节奏。

艾奥瓦鲍勃只是领着我认识了这些设备；小琼斯给了我不少忠告，还亲身为我做了漂亮的示范；父亲很早就教我如何跑步了，而哈罗德·斯瓦罗教会我如何使劲地跑。技巧和规则——甚至是鲍勃教练的食谱——都是很简单的事。对大多数人来说，最难的是自律。就像鲍勃教练说的，你必须痴迷一事，坚守一生。对我来说，这也是很简单的事，因为我这样做，是为了弗兰妮。我不是在发牢骚——我这样做，完全是为了弗兰妮——她知道这一点。

“听着，小子，”她对我说——那是一九五六年的万圣节与圣诞节之间——“如果你不停止吃香蕉，你就会呕吐不止的。如果你不停止吃橙子，你就会过量摄入维生素。你到底为什么要这样为难自己？你永远不可能跑得像哈罗德·斯瓦罗那样快。你的块头永远也不可能像小琼斯那样大。”

“小子，我对你可是了如指掌。”弗兰妮对我说，“要知道，这种事再也不会发生。即使再发生了，你果真有足够的力量来救我？——你凭什么认为你一定会出现在那里？如果再发生这样的事，我一定远走他乡，离你远远的——我希望你永远不会知道这样的事。我保证。”

弗兰妮把我锻炼身体的目的说得太狭隘了。我想要力量、耐力和速度——我渴望力量、耐力和速度带给我的幻觉。下次过万圣节，我再也不想有那种孤苦无助的感觉了。

*

当德瑞中学迎来埃克塞特队，打完艾奥瓦鲍勃胜利季的最后一场比赛的时候，很多地方仍有碾碎的南瓜的残迹：松树街的人行道边有，艾略特公园有，德瑞中学的橄榄球场有——不知是谁从露天看台扔到了煤渣跑道上。虽然契帕·达夫、莱尼·梅茨和切斯特·普拉斯基不在了，但万圣节的气息还在。

那几个替补后卫好像着了魔，他们无论做什么动作都是慢吞吞的。他们向小琼斯打开的空当跑去，等空当关上时，他们把球抛向天空，那球经过了很长时间才落下来。为了等这样的落球，哈罗德·斯瓦罗被人撞昏了，艾奥瓦鲍勃此后不让他上场了——这真是一场漫长的比赛。

“有人敲响了你的铃，哈罗德。”鲍勃教练对飞毛腿哈罗德说。

“我没有铃啊，”哈罗德·斯瓦罗不高兴地说，“谁敲的？什么人？”

上半场，埃克塞特队以24比0领先。小琼斯又是进攻又是防守，十多次擒抱摔倒，失球三次，得球两次，但德瑞队的替补后卫三次将球交出，两次不严密的传球被拦截。在下半场，鲍勃教练让小琼斯担任跑卫，小琼斯在埃克塞特队的防守调整到位之前连续发起三次首攻。埃克塞特队看到，只要小琼斯在后场，他就能持球，于是他们做出了调整。接着艾奥瓦鲍勃重新将小琼斯放在前锋的位置，小琼斯也打得得心应手，德瑞队的唯一一次得分——在第四节将要结束的时候——应归功于小琼斯。他闯入埃克塞特队的后场，从埃克塞特队的一个跑卫手中抢过球，带着球跑进了埃克塞特队的球门区——两三个埃克塞特队员紧紧抱住了他。加分点太偏左了，整场比赛的最终得分是，埃克塞特队45分，德瑞队6分。

弗兰妮没有看到小琼斯触地得分的那一幕。她本来就是冲着他来看比赛的，这次她又当了拉拉队员，为小琼斯喊破了嗓子。没想到的是，弗兰妮和另一个拉拉队员吵了起来，我母亲只好把她带回了家。与弗兰妮吵架的那个拉拉队员就是把契帕·达夫藏起来的那个女孩，明迪·米切尔。

“婊子。”明迪·米切尔这样骂我姐姐。

“你个蠢货。”弗兰妮还骂道。她拿起拉拉队员用的扩音器砸向明迪。这扩音器其实是用硬纸板做的，卷起来像一个很大的棕色冰激凌蛋卷，上面印着死灰色的D——代表德瑞中学。“D就是去死。[1]”弗兰妮总是这么说。

“正砸到奶子上。”另一个拉拉队员对我说，“弗兰妮的扩音器不

1 D是德瑞中学的首字母，也是死亡（death）的首字母。

偏不倚砸到明迪·米切尔的奶子上。”

比赛结束后，我当然告诉了小琼斯为什么弗兰妮不能陪他走回体育馆。

“她真是个好姑娘！”小琼斯说，“你把我这话转告她，好吗？”

我当然把他的话转告给弗兰妮了。弗兰妮回家又洗了一个澡，穿戴得整整齐齐地去帮朗达·雷伺候客人吃饭。她的心情很不错。虽然艾奥瓦鲍勃的这个胜利季的最后一场比赛结果一边倒，但是大家的心情似乎都很不错。毕竟，这是新罕布什尔旅馆开业的第一个晚上！

尤里克太太外形朴素但味道好吃的菜肴又大放异彩了。就连马克斯也难得穿上了白衬衫，系上了领带。父亲站在吧台后面笑容灿烂——几个酒瓶在他的胳膊肘下和肩膀上变戏法似的快速移动着，在背后的镜子里闪烁着亮光，就好像一道光芒耀眼的朝霞——父亲一直相信会有这道朝霞的。

今晚在旅馆过夜的有十一对夫妇，七位单身客人，外加一个从得克萨斯州来的离婚男人，大老远地来看他儿子与埃克塞特队比赛。可惜他儿子在第一节就扭伤脚踝退出了比赛，但是这个得州佬的心情依然不错。与他比起来，那几对夫妇和几个单身人士似乎显得有点拘谨——他们彼此都不认识，只是他们的孩子都在德瑞中学上学而已。孩子们回宿舍去了，得州佬让所有人在餐厅和酒吧里互相交谈起来。“有孩子真的太好了，不是吗？”他说，“天哪，他们都不知不觉长大了，不是吗？”大家都点头称是。得州佬说：“你们为什么不把椅子拉过来？坐到我这一桌来，我请大家喝一杯！”我母亲焦急地站在厨房门口，她的身旁是尤里克太太和马克斯，父亲泰然自若地站在吧台后面，一副信心十足的样子。弗兰克跑出了餐厅。弗兰妮紧握着我的手，我俩一起屏住了呼吸。艾奥瓦鲍勃看上去好像在竭力忍着一个大喷嚏。

这几对夫妇和单身客一个接一个地抬起自己坐在椅子上的屁

股，站起来要把椅子拉到得州佬的那张桌子边上去。

“我这椅子拉不动！”一个新泽西州来的女人说。她有点喝高了，咯咯咯地笑着，那刺耳的笑声，就像没头没脑在笼子里的小轮子上跑了一圈又一圈的仓鼠在吱吱乱叫。

一个康涅狄格州来的男人想抬起椅子，可怎么也抬不起来，脸涨得通红。他妻子说：“这椅子是钉住了的。钉子把椅子牢牢钉地板上了。”

一个马萨诸塞州来的男人跪在椅子边上查看起来：“是螺丝钉——每把椅子上有四五个螺丝钉！”

那个得克萨斯人也跪到地板上，盯着椅子腿看。

“这里的所有东西都是用螺丝钉钉住了的！”艾奥瓦鲍勃突然喊道。比赛结束之后他还没有怎么开口说过话——只对宾夕法尼亚州立大学的球探说，小琼斯是难得的人才，可以在任何一个球队打球。他的脸红红的，闪着光芒——这是以前不曾有过的——好像比平常多喝了一杯酒——或者，他感到自己退休的日子终于来了而兴奋不已吧。“我们都坐在一艘大船上！”艾奥瓦鲍勃说，“我们正坐在一艘大游轮上环游世界呢！”

新泽西州来的那个女人紧紧抓着她那把固定在地面上的椅子的后背。有几个人坐了下来。“呀——呼！”得州佬喊道，“我要为椅子干一杯！”

“我们有被冲走的危险，随时都有！”鲍勃教练说。朗达·雷穿行在鲍勃和坐在固定椅子上的这些德瑞中学的学生家长之间。她给大家分发杯垫，一会儿又传递鸡尾酒餐巾，拿着湿毛巾轻轻抹着桌角。弗兰克站在走廊里向门里偷偷张望，母亲和尤里克夫妇似乎瘫在了厨房里。父亲的脸上依然闪耀着吧台镜子上投射过来的光芒，但他的眼睛紧盯着他的父亲，心里害怕艾奥瓦鲍勃——这位退休的老教练——接下去会说出疯话来。

"椅子当然是用螺丝钉固定住的！"鲍勃一边说一边把他的手臂往天空一扫，好像在做最后一次比赛中场休息时的演讲——那可是他生命的重头戏。"在新罕布什尔旅馆，"艾奥瓦鲍勃说，"即使狗屎被吹得到处都是，也不会有人被大风吹走！"

"呀——呼！"得州佬又大喊一声，但其他人似乎都停止了呼吸。

"抓牢你们自己的椅子！"鲍勃教练说，"在这里你们不会受到任何伤害的。"

"呀——呼！感谢上帝，这里的椅子都用螺丝钉钉住了！"这个什么都往心里去的得州佬大声喊道，"让我们为椅子干杯！"

那个康涅狄格男人的妻子大声呼了一口气。

"好了，如果我们想成为朋友，想互相交谈的话，我们就得大声说话！"得州佬说。

"没错！"新泽西女人大声说道，好像有点喘不过气来似的。

父亲仍盯着艾奥瓦鲍勃看。不过鲍勃没事，没有说疯话。他转过身去，对着门口的弗兰克眨眨眼，对母亲和尤里克夫妇鞠了一躬。朗达·雷走过来，色眯眯地摸了一下老教练的脸颊——把得州佬看呆了，他好像都忘了椅子的事了。椅子是不是固定在地板上的？管他呢。椅子是不能搬动的？谁在乎呢。他这样暗自思忖。朗达·雷比哈罗德·斯瓦罗的招数更多，与其他人一样，她也沉浸在旅馆开张第一夜的欢快气氛中。

"呀——呼。"弗兰妮在我耳边低声说。我坐在吧台边看父亲调酒。他看上去非常专心，我从来没有看到过他像现在这么有精神。我耳边响起了越来越大的说话声，似乎要把我吞没——总是会把我吞没的：我永远不会忘记新罕布什尔旅馆的餐厅和酒吧，那里总是人声鼎沸，即使在人不多的时候也是这样。得州佬说得对，大家都坐得这么远，隔得这么开，想交谈，就得扯着嗓子大声说。

我们家的旅馆开久了，很多客人就与我们搞得很熟，镇里有很多

“常客”每晚都来酒吧坐坐，一直坐到酒吧关门。酒吧关门之前，艾奥瓦鲍勃也总来喝一杯睡前酒。即使在这几个老顾客面前，鲍勃仍然可以玩他那最喜欢的把戏。“嘿，把你的椅子拉过来。”他总对一个人说。这个人总上他的当。这个老顾客一时忘了自己身在何处，轻轻拉一下椅子，然后又轻轻哼一声，脸上掠过一丝困惑的神情。看到这里，艾奥瓦鲍勃就放声大笑，高声嚷道：“新罕布什尔旅馆的什么东西都不会动！我们都被螺丝钉钉在这里了——要钉上一辈子！”

*

新罕布什尔旅馆开业的这个晚上，等酒吧和餐馆关门，客人们回房间睡觉，弗兰妮、弗兰克和我就跑到总控制台，开始用这个旅馆独特的应答机系统检查各个房间。我们可以听到哪位客人睡得很安稳，哪位客人在打呼噜，哪位客人还没有睡下（还在看书）。让我们吃惊（也可以说失望）的是，我们没有听到哪对情侣在聊天，没有听到哪对情侣在做爱。

鲍勃睡得很死，像地铁车厢在地下隆隆隆隆地跑着。尤里克太太的汤锅还用文火煨着，马克斯在玩他常玩的静电游戏。新泽西来的那对夫妇在看书，或者说，一个人在看书——不是男的，就是女的：只听到慢慢翻动书页的声音，呼吸声很短促，一听就是没有睡觉。康涅狄格来的那对夫妇睡得正香，一会儿大声呼哧，一会儿轻声嘶嘶，一会儿又喘着粗气。他们的房间听上去简直是一个锅炉房。从马萨诸塞州、罗德岛州、宾夕法尼亚州、纽约州和缅因州来的几位客人，各自发出不同的睡觉声。

接着，我们开始监听得州佬的房间。“呀——呼。”我对弗兰妮说。

“乌——皮。”她小声回应。

我们原以为会听到他穿着牛仔靴在地板上走动的吱嘎声，或者听到他把帽子当酒杯在那里喝酒的声音，或者听到他睡着后像马儿一样——两条长腿在被子下面乱蹬，两只大手死死勒住床。可是我们什么也没听到。

“他死了！”弗兰克说。这话把我和弗兰妮吓了一大跳。

“上帝啊，弗兰克！”弗兰妮说，“也许他不在房间。”

“他心脏病发作了。”弗兰克说，“他那么胖，还喝了那么多酒。”

我们仔细听了一会儿，什么动静都没有。没有马儿蹬腿的声音，没有靴子的吱嘎声，甚至没有呼吸声。

弗兰妮把得州佬房间的对讲系统从接收模式切换到广播模式。“呀——呼？”她小声说。

很快我们三个人都明白过来了（甚至连弗兰克也似乎明白了）。过了大约一秒钟，弗兰克打开了朗达·雷的日间休息室的对讲系统。

“弗兰克，你想知道休息室是怎么回事吗？”弗兰妮问。

那里传来了令人难忘的声音。

艾奥瓦鲍勃说得对，我们正坐着一艘大游船环游世界呢，有被大风大浪冲走的危险，随时都有。

弗兰克、弗兰妮和我一齐紧抓着椅子不放。

“喔喔喔喔喔喔喔喔！”朗达·雷在那里喘着粗气。

“嚯！嚯！嚯！”得州佬在大叫。

过了一会儿，得州佬说：“我真的太喜欢了。”

“呸。”朗达·雷说。

“是的，我喜欢，我真的喜欢。”他说。我们听到他在撒尿——像马一样，撒个没完没了。“你不知道，四楼的那个小马桶用起来有多难受。”他说，“离我那么远，撒尿还得先瞄准。”

“哈！”朗达·雷笑了一声。

“呀——呼！”得州佬说。

“恶心。”弗兰克说，然后就回房间睡觉去了。但弗兰妮和我一直监听着各个房间的声音，一直到只有呼呼的睡觉声为止。

第二天早上下雨了，我只好在楼梯上练跑步。每次跑过二楼楼梯平台时，我都特意屏住呼吸——我不想让朗达·雷听到我的呼吸声，因为我知道她听到我的“呼吸”会有什么感觉。

我跑过得州佬身边的时候——他正在爬三楼与四楼之间的楼梯——脸色有点发青了。

“呀——呼！”我说。

“早上好！早上好！”他大声说，“锻炼身体，呃？这习惯真不错！要知道，身体是要伴随你一生的。”

“是的，先生。”我说。我跑上跑下，不知跑了多少趟楼梯。

大概跑到第三十趟的时候，我想起了黑人护法队，想起了弗兰妮脱落的手指甲——想想这流血的手指头会多疼啊，光想着手指头疼，她可能不会想到自己身体其他部位的疼了吧。我正想着这些呢，朗达·雷在二楼楼梯的转弯平台上挡住了我的去路。

“哇，天哪。”她说了一声。我停下脚步。她身穿一件睡衣，如果有灿烂的阳光照过来，一定能穿透那个布料，让我看清她睡衣里面的身体。可是那天早上的光线很暗淡，楼梯井一片昏黑，我几乎看不清她身体的样子，只能感觉到她的动作，闻到她迷人的气味。

“早上好。”我说，“呀——呼！”

“呀——呼，约翰·欧。”她说。我向她微微一笑，两腿原地踏步跑动着。

“你又呼吸了。”朗达对我说。

“我一直想着要为你屏住呼吸，”我喘着气说，“可是我实在太累了。”

“我都能听到你该死的心跳。”她说。

“心跳对我有好处。”我说。

“对我没有什么好处。”朗达说。她伸手摸着我的胸部，好像数起了我的心跳。我不再原地踏步跑动了。我想吐口水。

“约翰·欧，”朗达·雷说，“如果你喜欢这样急促的呼吸，喜欢让心跳得这么猛烈，下次天下雨的时候，你应该来找我。”

我在楼梯上来回跑了大概四十趟。以后说不定再也不会下雨了呢，我想。我跑得太累了，早餐时什么东西也吃不下。

“吃根香蕉吧。”艾奥瓦鲍勃说，但我没有看香蕉一眼。“再来一两个橘子。”鲍勃说。我借口走开了。

艾格还在洗澡，他不让弗兰妮进去。

“为什么弗兰妮和艾格不一起洗澡？”父亲问。艾格还只有六岁，再过一年，他可能会羞于和弗兰妮一起洗澡了。他很喜欢洗澡，因为在浴缸里他可以玩各色各样的玩具。等艾格洗完澡你进去，那浴缸看上去简直与孩子的海滩没有什么区别，好比空袭来临，各种玩具被弃而不顾了：河马、小船、蛙人、橡胶鸟、蜥蜴、短吻鳄、张着大嘴的鲨鱼、张着大嘴的海豹、吓人的黄乌龟——你能想到的所有两栖动物的仿制品，有的躺在浴缸里，湿漉漉的，还滴着水呢，有的乱堆在浴垫上，你脚一踩，嘎吱乱响。

“艾格！”我不由得尖叫一声，“把你的狗屎都给我收拾干净！”

“什么狗屎？”艾格叫道。

“要注意了，你们的语言。”母亲说——一遍又一遍地对我们说。

弗兰克早上总喜欢跑到运货车入口处，对着垃圾桶撒尿。他说他想撒尿的时候，浴室总有人占着。我到楼上去使用艾奥瓦鲍勃房间里的浴室，当然，也趁机练练举重。

“醒来总是这么吵吵闹闹的！”老鲍勃对我抱怨道，“我从来没有想过退休的生活会是这个样子。一睁开眼睛，就听别人的尿尿声和哐哐的举重声。真是一个不错的闹钟！”

“可是你喜欢早起啊。”我对他说。

“我在意的不是什么时候起，”老鲍勃说，“而是什么情况下起。”

我们就这样不知不觉度过了十一月——月初，一反常态地下了一场雪，我知道，本该是下雨的。我心里在想：不下雨意味着什么？我想起了朗达·雷和她的日间休息室。

那是一个干燥的十一月份。

艾格的耳部受到了感染。大多数时候，他好像聋得不轻。

“艾格，你把我的绿毛衣弄到哪里去了？”弗兰妮问。

“什么？”艾格说。

“我的绿毛衣！”弗兰妮尖叫道。

“我没有绿毛衣。”艾格说。

“是我的绿毛衣！”弗兰妮喊道。“他昨天给他的小熊穿上了我的绿毛衣——我看见了。”弗兰妮向母亲告状，“现在我找不到了。”

“艾格，你的熊在哪里？”母亲问。

“那头熊不是弗兰妮的。”艾格说，“是我的。”

“我的跑步帽呢？”我问母亲，“昨天晚上还在走廊的暖气片上搁着呢。”

“可能戴在艾格的熊的头上。”弗兰克说，“那头熊在外面练短跑。”

“什么？”艾格问。

莉莉的身体也出了问题。每年感恩节前，我们全家人要做一年一度的体检。我们的家庭医生，一个名叫布莱兹的古怪老头——他虽然叫这个名，但弗兰妮说他身上的火力快要耗尽了[1]——在一次例行检查中，发现莉莉的身体这一年没有长过。体重没有增加一磅，身高也没有长一英寸。她现在与九岁时的个头一模一样，比八岁时也大不了多少——一查体检记录，与七岁时相比，也没有长大多少。

“她停止长大了？”父亲问。

1 布莱兹的英文为Blaze，意为“火焰，火力”。

“我都说了好多年了。”弗兰妮说，“莉莉没有长大——她一直是那个样子。”

对这个体检结果，莉莉似乎很不以为意。她耸耸肩说：“我就是个小个子。大家都这么说。个子小又有什么关系呢？”

“没什么关系，亲爱的。”母亲说，“你想做个小个子，就做小个子好了，但是你得慢慢长——哪怕只是一点点。”

“说不定她哪一天会一下子长起来呢。”艾奥瓦鲍勃说。但看他的表情，他自己都不相信吧。看莉莉的样子，你不会相信她属于那种一下子会长起来的人。

我们让莉莉与艾格背靠背站在一起。六岁的艾格个头几乎与十岁的莉莉一样了，艾格看上去还更结实一些。

“站着别动！”莉莉对艾格说，“别踮脚！”

“什么？”艾格说。

“不要踮脚，艾格！”弗兰妮说。

“那是我自己的脚指头啊！”艾格说。

“也许我就要死了。”莉莉说。

一听这话，大家都打了个寒战，母亲尤其明显。

“你不会死的。”父亲一脸严肃地说。

“要说快要死了，那也只能是弗兰克。”弗兰妮说。

“不，”弗兰克说，“我已经死了。我已经活腻了。”

“别乱说。”母亲说。

我总是去艾奥瓦鲍勃的房间练举重。每一次他总要帮我从杠铃上取下几个举重片，有一个滚到壁柜边，碰开柜门，柜子里的东西就会哗啦啦掉出来。鲍勃教练的壁橱里总堆得乱七八糟的，什么东西他都是往里一塞就完事。一天早上，艾奥瓦鲍勃去掉了几个举重片，一个举重片滚进了壁橱，碰出了艾格的小熊。小熊正戴着我的跑步帽，穿着弗兰妮的绿毛衣和母亲的尼龙袜。

“艾格！”我尖叫一声。

“什么？”艾格也尖叫一声。

“我找到你那该死的熊了！”我喊道。

“那是我的熊！”艾格喊道。

“耶稣啊，上帝啊！”父亲说。艾格又去布莱兹医生那里检查了一次耳朵，莉莉又去布莱兹医生那里检查了一次个头。

“如果她这两年内都没有长大过，”弗兰妮说，“我就不信过去的两天里她会长大一点。”可以对莉莉做一些测试的——布莱兹老医生显然在琢磨该对莉莉做哪些测试才好。

“莉莉，你吃得太少了。”我说，“别担心，多吃一点东西就好了。”

“我不喜欢吃东西。”莉莉说。

*

老天竟然也不下雨了——一滴也不下！或者说，总在下午下，在晚上下。在我坐在教室里学《代数二》《都铎时代的英格兰史》《拉丁语入门》的时候，我就听到了哗啦啦的下雨声——绝望至极。或者，等我躺到床上，在一片漆黑之中——我的房间，整个新罕布什尔旅馆、艾略特公园都一片漆黑——我却听到了下雨声，淅淅沥沥下个不停。我心里只想着两个字：明天！可是，到了第二天早晨，雨却变成了雪；或者不下雪，但雨也停了；或者天气干燥，刮起了风——于是我只好艾略特公园练短跑了。弗兰克从我身边经过，他这是要去生物实验室。

“疯子，疯子，疯子。”弗兰克一边走，一边说。

“谁是疯子？”我问。

“你就是。”弗兰克说，“弗兰妮也总是疯疯癫癫的。艾格是个聋子，莉莉是个怪人。”

“你是一个完全的正常人，弗兰克？”我问，原地踏步跑着。

“至少我不会玩弄自己的身体，不会像玩弄橡皮筋那样去玩弄。”弗兰克说。我当然知道弗兰克在玩弄自己的身体——玩弄得很频繁——但父亲已经推心置腹地跟我谈过男孩女孩的事，他已经让我相信，谁都自慰过（而且，应该时不时地自慰一下），所以，我觉得应该对弗兰克友好点儿，不去嘲笑他的那个癖好。

“你的狗做得怎么样了，弗兰克？”我问他。他立刻变得严肃起来。

“呃，”他说，“还有几个问题。例如姿势就很要紧。我还没有决定采用哪种姿势。整个身体的样子已经做好了，但姿势真的让我伤脑筋。”

“姿势？”我脑子里竭力搜索着索罗有过什么样的姿势。它似乎总是在睡觉，总是没完没了地放屁，从来没个正形，谈不上有什么姿势。

“是这样的，”弗兰克说，“在标本制作工艺上，倒有不少经典的姿势可以参考。”

“是吗？”我说。

“有一种姿势，叫‘走投无路’。”弗兰克一边说，一边突然向后退了几步，抬起“前爪”做出自卫的架势，颈部的“毛”也竖了起来，“明白了？”

“上帝啊，弗兰克！”我说，“我觉得那个姿势不适合索罗。”

“呃，那是一个经典姿势。还有这个。”弗兰克一边说，一边侧身对着我，好像悄悄爬上一根树枝，扭过头来龇着牙吼叫起来，“这个姿势叫‘跟踪’。”

“明白了。”我说。我不知道他是否还要为可怜的索罗弄一根树枝来，好给它摆出这样的姿势。“你要知道，索罗是只狗，弗兰克，”

我说，“不是美洲狮。”

弗兰克皱起了眉头。“我自己呢，”他说，“喜欢一种叫‘进攻’的姿态。”

“别示范给我看。”我说，“留个惊喜吧。”

“你不用担心，”他说，“做好了，你也不会认出它的。”

这正是我担心的地方——没有人会认出那是可怜的索罗，弗兰妮更认不出。我想弗兰克完全忘了他做这件事的初衷了——他把这件事当作一个课程作业了，被它弄得神魂颠倒了。这个作业可以让他获得生物课三个独立研究学分，做索罗这个标本，相当于写了这门课程的一篇学期论文。我无法想象索罗会以“攻击”的姿态出现。

“为什么不把它做成睡觉时蜷成一团的样子呢？”我说，“它总是那个样子——尾巴盖在脸上，鼻子闻着屁眼。”

弗兰克露出惯常的厌恶之色，我也厌倦原地踏步跑动的姿势了。我在艾略特公园又快跑了好几个来回。

我听到马克斯·尤里克趴在新罕布什尔旅馆四楼的窗口对我大喊大叫。“你这该死的笨蛋！”马克斯的喊声飘过结冰的地面，穿过枯败的枝叶，吓到了公园里的松鼠。在二楼尽头的一个房间里，离消防逃生梯不远的窗口，一件淡绿色的睡衣在灰色的空中随风飘动：朗达·雷今天早晨一定是穿着那件蓝色的睡衣躺在床上——或者是黑色的，或者是那件令人震惊的橙色睡衣。那件淡绿色的睡衣像一面旗子向我飞舞着。我又跑了好几个来回。

我回到3F房间时，艾奥瓦鲍勃已经起床了。他仰卧在那块东方地毯上，头下枕着一个枕头，做着例行的颈桥练习，把一百五十磅重的杠铃举过头顶。老鲍勃的脖子与我的大腿一样粗。

“早上好。”我低声向他问好。他翻了个白眼。他的杠铃倾斜了。他没有拧住举重片，于是先是杠铃一头的举重片滚了下来，接着，另一头的举重片也滚了下来。鲍勃教练闭着眼睛，蜷缩在地上，任由举重片在他头部两边纷纷滚落下来，滚得房间里到处都是。我用两只脚挡住了几个滚动的举重片。一个没挡住，滚到了壁橱门边，碰开了门，里面掉出来几样东西：一把扫帚、一件汗衫、鲍勃的一双跑鞋、一个网球拍——网球拍的把手上还缠着他的防汗带。

“耶稣啊，上帝啊！”父亲在楼下我们的家庭厨房里叹了一声。

“早上好。”鲍勃对我说。

“你觉得朗达·雷迷人吗？”我问他。

“哦，天哪。”鲍勃教练说。

“说真的，我觉得不迷人。”我说。

“是吗？”他说，“去问你父亲。我太老了。自从上次弄伤鼻子之后，我就没再好好看过女孩子了。”

我知道，那肯定是在艾奥瓦州的橄榄球场上弄伤的，因为老鲍勃的鼻子上现在有好几条皱纹。在吃早饭之前，他从不把假牙放进嘴巴里，他空荡荡的嘴巴张大着，就像下半张鸟嘴长在他弯曲的鼻子底下。他那头看上去秃得惊人，就好像一种没有羽毛的怪鸟。艾奥瓦鲍勃的身体像一头狮子，头上却长着一张滴水嘴。

“哎，你觉得她好看吗？”我问鲍勃。

“我哪里还想这样的问题。”鲍勃说。

“呃，那现在就好好想想吧！”我说。

“不怎么好看。”艾奥瓦鲍勃说，“不过，有种魅力。”

“魅力？”我问。

“性感！”鲍勃房间的对讲系统里传来一个声音——那当然是弗兰妮的声音。像往常一样，她又在对讲系统的总控制室里了。

“混账孩子。”艾奥瓦鲍勃说。

“真混账，弗兰妮！”我说。

“你应该问我。”弗兰妮说。

“哦，天哪。”艾奥瓦鲍勃说。

于是我把朗达·雷在楼梯上邀请我去她房间的事告诉了弗兰妮。我告诉她，朗达·雷对我的大口呼吸和加速心跳很感兴趣——我还告诉她我下雨天的打算。

“是吗？那就去吧。”弗兰妮说，“可为什么要等下雨天呢？”

“你觉得她是个妓女吗？”我问弗兰妮。

“你的意思是，我是否认为她要收钱？”弗兰妮说。

我倒没有想到这一层——在德瑞中学，“妓女”这个词用得太随意了。

“收钱？”我说，“你觉得她会要多少钱？”

“我不知道她会不会收钱，”弗兰妮说，“如果我是你，我一定要弄清楚这件事。”我们把对讲系统切到朗达的房间，听到了她的呼吸声。那是人醒着却依旧躺在床上的那种呼吸声。我们听了她半天，好像从她的呼吸声里，我们就能听出她可能会开出什么样的价钱似的。最后，弗兰妮耸了耸肩。

“我要去洗澡了。”她一边说，一边按着对讲系统上各个房间的按钮。各个房间都空着，没有声音。2A，没有声音，3A，没有声音，4A，没有声音，1B，没有声音。4B，就静电声，那是马克斯·尤里克。弗兰妮正要离开总控室去放洗澡水，我按下了其他房间的按钮——2C，3C，4C，然后又快速切换到2E，3E……什么声音？……4E，什么声音都没有。

“等一下。”我说。

“这是哪个房间？”弗兰妮问。

“我想是3E。”我说。

“再听一下。”弗兰妮说。那是朗达·雷的楼上，在三楼走廊另一个顶头的房间，对面就是艾奥瓦鲍勃的房间——艾奥瓦鲍勃出去了。

“干吧。”弗兰妮说。我们有点怕。新罕布什尔旅馆明明没有客人啊，可是3E传来了奇怪的声音。

这是星期天下午。弗兰克在生物实验室，艾格和莉莉去看日场电影了。朗达·雷坐在她自己的房间里，艾奥瓦鲍勃出门了。尤里克太太在厨房里。马克斯·尤里克在静电声中摆弄他的收音机。

我按下了 3E 房间的按钮，和弗兰妮又听了一遍。

“喔喔喔喔喔喔喔喔喔！”一个女人在呻吟。

“嚯，嚯，嚯！”那是男人的声音。

得州佬早已回家了呀，3E 房间也没有女人住。

“呀伊克，呀伊克，呀伊克！”女人说。

“姆夫，姆夫，姆夫！”男人说。

这简直是这个疯狂的对讲系统自己编造出来的声音！弗兰妮紧紧地握住了我的手。我想按掉这个房间的按钮，切换到别的更安静的房间，但弗兰妮不让我这么做。

“噫噫普！”女人叫道。

“呸！”男人说。一盏台灯掉了。女人笑了起来，男人开始喃喃自语。

“耶稣啊，上帝啊！”父亲说。

“又是台灯。”母亲一边说，一边继续大笑。

“如果我们是客人，”父亲说，“我们就得赔钱！”

他俩大笑起来，好像父亲说了世界上最好笑的笑话似的。

“赶紧关掉！”弗兰妮说。我赶紧关了。

“这有点意思，不是吗？”我说。

“他们竟然跑到了旅馆房间，”弗兰妮说，“为的是躲开我们！”

我不知道弗兰妮在想什么。

“上帝！”弗兰妮说，“他们真的恩爱——真的！”我觉得这是理所当然的事啊，为什么我的姐姐却感到如此惊讶？弗兰妮放下我的手，双臂搂住自己。她拥抱着自己，好像想让自己清醒一下，或者暖和一下自己。“我接下来该怎么办？”她说，“接下来会是什么样？

接下来会发生什么？”

我永远不可能像弗兰妮那样有远见。我就只能想到那一刻，不会想到那一刻之后的事。我甚至都把朗达·雷抛在脑后了。

“你不是要去洗澡吗？”我提醒弗兰妮——她似乎需要别人的提醒——或许还需要别人的建议。

“什么？”她说。

“洗澡。”我说，“这就是接下来将要发生的事情。你要去洗澡。”

“哈！”弗兰妮大叫一声，“都见鬼去吧！”弗兰妮还是搂着自己的身体，原地跳动着，好像要独自起舞。我不知道她这会儿是高兴还是难过。我与她胡闹起来——与她跳舞，推搡着她，挠她的胳肢窝。她呢，也推搡我，挠我胳肢窝，与我跳舞。我们跑出了总控室，跑到二楼楼梯的转弯平台。

“雨，雨，雨！”弗兰妮大喊起来，弄得我非常尴尬。朗达·雷打开她的日间休息室的门，朝我们皱起了眉头。

“我们要到雨里去跳舞。”弗兰妮告诉朗达·雷，“想和我们一起去跳吗？”

朗达微微一笑。她穿着一件亮眼的橘黄色睡衣，手里拿着一本杂志。

“现在不行。”她说。

“雨，雨，就要下雨了！”弗兰妮跳着舞跑下楼去了。

朗达朝我摇了摇头——不过，态度很友好——然后关上了房门。

我追着弗兰妮来到了艾略特公园。我们看到母亲和父亲站在3E防火逃生梯口的窗户旁。母亲打开窗户叫我们。

“去电影院把艾格和莉莉接回来！”她说。

“你们在那个房间里干什么？”我喊道。

“打扫卫生！”母亲说。

“雨，雨，雨！”弗兰妮尖叫着。我们往德瑞镇中心的电影院跑去。

艾格和莉莉与小琼斯一起从电影院里走了出来。

“演的是儿童电影，”弗兰妮对小琼斯说，“你怎么也去看了？”

“我只是个大孩子。”小琼斯说。我们一起回家，小琼斯拉着弗兰妮的手，弗兰妮陪他一起穿过德瑞中学的校园。我带着艾格和莉莉回家去。

“弗兰妮爱上小琼斯了？”莉莉问，表情很严肃。

“嗯，反正她喜欢他。”我说，“他是她的朋友。”

“什么？”艾格说。

再过几天就是感恩节了。小琼斯和我们一起过感恩节假期，因为他的父母没有寄给他足够的回家路费。德瑞中学的几个外国留学生——他们离家太远，感恩节也无法回家——也要到我们家来吃感恩节晚餐。我们都喜欢与小琼斯待在一起，但不认识这几个外国学生，请他们来家里是父亲的主意，母亲也赞同，说这就是感恩节的初衷所在。也许吧。但我们这几个孩子不喜欢有外国人在家里。当然，住在旅馆的客人是另一回事，一位外国客人也来参加我们家的感恩节晚宴了。那是一位芬兰医生，据说还很有名。他来这里看望在德瑞中学读书的女儿。他女儿就是来我家过感恩节的外国学生中的一个。其他的外国学生包括弗兰克在标本制作项目中认识的一个日本人。弗兰克告诉我，这个日本学生已经宣誓，要为制作索罗的标本这件事保密。但是这个日本男孩的英语太糟糕了，即使他一不小心说出那个秘密，也没有人会明白他的意思的。另外还有两个韩国女孩，她俩的手长很真漂亮，让小莉莉看得目不转睛——整个晚宴过程中，她的眼睛就没有离开过她俩的手。这两个韩国女孩可能引发了莉莉对食物的某种兴趣，而莉莉很久没有对食物发生过兴趣了。她们的手拿着刀叉吃了那么多东西，手拿刀叉的样子如此精致，如此好看，莉莉不禁学着她们的样子玩弄起她的食物，到最后甚至吃了一些东西。艾格嘛，当然只会不停地喊："什么？"因为，他太可怜了，实在听不懂日本男孩的话。小琼斯只顾自己吃，吃，吃——看得尤里克太太心里乐开了花，她那颗骄傲的心几乎要爆炸。

"看，人家多有胃口！"尤里克太太不无羡慕地说。

"如果我的块头有他那么大，我也会像他那样胃口大开的。"马克斯说。

"不，你不会的，"尤里克太太说，"你天生就没有口福。"

今晚朗达·雷没有穿上服务员制服，她与我们坐在一起，她旁边是弗兰妮和我母亲，还有芬兰来的那个大个子金发女孩——她那个大名鼎鼎的父亲专程来看她了。朗达·雷时不时起身收拾一下大家的盘子，从厨房里端出食物来。

芬兰女孩的个头实在太大，她坐在餐桌上吃起东西来动作很大，好像什么东西呼呼地俯冲下来，吓得莉莉够呛。这个大块头女孩穿蓝白相间的滑雪服，老是喜欢搂抱她的父亲，那个穿蓝白相间滑雪服的大块头男人。

"嗬！"每次有新的食物从厨房里端出来，这个芬兰医生就叫个不停。

"呀——呼。"弗兰妮小声说。

"天哪。"小琼斯说。

艾奥瓦鲍勃坐在小琼斯旁边。他俩的座位离吧台上的电视机最近，所以，他们可以边吃边看电视里的橄榄球比赛。

"如果那也算 clip[1]，那我就把我的盘子吃了。"小琼斯说。

"把你的盘子吃了啊。"鲍勃教练说。

"什么是'clip'？"大名鼎鼎的芬兰医生问，不过他的发音不清楚，好像在问，"什么是'clop'？"

---

1 美式橄榄球术语，意为"背后绊人犯规"。

艾奥瓦鲍勃拉着朗达（她很乐意）演示了背后绊人犯规的动作，两个韩国女孩看着羞涩地哧哧发笑。那个日本男孩面对着火鸡，手拿着切黄油的小刀，正束手无策，听着弗兰克含糊不清的解释，听着艾格没完没了地喊着“什么？”更是一脸茫然——很显然，无论什么事，这个日本人都感到稀里糊涂的。

“这是我吃过的最吵闹的一顿饭。”弗兰妮说。

“什么？”艾格大声说道。

“耶稣啊，上帝啊！”父亲说。

“莉莉，多吃一点。”母亲说，“那样你就会长个儿了。”

“怎么了？”大名鼎鼎的芬兰医生问，他的英语还是说得含混不清。“怎么了？”他看着我母亲和莉莉问，“谁不长个儿了？”

“噢，没什么。”母亲说。

“是我。”莉莉说，“我不长个儿了。”

“不，你没有不长个儿，亲爱的。”母亲说。

“她的发育似乎被抑制了。”父亲说。

“嗬，被抑制了！”芬兰人说，两眼直盯着莉莉。“不长个儿了，嗯？”他问她。她轻轻点了点她那个小小的头。

医生将他的两只手按在她的头上，凝视着她的眼睛。除了那个日本男孩和两个韩国女孩，大家都放下了刀叉。

“那个东西怎么说？”医生问，然后对他女儿说了一个谁也听不清的词。

“卷尺。”他女儿说。

“嗬，有卷尺吗？”医生大声说。马克斯·尤里克跑过去，拿来了卷尺。医生量了量莉莉的胸围、腰围、手腕、脚踝、肩围和头围。

“她没事。”父亲说，“什么事也没有。”

“安静点。”母亲说。

医生写下了所有的数字。

“嗬！”他说。

“把你的东西吃完，亲爱的。”母亲对莉莉说。莉莉盯着医生写在餐巾纸上的数字。

“你怎么说那个词？”医生问他的女儿，又说了一个谁也听不清的词。这一次他女儿一脸茫然。“你不知道？”她父亲问她。她摇了摇头。“词典在哪里？”他问她。

“在我的宿舍里。”她说。

“嗬！”医生说，“快去拿来。”

“现在？”女儿说。她眼巴巴地看着高高堆在她盘子上的第二份鹅、火鸡肉和馅料。

“快去，快去！”她父亲说，“当然是现在。去吧！嗬！快去吧！”穿蓝白相间的滑雪服的大个子女孩很快就出去了。

“这是一种——你们怎么说？——病理状态。”这位大名鼎鼎的芬兰医生说，语气相当平静。

“病理状态？”父亲说。

“生长受阻的病理状态。”医生说，“这种病很常见，原因多种多样。”

“生长受阻的病理状态。”母亲重复了一遍。

莉莉耸了耸肩。她正在学韩国女孩剥鸡腿皮的方式。

大个子金发女孩气喘吁吁地跑回来了。她看到自己的盘子已经被朗达·雷清理干净了，一时目瞪口呆。她把词典递给了父亲。

“嗬！”弗兰妮隔着桌子对着我轻轻说一声。我在桌子底下踢了她一脚，她回踢了我一下，我又向她踢去，可是一不小心踢到了小琼斯。

“喔哇。”他说。

“对不起。”我说。

“嗬！”芬兰医生说。他翻开词典，手指点着一个单词。“侏儒症！”他大声念道。

“对不起。”我说。

整个桌上没有一点响动，只有那个日本男孩在倒腾他的奶油玉米。

“你是说她是个侏儒？”父亲问医生。

“嗬，是的！侏儒。”医生说。

“放屁！”艾奥瓦鲍勃说，“她哪是什么侏儒——只是个子小，她还是个孩子，你这个白痴！”

“什么是‘白痴’？”医生问他的女儿。她没有告诉他。

朗达·雷端来了饼子。

“你不是侏儒，亲爱的。”母亲低声对莉莉说。莉莉只是耸了耸肩。

“是侏儒又怎么样？”她说，语气非常果敢，“我是个好孩子。”

“香蕉。”艾奥瓦鲍勃说，一脸的阴沉。谁也不知道这是不是他开出的药方——“给她香蕉就行了！”或者，他的意思是“放屁！”——他用了这个新的委婉语。

那就是一九五六年的感恩节。我们以这种方式迎接圣诞节的到来：大家都担心着莉莉的个头儿，我们听着房间里的做爱声，弗兰妮不再没完没了地洗澡，弗兰克希望能选定索罗的姿势——我呢，跑步，举重，等待下雨天。

*

十二月初的一个早晨，弗兰妮叫醒了我。我的房间依然黑乎乎的，艾格轻轻的鼾声从那个没有门的门洞里传过来，传到了我耳朵里。艾格还睡得死死的。我听到耳边有一个更近的呼吸声，比艾格的呼吸声更柔和，更有控制力——我闻到了弗兰妮的气味，一种我好久没闻到的气味：浓郁但从不俗气，有一点点咸，有一点点甜，味道重，但又不像糖浆那么冲。躺在黑暗中，我知道弗兰妮老想洗澡的毛病已经好了。偷听到父母的做爱声，她的这个毛病就好了。我想，就是那件事让弗兰妮意识到她自己的体味是再自然不过了。

“弗兰妮？”我轻声说。我看不见她。她的手拂过我的脸颊。

“到这里来。”她说。她蜷缩在我床上，紧贴着墙壁，紧靠着我的床头板。她挤在我身边，却没有吵醒我，我永远都不知道她是怎么做到的。我朝她转过头去，闻到了她刷过牙的味道。“听。”她低声说。我听到了弗兰妮的心跳，我的心跳，听到了艾格从隔壁房间传来的好像是深海潜水的声音。还听到了别的声音，那声音弗兰妮的呼吸一样轻柔。

“下雨了，笨蛋。”弗兰妮说。她的一个指关节慢慢地在我的肋骨之间爬着。“下雨了，小子。”她对我说，“这是你的大好日子！”

“天还黑着呢，”我说，“我还要睡觉。”

“天亮了。”弗兰妮贴着我的耳边嘶嘶地说。她咬了一下我的脸颊，开始抓着我被子底下的身体挠我痒痒了。

“住手，弗兰妮！”我说。

“雨，雨，雨，”她唱了起来，“别胆小得跟什么似的。弗兰克和我已经起来好几个小时了。”

弗兰妮说弗兰克早就在总控室摆弄那个对讲系统了。弗兰妮把我从床上拽起来，让我刷牙，让我穿上运动服，好像我要像往常一样在楼梯上练短跑。她把我带到总控室的弗兰克那里。他们俩给了我好几张钞票，让我塞在一只跑步鞋里——还挺厚的一沓，大多是一美元和五美元的。

“塞在鞋里我怎么跑步？”我问。

“你今天不用跑步，你忘了？”弗兰妮说。

“这是多少钱？”我问。

“首先搞清楚她是不是要收钱。”弗兰妮说，“然后再想你钱够不够的事。”

弗兰克坐在总控台前，就像一个受到袭击的机场飞行控制塔里的发疯的操作员。

“你们两个要干什么？”我问。

“我们就在这里监控你的行动。”弗兰克说，“如果你觉得下不了台了，我们可以在这里宣布进行一次消防演习或别的什么演习。”

“噢，天哪！”我说，“我不需要你们监控。”

“这可不行，小子。”弗兰妮说，“我们出了钱，我们就有权监听。”

“噢，天哪。”我说。

“你就大胆干。”弗兰妮说，“不要紧张。”

“假如这是一场误会呢？”我问。

“我想也是。”弗兰克说，“如果是那样的话，你把鞋里的钱拿出来，在楼梯里跑上跑下就好了。”

“你真讨厌，弗兰克。”弗兰妮说，“闭嘴。我们来检查一下房间。”

咔嗒，咔嗒，咔嗒，咔嗒：艾奥瓦鲍勃照例是一列地铁，在地下轰隆隆地跑着；马克斯·尤里克睡在他的静电产生器后面，房间里尽是静电；尤里克太太和一两只文火上煨着的炖锅；3H 的客人——德瑞中学一个名叫鲍尔的学生的那位面容冷酷的姑妈——睡觉时鼾声如磨凿子。

“早上好，朗达！”当弗兰克把对讲系统咔嗒一声切换到朗达·雷的房间时，弗兰妮小声向她问好。噢，朗达·雷入睡的声音多么美妙！海风吹拂着丝绸睡衣！我感到腋窝开始出汗了。

“快去那儿，”弗兰妮对我说，“别等雨停了。”

雨不可能停——从楼梯间的窗口往外一看我就知道这雨停不了：艾略特公园已经被雨水淹没了，大水漫过了人行道，操场被冲出了一道道水沟；灰色的天空大雨如注。我本想在楼梯上跑几个来回——倒不是为了延续以前的老习惯，而是觉得这是吵醒朗达·雷的最熟悉的办法。当我站在走廊里，站在她的房门前时，我的手指突然兴奋起来，呼吸也急促起来——比我自己料想的要急促多了，这是弗兰妮后来告诉我的。弗兰妮说，她和弗兰克甚至在朗达·雷起床来开门之前，都在对讲系统里听到我急促的呼吸声了。

“外面不是约翰·欧，就是失控的火车。”朗达在开门让我进去之前，这样轻声说。可是我却说不出话来——我上气不接下气，好像整个早上都在楼梯里来回跑着似的。

她的房间很暗，但我还是能看清她穿着蓝色的睡衣。她早上的口气带点酸味，但我觉得很好闻，她的体味在我闻来很舒服——尽管后来我觉得，她的体味比弗兰妮的体味还是差得太远了。

“天哪，你的两个膝盖一定很冷吧——怎么能穿没有裤腿的裤子！”朗达·雷说，“快进来暖和暖和。”

我笨手笨脚地脱掉短裤。她又说：“天哪，你的胳膊怎么这么冷——你怎么能穿不带袖子的衬衫！”我也胡乱地脱掉了衬衣。我赶忙脱掉了跑鞋，把那一沓钞票塞到一只跑鞋的鞋头，好不容易才不让她看见。

我一直在想，是不是就是因为在对讲系统下做爱，从此之后，我对性交的感受有了一层阴影。即使到了现在，我快四十岁了，与人做爱的时候，也一定要低声细语。我记得我当时就哀求朗达·雷说话小声点。

“我差点忍不住要对你大喊一声，‘说话大声点！’”弗兰妮后来告诉我，“那该死的悄悄话，真要让我疯了——全都是愚蠢的悄悄话！”

要是我不知道弗兰妮在监听，我就可能会告诉朗达·雷别的一些事情。我真的没有想过弗兰克也在监听，但他不一样。我这一辈子经常看到他去总控室，在对讲系统旁，偷听别人做爱——有时我们一起听，有时他一个人听。我想象着，弗兰克此刻偷听着我与人做爱，脸上一定挂着不快的神情——他做什么事几乎都是这样面带不快的表情：对什么事都表现出隐隐约约的厌恶，甚至可以说憎恨。

“你太快了，约翰·欧，你真的太快了。”朗达·雷对我说。

“请你小声点。”我对她说——我的头埋在她五颜六色的蓬乱的头发里，声音低沉。

我日后的性紧张就是由此引发的，并且这种性紧张从此再也无法摆脱：我得时刻注意自己的动作，时刻注意自己说的话，否则就会有出卖弗兰妮的危险。是不是由于在第一家新罕布什尔旅馆与朗达·雷做爱，以后我每次与人做爱，总是会想象弗兰妮在偷听？

“听上去你有点压抑。”弗兰妮后来对我说，“我想这也正常——毕竟是第一次嘛。”

“幸好你没有在场外指导我，谢谢啦。”我对她说。

“你真的以为我会吗？”她问我。

我向她道歉。我从来摸不清弗兰妮的心思，从来不知道她会做出什么事、不会做出什么事。

*

“弗兰克，索罗的标本你做到哪一步了？”我这几天一直在问他，因为圣诞节马上就要到了。

“你们的悄悄话说到哪一步了？”弗兰克问，“我发现最近一直在下雨。”

其实，那一年的雨——圣诞节之前的雨——下得并不多，不过我得承认，我自作主张，将下雪的日子都算成下雨天，甚至早上看到一片乌云，就认定等会儿必定下雨，至少下雪。离圣诞节已经很近的某一天——天上正下着雪或者天上飘着乌云——朗达·雷对我说：“你知道吗，约翰·欧，按惯例，你是要给女服务员小费的。”我明白她的意思。塞在我鞋子里的那一沓钞票我早就还给弗兰克和弗兰妮了。我不知道那天早上弗兰妮有没有在偷听，有没有听到我啪啦啪啦给朗达·雷数钞票的声音。

我把圣诞节的零花钱都花在了朗达·雷身上。

我当然已经为母亲和父亲买好了小礼物。在圣诞节，我们并不看重买什么样的礼物——关键看谁买的礼物更蠢。我记得，我给父亲买了一条围裙，好让他站在吧台后面调酒的时候穿。这条围裙上印着愚蠢的话。我记得，我为母亲买了一只瓷器熊。弗兰克总是给父亲买领带，给母亲买围巾。到头来母亲把围巾送给了弗兰妮，弗兰妮变着花样围在头上；父亲把领带送还给弗兰克，弗兰克很喜欢领带。

一九五六年的圣诞节，我们为艾奥瓦鲍勃做了一件特别的礼物。我们把一张照片放大，镶了边框，送给他。那是小琼斯迎战埃克塞特队的那场比赛中的唯一一次触地得分的一个镜头。这件礼物不算蠢，但其他的礼物都太愚蠢了。弗兰妮给母亲买了一件非常性感的连衣裙，我想母亲永远不会穿的。弗兰妮希望母亲会把这件衣服转手送给她，但母亲绝不会让弗兰妮穿它。

“就让她穿到 3E 房间，穿给父亲看吧！”弗兰妮对我说，一副很懊丧的样子。

父亲给弗兰克买了一套巴士司机的制服，因为弗兰克实在太喜欢制服。弗兰克喜欢穿着这身制服，装扮成新罕布什尔旅馆的门童。但凡有不止一个客人来我们的旅馆住宿的时候——这样的时候并不多——他就喜欢装扮给客人看，让他们明白：新罕布什尔旅馆是有门童的。巴士司机制服的颜色正好是德瑞中学的那种死灰色，穿在弗兰克身上，裤子和上衣的袖子太短，帽子又太大，所以弗兰克迎进客人的时候，总给人一种不祥的感觉：他不像旅馆的门童，倒像殡仪馆的门童。

“欢迎来到新罕布什尔旅馆！”他反复练习着这句话——听起来可一点也没有欢迎的意味。

谁也不知道该给莉莉买什么礼物好——肯定不能买小矮人，也不能买小精灵：反正不能买任何小东西。

“给她买吃的！”圣诞节前几天，艾奥瓦鲍勃提出了这个建议。我们家从来没有预先写好单子，然后去商店照单买圣诞礼物的习惯——不到最后一刻，大家是不会把礼物准备好的。不过，艾奥瓦鲍勃好像早有准备。一天早上，他在艾略特公园砍下了一棵树，运回旅馆准备好好装饰一番。那棵树太大了，他只好砍掉了一半，否则就无法竖在新罕布什尔旅馆的餐厅里。

“你砍掉了公园里那棵可爱的树！”母亲说。

“嗯，公园是属于我们家的，不是吗？”鲍勃教练说，“难道树还能派上别的什么用场吗？”毕竟，他来自艾奥瓦州，在他的家乡，你有时走上好几英里，都不会见到一棵树。

我们给艾格准备的礼物最多，因为那一年，在我们所有这些孩子当中，他还处在最适合过圣诞节的年纪。艾格非常喜欢各种东西。大家给他买了各种动物、各种球、浴盆玩具和一些户外设备——大部分都是垃圾，不到冬天结束，就会被他丢掉、弄破、玩腻，或者干脆放在外面被雪盖掉。

弗兰妮和我在德瑞镇的古董店里发现了一罐黑猩猩的牙齿，我们为弗兰克买下了这些牙齿。

“他做标本的时候用得着。”弗兰妮说。

我也很高兴——我高兴的是，我们没有早早在圣诞节之前把这些牙齿送给弗兰克，因为我担心他会把这些牙齿用在索罗的标本上。

*

“索罗！”在圣诞节之前的一个晚上，艾奥瓦鲍勃突然大声喊叫我们那条死去的老狗的名字。我们在床上坐了起来，感觉头皮都发痒了。“索罗！”老鲍勃在他的房间里叫喊着。他的杠铃在地上滚得叮当作响。他的门开着，我们听见他的吼叫声在空荡荡的三楼走廊里回荡着。“索罗！”他又叫了一声。

“这个老傻瓜做噩梦了。”父亲说。他穿着浴衣咚咚地跑上楼。我跑到弗兰克的房间，两眼直盯着他看。

“不用这样看我。”弗兰克说，“索罗还在实验室里，我还没做完呢。”

我们都跑到楼上，去看艾奥瓦鲍勃到底怎么了。

鲍勃说，他“看到”索罗了。他在睡梦中闻到了这条老狗的味道，当他醒来时，索罗就站在鲍勃房间里那块老旧的东方地毯上——那是索罗最喜欢的地毯。“索罗一脸凶相，恶狠狠地看着我。”老鲍勃说，“看上去好像要攻击我！”

我又盯着弗兰克看，但弗兰克只是耸耸肩。父亲对他翻了一下白眼。

“您在做噩梦。”他告诉他父亲。

“索罗就在这间屋子里！”鲍勃教练说，“可是它看上去不像索罗。它气势汹汹的，好像想杀我。”

“嘘，嘘。”母亲说。父亲挥了一下手，叫我们离开鲍勃的房间。我听见父亲开始和艾奥瓦鲍勃说话，那口气就像他对艾格、莉莉说话一样，就像在我们更小的时候对我们说话一样。我知道现在父亲经常以这样的口气对鲍勃说话，他好像把他父亲当成了一个孩子似的。

“是那块旧地毯的缘故。”母亲低声对我们这些孩子说，“上面有很多狗毛，你爷爷在睡梦中都能闻到索罗的味道。”

莉莉露出非常害怕的神色——不用奇怪，她经常是这个表情。艾格的身体有点摇晃，好像他站着就睡着了。

“索罗不是死了吗？”艾格问。

“是的，是的。”弗兰妮说。

“什么？”艾格突然大声说，那声音着实把莉莉吓了一大跳。

“好吧，弗兰克。”我在楼梯上小声说，“你把索罗做成什么姿势了？”

“进攻姿势。”他说。我一听不禁打了个寒战。

我想，索罗肯定对自己的那个可怕的姿势心生不满，所以跑到新罕布什尔旅馆来闹鬼了。它去了艾奥瓦鲍勃的房间，因为那里有它喜欢的地毯。

“我们把索罗的那块旧地毯放到弗兰克的房间去吧。”我提出了这个建议。

“我不要那块旧地毯。”弗兰克说。

“我要，我要。”鲍勃教练说，“躺在旧地毯上举重正舒服。”

“您昨天晚上做梦了。”弗兰妮小心地说。

“我没有做梦，弗兰妮，”鲍勃表情严肃地说，“我看到索罗了——看到它的肉身了。”老教练说。听到“肉身”这个词，莉莉整个人剧烈地颤抖起来，她的麦片勺子啪嗒一声掉了下来。

“什么是‘肉身’？”艾格问。

“依我看，弗兰克，”在圣诞节的前一天，在冰冻的艾略特公园，我对弗兰克说，“你最好还是让索罗待在实验室里吧。”

听了我的建议，弗兰克立刻摆出了“进攻”的姿势。“我都做好了，”弗兰克说，“索罗今晚就回家。”

“求求你，不要用礼物包装纸把它包起来，好吗？”我说。

“包起来？”弗兰克说，一副略显厌恶的口气，“你当我疯了吗？”

我没有吭声。他接着说："嘿，你不明白家里发生的事吗？我把索罗做得这么好，连祖父都有预感，索罗就要回家了。"

弗兰克总能把 派胡言讲得好像很合乎逻辑，这本事让我感到吃惊。

平安夜到了，大地一片宁静——正如人们所说的那样。只有一两个汤锅在咝咝作响。只有马克斯·尤里克的房间里静电声永不停歇。朗达·雷在她的日间休息室。一个土耳其客人住在2B——这是一个土耳其外交官，他来德瑞中学看儿子；整个德瑞中学只有这个学生没有回家（也没有去别人家）过圣诞节。我们各自小心藏好自己买的礼物——我们家的传统是，到圣诞节的早上，大家把所有的礼物拿出来，放到光秃秃的圣诞树下。

我们知道，父亲和母亲给我们买的礼物都藏在3E房间——他们经常去那里寻开心。艾奥瓦鲍勃把礼物藏在四楼的一间小浴室里。自从那个芬兰医生对莉莉做出了令人可疑的诊断之后，他不再说那些小浴室"适合小矮人"了。弗兰妮给我看了她买的所有礼物，包括为我买的一个模型，给母亲买的一件性感连衣裙。我心一热，给她看了我为朗达·雷买的一件睡衣，弗兰妮立刻试穿在了身上。我看到弗兰妮穿上这件睡衣的效果非常好，后悔没有给弗兰妮买一件。这是件雪白的睡衣，朗达·雷还没有这个颜色的睡衣。

"你真该把这件睡衣送给我！"弗兰妮说，"我太喜欢了！"

我永远不知道自己该怎么应付弗兰妮——还是弗兰妮说得对，"小子，我总是比你大一岁"。

莉莉把礼物藏在一个小盒子里，她买的都是些小东西。艾格没有给任何人买礼物，但他在新罕布什尔旅馆四处寻找大家给他买的礼物。弗兰克把索罗藏在了鲍勃教练的衣橱里。

"为什么要藏在那里？"后来我一遍又一遍地问他。

"就一个晚上。"弗兰克说，"我知道弗兰妮永远不会去那里找的。"

*

一九五六年的圣诞夜，大家都早早上了床，但是没有一个人睡觉——这是我们家的又一个传统。我们听到艾略特公园的冰在雪下面呻吟。有时候艾略特公园会发出嘎吱声，就像棺材慢慢放进地下，随着温度的改变发出嘎吱声一样。一九五六年的圣诞节怎么有点像万圣节的气氛？

夜已很深了，但还能听到一只狗在叫——那只狗当然不可能是索罗。我们躺在床上，睁着眼睛，想着艾奥瓦鲍勃的梦，想着他的那个“预感”——那是弗兰克的说法。

终于到了圣诞节的早晨——天气很晴朗，刮着风，冷飕飕的——我在艾略特公园练短跑，跑了四十次，或五十次。光着身子，我不再“胖乎乎”了，没有了穿着运动服时的那个臃肿样子——朗达·雷总是这样对我说。我吃的香蕉有些效果了，我的身体变硬了。不管今天是不是圣诞节，早上的例行训练还是不能改变：在全家人聚在一起吃圣诞早餐之前，我来到鲍勃的房间，与他一起练举重。

“你做你的单臂屈伸，我做我的颈桥。”艾奥瓦鲍勃对我说。

“好的，爷爷。”我说。我按照他说的练了起来。我与他躺在索罗的旧地毯上，脚顶着脚做仰卧起坐，然后翻过身，头顶着头做起了俯卧撑。房间里只有一个长杠铃，和两个用于做单臂屈伸的短哑铃。我们默默地相互传递着举重片——好像在做一种无言的晨祷。

“你的上臂，你的胸部，你的脖子——看起来真不错。”鲍勃爷爷对我说，“但是你的小臂可以再承受一些重量。你做仰卧起坐的时候，可以在胸部放一个25磅的举重片——你做起来肯定很轻松。注意屈膝。”

“好的。”我说，那气喘吁吁的样子，就像在朗达·雷跟前似的。

鲍勃举起了长杠铃，他干脆利落地举了大约十次，然后躺下来卧推了几下——我觉得他杠铃上的重量有一百六十磅或一百八十磅。这时，他的杠铃倾斜了，我赶紧躲到一边。几个五十磅或七十五磅的举重片滑落下来，艾奥瓦鲍勃大叫一声："狗屎！真该死！"举重片在房间里滚动着。父亲在楼下对我们大吼起来。

"耶稣啊，上帝啊，你们这两个举重疯子！"他吼道，"把举重片拧住！"

一个举重片滚到鲍勃的衣橱门边，碰开了门——各种东西纷纷滚落下来：网球拍、鲍勃的洗衣袋、真空吸尘器软管、一个壁球。最后落下来的就是——索罗。

我正想给艾奥瓦鲍勃解释一下——这狗肯定把艾奥瓦鲍勃吓坏了，我也吓得不轻，但至少还知道那是什么东西。这是弗兰克做的索罗的标本，用的就是"进攻"姿势。是的，这个攻击姿势做得相当好，我真没想到，弗兰克竟然有这个本事，将一只黑色拉布拉多猎犬填充得这么漂亮。索罗的整个身子被螺丝钉固定在一块松木板上——鲍勃教练说得对："新罕布什尔旅馆的什么东西都不会动！我们都被螺丝钉钉在这里了——要钉上一辈子！"这只凶猛的狗，姿态优雅地从壁橱里滑了出来，稳稳地落到地上，直立在那里，好像随时要纵身跃起。索罗背上的皮毛非常光亮，一定是刚刚上过油。黄色的眼睛被晨光照得亮晶晶的，晨光也照亮了索罗那副原本发黄的老牙——现在被弗兰克涂成了白色。索罗颈部的毛向后展着——我见过索罗活着的时候它颈部的毛往后展开的样子，但现在我觉得它往后展得更远了。索罗的唾液闪着光亮——看上去非常逼真——使得它的牙齿光灿夺目。它的黑鼻子有点潮湿，看上去很健康。我几乎闻到它那让人唯恐掩鼻不及的口臭向我和艾奥瓦鲍勃袭来。不过，我眼前的这个索罗面相极其严肃，不像一只爱放屁的狗。

这个索罗可不是闹着玩的。还没等我回过神来去向爷爷解释这只不过是准备送给弗兰妮的一个圣诞节礼物——这只不过是弗兰克生物实验室里制作的一个标本——老教练用力将杠铃砸向那只准备进攻的猛狗，随即，优秀前锋的身体往后一退，挡住了我的身体（毫无疑问，他是在保护我——他一定在想着要保护我）。

“天哪！”艾奥瓦鲍勃说，那声音小得出奇。举重片丁零哐啷地落在索罗的周围。这只“咆哮”的狗并没有退缩，它依然保持准备上前猎杀的姿势。熬过了最后一个赛季的艾奥瓦鲍勃，猛地倒在我怀里，死了。

“耶稣啊，上帝啊！你们是不是故意扔着举重片玩？”父亲冲着楼上的我们尖声喊叫。“耶稣啊，上帝啊！”父亲高声喊道，“歇一天，好吗？今天是圣诞节，看在上帝的分儿上。圣诞快乐！圣诞快乐！”

“他妈的圣诞快乐！”弗兰妮从楼下向上喊道。

“圣诞快乐！”莉莉和艾格说。甚至弗兰克也说了一声“圣诞快乐！”。

“圣诞快乐！”母亲轻声说。

我也听到朗达·雷的祝愿声了？还有尤里克夫妇的祝愿声？——他们已经在新罕布什尔旅馆摆好桌子，等我们全家去吃圣诞早餐了？我还听到了一句难以分辨的话——可能是 2B 房间里的那个土耳其人说的？

曾参加过十大联盟橄榄球赛的明星艾奥瓦鲍勃就这样死在了我的怀抱里——我意识到自己的这两只胳膊是练得越来越壮实了。对我来说，对我们家的那头叫厄尔的熊来说，艾奥瓦鲍勃是多么重要、多么有意义的一个人。我久久凝视着眼前这段短暂的距离——我们两个人与索罗之间这段短暂的距离。

父亲收到弗洛伊德的来信

我们送给鲍勃教练的那件圣诞礼物——德瑞队对阵埃克塞特队时小琼斯唯一一次触地得分的那张加框放大照片——转送给了弗兰妮，她也得到了艾奥瓦鲍勃原来住的三楼房间。弗兰妮根本不想要弗兰克做的索罗的标本，艾格便顺势把这只填充狗拖进他自己的房间，藏到了床底下。圣诞节过去好几天了，母亲突然发现了这只狗，吓得连声惊叫。我知道弗兰克本来是想把索罗要回去的，他想在索罗的面部表情或姿势上再做点改进——不过，因为把祖父生生给吓死了，弗兰克从此就一直躲在自己的房间里，大门不出，二门不迈。

艾奥瓦鲍勃活到了六十八岁，但这位老前锋的身体一直很棒。如果这次没有受到这么大的惊吓，再活十年不成问题。我们全家人想尽了办法，不让弗兰克因为这件事而过分自责。“不管什么事，弗兰克都不会过分自责的。”弗兰妮说。但弗兰妮也在想着法子让弗兰克重新开心起来。

“弗兰克，填充索罗是个好主意，”弗兰妮对他说，“但你要知道，每个人的品位不见得都与你一样。”

她本来还想告诉他，制作动物标本，与性一样，也是一个非常私人化的事情，所以我们必须非常谨慎，不要把自己的想法强加给别人。

弗兰克心里的内疚——如果他真的感到了内疚的话——只能说，表现在他的避不见人上了，他现在的避不见人，做得有点过头了。在以前，弗兰克也比我们四个孩子更能独处，本来就沉默寡言的他，现在更没有什么话好说了。即便如此，我和弗兰妮觉得，弗兰克只是在生自己的闷气而已，因此他懒得把索罗要回去了。

母亲不顾艾格的哭闹，让马克斯·尤里克赶紧把索罗处理掉。马克斯于是把这只已经不成样子的狗头朝下塞进了送货口边上的一个垃圾桶里。一个下雨的早晨，我从朗达·雷的房间的窗户望出去，吃惊地看到索罗的尾巴和屁股露在垃圾桶口，已经被雨水浇得湿透了。我不禁想到，开着垃圾车的清洁工看到之后一定会同样吃惊——他一定会想：天哪，新罕布什尔旅馆就是这样处理宠物的啊，玩腻了，就与垃圾一起扔掉！

“快回到床上来，约翰·欧。”朗达·雷说。我站在那里没有动，两眼盯着雨看——这个时候雨变成雪了，纷飞的雪花落到了一排垃圾桶上。垃圾桶塞满了圣诞节礼物的包装纸、丝带和金属箔，塞满了从餐厅里打扫出来的酒瓶、纸板箱和罐头盒，还有剩菜剩饭——有的颜色鲜艳，有的颜色呆板，鸟和狗一定会感兴趣的。雪花还落到了一只死狗身上——这只死狗没有人会感兴趣。是的，几乎没有人会感兴趣。看到索罗竟然落得如此倒霉的下场，弗兰克一定会心碎的。我看着窗外，看到艾略特公园的积雪越来越厚了。这时我看到了艾格。没想到，我家还有一个人仍然对索罗有这么大的兴趣。我看见艾格穿着滑雪皮大衣，戴着滑雪帽，拖着雪橇来到送货口旁边。他拉着雪橇在光滑的雪地上快速跑着，在旅馆前的车道上，发出刺啦刺啦的响声——车道上还没有什么积雪，到处是小水洼。艾格知道自己要去哪里。他飞快地向地下室的窗户里看了一眼——尤里克太太没有发现他，他逃过了尤里克太太的关口；他又瞥了一眼四楼的那个房间，这会儿马克斯也没有盯着垃圾桶看。我们家的几个房间并不俯瞰送货口，所以艾格知道只有朗达·雷有可能看到他。朗达·雷躺在床上。等艾格抬头朝朗达·雷的窗户看过来的时候，我立刻蹲了下来，躲过了他的视线。

“要是想出去跑步，约翰·欧，”朗达哼哼唧唧地说，“那就快出去吧。”

我站起身，再次向窗外看去：艾格不见了，索罗也不见了。我知道，艾格一心要把索罗从坟墓中抢救回来的这个行动到此还没结束。我不禁心里猜想起来：索罗会再次出现在何处？

弗兰妮搬到艾奥瓦鲍勃的房间了，弗兰克的房间没有变，他还住在那个神秘的房间，很少出来，但母亲对我、莉莉和艾格三个人的房间做了调整。她让我和艾格一起住，我们搬到了弗兰妮和莉莉原先住的那个房间。母亲把我和艾格原先住的两个连着的房间都给了莉莉——真是说不通啊，不是说莉莉得了所谓的侏儒症？她难道不仅要有隐私，而且还要更大的空间？我心里很不痛快，可是父亲说，我可以对艾格产生“成熟”的影响。艾奥瓦鲍勃房间里的杠铃没有搬走，这样我就有更多的理由去看弗兰妮了，她很喜欢看我举重。现在，当我举起杠铃的时候，我想到的不只是弗兰妮——她是我唯一的观众！——只要稍微用点心思，我就能让鲍勃教练浮现在我眼前。我是为我和鲍勃在举重。

我在想，索罗最终是要去垃圾桶的，这是无可避免的事，现在艾格把索罗抢救出来，他用这种方式是在让艾奥瓦鲍勃复活——这是只有艾格能做到的、可以让艾奥瓦鲍勃复活的唯一方法了。父亲期望我对艾格产生何种“成熟”的影响？对我来说，这仍然是个谜——和艾格住一个房间，我还能忍受。最让我烦心的是他的衣服——或者说，不是他的衣服，而是他“穿”衣服的习惯。这哪能叫穿衣服？应该叫换衣服。他一天换好几次衣服，换下的衣服堆在房间中央，堆成了小山。过了几天，母亲来到房间一看，大为光火，责怪我怎么不让艾格把房间弄整洁一点。父亲说的“成熟”的影响，指的或许是让我叫艾格“整洁”一点？

与艾格住在一起的第一个星期里，我关心的，与其说是他乱放衣服的习惯，倒不如说是他把索罗藏在哪里这个问题。我不愿再让那个死亡的怪兽吓到，尽管我觉得那个死亡的怪兽总是如影随形地伴着我们，让我们惊魂不定。死亡的怪兽总是要出来吓人，我们再做什么样的准备，都是不够的。这话至少适用于艾格和索罗。

新年前两天的那个晚上——艾奥瓦鲍勃死了还不到一个星期，索罗在垃圾箱消失也就两天——在黑暗中，我对房间那边的艾格低声说了一句话。我知道他还没有睡着。

“好吧，艾格。”我低声说，“它在哪里？”对艾格低声说话，总是一个错误。

“什么？”艾格说。母亲和布莱兹医生说艾格的听力有所好转，但父亲说艾格既然耳聋了，还谈什么听力。他还说，布莱兹医生居然说艾格的情况有好转，那肯定是医生也耳聋了。这与布莱兹医生对莉莉的侏儒症的看法一样——他说莉莉的情况也在好转，因为她长大了（哪怕只有一点点）。问题是，别人长得更多，所以在大家的眼里，莉莉变得更小了。

“艾格。”我提高了嗓门，“索罗在哪里？”

“索罗死了。”艾格说。

“我知道它死了，见鬼，”我说，“在哪里，艾格？索罗在哪里？”

“索罗与鲍勃爷爷在一起。”艾格说——他当然说得没错。我知道我不可能靠哄骗的办法从艾格的嘴里得到那个恐怖的填充狗的下落了。

“明天就是新年前夜了。”我说。

“谁？”艾格说。

“新年前夜！”我说，“我们要开个派对。”

“在哪里开？”他问。

“在这里。”我说，“在新罕布什尔旅馆。”

“在哪个房间开？”他说。

“在主房间。”我说，“在大房间，在餐厅，笨蛋。”

“反正不会在这个房间里开。”艾格说。

我想，我们的房间乱堆着艾格的衣服，哪有开派对的地方？但我没有接着他的话往下说。过了一会儿，艾格又说话了——这时我都要睡着了。

“你有什么办法把湿东西弄干？”艾格问。

我想到了索罗可能的样子——这些天又是雨又是雪的，在没有盖的垃圾桶里待了这么长时间——天知道待了多少个小时——索罗还能怎么样？

“什么湿东西，艾格？”我问。

“头发。”他说，“你有什么办法把头发弄干？”

“你的头发，艾格？”

“不管谁的头发。”艾格说，“总之是很多头发，比我的头发多。”

“呃，我想可以用吹风机吹。”我说。

“好像弗兰妮有一个？”艾格问。

“妈妈也有一个。”我告诉他。

“是的，”他说，“可是弗兰妮的那个更大。我觉得她那个吹出的风更热。”

“有很多头发要吹干，是吗？”我问。

“什么？”艾格说。我没有必要重复我的话。我知道，艾格是选择性耳聋：他不想听的时候，他的耳朵就聋了——他就有这个本事。

第二天一早，我看见他脱下了睡衣——里面还穿着一套衣服呢。他原来是穿着这衣服睡觉的。

“提前做好准备，总是没错的——对吧，艾格？”我问他。

“准备做什么？”他问，“今天又不上课——寒假还没结束呢。”

“那你为什么穿这一身衣服睡觉？”我问他，但他没有作答。他在一堆堆的衣服里找着什么。“你在找什么？”我问他，“你这不是穿着衣服吗？”每当艾格发现我对他说话满是嘲弄的口气，他就不再理我。

“派对上见吧。”他说。

艾格很喜欢新罕布什尔旅馆，他或许比父亲更喜欢这家旅馆，因为父亲喜欢的只是开旅馆这个想法。事实上，这个生意能不能取得实际的成功，父亲越来越没有把握了。艾格喜欢所有的房间，喜欢楼梯井，喜欢这个空空荡荡的前女子中学。父亲知道我们大部分时间都太空闲了，但艾格觉得这样挺好。

客人们来用早餐的时候，有时会把他们在房间里发现的各种奇怪的东西带过来。“房间确实很干净。”他们的话一般这样开头。接下来是：“可是这个东西一定是别人留下的吧……”一个橡皮捏成的牛仔的一只右胳膊；干蛤蟆的一只皱巴巴的蹼足。还有扑克牌：方块J的脸上又画了一张脸，梅花5上写着大大的“恶心”两个字。一只装了六个弹珠的小袜子。衣柜里挂着一件变装（艾格把警察徽章别在他的棒球服上了）。

新年前一天，天气温暖，冰雪就要融化——艾略特公园笼罩着一层薄雾，昨天的雪已经融化，露出了一个星期之前下的那层灰色的雪。“约翰·欧，今天早上你到哪里去了？”朗达·雷问我——我们正在为今晚的新年前夜派对忙得不可开交。

“今天没有下雨。”我说。这个借口很无力，我知道——她也知道。我没有对朗达不忠——也没有人可以让我移情别恋——但我的脑海里一直在想象一个与弗兰妮年龄相仿的女孩。我甚至请求弗兰妮找她的一个朋友来跟我约会，求她为我推荐一个女孩。不过，弗兰妮老是喜欢说，对我来说，她的几个朋友年纪都太大——她的意思是，她们都十六岁了。

“今天早上你不去举重？”弗兰妮问我，“你不怕身体走样？”

“我在为派对做准备呢。”我说。

我们期待着三到四个德瑞中学的学生会来参加派对（他们缩短了圣诞假期，提前回来了），要在新罕布什尔旅馆过夜，其中有小琼斯，他是来与弗兰妮约会的，与他一起来的还有他的一个姐妹，她不是德瑞中学的学生。小琼斯是专门带她来见我的——我感到害怕的是，小琼斯的姐妹马上就会长成小琼斯那样的个头儿。另外我很想知道，这是不是哈罗德·斯瓦罗跟我说起过的他那个被人强奸过的姐姐。说起来有点不厚道，但这事太重要了，我必须知道。我将要约会的这个女孩，是一个被人强奸过的大块头女孩，还是没被人强奸过的大块头女孩？——不管怎么样，一个大块头女孩，这是毫无疑问的。

“不要紧张。”弗兰妮对我说。

我们拆掉了那棵圣诞树。我父亲不禁泪流满面——那可是艾奥瓦鲍勃的圣诞树啊。母亲不忍心看他，只好离开了房间。在我们这些孩子的眼里，鲍勃的葬礼是非常令人压抑的——这是我们正式参加的第一个葬礼。我们已经不记得“荣休拉丁语教授”和我外祖母的葬礼的样子了，因为那时我们太小。那头名叫“缅因州”的熊死的时候，没有给它办葬礼。我想，考虑到艾奥瓦鲍勃死的时候周围动静那么大，我们原本想着他的葬礼的动静也会大一些——“至少得有杠铃落地的哐当声。”我对弗兰妮说。

“严肃点。”弗兰妮说。她似乎觉得她的年纪比我大多了，我觉得她的想法没错。

“这就是被人强奸过的那个姐姐吗？”我突然问弗兰妮，“我是说，小琼斯带来的是他哪个姐妹？”弗兰妮看着我——从她的眼神里，我感到我的这个问题把我们之间的年纪一下子拉开了好几岁。

“他只有这么一个姐姐。”弗兰妮说，她的眼睛依然直盯着我，“她被人强奸过，这对你来说有那么重要吗？”

我当然不知道该如何作答。重要吗？一个人不会与被人强奸过的人讨论强奸问题，而与一个没有被人强奸过的人就会直截了当地谈论这个话题？一个人会去挖别人身上那些持久的伤痕，还是不会？一个人会认定他人身上的那些永久的伤痕，觉得跟那个人说话就像跟一个病人说话似的？（一个人如何跟一个病人说话？）或者说，不重要吗？确实很重要。我也知道这为什么重要。我那时十四岁。在我的那些幼稚的岁月里（在强奸这个问题上我总是很幼稚），我的想法是，一个人碰触一个被强奸过的人的时候，他的方式会有所不同，或者说，会触碰得少一些，或者说，那个人根本不会去碰她。我终于把我心里的这些想法说给弗兰妮听了。她对我瞪大了眼睛。

“你错了。”她说——这可是她对弗兰克说话时常用的口气——“你是个浑蛋。”我觉得我或许会永远停留在十四岁。

“艾格在哪里？”父亲大声吼道，“艾格！”

“艾格什么活也不用干。”弗兰克抱怨道。他正漫不经心地在餐厅打扫圣诞树落下的松针。

“艾格还是个小孩，弗兰克。”弗兰妮说。

“艾格也许比他表面的样子成熟多了。”父亲说。我是要给他施加成熟影响的那个人——我自然很清楚这会儿艾格为什么听不见父亲在叫他。他正躲在新罕布什尔旅馆的某个空房间里，面对着那一大堆湿漉漉的东西，想着该怎么办才好。在他面前的，就是那只黑色的拉布拉多猎犬，就是索罗。

*

等我们把圣诞节的最后一点装饰清理完毕，我们开始考虑该如何为新年前夜的派对来装饰新罕布什尔旅馆。

“没有人会很看重新年前夜的。”弗兰妮说，“我们干脆什么都不要装饰了。”

“派对就是派对。”父亲开心地说——尽管我们都知道，在我们家里，就数他最不喜欢开派对了。大家都知道，搞新年派对是谁出的主意——就是艾奥瓦鲍勃的主意。

“反正也不会有什么人来。”弗兰克说。

“呃，那是说你自己，弗兰克，”弗兰妮说，“我可是邀请了几个朋友过来。”

“今晚可能有一百个客人，但你还不是照样会闷在你自己的房间里，弗兰克？”我说。

“再去吃根香蕉。”弗兰克说，“赶紧跑步去——跑到月亮上去吧。”

“啊，我喜欢开派对。”莉莉说。大家都转头看着她——原因当然很简单：她不开口说话，我们都不会注意到她，她变得越来越小了。莉莉十一岁了，但她看起来比艾格还小；她站起来勉强到我的腰部，体重不到四十磅。

为了这个派对，大家的兴致高涨起来：只要让莉莉喜欢，我们好像个个都来了情绪。

“莉莉，我们该怎样装饰餐厅呢？”弗兰克问她。他与莉莉说话时，总是弯下腰去，就像对着坐在婴儿车里的婴儿说话一样。但他的话没有一句是正经的。

“什么也不要装饰。”莉莉说，“就让我们好好玩吧。”

我们站在那里，一动不动，就好像刚刚听到了一份死刑判决书。

母亲马上说：“这是个好主意！我要去请梅森一家！”

“梅森一家？”父亲说。

“还有福克斯一家，或许还要请考尔德一家。”母亲说。

“不要请梅森家了！”父亲说，“考尔德家早已邀请过我们去参加他们的派对——他们每年都举办新年派对。”

“好吧，只有几个朋友来我们家了。”母亲说。

“呃，还有我们旅馆的那些常客。”父亲说，但看他的表情，好像并不是那么有把握他们一定能来。我们赶紧把目光从他身上移开，看向别处。所谓“常客”，也就那么几个朋友，大多数是鲍勃教练的旧日酒友。我们想他们不见得会再次露面——他们能来新年派对？我们表示怀疑。

尤里克太太不知道厨房里要备多少食物；马克斯不知道是不是应该把整个停车场的地都犁上一遍，还是只要犁平常犁的几个地方就行了。朗达·雷的兴致好像很高，就像在开她自己的新年派对一样。她有一件非常喜欢的连衣裙，很想在今晚穿给大家看——她早把这件事告诉我了。这件连衣裙我知道：就是弗兰妮送给母亲的那个性感的圣诞节礼物，母亲转手送给了朗达。看过弗兰妮试穿过，我真担心朗达怎么把自己塞进去。

母亲找了一支乐队来现场演奏。弗兰妮说：“也算得上是一支现场演奏的乐队了吧。”因为她以前听过这支乐队的演奏。他们在夏天的时候到汉普顿海滩演出过。在其他时间，这支乐队的大多数乐手由高中生组成。电吉他手是一个名叫斯莱兹·威尔斯的高中生，他的母亲是乐队主唱兼原声吉他手，身材高大，嗓音洪亮，名叫多丽丝——朗达·雷狂热地称她为荡妇。这支乐队名叫“多丽丝飓风”，这个名字不是来自主唱多丽丝，就是来自几年前那场温和的飓风——那场飓风就叫多丽丝。“多丽丝飓风”的主要成员就是斯莱兹·威尔斯和他的母亲，再加上两个斯莱兹的高中朋友，一个弹原声贝斯，一个打鼓。我想这几个男孩放假期间在同一个汽车修理厂打工，因为乐队的制服就是汽车修理厂的男工制服，胸口都有GULF[1]的标记，旁边绣着他们的名字：丹尼、杰克、斯莱兹——他们都是GULF成员。多丽丝穿得很随意，想穿什么就穿什么——就连朗达·雷都觉得多丽丝穿得太不体面了。弗兰克当然没有什么好话，说"多丽丝飓风"令人作呕。

乐队最喜欢猫王的歌曲——"如果观众中有很多成年人，就会演奏很多慢节奏的东西，"多丽丝在电话里告诉我母亲，"如果观众多为年轻人，那就演些快节奏的东西。"

"噢，天哪。"弗兰妮说，"我真等不及了，很想听听小琼斯对'多丽丝飓风'有什么看法。"

我手里掉了几只本来应该分发到各个桌子上的玻璃烟灰缸，因为我迫不及待地想听小琼斯的姐姐怎么看我。

"她多大了？"我问弗兰妮。

"要是你够幸运的话，小子，"弗兰妮拿我开玩笑说，"她马上就十二岁了。"

弗兰克把拖把和扫帚放回一楼的杂物柜里，他在杂物柜里发现了索罗的蛛丝马迹。他看到了一块木板，切割得大小合适——这就是他安装进攻姿势的索罗的那块木板。木板上面有四个干干净净的螺丝钉孔，上面还有索罗的爪印——他就是用螺丝钉将索罗的爪子固定在木板上的。

"艾格！"弗兰克尖叫一声，"艾格，你这个小偷！"

原来，艾格把索罗从木板上取了下来。也许就在这一刻，他正躲在什么地方，在修改索罗的姿势，想把索罗修改成他心目中的那只老宠物本来的模样。

---

1 同性恋者争取自由和民主同盟（Gays United for Libery and Freedom）的首字母缩写。

“幸好‘缅因州’没有落到艾格手里。”莉莉说。

“幸好‘缅因州’没有落到弗兰克手里。”弗兰妮说。

“这个地方没有多少空地可以跳舞。”朗达·雷略带倦意地说，“这里的椅子一把都移不开。”

“那就围着椅子跳舞好了！”父亲大声说道，口气非常乐观。

“一辈子都固定在这里了。”弗兰妮嘟囔了一句。父亲听到了她的话，但他不想听别人说起艾奥瓦鲍勃曾经说过的那些老话——反正现在不想听。他面露极为受伤的神情，然后移开视线，看向别处。我想起来了，在一九五六年的新年派对上，大家都不怎么相互正视，人人都在不停地“看向别处”。

“噢，该死。”弗兰妮小声对我说——这一次她的脸上确实有羞愧之色了。

朗达·雷快速地拥抱了一下弗兰妮。“你得再长大一点，亲爱的。”朗达·雷对弗兰妮说，“你必须明白：成年人不像小孩子那样容易恢复过来，不是说没事就没事了。”

我们听到弗兰克在楼梯井哭喊着艾格的名字。弗兰克“恢复”得也不太好，我想。在某种程度上说，弗兰克从来就不是个小孩子。

“闭嘴！别闹了。”四楼的马克斯·尤里克向弗兰克喊道。

“你们都下来准备派对——你们两个！”父亲喊道。

“这些小孩子！”马克斯喊道。

“他对小孩子了解多少？”尤里克太太咕哝道。

这时，哈罗德·斯瓦罗从底特律打来了电话。他不能这么早就回德瑞镇了，他只好错过这个派对了。他说，在他的记忆里，新年前夜总让他心情沮丧。到头来整个晚上都泡在电视上。“在底特律我也可以这样做。”他说，“我就不坐飞机回波士顿了，也不与小琼斯他们一帮人挤在小汽车里，到一个滑稽的旅馆里去看新年晚会的电视节目了。”

“我们不会打开电视的。”我告诉他，“电视节目会与乐队演出发生冲突的。”

“好吧。”他说，“我只能错过了。我还是留在底特律为好。”

与哈罗德·斯瓦罗说话，你永远不要想着讲什么逻辑，我永远不知道该如何接他的话。

“鲍勃的事，我很难过。”哈罗德说。我感谢了他，并向大家转告了他的问候。

“‘讨厌鬼’也不来了。”弗兰妮说。“讨厌鬼”是弗兰妮的朋友欧内斯廷·塔克的波士顿男朋友。欧内斯廷·塔克是康涅狄格州格林尼治市人，除了弗兰妮和小琼斯，大家都叫她比蒂。因为在一个非常可怕的夜晚，她母亲叫了她一声“小比蒂”，从此这个绰号就传开了。欧内斯廷似乎并不介意这个绰号，她也能容忍小琼斯叫她另一个名字，泰西·塔克——这是因为她的乳房太美妙[1]。弗兰妮也这么叫她。比蒂·塔克很崇拜弗兰妮，她可以忍受弗兰妮对她的任何取笑。对于来自小琼斯的取笑，世界上的每个人都只好乖乖接受——我以前总这样想。比蒂·塔克很有钱，长得又漂亮，刚到十八岁，人也不坏——就是很容易被人取笑——她要来新罕布什尔旅馆参加新年晚会，因为她是弗兰妮所说的派对女郎——凡是有派对，就要参加。她也是弗兰妮在德瑞中学唯一的女性朋友。十八岁的比蒂处事已经相当老练——这是弗兰妮的看法。弗兰妮向我解释过，他们原本是这样安排的：小琼斯和他姐姐自驾从费城出发，途中在格林尼治把泰西·塔克接上，然后到波士顿接上泰西的男朋友彼得·拉斯金（绰号“讨厌鬼”）。弗兰妮说，现在情况有变，“讨厌鬼”来不了了，家里人不让他出门，因为他在一次家族婚礼上侮辱了一位姑妈。泰西还是决定与小琼斯和他姐姐一起过来。

1 乳房英文为“Titsie”，与“泰西”音近。

“这么说，多出了一个女孩子——可以介绍给弗兰克。”父亲不无善意地说。我们都默不作声，房间里死一样寂静。

“就剩我没有女孩子。”艾格说。

“艾格！”弗兰克突然一声吼，把我们都吓了一大跳。我们谁也没有注意到艾格原来就在我们中间，不知道他什么时候进来的。他已经换了一件衣服，煞有介事地整了整衣服，好像他一整天都在餐厅忙碌，与我们一起干活似的。

“我想与你谈谈，艾格。”弗兰克说。

“什么？”艾格说。

“不要冲着艾格大喊大叫！”莉莉恼火地说，把艾格拉到旁边，就像母亲护着孩子。我们都知道，从莉莉的个子长得超过艾格的那一天起，她就对艾格产生了母亲照顾小孩那样的兴趣。弗兰克跟着莉莉和艾格走进餐厅的一个角落。弗兰克冲着艾格嘶嘶地叫着，那声音就像一桶蛇在那里嘶嘶地响。

“我知道它在你手里，艾格。”弗兰克边说边嘶嘶作响。

“什么？”艾格说。

有父亲在餐馆里，弗兰克不敢提起“索罗”这个名字。我们照看着艾格，不让他受人欺负。艾格是安全的，他自己也知道。艾格穿一身步兵战斗服。弗兰妮告诉过我，她觉得弗兰克可能希望拥有那样一身制服，而且每次艾格穿上制服，弗兰克都气得不行——艾格有好几套制服。如果说弗兰克喜欢制服让人觉得怪异，那么艾格喜欢制服才合乎他的天性；毫无疑问，弗兰克就讨厌别人这么看。

过了一会儿，我问弗兰妮，新年一过，德瑞中学重新开学，小琼斯的姐姐怎么回费城？弗兰妮一脸的困惑，不知道怎么办。我解释说，我想小琼斯不会开车送他姐姐回费城，然后再开车回到德瑞中学上学，学校不让学生把车放在校园里——这是学校的规定。

“我想她会自己开车回费城吧。”弗兰妮说，“我的意思是，这是她的车——我想应该是她的。”

我突然想到，既然他们开的是小琼斯姐姐的车，那她一定到了开车的年龄。“她至少十六岁了！”我对弗兰妮说。

“别一惊一乍的。你猜朗达多大了？”弗兰妮小声说。

想到这是一个比我大的女孩，就够让我胆战心惊的了，更何况是一个年纪比我大的大块头女孩：年纪比我大，个头比我高，还被人强奸过。

“我有理由认为她长大也是个黑人。”弗兰妮对我说，“难道你没想到这一点？”

“这个并不让我烦心。”我说。

“噢，什么事都能让你烦心的。”弗兰妮说，“泰西·塔克十八岁了，她就会让你烦心死，她也会来这里。”

这倒是真的：比蒂·塔克当着别人的面夸我“可爱”——一副富家小姐的高傲口气。我的意思是，她人很好，就是从不把我放在眼里，除非是为了跟我开句玩笑，才看我一眼。她让我觉得不安，就像一个永远记不住你名字的人让你感到寒心一样。“你一心想让别人对你过目不忘，”弗兰妮说过，“但是，在这个世界上，总有人会忘记他们曾经见过你。”

在新罕布什尔旅馆，大家为新年派对做着各种准备，但是大家的心情起落不定：我记得很清楚，这一天我们所有人时而感到愚蠢，时而感到悲伤。这倒是正常的感觉。但是另有一种心情，比这种感觉更明显，好像我们时不时地意识到，我们对艾奥瓦鲍勃几乎很少表现出哀悼之情，而在别的时候，我们又意识到，我们最紧要的职责是好好享受人生的乐趣（这并非与鲍勃无关，相反，恰恰是因为鲍勃才让我们得出了这个结论）。这也许算得上是对我们的家训——从老艾奥瓦鲍勃传到我父亲手里的那个家庭格言——的第一次考验。这是一条父亲一遍又一遍地向我们宣讲的家训。我们已把这条家训熟记于心，我们做梦也不会想到不照此执行，好像我们对此坚信不疑。或许我们永远不会知道我们到底相不相信——直到很久以后才有机会搞清楚。

这条家训与艾奥瓦鲍勃的一种说法有关。他认为我们都坐在一艘大船上——“坐着大游轮，走遍大世界”。尽管我们随时都有被海浪卷走的危险——或许就因为有这个危险——我们不允许自己沮丧或不快乐。这个世界运行的方式，不是导致我们盲目玩世不恭或轻易绝望的原因。根据我父亲和艾奥瓦鲍勃的说法，这个世界的运行方式——运行得确实很糟糕——反而是一种强烈的刺激，能促使我们有目的地生活，促使我们下定决心好好生活。

“快乐的宿命论。”弗兰克后来谈到他们的哲学时，给起了这个名字。他是心里很乱的一个年轻人，不会相信他们那一套的。

记得有一天晚上，我们盯着新罕布什尔旅馆吧台上的那台电视机，看一部情节悲惨的电视剧。我母亲说：“我不想看它的结局。我喜欢看幸福的结局。”

父亲说：“世上就没有什么幸福的结局。”

“说得对！”艾奥瓦鲍勃大声说道，他嘶哑的声音里混杂着某种热情和坚忍，“死亡是可怕的，人最终都是要死的，而且往往是死得过早。”

“那又怎样？”父亲说。

“说得对！”艾奥瓦鲍勃大声说道，“这就是重点：那又怎样？”

因此，我们家的家训是：即使结局不幸，也不会妨碍我们过一个色彩丰富、充满活力的人生。这条家训就是基于天下没有幸福的结局这样一个信念。母亲不相信最后的结局都是不幸的。弗兰克对这个信念感到闷闷不乐。我和弗兰妮可能是相信的——或者说，如果我们有时候怀疑过艾奥瓦鲍勃，但世界上不断发生的事总是证明那个老前锋的说法是对的。我们从来不知道莉莉相信什么（毫无疑问，她心里有她自己的小想法）。从不止一种意义上说，艾格将会把索罗找回来。找回索罗也是一种信念。

*

弗兰克找到的那块留有索罗的爪印和螺丝孔的木板，看起来像是四足基督的被遗弃的十字架，在我看来这似乎是不祥之兆。我说服弗兰妮赶紧对各个房间进行监听，看看有什么新的情况——弗兰妮说我和弗兰克都疯了。她还说，艾格想要的或许只是那块木板，于是把索罗扔了。对讲系统当然没有发现什么情况，因为索罗是不会呼吸的，你永远听不到它的呼吸声——不管它被丢弃在哪个房间，还是被隐藏在哪个房间。位于四楼走廊一个尽头的4A房间发出一种奇怪的呼呼声，就像气流飞速经过。四楼走廊的另一个尽头是马克斯·尤里克先生那个满是静电声的房间。弗兰妮说4A可能开着一扇窗户：朗达·雷正在为比蒂·塔克铺床，房间里的空气可能非常闷。

“我们为什么要把比蒂·塔克安排在四楼？”我问。

“因为妈妈想让她与讨厌鬼一同住在这里，”弗兰妮说，“这样的话——躲在四楼的角落，可以多些隐私，免得你们这些小孩骚扰。”

“你应该说，免得我们这些孩子骚扰。”我说，“小琼斯睡在哪里？”

“他不与我睡一起。”弗兰妮干脆利落地说，“小琼斯和萨布丽娜在二楼有自己的房间。”

“萨布丽娜？”我说。

“是啊。”弗兰妮说。

萨布丽娜·琼斯！想到这里，我的喉咙一下子合上了，差点喘不过气来。我脑子里想象着这样一幅画面：十七岁的女孩，六英尺六英寸的个子，不穿衣服都一百八十五磅——还能卧推二百磅的杠铃。

"她的块头有多大？"我问莉莉。我真不该问莉莉——在莉莉眼里，哪个人的块头不大？萨布丽娜·琼斯到底有多高大——我得自己亲眼去看。

"他们来了。"莉莉来到总控室，用纤细的声音对我们说。看到小琼斯的身材，总叫莉莉喘不过气来。

弗兰克穿上了大巴司机的制服，当起了新罕布什尔旅馆的门卫——他这会儿显然自我陶醉得很。他拿起比蒂·塔克的行李往门厅送。比蒂·塔克这个女孩不简单，她每次出门都是带行李的。她一身男装，但这身男装显然是为女人改造过的。她还穿着男衬衫，纽扣扣到衣领，领带扎得一丝不苟——除了鼓鼓的胸部很显眼，一切都很完美。小琼斯观察到了：即使最标准的男装，也无法掩盖她那对圆浑的奶子。她跟在正满头大汗地拿着她的行李的弗兰克后面，快步走进大堂。

"嘿，约翰——约翰！"她说。

"嘿，泰西。"我说。我本不想叫她的外号的，因为只有小琼斯和弗兰妮叫，她才不会生气，不会冷嘲热讽。她轻蔑地看了我一眼，匆匆从我身边跑过，一边奇怪地尖叫着，一边抱住了弗兰妮——像她那样的女孩好像天生就会发出这种奇怪的尖叫。

"把这些袋子送到4A去，弗兰克。"我说。

"天哪，现在不行。"弗兰克还没说完，就拿着比蒂的行李瘫倒在了大堂里，"要好几个人才行。等你们这些傻瓜在派对上玩兴奋了，或许就有乐趣搬这些行李了。"

我隐约看到小琼斯出现在大堂里。我想，他可以毫不费力地将比蒂·塔克的行李提到四楼的，连同弗兰克一起提上去都没问题。

"嘿，有趣的人来了。"小琼斯说，"这就是有趣的人，老兄。"

我的眼睛努力从他的身旁看过去，或者说绕过他的身体，朝门口看去。我的视线越过小琼斯的头顶看过去的时候，心里真的一阵恐慌，好像我真的看到了他的姐姐萨布丽娜在我眼前耸立着。

“嘿，萨布丽娜。”小琼斯说，“这是你的举重手。”

门口站着一个瘦高的黑女人，身高大概与我一样。她头上戴着一顶高檐软边帽，或许这让她显得比我高了一点——何况她还穿着高跟鞋。她的一身女人装，与比蒂·塔克的衣服一样时髦。她穿着一件奶油色的丝质外套，领子宽大，从长长的脖颈一直开下来，可以看见胸罩上的红色蕾丝边。她的每个手指上都戴着戒指，两个手腕上都有手镯。她的肤色呈现一种奇妙的、苦味的巧克力色，眼睛大而明亮，嘴巴也大，一笑便露出那副奇特而漂亮的牙齿。她身上的气味特别好闻，远远地就能闻到——闻着萨布丽娜·琼斯身上的气味，我觉得比蒂·塔克的尖叫声都不那么刺耳了。我猜她大概二十八岁或三十岁的样子，小琼斯把她介绍给我的时候，她显得有点惊讶。小琼斯很快离开了我和萨布丽娜——以他这样的身材来说，这动作算是迅捷的了。

“你是举重运动员？”萨布丽娜·琼斯问。

“我才十五岁。”我说——我对她撒了个谎。不过，我很快就要满十五岁了。

“天哪。”萨布丽娜·琼斯说。这女人太漂亮了，我都不敢直视她。“小琼斯！”她叫了一声。小琼斯在躲着她——他一百多磅的身体躲开了她。

为了不让弗兰妮失望，他必须来参加这个新年派对，但是他得找个车从费城开到德瑞镇来，他最后叫上了他姐姐——开上了她的车——借口是，让她与我约会。

“他对我说，弗兰妮有一个哥哥。”萨布丽娜说，口气有点悲伤。我猜小琼斯可能一直在她旁边念叨弗兰克。萨布丽娜·琼斯在费城一家律师事务所做秘书。她二十九岁。

“十五岁。”她露出牙齿吹了声口哨。她的牙齿不像她弟弟的那么白，那么亮。萨布丽娜的牙齿大小很完美，而且长得很直，不过是珍珠色的，牡蛎色的。不是说她的牙齿难看，但也算是她身上唯一明显有缺陷的部分了。在慌乱不安中，我需要找点她的缺点，于是注意到了她的牙齿。我感到自己又土又傻——就像弗兰克常说的，肚子里尽是香蕉。

“我们请了一支乐队来现场演奏。”我说，但说完之后马上后悔了。

“装装门面吧。”萨布丽娜·琼斯说，不过没有恶意。她莞尔一笑。“你会跳舞吗？”她问。

“不会。”我说了实话。

“噢，好吧。”她说。她努力不让这谈话冷场。“你真的在举重？”她问。

“不如小琼斯举得多。”我说。

“我喜欢把举重片压在小琼斯的头上。”她说。

弗兰克摇晃着身体穿过大堂，手里很吃力地拎着一只装满了小琼斯冬衣的箱子。到了楼梯底部，比蒂·塔克的几件行李挡住了他的去路，他只好腾的一声放下了箱子——把坐在最下面一级楼梯上的莉莉吓了一跳，她正出神地看着萨布丽娜·琼斯呢。

“这是我妹妹莉莉，”我对萨布丽娜说，“那个是弗兰克。”我指着弗兰克的背影说——弗兰克在前面悄悄走开了。我们听到弗兰妮和比蒂·塔克从什么地方传来的尖叫声。我知道小琼斯一定会对我父亲说几句话——对鲍勃教练的去世表示哀悼。

“你好，莉莉。”萨布丽娜说。

“我是个侏儒。”莉莉说，“我再也长不大了。”

我觉得，听了莉莉的这句话，萨布丽娜·琼斯脸上掠过一丝失望的表情，与她刚才知道我的年龄时的那种失望之情完全一样。萨布丽娜好像并不感到吃惊。

“呃，很有意思。”她对莉莉说。

“莉莉，你会长大的。”我说，“至少，你会长大一点点，你不是个侏儒。”

莉莉耸耸肩。“我才不管。”她说。

一个人影迅速在楼梯的转弯平台闪过——他手拿一把战斧，脸上涂着勇士的颜料，腰上缠着一块黑布，屁股上挂着彩珠。

“那是艾格。”我说。我看到萨布丽娜·琼斯那令人炫目的眼睛一闪，张开了漂亮的嘴巴——好像想说什么话。

“好一个印第安小男孩。”她说，“他怎么叫艾格？”

“这个我知道！”莉莉自告奋勇地说。她坐在楼梯上，举起小手，好像在教室里上课，等着老师点名让她回答问题。我很高兴莉莉在这里，我从来就不喜欢给别人解释艾格这个名字的由来。艾格[1]从一开始就叫艾格，从怀在母亲肚子里的时候起就叫艾格。当时弗兰妮问母亲，这个小宝宝叫什么名字啊。“现在还只是一个受精卵。”弗兰克一脸阴沉地说——他的生物学知识丰富得让我们所有人都震惊。母亲的肚子越来越大了，这件事也越来越确定：这个受精卵就叫“艾格”了。我的父母希望能得到第三个女儿，因为预产期在四月，他们连女儿的名字都想好了，就叫爱普尔[2]。但他们还没有想好，如果是男孩，该取什么名字。要是与父亲一样也叫温，父亲也不在意。母亲虽然很喜欢艾奥瓦鲍勃，但她也不愿意给小宝宝取名为小罗伯特[3]。等大家都知道未来的小宝宝就是一个男孩时，全家上上下下都在叫他艾格了。他就注定是这个名字了。艾格没有再取别的名字。

“他一开始是个受精卵，到现在还是。”莉莉对萨布丽娜·琼斯解释说。

---

1 艾格的原文为Egg，有“鸡蛋、受精卵”等意思。

2 爱普尔的原文为April，意为“四月”。

3 鲍勃是罗伯特的爱称。

“我的天哪。”萨布丽娜说。我真希望这个时候新罕布什尔旅馆突然发生一件大事才好，这样就能让人分散注意力——特别是能分散我此时的尴尬之情——我总是觉得，我们家的人在外人看来总是那么怪异，这叫我难堪万分。

“你要明白，”多年后，弗兰妮这样解释，“我们家的人不神经，不是怪人。我们彼此相处起来都不觉得怪。”弗兰妮总说：“我们像天上下雨一样正常。”她说得没错：在我们家人彼此看来，我们都很正常，就像面包的清香一样美好，我们就是一家人。在一个家庭中，我们即使夸张做作，那也是完全合理的，那只不过是合乎逻辑的夸张做作而已。

*

但是，我在萨布丽娜·琼斯面前所感到的难堪，使我对我们全家人感到难堪。我为之感到难堪的人甚至不只是我的家人。每次与哈罗德·斯瓦罗说话的时候，我都为他感到难堪——我总是害怕有人会嘲笑他，伤害他的感情。在新罕布什尔旅馆的新年派对上，朗达·雷穿着弗兰妮为母亲买的那件性感连衣裙，我为朗达·雷感到难堪。我甚至为那支勉为其难的现场乐队感到难堪，为这支名为“多丽丝飓风”的烂摇滚乐队感到难堪。

我认出来了，这个斯莱兹[1]·威尔斯就是我几年前在星期六的日场电影院里遇到的那个朋克，他当时想对我动手。他用修理厂的机油和污垢将面包揉成灰不拉叽的一团，塞到我鼻子底下。

“想吃吗，小子？”他问。

“不，谢谢。”我说。弗兰克从座位上跳起来，冲到过道，但斯莱

1 斯莱兹的原文为Sleazy，意为“邋遢”。

兹·威尔斯抓住我的胳膊，把我死死按在座位上。“别动。”他说。我说我不会动的。他从口袋里掏出一根长长的钉子，插进面包团里。然后一只手握紧这面包团，那钉子从中指和无名指之间恶心地伸出来。

“想让我把你的眼睛挖出来吗？”他问我。

“不，谢谢，”我说。

“滚！”他说。即使在那种情况下，我还是为斯莱兹·威尔斯感到难堪。我出去找弗兰克。在电影院，每次遇到什么事感到害怕的时候，他总是跑到冷水机旁。弗兰克也无数次让我感到难堪。

在新罕布什尔旅馆的这个新年派对上，我一看就明白了，斯莱兹·威尔斯没有认出我来。我们之间相隔遥远：中间隔了多少英里的跑步，隔了多少次的举重，隔了多少根香蕉。如果他再用面包团和铁钉来威胁我，我只要将他轻轻一抱，将他抱死。从那个星期六的日场电影到现在，他好像没有长高一英寸。他骨瘦如柴，脸色灰白，整张脸看起来就像一个肮脏的烟灰缸。他穿一件带GULF标记的衬衫，肩膀向前弓着，走起路来好像每只胳膊都有一百磅重。据我估计，他的整个身体，即使加上扳手和其他一些沉甸甸的工具，也不会超过130磅。我轻轻松松卧推他五六次不在话下。

“多丽丝飓风”的成员看到没有多少观众看他们演出，似乎并不觉得特别失望。这几个男孩子拖着亮晶晶的廉价乐器忙着从一个插座插到另一个插座，看到没有几个人盯着他们看，或许感到高兴也说不定吧。

我听到多丽丝·威尔斯说的第一句话是：“把麦克风往后推一下，杰克，别傻站着。”原声贝斯手叫杰克，又是一个长相油腻的瘦小子，穿一件GULF衬衣，缩手缩脚地俯身在麦克风前，好像生怕被电击似的——害怕成为一个傻瓜。斯莱兹·威尔斯对着另一个男孩的腰部亲热地打了一拳。那个男孩胖胖的，名叫丹尼，是个鼓手。这一拳显然打得他很疼，但他欣然接受了。

多丽丝·威尔斯长着一头草黄色头发，她的身体好像在玉米油中浸泡过，要不，就是穿着湿漉漉的连衣裙。这身连衣裙紧贴她的各个部位，使她的身体凹凸有致，曲线毕现。她的胸部和颈部布满了爱的吻痕，爱的咬痕——弗兰妮称之为“爱的吮吸痕”——就好像出了严重的皮疹一样，或者像被鞭子抽得满是伤痕。她嘴唇上涂着李子色的口红，连牙齿上都涂上了一点。她对我和萨布丽娜·琼斯说：“你们想听热舞音乐，还是慢慢晃脖子的音乐？或者两种都想听？”

“两种都想听。”萨布丽娜·琼斯毫不迟疑地说。但我在想，如果这个世界不再沉溺于战争、饥荒和其他危险之中，我们人类仍有可能因为彼此难堪而死。那样的话，我们的自我毁灭过程可能会持续得长久一些，但我相信仍旧是完全的毁灭。

*

那个与她同名的飓风过后几个月，多丽丝·威尔斯第一次听到猫王埃尔维斯·普莱斯利的歌曲《心碎旅馆》，那时她真的住在一家旅馆里。她告诉我和萨布丽娜，那是一次宗教般的体验。

“你明白吗？”多丽丝说，“当这首歌从收音机里传出来的时候，我正和一个家伙住在一家旅馆里。那首歌告诉我该如何去感受。”多丽丝解释说，“那是大约半年以前的事了。从那以后，我就好像换了一个人。”

我想知道的是，多丽丝·威尔斯经历那种体验时与她住在一起的那个男人怎么样了？他现在在哪里？从那以后，那个人还和以前一样吗？

多丽丝·威尔斯只唱猫王的歌，高兴的时候，她会把猫王的歌词改一改，把“他”改成“她”（或者反过来）。因为这种即兴改编，加上她“不是黑人”这个事实——这是小琼斯发现的——听她的歌，真叫人无法忍受。

作为与姐姐的一种和解姿态，小琼斯请萨布丽娜跳了第一支舞；我记得多丽丝唱的是《宝贝，我们来过家家》，斯莱兹·威尔斯好几次用他的电声压倒了他母亲的歌声。

“耶稣啊，上帝啊！”父亲说，“我们要付给他们多少钱？”

“你不用管。”母亲说，“大家都玩开心就好。”

大家都玩开心？这似乎不可能。艾格好像玩得很开心——他穿着宽袍，戴着母亲的太阳镜，远远避开弗兰克，一副自得其乐的样子。弗兰克悄然躲进光亮不足的角落，在空荡荡的桌子和椅子之间走来走去——毫无疑问，自我哼哼着，发泄着厌恶之情。

我对比蒂·塔克说，很抱歉叫了她泰西这个绰号——我无心说漏了嘴。

“没事，约翰——约翰。”她说，装出一副满不在乎的样子——说不定不是装的，那就更糟：她对我真的满不在乎。

莉莉请我跳舞，可是我羞于与她跳。接着朗达·雷请我跳，我又羞于拒绝她。莉莉看上去好像受了伤，对父亲的盛情邀请，她都断然拒绝了。朗达·雷把我拉进舞池，使劲地晃动着我的身体。

“我知道我就要失去你了。”朗达对我说，“给你个忠告：如果你要把别人甩了，先告诉她们一声。”

此时，我真希望弗兰妮来救我。朗达拉着我旋转着，碰到了小琼斯和萨布丽娜——他俩一边跳一边争论着。

“交换舞伴！”朗达高兴地大叫一声，一把抓来了小琼斯。

在一阵令人难忘的混杂声、破碎的乐器声和多丽丝刺耳的歌声之后，“多丽丝飓风”乐队变换了节奏，给我们演奏了一曲《我爱你，因为》——这是一首缓慢的舞曲，适合于舞伴贴身慢舞。我在萨布丽娜·琼斯沉稳的臂弯中一边跳，一边颤抖着身体。

“你跳得还不错，”她说，“你怎么不去挑逗一下那个叫塔克的女孩——就是你姐姐的朋友？她和你差不多年纪。”

“她十八岁了，”我说，“再说我也不知道如何去挑逗别人。”我很想告诉萨布丽娜，虽然我和朗达·雷有过肉体关系，但从中学不到任何东西。朗达还不让我吻她的嘴。

“最危险的细菌就是这样传播的。”朗达十分肯定地对我说，“从嘴巴传播的。”

“我甚至还不知道该如何与别人亲吻。”我对萨布丽娜·琼斯说。对这个在她看来似是而非的结论，她好像有点困惑不解。

弗兰妮不喜欢朗达·雷与小琼斯跳慢舞，于是上前拆散了他们。我屏住了呼吸，希望朗达不要来找我跳。

“把身体放松。”萨布丽娜·琼斯说，“你简直就像一个线团。”

“对不起。”我说。

“永远不要向异性道歉。”她说，“如果你想走远一点，你就不能道歉。”

“走远一点？”我说。

“比接吻更进一步。”萨布丽娜说。

“我连接吻还不会呢。”我对她说。

“这个简单。”萨布丽娜说，“要想与别人成功接吻，你就要做出你会接吻的样子，那么别人就会让你吻。”

“但我不知道怎么做。”我说。

“这个容易。”萨布丽娜说，“一练就会。”

“找不到人练啊。”我说——我脑子里飞快地想到了弗兰妮。

“与比蒂·塔克试试吧。”萨布丽娜笑着小声说道。

“我先得让人觉得我会才行啊。”我说，“可是我不会。”

“又回到这个问题上了。”萨布丽娜说，“我年纪太大，不能让你与我练这个。这对我们两个人都不好。”

朗达·雷在舞池里到处转悠，看到了空桌子后面的弗兰克，但她还没来得及请弗兰克跳舞，他就溜之大吉了。艾格不见了，所以弗兰克可能一直在等待这样一个借口去找艾格。莉莉在与父母的一个老朋友马森先生跳舞，脸上没有什么表情。不幸的是，马森先生个子很高——问题是，即使他个子不高，也不可能矮到正好适合与莉莉跳舞的地步。他们一起跳舞的样子非常难看，或许可以说简直是一种难以名状的动物表演吧。

父亲在和马森太太跳舞，母亲站在吧台边，和一个几乎每晚都来新罕布什尔旅馆的老朋友聊着天，他叫默顿，是鲍勃教练的酒友，是伐木场的工头。他长得很胖，走起路来有点瘸，两只脚很大，很臃肿。他三心二意地听着我母亲说话，因为鲍勃不在了，他面露哀容。他的眼睛一直看着多丽丝·威尔斯，好像在想，鲍勃死了没几天，就请来了这个乐队，这是不合适的。

“花样要多。”萨布丽娜·琼斯在我耳边说，“这是接吻的秘密。”

“我爱你，有一万个理由！”多丽丝·威尔斯低声吟唱道。

*

艾格回来了，这次是一身公鸡装，很快他又不见了。比蒂·塔克看上去很无聊的样子，她似乎不确定要不要打断小琼斯和弗兰妮的跳舞。就像弗兰妮说的，塔克小姐生活太高级了，所以不知道该如何跟朗达·雷搭腔——这会儿朗达·雷在吧台给自己斟了一杯酒。我看到马克斯·尤里克在厨房门口呆呆地往外看着。

“轻咬几下，轻咬几下舌头。”萨布丽娜·琼斯说，“但最重要的是，不断移动你的嘴巴。”

“想喝点什么吗？”我问她，“我的意思说，你年纪够大，可以喝酒了。父亲把一箱啤酒放在送货口边的雪地里，给我们这些孩子到那里偷偷喝。他说他不能让我们在酒吧喝酒，但你是可以的。”

“带我到送货口去。”萨布丽娜·琼斯说，“我和你一起去喝杯啤酒，只是别胡来。”

我们离开了舞池，幸运的是，正好避开了多丽丝·威尔斯小姐唱的那首劲歌《我不在乎太阳有没有出来》——这首歌速度很快，比蒂·塔克不由得上前打断弗兰妮和小琼斯的跳舞，抓住小琼斯跳了起来。我离开舞池的时候，看到朗达闷闷不乐地看着我。

弗兰克正对着送货口的垃圾桶撒尿，萨布丽娜和我一去，把他吓了一跳。他摆出一副他特有的尴尬姿势，马上装模作样地把啤酒箱指给我们看。“有开瓶器吗，弗兰克？”我问，但他早已消失在艾略特公园的浓雾中了——在冬天，我们这里总是浓雾弥漫，让人不爽。

我和萨布丽娜在大堂的前台开了啤酒。开瓶器缠在一根麻绳上，挂在一颗钉子上——是弗兰克雷打不动地挂在那里的，因为弗兰克每次在前台值班接电话的时候，总是用它来开启百事可乐。我想坐到萨布丽娜旁边，坐在小琼斯的冬装箱上去，但笨手笨脚的，手里的啤酒晃了出来，洒到了比蒂·塔克的行李上。

“你可以主动要求帮她把这些行李拿到她的房间，”萨布丽娜说，“这样就能讨得她的欢心。”

“你的行李呢？”我问萨布丽娜。

“不就一个晚上吗？”萨布丽娜说，“我没带行李。你不用主动带我去我的房间。我自己能找到的。”

“不过我还是要带你去。”我说。

“好吧，那你就带吧。”她说，“我有一本书要看。我并不需要这个派对。”她补充说，“另外，我还得准备长途驾车回费城。”

我陪她走到她二楼的房间。我没有幻想过要“挑逗”她，“挑逗”——这是她刚才跟我说到的字眼儿。我没有那个勇气。“晚安。”我在她的门口咕哝了一声，就让她悄声进去了。但她很快又出来了。

“嘿。”她说。她打开了门，这时我还在走廊里。“不试一试，你哪一步都到不了。你甚至没有想过要吻我吗？”她说。

“对不起。”我说。

“永远不要向别人道歉！”萨布丽娜说。

她站在走廊里，紧贴着我的身体，让我吻她。

“第一件事，”她说，“你的口气一定要好闻——这是个首要条件。身体不要摇晃。一开始不要有牙齿接触，不要想着用你的舌头硬舔我。”我们又试了一次。

“把手插到口袋里。”她对我说，“小心不要碰到牙齿，这下好多了。”她边说边往后退，退到房间里。她示意我进来。

“不要胡来。”她说，“把手一直插在口袋里，两脚着地。”我跌跌撞撞地向她走去。

我们吻了起来。我们的牙齿狠狠地碰撞了一下。她猛地把头往后一甩，放开了我。我看着她。难以置信的是，我看到她手里拿着一排上门牙。她大声说，“我说要小心牙齿接触！”就在那一瞬间，我感到很害怕，以为我把她的牙齿撞掉了。她转过身来，面对着我说："别看我。这是假牙。把灯关掉。”我关掉了灯。房间里黑乎乎的。

“对不起。”我说，不知道怎么办才好。

“永远不要道歉。”她低声说，“我被人强奸过。”

“我知道。”我说，我心里想着，她迟早会说到这件事，“弗兰妮也是。”

“我听说了。”萨布丽娜·琼斯说，“但他们没有用烟斗敲掉她的牙齿。我说得对吗？”

“对的。”我说。

“每次他妈的接吻，都让我难受。”萨布丽娜说，“正吻到兴头上呢，我的上门牙就松了——要不就是哪个傻瓜狠碰了我的牙齿。”

我这次没有道歉，我伸手去摸她的脸。她马上说："把手插到口袋里。”过了一会儿，她走到我跟前，说："如果你帮助我，我就帮助你。我教你所有的接吻技巧。但是，有一件事我一直想知道，你必须告诉我。我从来不敢问别人。我一定会保密的。”

“好的。”我答应了她，但心里很害怕——不知道自己答应了她什么事。

“我想知道，我把那该死的牙齿拿掉是不是更好，”她说，“还是让人恶心。我一直觉得那样很让人恶心，所以从来没拿掉过。”

她走进浴室。我在黑暗中等着她，看着浴室门框四周的那道光线。灯光熄灭了，萨布丽娜走出来，回到我身边。

她的嘴巴很暖和，活动起来很灵活，就像世界中心的一个洞穴。她的舌头又长又圆，牙龈很硬，她咬起来，我从不觉得疼。“少用一点嘴唇，”她喃喃地说，“多用一点舌头。不，不要那么多。太恶心了！是的，轻轻咬一下就好了。很好。把手插回口袋里——我不开玩笑。你喜欢这样吗？”

“噢，喜欢。”我说。

“真的吗？”她问，“这样真的好多了吗？”

“更深了！”我说。

她笑了起来。“也好多了？”她问。

“好极了。”我向她坦白。

“把手放回口袋里。”萨布丽娜说，“控制住，不要胡来。哎哟！”

“对不起。”

“不要道歉。别咬得那么狠。双手插在口袋里。我不开玩笑。不要胡来。把手放到口袋里！”

我们如此这般练习着，一直到萨布丽娜·琼斯宣布我已经入门了为止——她说我已经可以去吻比蒂·塔克了，可以去吻这个世界所有的女人了。她打发我离开了她的房间。我的双手还插在口袋里，一不小心撞到了2B房间的门上。“谢谢你！”我大声对萨布丽娜说。在走廊的灯光下，她壮着胆子张开没有牙齿的嘴巴，对我微微一笑——那是一个如玫瑰般灿烂的微笑，比她那副奇怪的、珍珠色的假牙好看多了。

她对我说，她刚才使劲吻着我的嘴唇，弄得我的嘴唇都膨胀起来了。我于是噘着嘴走进了新罕布什尔旅馆的餐厅，我知道了自己嘴巴的威力了，我马上就要开启与比蒂·塔克的亲吻史了。“多丽丝飓风”乐队正在哀怨地演奏《我忘记了要记得去忘掉》。朗达·雷趴在吧台上昏睡，穿在她身上的我母亲的那件新连衣裙滑落到她屁股上，上面有一块拇指指纹形状的淤青，好像一只眼睛，直盯着我看。

伐木场的工头默顿正在与我父亲说着往事——我知道他们在谈艾奥瓦鲍勃的往事。

“我忘记了要记得去忘掉……”多丽丝·威尔斯哀怨地唱道。

可怜的莉莉已经上床睡觉了。她的个子实在太小，在派对上总是感到不自在，不过她还是不停地带着愉快的心情期待着各种派对。艾格现在换了一身平常穿的衣服，坐在固定在地板的椅子上闷闷不乐。他的小脸发灰，好像他吃了什么东西感到不舒服，好像他愿意一直不睡，要待到半夜——好像他已经失去了索罗。

我猜想，弗兰克这会儿一定在外面喝着堆在送货口旁边的雪地里的冰啤酒，或者在大堂的前台小口喝着百事可乐，或者待在对讲系统旁，偷听着萨布丽娜·琼斯的读书声，偷听着她那绝妙的嘴巴哼着歌儿。

母亲和马森夫妇正全神贯注地看着多丽丝·威尔斯的演出。只有弗兰妮一个人没有了舞伴——比蒂·塔克与小琼斯正在舞池里跳舞。

“跟我跳舞吧。”我一边抓起弗兰妮的手，一边对她说。

“你不会跳舞。”弗兰妮说，但她还是允许我把她拖到舞池里。

“我会接吻。”我轻声对弗兰妮说。我想吻她，但她一把推开了我。

“交换舞伴！”她对小琼斯和比蒂·塔克喊道。比蒂到了我的怀里，她一下子显出无聊的神色。

“只要到了午夜你还在与她跳舞就行。”萨布丽娜·琼斯对我说，“在午夜，你可以亲吻和你在一起的人。一旦你吻了她，她就会被迷住。不要把第一个吻搞砸了。”

“你喝酒了，约翰——约翰？”比蒂问我，“你的嘴唇都肿了。”

多丽丝·威尔斯正以沙哑的嗓音，满头大汗地唱着《我要靠近你》，这首歌既不慢也不快，比蒂·塔克正犹豫着要不要与我贴身跳这支曲子。她还没有做出决定呢，这时马克斯·尤里克从厨房里跑了出来，头戴水手帽，嘴巴里咬着裁判的哨子；他的哨子发出刺耳的尖叫声，惊得吧台上昏睡的朗达·雷也动了一下身子。“新年快乐！”马克斯尖叫了一声。弗兰妮踮起脚给了小琼斯最甜蜜的一吻。母亲跑去找父亲了。伐木场的工头默顿看了正在打瞌睡的朗达·雷一眼，但转眼改变了主意。比蒂·塔克无聊地耸了耸肩，又一次对我露出她那高傲的微笑——我想起了萨布丽娜·琼斯那张空洞似的大嘴巴，想起了她丰厚的嘴唇。我“下手”了——这是他们常用的说法。我们两个人的牙齿只不过稍微有所碰撞，但我是毫无恶意的；我的舌头穿过了她的牙齿，但只是匆匆往里伸了一下；我的牙齿在她的上嘴唇下面滑动。哎哟，比蒂·塔克那对丰满的乳房，人人都在说起的那对美妙乳房，像柔软的拳头弹到我的胸膛上！但我的双手始终插在口袋里，没有胡来。她可以随意抽身离去，但她没有拒绝我的吻。

“天哪。”小琼斯说。这句话暂时分散了比蒂·塔克原本很集中的注意力。

*

“泰西！”弗兰妮说，“你对我弟弟做了什么？”但我和泰西·塔克继续吻着，我的嘴唇在她的下唇徘徊，咬着她的舌头——她突然伸出舌头让我咬个够。接下来，我颇有些难堪了，因为比蒂觉得《我要靠近你》这首曲子适合跳近身贴面舞，我只好把插在口袋里的两只手拿了出来。

“你这都是从哪儿学来的？”她低声问我——她的两只乳房就像一对暖洋洋的小猫蜷着身子贴在我的胸膛上。趁“多丽丝飓风”还没有换成别的节奏的曲子，我们赶紧离开了舞池。

大堂里刮来一股穿堂风，原来是弗兰克没有把送货口的门关好。外面一片漆黑。只听弗兰克站在泥泞的地上，对着一个垃圾桶在撒尿——哗哗的，听得出他在可劲儿地撒。开瓶器挂在缠绕成辫子状的绳子上，底下的地板上散落着不少啤酒瓶盖。我抱起比蒂·塔克的行李准备上楼，这时她对我说：“你不打算跑两趟吗？”我听到弗兰克刺耳的打嗝声，土里土气的锣声响起，宣告新年已经到来。我把行李抱得更紧，开始往上爬——往四楼爬，比蒂跟在我后面。

“天哪。”她说，“我知道你很强壮，约翰——约翰，但你可以到电视台找一份工作——就凭你那接吻的本事。”我不知道她在说什么，难道让我直接去吻电视镜头，拿我的嘴巴做广告？

抱着比蒂的行李上楼，倒是分散了我的注意力，我不再觉得下背部的疼痛了——我庆幸今天早上没有做仰卧推举和单臂弯曲练习——很快我就把比蒂·塔克的行李抱到了4A房间。房间开着窗户，但我听不到几个小时之前在对讲系统里听到的空气快速流动的嗖嗖声。我想大概是风停了吧。我抱着的这些行李好像要爆炸了，我觉得重量轻了不少。比蒂·塔克歪了一下头，示意我把行李放到她床上去。

“再来一次吧。”她说，“我敢打赌你现在不会了。我敢打赌刚才是新手交上了好运。”于是我又吻了她一下，我们的牙齿多次碰撞，舌头的动作也花样百出。

“天哪。”比蒂·塔克咕哝了一声，抚摸着我的身体。“把你的手从口袋里拿出来！”她说，“噢，等一下，我得去趟洗手间。”她啪嗒一声打开了浴室的灯。“噢，弗兰妮把她的吹风机留给了我，真是太好了！”她说。我第一次好好闻了闻这房间的气味——这气味比沼泽地更难闻，一股烧焦的气味，湿湿的，很怪异，好像是火和水令人不快地结合在了一起。我终于明白了，我在对讲系统中听到的嗖嗖的声音原来是吹风机发出的声音。但我还没来得及走进浴室，去阻止比蒂·塔克东看西看，她已经在那里嚷开了：“浴帘里裹着的是什么东西？啊——！”听到她的尖叫，我的身体一下子僵在了她的床和浴室门之间。四层楼下面的多丽丝·威尔斯也一定听到了比蒂·塔克的这声尖叫，虽然她一直在唱《你让我心碎了》。萨布丽娜·琼斯后来告诉我，她正在捧读的书一下子从手里飞了出去。坐在吧台边上的高脚凳上打盹的朗达·雷至少有那么一瞬间猛地挺直了身子。小琼斯后来告诉我，斯莱兹·威尔斯还认为尖叫声是他的扩音器发出来的呢。其他人没有像他那样被这个尖叫声愚弄。

“泰西！”弗兰妮喊道。

“耶稣啊，上帝啊！”父亲说。

“天哪！”小琼斯说。

我第一个冲进浴室，将比蒂拉了出来。她已经晕倒了，侧身靠在适合孩子用的小型马桶上，卡在适合孩子用的小尺寸水池下面。她一边往阴道里插入隔膜——这阴道隔膜在当时是很高级的东西——一边往装满了半缸水的大人尺寸的浴缸里看。一样东西引起了她的注意。浴缸里浮着一个浴帘，比蒂俯下身去拿浴帘，还没有完全拿起来，刚才沉在水下的一个灰白色的狗头浮了上来，看上去活像一个死人头——原来是索罗的头。索罗现在成了淹死鬼，从水里冒出来，湿漉漉的脸上露着一副凶相，最后一次对着死神在咆哮。

她没有看到索罗的尸身——这也算很难得了。幸运的是，比蒂很年轻，她的心脏功能很强大，我把她抱到床上的时候，可以感受到她高高的胸脯下面那颗怦然跳动的心。我想，吻她的嘴巴应该是让她清醒过来的有效方法，于是就趴在她嘴巴上吻她，果然她一下子睁开了明亮的眼睛，不过又是一声尖叫——比刚才更刺耳。

“那只是索罗。”我对她说——好像这能把所有问题都说清楚似的。

萨布丽娜·琼斯第一个赶到了4A房间，因为她住在二楼。她怒气冲冲地看着我，好像这显然就是一桩强奸案，我就是那强奸者。她对我说：“你一定做了我从没教过你的事！”毫无疑问，她认为，比蒂与我接吻，终于酿成大祸。

问题当然出在艾格身上。他在比蒂的浴室对着索罗吹起了电吹风，结果这只可怕的狗着火了。慌乱之下，艾格把烧起来的索罗扔进了浴缸，赶紧放水灭火。火灭了之后，艾格打开窗户，以驱散房间里的烧焦气味，在极度困乏之际，也就在午夜之前的那几分钟里——他还时刻担心着会被神出鬼没的弗兰克抓了去——他用浴帘盖住了狗的尸身，因为这湿透了的狗实在太重了，艾格无法将它提起来。艾格换上了平常穿的衣服，来到我们的房间，等待最终的惩罚。

“我的上帝啊！”弗兰克看到索罗，愁眉苦脸地说，“我想索罗这下真的完蛋了，我想是无法修复了。”

“多丽丝飓风”的几个男孩也纷纷来到比蒂的浴室，来看这只可怕的狗。

“我想让它重新变得好看起来！”艾格大声说，“它以前是那么漂亮。我希望它再次好看起来。”

弗兰克心中突然充满了无限的怜悯，似乎第一次弄懂了制作动物标本是怎么回事。

“艾格，艾格。”弗兰克对抽泣的小弟弟讲起了道理，“我能够让它再次变得漂亮起来。你应该让我来做。我可以把它做成任何你想要的模样，现在我依然可以做到。你想让它漂漂亮亮的，对吗，艾格？我会让它变得漂亮起来。”但是，我和弗兰妮盯着浴缸，心中甚为怀疑。不错，弗兰克把一只不会伤害人、只是爱放屁的拉布拉多猎犬变成了一个杀手。但是，现在，他想把浴缸里这个被火烧过、臃肿不堪、乱成一团的恶心东西重新组装起来，我们怀疑弗兰克到底能不能做到，这根本不可能。

父亲向来是个乐天派，他似乎认为所有这一切对弗兰克来说都是很好的"疗法"——毫无疑问，对艾格也会产生更"成熟"的影响。

"儿子，如果你能把这条狗复原，让它变得漂漂亮亮的，"父亲非常庄重地——庄重得有点不合时宜——对弗兰克说，"那么，大家都会很开心。"

"我认为我们应该把索罗扔掉。"母亲说。

"我同意。"弗兰妮说。

"我扔过一次了。"马克斯·尤里克抱怨道。

艾格和弗兰克开始大声叫嚷起来。或许父亲觉得，弗兰克想恢复索罗的原状，这表明弗兰克有宽容心；他想挽救索罗，这样做可能会恢复弗兰克的自尊；或许，为了艾格，弗兰克要重新制作索罗的标本——把索罗弄得"漂漂亮亮"的——父亲认为，弗兰克这样做，会让我们重新回忆起艾奥瓦鲍勃的点点滴滴。不过，还是弗兰妮多年之后说得对，从来就没有"漂亮的索罗"这样的东西，索罗永远不会变得漂亮。

我能责怪父亲的努力吗？能责怪弗兰克这种令人沮丧的乐观主义吗？我当然不能责怪艾格，我们谁也不会责怪艾格。

莉莉对这些事情毫不上心，或许她生活的世界与我们的世界截然不同。多丽丝·威尔斯和朗达·雷没有爬到四楼来看索罗，等我们回到餐厅，我们发现她们似乎已经很清醒了，因为这件事——即使没有亲身经历——她们的头脑已经清醒了。或许小琼斯的脑子里想着能与弗兰妮来一个哪怕是小小的亲昵举动，但这个希望因为音乐的中断而破灭了。弗兰妮吻了一下小琼斯，与他道了晚安，回自己房间去了。比蒂·塔克，虽然很喜欢我的吻，却不能原谅我在浴室里侵犯了她的隐私——不光是我，还有索罗。我想，她最为痛恨的事情，一定是我发现了她晕倒时的不雅姿势——“往阴道里放隔膜的时候竟然晕倒！”弗兰妮后来这样概括当时的场景。

不知怎的，我发现自己和小琼斯在一起了，站在送货口，一边喝着冰啤酒，一边注视着艾略特公园，看看新年派对之后还有什么人在那里。斯莱兹·威尔斯和乐队的几个男孩回家了。多丽丝和朗达坐在吧台边上，勾肩搭背的，好像这两个人之间突然生发了一种糊里糊涂的友情。小琼斯说：“老兄，我无意冒犯你的姐姐，但我现在真的是欲火焚身。”

“我也一样，”我说，“我也无意冒犯你的姐姐。”

餐厅里两个女人的笑声传到了我们耳中。小琼斯说：“想不想去搞一搞吧台边的这两个女人？”他的这个想法让我多么反感，但我不敢对他说。我已经搞过其中的一个了，于是对他说，这个女人很容易上手，只要你舍得出钱——后来，我为自己说了这句话而感到非常难受，因为我不能这么快就将朗达·雷出卖了。

过了一会儿，我又喝下了一瓶啤酒，听到小琼斯把朗达抱上了楼，抱到走廊尽头的那个房间去了。我又喝了一瓶或者两瓶啤酒。我听到多丽丝·威尔斯一个人孤零零地在那里唱着《伤心旅馆》，就这么清唱，不时忘词，不时吐词含糊地胡唱。最后我清清楚楚听到她在吧台边上的水槽呕吐的声音。

又过了一会儿，多丽丝在大堂里找到了我，我就站在送货口处敞开的门口。我把最后一瓶冰啤酒递给了她。

“当然要喝，为什么不喝？”她说，“喝酒让人兴奋。那首该死的《伤心旅馆》，总是让我难受不已。”

多丽丝·威尔斯脚穿一双及膝的牛仔靴，一只手提着那双细带子的绿色高跟鞋，另一只手玩弄着她的大衣，那是一件看了让人难过的污迹斑斑的粗花呢大衣，竖着一个小毛领。“只不过是件麝鼠[1]皮大衣。”她一边说，一边拿着麝鼠皮在我的脸颊上蹭了蹭。只见她用提着高跟鞋的那只手抓住啤酒瓶颈，抬起瓶底，一饮而尽。她歪着的喉咙上有一道吻痕，好像是用一个火烫的五十美分硬币烙出来似的。她把啤酒瓶扔到脚边，一脚踢到门外，啤酒瓶于是滚到了送货口的垃圾桶旁。她走近我，把一条大腿塞到我的两腿中间。她吻了我的嘴，这种吻法与萨布丽娜·琼斯教给我的完全不一样。她的这一吻，就像一块软绵绵的水果划过我的牙齿和舌头，直让我作呕。她的嘴巴里还有呕叶物和啤酒的回味。

“这个派对，我与斯莱兹凑合跳了个舞。”她说，“你想跟我跳吗？”

我不禁又想起那个电影院里斯莱兹强迫我吃面包团，威胁要用钉子抠出我的眼睛的那个场景。“不想，谢谢。”我说。

“没用的东西。”她说，猛地打了个嗝，“现在的孩子没什么胆儿。”她猛然将我拉到她胸前，使劲抱住我。她的身体硬得像男人，但她的两个乳房在我前胸上下滑动，好像两条装在一个宽松袋子里的刚抓到的鱼。她的舌头舔着我的下颌线，然后慢慢舔到我的耳朵。

“你这个没用的东西。”她在我耳边低声说着，一把推开了我。

她在送货口旁边的泥地里摔倒了，我赶紧跑过去扶她起来，她却一把将我推到垃圾桶旁，独自一个人走进了漆黑一片的艾略特公园。我等待着，看她从黑暗中走出来，走进那盏唯一的街灯底下的昏暗灯光里，然后又看她走进黑暗中去。在她暂时走进灯光下的时候，我喊了她一声。

“晚安，威尔斯夫人，谢谢你的歌！”

她向我竖起了中指。接着，她脚下一滑，差点又要摔倒，跌跌撞

1 麝鼠，产于北美，毛皮十分珍贵。

撞地走进了黑暗中，嘴里还骂骂咧咧的，好像在骂她碰到的什么人或什么东西。“怎么回事？”她说，“去死吧！”

我从街灯下跑开，趴在一个空垃圾桶里吐了起来。当我回过头去看街灯的时候，看到一个人影正在街灯下转过身来，我以为是多丽丝·威尔斯回过身来要骂我。原来，这是参加了另一场新年晚会的一个人，他的家在另一个方向。是个男人，或者说是大人模样的十几岁男孩，在酒精的魔力下，他走起路来也力不从心，但是他走在泥地里的步子显然比多丽丝·威尔斯要稳得多。

“你去死吧，女士！”他在黑暗中喊道。

“没用的东西！”多丽丝也在黑暗中叫道，她的声音显得有点远。

“婊子！”那人喊道，一步没有走稳，一下子坐到泥地里。“真他妈的。”他这不是在骂谁。他不可能看见我。

到这个时候，我才看清了他的穿着。黑色休闲裤，黑色鞋子，黑色宽腰带，黑色领结，白色无尾晚礼服。我当然知道他不是我父亲说起过的那个穿白色晚礼服的先生，这个人显然没有那个人的那种派头，而且，不管这个人是在做何种航行——就算现在暂时中断了吧——反正不是充满异国情调的那种航行。再说，这是新年前夜，在新英格兰地区，现在不是穿白色晚礼服的季节。这个家伙穿着这身不合时宜的礼服，我知道他不是故意别出心裁才穿的。在新罕布什尔的德瑞镇，这身打扮只能说明，这个笨蛋是从无尾晚礼服出租店租了这身白礼服，因为黑礼服全部被人租走了。或者，他根本搞不清，在我们德瑞镇，夏季礼服与冬季礼服是完全不同的。这家伙不是一个刚参加完高中舞会回来的年轻傻瓜，就是一个刚参加完老年舞会的老年傻瓜（即使他是一个老年傻瓜，也不见得不比高中生傻瓜更令人悲哀，更令人感到人生虚度）。这家伙不是我所知道的那个穿白色无尾晚礼服的人，但他让我想起了那个人。

接着，我注意到那家伙竟然四仰八叉地躺在路灯下的烂泥里，睡着了。外面的气温接近冰点。

我终于感到，这新年派对我产生了某种意义，好像给了我一个我应该参加这新年派对的理由，这个理由超越了一个既模糊又具体的身体欲望。我扶起那个穿白色晚礼服的家伙，把他抱到新罕布什尔旅馆的大堂里。与抱比蒂·塔克的行李相比，抱他轻松多了。他很轻，虽然他是个男人，不是十几岁的男孩——事实上，在我眼里，他看上去比我父亲还要老。我在他身上找了找他的身份证件，我发现我的猜测是对的：这身衣服就是租来的。白色无尾晚礼服上有一个标签，上面写着“切斯特男装店的财产”。这个人，虽然看起来仪表堂堂，令人刮目相看——至少在新罕布什尔的德瑞镇是这样——却没有带钱包，身上只有一把银梳子。

或许是多丽丝·威尔斯在黑暗之中抢劫了他？他们两人刚才一直在相互叫喊。不会的，我想。要是抢劫，多丽丝一定也会把这银梳子一同抢了去。

我现在把这个穿白色晚礼服的男人安顿在新罕布什尔旅馆大堂的沙发上，在我看来，这似乎是一个极妙的安排，到了明天一大早，父母一定会大吃一惊的。我会对他们说：“有个人昨晚想跳最后一支舞，但他来得太晚了。他在大堂等着，想见你们。”

我自以为这是个了不起的主意，但我觉得——因为我已经喝了不少酒——我还是应该叫醒弗兰妮，带她来看看这个穿白色晚礼服的男人，这家伙已经平静地昏睡在沙发上了。我想听听弗兰妮的看法，如果她认为这个主意很糟糕，她会直言不讳告诉我的。但我敢肯定，她一定也会喜欢我的这个主意。

我拉直了这个穿白色晚礼服的男人的黑色领结，把他的双手交叉放在胸前，把他上衣的腰扣扣好，把他的腰带拉直，免得他显得邋里邋遢的。现在，只缺那古铜色的皮肤，还有那个黑色的香烟盒——以及停靠在阿布史诺特酒店外面海边的白色单桅帆船。

我知道，新罕布什尔旅馆外面没有海浪声，这里只有艾略特公园的烂泥发出的声音：烂泥结成冰，化了冰，又上冻。也没有海鸥的叫声，只有巷子里传来的狗吠声，巷子里到处都是垃圾，那些狗一边扒着垃圾，一边乱叫。我们的旅馆大堂是如此的寒碜——我原先并没有注意到，等我将这个穿白色无尾晚礼服的男人安顿在沙发上的时候，我才有这个感觉。老女子中学的种种阴影至今犹存：被放逐的感觉，被人看作次等性别的焦虑，过早结婚成家带来的挫败感，以及其他的各种失望，好像都还徘徊在这里，久久不肯散去。这个穿白色无尾晚礼服的人，放在新罕布什尔旅馆，看上去很是优雅了，简直堪比来自另一个星球的人——我突然想，我不能让我的父亲看到他。

我跑进餐馆去拿些凉水。多丽丝·威尔斯在吧台打碎了一个玻璃杯，朗达·雷放在桌子底下的那双奇怪的不分男女的工作鞋磨坏了——她刚才跳舞的时候，为了勾引小琼斯，一定在使劲地乱踢。

如果我现在叫醒弗兰妮，我想她可能就会知道小琼斯与朗达鬼混去了，这样会不会伤害到她？

我竖起耳朵听着楼上的动静，突然对比蒂·塔克重新产生了兴趣——我想看看她睡着的样子——于是我把对讲机系统调到她的房间，听到了她的阵阵鼾声（那鼾声十分低沉、欢快，就像猪在泥里打滚）。房间预订本上没有记下一个名字，在夏天来临之前，没有一个客人预订房间。到夏天，一个名叫“弗里茨的节目”的马戏团要入住旅馆，这毫无疑问吓坏了我们所有人。前台装小额现金的箱子甚至没有上锁。弗兰克在百无聊赖地守着电话机的时候，用开瓶器的尖头把自己的名字刻在了椅子的扶手上。

现在是新年第一天了，外面还灰蒙蒙的，大堂里还有新年晚会留下的不好的气味，我想我还是不让父亲看到这个穿白色晚礼服的男人为好。我想，如果我现在叫醒这个家伙，我就可以叫小琼斯把他吓跑。但是，要我去打搅小琼斯和朗达·雷的好事，我就有点不好意思了。

“嘿，起来！”我对这个穿白色无尾晚礼服的人没好气地叫道。

“哼！”他在睡梦中喊道，“啊！妓女！”

“别说话！”我凶巴巴地低声对他说。

“吉克？”他说。

我一把抓住他的胸膛，紧紧挤压他。“啊！”他哀怨地叫了声，“上帝帮帮我。”

“你没事。”我说，“但你必须离开这里。”

他睁开眼睛，在沙发上坐了起来。

“一个年轻的暴徒。”他说，“你把我带到哪里来了？”

“你在外面昏过去了。”我说，“我把你带到了这里，免得你被冻僵。但是你现在必须离开这里。”

“我要上厕所。”他说，一副很有尊严的样子。

“到外面去。”我说，“你能走路吗？”

“我当然能走路。”他说完朝送货口处走去，但在门口停了下来，“外面太黑了。你要害我，是吗？他们有多少人——在外面？”

我把他领到大堂前门，打开了外面的灯。“再见，”我对这个穿白色无尾晚礼服的人说，“祝你新年快乐。”

“这是艾略特公园！”他愤怒地喊道。

“是的。”我说。

“啊，这么说，这就是那家古怪的旅馆了。”他说，“如果是旅馆的话，我想要房间过夜。”

我想，我最好不要告诉他，他身上没带一分钱，所以我说：“已经客满。没有一个空房间了。”

穿白色无尾晚礼服的男人盯着空荡荡的大堂，呆呆地看着一个个放信件的小槽，空空如也，什么信件都没有，看着放在楼梯脚下那个无人来拿的小琼斯装冬衣的箱子。“客满？”他说，仿佛第一次想到生活中的某个真相，“天哪。我听说这个旅馆都开不下去了。”这话我可不爱听。

我又一次领着他朝大门走去。他弯腰捡起几封信，递给我。昨天我们一直忙着为新年派对做准备，一整天都没有顾上去看大堂前门上的信箱，也没有人去取信件。

那个人出门走了几步，又回来了。

“我要叫辆出租车，”他对我说，“外面太乱，太危险。”他边说边做了一个手势，好像又明白了生活的一个真相。他不会是说艾略特公园太乱太危险吧——至少现在不乱不危险，因为多丽丝·威尔斯已经走了。

“你的钱不够打车的。”我对他说。

“哦。”穿白色无尾晚礼服的男人说。他坐在台阶上，望着寒冷的、大雾弥漫的公园。“等我一分钟。”他说。

“为什么？”我问他。

“我得想想我要去哪里。”他说。

“回家吧。”我说。但那人把手举过头顶，挥了挥。

趁他努力想问题的这工夫，我仔细看了看这些信。都是些常规的账单，与往常一样，没有一个陌生的客人写信来预订房间的。但是，有一封信显得很特别。上面贴着漂亮的外国邮票，是奥地利邮票，还有其他一些有外国情调的东西。信是从维也纳寄来的，收信人是我父亲，但收信人地址写得非常奇怪：

温·贝瑞

哈佛毕业生

194？届

美国

这封信走了很长时间才送到父亲手里——幸好，邮局里有一个人正巧知道哈佛在哪儿。我父亲后来经常说，能收到这封信，是上哈佛这件事让他得到的一个最具体的好处。如果他上的是一所不那么有名的学校，那封信就永远不会送到他手里。“我们倒希望他上的是一所不那么有名的学校，”弗兰妮后来说，“这件事就是一个充足的理由。”

当然，哈佛的校友网络非常庞大，极其高效。只要有我父亲的名字和“194？届”这两样线索，他们就马上找到了他确切的毕业届别——一九四六届，于是就找到了他的正确地址。

“出了什么事？”我听见了父亲的说话声。他从二楼我们家的房间里出来，站在楼梯转弯平台上，往楼下喊我。

“没什么事！”我说，踢了踢在我面前台阶上的这个醉鬼——他又睡着了。

“外面的灯怎么亮着？”父亲喊道。

“快走！”我对穿白色无尾晚礼服的人说。

“很高兴见到你！”那人热情地说，“我正一路小跑呢！”

“好，好。”我低声说。

那人走到最下面的一级台阶，突然好像又想起什么事了。

“你在跟什么人说话？”父亲叫。

“不是什么人！只是一个醉鬼！”我说。

“耶稣啊，上帝啊。”父亲说，“酒鬼也是人啊！”

“我能处理这事！”我喊道。

“等着，我穿好衣服就下来。”父亲说，“耶稣啊，上帝啊！”

“快走！”我对穿白色无尾晚礼服的男人喊道，“再见！”

“再见！”那个人喊道，站在新罕布什尔旅馆的最下面的一个台阶上，高兴地朝我挥手，“我玩得很开心！”

这封信，当然是弗洛伊德写来的。我知道是他写来的，所以我想先看看信里写了什么，然后再拿给我父亲看。我想和弗兰妮谈谈看信这件事，想和她谈上几个小时——还想与母亲谈——然后再把信交给父亲。但没有时间与她们谈了。我拆开信看了。弗洛伊德的信写得简明扼要。

> 如果你收到了这封信，那就说明你真的上了哈佛，你没有白答应我。你真是好样的！

“晚安！上帝保佑你！”穿白色无尾晚礼服的男人喊道。他走到光亮的边缘就止步了，前面就是黑乎乎的艾略特公园，他停下来向我挥挥手。

我啪地一下关上了门外的灯，这样，即使父亲来了，他也不会看见那个穿着正装的幽灵。

“我什么也看不见了！”醉汉哭喊起来。我只好又把灯打开。

“快滚出去，否则我揍死你！”我朝他尖叫道。

“这不是处理事情的办法！”我听见父亲对我大声喊道。

“晚安，保佑你们所有人！”他喊道。他这时还站在光亮里。我再次关上了灯，他不再抗议。我没有再开灯。我读完了弗洛伊德的信。弗洛伊德写道：

> 我终于得到了一头聪明的熊。由此一切都大变样了。我开了一家不错的旅馆，但我老了。但它依然可以成为一家伟大的旅馆（这条线是弗洛伊德自己画的），如果你和玛丽来帮我经营的话。我得到了一头聪明的熊，但我也需要一个像你这样聪明的哈佛小子！

父亲冲进了新罕布什尔旅馆空荡荡的大堂。他穿着拖鞋，脚被一只啤酒瓶绊了一下。他踢掉了啤酒瓶。开着的门飘进一阵风，他的浴袍飞舞着。

“他走了。”我对父亲说，“只是一个醉鬼。”

父亲啪地一下打开了门外的灯——在灯光照亮的那个地方的边缘，有一个穿着白色晚礼服的男人在挥手。“再见！”他喊道，声音里满怀希望，“再见！好运！再见！”我父亲眼前出现了惊人的一幕：那个穿白色晚礼服的男人走出光亮，消失了——就这样消失了，好像出海去了——我父亲跟在他后面追着他，张着嘴，气喘吁吁的样子。

“你好！”父亲高声叫道，“你好？你回来！你好？”

“再见！好运！再见！”这是那个穿白色晚礼服的男人的喊声。父亲站在那里凝视着黑暗的前方。冷风吹来，他只穿着浴袍和拖鞋，他的身体不禁颤抖起来。我把他拉进屋里，他并没有阻拦。

像任何一个讲故事的人一样，我有能力结束这个故事，我本来就可以这样做。但我没有毁掉弗洛伊德的信，我还是把它给了父亲，而这时他还在想着那个穿白色晚礼服的男人。我把弗洛伊德的信交给了他——就像任何一个讲故事的人一样，我多多少少知道我们接下来将走向何方。

索罗又回来了

教会了我接吻的萨布丽娜·琼斯——她那深而灵活的嘴巴总是让我着迷——找到了一个能解开她牙齿内外之谜的男人。她在一家公司当秘书，嫁给了在同一个公司工作的一个律师，生了三个健康的孩子。(“砰，砰，砰。”弗兰妮一定会这么说。)

在阴道放隔膜的时候突然晕倒的那个比蒂·塔克，她那对奇妙的乳房、那摩登的做派，在一九五六年的我看来是多么的独特，但总有一天会让我觉得也不过如此——她受了索罗的惊吓，但后来并没什么事，不久前我听说她还是单身一人，哪里有派对，就往哪里去。

一个名叫弗雷德里克·弗里茨·沃尔特的男人，四十一岁了，身高只有四英尺多一点，我们家的人称他为弗里茨，这个人有一个马戏团，叫作“弗里茨的节目”——就是这个人预订了那年夏季的新罕布什尔旅馆的房间，我们带着既好奇又害怕的心情等待着他的马戏团的到来。到了一九五七年的冬天，那个男人从我父亲手里买下了新罕布什尔旅馆。

“一定很便宜，我敢打赌。”弗兰妮说。我们这些孩子从来就不知道父亲卖掉新罕布什尔旅馆得了多少钱。只有“弗里茨的节目”这一家预订了一九五七年夏季的新罕布什尔旅馆房间，父亲便主动写信给弗里茨——正式告诉这个“矮人马戏国”国王：我们全家准备搬到维也纳去。

“维也纳？”母亲不停地念叨着，向父亲摇摇头，“你对维也纳了解多少？”

“我对摩托车了解多少？”父亲问，“我对熊又了解多少？对旅馆业又了解多少？”

“你耳朵里又听到什么了？”母亲问父亲。父亲毫无疑问得到了一些消息。弗洛伊德说过，一头聪明的熊会改变所有这一切。

“我知道，维也纳不是新罕布什尔州的德瑞镇。”父亲对母亲说。他对弗里茨表示歉意，因为他的马戏团无法入住新罕布什尔旅馆了——父亲已经把旅馆挂牌待售，马戏团可能需要另找住处。我不知道那个叫“弗里茨的节目”的马戏团是否给了我父亲一个好价钱，这是出价想买旅馆的第一家买主，可是我父亲却立刻就接受了。

“维也纳？”小琼斯说，“天哪！”

弗兰妮对这次搬家本来是表示反对的，因为她害怕再也见不着小琼斯了。不过，弗兰妮发现了小琼斯的不忠行为（他在新年前夜竟然与朗达·雷鬼混），于是就对他相当冷淡了。

“老兄，告诉你姐姐，我只是憋得难受。”小琼斯曾央求过我。

“他只是憋得难受，弗兰妮。”我说。

“当然了。”弗兰妮说，“你肯定知道那是一种什么滋味。”

“维也纳。”朗达·雷说了一声，接着在我身下叹了口气——也许是出于无聊吧。“我想去维也纳。”她说，“不过，我想我只能待在这里。但是待在这里，我可能会失业。要不，就为那个秃头侏儒打工吧。”

她说的秃头侏儒就是弗雷德里克·弗里茨·沃尔特。一个下雪的周末，沃尔特到我家来看我们。他对四楼的浴室设施的尺寸印象特别深刻——对朗达·雷这个人也是过目难忘。莉莉当然对弗里茨印象最深。他的个头只比莉莉大一点点，尽管我们一直在安慰莉莉（其实主要是我们自己），说她一定会长大的——即使长大一点点——还说她的身材不会变得很不匀称（这是我们的希望）。莉莉其实长得很漂亮，个子虽然小了一点，但身材非常匀称。弗里茨就不一样了，就他的身体来说，他的脑袋大了好几号。他的前臂无力地下垂着，就像松弛的小腿肌肉被错误地嫁接到了手臂上，看着让人恶心。他的手指就像锯成一截一截的意大利腊肠。他的脚很小，活像洋娃娃的脚，而上面的脚踝却肿胀得厉害——活像松紧带松掉了的短袜。

“你们的马戏团是什么样的？”莉莉壮着胆子问他。

“怪异的节目，怪异的动物。”弗兰妮的嘴巴贴着我的耳朵悄悄说道。我不禁打了个寒战。

“小小的节目，小小的动物。”弗兰克喃喃地说。

“我们只是一个小马戏团。”弗里茨对莉莉说——显然话里有话。

“他的意思是，”弗里茨走了之后，马克斯·尤里克说，“把他们安顿在他妈的四楼正合适。”

“如果马戏团的人个个都长得像他一样，”尤里克太太说，“那他们就用不着吃太多东西。”

“如果长得都像他的话……”朗达·雷边说边翻了翻白眼，但她没有往下说。她想，还是别说了吧。

“我觉得他长得好可爱。”莉莉说。

可是，这个马戏团的弗里茨老板却让艾格噩梦连连。艾格的尖叫声听得我后背僵硬，脖子肌肉疼痛。艾格乱甩着胳膊，猛打着床头灯，双腿在床单下面乱踢，好像他踢的不是床单，而是水，他马上就要被淹死了似的。

“艾格！”我喊道，“这只是一个噩梦！你在做一个噩梦！”

“一个什么？”他尖叫道。

“一个噩梦！”我喊道。

“这么多侏儒！就在床底下！到处乱爬！全都是，到处都是！”他号叫起来。

“耶稣啊，上帝啊！”父亲说，“如果他们只是侏儒而已，那他有什么好不开心的？”

“嘘。”母亲说。她一直担心侏儒这个词会伤到莉莉那颗小小的心。

早晨，我躺到杠铃下面准备练举重，偷瞄了一眼弗兰妮。弗兰妮刚起床呢，还在穿衣服。我心里不禁想起了艾奥瓦鲍勃。关于搬家去维也纳这件事，他会怎么说？弗洛伊德旅馆需要一个聪明的哈佛小子去打理，对这件事他又会怎么说？一头聪明的熊对一个人的成功前景会产生什么影响？鲍勃又会如何看？我一边举着杠铃，一边想。“没有什么关系。”艾奥瓦鲍勃可能会这样说，“我们去维也纳也好，继续待在这里也好，都不要紧的。”我一边举着杠铃，一边想，艾奥瓦鲍勃一定会说：“这里也好，那里也罢，总之，我们的人生是被钉住了的。”那依然还是父亲的旅馆——不管是在德瑞镇，还是在维也纳。难道没有什么能让这新旅馆多多少少变得比以前更有些异国情调吗？我开始想这个问题了。杠铃的重量正好，我的手臂肌肉紧绷起来，慢慢地举起杠铃，而弗兰妮就在我的眼角里。

“我希望你把这些举重的玩意儿搬到别的房间去。”弗兰妮说，“这样我就可以有清清净净穿衣服的时候了——看在上帝的分儿上，求你了。”

“弗兰妮，你觉得去维也纳怎么样？”我问她。

“我想那里的生活比这里要精致。”弗兰妮说。她已经穿好衣服了。她总是那么一副自信满满的样子。她低头看着我——我正尽力卧推着最后一次杠铃，慢慢地、平稳地推着。“到了那边，我差不多可以得到一个没有杠铃的房间。”她接着又说，“那个房间也不会有举重运动员。”弗兰妮一边说，一边向我的左臂（我左臂的力量比右臂要弱一些）腋窝下轻轻吹起了气。我手里的杠铃一下子歪了，举重片先滑向左边，接着又滑向右边——弗兰妮赶紧躲开了。

“耶稣啊，上帝啊！”父亲在楼下冲着我大喊。我想，要是艾奥瓦鲍勃还活着，他肯定会说，弗兰妮的话说得不对。姑且不论维也纳的生活会不会更精致——也不论弗兰妮的房间里会有杠铃还是有蕾丝——我们反正还是住在新罕布什尔旅馆，以前是，往后还是。

*

弗洛伊德的那家旅馆就叫“弗洛伊德旅馆”。读了那些航空信，我们并不能完整想象出那是一家什么样的旅馆——弗洛伊德在信里也没有告诉我们，另外一位弗洛伊德是否住过。我们只知道这家旅馆位于“中心地段”，这是弗洛伊德的原话——“在第一区！”从弗洛伊德寄来的那几张灰不拉叽的黑白照片中，我们几乎辨认不出夹在糖果店玻璃橱窗之间的那扇双面铁门。糖果店有好几块招牌，第一块招牌上写着“糖果”，第二块写着“食糖”，第三块写着“巧克力”。还有第四块招牌，立于这三块招牌之上，字体比已经褪色的“弗洛伊德旅馆”的字体大多了，上面写的是：BONBONS[1]。

“什么？”艾格说。

“BONBONS。”弗兰妮说，“噢，天哪！”

“哪扇是糖果店的大门，哪扇是旅馆的大门？”弗兰克问。他总是从门童的角度想问题。

“我想等你住进旅馆才会知道。”弗兰妮说。

莉莉拿着一面放大镜，发现了一个用滑稽的字体标着的街道名

1 法语，意为“糖果”。前面三块招牌的原文为德语。

字，就在旅馆的双面大门上的那个门牌号码下面。

“克鲁格大街。”她认出来了。这个街名至少与弗洛伊德信封的地址一致。父亲从一家旅行社买了一张维也纳地图，我们很快找到了克鲁格大街，就在弗洛伊德所说的第一区，看上去好像就在中心地段。

“离歌剧院只有一两个街区！”弗兰克兴奋地叫道。

“噢，行了。”弗兰妮说。

地图上标着不少绿色的小块，那都是公园，细细的红线蓝线是有轨电车的行驶路线。上面还画着很多华美的大楼——与街道的大小很不成比例。

“看上去真像一个游戏棋盘。”莉莉说。

我们在地图上找到大教堂、博物馆、市政厅、大学和议会。

“我想知道那些帮派混混都在哪里出没。”小琼斯说。

“帮派混混？”艾格说，“那是什么人？”

“胡来的人。”小琼斯说，“老兄，是带枪带刀的家伙。”

“是帮派混混。”莉莉重复了一遍。我们盯着地图看，好像能找到大街之间那些最黑暗的小巷。

“这是欧洲。”弗兰克带着厌恶的口气说，“或许那里没有什么帮派混混。”

“这是城市，不是吗？”小琼斯说。

从地图上看，我觉得，这就像一个玩具城市，有美丽的名胜古迹，有大自然精心安排让人享乐的绿地公园。

“可能会在公园里。”弗兰妮说，咬了咬下嘴唇，“帮派混混会出没在公园里。”

“去他的。”我说。

“哪会有什么帮派！”弗兰克大声说，“只会有音乐！糕点！人们总是鞠躬，他们穿各色各样的衣服！”我们都盯着他看。我们知道他一直在读有关维也纳的书。父亲不断地把这类书带回家，他已经抢先一步读了。

“糕点、音乐，人们总是鞠躬，弗兰克？”弗兰妮说，“维也纳就是那样？”莉莉又拿起放大镜看着地图——好像地图上真会蹦出小人来似的：这些人不是鞠躬，就是穿着各色各样的衣服，或者成群结队地游走在大街上。

“呃，”弗兰妮说，“至少我们可以相当肯定地说，那里不会有任何黑人帮派。”弗兰妮还在生小琼斯的气——他竟然与朗达·雷上床。

“去你的。”小琼斯说，“你还是希望那里有黑人帮派吧。黑人帮派是最好的帮派，老兄。那些白人帮派有自卑情结，没有什么比一个有自卑情结的帮派更糟糕的了。”

“一个什么？”艾格问。毫无疑问，他以为自卑情结是一种武器。我想，有时候它确实是。

“呃，我想那会是一个好地方。”弗兰克冷冷地说。

“是的，会的。”莉莉说。她也没有什么幽默感，与弗兰克一样。

“我看不出来。”艾格很严肃地说，“我看不出来，所以我不知道那里会是什么样子。”

“不会有事的。”弗兰妮说，“我觉得那不会是一个极好的地方，但那里不会有事的。”

说来奇怪，弗兰妮似乎受艾奥瓦鲍勃的人生信条的影响最大——从某种程度上来说，这也已成了我父亲的人生信条。这太奇怪了，因为弗兰妮从来都对父亲冷嘲热讽得最厉害——对父亲的计划冷嘲热讽得最厉害。但是在弗兰妮被强奸的事发生后，父亲却对她说了一句话，让我觉得难以置信！每次遇到倒霉的事情，他总是努力把它看成这一辈子最幸运的事情。“也许这是你一辈子最幸运的一天。”他对弗兰妮说。令我惊讶的是，弗兰妮似乎发现这种反向思维很有用。对父亲其他的人生信条，她也学得有模有样。“这只是众多事件中的一个小事件。”我听见弗兰妮对弗兰克说——这是在说艾奥瓦鲍勃被吓死的事。有一次，我听到父亲说起契帕·达夫：“他可能过着最不幸的生活。”弗兰妮竟然同意他的看法！

对于去维也纳这件事，我的心情好像比弗兰妮显得更紧张，我始终意识到，在这个问题上，我与弗兰妮的心情完全不同——我只想能与她待在一起就好。

我们都知道母亲认为这是个疯狂的主意，但我们无法让母亲反对父亲的计划——虽然我们提出了一些异议，想让她站在父亲的对立面。

“我们听不懂他们的语言。”莉莉对母亲说。

“听不懂什么？”艾格大声说。

“语言！”莉莉说，“维也纳人说德语。”

“你们都会去上英语学校。”母亲说。

“那种学校肯定会有古怪的孩子，”我说，“那里都是外国人。”

“我们自己就要成为外国人了。”弗兰妮说。

“在英语学校，”我说，“到处都会是不懂事理的家伙。”

“还有很多来自政府的人。”弗兰克说，“外交官和大使们会把他们的孩子送到那里去。那些孩子全都是混账货。”

“弗兰克，有谁能比德瑞中学的孩子更混账呢？”弗兰妮问。

“哇！”小琼斯说，“原本混账，到了外国，还是混账。”

弗兰妮耸耸肩，母亲也耸耸肩。

“我们一家人还是在一起。”母亲说，“你们生活的大部分时间还是与你们的家人在一起——就像现在一样。”

这一点似乎让每个人都很高兴。我们忙着看父亲从图书馆借来的书，还有旅行社的各种小册子。我们重读了一遍弗洛伊德那封简短但令人振奋的信：

你就要来了，真好！带上所有的孩子和宠物！有的是房间。中心地段。女孩子购物很便利（有几个女孩？），还有供男孩和宠物玩耍的公园。带上钱。必须重新装修——需要你的帮助。你会喜欢这头熊的。一头聪明的熊让一切变得不同。现在我们可以招揽美国客人了。我们提升了顾客档次，这个旅馆就会成为一个我们引以为豪的旅馆。我想你的英语仍然还很不错。哈哈！最好学一点德语，明白吗？记住，奇迹不是一个晚上就发生的。但是，几个晚上过去，熊也可以成为女王。哈哈！我老了——问题就在这里。现在一切都好了。我们要给那些浑蛋、那些婊子养的、那些杂种纳粹看看什么样的旅馆才是好旅馆！希望孩子们不要感冒，不要忘记给宠物打上必要的预防针。

我们家只有索罗这个宠物，它现在需要的是整修，而不是预防针。我们不知道弗洛伊德是否以为厄尔还活着。

“他当然知道厄尔不在了。”父亲说，“他也只是泛泛而论，也就是给我们提个醒。”

“一定要给索罗打预防针，弗兰克。”弗兰妮说。对索罗的事，弗兰克已经缓过劲来了，大家知道他在重新修复索罗，有时我们开几句玩笑，他也能接受了。为了艾格，他好像在一心一意重塑索罗的形象——这次要改用欢快的姿势。当然，他是不让我们目睹改造过程的。我们每次看到弗兰克从生物实验室回来，他都是很高兴的样子，因此我们期望这一次索罗真的会变得“漂漂亮亮”的。

父亲读了一本关于奥地利反犹太主义的书，想知道弗洛伊德把旅馆命名为“弗洛伊德旅馆”是不是合适。读了那本书之后，他还想知道，维也纳人是否喜欢另一个弗洛伊德。另外，他不禁想问，“那些浑蛋、那些婊子养的、那些杂种纳粹”到底指的是谁。

“我一直在想，弗洛伊德今年该多大岁数了。”母亲说。假如一九三九年弗洛伊德四十多岁，那么他们断定，他现在只不过六十多岁。但是母亲说，听他的口气，他的年纪应该更大一些。她指的当然是他信里的口气。

嘿！突然想到：你觉得将某些活动限制在某些楼层好吗？把某一类客人安排到四楼，另外一些客人安排在地下室？给客人分类，实在也难，你觉得呢？目前分为日间客人和夜间客人这两类——我不会说这两类客人住店目的“有冲突”。哈哈！重新装修之后这一切都会改变。他们不会再在街上乱挖洞了。战后恢复还得有几年，他们说。快来看这头熊吧：不仅聪明，而且年轻！我们在一起会配合得很好！“在维也纳，弗洛伊德是一个受人欢迎的名字吗？”你这话什么意思？你到底上过哈佛没有？哈哈。

“他这口气听上去不显老啊，”弗兰妮说，“但是够疯狂的。”

“只是他的英语表达不好。”父亲说，“英语是他的外语。”

于是，我们学习起德语来了。我和弗兰妮、弗兰克在德瑞中学上德语课，把课程内容录音带回家给莉莉听。母亲与艾格一起学。她先让艾格熟悉旅游地图上的那些街道和名胜的名字。

“罗伯克维兹广场。”母亲说。

“什么？”艾格说。

父亲说要自学，但他的进步很慢。“你们这些孩子一定要学会德语。”他不停地说，“我反正也不用上学，不用见那些新同学。”

“可是我们上的是一所英语学校啊。”莉莉说。

“即使这样，”父亲说，“你们用到德语的机会还是要比我多。”

“但是你要在维也纳开旅馆。”母亲对父亲说。

“我要开始想办法招揽美国客人。”父亲说，“我们要把客源优先定在美国客人上——记住了吗？”

“那最好把我们的美国英语也好好温习温习。”弗兰妮说。

弗兰克学起德语来，比我们几个人快多了。德语好像很适合他学：每一个音节都必须清晰发出来，每一个句子末尾的动词就像散弹一样，还有作为装饰的变音。所有的名词有阴性、阳性的区分，这一点也很合弗兰克的胃口。冬天快过去的时候，他开始装腔作势地用德语与我们聊天了，故意弄得我们听不懂，我们回答他的问题的时候，他总不忘纠正，最后安慰我们说，不用慌，等到了“那边”，照顾我们的事，全包在他身上了。

“噢，行了。”弗兰妮说，“这话才让我恶心。让弗兰克带我们去学校，和巴士司机说话，在餐馆点菜，接打所有的电话——天哪，我终于要出国了，我可不想什么事都靠着他！”

对搬家去维也纳这件事，弗兰克好像做好了充分的准备。毫无疑问，他得到了第二次修复索罗的机会，由此信心大增。另外，他好像也真的很有兴趣研究维也纳。吃过晚饭，弗兰克大声念书给我们听，念的是维也纳历史中“最美好的时期”（弗兰克自己的说法）的故事。朗达·雷和尤里克夫妇也在一旁听着，听得很是入迷——他们知道自己去不了维也纳，也知道自己的前途未卜——新老板弗里茨来了，不知道会怎样。

给我们上了两个月的历史课后，弗兰克开始对我们进行口试，口试的范围是奥地利王储在梅耶林自杀时维也纳出现的几个人物（这个自杀事件，弗兰克很早就给我们念过，念得非常详细，念得朗达·雷都感动到哭）。弗兰妮说鲁道夫王储成了弗兰克心目中的英雄——“原因就在于王储的服装。”弗兰克的房间里挂了好几幅鲁道夫的肖像画。在一幅肖像画里，年轻的王储头发稀薄，脸上却长着长长的浓密的胡子，身穿狩猎衣，外面披着一件毛皮大衣，吸着一支与手指头一样粗大的香烟。在另一幅肖像画里，王储穿着制服，戴着金羊毛骑士团徽章，额头如婴儿般稚嫩，胡子如铁锹般锋利。

“哎，弗兰妮。”弗兰克开始出题了，“这是给你的问题。他是一位天才的作曲家，或许是世界上最伟大的风琴手，但他还是个乡巴佬——皇城里十足的土包子——他有个愚蠢的习惯，总是爱上年轻的姑娘。”

“为什么说这是愚蠢的习惯？”我问。

“闭嘴。”弗兰克说，“就是愚蠢。这是给弗兰妮出的题。”

“安东·布鲁克纳。”弗兰妮答道，“他很愚蠢，没错。”

“非常愚蠢。”莉莉说。

“轮到你了，莉莉。”弗兰克说，“谁是‘佛兰德农民’？”

“噢，得了吧。”莉莉说，“太简单了。让艾格回答吧。”

“对艾格来说太难了。”弗兰妮说。

“什么太难了？”艾格问。

“斯蒂芬妮公主，”莉莉带着疲惫的口气说，“比利时国王的女儿，鲁道夫的妻子。”

“好了，该爸爸了。”弗兰克说。

“噢，天哪！”弗兰妮说——父亲不擅长历史，就像他不擅长德语。

“谁的音乐广受大众喜爱，连农民都模仿他的胡子？”弗兰克问。

“天哪，你出的题目真奇怪，弗兰克。”弗兰妮说。

“勃拉姆斯？”父亲乱猜了一个人，我们都哼哼起来。

“勃拉姆斯的胡子确实像农民的胡子。”弗兰克说，“农民们模仿的，是谁的胡子？”

“施特劳斯的！”我和莉莉喊道。

“傻问题。”弗兰妮说，“我来考考弗兰克。”

“随便考。”弗兰克说，他紧闭着双眼，拧巴着脸。

“珍妮特·海格是谁？”弗兰妮问。

"她是施尼茨勒的'甜心女孩'。"弗兰克说，脸一下子红了。

"什么是'甜心女孩'，弗兰克？"弗兰妮问。朗达·雷在一边听完发笑。

"你自己知道的。"弗兰克说，仍红着脸。

"在一八八八年至一八八九年，施尼茨勒和他的'甜心女孩'做过多少次爱？"弗兰妮问。

"天哪！"弗兰克说，"很多次！我忘了多少次。"

"四百六十四次！"马克斯·尤里克大声说道。弗兰克念的所有历史片段，尤里克都听了，并且过耳不忘。与朗达·雷一样，尤里克先生以前没有受过什么教育。听弗兰克念书，对他和朗达来说，是件新鲜事。他们在弗兰克念书的时候比我们听得更专心。

"我还有一道题要考爸爸！"弗兰妮说，"米琪卡斯帕是谁？"

"米琪卡斯帕？"父亲说，"耶稣啊，上帝啊！"

"我的上帝。"弗兰克说，"弗兰妮只记得与性有关的人和事。"

"她是什么人，弗兰克？"弗兰妮问。

"我知道！"朗达·雷说，"她是鲁道夫的'甜心女孩'，鲁道夫与她过了一夜，然后回到梅耶林，回到玛丽·韦瑟拉身边，自杀了。"那些甜心女孩，在朗达·雷的记忆中，在她的心中，总是留下了位置的。

"我不也是一个甜心女孩吗？"在听弗兰克念完阿瑟·施尼茨勒的生平故事之后，朗达·雷这样问我。

"你是最甜心的那个。"我对她说。

"呸！"朗达·雷说。

"弗洛伊德在哪里过着入不敷出的生活？"弗兰克问——没有专门问谁，谁知道就可以回答。

"哪个弗洛伊德？"莉莉问。我们都笑了。

"在 Suhnhaus。"弗兰克自己回答这个问题，"要翻译吗？就是赎罪屋。”

“去你的，弗兰克。”弗兰妮说。

“这个问题与性无关，所以她不知道。”弗兰克对我说。

“谁是最后一个触碰舒伯特的人？”我问弗兰克。他看起来有点摸不着头脑的样子。

“什么意思？”他问。

“就是这个问题。”我说，“谁是最后一个触碰舒伯特的人？”弗兰妮笑了。这个故事我告诉过弗兰妮，但我想弗兰克不知道——因为我从弗兰克的那本书里撕了几页下来。这是一个很恶心的故事。

“这是开玩笑吗？”弗兰克问。

舒伯特去世六十年后，人们挖开他的坟墓，开棺验尸。可怜的乡巴佬安东·布鲁克纳参加了这次活动。只有布鲁克纳和几位科学家受邀参加，市长办公室的人发表了讲话，滔滔不绝地谈论舒伯特那可怕的遗体。舒伯特的头骨被拍成照片，一个秘书对这次调查活动做了笔记，他注意到舒伯特的遗体变成了橙色，他的牙齿比贝多芬的牙齿要好（在更早的时候，贝多芬的遗体也出于类似的研究目的而被重新挖掘了）。舒伯特脑室的尺寸大小被记录在案了。

经过近两个小时的“科学”调查，布鲁克纳再也坐不住了。他猛地抓起舒伯特的头，紧紧地抱在胸前，别人赶紧叫他放下。所以说，布鲁克纳是最后触碰舒伯特的那个人。这确实应该是弗兰克喜欢的故事，可他竟然不知道，为此他非常恼火。

“布鲁克纳，又是这个家伙。”母亲答道，语气非常平静。她怎么会知道这个？我和弗兰妮觉得很惊讶。我们平时都觉得母亲什么都不知道，结果她却什么都知道。我们知道，要去维也纳了，她一直在偷偷学习——或许是因为她知道父亲什么准备都没有。

“鸡毛蒜皮！”我们向弗兰克解释了这个故事后，他这样说，“说真的，太鸡毛蒜皮了！”

“所有的历史都是鸡毛蒜皮。”父亲说——这话再次显现了他身上具有的艾奥瓦鲍勃的那一面特征。

其实，鸡毛蒜皮的源头通常在弗兰克身上——至少在有关维也纳的那些琐碎问题上，他不愿别人知道得比他多。他的房间里挂满了营地士兵的画像：身穿粉红色紧身裤和湖蓝色紧身上衣的骠骑兵，身穿黎明绿军服的提洛尔人步枪团的军官。一九〇〇年，在巴黎世界博览会上，奥地利获得了“最漂亮制服奖”（炮兵）——难怪《世纪末的维也纳》对弗兰克有很大的吸引力。让人震惊的是，弗兰克真正学到并传授给我们的历史知识，就是有关世纪末这一时期的。其余的一切他都没有什么兴趣。

“看在上帝的分儿上，维也纳不会像梅耶林那样。”在我举重的时候，弗兰妮小声对我说，“现在不会了。”

“谁是歌曲大师——如果歌曲作为一种艺术形式？”我问她，“他生生拔下了自己的胡子，因为他太紧张，所以他的胡子就遭殃了。”

“雨果·沃尔夫，你这个浑蛋。”她说，“你还不明白吗？维也纳再也不是那个样子了。”

嘿！

弗洛伊德给我们写信了。

你问旅馆的楼层怎么安排？呃，但愿我明白你的意思。东西方关系研讨会的会刊办公室安排在二楼——他们白天办公——我让妓女们住三楼，就在二楼办公室的上面，你该明白，他们晚上是不使用二楼的房间的。所以没有人投诉过（通常如此）。哈哈！一楼我们住，我的意思是我和熊住——等你们来了，你们全家就住在这里。四楼和五楼安排给客人住，如果有客人的话。你为什么问？你有你的安排吗？妓女说应该装一部电梯，因为她们上楼下楼很忙。哈哈！你什么意思，问我多大年纪？差不多一百岁了！维也纳人的回答更巧妙。我们这样回答："我不断在开着的窗户底下走过。"这是一个很老的笑话。以前有一个街头小丑，人称鼠王。他训练老鼠，他会占星术，可以装扮成拿破仑，能让狗按指令放屁。一天晚上，他带着装在一个箱子里的所有宠物，从窗口跳了出去。箱子上写着："生活是严肃的，但艺术是有趣的！"我听说他的葬礼成了一个派对。一个街头艺术家自杀了，没人出钱支持过他，但现在每个人都想念他。现在谁能让狗演奏音乐，让老鼠气喘吁吁？连熊也知道：辛勤的劳动和伟大的艺术才能让生活变得不那么严肃。妓女也知道这一点。

"妓女？"母亲说。

"什么？"艾格说。

"妓女？"弗兰妮说。

"旅馆里有妓女吗？"莉莉问。还有什么新鲜事吗？我想。想到要留下来，马克斯显得比往常更加闷闷不乐了。朗达·雷耸了耸肩。

"甜心女孩！"弗兰克说。

"耶稣啊，上帝啊！"父亲说，"如果旅馆里有妓女，我们就把她们赶走。"

过去的时光在哪里？

幸福在哪里？

弗兰克走来走去，唱起了德语歌。

这是勃拉蒂斯奇在菲艾柯舞会上唱的歌。勃拉蒂斯奇曾是鲁道夫王储的御用马车司机，一个手拿鞭子的浪荡男人，总是带着一脸的凶相。

过去的时光在哪里？

再见了，我美丽的维也纳！

弗兰克继续唱道。鲁道夫谋杀了他的情妇，然后又开枪打爆了自己的脑袋之后，勃拉蒂斯奇唱起了这首歌。

嘿！

弗洛伊德又来信了。

不要担心那些妓女。她们在这里是合法的。这只是生意。要警惕的是研究东西方关系的那些家伙。他们打字机的声音让熊觉得不舒服。他们总是投诉，他们的电话总打个不停。该死的政治，该死的知识分子，该死的阴谋。

“阴谋？”母亲说。

“语言表达问题。”父亲说，“弗洛伊德不懂英语。”

“请举出一个反犹分子的名字，维也纳有一个广场就是以他的名字命名的。”弗兰克又出题了，“只要举出一个名字就行了。”

“耶稣啊，上帝啊，弗兰克！”父亲说。

“不对。”弗兰克说。

“卡尔·卢格博士。”母亲说——她的声音中带着厌倦的口气，我和弗兰妮都感到一阵寒意。

“很好。”弗兰克颇感惊讶。

“谁认为整个维也纳是一个为了掩盖性现实而精心设计的城市？”母亲问。

“弗洛伊德？”弗兰克说。

“不是我们那位弗洛伊德。”弗兰妮说。

可是，我们的弗洛伊德在给我们的信中就是这样写的：

> 整个维也纳就是一个为了掩盖性现实而精心设计的城市。这就是为什么做妓女是合法的。
>
> 这就是为什么我们信任熊。完了，再见！

一天早上，我和朗达·雷在一起，一想到阿瑟·施尼茨勒在大约十一个月的时间里和珍妮特·海格做爱四百六十四次，就顿生疲惫感。朗达问我：“他的话是什么意思，‘合法’——做妓女‘合法’——他是什么意思？”

“就是说，不违法。”我说，“在维也纳，做妓女显然是不犯法的。”

朗达沉默许久。她笨拙地从我身下移过身去。

“在这里合法吗？”她问我。我看得出她是认真的——她看上去很害怕的样子。

“在新罕布什尔旅馆，一切都是合法的！”我说——艾奥瓦鲍勃总是这么说。

“不，这里！”她生气地说，“我说的是在美国，合法吗？”

“不合法。”我说，“在新罕布什尔州不合法。”

“不合法？是违法的？是吗？”她尖叫道。

“呃，不管怎么说，不合法。”

“为什么？”朗达喊道，“为什么这是违法的？”

“我不知道。”我说。

“你最好还是走吧。”她说。“你要去维也纳，把我一个人留在这里。”她又说，把我推出门去。

“一幅壁画，有个人一画就是两年，为这壁画起了个名字，叫 Schweinsdreck。这个人是谁？”吃早饭的时候，弗兰克问我。Schweinsdreck 的意思是“猪屎”。

“天哪，弗兰克，我在吃早饭呢。”我说。

“古斯塔夫·克里姆特。”弗兰克说，他一脸的得意。

冬天就这样过去了：我还是坚持举重，但香蕉吃得少了；还是老去朗达·雷那里，不过总梦想着维也纳；不忘学习德语规则动词，了解那些令人着迷的鸡毛蒜皮的历史细节；不停地想象着一个叫“弗里茨的节目”的马戏团和那家叫弗洛伊德的旅馆。母亲好像有点身心疲惫，但她基本上还是与父亲一条心的。她和父亲好像去 3E 房间去得更勤了，到了那个房间，他们之间的分歧似乎更容易解决似的。尤里克夫妇谨言慎行，他们不管做什么事都谨小慎微，是因为他们感到被人抛弃了——“被抛给一个小矮人了”，马克斯这样说——当然这话他不会在莉莉跟前说。现在是早春了，艾略特公园的地面还是有些上冻，但慢慢地就要变软了。一天早上，朗达·雷不愿再收我的钱了，但她并没有将我拒之门外。

“这是不合法的。”她痛苦地低声说道，“我不想犯罪。”

后来我才发现，她其实是在要更高的价位。

“到了维也纳，我不在，你能干些什么呢？”她问我。我的脑子里有一百万个想法，也想象过无数的计划。我答应朗达，我一定会让父亲考虑带她一起去维也纳。

“朗达干活儿实在很不错。”我对父亲说。母亲皱起了眉头。弗兰妮好像被什么东西噎住了。弗兰克嘟囔着维也纳的天气如何如何——“总是下雨”。艾格当然只会傻问我和父亲在谈什么事。

“不行。”父亲说，“不能带上朗达。我们负担不起。”大家都好像松了一口气——我承认，我也是。

在朗达给吧台上油抛光的时候，我把这个消息告诉了她。

“呃，问一下总没什么坏处，对吧？”她说。

“没有坏处。”我说。第二天早上，我跑得有点气喘吁吁，在她的门外停下了脚步，这样做似乎有些坏处，给她造成了一些伤害。

“继续跑啊，约翰·欧。”她说，“跑步是合法的，跑步是免费的。”

后来，我和小琼斯谈到了性欲，谈得怪不好意思的，我们当然也含糊其词。让我感到欣慰的是，关于这性欲问题，他懂得似乎并不比我多。让我们两个人感到不爽的是，弗兰妮对这个问题有太多不同的看法。

“女人啊，”小琼斯说，“她们与你我都不一样。”我当然也发现这一点了。小琼斯与朗达·雷胡搞的事，弗兰妮好像已经原谅了他，但是她对小琼斯依然有些冷淡，至少在表面上看，她对抛下小琼斯去维也纳这件事，并不那么在乎。她心里或许很矛盾吧：一方面要克制自己不要太想念小琼斯；另一方面对维也纳的新生活满怀期待，但又不能过分表现出来。

当她被问及这件事的时候，她总是默然不语。那年春天，我发现自己还是与弗兰克混在一起的时候多。弗兰克开足马力做着准备。让人不安的是，弗兰克的胡子像极了死去了的鲁道夫王储的胡子，但我和弗兰妮还是喜欢叫弗兰克为鼠王。

“他来了！有一个人能让狗随时随地放屁！他是谁？”我大声说道。

“生活是严肃的，而艺术是有趣的！”弗兰妮喊道。

“街头小丑之王来了！让他远离开着的窗户！”

“鼠王！”我大声喊道。

"去死吧，你们两个。"弗兰克说。

"弗兰克，索罗怎么样了？"我问。只要提到那只狗，我就能让他站到我这一边来。

"呃，"弗兰克说，好像他脑子里闪过索罗的形象，只见他的胡子颤抖起来，"我想艾格会很满意的——当然对其他人来说，索罗可能会显得有点温驯。"

"不见得吧。"我说。看着弗兰克的样子，我首先想象到鲁道夫王储心神不定地赶往梅耶林的情形——先杀死自己的情妇，然后再自杀。接着我更容易地想到弗洛伊德信中提到的那个街头艺术家，怀抱宠物箱，纵身一跃，跳出窗户：鼠王终于坠落在大街上——这个城市从前冷落他，现在却在哀悼他。不知为什么，弗兰克看起来很像这个角色。

"谁能让狗奏乐，让老鼠喘气？"吃早饭的时候，我问弗兰克。

"举你的重去吧。"他说，"让举重片砸在你头上。"

弗兰克去生物实验室了。如果鼠王能指挥狗随时随地放屁，那么弗兰克就能做出索罗的很多种姿势——或许他也算得上是王储，就像鲁道夫：未来的奥地利皇帝，波西米亚国王，特兰西瓦尼亚国王，摩拉维亚侯爵，奥斯维辛大公（且不提鲁道夫的其他头衔了。）。

"鼠王在哪里？"弗兰妮老是这样问。

"与索罗在一起。"我总是这样回答，"在教索罗如何随时随地听令放屁。"

每次在新罕布什尔旅馆的大堂里遇见莉莉的时候，我就要对她说："不停地走过开着的窗户。"弗兰妮每次遇见弗兰克，也总是说这句话。

"Schweinsdreck。"弗兰克总是这样应对。

"臭显摆。"弗兰妮总这样回他。

"那是你的猪屎，弗兰克。"我会加上这一句。

“什么？”艾格总是这样喊道。

一天早上，莉莉问父亲：“在弗里茨的马戏团搬进来之前我们就离开这里了吗？说不定我们还能看一眼他们的演出？”

“我不想看到他们。”弗兰妮说。

“我们难道不会有与他们一起待在旅馆的时候，哪怕只有一天？”弗兰克问，“比如交接钥匙，或者一起处理别的什么事情？”

“什么钥匙？”马克斯·尤里克问。

“什么锁？”朗达·雷问——她的房门对我关上了。

“或许我们会在一起待上十到十五分钟。”父亲说。

“我想看看他们。”莉莉非常认真地说。我看了看母亲，母亲看上去好像很累，但依然漂亮：她虽然脸上起了皱纹，但身体依然柔软，父亲显然很喜欢抚摸她。他总是把脸贴在她的脖子上，从背后抱住她，窝起手掌托着她的乳房——母亲只是在我们这些孩子面前才假装不喜欢父亲这样做。父亲抱着母亲的样子，总让我们想起那些把头靠到你的膝盖、爱拿鼻子舒舒服服地嗅着你的腋窝和裤裆的狗狗——我并不是说父亲对母亲的动作有些粗暴，父亲就是喜欢和母亲身体接触：他喜欢抱住她，一直紧紧地抱住她。

当然，艾格也喜欢这样抱着母亲，还有莉莉——也差不多喜欢这样做——当然莉莉更有分寸，能够克制自己，因为她矮小的个头成了她的一块心病。她好像不喜欢做出幼稚的动作，以免显得她比现在的样子更小。

“莉莉，奥地利人一般要比美国人矮三到四英寸。”弗兰克对莉莉说，但莉莉似乎并不在意——她耸了耸肩。这是母亲的招牌动作，很漂亮的一个动作，显得有独立意识。弗兰妮和莉莉似乎都从母亲那里继承了这个动作，只是各自的表现方式不同罢了。

在那年春天，有一天我看到弗兰妮耸了耸肩膀。小琼斯告诉我们，秋季他将得到宾州州立大学橄榄球奖学金，这时我看到弗兰妮耸了耸肩——一个非常熟练的耸肩动作，好像她的后背不由自主地疼了一下。

“我会写信给你的。”弗兰妮对小琼斯说。

“好，我也会写信给你。”小琼斯对弗兰妮说。

“你写的信不会比我多。”弗兰妮说。小琼斯也想耸耸肩，但没有耸成。

“真该死。”小琼斯说——我与小琼斯走在艾略特公园里，一起朝一棵树扔石头，“弗兰妮到底想干什么？她认为到了那边能发生什么事？”

我们都把维也纳叫作“那边”。只有弗兰克不一样，他现在说起维也纳，就像德国人那样有板有眼。“Wien[1]。”这是他的说法。

“Veen。”莉莉模仿道，她身体颤抖了一下，“听起来就像蜥蜴嘴里说出来的。”我们齐刷刷转过头去盯着莉莉看，同时等着艾格说“什么？”。

*

很快，艾略特公园又长出了新草。一个温暖的夜晚，我觉得艾格已经睡着了，于是便打开窗户，看月亮高挂星星闪烁，听蟋蟀唧唧青蛙呱呱。这时，我听到艾格说：“不停地走过开着的窗户。”

“你醒了？”我说。

“我睡不着。”艾格说，“我不知道我要去哪里，我不知道那个地方会是什么样子。”

听他说话好像带着哭腔，于是我说：“没事，艾格。那个地方很棒的。你从来没有在大城市住过。”

1 德语原文中“维也纳”的叫法。

“我知道。”他说，抽了抽鼻子。

“呃，在那里能做很多事，比这里多多了。”我向他保证。

“我在这里就有很多事可做。”他说。

“但那里的事情不一样。”我告诉他。

“为什么有人从窗户跳下去？”他问我。

我对他解释说，那只是一个瞎编的故事——当然他不可能明白那个隐喻的意义。

“那个旅馆里有密探。”艾格说，“莉莉总是在说，‘有密探和低等女人’。”

我想，莉莉想象的“低等女人”大概是像她那样个子矮小的女人吧。我安慰艾格说，弗洛伊德旅馆的客人一点也不可怕。我还说，父亲会把一切事情都安顿好的。这时，我不说话了，艾格也不说话——这一阵沉默表示我们两个人都相信了父亲的许诺。

“我们怎么去那里？”艾格问，“那么远。”

“坐飞机去。”我说。

“我不知道坐飞机是什么样的感觉。”艾格说。

（事实上，我们一家人要搭两架飞机去维也纳。父亲和母亲从来不坐同一架飞机。很多父母都这样做。我也对艾格解释了这件事，但他还是不断地念叨，“我不知道那是什么样的感觉”。）

不一会儿，母亲走进我们的房间来安慰艾格。他们说着话，我就睡着了，等我醒来的时候，母亲正要走。这个时候艾格已经睡着了。母亲走到我床边，在我身边坐下。她披散着头发，看上去好像一个年轻的姑娘。说真的，在这半明半暗中，她的模样很像弗兰妮。

“他才七岁。”她说的是艾格，“你应该多与他说说话。”

“好的。”我说，“您想去维也纳吗？”

她只是耸耸肩，笑了笑，说：“你父亲是个非常非常好的人。”我想象得到一九三九年夏天他们的模样——真的，这是我第一次这样想象：父亲向弗洛伊德保证他一定会结婚，会去哈佛上学，而弗洛伊德要求母亲答应一件事——原谅父亲。弗洛伊德要求我母亲原谅我父亲的，就是这件事吗？让我们离开这可怕的德瑞镇，离开这可恶的德瑞中学，离开这第一家新罕布什尔旅馆——这家旅馆开得算不上太成功（虽然没有一个人嘴上这么说）——父亲做的这件事真有那么糟糕吗？

“您喜欢弗洛伊德吗？”我问母亲。

“我不太了解弗洛伊德。”母亲说。

“可是爸爸喜欢他。”我说。

“你父亲很喜欢他，”母亲说，“但他也并不非常了解他。”

“你觉得那头熊会是什么样子？”我问母亲。

“我不知道要这熊做什么用，”母亲低声说，“所以我猜不出它会是什么样子。”

“可能会做什么用？”我问母亲，可是母亲只是耸耸肩——或许她想起了厄尔的模样，在努力回想着厄尔的用处。

“我们马上就会知道的。”母亲边说边吻了我。这可是艾奥瓦鲍勃的说法。

“晚安。”我对母亲说，然后回吻了她。

“不停地走过开着的窗户。”她低声说。这个时候我差不多要睡着了。

接着，我做了一个梦，梦见母亲死了。

“不要再养熊了。”母亲对父亲说，但父亲误解了母亲的意思。父亲以为母亲在问他要不要再养熊了。

“不，再养一头。”他说，“就这一头。我保证。”

她笑笑，摇摇头。她太累了，不想再费口舌解释。她用极其微弱的力量，做了一下那个著名的耸肩动作，那个耸肩的动作其实都在她的眼神里，她翻了个白眼，立刻就消失不见了。父亲知道那个穿白色无尾晚礼服的人拉住了母亲的手。

“好吧！不再养熊了！”父亲终于答应了，可是母亲早已跳上那艘白色的单桅帆船。她出海远航了。

我的梦里没有艾格，等我醒来的时候，艾格却在眼前——他还睡着，有一个什么东西正看着他睡。我认出了它那圆润的黑色后背——皮毛很粗很短，油腻腻的。它那方形后脑勺看上去愣头愣脑的，还有那两只草草做成的耳朵，根本没有什么样子可言。它压着自己的尾巴坐着，它以前活着的时候经常这样坐——它就这样看着艾格。弗兰克可能给它做了一个笑面，或者至少做了一个傻乎乎地喘气的模样，就像很多傻乎乎的狗一样，不停地叼来球和棍子放到你脚下。啊，这个世界上愚蠢而又快乐的搬运工！我们的索罗：一个搬运工，一个放屁虫。我从床上爬起来，面对着索罗——从艾格的角度来仔细看看索罗的模样。

我一眼就看出，索罗确实很“漂亮”——弗兰克已经使出了他最大的本事。索罗压着自己的尾巴坐着，前爪贴着腹股沟——也就谦卑地挡住了这个隐私部位；昏沉呆滞的脸上有一种快活的神色，傻傻地伸着舌头。看它的样子，好像就要放屁，就要摇尾，就要白痴似的打滚；看它的样子，又像忍不住要挠耳朵的后面——索罗看起来就像一只奴性十足孤苦无助的动物，时刻等待着主人的爱抚和关心。虽然索罗已经死了，虽然不可能把索罗的其他模样从我的记忆中驱除，但眼前的这个索罗看起来真的与索罗原来那样可爱，那样不会伤人。

“艾格，”我轻声叫道，“快醒醒。”今天是星期六——星期六的早晨艾格总爱睡懒觉，而且我知道艾格昨晚没睡好，或者说睡得很少。透过窗户，我看到我们家的那辆小车在艾略特公园的树林间穿行，把这个潮湿的公园地面当作一个障碍赛道了——车速非常缓慢，我知道，这意味着开车的是弗兰克。他刚拿到驾照，他喜欢在艾略特公园的树林间练习开车。而弗兰妮刚拿到学车许可证，弗兰克正在教她开车。我断定这是弗兰克在开车，因为小车在树林间庄严缓慢地行进着，好像他开的是一辆豪华轿车，一辆灵车——弗兰克总是以这样的方式开车。即使他开车送母亲去超市，也是这样慢吞吞地开着，好像这车上载的是女王的棺椁，缓慢穿过前来送行的哀悼人群，让他们最后看女王一眼。弗兰妮开起车来就不一样，她喜欢开快车，弗兰克蜷缩在副驾驶座上，只有尖叫的份儿。

“艾格！”我又叫了一声，比刚才抬高了一点嗓音。艾格微微动了一下。窗外传来砰地关上车门的声音——艾略特公园的那辆小车换了司机。小车倾斜着在树林间快速穿行，后面抛起春天的泥浆——我能感觉到，这是弗兰妮把着方向盘，我隐约看到坐在副驾驶座——通常被称为“死亡之座”——的弗兰克狂乱地挥舞着双臂。

“耶稣啊，上帝啊！”我听见父亲从另一扇窗户往外大喊了一声。他很快就关上了窗户。我听见他对母亲大声说着什么——好像在抱怨弗兰妮怎么这样开车，说艾略特公园的草又得重新种，说车身上的烂泥只有用凿子才能凿下来。就在我看弗兰妮开着车子飞速穿过树林的时候，艾格睁开了眼睛，看见了索罗。艾格的尖叫吓得我把拇指紧紧压在窗台上，吓得我咬破了自己的舌头。母亲跑进房间来看看是怎么回事，看见索罗，她也禁不住一声尖叫。

“耶稣啊，上帝啊！”父亲说，“为什么弗兰克非得把这该死的狗冷不丁地扔到别人眼前？他为什么就不能先说一声，‘我现在要给你看看我的索罗’，然后再把这该死的东西抱进房间——看在上帝的分儿上，等我们心里有所准备的时候，再给我们看不迟！”

“是索罗吗？”艾格一边说，一边从被窝里露出眼睛偷偷往外看。

“是索罗，艾格，”我说，“看起来很漂亮吧？”艾格朝这条傻乎乎的狗小心翼翼地笑了笑。

“看上去确实很漂亮。”父亲说，他突然转怒为喜了。

“它还在笑！”艾格说。

莉莉走进了艾格的房间，抱住了索罗。她坐下来，背靠在那只直立的狗身上。“看，艾格，”她说，“你可以把它当作靠垫。”

弗兰克走进房间，一副非常自得的模样。

“太棒了，弗兰克。”我说。

“真的很漂亮。”莉莉说。

“做得好极了，儿子。”父亲说。弗兰克满面笑容。接着，弗兰妮也走进了房间。她人还没进来，我们就听到了她的说话声。

“说实在的，弗兰克在车里简直成了个胆小鬼。”她抱怨道，“你可能会以为他在教我如何开马车呢！”很快她就看到了索罗。“哇！”她大叫一声。为什么我们都不吭声，就静等弗兰妮说话？甚至在她还不到十六岁的时候，我们全家人似乎都把她看作真正的老大——什么事都是她最后说了算。弗兰妮绕着索罗转了起来，好像她也成了一只狗，使劲地嗅着索罗。弗兰妮搂住弗兰克的肩膀，弗兰克却紧张万分地站在那里，等待弗兰妮最后的裁决。“鼠王完成了一个杰作。”弗兰妮大声宣布。弗兰克焦虑不安的脸上掠过一丝痉挛似的微笑。“弗兰克，”弗兰妮诚心诚意地对他说，“你这下真的成功了，弗兰克。这个真的是索罗了。”她坐下来，拍拍索罗——就像以前索罗活着的时候那样，她不停地抱抱它的头，摸摸它的耳后。这下似乎让艾格完全放心了，他开始大胆地拥抱索罗。“弗兰克，你在汽车里可能是个尿蛋，”弗兰妮对弗兰克说，“但你做的这个索罗，绝对是一流的手艺。”

弗兰克看上去好像要晕倒，或者说就要跌倒。大家开始七嘴八舌地说起话来，捶捶弗兰克的后背，拿手指头戳戳索罗，抓挠抓挠索罗——只有母亲例外。我们突然发现，只有母亲一个人默默站在窗口，望着艾略特公园。

“弗兰妮？”母亲说。

“哎。”弗兰妮说。

“弗兰妮，”母亲说，“你以后在公园里再也不能开那么快了——

明白了吗？”

“好的。”弗兰妮说。

“你可以去送货口，现在就去，”母亲说，“让马克斯帮你找找那根给草坪浇水的水管。去拿几桶热的肥皂水来。在泥巴干之前，把车子洗干净。”

“好的。”弗兰妮说。

“你看看公园，”母亲对她说，“你把新长出来的草都弄坏了。”

“对不起。”弗兰妮说。

“莉莉？”母亲喊了一声，她的眼睛仍然望着窗外——她给弗兰妮交代完了。

“什么事，妈妈？”莉莉说。

“看看你的房间，莉莉。”母亲说，“我怎么说你的房间好呢？”

“噢，”莉莉说，“是有点乱。”

“都一个星期了，乱成一团。”母亲说，“请你整理好房间，否则，今天就不要出门。”

我看到父亲带着莉莉悄悄走了。弗兰妮去洗车了。弗兰克在那里发呆，似乎很难过——他的荣耀时刻这么快就结束了！他让索罗获得了新生，他似乎不愿意离开索罗。

“弗兰克？”母亲说。

“哎！”弗兰克说。

“你现在已经完成了索罗，你或许也可以整理一下你的房间了吧？”母亲问。

“噢，当然可以。”弗兰克说。

“我很抱歉，弗兰克。”母亲说。

“抱歉？”弗兰克说。

“很抱歉，我不喜欢索罗，弗兰克。”母亲说。

“您不喜欢索罗？”弗兰克说。

“不喜欢，因为索罗已经死了，弗兰克。”母亲说，“它很逼真，弗兰克，但索罗已经死了。我觉得死去的东西一点也不好玩。”

“对不起。”弗兰克说。

“耶稣啊，上帝啊！”我说。

“你，”母亲对我说，“你能不能注意一下你的语言？你的语言糟透了。你尤其要想想，你和一个七岁的孩子住在同一个房间。‘干’这个，‘干’那个——我都听得耳朵起茧子了。这个房子不是你们运动馆的更衣室。”

“知道了。”我说。我发现弗兰克不在了——鼠王不知什么时候悄没声地溜了。

“艾格。”母亲说——她的声音渐渐平静下来。

“什么？”艾格说。

“索罗不准离开你的房间，艾格。”母亲说，“我不喜欢被索罗吓一跳，如果索罗离开了这个房间——如果我看到它在任何别的房间，不在我希望见到它的地方，不在现在这个地方——那就没什么好说的了，它就必须永远消失。”

“好的，妈妈。”艾格说，“我能带索罗去维也纳吗？我是说，我们走的时候——可以带索罗走吗？”

“我想它也得走。”母亲说。她的口气中带着一丝无奈，就像我梦到她的那样——

在我梦中，母亲说：“不要再养熊了。”说完，就登上白色单桅帆船，远去了。

*

“我的天哪！”小琼斯看到索罗坐在艾格的床上，肩膀上围着母亲的一条围巾，头上戴着艾格的棒球帽，不禁感叹道。他是被弗兰妮带到新罕布什尔旅馆来看弗兰克的杰作的。哈罗德·斯瓦罗是和小琼斯一起来的，但哈罗德不知在什么地方迷了路。他在二楼拐错了弯，他本来是要到我们家住的几个房间来的，现在只好在旅馆各处瞎逛了。我趴在书桌上用功，为德语考试辛苦准备着——我不想让弗兰克来辅导我。弗兰妮和小琼斯去找哈罗德了，艾格很不喜欢索罗现在穿的这身服装。他脱光了索罗的衣服，想给它换一身。

这时，哈罗德·斯瓦罗来到我们房间的门口，朝里面一看，看见了我和艾格——还有光着身子坐在艾格床上的索罗。哈罗德从来没有见过索罗——死的活的都没有见过——所以他站在门口叫唤起索罗来。

“快过来，狗狗！”他叫道，“到这儿来！快来！”

索罗坐在那里，笑看着哈罗德，很想摇摇尾巴，但还是一动不动。

“来吧！来这里，狗狗！”哈罗德大声叫道，“好狗狗，漂亮狗狗！”

“它只能待在这个房间。”艾格告诉哈罗德·斯瓦罗。

“哦。”哈罗德说着，对我翻了个白眼——这白眼翻得叫我难忘。“呃，这狗真乖。”哈罗德·斯瓦罗说，“它不怎么想动，是吗？”

我把哈罗德·斯瓦罗带到楼下的餐厅，小琼斯和弗兰妮正在那儿找他。我觉得没有必要跟哈罗德说索罗已经死了。

“那是你的小弟弟？”哈罗德问我——他说的是艾格。

“对。”我说。

“你的狗真漂亮。”哈罗德说。

“去他的。”小琼斯后来对我说。那时我们站在德瑞中学的体育馆外面，德瑞中学把它装饰得像国会大楼似的——这个周末小琼斯就要毕业了。“去他的，”小琼斯说，“我真的为弗兰妮担心。”

“为什么？”我问。

“不知道她心里有什么事，”小琼斯说，“她就是不愿和我上床。就算是一种告别仪式也好，或者别的什么也好。她就是一次也不愿意！有时我觉得她不相信我。”

“呃，”我说，“你要知道，弗兰妮只有十六岁。”

“呃，她是只有十六岁，但是她太老成了，你要知道。”小琼斯说，“我希望你跟她去说说。”

“我？”我说，“我能说什么？”

“我希望你能问问她，为什么不愿跟我上床。”小琼斯说。

“这是什么事啊。”我说。不过我后来还是问了她。那一天，德瑞中学里空无一人，小琼斯回家过暑假了（为了进入宾州州立大学的橄榄球队，他刻苦锻炼身体去了）。德瑞中学的校园，尤其是那些橄榄球队员以前常常走过的林间小道，总是让我和弗兰妮想起那件事——对我们来说，那好像是很遥远的事了。“你为什么不跟小琼斯上床？”我问她。

“我才十六岁，约翰。”弗兰妮说。

“呃，你要知道，你虽然只有十六岁，但很老成。”我说——虽然不太清楚这话是什么意思。弗兰妮的反应，当然是耸耸肩。

“应该这样看。”她说，“我以后还会见到小琼斯，我们会相互通信，如此这般。我们还是朋友。到了那一天——等我老的时候——如果我们仍然是朋友，跟他上床或许是一件完美的事。我不想把这件美事一下子做完。”

“那你为什么不能和他上两次床？”我问她。

“你不懂。”她说。

我心想，这事肯定与她被人强奸有关，但弗兰妮总能一眼猜透我的心思。

“不，小子，”她说，“这与被人强奸没有关系。和别人上床是一件非常不同的事——你必须有个说法，有个意义。我不知道这事对小琼斯意味着什么。我不知道。另外，”她深深地叹了口气，停了一下，“我确实没有多少经验，但我好像觉得，某个人——或某些人——一旦得到了你，你以后就再也不会有他们的任何消息了。”

我好像觉得，她这是不由自主地谈起她被强奸的事。我脑子有点蒙了。我问：“你说的是谁，弗兰妮？”她咬了一下嘴唇。

接着，她说：“让我没有想到的是，我竟然没有得到他的一丁点消息——没有得到契帕·达夫的一丁点消息。你能想象吗？这么长时间了，一个字的消息也没有。”

我真的糊涂了。我觉得太不可思议，她竟然觉得她会收到他的来信。我不知道该说什么，除了一个愚蠢的笑话，我真的无话可说，所以我说：“呃，弗兰妮，我想你也没有给他写过信吧。”

“写过两封。”弗兰妮说，“我想这就够了。”

“够了？”我大声说道。“你为什么要给他写信？”我吼叫起来。

她一脸的惊讶。“告诉他我的近况，告诉他我在干什么。”她说。我的眼睛直盯着她，她却看向别处。“我爱上了他，约翰。”她低声对我说。

“契帕·达夫强奸了你，弗兰妮。”我说，“达夫和切斯特·普拉斯基，还有莱尼·梅茨，他们把你轮奸了。”

“说那事没有必要。”她对我厉声说道，“我说的是契帕·达夫。我只说他。”

“他强奸了你。”我说。

“我爱上他了，”她背对着我说，“你不懂。我爱过他，也许现在还爱着他。”过了一会儿，她又说，“好了，你愿意把这事告诉小琼斯吗？你觉得我应该告诉小琼斯吗？小琼斯难道喜欢听那样的事吗？”

“不会。”我说。

“是的，我也这么想。”弗兰妮说，“所以我就想——在这种情况下——我不会和他上床的。对吧？”

“那好吧。”我说。但是，我想告诉她的是，契帕·达夫肯定不爱她。

“别对我说他不爱我。我想我知道。可是你知道什么？”她问我，“总有一天，契帕·达夫会爱上我的。你知道什么？”

“什么也不知道。”我说。

“或许，如果真发生了那样的事，如果他真的爱上了我，”弗兰妮说，“或许——到那个时候——我就不会再爱他了。到那时我就真的得到他了，对不对？”我只是盯着她看，并不说话。小琼斯说得对，她虽然只有十六岁，但是太老成了。

我突然觉得，我们现在去维也纳，是最合适不过的了——我们都需要时间让自己变得更成熟、更聪明（如果去维也纳真能让我们发生这样的变化的话）。我知道我想找到机会去迎头赶上弗兰妮——如果不能赶在她的前头——我想，为此我非常需要一个新的旅馆。

我脑子里突然闪过一个念头：对于去维也纳这件事，弗兰妮可能也是这么想的吧。利用这个机会让她变得更聪明、更坚强、更成熟，以适应我们现在都还不太懂的这个世界。

“不停地走过开着的窗户。”此刻，我能对她说的，就是这句话了。我们看着训练场上矮矮的小草，知道到了秋天，这些草就会被鞋钉践踏，被压到地面的膝盖揉搓，被那些手乱抓——但是，今年秋天，我们不会在德瑞中学了，看不到这一幕了——也没有因为不忍心看而将视线转向别处去的机会了。在别的地方，这样的事——或者类似的事——也会不断发生，我们也会去看，或者去参与，不管那是什么事。

我拉着弗兰妮的手，沿着橄榄队员们常走的那条小路往前走，在我们还记得的那个拐弯处稍作停留——那边就是树林，那里有蕨类植物丛，我们不想再去那里看。“再见了。”弗兰妮低声对那个既圣洁又不圣洁的地方说。我掐了一下她的手，她回掐了我一下，然后松开了我的手——我们往新罕布什尔旅馆走去，相互只用德语交谈。毕竟，德语很快就会成为我们的新语言，可是我们现在还不太擅长。我们两个人都知道，为了摆脱对弗兰克的依赖，我们必须把德语学得更好。

我们回到艾略特公园的时候，看到弗兰克又在慢吞吞地开着他的“灵车”。“想练一把？”弗兰克问弗兰妮。弗兰妮耸了耸肩。母亲给弗兰妮和弗兰克派了一个活儿，于是，弗兰妮开车，弗兰克蜷缩在她身旁，什么也不能干，只有默默祷告的份儿。

那天晚上，我正想上床睡觉的时候，发现艾格把索罗放在了我的床上——他把我的运动衣穿在了它身上。我把索罗从床上拿走，又清理了留在我床上的索罗的毛发，这样一来我睡意全无了。我下楼到餐厅的吧台看书。马克斯·尤里克正坐在一把锁住了的椅子上喝酒。

“老施尼茨勒干了那个叫珍妮特什么来着的姑娘多少次？”马克斯问我。

“四百六十四次。”我说。

“真了不起！”他喊道。

马克斯跌跌撞撞地上楼去睡觉了，我还是坐在那里，听尤里克太太叮叮当当地收拾各种锅。没看见朗达·雷，也许出门去了吧，也许在房间待着——管她在哪里呢。天太黑，不能去跑步了；弗兰妮睡着了，所以我不能练举重。索罗弄乱了我的床，驱走了我的睡意，所以我只好看书了。这是一本关于一九一八年大流感的书——写到了在那场大流感中丧生的所有有名的人和没名的人。那似乎是维也纳最令人悲伤的一个时期。古斯塔夫·克里姆特死了——他曾把自己的一件作品命名为《猪屎》，他还当过席勒[1]的老师。席勒的妻子死了——她的名字叫迪特，接着，席勒也死了，死的时候很年轻。我读了整整一章，讲的是如果席勒没有感染流感去世，他会画出什么样的画。看着看着，我就犯困打盹了，只是模模糊糊地觉得，整本书写的大概是——如果维也纳没有遭受大流感的袭击，它会变成什么样子。这

1 埃贡·席勒（1890—1918），奥地利绘画巨子，二十世纪初重要的表现主义画家。

时，莉莉走过来，把我推醒了。

“你为什么不睡在你自己的房间里？”她问。我说了索罗的事。

“我也睡不着，因为我无法想象，到了那边，我的房间会是什么样子的。”莉莉说。我对她说起了一九一八年大流感，但她不感兴趣。“我有点担心，”莉莉说，“我担心那边发生暴力事件。”

“什么暴力事件？”我问她。

“在弗洛伊德旅馆，”莉莉说，“可能会有暴力事件发生。”

“为什么，莉莉？”我问。

“性和暴力。”莉莉说。

“你是说那些妓女？”我问她。

“就那种氛围。”莉莉说，一屁股坐到一把钉住的椅子上，动作相当潇洒，坐下后还轻轻摇晃着椅子——当然了，她的两只脚是够不到地面的。

“妓女的氛围？”我说。

“性和暴力的氛围。我就是有这样的感觉。整个城市都这样。”莉莉说，“你看鲁道夫这个人——先杀了他的女朋友，然后又自杀。”

“那是上个世纪的事了，莉莉。”我提醒她。

“那个男的干了那个女的四百六十四次。”莉莉说。

“那是施尼茨勒，”我说，“差不多一个世纪以前的事了，莉莉。”

“现在情况可能更糟，”莉莉说，“大多数情况可能更糟。”

我知道，一定是弗兰克——弗兰克告诉她的。

“还有大流感，”莉莉说，“还有战争，还有匈牙利人。”

“你说的是革命？”我问她，“这是去年的事，莉莉。”

“还有在俄国占领区发生的那些强奸案。”莉莉说，“弗兰妮说不定还会被人强奸。说不定我也会，”她又加了一句，“如果哪个小矮人抓到了我的话。”

“占领军已经撤走了。”我说。

“暴力的氛围。”莉莉重复了一遍，“所有人都有性压抑。”

“莉莉，那是另一个弗洛伊德的理论。”我说。

“那头熊会做什么事呢？”莉莉问，“一家有妓女、熊和密探的旅馆。”

“不是密探，莉莉。”我知道她指的是研究东西方关系的人。“我认为他们只不过是知识分子而已。”我对她说，但这话似乎并没有让她感到安心。她摇摇头。

“我受不了暴力，”莉莉说，“维也纳到处都是暴力的气息。”她好像一直在研究旅游地图，找到了小琼斯的那些帮派混混经常出没的各个角落。“整个维也纳都在嚷嚷着暴力，”莉莉说，“到处都在广播暴力。”不知道莉莉是从哪里学来的这些词，这些词好像她整天挂在嘴上：气息啦，嚷嚷啦，广播啦。“去那边的这个主意，一想起来就让人感到暴力，让人浑身颤抖。”莉莉说，她浑身颤抖着。她那两个小小的膝盖紧紧贴住这把钉在地上的椅子，两条细腿来回晃动着，动作猛烈地在地板上方画着弧线。她才十一岁，我不知道她说的那些话是从哪里听来的，我不知道为什么她的想象力似乎超越了她的实际年龄。为什么我们家的女人不是母亲那样的聪明人，就是老成的十六岁女孩（这是小琼斯对弗兰妮的评价），或者就是像莉莉那样的女孩——个子娇小，脾气温柔，智力超常？她们的头脑为什么都这么灵光？我心里一直在想这些问题，而我又不由得想到了父亲。父亲和母亲同龄，都是三十七岁，但在我看来，父亲似乎要年轻十岁——“而且也笨十岁。”弗兰妮说。那我呢？我一直在问自己，因为弗兰妮——甚至莉莉——让我觉得我将永远停留在十五岁上。艾格还一点也不成熟——七岁的孩子，五岁的习惯。弗兰克就是弗兰克，这个鼠王很有本事，能让索罗起死回生，能轻轻松松掌握一门外语，能让历史上的奇闻逸闻为己所用——尽管他有这些显而易见的能力，但我还是感觉到，在很多方面，弗兰克的心理年龄只有四岁。

莉莉低着头坐在椅子上，两条小腿不停地来回晃着。“我喜欢新罕布什尔旅馆。事实上，我爱上它了——我不想离开这里。”说着，她眼里噙满泪水——这是我意料之中的。我拥抱了她一下，然后把她抱起来。不管她多大，我都可以轻松把她举起来，就像躺着推举杠铃。我把她抱回她的房间。

“就这样想吧，”我对莉莉说，“我们要去别的地方开另一家新罕布什尔旅馆。还是新罕布什尔旅馆，只是开在另外一个国家。”可是莉莉还是哭个不停。

“我宁愿待在那个叫‘弗里茨的节目’的马戏团里。”她大声说道，“我宁愿和他们待在一起，虽然我甚至还不知道他们会表演什么节目！”

当然，我们很快就会知道的，很快。就在那年夏天，我们还没有收拾好行李，甚至还没有预订好机票呢——那个身高四英尺、名叫弗雷德里克·弗里茨·沃尔特的四十岁男人前来拜访了我们。有一些文件需要签字，另外，马戏团的其他一些成员也想趁机来看看他们未来的家。

一天早上，艾格还在索罗身边睡觉，我望着窗外，向艾略特公园看去。起初，没有看到奇怪的东西，不一会儿，从一辆大众牌大巴上下来几个男人和女人。他们的个头都差不多。毕竟我们现在还是一家旅馆，我想他们可能是来住店的客人吧。我数了数，大巴上下来五个女人和八个男人——他们都舒舒服服地从这辆大众牌大巴上鱼贯而出，我看到弗雷德里克·弗里茨·沃尔特也在其中，于是一下子就明白过来了，这些人与沃尔特的个头一模一样。

马克斯·尤里克一边刮胡子，一边朝四楼房间的窗户外望去。他突然尖叫一声，不小心划破了自己的脸。“该死的，一车的侏儒。”他后来对我们说，“你起床睁开眼，就看到了这些侏儒——这可是始料未及的。”

要是朗达·雷看到这些侏儒，不知道她会怎么做、怎么说。可是朗达还躺在床上，错过了这一幕。弗兰妮也静静地躺在床上，还有我的那些杠铃，静静地躺在弗兰妮的房间里。

弗兰克——不管他是在做梦、学德语，还是在看有关维也纳的书——他反正沉浸在自己的世界里。艾格还在索罗身边呼呼睡着，父亲和母亲正在 3E 房间里快活呢——他们以后说起此事，也许会感到难堪。

我跑进莉莉的房间想通知她一声，因为我知道她一定想看弗里茨的马戏团里的那些人物。莉莉早已醒了，正在窗口看着他们。她穿着一件老式睡衣——母亲从古董店里给她买来的——把身子裹得严严实实，胸前抱着她的布娃娃。“沃尔特先生说得没错，这确实是个小马戏团。”莉莉轻声说，口气里带着一丝羡慕。我们看到这群侏儒集合在艾略特公园的大众牌大巴旁，伸着懒腰，打着哈欠；有一个男的在做倒立；一个女的做了个侧手翻；有一个人四肢着地，像黑猩猩一样在地上爬着……这种愚蠢动作立刻招致了弗里茨的击掌痛斥。这些人挤在一起，就像一支迷你橄榄球队在并列争球（还有两名额外的队员）。不一会儿，他们列队行进，迈着老式的步伐，朝新罕布什尔旅馆大堂的大门走来。

莉莉下去迎接他们。我到对讲系统总控室去发布消息。对 3E 房间，我这样说：“旅馆的新主人来了——一共十三个人。报告完毕。”对弗兰克，我这样说：“Guten Morgen！马戏团 ist hier angekommen。Wachs du auf！”[1] 对弗兰妮，我说：“侏儒！赶紧叫醒艾格，否则他又要被吓着了，他会以为自己做梦梦到了他们呢。告诉他有十三个侏儒在这里，但他们是没有危险的！”

接着，我跑到了朗达·雷的房间。我想还是亲口把这个消息告诉

---

1 德语，意为“早上好！马戏团已经来了。醒醒！”

她为好。“他们来了！”我站在她的门外小声说。

“继续跑吧，约翰·欧。”朗达说。

“一共有十三个，”我说，“女人只有五个，但男人有八个。你至少还有三个可选！”

“多大个头的？”朗达·雷问。

“你不会想到的，”我说，“出来自己看。”

“继续跑吧。”朗达说，“你们所有人——继续跑吧。”

马克斯·尤里克先生和尤里克太太一起躲在厨房里。他们羞于与陌生人见面，但父亲硬是把他俩拉出来与侏儒们相见，尤里克太太还领着侏儒们穿过她的厨房——她炫耀起她的各种汤锅，还说她做的菜肴外形普通，实际上非常美味，香气扑鼻。

“他们人确实很小，”尤里克夫人后来承认道，“但架不住人多啊，他们还是要吃下不少东西的。”

“他们恐怕永远也开不了这些电灯，”马克斯·尤里克说，“我只好去改变所有开关的位置。”他非常急躁地往楼下跑。很明显，这些侏儒很想住的楼层就是四楼——“那些小洗漱台和小型小便器正适合他们用。”马克斯嘟囔着——但是，如果有莉莉在场，他是不会这么说的。弗兰妮认为，马克斯只是因为他现在住得离他的妻子太近了才生的气。但是他现在只是住到了三楼，也就近了一点点而已，我可以想象，他终于是个有福之人了，因为他可以听到他头顶上那些小脚发出的啪嗒啪嗒的脚步声了。

“马戏团的动物住到哪里呢？”莉莉问沃尔特先生。弗里茨解释说，马戏团只把新罕布什尔旅馆作为他们的夏季营地，那些动物都会待在外面。

“都是些什么动物？”艾格问，把索罗紧紧抱在胸前。

“活的动物。”一个女侏儒说。她的块头与艾格差不多，好像对索罗很有兴趣。她不停地拍着索罗。

*

六月底，这些小矮人把艾略特公园搞成了游乐场。原先色彩鲜艳的帆布，现在都已褪成柔和的颜色，有的盖在小棚子上，有的装饰着旋转木马的边沿，有的做成了大帐篷的圆顶，大帐篷里面将是马戏演出的主要场地。德瑞镇的孩子们整天在我们的公园里转来转去，盼着有好戏看，但那些侏儒好像并不着急。他们慢吞吞地搭建起小棚子，还三次更换了旋转木马的位置，并拒绝将旋转木马的引擎打开，甚至也不测试一下。一天，有人送来了一个大箱子，差不多有餐桌那么大。箱子里装满了好几卷不同颜色的票轴，每一卷差不多有轮胎那么大。

弗兰克小心翼翼地开着车穿过现在已经拥挤不堪的公园，绕着各个小帐篷和一个大帐篷转，告诉镇上的孩子们赶紧走。“七月四日才开始演出，孩子们。”弗兰克总是这样装腔作势地对他们说——他的一只手臂耷拉在车窗外，“到那一天再回来看吧。”

到那一天我们可就走了，我们只希望那些动物能赶在我们离开之前来到这里，但我们预先就知道，我们是要错过马戏团的开幕之夜了。

“不管怎样，我们已经看到他们所做的所有准备工作了。”弗兰妮说。

“我们只看到，”弗兰克说，“那些小人不停地走来走去。”

莉莉一下子急了。她说：“不是有倒立、杂耍、水与火的舞蹈、八人站金字塔、盲人棒球队的短剧吗？个子最小的一个女侏儒说她什么坐鞍都不用就可以直接骑在狗的身上。”

“让我看看那条狗。”弗兰克说。弗兰克心里有些不爽，因为父亲把家里的那辆车也卖给了弗里茨，弗兰克现在只有得到弗里茨的许可，才可以开车在艾略特公园兜风。弗里茨倒是很大方的，但弗兰克就是不愿开口求人。

弗兰妮喜欢跟马克斯·尤里克学开车，常拿旅馆的那辆小货车来练手，原因是马克斯并不担心弗兰妮开车速度太快。“加速。”他常这样鼓励她，“超过那家伙——你有的是空间。”弗兰妮每次上完马克斯的驾驶课回来，总会为自己在乐队演奏台附近拉出了九英尺的橡胶印——或在前街靠近法院的那个角落拉出了十二英尺的橡胶印——感到自豪。在新罕布什尔州的德瑞镇，我们把猛踩刹车在路上留下黑黑的轮胎印叫作“拉出橡胶印”。

“太叫人恶心了。”弗兰克说，“搞坏离合器，搞坏轮胎，只不过是少年气盛的瞎显摆——你会惹上麻烦的，你的学车许可证会被吊销，马克斯将失去他的驾驶证（这或许是理所应当的），你会轧到别人的狗，或许还会轧到一个小孩子。镇上的一些傻帽会与你赛车，或者尾随你到家，把你打个半死。说不定把我打个半死，只因为我认识你。”

“我们就要去维也纳了，弗兰克。”弗兰妮说，“趁现在还有时间，在德瑞镇上你想揍谁就赶紧去揍吧！”

“揍人！”弗兰克说，“恶心。”

嘿！

弗洛伊德又来信了。

你们快要来了！来得正是时候。孩子们开学前还有足够的时间来适应。人人都期待着你们的到来。甚至连妓女们也期待着你们！哈哈！妓女看见孩子们很高兴，她们对孩子有种出自母性的兴趣——真的！我给她们看了你们的所有照片。夏季是妓女们的好季节：游客很多，大家都很开心。即使是那些搞东西方关系的浑蛋也心满意足。夏季他们不忙——上午11点开始才有打字机声。政治也休暑假。哈哈！这里的生活很美妙。公园里有美妙的音乐、美妙的冰激凌。连熊也更开心了——你们要来，它也高兴。对了，熊的名字叫苏西。苏西和我爱你们。

弗洛伊德

“苏西？”弗兰妮说。

“一头叫苏西的熊？”弗兰克说。他好像很生气，因为苏西不是一个德国名字，或许因为这是一头母熊。我想，对我们大多数人来说，这确实是一件令人失望的事——事情还没有真正开始，我们就觉得有点扫兴了。搬家就是这么一回事。先是兴奋，接着是焦虑，再后来是失望。起先我们恶补了有关维也纳的知识，接着，我们却开始想念——应该说是提前想念——起这家老的新罕布什尔旅馆了。再后来是等待，漫长的等待，也许这是为我们在同一天出发和到达——喷气式飞机的发明使得出发和到达能够在同一天实现——而感到失望在做准备吧。

*

七月的第一天，我们从弗里茨的马戏团借了一台大众牌大巴。这台大巴装备了很滑稽的手动刹车和加速控制器，因为侏儒的腿短，够不到脚踏刹车板。父亲和弗兰克为谁能够更加熟练地驾驶这种不寻常的汽车吵了起来。最后，弗里茨主动提出他来开，送坐第一班飞机的我们几个人去机场。

父亲、弗兰克、弗兰妮、莉莉和我坐第一班飞机。母亲和艾格第二天坐另一班飞机去维也纳，索罗与他们同行。在我们出发的那天早上，艾格起得比我还早。他坐在床上，穿着一件白色的礼服衬衫、一条最好的裤子、一双黑皮鞋、一件白色的亚麻上衣。他看起来就像马戏团里的一个侏儒——在他们的一个滑稽短剧里，一家高档餐厅里的一个瘸腿侍者就是这个样子。艾格在等我醒来，他要让我帮他打领带。索罗坐在艾格旁边咧嘴笑着，那种僵硬痴呆的傻乐样与疯子没有两样。

“你明天再去，艾格。”我说，“我们今天去，你和妈妈明天去。”

“我想现在就准备好。”艾格说，一副非常焦虑的模样。我一边帮他系上领带，一边说点笑话逗他开心。他给索罗也打扮了一下，给它穿上了最合适不过的飞行服。我把我的大包小包往大众牌大巴上拿，艾格带着索罗跟着我下了楼。

“如果你们还有地方，”母亲对父亲说，“我希望你们哪一个能把这条死狗带走。”

“不行！”艾格说，“我要索罗与我待在一起！”

“你知道，你可以把它放进包里托运。”弗里茨说，“你没有必要带着它上飞机。”

“它可以坐在我腿上。”艾格说。索罗的问题就这么解决了。

随身行李和托运行李都整理好了。

侏儒们向我们挥手告别。

朗达·雷的窗户边的消防梯上挂着她的橙色睡衣——以前的颜色鲜艳得令人震惊，现在却褪了色，就像弗里茨的马戏团用的那些帆布。

尤里克太太和马克斯站在送货口。尤里克夫人刚才一直在清洗几个锅，手上还戴着橡胶手套；马克斯拿着一只树叶编成的篮子。“四百六十四！”马克斯喊道。

弗兰克脸一下子红了。他吻了母亲。“再见。”他说。

弗兰妮吻了艾格。“再见，艾格。”弗兰妮说。

“什么？”艾格说。他脱去了索罗身上的衣服，这条狗现在一丝不挂。

莉莉哭了。

“四百六十四！”马克斯·尤里克尖叫一声，显出一副十足的傻样。

朗达·雷站在那里，只见她那白色的服务员制服上洒上了一点橙汁。“继续跑，约翰·欧。”她轻声说，语气相当高兴。她吻了我——她几乎吻了所有的人，但没有吻弗兰克，因为弗兰克早就爬进了那辆大众牌大巴，以免与她接触。

莉莉哭个没完，一个侏儒骑着莉莉的那辆旧自行车。就在我们准备离开艾略特公园的时候，弗里茨的马戏团的动物来了。我们看到了长长的平板拖车、铁笼和链条。弗里茨只好将大巴停下来，跳下车，跑前跑后给那些人指点着。

我们坐在自己的笼子中——就是这辆大众牌大巴——看着这些动物，心中不由得生起一个疑问：这些动物是不是矮种动物？

“小马。”莉莉说——她的哭声还没有停，“还有一只黑猩猩。”有一个笼子，侧面画着一头红色大象——就像儿童卧室里的墙纸——我们听到里面有一只猿猴在尖叫。

“全是普通的动物。”弗兰克说。

一只雪橇狗围着大巴跑着叫着。一个女侏儒开始骑那条狗。

“没有老虎，”弗兰妮说——她非常失望——“没有狮子，没有大象。”

“看到熊了吗？”父亲说。在一个侧面什么都没有画的灰色笼子里，有一个黑影坐在那里，摇晃着身体，好像是随着内心的一个悲伤曲子在有节奏地摇摆着——它的鼻子太长，臀部太宽，脖子太粗，爪子太短，好像永远高兴不起来似的。

“这就是熊？”弗兰妮说。

有一个笼子，里面好像装满了鹅，或者是鸡。这个马戏团似乎以狗和小马为主角——再加上一只猿猴和一头让人失望的熊：这两个动物倒可以说是我们所有人心中期待的异国情调的生活的某种象征吧。

弗里茨回到了大巴上，开车带着我们出发了——去机场，去维也纳。我回头看看艾略特公园，看看那些人。我看见艾格依然紧紧抱着索罗——那是最奇异的一种动物。莉莉坐在我身边哭着。侏儒们在东奔西跑，各种动物被从平板拖车上卸下来，在这一片混乱中，我仿佛看到了一个叫作“索罗”——而不是“弗里茨的节目”——的马戏团。母亲向我们挥着手，尤里克太太和朗达·雷跟着她一起挥手。马克斯·尤里克在大喊大叫，但我们听不见他在喊什么。弗兰妮的嘴唇在动，和着尤里克先生的嘴唇一张一合的节拍，她轻声地说：“四百六十四！”弗兰克正捧着一本德语词典在看。父亲——他不是个惯于向后看的人——坐在弗里茨旁边，语速匆匆与弗里茨说着闲话。莉莉还在哭，但她的哭声像小雨一样无害。艾略特公园消失在我眼前了。我最后一眼看到的是艾格，他在拼命跑着，与侏儒们一起跑着，把索罗高高举过头顶，好像举着一座神像——让所有其他的动物、其他普通的动物顶礼膜拜的神像。艾格非常兴奋，扯着嗓子喊着。弗兰妮的嘴唇动着——和着艾格的嘴唇一张一合的节拍，弗兰妮低声念叨着：“什么？什么？什么？”

*

弗里茨开车把我们送到了波士顿。弗兰妮在波士顿买了几件母亲说起过的“都市内衣”。莉莉穿行在内衣货架中间，还是哭个不停。我和弗兰克来回不停地坐自动扶梯玩。我们到机场的时间太早了。弗里茨说了声抱歉，不能与我们一起等飞机了，他说他的那些动物需要他马上回去照顾，父亲于是祝他一切顺利——他明天还要开车送我母亲和艾格来机场，父亲还特意预先感谢了他。在洛根国际机场的男洗手间，有人向弗兰克“贴过来”，但弗兰克不愿意向我和弗兰妮描述这件事。他只是不停地说有人“贴上来”，对此他感到很生气，我和弗兰妮也很生气，因为他没有详细地对我们说这件事。为了让莉莉高兴起来，父亲给她买了一个可以随身带的塑料飞行包。天黑之前，我们登上了飞机。我想我们是在晚上七点或八点起飞的：夏日刚入夜的波士顿灯光半明半暗。因为天还微明，在空中我们还能清楚地看到波士顿港。这是我们头一回坐飞机，大家都开心。

我们在海上飞了整整一夜。父亲一路上都在睡觉。莉莉睡不着，她望着漆黑的窗外，对我们说她看到了两艘远洋轮船。我一会儿打盹，一会儿醒来，接着又打盹，又醒。我闭上眼睛，想象艾略特公园变成了一个马戏场。我们童年时离开的大多数地方都变得越来越难看了，而不是越来越漂亮。我想象自己回到了德瑞镇，很想知道弗里茨的马戏团是把这个小镇变得更好了，还是更差了。

当地时间早上八点差一刻，我们到了法兰克福——或许是九点差一刻。

“Deutschland[1]！”弗兰克说。他领着我们一路穿过法兰克福机场，登上前往维也纳的中转航班。他大声念着所有的标识牌，友好地与所有的外国人搭讪。

“我们才是外国人。”弗兰妮不停地嘀咕着。

“Guten Tag！[2]”弗兰克向所有在他跟前经过的陌生人打招呼。

“那些是法国人，弗兰克。”弗兰妮说，“我敢肯定。”

父亲差点把护照弄丢了，于是我们用两根结实的橡皮筋把所有的护照绑在莉莉的手腕上。我抱着莉莉，她一直哭着，哭得太累了。

九点差一刻，或者是十点差一刻，我们离开法兰克福，大约中午

1 德语，意为“德国”。

2 德语，意为“日安！”

时分，就到了维也纳。我们坐的是一架小飞机，坐的时间不长，但是一路非常颠簸。莉莉看到飞机下面的山，吓坏了。弗兰妮期盼明天的天气会好一些，母亲和艾格的行程可以顺利些。弗兰克一连呕吐了两次。

“说德语啊，弗兰克。”弗兰妮说。弗兰克感到身体非常难受，没有理她。

我们花了一天一夜的时间，加上第二天早上，把弗洛伊德旅馆的房间收拾整齐，准备迎接母亲和艾格的到来。我们总共坐了八个多小时的飞机——从波士顿到法兰克福花了六到七个小时，从法兰克福到维也纳又花了一个小时左右。母亲和艾格乘坐的航班将于第二天晚上稍晚一点离开波士顿飞往苏黎世，从苏黎世转机到维也纳大约需要一个小时，而从波士顿飞到苏黎世——与我们飞往法兰克福的航班差不多——也需要大约七个小时。可是，母亲和艾格（还有索罗）乘坐的飞机没有降落到苏黎世。飞机离开波士顿不到六个小时，就一头坠入了大西洋——离欧洲大陆（那是法国）的海岸线不远。后来，我想象他们不是一头坠入一片黑暗之中的（这个想象一定不合逻辑），这样我心里还稍许得到些宽慰——他们可能觉得远远地看到了下面坚实的大地，这样他们可能会得到一丝希望（当然他们的飞机并没有着落）。同样让我们难以想象的是，艾格当时是睡着了的，虽然每个人都希望如此。我们太了解艾格了，他一路上肯定是睡意全无，比谁都清醒——坐在他膝盖上的索罗一定跳上跳下的。艾格一定是坐在靠窗的座位上。

后来我们得知，飞机出事的速度很快。但不管怎么样，飞机上总是还有时间广播的——用某种语言——建议大家做某种形式的告别。总有时间让母亲好好亲吻艾格，紧紧拥抱艾格；总有时间让艾格最后一次发问：“什么”？

虽然我们已经搬到了弗洛伊德的城市，但我必须说，梦的意义被大大高估了：我做的关于母亲去世的梦是不准确的，我再也不会做这样的梦了。从某种程度上说，她的死可能是那个穿白色晚礼服的男人引发的，但没有一艘漂亮的白色单桅帆船把她送到遥远的海上。她从天空坠入海底，她身边的儿子在尖叫，她儿子的胸前紧紧抱着索罗。

救援飞机首先发现的，当然是索罗。救援飞机在清晨灰茫茫的大海上四处搜索沉入大海的飞机的残骸，努力寻找着浮出海面的第一个碎片，结果他们发现水里漂浮着一条狗。靠近仔细一看，救援人员确信这条狗也是这起空难的罹难者。救援队员没有发现任何生还者，他们怎么可能知道这条狗本来就是死的？救援队员通过这条狗的位置，找到了遇难者的尸体——听到这个消息，我们都不觉得奇怪。我们早就从弗兰克那里知道了这个事实：索罗是能够浮在水上的。

后来，弗兰妮说，我们必须警惕索罗接下来会以何种形式出现；我们必须学会辨认它的不同姿势。

弗兰克现在默不作声。他在思考，他让索罗复活了，为此该承担什么样的责任？——对他来说，以前那一直是神秘的源泉，现在却成了痛苦的源泉。

父亲一心要去辨认母亲和艾格的遗体。他把我们留给弗洛伊德照顾，自己一个人坐火车去法国了。从那以后，他不怎么提起母亲或艾格了。他不是一个向后看的人，他忙于抚养我们长大，毫无疑问，不会有时间沉湎于过去，做不切实际的思考。毫无疑问，有一个念头一定在父亲的脑海中闪过：这就是弗洛伊德要让母亲原谅父亲的地方了。

莉莉动不动就哭，因为她后悔了，因为她一直知道，弗里茨的马戏团里的那些人很小，与他们一起生活总是要容易得多。

那我呢？艾格和母亲走了，索罗的姿势又不知成了什么名目了——或者说成了一种伪装——我只知道我们来到了陌生的外国。

索罗浮起来了

朗达·雷——我在对讲系统里第一次听到她的呼吸，就被弄得神魂颠倒，如今我还时不时梦到她那双温暖强壮的大手抚摸着我——是永远不会离开那第一家新罕布什尔旅馆了。她将继续为新主人弗里茨服务，好好地服侍他们——当她越来越老的时候，她或许会发现，比起侍候那些个头正常的成年人，她更喜欢侍候这些侏儒，更喜欢为这些侏儒铺床。有一天，我们收到弗里茨的信，他在信里告诉我们，朗达·雷死了——“死于睡梦中”。在失去母亲和艾格之后，我就觉得生死莫测，没有哪个人的死是“正常”的——但弗兰妮说朗达的死是“正常”的。

至少与马克斯·尤里克不幸的死相比，朗达死得或许还算正常吧。马克斯死在了新罕布什尔旅馆三楼的浴缸里。马克斯离开了四楼那些小尺寸的卫浴设施，离开了他那个喜欢的藏身地之后，或许一直郁郁寡欢，因为我能想象得到，他一直受到头顶上的那些侏儒的困扰，当然不一定是楼上侏儒的动静让他难受，让他难受的是他们住在他楼上这个事实——他想想就不舒服。我一直认为，可能是艾格藏匿索罗的那个浴缸，最终结果了马克斯的性命——那个浴缸差点也要了比蒂·塔克的命。但弗里茨从未说到底是哪个浴缸，只是含糊地说是三楼的浴缸。马克斯在洗澡的时候似乎突发中风，结果就淹死在浴缸里了。一个在无边人海里航行了这么久的老水手，竟然死在一个小小的浴缸里——这让可怜的尤克里太太悲伤欲绝，觉得马克斯死得太不正常了。

“四百六十四。”我们每次提到马克斯，弗兰妮总是这样说。

尤里克太太仍然为弗里茨的马戏团做饭——她还在这里，证明她做的饭菜虽然样子普通，但是味道依然鲜美——也证明人生也是如此：看似普通，实则美丽。有一年圣诞节，莉莉写了一幅很漂亮的字寄给了尤里克太太。莉莉写的是一位盎格鲁-撒克逊无名诗人的诗句，翻译过来就是，“那些生活谦卑的人，自有天使们从天堂给他们带去勇气、力量和信仰”。

阿门。

弗里茨自然也有类似的天使在照顾他。他会在德瑞镇退休，把新罕布什尔旅馆变成他一年到头居住的家（到时他就不用再在路上奔波，不用再与年轻的侏儒们一起到各地进行冬季马戏团巡演了）。莉莉想到弗里茨一次，心里就难过一次——首先，弗里茨的个头儿实在让莉莉难以忘怀；其次，她每次想到弗里茨，都不免要想象，她如果住在弗里茨的新罕布什尔旅馆（而不来维也纳），会是怎么样一幅光景——莉莉继而想象，要是我们没有失去母亲和艾格，我们的生活会有什么样的不同。当然，没有“天上的天使”来拯救母亲和艾格。

当然，我们第一次看到维也纳的生活，根本就没有想到维也纳会是现在我们眼前这个样子。“弗洛伊德的维也纳”，弗兰克老是这么说——我们当然知道他指的是哪个弗洛伊德。

一九五七年的维也纳到处是断壁残垣，到处是战争留下的废墟，建筑与建筑之间常有很大的空地，任由大风呼呼吹过。在瓦砾堆里，在孩子们不再玩耍的操场周围被人整理过的废墟里，人们总感觉还留着没有爆炸的炸弹。我们的出租车在机场和维也纳郊区之间行进，不一会儿经过了一辆俄罗斯坦克，那辆坦克被牢牢固定在那里——被浇注了混凝土——已经成了一个纪念碑。坦克的舱盖上插满了鲜花，长长的炮管挂满了旗子，旗子上的红星已经褪色，被小鸟啄得满是斑点。这辆坦克就永久停在这里，后面看上去像是一个邮局，但我们坐的那辆出租车开得太快，我们无法确定到底是不是邮局。

索罗漂浮在海面上——不过，我们到维也纳的时候，那个噩耗还没有传到我们耳朵里，我们对一切抱着谨慎乐观的态度。越接近市中心，我们看到战争破坏得越不严重，在某个地方，我们看到灿烂的阳光照耀着几座十分精致的建筑——但是，一抬头，却发现屋顶上的一排丘比特石雕像歪斜在那里，丘比特肚子上尽是机枪扫射留下的累累弹坑。街上人多了起来，不像刚才在郊外空无一人，那郊外就好像一张棕褐色的老照片——一张在所有人还未起床之时，或者所有人被杀得一个不剩之后拍摄的老照片。

“太吓人了。”莉莉壮着胆说了一句。因为心里害怕，她终于不哭了。

“很老的城市啊。”弗兰妮说。

“Wo ist die Gemütlichkeit? [1]”弗兰克高兴地唱了起来——他不停地在四处张望，想找到一些好时光。

“我想你妈妈会喜欢这里的。”父亲带着乐观的口气说。

“艾格不会喜欢的。”弗兰妮说。

“艾格不会听到这里的声音。”弗兰克说。

“妈妈也会讨厌这里的。”莉莉说。

“四百六十四。”弗兰妮说。

出租车司机说了几句话，但我们都不知道他在说什么。连父亲

1 德语，意为“幸福在哪里？”

也听出来了，那不是德语。弗兰克十分艰难地与那个男人沟通着，结果发现他是匈牙利人——因为匈牙利最近发生了革命，他才到的维也纳。从车内后视镜里，我们看到了司机呆滞的眼神，我们努力在他身上寻找那些永久的伤疤——如果找不到，那就想象。在我们右边，突然出现一个公园，还有一个建筑，很可爱，犹如一座宫殿（这儿从前就是一座宫殿），从庭院大门走出来一个喜气洋洋的胖女人，身上穿着护士制服（显然是个奶妈），推着双座的婴儿车（有人生了双胞胎！）。弗兰克拿起一本胡写的旅行手册念出了一个白痴一样的数据。

“在维也纳这个人口不足一百五十万的城市，”弗兰克读给我们听，“竟然有三百多家咖啡馆！”我们盯着车外的街道看，想着地上都是咖啡的污渍吧。弗兰妮摇下车窗，使劲闻了闻：只有欧洲柴油的臭味，没有咖啡味。不用多久，我们就会知道能在咖啡馆里干些什么了：可以在那里久久呆坐，可以在那里做作业，可以与妓女聊天，可以玩飞镖，可以打台球，可以多喝点别的而不是咖啡，可以在那里制订计划——逃避现实——当然还可以让睡不着觉的人待着，可以让人在那里做梦。不一会儿，我们被施瓦辛贝格广场的喷泉弄得眼花缭乱，接着我们又穿过环城大街，看到有轨电车开心得不得了。这时我们的司机开始念叨：“克鲁格大街，克鲁格大街。”好像凭他这样重复念叨着，这条小街就会突然出现在我们面前似的——真还是灵验呢，过了不一会儿，他就说：“弗洛伊德旅馆，弗洛伊德旅馆。”

弗洛伊德旅馆并不是突然之间跳入我们的眼帘的。出租车司机慢慢地从它旁边开了过去，弗兰克下车跑进莫瓦特咖啡馆去问路，一个人给我们指了指我们刚刚开过的那个建筑。那个糖果店已经不见了（尽管里面窗户边上还斜靠着写着 BONBONS 等字样的老招牌）。父亲以为这就意味着弗罗伊德已经买下了糖果店，开始了他的扩张计划——为我们的到来做好了准备。但是，经过仔细地观察，我们意识到，原来是一场大火将糖果店烧毁了，而且至少还威胁到了邻近的弗洛伊德旅馆的房客。我们走进了这家昏暗的小旅馆，看到面目全非的糖果店边上立了一个新牌子，牌子上写的是（弗兰克为我们翻译了一下）："不要踩在糖上。"

"不要踩在糖上，弗兰克？"弗兰妮说。

"牌子上就是这么写的。"弗兰克说。我们小心翼翼地挪动步子，走进了弗洛伊德旅馆的门厅，的确感到地板上黏糊糊的（毫无疑问，这是别人的脚早就踩过这些糖的缘故——大火中融化的糖果发出可怕的光泽）。现在我们满鼻子都是那烧焦的巧克力的难闻的味道。莉莉提着几个小袋子，跌跌撞撞地第一个走进门厅，突然尖叫起来。

我们一心想着会见着弗洛伊德，却忘了弗洛伊德的那头熊。莉莉没承想会在门厅里看到一头熊——没有任何东西拴着它——我们谁也没有料到会在前台旁边的沙发上看到这头熊，我们也没料到它会出现在前台旁边的沙发上，只见它坐在那里，两条短腿交叉着，脚后跟搭在一把椅子上，看它的样子，好像是在看一本杂志（弗洛伊德说得对，这显然是一头"聪明的熊"）。莉莉的一声尖叫吓飞了它爪子里抓着的杂志，它一下子恢复了熊的本来模样。它翻了个身，从沙发上跳了下来，侧着身子向前台走去，并不拿正眼看着我们。我们看到这头熊的个头非常小——又胖又矮，不比拉布拉多猎犬长，也不比拉布拉多猎犬高，但身体相当结实，腰粗屁股大，胳膊也壮实。它立在后腿上，狠狠地敲了一下前台上的一只铃，敲得实在过猛，于是它又马上伸出爪子，重重压住铃铛，把刺耳的叮当声消掉了。

"耶稣啊，上帝啊！"父亲说。

"是你吗？"一个声音叫道，"是温·贝瑞吗？"

看到弗洛伊德还没有出现，这头熊很不耐烦，一把拿起前台的铃铛扔到地上，铃铛呼呼地往门厅那边滚去，随即重重地撞到一扇门上——当的一声，就像一把锤子砸到风琴管上。

"我听到你的声音了！"弗洛伊德大喊道，"耶稣啊，上帝啊！

是你吗？”他从房间走了出来，张开着双臂——在我们这些孩子看来，这个人与任何一头熊一样怪异。我们这些孩子第一次意识到，父亲原来是从弗洛伊德那里学到了那句口头禅“耶稣啊，上帝啊！”的。爱说“耶稣啊，上帝啊！”的弗洛伊德的体形与我父亲相差太大，这让我们很吃了一惊。我父亲可是一副运动员的矫健身材，动作也极为敏捷，弗洛伊德根本无法与他相比。要是弗里茨允许他的侏儒们投票，弗洛伊德或许会得到高票，他们会很欢迎他进入那个马戏团——他的个头只比他们大一点点。他的身体似乎受到了某种东西的摧残，从前的个头已经萎缩，如今他变得小巧而结实。我们曾听说的他那满头黑发，如今也变白了，长发飘飘，犹如迎风飞舞的玉米须。他手里拿着一根棒子一样的手杖，很像棒球杆——后来我们才知道，那真是一根棒球杆。他的脸蛋上长着一撮奇怪的毛，大小还是一枚普通硬币的样子，但颜色却像人行道的灰白色——就是城市街道上毫无特色、无人注意的那个颜色。弗洛伊德看上去很老，主要是因为他双目失明了。

“是你吗？”弗洛伊德在门厅那边喊道——他并没有对着父亲在喊，而是对着楼梯底部连接扶手的那根古老的铁柱子喊着。

“我在这儿。”父亲柔声说道。弗洛伊德张开双臂，朝我父亲发出声音的方向摸索着过来了。

“温·贝瑞！”弗洛伊德大喊一声。熊迅速向弗洛伊德冲来，用粗糙的爪子抓住了老人的肘部，拉着他往我父亲的方向走去。弗洛伊德放慢了脚步，因为他害怕哪把椅子没有放好，害怕绊住谁的脚，那头熊便用头撞顶着他的后背，使劲推着他走快点。这不光是一头聪明的熊——我们这些孩子这样想——还是一头导盲熊呢。弗洛伊德现在有了一头熊为他引路。毫无疑问，这真是一只能改变你的生活的熊。

我们看那个瞎眼侏儒拥抱我父亲，我们看他们在弗洛伊德旅馆昏暗的门厅里笨拙地舞动身体的情形。当他们的声音渐渐变得柔和的时候，我们听到了三楼传来的打字机的啪嗒声——那是激进分子弄出的动静，那些左派人士正在写他们对世界的看法。连这些打字机听起来都自信满满——这些人的看法与世界上其他所有人的看法都不同，他们认为别人的看法都有缺陷——他们坚信自己是对的，绝对相信自己的正确性，他们啪嗒啪嗒地将每一个字打到应有的位置上，看他们的手指，好像在不耐烦地敲打着桌面，有时停下来，好像是两段谈话之间的停顿。

还有比晚上到达旅馆更合适的时机吗？应该说，在光线不足的柔和灯光下，在黑暗的宽宥下，这门厅看上去打理得很好。对我们这些孩子来说，听到打字机的啪嗒声和看到熊在这里出现，不是比听到（或想象）床的左摇右晃和妓女们在楼梯上忙着奔上奔下——听到门厅里整夜不断的带有内疚的问候声和告别语——更好吗？

这头熊挤在我们孩子之间用鼻子拱来拱去。莉莉对熊很是戒备（这熊的个头比莉莉还大一点），我有点害羞，弗兰克用德语对她打起招呼，以表示友好，但这头熊对其他人一概不理，只盯着弗兰妮看。熊拿阔脑袋紧贴着弗兰妮的腰，拿鼻子戳了戳我姐姐的胯部。弗兰妮一边跳，一边笑。弗洛伊德说："苏西！你这是对人友善呢，还是对人粗鲁？"这头叫苏西的熊转过头来看着弗洛伊德，突然四肢着地向他冲了过来，一头撞到了老人的肚子上，一下子把他撞倒在地。父亲好像本想上前帮弗洛伊德，但弗洛伊靠着手里的棒球杆，很快站了起来。很难说清楚他是不是在笑。"噢，苏西！"他说——他本意是要面对苏西，但是实际上并没有面对她。"苏西只是在卖弄，她不喜欢别人说她不好。"弗洛伊德说，"她不太喜欢男人，更喜欢女人。女孩子们在哪里？"老人一边说，一边将两只手向两个不同方向伸去。弗兰妮和莉莉便朝他走去。苏西熊跟在弗兰妮后面，亲热地在后面轻轻推着弗兰妮。弗兰克突然痴迷上了熊，想与她交朋友，拉着她粗糙的皮毛，结结巴巴地说："呃，你一定就是那头叫苏西的熊。

我们听说了你的很多故事。我叫弗兰克。Sprechen Sie Deutsch?[1]”

“不，不，”弗洛伊德说，“不要说德语。苏西不喜欢德语。她说你们的语言。”弗洛伊德说话的时候大致面对着弗兰克的方向。

弗兰克傻乎乎地弯下腰去，又拽了拽熊的皮毛，问：“你会握手吗，苏西？”苏西转过身来面对着弗兰克，站了起来。

“她没有对你无礼吧？”弗洛伊德大声问，“苏西，乖一点！别那么粗鲁。”苏西站着的时候也没有我们高——只比莉莉高一点，比弗洛伊德高一点。苏西拿鼻子碰了碰弗兰克的下巴。她面对面地与弗兰克站了一会儿，然后把身体重心转移到后腿上，像拳击手一样扭动着身体。

“我是弗兰克。”弗兰克紧张地对熊说，向熊伸出一只手去——接着，他想用两只手一把握住并摇晃熊的右爪。

“把你的手收回去，孩子。”苏西一边对弗兰克说，一边飞快地打出一记短拳，把弗兰克的两只手分开。弗兰克踉踉跄跄地向后倒去，一下子碰倒了前台的铃铛——只听“当啷”一声响。

“你是怎么做到的？”弗兰妮问弗洛伊德，“你是怎么让苏西学会说话的？”

“亲爱的，没人教会我说话。”苏西说，拿鼻子蹭蹭弗兰妮的屁股。

莉莉又是一声尖叫。“这熊会说话，这熊会说话！”她喊道。

“她是一头聪明的熊！”弗洛伊德喊道，“我不是告诉过你们吗？”

“这熊会说话！”莉莉还是歇斯底里地尖叫着。

“但是我不尖叫。”这头叫苏西的熊说。不一会儿，她完全没有了熊的样子——她直立着身子，闷闷不乐地走回那张沙发——刚才她就

---

1 德语，意为“您会说德语吗？”

是坐在那里，被莉莉的第一声尖叫吓了一跳。她在沙发上坐下来，交叉双腿，把两只脚搁在椅子上。她读的是《时代》杂志，很老的一期。

“苏西是密歇根人。”弗洛伊德说——似乎这句话就把什么都说明白了，“她在纽约上的大学，她非常聪明。”

“我上的是萨拉·劳伦斯学院，但中途辍学了，那里尽是狗屎精英。”苏西说——她这样说萨拉·劳伦斯学院——她的爪子不耐烦地翻动着《时代》杂志。

“她是一个女孩！”父亲说，“是一个穿熊装的女孩！”

“一个女人。”苏西说，“好好看看。”那是一九五七年，苏西是一头走在时代前面的熊。

“一个穿熊装的女人。”弗兰克说。莉莉慢慢向我靠来，抓着我的腿不放。

“这世上没有聪明的熊，”弗洛伊德说，好像在发布他的预感似的，“除了这头熊。”

我们吃惊地沉默了一阵，这时楼上的打字机啪啦啪啦响起来，好像在吵架似的。我们把苏西看成了一头熊——的确是一头聪明的熊，还是一头导盲熊。我们知道了她不是真熊之后，她的个头在我们眼里突然变得高大了一些。她在我们眼前有了新的本事。我们觉得，她不光是弗洛伊德的眼睛，她或许还是他的心、他的大脑呢。

父亲的老师——就是这个盲人老头弗洛伊德——斜靠在父亲身上。父亲往大堂四周看了看。父亲看到了什么？我在心里纳闷。当父亲的眼睛扫过那个“母熊”坐着的那张松软下垂的沙发，扫过那些印象派画家的仿作——好几头牛的粉色裸体落入光线构成的花丛（就是以鲜艳的花朵为主题的墙纸）中——的时候，他看到什么样的城堡、什么样的宫殿、什么样的高级奢华之物在他眼前逐渐显得越来越大？等他的眼光扫过那把安乐椅（里面的填塞物已经炸开了，就像我们想象郊外那些乱石堆下的炸弹爆炸了一样），扫过一盏昏暗的台灯（太昏暗了，你想在它旁边做梦都难）的时候，他的眼前又出现了什么？

“糖果店出这事太糟糕了。”我父亲对弗洛伊德说。

“太糟糕了？”弗洛伊德大声说，“Nein，nein，nicht[1]，这是件好事。糖果店没了，他们也没有买保险。我们就把它买下来——不用多少钱！这样我们就可以建一个大堂了，人们一眼就可以看到——从街上就可以注意到！”当然了，他自己是不会注意到的，他是无法看到的。“真是幸运的火啊！”弗洛伊德说，“这火烧得正是时候，你来了，它就烧起来了。”弗洛伊德一边说，一边捏了一下我父亲的胳膊。“一场好火！”弗洛伊德说。

“那火像熊一样聪明。”苏西说，冷笑一声，继续翻看那份旧的《时代》杂志。

“那火是你放的吗？”弗兰妮问苏西。

“你可以拿你可爱的屁股打赌，亲爱的。”苏西说。

*

噢，以前有一个女人，她也被人强奸过。我把弗兰妮的故事告诉了她，还告诉她弗兰妮是如何处理那件事的——其实弗兰妮没有管它，或者说，她并不认为那是最倒霉的事。这个女人告诉我，弗兰妮和我都错了。

“错了？”我说。

“你拿你的屁股打赌吧。”这个女人说，“弗兰妮是被人强奸了，不是被人殴打了。那些浑蛋确实得到了‘她身体里的那个她’——就像你那狗屁黑人朋友说的那样。他知道什么？因为他的姐姐被人强

1 德语，意为“不是”。

奸过，他就成了强奸问题专家？你姐姐清除了自己身上那件可以对付那些浑蛋的唯一武器——他们的精液。没人去阻止她洗澡，没人去让她处理那件事——所以她这一辈子一直要处理这件事。事实上，由于她一开始就没有反抗那几个强奸者，所以她就牺牲了自己的敢于斗争的性格，而你，”这个女人对我说，“为了图省事，向别人传播了你姐姐被强奸的消息，还跑去找英雄来救她，不是待在现场自己处理这件事，这样就剥夺了这起强奸事件的完整性。”

“强奸事件的完整性？”弗兰克问。

“我是去找人来救她了，”我说，“不然，他们会把我打得屁滚尿流，然后再强奸她。”

“我得和你姐姐谈谈，亲爱的，”这个女人说，“她自己那一套业余水平的心理学，是行不通的，相信我，我知道强奸是怎么回事。”

“哇！”我想起艾奥瓦鲍勃有一次说，“所有的心理学都是业余的。去他的弗洛伊德！”

“那是另外一个弗洛伊德。”父亲那时补充道。后来我在想，说不定我们的这位弗洛伊德也是这样。

不管怎么样，这个自称为强奸问题专家的女人说弗兰妮遭到强奸之后的那种反应是毫无道理的。我知道弗兰妮至今还在给契帕·达夫写信，这也让我感到莫名其妙。这位强奸问题专家说，强奸根本不是那么回事。强奸不会产生那种效果——根本不会。她说她知道这一切，她碰到过这样的事。在大学里，她加入过一个由有被强奸经历的女性组成的俱乐部，对于被强奸是怎么一回事，对被强奸这件事应该做出何种正确反应，她们都达成了一致。甚至在这个女人开始与弗兰妮交谈之前，我就看出她个人的不幸对她产生了多么大的影响，而且在她的脑子里，对被强奸这件事，唯一可信的反应就是她自己的这种反应。别人对类似的强奸事件可能会有不同的反应，对她来说，那意味着那个强奸事件或许不是同一类型的。

“人就是那样。”艾奥瓦鲍勃或许会这样说，“他们都想把自己最糟糕的体验普遍化，那样做好像会让他们得到某种支持。”

谁能责怪他们？和那样的人争论真让人生气，因为一种经历否定了他们的人性，他们便到处否定别人身上的另一种人性，这就是人类多样性的真相——多样性与我们的同一性并存。对她来说，那真是太糟糕了。

“她可能过着非常不幸的生活。”艾奥瓦鲍勃可能会这么说吧。

的确，这个女人曾有过非常不幸的生活。这位强奸问题专家就是这头“熊”——苏西。

“‘这只是众多事件中的一个小事件’——这是什么鬼话？”苏西问弗兰妮。“‘一辈子最幸运的一天’——这又是什么鬼话？”苏西问她。“那些暴徒不只是想干你，亲爱的，他们想夺走你的力量，而你却任由他们这样做。任何一个如此被动地接受侵犯的女人……你怎么能说，你知道契帕·达夫会是‘第一个’这样做的人？亲爱的！你把遭遇到的这件事的严重性最小化了，只是为了让自己更容易接受一些。”

“被强奸的是谁？”弗兰妮问苏西，“我的意思是，你被一个人强奸了，我被另一个人强奸了。如果我说没有人得到我心中的我，那么就是没有。你认为他们每次都能得到吗？”

“我拿你甜美的屁股打赌吧，亲爱的。”苏西说，“强奸犯的武器是他的阴茎。如果那家伙近不了你的身，他就无法用他的武器，举个例子吧，你最近的性生活怎么样？”

“她还只有十六岁。”我说，“她不该有这么好的性生活吧——在十六岁的时候？”

“我明白。”弗兰妮说，“先是性生活，然后是强奸。日日夜夜。”

“那你怎么总是说契帕·达夫是‘第一个’呢，弗兰妮？”我问她，口气非常平静。

“你拿你的屁股打赌吧——这才是重点。”苏西说。

“是这样的。”弗兰妮对我们说——弗兰克不安地玩着单人纸牌，假装没在听。莉莉一直很认真地听着我们的谈话，就像看一场网球锦标赛，选手的每一次击球都让她肃然起敬。“是这样的，”弗兰妮说，“重点是，这事发生在我身上，是我的，我拥有它，我会用我的方式去处理。”

“但是你并没有处理它。”苏西说，“你从来都不够气愤，你必须生气，你必须对所有的事实感到愤怒。”

“你得痴迷一事，坚守一生。”弗兰克翻着白眼，引用了老艾奥瓦鲍勃的一句话。

“我是认真的。”苏西说。当然，她太认真了——她比起初的时候看起来更可爱了。过了一段时间，苏西终于弄明白了强奸这件事。后来，她开了一家很棒的强奸危机中心。再后来，她在咨询手册里开宗明义第一句就写下了：“强奸是谁的事？”——这是一个最重要的问题。苏西最终明白了，她的愤怒，对她来说，是一种健康的反应，但对弗兰妮来说，在那个时候，那或许不是最健康的反应。“让受害者把心里话都说出来。”她把这句明智的话写进她的心理咨询手册里。还有这句话：“要把你自己的问题和受害者的问题分开来。”后来，苏西真的成了一名强奸问题专家——她说过一句非常有名的话：“一定要注意：每一宗强奸案的真正问题可能不是你的真正问题。请好好想一想，里面可能不止一个问题。”对于所有向她咨询的强奸受害者，她都会给出这样的建议：“重要的是，要明白，受害者对这场危机的反应和心理调整的方式不是只有一种。任何一个受害者都可能表现出所有症状，或者不表现任何症状，或者是以下常见症状的组合体：内疚、否认、愤怒、困惑、恐惧，或者是另外一些完全不同的症状。这些问题可能在一周之内发生，也可以在一年、十年之内发生，或永远不会发生。”

所言极是。要是艾奥瓦鲍勃活着，他一定会喜欢苏西这头熊，就像他喜欢厄尔一样。在苏西与我们一起生活的最初几天里，这头熊是个强奸问题专家——当然，也是许多其他问题的专家。

我们不得不与她反常地亲密起来，因为我们有事只好找她，就像以前找我们的母亲一样（而我们自己的母亲已经不在了）。过了一段时间之后，我们不管有什么问题，都会去找苏西。几乎与此同时，这头聪明（有时又有些粗鲁）的熊似乎比瞎眼的弗洛伊德更明白事理。从我们到达这个新旅馆的第一天第一夜起，我们就向苏西去打听我们想得到的所有信息。

“那些带着打字机工作的人是谁？”我问她。

“妓女一般怎么收费？”莉莉问她。

“哪里可以买到一张好地图？”弗兰克问她，“最好是标明了徒步观光路线的那种。”

“徒步观光，弗兰克？”弗兰妮说。

“苏西，带孩子们去看看他们的房间。”弗洛伊德对这头聪明的熊说。

不知怎的，我们先去看了为艾格安排的那个房间，那是最差的一个房间——有两扇门，却没有一扇窗户，一扇门外是一个通道，通道那头是莉莉的房间（莉莉的房间也只是好一点点，有一扇窗户而已），另外一扇门通往一楼的大堂。

莉莉说：“艾格不会喜欢这个房间的。”莉莉敢说艾格什么都不会喜欢的：他压根就不喜欢搬家这件事。我想莉莉说得很对。现在，每当我想起艾格，我总想象他在这个他永远不会见着的弗洛伊德旅馆的房间里的样子：他被囚禁在一个没有空气、没有窗户的盒子里，被囚禁在一个外国旅馆处于中心位置的小小空间——一个不适合客人入住的房间里。

一般家庭典型的专制做法：家里最小的孩子总是住最差的房间。

艾格在弗洛伊德旅馆是不会开心的，我现在真不知道，我们当中哪个人会开心。当然，我们一开始就不公平。我们先到了一天一夜，然后，就传来了母亲和艾格的坏消息，接着，苏西就成了我们的熊，一头什么都明白的熊。父亲和弗洛伊德开始了他们两个人的计划，为了打造一家伟大的旅馆——他们至少希望打造一家成功的旅馆：如果不是一家伟大的旅馆，至少是一家好旅馆。

父亲一到维也纳，就开始与弗洛伊德做计划了。父亲想让妓女们搬到五楼住，把关系研讨会的那些家伙搬到四楼，这样就可以腾出二楼和三楼来接待客人。

“为什么出钱住店的客人非得爬到四楼和五楼去？”父亲问弗洛伊德。

“那些妓女，”弗洛伊德提醒我父亲，“也是出了钱的客人。”他无须补充说，妓女们每天晚上奔上奔下要走很多趟。他只加了这一句：“她们的一些客户年纪太大，爬楼梯有些吃力。”

“如果说他们老得爬不动楼梯了，”苏西说，“那么可以说，他们该老得干不了这些肮脏事了。让他们在楼梯上完蛋，总比让他们趴在小女孩身上，在床上断气要好。”

“耶稣啊，上帝啊！”父亲说，“那就让妓女们住二楼吧，让那些该死的激进分子搬到顶楼去。”

“知识分子啊，”弗洛伊德说，“是出了名的四肢无力的家伙。”

“并不是所有的激进分子都是知识分子。”苏西说，“我们到头来总得装一部电梯。”她接着又说，“我赞成让妓女们住在底层，让思考者多爬楼梯。”

“是的，把客人安排在中间楼层。”父亲说。

“什么样的客人？”弗兰妮问。她和弗兰克查看了入住客人登记表，弗洛伊德旅馆今天没有一个客人。

“都是因为糖果店的那场火。”弗洛伊德说，“客人们都被熏跑了。只要我们把大堂建造得漂漂亮亮的，客人就会蜂拥而至！”

“妓女们的叫床声会让客人们晚上睡不着，而早上的打字机声又会把他们吵醒。”苏西说。

“这差不多成了波西米亚式旅馆。”弗兰克说，一副乐观的口气。

“你对波西米亚人了解多少，弗兰克？”弗兰妮问。

在弗兰克的房间里有一个裁缝用的假人模特，原先是属于一个妓女的，她在旅馆里有一个长年的固定房间。这个假人模特很粗壮，肩膀上立着一个时装模特的头，头上的假发歪斜着，但这张脸很漂亮，只是有些凹陷。弗洛伊德说这个头肯定是从卡恩特纳大街的一家大型百货商店偷来的。

“太好了，这下你可以把你的制服一件一件都给它穿了，弗兰克。”弗兰妮说。弗兰克闷闷不乐地把一件外套挂在假人模特上面。

“太可笑了。”他说。

弗兰妮的房间与我的房间紧挨着，我们共用一个古老的浴缸；浴缸足够深，可以放得下一头牛。我们的厕所在走廊那头，在大堂外面。只有父亲的房间带独立的浴室和厕所。好像苏西也用我和弗兰妮共用的那个浴室，但她只能穿过我的或弗兰妮的房间才能进去。

“别担心。”苏西说，“我不怎么洗澡。”

这话不假。我们闻到的气味虽然不完全是熊身上的那种气味，但还是带有浓重的酸味、咸味。当她把熊头取下来的时候，我们看到了她那乌黑潮湿的头发——她那张苍白、满是麻子的脸，那双憔悴、不安的眼睛——我们还是看她装扮成熊，觉得更舒服一些。

“你们看到的，”苏西说，“是令人难以忍受的粉刺——青春期的痛苦。我就是这样一个女孩——你把一个袋子套在我头上就好受了。”

“别难过。”弗兰克说，“我是一个同性恋，我没想过我的青春期也会这么难熬。”

“呃，至少你长得很漂亮。你们全家人都很漂亮。”苏西一边说，一边向我们投来不屑的眼光，“你们可能会受到歧视，但让我告诉你们：不管什么样的歧视，与别人看见一张丑脸的那种眼神相比，都算不了什么。我以前是个丑孩子，现在一天比一天更丑了。”

我们不由得盯着她这副穿着熊装的身体看（她没有戴上熊头）。当然，我们很想知道苏西本人的身体是否像熊一样壮实。下午晚些时候，我们看到她穿着T恤和运动短裤，靠着弗洛伊德的办公室的墙，做着下蹲和屈膝动作，浑身是汗——她正在为自己的角色做热身运动，因为那些激进分子干完白天的活儿就要出门，到了晚上妓女们马上就要来上班。我们发现，她的身体正适合装扮熊。

“又矮又壮，是吧？”她对我说。艾奥瓦鲍勃可能会说：香蕉吃得太多了，跑步跑得太少了。

不过，说句公道话，假如苏西不打扮成熊的样子去做表演，她到什么地方亮相都是不容易的。当然，穿上熊装，锻炼身体就成了一件很困难的事了。

“我不能暴露我的真实身份，否则我们就有麻烦了。”她说。

这是因为，要是没有苏西，弗洛伊德怎么能够维持旅馆的秩序？苏西就是秩序的维护者。当激进分子受到右派捣乱者的骚扰的时候，当走廊里和楼梯上有人跑来跑去乱喊乱叫的时候，当一群新的法西斯分子开始尖叫“世上没有免费的东西！”的时候，当一小群暴徒举着横幅（横幅上写着“让东西方关系研讨会的人滚……滚到更东边的地方去”）到大堂来抗议的时候——在那些时候，弗洛伊德就能用上她这头熊了，苏西说。

“还不快滚，你们把熊激怒了！”弗洛伊德总是这样喊。

有时候只需熊的一声低吼，或一次短距离的出击。

“说来很有意思。”苏西说，“我的样子不是很威猛，但是没有人会去与熊打斗。我只要抓住一个人，其他人就会滚成一团，开始呻吟。我只不过往这些杂种身上吹口气，只不过轻轻压到他们的身上。

如果你是一头熊，没有人会反击。”

激进分子看到熊保护了他们，便对熊心存感激之情，因此，让他们搬到楼上去这件事，就不成什么问题了。我父亲和弗洛伊德在下午两三点钟的时候向他们解释了这一情况。父亲给我派了个搬运打字机的活儿，我二话没说就动手把打字机搬到五楼的那些空房间里去。一共有六台打字机、一台油印机、不少日常的办公用品，电话机好像多得过了头。等我搬完第三张或第四张办公桌的时候，我感到有点累了。好在这几天人在旅途，我没有像平常那样举重，所以我倒也喜欢搬东西这样的锻炼形式。我问了几个年轻的激进分子，他们是否知道哪里可以弄到杠铃。我看他们一下子警觉起来：也难怪，我们是美国人嘛。他们要么是不懂英语，要么假装不懂，依然说他们自己的语言。一个年长的激进分子对搬家一事表示了短暂的抗议，与弗洛伊德辩论起来，听上去言辞相当激烈。苏西在一旁开始呜呜地叫起来，那头熊围着老人的脚踝不停打转——就像她要把鼻涕擦在老人的裤管上似的。老人于是就冷静了下来，往楼上爬去——他当然知道苏西并不是一头真正的熊。

“他们在写什么？”弗兰妮问苏西，“我的意思是，他们在写时事通信之类的东西，还是写些宣传资料？”

“他们为什么要这么多电话机？”我问，因为我们从来没有听到电话铃响，一次也没有听到过——一整天都没有响过。

“他们总往外打。”苏西说，“我想他们喜欢打威胁电话。我没有他们写的时事通信。我不喜欢他们搞的政治活动。”

“他们的政治主张是什么？”弗兰克问。

“改变一切。”苏西说，“一切从头开始。他们想把过去一笔勾销。他们想来一场全新的游戏。”

“我也想。”弗兰克说，“这主意听起来不错。”

“他们的样子很吓人。”莉莉说，“他们低下头朝你看来，好像在盯着你看，实际上并没有看见你。”

“呃，你太矮了。”苏西说，“他们肯定看见我了，他们老是看我。”

“其中一个人老盯着弗兰妮看。”我说。

“我不是这个意思。”莉莉说，“我的意思是，当他们拿眼睛看你的时候，他们并没有看到你这个人。”

“那是因为他们正在思考如何改变这一切。”弗兰克说。

“人呢，弗兰克？”弗兰妮问，“他们认为人也可以改变吗？你也这样认为吗？”

“可以改变的。”苏西说，“就好比我们到最后都会死。”

*

悲伤使一切变得亲密起来；我们为母亲和艾格的死感到无比的悲伤，在这样的悲伤中，我们了解了那些激进分子，了解了那些妓女，好像我们以前早就了解了他们一样。我们是一群失去亲人的孤苦孩子，在妓女眼里，我们失去了亲爱的母亲；在激进分子眼里，我们失去了金子一样珍贵的弟弟。所以，激进分子和妓女们对我们很好——他们这样做，是为了减轻我们失去亲人的忧伤，减轻我们看到弗洛伊德旅馆的这些状况而感到的另一份忧伤。尽管他们作息时间不同（激进分子白天工作，妓女晚上工作），但他们之间的相似之处比我们原来想的要多。

他们都相信一个单纯理想在商业上有实现的可能性：他们都相信，总有一天他们能获得“自由”。他们都认为，他们的身体可以为了某项事业而慷慨地牺牲掉（在经历了艰难的牺牲之后，他们的身体能很容易地得到复原，或被替换）。他们使用名字的方式都有相似的地方——只是原因不同罢了。他们都是只用代号，只用绰号——即便使用真实姓名，他们也都只使用名，不使用姓。

他们当中有两个人起了同样的名字，但不至于造成混乱，因为这同名的两个人，一个是男的，一个是女的：男的当然是激进分子，女的当然是妓女，而且他们从不同时出现在弗洛伊德旅馆。他们都叫老毕力格，在德语里，毕力格的意思是“廉价货”。一个年纪最大的妓女叫了这个名字，因为她的价格低于她所在的那个地区的妓女的一般价格。克鲁格大街虽然在第一区，但这条街的妓女的价格比拐一个弯的卡恩特纳大街的妓女低一个档次。如果你从卡恩特纳大街转到我们这条小街上来做生意，你就好像自降了身份，来到了一个没有光亮的世界。虽然与卡恩特纳大街只隔一条街，你在这里就看不到萨彻酒店的光芒，看不到国家歌剧院的流光溢彩，你只看到这里的妓女眼影画得更浓，她们的膝盖变形得更厉害，她们的脚踝似乎也凹陷得更厉害（因为站得太久），她们的腰围看上去更粗——就像站在弗兰克房间里的那个裁缝用的假人模特。老毕力格是克鲁格大街这帮妓女的老大。

与她同名的那个激进分子就是为搬到五楼这件事与弗洛伊德吵得很凶的那位老先生。他得了个“廉价货”的名声，多半是因为他为了生活善于见风使舵，他被别的激进分子称为“激进分子中的激进分子”。布尔什维克来了，他就做布尔什维克；人家改名字了，他也赶紧改名字。在每一次运动中，他总是走在前面，但是，当运动失控或陷入绝境时，老毕力格就立刻躲到后面，悄悄溜到别人的视线之外，静候时机，等待下一次运动的来临。年轻的激进派中的一些理想主义者对老毕力格的做法持怀疑态度，但又赞赏他的忍耐力——赞赏他总能幸存下来。别的妓女对这个叫毕力格的老妓女的看法也是如此。

在我们这个社会，人们对资历既尊敬，又痛恨。

与那个叫毕力格的老激进分子一样，这个叫老毕力格的老妓女因为换楼层的问题也与弗洛伊德吵得不可开交。

“你这是往下搬，”弗洛伊德说，“你可以少爬一层楼了。在一个没有电梯的旅馆里，住二楼总比住三楼强。”

弗洛伊德的德语我是能听懂的，但老毕力格的话，我却一点也听不懂。弗兰克给我解释说，她不愿搬家的原因是她的“纪念品”太多，搬不了。

“看看这个男孩！”弗洛伊德一边说，一边摸索着朝我这边走来，“看看他的肌肉！”当然，弗洛伊德说的“看”实际上是“摸”，他对我又是捏又是掐，把我往老妓女的方向推。“摸摸他！”弗洛伊德大声说，“他可以轻轻松松帮你搬走所有的纪念品。要是给他一天时间，他能把整个旅馆搬空！”

老毕力格拒绝了弗洛伊德的建议——弗兰克为我解释了她的话：“我不用摸他的肌肉。我在该死的睡觉的时候就能摸着肌肉。他当然搬得动我的这些纪念品。但是要小心，我可不想看到什么东西坏掉。”

于是，我以最大的小心，开始搬老毕力格的那些“纪念品”。一套瓷器熊，毫不逊色于我母亲的那一套（母亲去世后，老毕力格经常邀请我白天去她的房间看看。白天她是不上工的，常离开弗洛伊德旅馆。于是，我常常与她的那套瓷器熊单独相处，常常想起我母亲的那一套——可惜与母亲一起毁于那起坠机事故了）。老毕力格还喜欢各种绿植——她喜欢用设计成动物和鸟类形状的花盆种绿植：在青蛙背上开出鲜艳的花朵，几只火烈鸟中间蔓生出蕨类植物，短吻鳄头上长出橘树来。别的妓女需要搬的大多是衣服、化妆品和药品。想想她们在弗洛伊德旅馆只有“夜间室”，我就觉得怪怪的——不禁想到了朗达·雷的那间“日间休息室”——让我感到震惊的是，不管是日间室，还是夜间室，其实用处可以是完全一样的。

在帮妓女从三楼搬到二楼的第一个晚上，我们都见着了这几个妓女。克鲁格大街上共有五个妓女，包括老毕力格在内。另外四个妓女分别叫巴贝特、乔兰塔、黑英奇和“尖叫安妮”。巴贝特起这个名字的原因是，她是唯一会说法语的人，她接的大多是法国客人（法国人对语言很敏感，喜欢找讲法语的妓女）。巴贝特身材矮小——因此最招莉莉喜欢——她那张小脸，如小精灵一般，在弗洛伊德旅馆素净的灯光下，从某种角度来看，这张脸犹如某种啮齿动物的脸。过了很多年之后，我想，巴贝特那时可能得了厌食症，当然那时不知道这个名词——一九五七年，没有人知道什么叫厌食症。她经常穿一身鲜花图案的夏季印花连衣裙——即使不是夏季，她也这样穿。她的皮肤给人以扑粉过度的感觉（好像你一碰她的身体，她的皮肤毛孔就会喷出粉末来似的），可是有时候，她的皮肤又好像打了蜡一样（如果你一碰她，她的皮肤上就会留下你的手指凹痕）。有一次，莉莉告诉我，巴贝特的小矮个是她（莉莉）成长过程中很重要的一部分，因为巴贝特让莉莉意识到，小个子其实可以和大个子做爱，不会被大个子完全摧毁。这就是莉莉喜欢说的一句话——“不会被完全摧毁”。

乔兰塔之所以起了这个名字，是因为她说这是个波兰名字——她还喜欢听波兰笑话。她的脸方方的，看上去很结实，个头与弗兰克一样大（动作也差不多与弗兰克一样笨拙），她好像为人很热心，但常常让人怀疑是假装的——就好比，她正讲着一个很好笑的笑话，突然觉得这笑话不好笑了，就会从手提包里掏出一把刀挥向别人，或者拿一只酒杯往别人脸上砸去。乔兰塔肩膀宽阔，胸部很大，腿也结实，但不胖——她身上带有农民的粗壮体魄，不幸的是，却被卑鄙的城市暴力腐蚀了。她的外表很性感，很容易让男人心旌摇荡，但她是个很危险的女人。我刚到弗洛伊德旅馆的最初的几个白天和夜晚，常常是想象着她自慰的——我发觉我最难与乔兰塔交谈，不是因为她这个人最粗鲁，而是因为我最害怕她。

“你怎样才能认出一个波兰妓女？”她问我。我不得不请弗兰克帮我翻译。“波兰妓女会付钱给你，让你去干她。”乔兰塔说。不用弗兰克翻译，这句话我明白了。

“你明白了吗？”弗兰克问我。

“耶稣啊，是的，我明白了，弗兰克。”

“那就笑一个，”弗兰克说，“你最好笑一个。”我看着乔兰塔的手——她的手腕是农民的手腕，指关节是拳击手的指关节——笑了一声。

黑英奇天生不爱笑。她过着非常不幸的生活。更重要的是，她来到这个世上还不太久——她只有十一岁。她是一个白黑混血儿，母亲是奥地利人，父亲是美国黑人士兵——她出生在维也纳被苏美英法四国分区占领的初期。她的父亲在一九五五年随美国占领军离开了，他给黑英奇和她的母亲讲起过黑人在美国所受的待遇，所以，她和她母亲根本不想跟着他回美国去。在这些妓女中，黑英奇的英语讲得最好，当我父亲去法国辨认我母亲和艾格的遗体时，我们大多数的不眠之夜都是与黑英奇一起度过的。她的个子与我一样高，年纪与莉莉差不多，但他们把她打扮得像弗兰妮那样大。她体态轻盈，容貌姣好，皮肤是咖啡色的，干的是挑逗人的活儿——她不是一个真正的妓女。

如果没有另一个妓女陪伴她，她是不能在克鲁格大街上溜达的，当然她可以与苏西一起在克鲁格大街上溜达；如果有男人想要她，她就会被告知，他只能看她——要摸，只能摸他自己。黑英奇还太小，不能让男人碰，男人是不能与她单独待在一个房间里的。如果有男人想和她在一起，苏西必须陪着他们。这个方法虽然简单，但很管用。如果一个男人有要触碰黑英奇的意思了，苏西就会及时地吼叫一声，拿出一副准备打斗的架势。如果这个男人要求黑英奇多脱几件衣服，或者在他自慰的时候一定要让黑英奇看着他，苏西就会表现出焦躁不安的样子。“你让熊产生敌意了。”黑英奇就会警告那个男人。那个男人不是马上走人，就是匆匆自慰一把了事，此时黑英奇就把视线投向别处。

所有的妓女都知道苏西可以在几秒钟内冲到她们的房间——她们只要哀叫一声就可以了，因为苏西，像任何受过良好训练的动物一样，能记住她们所有人的声音：巴贝特带鼻音的尖叫，乔兰塔的怒吼，还有老毕力格的“纪念品”破碎的声音。但是对我们这些孩子来说，最差劲的顾客是那些面露羞涩的男人，他们哪怕只看了黑英奇一眼就要禁不住自慰起来。

“我觉得，有熊在我房间我无法自慰。”弗兰克说。

“我觉得，有苏西在你房间你一定无法自慰，弗兰克。”弗兰妮说。

莉莉身体颤抖起来，我赶紧走到她的身边。父亲在法国——他去辨认对我们来说最重要的亲人的遗体了——我们带着失去亲人的哀悼者特有的一种漠视看待着在弗洛伊德旅馆进行的这些皮肉生意。

“等我年纪够大了，”黑英奇告诉我们，“我就可以为真家伙要个高价了。”让我们这些孩子感到惊讶的是，与看着黑英奇自慰相比，“真家伙”可是要花更多的钱。

黑英奇的母亲有这样一个计划：等黑英奇“长到足够年纪”，就让她退出这个行当。黑英奇的母亲计划让女儿成年前就退休。黑英奇的母亲是弗洛伊德旅馆的第五位妓女，名叫“尖叫安妮”。她比克鲁格大街上的任何其他妓女都挣得多，她在为未来体面的退休生活——女儿的和她自己的退休生活——而辛苦工作着。

如果你想摘一朵娇弱的花，或者想尝尝娇小的法国女人的滋味，那就找巴贝特。如果你想找一个有经验的女人，又不想多花钱，那就找老毕力格。如果你追求惊险的刺激——如果你喜欢来一点暴力——那就到乔兰塔那里碰碰运气。如果你觉得羞耻，那就花钱去偷看一眼黑英奇。如果你想尝试终极骗局的味道，就去找尖叫安妮。

“尖叫安妮的假高潮是这个行当里最为逼真的。”这是苏西的评价。

尖叫安妮假装的性高潮可以惊醒莉莉最糟糕的噩梦，可以让弗兰克突然挺身坐在床上，对着床脚的裁缝用的假人模特恐怖地号叫，可以突然将我从最深沉的睡梦中吵醒——我就突然变得完全清醒，发现下面直挺挺地勃起着，觉得刚才有人在鞭打我的喉咙，于是两只手便紧紧卡住自己的喉咙。在我看来，尖叫安妮完全是一个证明——一个不打自招的证明：不能让妓女们占据我们上面的楼层。

尖叫安妮甚至能惊动父亲，使他暂时从悲伤中解脱出来——即使他刚从法国回来。“耶稣啊，上帝啊！”他这样感叹一声，然后过来亲吻我们每个孩子，看看我们是否安全。

只有弗洛伊德一个人不为尖叫安妮的叫床声所动，照样睡得好好的。“好好学学弗洛伊德吧，”弗兰克说，“不要被假高潮所迷惑。”弗兰克自认为这句话高明，总是喜欢重复这句话——当然，他说的弗洛伊德是另一个弗洛伊德，而不是那个瞎眼的老人。

尖叫安妮有时甚至能骗过苏西，苏西会这样抱怨：“上帝啊，那一定是真高潮了！”更糟糕的是，苏西有时会把假高潮和可能的呼救声混淆了。“看在上帝的分儿上，那不是什么高潮！”苏西有时会咆哮一声——让我想起了朗达·雷。“那是有人要死了！”她会号叫着，在二楼的走廊里奔跑着，整个身体砸向尖叫安妮的房门，咆哮着冲向那张该死的床——这咆哮声不是吓跑尖叫安妮的床伴，就是将他吓晕，让他当场瘫在那里不能动弹。尖叫安妮会语气温和地说：“不，不，苏西，没有什么事。这是个很不错的男人。”可是，为时已晚，那男人已经昏死过去——至少已经吓得缩成一小团，不敢见人了。

“那真是扫兴之至。”弗兰妮说，“人家正是最尽兴的时候，谁料一头熊冲进房间，对着他乱抓乱打。”

“说实话，亲爱的，”苏西告诉弗兰妮，“我想有些人这样才尽兴呢。”

在弗洛伊德旅馆，难道真有一些顾客只有在受到熊的攻击时才会得到性高潮？我很想知道。

但我们那时还太小，那个地方发生的一些事情，我们永远不会明白。就像我们过去在万圣节遇到的食尸鬼一样，在我们看来，弗洛伊德旅馆的那些顾客绝不会是真实的。至少，那些妓女和她们的顾客不是真实的——那些激进分子不是真实的。

*

老毕力格（那个叫老毕力格的激进分子）总是第一个到弗洛伊德旅馆来上班。像艾奥瓦鲍勃一样，他也说自己太老了，不能把剩下的生命浪费在睡觉上。他一大早就来旅馆，所以有时候会在进门的时候正好碰到最后一个妓女下班出门。这个妓女一定是尖叫安妮——她在人最难熬的钟点还在干活儿，真是辛苦，只为她自己和她女儿能早点退休。

凌晨的时候，苏西睡觉了。黎明之后就很少有妓女的骚扰了，好像阳光出来，人就安全了——当然不见得就诚实——而且，这些激进分子在上午十点之前从来不会吵架。大多数激进分子都爱睡懒觉，他们成天写宣言，打威胁电话。他们互相攻击——“那是因为没有迫在眉睫的敌人”，父亲总爱这样说。父亲毕竟是个资本家，除了他，还有谁能想象更完美的旅馆？除了资本家以及天生不想搬弄是非的人，还有谁愿意一辈子住在旅馆里，去经营一家不从事工业生产的企业，去销售一种名为睡觉（不是工作）、名为休息（不是娱乐）的产品？父亲认为激进分子比妓女更可笑。我觉得，在母亲去世后，父亲似乎受惯了性欲与孤独之苦，为此他或许对妓女们的“生意”——妓女这样称呼她们的工作——还心怀感激吧。

他不太同情那些一心想改变世界的人，不太同情那些理想主义者——他们一心想改变人类本性中令人不快的那些部分。现在想想，这太让我吃惊了，因为我认为父亲不过是另一种理想主义者罢了——当然，父亲更愿意去忍耐那些令人不快的人类本性，而不是去改变它们。我父亲永远不去学德语，这也使他不用与激进分子往来。与激进分子相比，妓女们的英语说得更好。

这个叫老毕力格的激进分子会一句英语。他喜欢逗莉莉玩，挠她的痒痒，有时候还给她一个棒棒糖。"美国佬回家去。"他常常亲热地对她说。

"他是个爱放屁的可爱老家伙。"弗兰妮说。弗兰克教老毕力格学会了另一个英语短语，弗兰克认为老毕力格会喜欢。

"帝国主义狗。"弗兰克说，但毕力格把这个短语与"纳粹猪"完全混淆了，所以从毕力格嘴里说出来总是怪怪的。

英语说得最好的那个激进分子使用了"菲尔格伯特"这个代号。是弗兰克第一个向我解释说，菲尔格伯特在德语中的意思是"流产"。

"是'正义的流产'里的那个流产吗，弗兰克？"弗兰妮问。

"不是。"弗兰克说，"是另一种流产，与婴儿有关的那个流产。"

菲尔格伯特小姐——对我们这些孩子来说，她就是"流产小姐"——从来没有怀孕过，因此也就从来没有流产过。她是一个大学生，她之所以取了"流产"这个代号，是因为东西方关系研讨会的另外一位女职员（总共就她们两个女的）代号是"怀孕"。那个女的确实怀过孕。这位叫施万格[1]的小姐——在德语中，"施万格"的意思就是"怀孕"——是一个年长的女人，和我父亲的年龄相当，她的那段怀孕史在维也纳激进分子的圈子里很出名。她写过一本书，专门谈怀孕，还写过另一本书，专门谈流产——算是那本怀孕书的续篇吧。她第一次怀孕的时候，在胸前挂上一块牌子，上面写着一个鲜红的词

1 原文为德语"schwanger"。

“怀孕”——schwanger！在这个词下面，用同样大小的字体写着“您是孩子的父亲吗？”她还把这句话印在了书封上，轰动一时。她把出书得到的所有版税都捐给了各种各样的激进事业。她后来的流产——还有她的书——使她成了颇受争议的热门话题，她每次发表演讲，总有很多人来听，她把演讲收入也如数捐出。施万格关于流产的那本书，是在一九五五年出版的——那一年，维也纳正好结束被他国占领的历史。施万格小姐将这个不想要的孩子流产，此举正好象征了奥地利从占领国手中解放出来获得自由。施万格在书中写道：“这个孩子的父亲，可能是俄罗斯人、法国人、英国人或美国人，至少对我的身体、对我的思维方式而言，这个父亲是一个不受欢迎的外国人。”

施万格小姐与苏西关系密切，她们两人在强奸问题上有很多相同的看法。施万格小姐也成了我父亲的朋友，我母亲去世后，施万格小姐似乎成了最能安慰我父亲的痛苦的那个人，这倒不是因为他们之间“有一腿”（这是别人的传言），而是因为她说起话来非常平静——她说话的时候语速沉稳，节奏柔和，是弗洛伊德旅馆的所有客人中说话口气最像我母亲的一位。与我母亲一样，施万格劝起人来也是细声细语。“我只是一个现实主义者。”她自有属于她自己的一套说法，听起来天真烂漫——但她也希望把以前的一切都彻底抹干净，一切从零开始，建立一个新世界，她的这个希望与任何一个激进分子如火的梦一样炽烈。

施万格小姐一天好几次带着我们这些孩子去卡恩特纳大街的欧罗巴咖啡馆喝加了牛奶、肉桂和鲜奶油的咖啡，或者去阿尔贝蒂娜广场2号的莫扎特咖啡馆，就在国家歌剧院后面。“你知道吗？”弗兰克后来说——他一遍又一遍说个没完，“《第三人》就是在莫扎特咖啡馆拍摄的。”施万格小姐才不在乎这个。她喜欢那家咖啡馆的鲜奶油，咖啡馆的宁静让她最为心动，在这里可以远离打字机的嘈杂声和激烈的辩论声。“这是我们这个世界唯一有价值的机构——可是，终有一天连咖啡馆也得消亡。”施万格小姐对我、弗兰克、弗兰妮和莉莉说，“喝完这一杯，亲爱的孩子们！”

你想喝鲜奶油的时候，你就说你要 Schlagobers[1]——如果施万格对其他激进分子意味着“怀孕”，对我们这几个孩子来说，她就是纯而又纯的鲜奶油。这个激进分子就像我们的母亲，天生喜欢鲜奶油——我们真的很喜欢她。

年轻的菲尔格伯特小姐在维也纳大学主修美国文学，她非常崇拜施万格小姐。我们觉得她似乎真的很为自己的这个代号（意为“流产”）而感到自豪，我们以为也许是因为“菲尔格伯特”这个词在德语中也有“堕胎”的意思。但是，在弗兰克的字典里，这种说法是不对的，“流产”和“堕胎”是同一个词“菲尔格伯特”——这个词完美地象征了我们与激进分子的格格不入，甚至象征了我们对他们的无法理解。每一种误解的核心都是语言的崩溃。我们从来没有真正弄明白这两个女人意欲何为：施万格小姐性格坚强，待我们如同母亲，出于某些让我们觉得毫无道理的原因，为了我们不惜动用各种力量（和金钱），但她又能用她那温柔而又很有逻辑的声音和她的鲜奶油来安抚我们；而流产小姐——这个小孩似的美国文学专业的大学生——说话口吃，为人腼腆，却为莉莉念起书来（不仅是为了安慰一个没有娘的孩子，也是为了提高她自己的英语水平）。她念得非常好，我和弗兰妮、弗兰克都几乎忍不住，也在一旁听了起来。菲尔格伯特小姐总喜欢在弗兰克的房间为我们念书，这样一来，那个假人模特似乎也在听呢。

父亲去法国辨认从冰冷的大海里打捞上来的母亲和艾格了（从浮在海面的索罗底下打捞上来的），我们就天天与菲尔格伯特小姐待在一起，竟然听她念完了《了不起的盖茨比》这整整一本书——这

1 德语，意为“鲜奶油”。

是我们第一次听人念完一本书。这个故事的结尾，流产小姐用轻快优美的奥地利口音念出，真的打动了莉莉。

“‘盖茨比相信绿灯，相信年复一年在我们面前渐渐远去的那个狂欢的未来。它离我们远去了，但那是无关紧要的，’”菲尔格伯特小姐兴奋地念着，“‘——明天我们会跑得更快，把我们的胳膊伸得更远……’”她继续往下念，“‘在一个晴朗的早晨……’”菲尔格伯特小姐停顿了一下，她那小碟子形状的眼睛似乎变得呆滞起来，或许是因为盖茨比看见的那个绿灯——或许是因为那个狂欢的未来。

“什么？”莉莉说，有点上气不接下气。这时，在弗兰克的房间里，艾格的那声“什么？”在我们耳边回荡起来。

“‘于是我们拼命划着船，’”菲尔格伯特小姐念到了最后，“逆着水流，船不断地倒退，不断地退回到过去之中。’”

“就这？”弗兰克问，“这就完了？”他紧闭着眼睛，斜着脸对着流产小姐。

“当然完了，弗兰克。”弗兰妮说，“你听不出这是结尾？”

菲尔格伯特小姐现在面无血色，看她那满是稚气的脸像哀伤的成年人那样皱着眉，一缕金色的长发紧张不安地缠绕在她那干净的粉红色耳朵上。莉莉开始大叫起来，我们无法阻止她。此时下午将尽，妓女们还没回来。听到莉莉的喊叫声，苏西还以为尖叫安妮在别人的房间里叫床，假装高潮呢。苏西猛地冲进弗兰克的房间，撞翻了那个假人模特，害得菲尔格伯特小姐大呼小叫起来。即使苏西这样突然地闯入，也没能阻止莉莉的哭喊。她的喊叫声似乎一下子卡在喉咙里出不来了，好像是忧伤堵住了她的喉咙，让她喘不过气来。我们真不敢相信，这么小的身体会颤抖得如此厉害，会发出这么大的声音。

当然，我们都知道，让她如此动情的，并不是这本书本身，而是那句话——“不断地退回到过去之中”——就是我们的过去感动了她，我们都在这样想。她在哭母亲，哭艾格——我们永远也不会忘记他俩。我们终于让莉莉平静了下来，这时她突然脱口而出，说她哭的是父亲。“爸爸就是盖茨比。”她叫道，“他就是！我知道！”

我们几个人不同意她的说法，立刻纷纷批评她。弗兰克说：“莉莉，不要因为那个‘狂欢的未来’之类的东西而沮丧。以前艾奥瓦鲍勃总是说父亲活在未来，祖父说的未来不是这个未来。”

“那是一个完全不同的未来，莉莉。”我说。

“莉莉。”弗兰妮说，“‘那盏绿灯’是什么，莉莉？我的意思是，对父亲来说意味着什么？他的绿灯是什么，莉莉？”

“你看，莉莉，”弗兰克说，听他的语气好像很无聊似的，“盖茨比爱上的，只是一个想法而已：他爱上了与黛西相爱这样一个想法；他爱上的甚至不是黛西，他没有爱上任何人。爸爸并没有黛西，莉莉——”弗兰克说到这里，好像被一口气噎住了，说不上话来了——或许他突然想到父亲也失去妻子了。

莉莉说：“那个穿白色无尾晚礼服的男人，就是爸爸，他就是盖茨比。‘它离我们远去了，但那是无关紧要的——’”莉莉引用了书里的那句话。“你们还不明白吗？”她尖叫道，“总会有一个‘它’——它总是要想躲开我们，总是。它总是想跑掉。爸爸是不会停下脚步的，他一直会追它而去，而它总是要跑掉。哦，真该死！”她一边吼叫着，一边跺着她的小脚。“真该死！真该死！”莉莉哭了起来，又失控了，停不下来了——她真像那个爱假装高潮的尖叫安妮——我们突然明白了，莉莉可以假装死去。看她的样子真的太伤心了，我想连苏西都要摘下熊头，以人的面目向她表示敬意了吧。但是，苏西仍然是一身熊装，在弗兰克的房间里走来走去。过了一会儿，她突然夺门而出，留下我们几个孩子去安慰痛苦的莉莉。

莉莉处于 Weltschmerz 之中——这是弗兰克的用词。“对我们其他人来说，是痛苦，”弗兰克说，“对我们其他人来说，是悲伤，我们其他人只能说是忍受痛苦。但是莉莉所忍受的，是真正的Weltschmerz。这个词不应该被翻译成‘厌世’，”弗兰克给我们上起课来了，“这样的翻译对莉莉来说太温和了。莉莉的Weltschmerz差不多等于‘整个世界的疼痛’。从字面上看，Welt就是‘世界’的意思，Schmerz就是‘疼痛，无比的疼痛’的意思。莉莉遭受的痛苦就是整个世界的疼痛。”弗兰克最后总结道，一副得意的样子。

“与无比的悲痛差不多，对吧，弗兰克？”弗兰妮问。

“差不多。”弗兰克冷冷地说。索罗[1]已经不是弗兰克的朋友，再也不是了。

事实上，母亲和艾格的死——艾格怀里抱着的索罗从大海深处浮上来，给搜救人员指明了遇难者的位置——让弗兰克彻底放弃了为死去的动物做标本的想法，他不愿再做任何形式的标本了。让所有死去的东西复活的想法都将被他抛弃。“包括宗教。”弗兰克说。在弗兰克看来，宗教不过是另一种死人标本而已。

因为受到索罗的捉弄，弗兰克对任何信仰都不太相信。他比艾奥瓦鲍勃更相信宿命论，比我和弗兰妮更相信无神论。作为一个近乎疯狂的无神论者，弗兰克转而相信命运的力量——相信随机的幸运或随机的厄运，相信无端的闹剧和没由来的痛苦。他将成为一个布道者，反对任何人兜售的所有商品：从政治到道德，弗兰克全部站在反对的立场上——弗兰克称之为“反对的力量”。

“这些力量到底反对什么，弗兰克？”弗兰妮有一次问他。

“反对每一个预言。”弗兰克说，“任何人赞成的，就反对。任何人反对的，就赞成。你上了一架飞机，它没有坠毁，这就意味着你上对了飞机。这就是全部意义所在。”

---

1 上文弗兰妮说的“悲痛（sorrow）”，与他们家那只爱放屁的老狗的名字“索罗”是同一个词，所以，弗兰妮说到悲痛，让弗兰克想起了那只狗。

换句话说，弗兰克“走了”。自从母亲和艾格走了以后，弗兰克也走了，越走越远——走到一个地方去了——他进入了一种宗教，这种宗教比现存所有宗教都缺乏严肃性。他加入了一个反对一切的教派。

“那个教派或许就是弗兰克创立的。”莉莉有一次这样说。那是虚无主义，那是无政府主义，那是面对阴郁时表现出来的微不足道的愚蠢和快乐，那是定期降临的抑郁，就像无忧无虑和快乐的白天过后的夜晚。弗兰克相信速战速决！他相信出其不意。他不断地进攻和撤退，同样地，他不断地睁大眼睛，傻乎乎地在突如其来的阳光下跌跌撞撞——在充斥着刚从黑暗中冒出来的尸体的荒原上踉踉跄跄地行走着。

“他发疯了。”莉莉说。莉莉应该明白这一切。

莉莉也疯了。她好像把母亲和艾格的死看作对自己内心深处某种失败的惩罚，所以她决心要改变自己。她决心要长个儿。

“哪怕长大一点点也好。”她无比坚定地说。我和弗兰妮很为她担心。莉莉长个儿是不可能的了，但我们想到她一心想让自己长个儿——她的那种韧劲，那种不懈努力，真把我和弗兰妮吓坏了。

“我也想改变自己。”我对弗兰妮说，“可是，莉莉——我不知道。莉莉就是莉莉。”

“谁都知道那个。”弗兰妮说。

“只是莉莉不知道。”我说。

“说得正是。”弗兰妮说，“你打算怎么改变自己？你知道还有什么比长个儿更好的改变吗？”

“没有。没有比长个儿更好的改变了。”我说。在这个大人小孩都是梦想家的家庭中，我是一个现实主义者。我知道我无法长大了。我知道自己永远都不会真正长大；我知道我的童年永远不会离开我，我也永远不会像个成年人——我永远无法对这个世界负起足够的责任。这该死的 Welt——弗兰克可能会这么诅咒。我无法彻底改造自己，我知道这一点。我所能改变自己的，就是做一些能使我母亲高兴的事。我可以不再骂人。我可以不再说脏话——我说脏话总让母亲很不高兴。我要改掉这些毛病。

“你是说你从此不再说‘干’‘狗屎’‘鸡巴毛’，甚至‘去你的’‘放屁’这样的话了？”弗兰妮问我。

“没错。”我说。

“不说‘浑蛋’了？”弗兰妮问。

“是的。”我说。

“你这个浑蛋。”弗兰妮说。

“你说别的也一样可以表达同样的意思。”弗兰克上来理论。

“你这个蠢蛋。”弗兰妮还在不断引诱我。

“我觉得这很高尚。”莉莉说，“虽然是件小事，但是很高尚。”

“他住在一个二等妓院里，周围都是些想重建这个世界的人，他想要洁净自己的语言。简直是个笨蛋，”弗兰妮对我说，“你这个该死的放屁鬼。到晚上一边想着女人的奶头，一边撸管不止，现在嘴巴上却要说好听的，是不是？”

“行了，弗兰妮。”莉莉说。

“你也是个小浑蛋，莉莉。”弗兰妮说。莉莉哭了起来。

“我们兄弟姐妹相互帮衬才好，弗兰妮。”弗兰克说，“你骂这个骂那个，又有什么意思？”

“你这个怪人，比猫屁强不了多少。”弗兰妮对弗兰克说。

“你怎么了，亲爱的？”苏西问弗兰妮，“是什么事让你觉得自己这么强悍？”

“我哪里强悍了？”弗兰妮说，“你这个笨熊。你只是一个没有吸引力的女孩，满脸青春痘——满脸是青春痘留下的疤：你被青春痘弄得满脸是疤——你宁愿做一头不说话的熊，也不愿做一个人。你觉得那样很强悍吗？做一头熊，容易多了，不是吗？”弗兰妮问苏西，

“你为一个瞎眼老人干活儿，他或许认为你很聪明，还很漂亮呢。我没那么强悍。”

“我是很聪明。我的日子还过得去。我不只是过得去。我可以得到我想要的——我知道我想要什么。”她补充说，“我知道那是怎么回事。而你们，”她对我们几个人说——甚至也对可怜的流产小姐说，“你们只知道干等——等到这世界都变了样。你难道不觉得爸爸也是那样的人吗？”弗兰妮突然问我。

“他生活在未来。”莉莉说，她仍抽着鼻子。

“他也失明了，与弗洛伊德一样，或者说，他很快就会失明。所以你们知道我下一步要做什么吗？”弗兰妮问我们。“我不会洁净我的语言，我要把自己的语言瞄向我想要的任何方向。”她对我说。“这是我拥有的唯一武器。我只会在我准备好的时候才长大，或者到该长大的时候才长大。”她对莉莉说。“我永远不会像你一样，弗兰克。没有人会像你一样。”她对弗兰克说，语气充满感情。“我不想做一头熊。”她对苏西说，“你穿着这身愚蠢的衣服，像猪一样流着臭汗，你靠着让别人感到不自在来过活，那是因为你不愿意做自己，那样你感到不自在。不过，我可是要做自己，那样才自在。”

“你真幸运。”弗兰克说。

“是的，你真幸运，弗兰妮。”莉莉说。

“长得漂亮又怎么样？”苏西说，“还不照样是个婊子。”

“从现在起，我主要是一个母亲了。”弗兰妮说，“我会照顾好你们这些浑蛋的——你，你，还有你。”弗兰妮指着弗兰克、莉莉和我。“因为妈妈不能照顾你们了——艾奥瓦鲍勃也早就走了。查看你们的屎的人都走了，”弗兰妮说，“现在只好由我来查看了。我来查看你们的屎——那就是我的角色了。爸爸不关心他身边的事。”我们都点点头——弗兰克、莉莉和我点点头，就连苏西也点了点头。我们知道她说得没错：父亲什么也看不见，或者说，他马上就什么也看不见了。

“即便如此，我也不需要你像妈妈那样来照顾我。”弗兰克对弗兰妮说，但看他的表情，却显得不那么自信。

莉莉走过来把头趴在弗兰妮的膝盖上。她趴在那儿哭了一会儿——很舒服吧，我想。当然，弗兰妮知道我爱她——爱得无可救药，爱得很深很深——所以我不需要做任何身体动作，也不需要对她说什么。

“呃，我不需要一个十六岁的孩子来管我。”苏西说。她摘掉了熊头，用两只大爪子捧着。她那憔悴的脸色，那双受伤的眼睛，那张显得太小的嘴巴，暴露了她的心思。她把熊头放了回去——这是她显得有威严的唯一装扮。

这位叫流产小姐的大学生，神情严肃，心地善良，似乎不知说什么好。“我不知道该怎么说。”她说，“真不知道。”

“用德语说吧。”弗兰克鼓励她。

“你怎么说都行，随你的便。”弗兰妮说。

“呃，”菲尔格伯特小姐说，“就是那一段，很可爱的那一段，那个结尾——《了不起的盖茨比》的结尾——我想说的就是那个。”

“快说吧，菲尔格伯特，”弗兰妮说，“赶紧说。”

“呃，”菲尔格伯特小姐说，“我不知道是怎么回事，读了那一段，让我很想去美国。我的意思是，这是违反我的政治观的——你的国家——我知道这一点。但那个结尾，这些文字——不知怎的——实在太美了。这些文字太吸引我了，让我太想去那儿了。我的意思是，说起来没有什么道理，但我就是想去美国。”

“所以你就想去那儿？”弗兰妮说，“呃，要是我们从未离开那儿就好了。”

“我们还能回去吗，弗兰妮？”莉莉问。

“这得问爸爸。”弗兰克说。

“噢，我的天。”弗兰妮说。我明白她那一刻在想什么——她正

舒吕舍尔，意思是“扳手”。弗兰克舌头滴溜一转，很顺溜地说出了“舒劳斯本舒吕舍尔”这个词，他就喜欢在我们面前炫耀他能毫不费事发出这个音。弗兰妮、莉莉和我一再要他翻译一下这个词的意思。于是我们就称这个修理工为“扳手”。

“嘿，扳手。”弗兰妮对躺在车底下骂骂咧咧的扳手说，“希望你不要弄脏你的大脑，扳手。”扳手不懂英语。我们只知道一件与他有关的事：他有一次竟约苏西跟他出去。

“天哪，从没有人约我出去过。”苏西说，“这是什么事啊。”

“这是什么事啊。”弗兰妮重复了一遍。

“哎，你要知道，他从没见过我这个人呢。”苏西说。

“那他知道你是个女的吗？”弗兰克问。

“耶稣啊，上帝啊，弗兰克。”弗兰妮说。

“呃，我只是好奇而已。”弗兰克说。

“扳手是个怪胎，我敢说。别跟他出去，苏西。”弗兰妮对苏西发出忠告。

“你开玩笑吧？”苏西说，“亲爱的，我从不跟人约会，不跟男人出去。”

这句话似乎被动地落在了弗兰妮的脚边，弗兰妮没有听出名堂来。我看见弗兰克焦躁不安地挨近她，接着又离开了她。

“苏西是个同性恋，弗兰妮。”我与弗兰妮单独在一起的时候，我对她说。

“她没有这么说啊。”弗兰妮说。

“我想她是同性恋。”我说。

“那又如何？”弗兰妮说，“弗兰克是什么？大香蕉吗？弗兰克不是好好的？”

“你要提防苏西，弗兰妮。”我说。

“你为我想得太多了。”她说——这句话她重复了一遍又一遍。

“走开点，别烦我，好吗？”弗兰妮向我请求道。可是，在这件事上，我是绝不会答应她的。

*

“所有的性行为实际上可能涉及四到五种不同的性的类别。”东西方关系研讨会的第六个成员这样对我们说。这是从弗洛伊德——另外一个弗洛伊德——的一篇文章的哪个地方冷不丁地抽出的一句话，我们听得云里雾里，不得不请求弗兰克连着翻译两遍，因为他的第一遍翻译我们根本不懂。

“这就是他的原话。”弗兰克说，“所有的性行为实际上都涉及一群不同性别的人。”

“四个或五个？”弗兰妮问。

“当我们与一个女人做时，”这个男人说，“实际上是在与未来将要变成的那个自己做，与童年的那个自己做。而且，不言而喻地，是在与我们的情人将会变成的那个自我做，与她童年时的那个自我做。”

“不言而喻？”弗兰克问。

“所以你每次干一个人，实际上同时在干四五个人？”弗兰妮问，“这听上去也太累了。”

“花在性事上的能量是唯一不需要被社会取代的能量。”神情相当梦幻的第六个激进分子这样对我们说。弗兰克十分费劲地为我们翻译了这句话。“我们自己就替换了我们的性能量。”这个男人一边说，一边看着弗兰妮，好像他刚刚一语道破了世上最深刻的一个道理。

“真不是开玩笑。”我小声对弗兰妮说。弗兰妮听得好像很入迷，我没想到她竟然会如此入迷。她不会喜欢上这个激进分子了吧，我有点担心。

这家伙名叫厄恩斯特。厄恩斯特，就这个名字，很普通的一个名字，没有姓。他不爱与人争论。他就是爱写，东一句西一句，没有连贯性，没有意义，写完轻声念一下，然后回到打字机前，噼里啪啦地继续写。将近傍晚时分，这些激进分子离开弗洛伊德旅馆，好像跑到了街对面的莫瓦特咖啡馆，在那里瞎混好几个小时。那个地方黑乎乎的，光线十分暗淡，放着一张台球桌，挂着好几个飞镖板，总有一群表情严肃的人一边喝着加朗姆酒的茶，一边下棋或看报。厄恩斯特很少跟同事们去莫瓦特咖啡馆。他还是坐在旅馆里噼里啪啦地写啊写。

如果说尖叫安妮是最后一个回家的妓女，那么厄恩斯特就是最后一个离开弗洛伊德旅馆的激进分子。如果说尖叫安妮经常遇见老毕力格第一个来旅馆上班，那么她就经常遇见厄恩斯特最后一个下班离开旅馆。厄恩斯特浑身散发出一种身在别处的怪异感觉。他与施万格说话的时候，两个人的声音会变得很轻很轻，最后差不多成了耳语。

“厄恩斯特在写什么？”弗兰妮问苏西。

“他是个色情作家。”苏西说，“他又约我出去了。他看到了我本人的模样。”听了这话，我们不禁沉默了一会儿。

“写什么样的色情作品？”弗兰妮小心翼翼地问。

“色情作品能有多少种，亲爱的？”苏西说，“他写最坏的那种，变态的那种。暴力。堕落。”

“堕落？”莉莉说。

“说给你听不合适啊，亲爱的。”苏西对莉莉说。

“那说给我听。”弗兰克说。

“太变态了，说不出口。”苏西对弗兰克说，“你懂的德语比我多，弗兰克——你自己去看吧。”

弗兰克果然去看了——他还为我们翻译了厄恩斯特写的那些色情东西。后来我问弗兰克，他是否认为色情是真正麻烦的开始——如果我们不去理会这些东西，事情还会照样走下坡路吗？但是，弗兰克的新宗教——他的反宗教——已经为他提供了所有这些问题的答案。

"走下坡路？"弗兰克说，"呃，这当然是最终的方向——我的意思是，不管什么事，都是这样。即使不是色情作品，也会是别的什么东西。问题的关键是，我们注定是要走下坡路的。你知道往上走是怎么回事吗？是什么东西引发了向下的进程？那是无关紧要的。"弗兰克随口说了起来，那种做派真叫人恼火。

"应该这样来看，"弗兰克给我上起课来，"为什么我们差不多要花大半辈子时间才能长成一个倒霉的少年模样？为什么你总是待在童年，总是一个孩子，总是不肯长大？为什么童年差不多要占据这个人生的四分之三时光？等童年结束，等小孩长大，你突然就不得不面对各种现实……"弗兰克身体贴近我，对我说，"你知道这个道理。当我们还在第一家新罕布什尔旅馆的时候，我们好像觉得会永远停留在十三、十四、十五岁。永远——照弗兰妮的说法。可是，一旦离开了第一家新罕布什尔旅馆，我们的人生时光就加速往前赶去，差不多是以原先的两倍速度往前赶，道理就这么简单。"弗兰克说，显出一副得意扬扬的样子，"花了半辈子的时间，你才活到了十五岁。然后哪一天一眨眼你突然就二十多岁了，到了第二天，三十多岁了。三十多岁的日子也一晃而过，就像你与喜欢的好朋友一起过了一个快乐的周末。不知不觉间，你又回想到了十五岁的时光。"

"走下坡路？"弗兰克继续说，"这是一个漫长的上坡路——到十四岁、十五岁、十六岁。从那以后，当然，就要走下坡路了。谁都知道下坡比上坡快。先是上坡，走到十四岁、十五岁、十六岁，然后就一路下坡。像流水一样往下走，像沙子一样往下流。"他说。

弗兰克为我们翻译厄恩斯特的色情作品的时候，他只有十七岁，弗兰妮十六岁，我十五岁。莉莉只有十一岁，太小，还不宜听。但莉莉坚持说，如果她现在这个年纪可以听菲尔格伯特念《了不起的盖茨比》，那也可以听弗兰克翻译厄恩斯特的那些东西。（尖叫安妮绝不让她的女儿黑英奇听弗兰克翻译的一个字——虚伪得也真是可以。）

当然，“厄恩斯特”只是那家伙在弗洛伊德旅馆使用的名字。写那些色情的东西时，他用了很多不同的化名。我不喜欢去描述色情。苏西告诉我们，厄恩斯特在大学里教过一门课——“文学情色史”，但厄恩斯特写的色情作品不属于情色。菲尔格伯特上过厄恩斯特的情色文学课，甚至连她也说，厄恩斯特自己的作品与真正的情色作品毫无相似之处，因为真正的情色作品绝不是色情作品。

听了厄恩斯特的色情作品，我们感到头疼，喉咙发干。弗兰克也常说，他读着读着，眼睛都觉得干涩。莉莉听了一次之后，就不再听了。我坐在弗兰克的房间里，觉得浑身很冷，而那个死人一样的假人模特，好像一个满怀好奇心的女教师，也在偷听着弗兰克的描述，但不加任何评判。我感到阵阵冷气从地板升起，钻进我的裤腿，一直往我身上跑。那冷气从尽是缝隙的老旧地板底下穿上来，从老屋的地基穿上来，从漆黑的泥土穿上来——我不禁想到，那泥土底下埋着古代文多波纳[1]人的尸骨，埋着入侵此地的土耳其人喜欢用的刑具，有鞭子、木棍、压舌板、短剑，底下还有流行于恐怖的神圣罗马帝国的密室。厄恩斯特的色情作品与性无关：他写的都是没有希望的痛苦，没有记忆的死亡。苏西听了，一阵风似的跑出弗兰克的房间，去洗澡了；莉莉听了，当然哭了；我听了，恶心反胃（两次）。弗兰克呢？他气得把手里的书一把扔向假人模特（好像那书是那假人模特写的似的）——这本书叫作《孩子们坐船去新加坡》。这些孩子最后都没到新加坡，书里的孩子一个都没到。

可是，弗兰妮听了之后，没有别的反应，只是皱起了眉头。她在想厄恩斯特，她要去找他，去问他——首先要问他为什么要这样写。

“颓废能大大提升革命的地位。”厄恩斯特慢吞吞地对弗兰妮说。弗兰克有点手忙脚乱，他在尽力把厄恩斯特的话翻译得准确些。

1 Vindobona，维也纳的拉丁语拼法。

“一切颓废的事物将加速这个进程，加速这个不可避免的革命。在这个阶段，让人产生反感是很有必要的。政治反感，经济反感，对我们不人道的制度的反感，以及道德反感，对我们自身的反感：我们怎么让自己变成了这个样子？”

“他在说他自己。”我低声对弗兰妮说，但她只是皱皱眉头。她的注意力全部集中在他身上。

“当然，色情作家是最令人反感的，”厄恩斯特嘟囔着说，“但我在为革命服务。”

“你是共产主义者吗？”莉莉问厄恩斯特。莉莉知道，在新罕布什尔州的德瑞镇，做一个共产主义者可不是什么时髦的事。

“那只是一个必要的阶段。”厄恩斯特说。在对我们这些孩子谈到这些事情的时候，他的口气听起来好像我们都成了过去的历史，好像一个巨大的物体在运动，我们不是被这个东西拽着前行，就是被它后面吹出的风刮得不知去向。“我是一个色情作家，”厄恩斯特说，“呃，就我个人而言，”他把手一挥，接着说，“我是一个唯美主义者，我在思考情色问题。如果施万格在哀伤咖啡馆的逝去，如果她在为她的鲜奶油感到难过——革命也是要消耗那种鲜奶油的——那么，我是在哀悼情色，因为情色也是必须要消亡的。在革命之后的某个时候，”厄恩斯特哀叹道，“情色可能会重新出现，但它将绝不会是原来的样子了。在新的世界里，它永远不会有那么重要的意义了。”

“新的世界？”莉莉说。厄恩斯特闭上了眼睛，仿佛那是他最喜爱的那支乐曲的副歌，仿佛他用心灵之眼已经看到了那个“新世界”，那个完全不同于地球的星球，那里居住着全新的生命。

我觉得，作为一个革命者，他的那双手长得太纤巧精致了：修长的手指可能有助于在打字机打字——这打字机是厄恩斯特的钢琴，他在为那部描写世界巨变的歌剧弹奏曲子。他身上那套廉价的、微微有些发亮的海军蓝西装总是那么干净，只是有些皱巴。那件白衬衫洗得很干净，可从来没有熨过。他没系领带。他的头发不是很长，就是很短——长得太长了，他就把它剪得很短。他生就一张运动员的脸，修得干净利索，充满青春活力，有一往无前的气概——那是一种少年般的俊美。苏西和菲尔格伯特都对我们说过，厄恩斯特在大学里是出了名的“美女杀手”。流产小姐说，厄恩斯特上情色文学课的时候，总是充满激情，兴致一来，有时还手舞足蹈；这与他谈起革命这个话题时虚弱无力、低调慵懒、疲惫不堪（至少是无精打采）的那个样子判若两人。

他个子很高，虽然说不很结实，但也并非弱不禁风。当我看到他弓着背，竖着西装外套的领子，从弗洛伊德旅馆出来的时候——毫无疑问，他又度过了令人伤心的、让人恶心的劳苦工作的一天，现在正准备回家——他的侧影让我突然想起了契帕·达夫。

达夫的那双手看起来一点也不像四分卫的手——也太纤巧精致了。我还记得契帕·达夫在球场上的样子：往前耸着护肩，小步快跑回到混乱的运动员中间，想着该如何发布下一个信号——下一道指令，下一个命令——两只手像两只鸣鸟一样立在护臂上。那时，我当然知道厄恩斯特是个什么角色了：他就是激进分子中的那个四分卫，信号发布者，阴谋的制订者——别人都在围着他转。我也知道，在厄恩斯特身上，弗兰妮看到了什么。她看到的，不仅是一个外表像契帕·达夫的人，而且是一种自信的品质，一种邪恶的气息，一种毁灭的暗示，一种冷若冰霜的领导力——就是那种东西，悄悄潜入我姐姐的心里，俘获了她内心深处的那个她，夺走了她身上的全部力量。

“我们都想回家去。”我对父亲说，“回美国去。我们要的是美国。我们不喜欢这里。”

莉莉抓着我的手。我们又回到了弗兰克的房间。弗兰克紧张不安地击打着假人模特，弗兰妮坐在弗兰克的床上，眼睛望着窗外。她可以看见莫瓦特咖啡馆，就在克鲁格大街对面。现在是清晨，有人把烟头扫到了咖啡馆门外，扫过人行道，扫进了排水沟里。激进分子不会在莫瓦特咖啡馆消磨夜晚的时光。夜晚的咖啡馆多是妓女们的地盘，她们从街上溜达回来，就在这里歇脚，打几把台球，喝一杯啤酒或葡萄酒——有时客人就找上门了。父亲让弗兰克、弗兰妮和我去莫瓦特咖啡馆玩一会儿飞镖。

“我们想家了。”莉莉说，尽量克制着，不让自己哭出来。现在还是夏天，母亲和艾格才刚刚离开我们，因此我们不敢多说想念这想念那的。

“我们在这里待不下去的，爸爸。”弗兰克说，“这里的情况看起来太糟糕了。”

“现在正是我们离开的好时候，”我说，“然后我们去上学，每个人去干自己该干的事。”

“我已经找到我该干的事了。”父亲说，声音相当柔和，“我答应了弗洛伊德。”

一个瞎眼老头能有我们重要？我们真想对他大吼大叫，但父亲不让我们继续谈论他答应弗洛伊德的那件事。

“你怎么想，弗兰妮？”父亲问弗兰妮。弗兰妮依然盯着窗外，看着清晨的街道。这时，老毕力格——那个激进分子——进来了，尖叫玛丽——那个妓女——出去了。他们两个人看上去都很累的样子，但都不疏于礼节，是地道的维也纳人。弗兰克房间的窗户敞开着，我们可以听到他们之间亲切地打招呼的声音。

“您看，”弗兰克对父亲说，“没错，这是第一区，但弗洛伊德没有告诉我们这是这个区最糟糕的街道。”

“有点像单行道。”我加了一句。

“也没有停车的地方。”莉莉说。克鲁格大街没有停车的地方，因为这条街好像是专门为送货卡车建的，这些卡车开进来，把货物送到卡恩特纳大街那些豪宅的后门。

第一区的邮局也在我们这条街上——一栋破烂肮脏的建筑，根本无法把客人吸引到我们的旅馆来。

“街上还有妓女。”莉莉小声说。

“二等妓女。”弗兰克说，“这条街，别想着能好了。我们与卡恩特纳大街只隔了一个街区，可是我们永远成不了卡恩特纳大街。”弗兰克说。

“即使建了一个新的大堂，”我对父亲说，“即使大堂建得很漂亮，还是不会有人看一眼的。而且，你还把客人安排在这样的楼层：下有妓女，上有革命者。”

“在罪恶和危险的中间，爸爸。”莉莉说。

“当然了，我想，从长远来看，这是无关紧要的。”弗兰克说，“我的意思是，不管怎样，总之都在走下坡路——我们什么时候离开这里，是无关紧要的，反正到最后我们一定会离开的。这是一家正在走下坡路的旅馆。我们可以在船正下沉的时候，或者沉没之后离开。”我真想踢他一脚。

“可是我们想现在就离开，弗兰克。”我说。

“是的，我们都这样想。”莉莉说。

“弗兰妮？”父亲叫了弗兰妮一声，但弗兰妮并不应答，依然望向窗外。在狭窄的街道上，一辆邮车正想绕过一辆送货卡车。弗兰妮看邮件来来去去，心里盼着小琼斯给她写来的信——我想还在等契帕·达夫的来信吧。她给他们两个人都写了信，写了很多封，但只有小琼斯给她写了回信。

弗兰克继续用他那世故和冷漠的口气说：“要我说，等那些妓女的体检通不过的时候，我们就可以走了；等黑英奇长得足够大了，我们就可以走了；等舒劳斯本舒吕舍尔的汽车爆炸了，我们就可以走了；等第一个客人——或最后一个客人——起诉我们的时候，我们就可以走了。”

“等到我们让这个旅馆运转起来，”父亲打断了弗兰克的话，“我们才能走。”这时，连弗兰妮也转过头来看了父亲一眼。“我的意思是，”父亲说，“等这个旅馆成功了，我们就可以走了。我们不能把它弄得不成样子就撒手不管，一走了之。”他说——讲得还蛮有道理，“因为我们不能空手而归啊。”

“你指的是钱吗？”我说。父亲点了点头。

“你已经在这里投钱了？”弗兰妮问。

“在夏天结束之前，他们就开始建造大堂。”父亲说。

“那么还来得及！”弗兰克叫道，“我是说，还来得及撤钱，对吗？”

“把钱撤出来，爸爸！”莉莉说。

父亲和蔼地笑了笑，摇摇头。我和弗兰妮望向窗外，看到了那个色情作家厄恩斯特。他正走过莫瓦特咖啡馆，满脸是厌恶的神情。过马路的时候，他把挡路的垃圾一脚踢开。他特意走得很快，好像猫追着老鼠一样。但看他的脸色，他好像永远对自己感到失望，因为他总比老毕力格还晚一步到旅馆上班。他今天至少要写三个小时的色情小说，在吃午餐的时候才能休息一会儿，然后去大学讲课（他说那是他的“唯美主义时光”），接着，他将面对令人疲惫的、情绪低落的傍晚时光，他对我们这些孩子说，他把这段时光留给“意识形态”工作——给东西方关系研讨会的时事快报写稿。等待他的是多么可怕的一天啊！我看得出来，他已经对这样的生活充满了憎恨。弗兰妮的目光已经无法从他身上移开了。

“我们应该现在就走，”我对父亲说，“不管我们赚钱还是不赚钱。”

“没地方可去啊。”父亲颇为深情地说。他抬起了两只手——这与耸肩的意思差不多。

“没有地方可去，也比待在这里强。”莉莉说。

“我同意。”我说。

“你们这样说毫无逻辑。”弗兰克说。我瞪了他一眼。

父亲看了看弗兰妮。这让我想起他偶尔投向母亲的一瞥。他又开始展望未来了，他寻求宽恕——提前寻求宽恕。无论发生什么事，他都希望得到原谅。他的梦境好像太生动了，所以他觉得他必须把想象中的那个未来付诸行动，同时要求我们容忍他那不切实际的想法，容忍他暂时离开我们的生活。这就是所谓的“纯粹的爱”——未来。父亲投向弗兰妮的，就是这样一个期待未来的眼神。

“弗兰妮？”父亲问她，“你怎么想？”

我们大家都翘首以待地等着弗兰妮发表看法。但她没有说话，仍旧望着窗外，看着厄恩斯特——那个色情作家，那个情色问题上的“唯美主义者”，那个“美女杀手”——刚刚走过的地方。我发现，她内心的那个她遇到麻烦了，弗兰妮心里已经乱套了。

“弗兰妮？”父亲柔声叫道。

“我觉得我们应该留下来。”弗兰妮说，“我们应该看看这旅馆是个什么样子。”她转过脸来，对着我们所有人说。我们三个孩子都转过头去，看向别处。父亲拥抱了弗兰妮，亲吻了她一下。

“好姑娘，弗兰妮！”他说。弗兰妮对父亲耸耸肩——那活脱脱是母亲耸肩的样子。父亲当然知道那是什么意思，一次也没有搞错过。

有人告诉我，如今的克鲁格大街几乎成了步行街，街上开了两家酒店、一家餐厅、一家酒吧和一家咖啡馆——甚至还开了一家电影院和一家唱片店。有人告诉我现在这是一条非常时髦的街道了。呃，真是难以让人相信。我不想再去看克鲁格大街一眼，不管它变化有多大。

有人告诉我，克鲁格大街现在也有高档场所了，有了一家精品店、一家美容店、一家书店、一家唱片店、一家皮衣店和浴室配件店。简直太不可思议了。

有人告诉我邮局还在那儿，依然收发着各种邮件。

克鲁格大街上仍然有妓女——用不着别人告诉我，那里的风流韵事还在继续。

*

第二天早上，我叫醒了苏西熊。“厄尔！”她大叫一声，挣扎着从睡梦中醒来，“怎么了？”

“我需要你的帮助。”我对她说，“你必须去救弗兰妮。”

“弗兰妮真的很强悍。既漂亮又强悍，”苏西一边说着，一边翻了个身，“她用不着我去救。”

“她对你印象很好。”我说。我撒了个谎，希望能有点用。苏西刚二十岁，比弗兰妮只大四岁，但是在你十六岁的时候，别人大你四岁，其实是大很多了。“她喜欢你。”我说（这我没撒谎），“你至少比她大，就像她的姐姐，你知道吗？”我说。

“厄尔！”苏西熊又大叫一声——她身上还是穿着那身熊装。

“也许因为你是个怪人吧，”弗兰克告诉苏西，“你对弗兰妮的影响很大，比我们对她的影响大多了。”

“去救弗兰妮，怎么个救法？”苏西熊问。

“从厄恩斯特手里救出来。”我说。

“把她从色情小说里拉出来。”莉莉说着，打了一个寒战。

“帮她找回她内心的那个她。”弗兰克恳求苏西熊。

“我一般不与未成年的女孩搞在一起。”苏西说。

“我们想要你帮她，不是与她搞在一起。”我对苏西说。但她只是笑笑。她在床上坐了起来，她的熊装凌乱地放在她房间的地板上。她自己的头发有点像熊毛，硬硬的，东倒西歪；而那张坚硬的脸像她那件破烂的T恤上方的一个大伤口。

“帮别人就是与别人搞在一起，两者没有什么区别。”苏西熊说。

“你能去帮她吗？”我问她。

“你以前问我，那真正的麻烦是从何开始的，”弗兰克后来对我说，“呃，不是从色情小说开始的——我看不是。当然，那无关紧要，但我知道，让你烦恼的麻烦是怎么引起的了。”

我不想描述这个麻烦，就像我不想描述色情小说的内容一样。我和弗兰克非常短暂地见过那个场面——我们只是极短地看了一眼，但这就够了。那是八月的一个晚上，天气炎热，莉莉先后叫醒了我和弗兰克，然后要了一杯水——仿佛她这会儿又变成了一个婴儿。弗洛伊德旅馆的餐厅静极了，没有哪个顾客让尖叫安妮尖叫，甚至没有人有兴致去跟乔兰塔发牢骚，跟巴贝特诉苦，跟老毕力格讨价还价，甚至也没有人去看黑英奇。天太热，莫瓦特咖啡馆里是坐不住了。这些妓女就坐在弗洛伊德旅馆黑乎乎的但非常凉快的大堂里（这大堂还在修建之中），坐在楼梯上。这个时候弗洛伊德当然已经躺在床上睡着了——他看不见外面有多热。父亲也睡着了——他只是清晰地看到了未来，看不到当下。

我走进弗兰克的房间，击打了一会儿假人模特。

“耶稣啊，上帝啊！”弗兰克说，“要是你能找到杠铃，放开这个假人，我就开心了。”他也睡不着。我们推起了那个假人模特，在我们中间推来推去。

一个声音传来——你绝对不会想到那是尖叫安妮的声音，不会想到是哪一个妓女的声音。这声音里没有悲伤，这声音太轻快了，与悲伤挨不上边。这声音里夹杂着太多的流水声，让我和弗兰克觉得，这样的上床可不是为了钱。我和弗兰克甚至想到了欲望——这轻快的流水中有太多的欲望。我和弗兰克以前从来没有听到过这种声音。在我的记忆里——我现在已经是一个四十多岁的人——我不记得有谁唱过这样的歌，没有人对我唱过与这首歌一模一样的歌。

这是苏西熊让弗兰妮唱出的歌。苏西穿过弗兰妮的房间去浴室。

我和弗兰克穿过我的房间去用同一个浴室。透过浴室的门，我们可以看到弗兰妮的房间。

看到弗兰妮床脚地毯上的那个熊头，我们就开始感到不安，好像苏西刚闯入别人的房间，就被人割下了头。但是这熊头并不是我和弗兰克关注的焦点。吸引我们的，是弗兰妮的声音——那么热切，那么温柔，就像母亲的声音那样动听，像艾格的声音那样快乐。这声音听起来几乎与性毫不相干，但是性却是这首歌的主题。弗兰妮躺在床上，头向后仰着，两只手臂压在头上，两条腿轻轻晃动着（好像在踩水，又好像浮在水面上）。压在我姐姐黑黑的大腿上，陷在我姐姐两腿之间的——我真不应该看——是那头没有熊头的熊，就像一只野兽在饱餐刚抓来的猎物，就像一头野兽在森林深处大口喝着什么。

这一幕把我和弗兰克吓坏了。看了这一幕，我们不知道该往何处去。我们的脑子里一片空白——或许脑子里有太多的东西——不知怎的，我们跌跌撞撞地走进了大堂。坐在楼梯上的所有妓女都向我们打招呼，也许是因为这炎热的天气，加上她们自己的无聊和倦懒——反正，她们见到我们异常地高兴。当然，她们平时见到我们一般也是很高兴的。只有尖叫安妮看到我们显出很失望的样子——好像她原以为是“生意”上门了，一看是我们，心里很失落。

黑英奇说：“嘿，你们两个家伙看上去好像见了鬼丢了魂。”

“吃东西了吗，亲爱的？”老毕力格问，“这么晚了，怎么还没睡？”

“下面硬得睡不着？”乔兰塔问。

“Oui，oui。[1]”巴贝特高兴地唱了起来，“把硬邦邦的家伙拿到我们这里来！”

“住嘴。”老毕力格说，“天太热，没法搞。”

1 法语，意为“是啊，是啊”。

"不太热。"乔兰塔说。

"也不太冷。"尖叫安妮说。

"想玩牌吗？"黑英奇问我们，"玩个'疯狂八点'？"

我和弗兰克像上了发条的士兵玩偶，在楼梯脚下笨拙地转了几圈，然后掉头回弗兰克的房间了——不一会儿，我们像磁铁一样被吸引到父亲那里去了。

"我们想回家去。"我对父亲说。他醒来了，把我和弗兰克拽到他的床上，好像我们还是小孩子似的。

"求你了，我们回家吧，爸爸。"弗兰克低声说。

"只要我们把这个旅馆开成功了，"父亲向我们保证，"只要我们成功了——我们就回家。"

"什么时候？"我问，嗞嗞作响，有点不相信。父亲一把抱住了我的头，吻了吻我的前额。

"很快。"他说，"这个地方很快就要好起来了。我有这个感觉。"

我们在维也纳一直待到一九六四年——一待就是七年。

"我在维也纳变老了。"莉莉常这样说。我们离开维也纳的时候，她十八岁了。弗兰妮说得对，莉莉是变老了，但没长大多少。

索罗浮出海面了。我们知道。我们不应该感到吃惊的。

在那个晚上——在苏西熊让弗兰妮忘记了色情小说的那个晚上，在苏西熊让我姐姐唱出那么动听的歌曲的那个晚上——我和弗兰克突然感到一种更为惊人的相似，那种相似比色情作家厄恩斯特与契帕·达夫之间的相似更为让人震惊。

回到弗兰克的房间，我们把假人模特推过去，靠到房门上。我和弗兰克躺在黑暗中低声交谈起来。

"你看到那头熊了吗？"我说。

"你看不到熊的头。"弗兰克说。

"是的。"我说，"所以你只看到熊装，真的——苏西的背有点驼。”

“她为什么还穿着熊装？”弗兰克问。

“我不知道。”我说。

“或许她们才刚刚开始。”弗兰克分析起来。

“可是看那熊的样子——”我说，“你看到了吗？”

“我知道。”弗兰克小声说。

“那皮毛，那身体，都有点卷曲。”我说。

“我知道你在说什么。”弗兰克说，“别说了。”

在黑暗中，我和弗兰克都能想象出苏西熊的样子——我们都想象到她像谁了。弗兰妮警告过我们：她要我们提防索罗的新姿态，索罗的新伪装。

“索罗。”弗兰克低声说，“苏西熊就是索罗。”

“她看起来倒是很像索罗。”我说。

“她就是索罗，我知道。”弗兰克说。

“嗯，现在她也许是。”我说，“眼下她是。”

“索罗，索罗，索罗……”弗兰克一直这样念叨着，一直念叨到睡着为止。“是索罗。”他喃喃地说。“你杀不死它，”弗兰克咕哝着，“就是索罗。索罗浮起来了。”

第二家新罕布什尔旅馆

对弗洛伊德旅馆的新大堂进行最后一次整修，这是我父亲出的主意。我心里展开了想象：有一天早晨，父亲站在克鲁格大街的邮局前，望着对面的旅馆，望着那新建的大堂——糖果店已经面目全非，那些旧招牌，此刻就像疲惫的士兵手里的步枪，斜靠在工人们正在拆除的脚手架边上。旧招牌上的字迹尚存："软糖""糖果""食糖""巧克力""弗洛伊德旅馆"。我父亲觉得这些招牌都应该统统扔掉：再也没有糖果店了，再也没有弗洛伊德旅馆了。

"新罕布什尔旅馆？"尖叫安妮说。她总是第一个到达（也是最后一个离开）旅馆的妓女。

"真是与时俱进啊。"那个叫老毕力格的激进分子说，"收放自如，微笑应对。'新罕布什尔旅馆'，这名字我觉得还行。"

"历史的又一个时期，又一个时期。"色情作家厄恩斯特说。

"这主意太好了！"弗洛伊德大声说，"想到了美国顾客——这个名字一定会将他们吸引过来！不会再有反犹主义了。"

"我想，再也不会有客人因为反对弗洛伊德的观点而不来这家旅馆了。"弗兰克说。

“你以为他还会叫什么别的名字吗？”弗兰妮说。“那是爸爸的旅馆，不是吗？”她问我。

人这一辈子就被钉在这里了——要是艾奥瓦鲍勃活着，他要说的还是这句话。

“我觉得这个名字很甜蜜。”莉莉说，“给人一个不错的感触，不大气，但甜蜜。”

“甜蜜？”弗兰妮说，“哦，天哪，我们有麻烦了，莉莉还觉得这名字很甜蜜。”

“有点感伤。”弗兰克说，一副哲学家的口气，“但这无关紧要。”

我想，如果弗兰克再说一句什么无关紧要的话，我就要尖叫起来。我想，如果弗兰克再说那样的话，我就要假装来了性高潮。苏西熊又一次把我救了。

“孩子们，你们看。”苏西说，“你们的老爸已经往现实的方向迈出了一步。你们想想，来到维也纳的美国和英国游客，看到这个名字，有几个人心里能平静下来？”

“这倒是真的。”施万格说，显出很高兴的样子。“对于英国人和美国人来说，维也纳算得上一个东方城市。你看那些教堂的形状——让人害怕的洋葱形圆顶，代表着一个西方人难以理解的世界……看你来自哪里的西方了，你甚至都可以把中欧看作东方。被吸引到这里来的，可能都会是些胆小的人。”施万格这样预言道——好像她又在写一本关于怀孕和堕胎的书似的，“听到新罕布什尔旅馆这个名字，他们会心里一热——就会产生家的感觉。”

“好极了。把那些胆小的人带到这里来。”弗洛伊德说着，叹了口气，伸出手去，想拍拍离他最近的那个人的头。他先摸到了弗兰妮的头，拍了拍。等他去摸苏西熊的头的时候，苏西熊用一只又大又软的爪子把他的手推开了。

*

我很快就习惯了——习惯那只占有欲很强的爪子了。在这个世界里，很多事起初让我们感到惶恐不安，慢慢地就习以为常，后来甚至都让我们觉得非常安心。而那些一开始让人安心的事，却似乎也会慢慢变得让人惶恐不安起来。可是有一件事我不得不承认，苏西熊对弗兰妮产生了很大的影响。如果苏西因此就能让弗兰妮远离厄恩斯特，那我真谢天谢地了。另外，我还想让苏西熊说服弗兰妮不要再给契帕·达夫写信了，这也不算非分之想吧？

“你认为自己是同性恋吗，弗兰妮？”我问她。我们走在黑黑的克鲁格大街上，不用担心难堪。不远处，旅馆的粉色霓虹灯时闪时灭，父亲总是搞不定这玩意儿——新罕布什尔旅馆！新罕布什尔旅馆！新罕布什尔旅馆！

“我不知道。”弗兰妮轻声说，“我想我只是喜欢苏西而已。”

我自然有了这样的想法：弗兰克知道自己是同性恋，而弗兰妮现在又与苏西熊搞在一起，也许不用多久，我和莉莉也会发现我们有同样的性取向。像往常一样，弗兰妮一眼看透了我的心思。

“不会那样的。”她低声说，“弗兰克是同性恋，这是确定无疑的。我不确定自己是不是——只是有一点，这也许对我更容易。就眼下来说。我是说，爱上与自己同性别的人更容易。你不用让自己付出太多，也不用承担太多的风险。和苏西在一起我感觉更安全。”她小声说，“我想，情况就是这样。男人太不一样了。”

“就是一个阶段而已。”厄恩斯特东走来西走去的，对什么事都要发表看法。

菲尔格伯特小姐看到大家对《了不起的盖茨比》的反应还不错，于是深受鼓舞，接下来又给我们念起了《白鲸》。因为母亲和艾格死在了大海里，现在让我们听有关大海的故事，开始我们有点受不了，但后来慢慢适应了。我们的心思都放在了那条白鲸身上，尤其放在各个鱼叉手身上（我们每个人都有自己最喜欢的鱼叉手）。我们一直紧紧盯着莉莉，等着她什么时候把父亲看作那个船长亚哈——“或许她会把弗兰克看作白鲸吧。”弗兰妮低声说。我们没想到的是，莉莉却听出了弗洛伊德的动静。

一天晚上，假人模特笔挺地站在我们身边，好像与我们一起听菲尔格伯特用低沉的声音不停地念着《白鲸》——就像大海不停发出呼呼声，就像海浪嗡嗡地翻滚。这时，莉莉说：“你能听见他的声音吗？嘶嘶嘶！”

“什么？”弗兰克说。这声音就像一个幽灵发出的——我们都知道，艾格才会这么说。

“别说了，莉莉。”弗兰妮小声说。

“不，你们听。”莉莉说。一时之间，我们以为自己身处甲板底下，躺在水手的铺位上，听着亚哈的那只假腿在我们头顶不安地踱来踱去。突然传来一声木头的撞击声，又像骨头的撞击声。那只能是弗洛伊德的棒球杆击打地板的声音。他在我们楼上的地板上走着呢——一瘸一拐地走着。他找妓女寻欢去了。

“他去找哪一个了？”我问。

“老毕力格呗。”苏西熊说。

“两个老家伙，很配。”弗兰妮说。

“我觉得这真好。”莉莉说。

“我是说，今晚他找的是老毕力格。他一定累了。”

“所有妓女他都玩遍了？”弗兰克说。

“乔兰塔除外。”苏西说，“她把他吓着了。”

“我也怕她。”我说。

“当然没有找黑英奇。”苏西说，“弗洛伊德的眼睛不管用。”

我没有想过要找这些妓女——没有想过特别要找哪一个，更没有想过一个一个玩过来。朗达·雷与她们太不一样了。与朗达·雷上床，你只要付点小费就行了。在维也纳，这可是一门生意。我脑子里想象着乔兰塔就可以自慰，那够让我兴奋了。至于做爱……呃，做爱，我总是想象着与弗兰妮做爱。在夏末的夜晚，我还想象与菲尔格伯特做爱。这次朗读《白鲸》，真是怪异得很，菲尔格伯特每次都读到深夜。之后，我和弗兰克陪她走回家。她在市议会厅后面的一栋破旧的建筑里租了一个房间，就在大学附近。她不喜欢晚上一个人穿过卡恩特纳大街或格拉本大街，因为她有时候会被人误认为是妓女。

把菲尔格伯特当成妓女的人想象力一定特别丰富，她一看就是个学生嘛。并不是说她长得不漂亮，她很漂亮——对她来说，这显然不是问题。她长得多好看啊——她就是天生丽质，不过她很不在意，或故意不让自己显得好看。她的头发总是散乱不堪，也很少有干净的时候，好不容易干净一次，她也从来不打理。她穿蓝色牛仔裤，高领毛衣或T恤，她的嘴巴和眼睛四周总带着倦意，这只能说明她读了太多的书，写了太多的东西，想了太多的问题——太多了，她的身体无法承受，使她无心于人生乐趣。她看上去和苏西差不多大，但她太缺乏幽默感，不可能成为一头熊。她对新罕布什尔旅馆夜里发生的种种活动非常不满，感到非常的"恶心"——就是厄恩斯特常说的那个词。在下雨天，我和弗兰克一般就陪她走到歌剧院所在的环城大街的有轨电车车站，到此为止了。天气好的时候，我们会陪着她穿过英雄广场，沿着环城大街朝大学的方向走。我们这三个孩子，刚才还是满脑子的鲸鱼，现在却走在一个古老城市的宏伟大楼底下——这个城市太古老了，真不适合我们这些孩子。大多数夜晚，好像只有我与菲尔格伯特一起走着，弗兰克好像不在我们身边似的。

"莉莉才十一岁。"菲尔格伯特说，"她很喜欢文学，这太难得了。文学可能成为她的救星。那家旅馆不适合她待。"

"Wo ist die Gemütlichkeit? "弗兰克又自顾自地唱起了歌。

“你待莉莉很好。”我对流产小姐说，“你想过哪一天自己成个家吗？”

“四百六十四！”弗兰克唱道。

“在革命结束之前，我不想要孩子。”菲尔格伯特干巴巴地说。

“你觉得菲尔格伯特喜欢我吗？”在回家的路上，我问弗兰克。

“等我们上了学再说吧。”弗兰克说，“找一个漂亮的小女孩——与你一样大的。”

可以这么说，尽管我住在维也纳的一个妓院里，我的性活动其实与一九五七年正好十五岁的大多数美国孩子差不多。我一边想象着一个爱动粗的凶巴巴的妓女不断自慰，一边不停地陪一个说来年轻但比我大的女孩子回家——梦想着自己哪一天能壮着胆吻她，梦想着哪怕能握一下她的手也好。

我本来想，看着那些“胆小的人”——就是会被施万格预言吸引到新罕布什尔旅馆的那些客人——会让我想到自己就是那样的人。但情况并非如此。客人们时不时地坐大巴来：都是参加旅游项目的奇怪的团体游客——有些旅游项目与这些游客一样奇怪。这些游客中，有来自德文郡、肯特郡和康沃尔郡的图书管理员；有来自俄亥俄州的鸟类学家——他们是来鲁斯特观察鹳的。他们的作息习惯很有规律，在妓女开始干活儿之前就已经上床睡觉了，一觉睡到天亮，全然不知晚上的吵闹。在尖叫安妮还没有喊出最后一声假装高潮的叫床声，在老毕力格还没有穿过街道走进旅馆上班——新世界已经在他的脑海里熠熠生辉——他们就早早出门观光去了。这些团体游客什么也不懂，弗兰克有时就带着他们在街上“徒步观光”，赚点外快。团体客人很好相处，包括来自日本男性合唱团的那些客人——他们一起发现了这里有妓女（而且还一起找妓女玩儿）。那是一个多么吵闹、多么奇怪的时刻——他们几个人一起玩妓女，还一起高声唱歌！日本人带了很多相机，给每个人照了相——也给我们家的人照了相。说起照相的事，弗兰克很不开心，他总是说，我们在维也纳拍下的那仅有的几张照片，都是那次来维也纳旅游的日本男性合唱团的客人给我们照的，想想就丢人。有一张是莉莉与菲尔格伯特的合影——菲尔格伯特手里当然拿着一本书。两个老毕力格一起照了一张很感人的合影，莉莉老说，这两个人看起来多像一对“甜蜜”的老夫妻。还有一张照片，弗兰妮斜靠在苏西熊的肩膀上，弗兰妮看起来有点瘦，但是很结实，很外向、很活泼，充满一种“奇怪的自信”——这个词是弗兰克对这个时期的弗兰妮的总结。父亲和弗洛伊德的合影非常有趣，他们两个人一起拿住一根棒球杆，好像在争吵下一棒该谁打，就在这不休争吵的一个小小空当，日本人咔嚓一下为他们拍下了这张照片。

在一张照片里，我站在黑英奇的边上。我记得当时我与黑英奇正坐着在玩“疯狂八点”，一个日本人要给我们几个人照相，但说光线不好，要我们站起来，于是我和黑英奇站在了一起。那个时刻我感到稍微有点不自然。尖叫安妮依然是坐着的——她坐的桌子边上，光线非常充足——身上涂了太多香粉的巴贝特在跟乔兰塔耳语着什么，乔兰塔站在离桌子稍远一点的地方，两只胳膊交叉着放在那让人过目难忘的胸脯上。乔兰塔永远也学不会“疯狂八点”的游戏规则。在这张照片里，乔兰塔看起来好像不想继续玩这纸牌游戏了。我记得日本人也很怕她——也许是她的个头比他们任何一个人都要高大的缘故。

这些照片——这是我们一九五七到一九六四年的维也纳生活的唯一记录——有一个非常明显的特点，就是里面总有一个或两个日本人——我们熟悉的人都与陌生的日本人照了相。色情作家厄恩斯特也不例外。一张照片上，厄恩斯特斜靠在放在户外的汽车车身上，阿尔拜特靠在汽车的挡泥板上。还看到两条腿从这辆老梅赛德斯车的格栅底下伸出来——这是“扳手”的两条腿，他照相的时候只露他的两条腿。汽车周围是日本人——这些陌生人我们今生再也见不到了。

要是我们仔细地看了这张照片，我们会明白那不是一辆普通的汽车。谁听说过一辆梅赛德斯，即使是一辆老旧的梅赛德斯，得修理师花这么多力气去修？扳手先生总是钻在车底下，爬来爬去忙个不停。这辆车属于东西方关系研讨会所有，但很少见到它被开出去，那怎么还值得花这么多精力去修它？你现在得好好看看……呃，这张照片是最清楚不过的了。只要你仔细看了，就不难看出那辆旧梅赛德斯究竟有什么名堂。

炸弹。电线缠了又缠，不知缠了多少遍，这枚炸弹随时可以引爆。整辆车就是一枚炸弹。还有那些不知道姓名的日本人，那些出现在我们仅有的那些维也纳时期的照片里的日本人……呃，现在就很容易明白了：那些陌生人，那些外国人，正是围绕在汽车周围的那些未知的死亡天使的象征。那些年我们这些孩子还相互讲笑话，说这个叫舒劳斯本舒吕舍尔的修理工水平实在差劲，一辆旧梅赛德斯摆弄了那么多年，还没有个结果！其实他可是一个专家！“扳手”先生可是一个炸弹专家，七年来他一直在摆弄那枚随时可以引爆的炸弹——每天都可以引爆。

我们从来不知道他们在等待什么时机——要不是我们强迫他们动了手，真不知他们在等待哪个成熟的时机。我们现在手头上只有日本人照的这些照片，不过，这些照片还是能拼凑出一个可怕的故事。

“对维也纳，你还记得些什么，弗兰克？”我问他——后来我一直这样问他。弗兰克走进一个房间，在里面单独待了一会儿。他出来的时候，递给我一张字条，上面列出了四个条目：

1. 弗兰妮和苏西熊。
2. 去买你那该死的杠铃。
3. 走路陪菲尔格伯特回家。

4. 鼠王的出现。

弗兰克把字条递给我，对我说："当然，还有别的事情，但我不想列在上面了。"

我明白他的意思。我当然也记得我去买杠铃的事。我们几个人都去了——父亲、弗洛伊德、苏西，加上我们四个孩子。弗洛伊德去了，是因为他知道体育用品商店在哪里。苏西去了，是因为弗洛伊德可以在有轨电车上对她大声说出商店的位置，让她记住，好让她带着我们去。"我们是不是过了玛丽亚希尔弗街的医院用品店了？"弗洛伊德大声喊道，"过了那个店，在第二或第三个左转弯处，就是了。"

"厄尔！"苏西看着窗外，叫了一声。有轨电车的售票员警告弗洛伊德说："我希望这熊不会咬人——它可没有被拴住啊。你不拴住它，我们通常是不让上车的。"

"厄尔！"苏西又叫了一声。

"这是一头很聪明的熊。"弗兰克对售票员说。

我在体育用品店里买了三百磅的举重片，一个长杠铃，两个用于曲臂练习的哑铃。"把这些东西送到新罕布什尔旅馆。"父亲说。

"他们不送货的！"弗兰克说。

"不送货？"弗兰妮说，"哎，我们可是扛不动的！"

"厄尔！"苏西叫道。

"乖点，苏西！"弗洛伊德喊道，"不要那么粗鲁！"

"如果你们把这些东西送到我们家，这头熊会感激不尽的。"弗兰克对运动商店里的人说。但这话不管用。我们明白了，靠一头熊来帮我们把事情摆平，这是不可能的，熊已经没有那么大威力了。我们只好自己动手。我们尽量把这些重物平均分配给每一个人。我在两个哑铃上各放了一个七十五磅的举重片，一手拿一个哑铃。父亲、弗兰克和苏西熊一起吃力地抬着那个加了一百五十磅举重片的长杠铃。弗兰妮在前面为我们开门，招呼着人行道上的人避让，莉莉抓着弗洛伊德的手为他引路，她现在暂时为他担当了引路熊的角色。

“耶稣啊，上帝啊！”父亲感叹道——因为售票员不让我们上有轨电车。

“他们原先让我们上来，可是现在却让我们下去！”弗兰妮说。

“这次不是因为这头熊。”弗洛伊德说，“这次是因为这个长杠铃。”

“看你们抬着的样子，多危险。”弗兰妮对弗兰克、苏西和父亲说。

“如果你像艾奥瓦鲍勃那样，一直在练习举重，”我对父亲说，“你就可以一个人扛了，你就不会觉得那么重了。”

莉莉注意到奥地利人允许熊上电车，但不允许杠铃上；她还注意到，奥地利人很热衷滑雪。于是她建议我们买一个滑雪包，把长杠铃放进去，这样，电车售票员不会认为那是杠铃，还以为只是一副很重的滑雪板呢。

弗兰克建议我们不妨借舒劳斯本舒吕舍尔的汽车来用一下。

“从来就不见那车跑过。”父亲说。

“但现在一定能跑了。”弗兰妮说，“那浑蛋已经修了那么多年了。”

父亲跳上电车，回家去借车了。但激进分子却一口拒绝了，看他们这么迅速地拒绝，我们难道不应该一下子明白，我们的新旅馆外面停着的不就是一枚炸弹？但是我们认为这只是激进分子粗鲁无礼而已。我们只好将这些重物慢慢搬回家。到最后，我不得不将杠铃和其他一些东西留在美术馆。但他们不让杠铃进入博物馆，也不让熊进入。“布鲁盖尔是不会介意的。”弗兰克说。但他们还是不得不在街角消磨时间。苏西跳了一会儿舞；弗洛伊德轻轻拍着棒球杆；莉莉和弗兰妮唱了一首美国歌，就这样，他们一边打发时间，一边还赚了点小钱。街头小丑，维也纳特色。“鼠王来了！”弗兰克边说边向街边行人递过帽子去。那顶帽子是父亲从前为弗兰克买的那套大巴司机制服的一部分——一顶破烂的殡仪馆员工帽，就是弗兰克在新罕布什尔旅馆扮作门童的时候常戴的那顶。弗兰克在维也纳的时候也总戴着它——弗兰克，这个江湖骗子，我们的鼠王。我们常常想到那个满脸愁容的表演者和他那些想扔掉的老鼠，有一天，他在开着的窗户前停住脚步，带着他那些可怜的老鼠跳了下去。生活是严肃的，但艺术是有趣的！这就是他的伟大理论。多少年了，他不断走过那些开着的窗户——现在终于被这些窗户吸引了。

我抱着一百五十磅的器具一路小跑着回家。

“嘿，扳手。”我对钻在汽车底下的这个激进分子说。

我跑回美术馆，抱起七十五磅的举重片小步快跑回家。父亲、弗兰克、苏西熊、弗兰妮、莉莉和弗洛伊德把剩下的七十五磅举重片带回了家。从此我可以在这里举重了，第一家新罕布什尔的那个感觉又回来了，我不禁又想起了艾奥瓦鲍勃——住在维也纳，住在外国的陌生感开始消失了。

当然，我们得去上学了。我们上的是一所美国学校，在席津的动物园附近，离美泉宫也不远。苏西每天早上陪着我们坐电车到学校，下午放学后又来学校接我们。熊送我们上学，熊接我们放学——同学们哪里见过这个阵势啊！我们的感觉真是太好了。可是，苏西必须有父亲或弗洛伊德陪着才行，因为这里是不允许熊独自坐有轨电车的，另外，因为学校离动物园很近，所以住在郊区的居民看到熊出来，比住在市中心的人心里会更紧张一些。

对于弗兰克在性方面采取的谨慎态度，我们谁都不理解，这给了他很大的伤害——到后来我才意识到这一点。在维也纳的七年里，我们从不知道他的男朋友是谁，他只是说都是美国学校的男孩子——弗兰克是我们的大哥，上的是最高级的德语课程，在学校里待的时间也最长，也总是一个人独来独往。现在他住在第二家新罕布什尔旅馆，身边有那么多的性活动，这一定促使弗兰克在这方面谨慎行事，就像我以前与朗达·雷交往的时候非常小心谨慎一样：必定先用对讲系统以悄悄话联系。弗兰妮现在有了苏西熊做伴。苏西最近一直对我说，弗兰妮对被强奸的事还是想不通。

“她已经想通了。”我说。

“你还没有想通。”苏西说，“你的脑子到今天还想着契帕·达夫，你就没有想通。她也一样。”

“那就是说，弗兰妮与契帕·达夫的事还没完。”我说，“但是，强奸的事结束了。”

“我们走着瞧吧。”苏西说，“我是一头聪明的熊。”

不断有胆小的客人到来，但数量不是多得不可想象。说胆小的客人多得数不胜数，也许是个自相矛盾的说法——当然，我们还是可以说胆小的客人数量不少。即使如此，我们现在的客人比第一家新罕布什尔旅馆的客人要好一些。

团体游客比个人游客容易对付。胆小的客人，如果是单个来的，比组团一起来的胆小客人更胆小。那些独自旅行的胆小客人，或者那些偶尔带着胆小的孩子一起旅行的胆小夫妇——他们的情绪似乎最容易受旅馆日间夜间的动静的影响，常常被搞得心烦意乱。我们的第二家新罕布什尔旅馆开业的头三四年里，只有一位客人前来投诉过——这些胆小的客人真是太胆小了。

前来投诉的，是个美国女人，她与丈夫和女儿一起来维也纳旅行，她女儿的年纪与莉莉差不多大。他们正好来自新罕布什尔州，但不是来自德瑞镇那一带。下午放学之后，弗兰克在前台登记处值班。弗兰克很快发现，这个女人开始抱怨她在这里吃不到“干净、简单、确实好吃的佳肴”，她显然吃过那第一家新罕布什尔旅馆做的菜肴。

“还是那一套废话，说什么菜简单但好吃。”弗兰妮听了这话，一定会这么说。她回想起了尤里克太太。

“在欧洲，我们到处被人抢劫。”新罕布什尔州女人的丈夫告诉弗兰克。

厄恩斯特在大堂，正向我和弗兰妮解释“坦陀罗式交合”的几个古怪体位。他说的是德语，所以我们很难听懂。我和弗兰妮的德语永远也赶不上弗兰克，但是莉莉在一年之内就与弗兰克一样能用德语流利会话了。不过，在那个美国学校，我和弗兰妮还是学到了很多东西。当然，他们没有教我们性交这门课——这是厄恩斯特的专业领域。我不能忍受厄恩斯特单独与弗兰妮说话，所以每当我看到他与弗兰妮说话，我就走过去听，尽管我看到厄恩斯特就觉得浑身不自在。苏西熊也喜欢过来听，并伸出一只爪子摸着我姐姐身上的某个地方。厄恩斯特看到了这只漂亮的大爪子。新罕布什尔州来的几个美国人来前台办理入住手续的时候，没有看到熊——苏西正好去厕所了。

“浴室里竟然还有头发。”美国女人对弗兰克说，“你不会相信我还看到了哪些肮脏的东西。”

“我们已经扔掉了旅行指南。”她丈夫对弗兰克说，“不能相信这些东西。”

“我们现在只能靠自己的直觉了。”美国女人一边说，一边往四周扫视着新罕布什尔旅馆的新大堂，“我们到处在寻找有美国情调的旅馆。”

“我真想马上回家。”女儿说，声音小得如老鼠。

“我们在三楼有两间不错的房间。”弗兰克说，“而且这两个房间还挨着。”弗兰克加了一句。但他担心那里是不是离二楼的妓女太近了——毕竟只相差一层楼。“要么去四楼，四楼的风景更好。”弗兰克说。

"让风景见鬼去吧。"美国女人说，"我们就要这三楼相邻的两个房间。不要有头发。"她最后恶声恶气地加了一句。这时，苏西熊悄悄溜进大堂，看到了这个小女孩，甩了甩脑袋表示炫耀，发出了一声低沉的熊叫，接着又哼了一声。

"看，来了一头熊。"小女孩说，紧紧抱住了她爸爸的腿。

弗兰克使劲敲了一下铃，当！"行李工！"弗兰克大声喊道。

我只好忍痛从厄恩斯特身边走开，他正起劲地讲着坦陀罗式交合的各种体位呢。

"维央塔派主要有两个体位。"他说，语气相当温和，"女人身体前倾，双手触地，男人站着，从后面抱住她。这是dhenuka-vyanta-asana，也叫母牛式。"厄恩斯特一边说，一边拿他那湿润的眼睛盯着弗兰妮。

"母牛式？"弗兰妮说。

"厄尔！"苏西很不高兴地叫了一声，把头伸进弗兰妮的怀里——给新来的客人做起了熊的各种动作。

我拿着客人的行李上楼去了。小女孩的眼睛始终盯着熊。

"我有一个妹妹，年纪与你差不多。"我对她说。莉莉这会儿不在旅馆，她带弗洛伊德出去散步了。弗洛伊德一定在给莉莉介绍维也纳街头的各种风景——虽然他什么也看不见。

弗洛伊德常常带我们出去看街上的风景，为我们介绍他自己并不能看见的街景。我们一起上街的时候，他总是一只手拿着那根棒球杆，另一只手抓着我们哪个孩子的手，有时抓着苏西的手。我们领着他走街串巷。每到一个街角，我们就对着他的耳朵大声喊出两边大街的名字。弗洛伊德的耳朵也不太灵了。

"我们这是在布鲁特巷[1]吗？"弗洛伊德说话总是这样大声，"我

1 Blutgasse，字面意思为"流血巷"。

们是在流血巷里了吗？”

莉莉、弗兰克、弗兰妮，或者我，大声回答他：“是的！是在布鲁特巷！”

“向右拐。”弗洛伊德为我们指路。“孩子们，走进多姆巷。我们一定要找到5号。那是费加罗歌剧院的入口，莫扎特在这里写下了《费加罗的婚礼》。在哪一年来着，弗兰克？”弗洛伊德大声喊道。

“一七八五年！”弗兰克大声答道。

“比莫扎特更重要的是，我们这里还有维也纳的第一家咖啡馆。孩子们，我们还是在布鲁特巷吗？”

“是的！流血巷。”我们说。

“找一找6号。”弗洛伊德大声说，“维也纳的第一家咖啡馆！这个连施万格也不知道。她只喜欢她的鲜奶油。与所有政治人物一样，她没有一点历史感。”

的确如此，我们没有从施万格那里学到任何历史知识。我们学着爱上了咖啡，配着一小杯水一起喝；我们喜欢上了看报纸，手指捏着报纸，在上面留下脏指印。我和弗兰妮常抢着看《国际先驱论坛报》。在维也纳的那七年里，我们总能在上面看到小琼斯的消息。

“宾夕法尼亚州立大学队35号，海军队6号！”弗兰妮喜欢这样念给我们听，我们在一旁大声欢呼。

后来，小琼斯成了克利夫兰布朗斯队28号，纽约巨人队14号，巴尔的摩小马队21号，最后又成了布朗斯队可怜的17号。小琼斯断断续续给弗兰妮写过几封信，但很少向弗兰妮透露过比赛的消息，但是过不了几天，我们就能在《国际先驱论坛报》看到橄榄球赛的比分，如此这般间接地听到他的消息，还是让我们产生一种非常特别的感觉。

“到了犹太人巷，就向右转！”弗洛伊德给我们指着路。我们便沿着犹太人巷来到圣鲁普雷赫特教堂。

“十一世纪。”弗兰克喃喃地说。年代越久远的，弗兰克知道得越多。

我们沿着多瑙河运河往下走，在一个山坡脚下，在弗朗茨·约瑟夫斯-凯大街，有一个纪念碑，弗洛伊德常带我们来看。纪念碑上有一块大理石标牌，写的是纪念被盖世太保谋杀的受难者的文字——当时，盖世太保的总部就设在这里。

“就是这个地方！”弗洛伊德尖叫一声，一边跺着脚，一边拿棒球杆猛击着地面，喊道，“给我说说标牌上写的是什么！我从来没见过上面的字。”

他当然没有见过，因为他就是在一个纳粹集中营里双目失明的。在集中营里，他们拿他的眼睛做试验，结果，试验失败了。

“那可不是夏令营，莉莉。”弗兰妮告诉莉莉。莉莉以前总是害怕被人送到夏令营里去，现在听到有人在“营地”受尽折磨，感到早在意料之中似的。

“是的，不是夏令营，莉莉。”弗兰克说，“弗洛伊德待的那个营地叫死亡集中营。”

“托德[1]先生从来没有找到过我。”弗洛伊德对莉莉说，“那位死神先生来找我的时候，我总不在家。”

接着，弗洛伊德向我们解释说，纽尔广场有一个喷泉，叫作普罗维登斯喷泉——也叫唐纳喷泉，因为建造者名叫唐纳——喷泉边上的那些裸女雕像，实际上不是原作，而是复制品。原作在贝尔维第宫下宫。这些裸女雕像据说是象征着生命之源，但玛丽娅·特蕾莎强烈谴责这些雕像。

“她是个婊子，”弗洛伊德说，“她成立了贞节委员会。”

“他们做了什么？”弗兰妮问，“哪个贞节委员会？”

---

1 Tod，德语，意为“死亡”。

“他们能做什么？”弗洛伊德问，“那些人能做什么？他们阻止不了人们的性活动，所以就在喷泉周围胡乱立了几个裸女雕像。”

即使是维也纳的弗洛伊德——另一位弗洛伊德——虽然大名鼎鼎，但也无法采取任何措施来阻止人们的性活动，与英国维多利亚时代处于同一个时代的玛丽娅·特蕾莎的贞节委员会却想那么做。“那个时候，”弗洛伊德带着羡慕的口气说，“妓女可以在歌剧院的过道里招客呢。”

“那是在幕间休息的时候。”弗兰克补充道——他是怕我们不知道细节。

弗兰克最喜欢和弗洛伊德一起看的一个地方，是帝国墓地——卡普亲教堂的皇家地下墓穴。从一六三三年开始，哈布斯堡家族的人死后就埋在那里。那个古板的老女人玛丽娅·特蕾莎也埋在那里，但她的心不在那里。墓穴里的所有尸体的心脏都被放到另一个教堂保存起来了。想看这些心脏，得等弗洛伊德下一次带我们出来的时候。“历史，终将分离一切。”对着这些埋着没有心脏的尸体的坟墓，弗洛伊德这样感叹道。

再见了，玛丽娅·特蕾莎——再见了，弗朗茨·约瑟夫、伊丽莎·贝思，还有墨西哥的那个不幸的马西米利安。当然，弗兰克最钟爱的那个人也在那里：哈布斯堡王朝的继承人，那个要了自己性命的可怜的鲁道夫。来到地下墓穴，弗兰克的心情总是无比阴郁。

当弗洛伊德指挥我们从卫普林格大街转向福特巷的时候，我和弗兰妮感到最为沮丧。

“拐过去！”弗洛伊德大声喊道，他手里的棒球杆在不停地颤抖。

我们来到了犹太广场，这里是维也纳的犹太人聚居区。早在十三世纪，这里就是贫民窟；第一次驱逐犹太人的事件就发生在这里，那是在一四二一年。对于最近的驱逐事件，我们知道的情形，稍微多了一点。

这次与弗洛伊德在犹太人广场，我们遇到了一个不小的困难，因为我们眼前已经没有多少十分明显的历史痕迹了。弗洛伊德对着已经不存在的公寓楼大声喊着什么。他向我们解释这是什么楼那是什么楼，但是这些楼早已不复存在。他以前认识的那些人——也不在了。我们看不到的景物，弗洛伊德却依然能看到；他看到的是一九三九年以及一九三九年之前的景物。那个时候他的眼睛还好好的，那是他对犹太人广场最后的印象。

一对新罕布什尔夫妇带着他们的孩子到达旅馆的那一天，弗洛伊德带着莉莉去了犹太人广场。我看出来了，莉莉回来的时候神情非常沮丧。当我带着这三个美国人，拿着他们的行李到了他们在三楼的房间的时候，我也感到非常沮丧。上楼的时候我一直想着厄恩斯特向弗兰妮描述母牛式体位的情景。客人的行李拎在我手里显得不是特别重，因为我把这些行李想象成厄恩斯特了——我要把厄恩斯特拎到新罕布什尔旅馆的顶层，把他从五楼的窗口扔出去。

新罕布什尔女人抬起一只手快速摸了一下楼梯扶手，说："灰尘。"

在二楼的楼梯平台上，舒劳斯本舒吕舍尔与我们擦肩而过。从他的手指尖到二头肌，全都油腻腻的，脖子上还缠绕着一圈铜线，活像套在绞刑架上的绞索。他怀里抱着一个盒子形状的东西，很重的样子，很像一块巨大的电池——过了很久，我才意识到，这电池太大了，不可能是梅赛德斯车上用的。

"嘿，扳手。"我向他打了声招呼。他哼了一声，从我们身边走过去。他的嘴巴里还非常小心地——我想他必须小心——咬着一个玻璃管，玻璃管里嵌着一根小保险丝。

"旅馆的汽车修理工。"我向客人解释道——这样解释起来最省事。

"浑身够脏的。"新罕布什尔女人说。

“顶楼难道放着一辆汽车？”她丈夫问。

三楼的走廊半明半暗的，我们在走廊里走着，寻找着房间。五楼有一扇门开着，传来噼里啪啦打字的声音，好像什么人赶在最后一刻在狂打着什么。那是菲尔格伯特小姐，她不是在急着为某份宣言收尾，就是正写到她那篇关于美国浪漫主义文学的论文的关键部分。阿尔拜特朝楼下尖声喊着话。

“妥协！”阿尔拜特喊道，“你所代表的，不是别的，正是妥协！”

“每一段时间都属于它自己！”老毕力格吼叫了一声，作为回应。激进分子老毕力格下班了。他走到三楼楼梯平台时，我正一手拿着客人的行李，一手慌乱地拿着钥匙准备打开房门。

“你走起路来就像一阵风，老家伙！”阿尔拜特喊道——他喊的当然是德语。我听得懂，听了之后，心里很有些不祥之感。这三个美国客人不懂德语，听了这喊声可能感到尤为不祥吧。“总有一天，老家伙，”阿尔拜特最后喊道，“这阵风会把你吹走！”

老毕力格在楼梯平台上停下了脚步，回过头对阿尔拜特喊了几声。“你个疯子！”他尖叫道，“你是要把我们都杀了吧！你已经迫不及待了吧！”

在三楼和四楼楼梯之间，有一个温柔的身影在缓缓移动，那是好人施万格，她有那样的柔和身形，全是因为喝了那么多鲜奶油。好人施万格在想办法安抚那两个男人，她先快步往下跑了几步，与老毕力格耳语了几句，又匆匆跑上楼梯，跑到阿尔拜特那里，与他说了几句话。

“闭上你的嘴！”阿尔拜特厉声对她说。“你再去怀孕一次，再去堕胎一次，再多喝点鲜奶油。”他骂骂咧咧地说道。

“畜生！”老毕力格喊道。他又上楼去了。“别人还有可能做一个绅士，但你不行！”他对阿尔拜特尖声喊道，“你甚至都不是人！”

“拜托了。”施万格想让这两个男人都消消火气，“Bitte，Bitte[1]……”

“你不是想喝鲜奶油吗？”阿尔拜特对施万格吼起来。“我要让鲜奶油流遍卡恩特纳大街。”他发疯似的说，“我要让鲜奶油堵塞环城大街的交通，让鲜奶油和鲜血遍地流淌，这就是你将看到的景象，到处都是，浸透街道！鲜奶油和鲜血。”

我让来自新罕布什尔州的三个胆小的美国客人走进他们的房间——里面自然满是灰尘。天很快就会黑下来，我知道，楼上的争吵比赛马上就会停止。楼下很快就会响起呻吟声、床的摇晃声、浴盆里没完没了的冲水声，以及熊走来走去的声音——那是苏西在巡视二楼走廊——还有弗洛伊德拿着棒球杆击打地板的笃笃声，他总是从一个房间敲到另一个房间。

美国人去看歌剧了吗？他们回来的时候会不会正巧看到乔兰塔把一个鲁莽的醉汉拉到楼上，或把他推下楼梯？会不会看到有人正在大堂揉搓巴贝特的身体，就像揉搓一个面团？我不管这些，只管与黑英奇待在大堂里打牌，边打边给她讲小琼斯的英雄故事。黑人护法队的故事让她听得非常开心。她说，等她长得“足够大”，她就要去赚一大笔钱，然后去找她的父亲，亲眼看看黑人在美国的生活到底有多糟糕。

不知道是在夜里的什么时候，尖叫安妮的第一次假高潮的叫床声吓坏了新罕布什尔州来的小女孩。她慌忙穿过中间的那个门，跑进隔壁父母房间里。他们三个人会不会一起相拥在一张床上，哆哆嗦嗦到天明？他们会不会偷听到有人有气无力地与老毕力格讨价还价，听到乔兰塔下了重手把一个男人打得不成样子？

尖叫安妮向我发出了警告，要是我胆敢碰一下黑英奇，就等着看她怎么收拾我。

---

1 德语，意为“拜托，拜托”。

“我不让黑英奇见街上的男人。”她说，“我不想让她觉得爱上了谁，让她有别的什么想法。我是说，如果有那样的想法，那就糟了——我知道的。那真的会让你一团糟。我是说，我不会让任何人碰她，出钱也不行——绝对不行——我更不让你一分钱不出，白占她的便宜。”

“她与我妹妹莉莉的年纪差不多大。”我说，“在我看来是这样。”

“谁会管她有多大！”尖叫安妮说，“我就是要提防着你。”

“你已经够大，少不了想时不时地用用你那玩意儿。”乔兰塔对我说，“我见得多了。要论看男人那玩意儿，我的眼睛可厉害了。”

“如果你那玩意儿硬了，可能就想用它。”尖叫安妮对我说，“我只想告诉你，如果你想用，别想着用到黑英奇身上。如果用在了她的身上，小心哪一天你那玩意儿不见了。”

“没错。”乔兰塔说，“想用就来找我们，不要用在小孩子身上。否则，我们就跟你没完。举你的重去吧，那样你晚上就不会睡不着觉了。”

“当心你早上醒来的时候，”尖叫安妮说，“一看你的鸡鸡不见了。”

“明白了吗？”乔兰塔问。

“明白了。”我说。乔兰塔走近我，吻了吻我的嘴。这个吻毫无生气，让人害怕，让我想起了多年前那个新年晚会上多丽丝·威尔斯给我的那个吻，那个带着呕吐物味道的吻。乔兰塔吻完，猛地抽开嘴巴，可是她的牙齿还咬着我的下唇——我尖叫了一声。她这才松开牙齿放开了我的嘴巴。我感到自己的两只胳膊不由自主地抬了起来——就像我拿着哑铃练习单臂弯曲那样，我一练，一般就要练半个小时。乔兰塔非常警觉地从我身边退回去，两只手插在她的小包里。我一直看她这样手插小包，走出了我的房间。尖叫安妮没有走。

“对不起，你被她咬了。”她说，“我真的没有让她咬你。她很刻薄，她就是这么一个人。你知道她小包里有什么东西吗？”我不想知道。

尖叫安妮当然知道。她和乔兰塔住在一起——这是黑英奇告诉我的。黑英奇还告诉我，她母亲和乔兰塔的关系类似同性恋，巴贝特也和一个女人（一个在玛丽娅希尔菲大街工作的妓女）住在一起。只有老毕力格这个老妓女更喜欢男人。黑英奇告诉我，老毕力格太老了，她其实也无所谓更喜欢男人还是女人——大多数时候都是如此。

我与黑英奇一直严格保持着不涉及性的那种关系。说实在的，要不是她母亲提起这个话题，我根本不会把她往性那个方面想。能引起我往那个方面想的，只有两个人：弗兰妮和乔兰塔。当然，我还羞答答地、冒冒失失地追求过给我们念书的那个菲尔格伯特小姐。美国学校的那些女孩子都知道我住在“克鲁格大街的那家旅馆”，我和她们不属于同一类美国人。有人说，生活在美国的大多数美国人没有什么阶层意识，但我了解住在国外的美国人，他们非常清楚自己是什么类型的美国人。

弗兰妮现在有那头熊做伴，但我想，她当然在想别的人，她的心事不会比我少。她可以想小琼斯和他的橄榄球比分，除了那些比赛结果，她还一定挖空心思在想象他的别的什么事情。她还给契帕·达夫写过信，但是对于他的想象，纯粹是单向的、有去无回的。

苏西对弗兰妮给契帕·达夫写信这件事自有她的一套看法。“她怕他，她真的很怕再见到他。出于恐惧，她才给他写信——她一直在给他写信。因为如果她能用正常的声音和他说话——如果她能假装和他保持着正常的关系——呃……那么他不是强奸者，那么他就从来没有强奸过她，她不想面对他强奸过她的那个事实。因为，她害怕达夫或达夫那样的人再次强奸她。”

我想了想她的话。苏西熊或许没有弗洛伊德想象的那种聪明，但她的聪明确实自有一套。

莉莉曾经评价过苏西，这句话一直铭记在我的心里："你可以取笑苏西，因为她害怕做人，害怕与别人打交道——她自己经常这样说。有多少人虽然有同样的感觉，却没有想象力去做同样的事情。像熊那样去度过一生可能是很愚蠢的，但你得承认，这样做是需要想象力的。"

生活在想象中——我们当然都熟悉这样的生活方式。父亲的想象力极为丰富，他想象的对象是他自己的旅馆。弗洛伊德眼睛瞎了，只能靠想象过日子。弗兰妮虽然看重眼下，但也不忘注视前方。而我，在大部分时间里，总是注视着弗兰妮（我在寻找指引我前进方向的信号，那些至关重要的信号）。在我们这些人当中，弗兰克可能是最成功的想象高手——他创造了自己的世界，在自己的世界独来独往。莉莉呢？她在维也纳期间给自己安排了一项任务：不让自己身处危险境地。莉莉决定要长大。这长大必须运用她的想象，因为我们注意到她根本没有实质性的身体变化。

在维也纳，莉莉一直在做一件事，那就是写作。菲尔格伯特小姐为她念的那本书打动了她。莉莉最想做的事就是当作家。我们虽然为她的决定感到难堪，但我们从来没有为此指责过她——我们知道她一直都在写啊写。她自己也觉得难堪，因此也从来没有承认过自己在写作。但我们都知道莉莉在写东西。在将近七年的时间里，她不停地写啊写。我们听到她在打字，她打字的声音与激进分子打字的声音不同。莉莉打字速度很慢。

"莉莉，你在干什么？"我们有时去敲敲她那扇永远锁着的门，问她。

"我在努力长大。"莉莉说。

我们知道，这也是一个委婉说法。弗兰妮说她被人打了一顿——实际上是被人强奸了——如果弗兰妮能用那样的话搪塞了事，那么我想，我们也应该允许莉莉说她在"努力长大"，当然我们都明白，事实上她是在“努力写作”。

我告诉莉莉，从新罕布什尔州来的那家有一个小女孩，年纪与她一样。莉莉说：“那又怎样？我得长点个子才行。或许晚饭之后我会去见她，向她做个自我介绍。”

*

住在糟糕的旅馆里的胆小客人，有一点最要命，他们往往太胆小，平时不敢离开旅馆。他们实在太胆小，出了什么事都不敢抱怨。因为胆怯，他们遇事总显得过于谦卑有礼。他们在楼梯上看到舒劳斯本舒吕舍尔就吓得浑身直哆嗦，看到乔兰塔在大堂竟然咬了一个人的脸，简直感到不可思议，尖叫安妮的尖叫声更是几乎要了他们的命，因此第二天他们便要求退房离店，但还是不止地道歉——即使他们在浴缸里发现了熊毛，他们依然一个劲儿地道歉。

但是，那个来自新罕布什尔州的女人却不是这样。她的脾气比一般胆小的客人要大。夜幕初上，看妓女们忙着招客，她并没有发作（这一家人肯定是在外面吃饭）。一直过了午夜，也没见这家人发一声怨言，甚至都没有打一个问询质疑电话到前台。弗兰克正在房间里学习，只有那个假人模特与他做伴。莉莉在想方设法长大。弗兰妮坐在大堂的前台旁，苏西熊巡视着大堂——有苏西熊在，妓女们的客人就没有胡来的，显得像往常一样平静。我却躁动不安。（在维也纳的这七年，我一直焦躁不安，但是今天晚上，不知怎的，尤其躁动不安。）我在卡瓦特咖啡馆，与黑英奇和老毕力格一起玩飞镖。对老毕力格来说，这又是一个漫长难耐的夜晚。午夜刚过一会儿，尖叫安妮发现了一个顾客正穿过卡恩特纳大街，转弯向克鲁格大街走来。当尖叫安妮和她那鬼鬼祟祟的男伴探头往莫瓦特咖啡馆偷看的时候，我正等着扔飞镖。尖叫安妮看到我与黑英奇和老毕力格在一起。

“已经过了午夜，”她对女儿说，“快去休息，明天还要上学。”

于是我们几个人差不多一起往新罕布什尔旅馆走。安妮和她的顾客走在我们前面。我和黑英奇分别走在老毕力格的一边，听她说着法国的卢瓦尔河谷。“那是我想退休养老的地方，”她说，“也是我下次就想去度假的地方。”我和黑英奇都知道，老毕力格总是和她在巴登的姐姐一家人一起度假——每次度假她都去那里。她一般从歌剧院对面的车站坐大巴或火车。毕竟，比起去法国，老毕力格还是更容易去巴登。

我们一走进旅馆，弗兰妮就向我们报告，所有客人都在旅馆休息了。新罕布什尔州来的那一家人大约一小时前就上床睡觉了。一对年轻的瑞典夫妇睡得更早。来自伯根兰的那个老人一个晚上都没离开他的房间。英国来的几个自行车爱好者回来的时候已经醉得不成样子，反复查看他们放在地下室的自行车，还想与苏西熊打情骂俏，惹得她咆哮起来，此刻，毫无疑问，已经在房间里呼呼大睡了。

我回自己的房间去举重。正经过莉莉的房门，只听她房里的电灯啪地一下熄灭了——关得真是时候啊。夜深了，她今天的长大努力到此为止了。我拿起长杠铃，做了几个前臂弯曲，发现自己没有心思再做下去。夜已经很深了，出于无聊，我又举了几下重。我听见隔壁弗兰克的房间墙上的假人模特突然掉了下来。好像弗兰克在辛苦地看着什么书，看着看着突然恼火起来，拿那个假人在撒气——说不定他也只是太无聊了吧。我敲了敲墙。

“不停地走过开着的窗户。”弗兰克说。

“Wo ist die Gemütlichkeit? ”我随口唱了一句。

我听到弗兰妮和苏西熊脚步轻轻地从我的门口经过。

“四百六十四，弗兰妮！”我低声说。

我听到弗洛伊德的棒球杆从我头顶房间的床上嗵的一声掉了下来。那是巴贝特的床，我听得出来。父亲像往常一样，睡得很香，一定做着好梦，一个接着一个地做着。突然一个男人的说话声从二楼楼梯平台上传来，我还听见了乔兰塔的声音——她把那个人扔下了楼梯。

“索罗。”我听见弗兰克咕哝了一声。

弗兰妮在唱苏西教会她唱的一首歌。我没仔细听她唱歌，我集中全部注意力，听着楼下大堂的那场打斗。听得出来，对乔兰塔来说，这是一场轻松的打斗。所有痛苦的叫声都来自那个男人。

“你那鸡巴软得像只湿袜子，还怪我？”乔兰塔说。接着是那个人挨了一记重拳的声音——手掌打到了面颊？我猜。不好说。只听到男人又跌倒了——那是十分清楚的。男人在说话，只听他喘不过气来，听不清楚在说啥——难道是乔兰塔掐住他的喉咙了？我心里想。我是不是该叫弗兰妮别唱了？是不是应该让苏西熊叫弗兰妮不要再唱了？

接着，我听到了尖叫安妮的叫床声。我想克鲁格大街上的每一个人都听到了。我想，刚从歌剧院出来，刚离开萨彻酒吧，沿着卡恩特纳大街往家走的那些时髦人士，也一定听到了尖叫安妮的尖叫声。

一九六九年十一月的一天——距我们离开维也纳已经五年了——两条看似毫不相关的新闻成了维也纳各大晨报的头条新闻。政府宣布，从一九六九年十一月十七日起，禁止妓女在格拉本大街和卡恩特纳大街拉客，也禁止她们在卡恩特纳街附近的小巷背街拉客，克鲁格大街除外。妓女在这些街道拉客已经有三百年的历史了，一九六九年之后，她们只剩下一条克鲁格大街。依我看，维也纳人在一九六九年前就放弃了拯救克鲁格大街的努力。依我看，正是新罕布什尔州来的那一家人住在我们的旅馆的那个晚上，尖叫安妮假装高潮的那个叫床声，促使政府做出了那个决定。那个伟大的假高潮葬送了克鲁格大街。

就在奥地利官员宣布卡恩特纳的妓女只能去克鲁格大街拉客的这一天，报上还有一条新闻，说多瑙河上的一座新桥出现了裂缝——

开通仪式结束没几小时，新桥就开裂了。官方把新桥开裂归咎为阳光太强。我觉得好笑，你怎么能责怪太阳？只有尖叫安妮才能让大桥开裂——新桥也不在话下。她上工的那个房间一定有一扇窗户大开着。

我甚至相信，尖叫安妮的假高潮叫床声可以吓得哈布斯堡家族那些没有心脏的尸体在坟墓里坐起身来！

在胆怯的新罕布什尔一家人站在我们的旅馆的那个晚上，尖叫安妮发出了我们在维也纳开店这七年当中最厉害的假装高潮的叫床声。这简直是一场“七年之高潮”[1]。这叫床声随着她的男伴一阵短促的尖叫声猛地响起，听得我猝不及防，我不由得向床外伸出一只手去，紧紧抓住一个杠铃，这样才让自己不至于甩出床去。我感觉到，弗兰克房间里的那个假人一下子飞到了墙边，弗兰克跌跌撞撞笨手笨脚地撞向门边。弗兰妮美妙的歌声在高音部戛然而止。苏西熊呢，我可以想象，正手忙脚乱地找着她的熊头。莉莉在关灯之前可能已经完成了当天所有的长大任务，可是我想，她听到尖叫安妮这可怕的叫声，身体猛地一打战，说不定又缩回去一英寸。

“耶稣啊，上帝啊！”父亲喊道。

在大堂里被乔兰塔打得招架不住的那个男人，突然发现自己一下子有了力气，猛地挣脱开乔兰塔，飞也似的冲出了大门。其他几个在克鲁格大街上闲荡的妓女正好从旅馆门前经过——我可以想象，她们一定在重新思考她们这个职业的定位。谁管这行当叫“温柔的生意”？她们一定在这样想。

只听有人在嘟嘟囔囔地抱怨。是巴贝特？她突然被这叫床声吓到，与弗洛伊德同步的协调节奏被打乱？是弗洛伊德？他正满地找他的棒球杆，来作为防身武器？是黑英奇？她终于为母亲担心了？我好像还听到，激进分子所用的那一台打字机——就在高高的五楼房

1 大概是戏仿“七年之痒”的说法。

间——好端端地自己移动起来，从写字台上掉下来，哐当一声摔在了地板上。

不到一分钟，我们都到了大堂，然后一起往二楼走。我从没见过弗兰妮如此心神不定的样子。莉莉跑到弗兰妮身边，一下子抱住了她的屁股。我和弗兰克一前一后，像列队的士兵，朝着那个骇人听闻的叫声的方向，默默无言地前进。叫声停止了，可是现在的一片死寂，几乎与她的尖叫声一样令人毛骨悚然。乔兰塔和苏西熊走在最前面——就像两个保镖，满脸冷酷，慢慢朝现在还不知外面动静、毫无一点防备的暴徒逼近。

“麻烦。”父亲低声说，“听起来好像有麻烦。”

在二楼楼梯的转弯平台上，我们见到了弗洛伊德和巴贝特，弗洛伊德的棒球杆斜靠在巴贝特身上。

“我们再也不能允许出现那样的事。”弗洛伊德说，“没有一家旅馆能容忍，不管是什么阶层的客人，谁也受不了——太过分了，没有人能忍受得了这个。”

“厄尔！”苏西叫了一声，竖起熊毛，一副准备动手的架势。乔兰塔又把两只手插进了她的小包里。抱怨声还在继续，我意识到那是黑英奇的声音——她吓得实在够呛，甚至不敢去弄清楚她母亲那令人难以置信的声音是从哪里传来的。

我们走到了尖叫安妮的房门口。这时我们发现新罕布什尔来的这家人不像他们刚来旅馆时那样胆小了。小女孩看上去显然是吓得魂不守舍了，但她还能站着，只是稍微斜着身靠在浑身颤抖的父亲身上。这个新罕布什尔男人穿着睡衣，外面披着红黑条纹的浴袍。他手里拿着床头台灯的灯头杆，手腕上缠着电源线，灯泡和灯罩都已经取了下来——作为一件武器，这样就更好使了，我想。新罕布什尔女人站在离门最近的地方。

“就是从里面传来的。”她指着尖叫安妮的房门向我们宣布，“现在没声音了。他们肯定死了。”

“往后站。”她丈夫对她说，手里的台灯杆一会儿上挑一会儿下垂，“我想这里面的场景肯定不宜女人和小孩看。”

女人愤怒地盯着弗兰克，因为——我猜——这家人走进新罕布什尔旅馆的时候，弗兰克在前台值班，正是弗兰克为他们办了入住手续，让他们住进了这家疯人院一样的旅馆。“我们可是美国人。”她带着挑衅的口气说，“我们以前从来没有见过这样肮脏的东西。不过，如果你们这些人谁也没有胆量破门进去，那就我来。”

“你去？”父亲说。

“这明摆着是一起谋杀。”新罕布什尔男人说。

“再清楚不过了。”新罕布什尔女人说。

“拿刀子杀的。”新罕布什尔小女孩说。她的身体不由自主地收缩了一下，靠在父亲身上抽搐着。“肯定是拿刀子杀的。”她说，声音小得几乎听不见。

新罕布什尔男人把台灯杆扔到地上，随即又把它捡了起来。“怎么样？”新罕布什尔女人问弗兰克。这时，苏西挤到了前面。

“让熊进去！”弗洛伊德说，“别让客人搅和在里面，就让熊进去！”

“厄尔！”苏西大叫一声。新罕布什尔男人以为苏西要攻击他和他的老婆孩子，拿起台灯杆，恶狠狠地戳向苏西的脸。

“不要把熊惹怒！”弗兰克向他发出警告。这家人一起往后退了。

“小心点，苏西。”弗兰妮说。

“杀人了。”新罕布什尔女人低声咕哝道。

“这种事真叫人难以启齿。”她丈夫说。

“拿着刀。”她女儿说。

“只是他妈的性高潮而已。”弗洛伊德说，“耶稣啊，上帝啊！你们难道都从没有过性高潮？”弗洛伊德手搭在苏西的后背，跌跌撞撞地向前走。他拿棒球杆打了一下门，接着摸索着找门把手。“安妮？”他叫了一声。我看到乔兰塔紧靠在弗洛伊德身后，高高的，就像他拉长了的影子——她那双凶狠的手依然插在她的黑色小包里。苏西对着门底下吼叫了一声，叫得令人胆战心惊。

“性高潮？”新罕布什尔女人说——她丈夫本能地捂住了女儿的耳朵。

“我的上帝。”弗兰妮后来说，“他们带女儿去看谋杀现场，却不让她听关于性高潮的话。美国人确实怪得很。”

苏西熊拿肩膀往门上撞去，让弗洛伊德一下子失去了平衡。他那根“路易斯维尔重击手”牌棒球杆在走廊的地板上滑动起来。乔兰塔一把抓住了弗洛伊德，让他靠在了门柱上。苏西就吼叫着冲进屋去。尖叫安妮除了长筒袜和吊袜带，一丝不挂。她抽着烟，斜靠在一个男人的后背上，那男人躺在床上一动不动。她吸了一口烟，然后吐出来全喷到他脸上。男人并不躲避烟雾，也没有咳嗽，除了一双长及脚踝的深绿色袜子，全身赤裸。

“死了！”新罕布什尔女人说，好像有点喘不过气来。

“Tod[1]？”弗洛伊德小声说道，“有人在对我这么说！”

乔兰塔从小包里抽出两只手，朝那男人的腹股沟猛击一拳。男人的膝盖突然动弹了一下，咳嗽起来，接着又躺在那里如死人一般。

“没死。”乔兰塔说，甩开两只胳膊，拨开人群，走出房间。

“他就这样趴在我身上晕过去了。”尖叫安妮说。她看上去很惊讶。后来我想，当你被尖叫安妮蒙骗，以为她就要达到性高潮的时候，你是不可能保持头脑清醒的。这会儿你硬是清醒着，结果回到家就发疯，比起这，或许昏死过去更安全。

“她是个妓女？”新罕布什尔男人问。这次轮到新罕布什尔女人

1 德语，意为“死亡”。

赶紧捂住了她女儿的耳朵，她还想着遮住女孩的眼睛。

“你怎么了，眼瞎了？”弗洛伊德问，“她当然是个妓女！”

“我们都是妓女。”黑英奇说。她不知是从哪里冒出来的，一把抱住了她母亲——看到她什么事也没有，黑英奇很高兴。“做妓女有什么不对吗？”

“好了，好了，”父亲说，“大家都回房间睡觉吧！”

“这都是你的孩子？”新罕布什尔女人问我父亲。她甩了一下手，不知道该指我们这些孩子中的哪一个好。

“呃，有些是。”父亲和颜悦色地说。

“你应该感到羞耻，”新罕布什尔女人对父亲说，“让孩子们看到这样肮脏的东西。”

我想，我父亲从没有想到，我们这些孩子在旅馆里看到的这些东西特别“肮脏”。我父亲也从来没有听到过一个女人用那样的口气对他说话——我母亲从来不会这样对父亲说话。尽管如此，我父亲被人这么一指责，好像突然显得非常难受。弗兰妮后来说，从父亲的脸色看，他那时真的感到非常困惑，而且，这种困惑渐渐地变成了一种越来越接近于愧疚的神情——以后我们在他身上总看到这样的神情。弗兰妮说，看他这样的神情，她觉得，爱梦想的父亲的确让我们悲伤过，但我们宁愿看他做梦，也不愿意看他愧疚。我们愿意他是一个毫无愧疚感的人，如果他真的成了一个担心当下的人，真的成了一个“爱负责任”的父亲——一般人认为做父亲的就应该负起责任——那么我们就不会那么喜欢他了。

“莉莉，你不应该在这里，亲爱的。”父亲对莉莉说，把她从尖叫安妮的房门口拉开。

“我想是不应该。”新罕布什尔男人说。他现在正慌乱着要把她女儿的眼睛和耳朵同时捂住——抽身离开这里，他却是不情愿的。

“弗兰克，你把莉莉带回到她自己的房间去吧。”父亲轻声说。

“弗兰妮？”父亲叫了一声，“亲爱的，你没事吧？”

“当然没事。”弗兰妮说。

“我很抱歉，弗兰妮。”父亲一边说，一边拉着弗兰妮往走廊的一头走。“发生了这一切，我很抱歉。”父亲又加了一句。

“他很抱歉！”新罕布什尔女人说——她觉得我父亲说的话很好笑，“他让他的孩子们看到这样恶心的东西，他说他感到很抱歉！”弗兰妮立刻转头看着她。我们可以批评父亲，但别人不能。

“你个死 ×。”弗兰妮对新罕布什尔女人说。

“弗兰妮！”父亲说。

“你这个没用的蠢货。”弗兰妮对那个女人说。“你这个可悲的胆小鬼。”她对那个男人说。“我认识那个男人，我可以给你说说‘恶心’的事。爱巴哈，或者嘎迦萨纳，”弗兰妮对他们说，“你们知道那是什么吗？”——我知道。我感到自己的手心开始出汗了——“女人俯卧着，”弗兰妮说，“男人趴在她身上，腹股沟向前撅着，腰部弯曲。”新罕布什尔女人一听到“腹股沟”这个词，马上闭上了眼睛，她那可怜的丈夫好像想把他一家人的眼睛和耳朵同时都捂起来。“大象式体位。”弗兰妮说，我在一旁打了个寒战，大象式体位是维央塔派的两种主要体位之一（另一种就是母牛体位）。厄恩斯特说起大象式体位的时候，那神情最是梦幻不过的了。我觉得自己想吐。弗兰妮突然哭了起来。父亲马上带着她朝走廊那一头走了。苏西熊显得焦躁不安起来——自然是一头焦躁不安的熊的模样——她跟在我父亲和弗兰妮后面，一边走，一边呜呜地叫着。

被尖叫安妮的那个叫床声——这叫床声可是将克鲁格大街葬送了——吓得昏死过去的那个顾客现在醒来了。看到所有人——弗洛伊德、我、新罕布什尔一家人、尖叫安妮和她的女儿，以及巴贝特——都围在周围看着他，他显得无比难堪。我想，幸好这会儿苏西熊不在，我父亲和弗兰妮不在。这时老毕力格来了，她总是来迟，像往常一样。她刚才睡着了。

“怎么回事？”她问我。

“尖叫安妮没把你吵醒？”我问她。

“尖叫安妮再也吵醒不了我了。”老毕力格说，“吵醒我的是那些该死的想改变世界的家伙。”

我看了看手表。还不到凌晨两点。“没人会吵醒你，你尽可以呼呼大睡。”我低声对老毕力格说，“激进分子不会来那么早。”

“我睁着眼睛，毫无睡意。”老毕力格说，“昨天晚上，几个激进分子没有回家。有时他们整夜待在房间里。他们通常没有什么动静。一定是尖叫安妮打扰到了他们，他们的东西掉了。接着他们在楼下窸窸窣窣的，那动静就像蛇一样，他们把掉到地上的东西都捡了起来。”

“晚上他们不应该在旅馆里。”弗洛伊德说。

“我看够了这些肮脏的东西。”新罕布什尔女人说。她觉得自己被冷落了，于是说了这句话，想引起大家的注意。

“我见得多了。”弗洛伊德说，一副神秘兮兮的口气，“所有肮脏的东西。见过了，你就会习惯的。”

巴贝特说，这一夜她也受够了，她回家了。尖叫安妮把黑英奇放回到床上。她的那个一脸尴尬的男伴悄无声息地溜走了，可是新罕布什尔来的这一家人一直目送着他走出旅馆去。我、弗洛伊德和老毕力格在二楼楼梯的转弯平台上，乔兰塔也过来了。我们竖起耳朵听着楼梯上面的动静。激进分子在房间里？反正这会儿上面什么动静也没有。

“我太老了，爬不了楼梯。”老毕力格说，“我也有自知之明，我不管别人的事，省得人家烦。但他们就待在房里，你们去看看吧。”说完转身上街了——去做她那温柔的行当了。

“我眼睛瞎了。”弗洛伊德说，“爬半个晚上的楼梯，我才能爬到上面。即使他们在房里，我什么也看不见。”

“把你的棒球杆给我。”我对弗洛伊德说，“我去看看。”

“带我走就行了。”乔兰塔说，“去他的棒球杆。”

“棒球杆我自己要用的。”弗洛伊德说。我和乔兰塔向他道了晚安，便上楼去了。

“如果有什么事，你们就来叫醒我，把事情告诉我。”弗洛伊德说，“或者明天早上再告诉我也行。”

我和乔兰塔在三楼的楼梯平台上仔细听了一会儿楼里的动静，只听到新罕布什尔那家人把房间里所有的家具都推到门边，抵住了门。那对年轻的瑞典夫妇睡了个好觉，一夜未见他们的动静——显然他们已经习惯了尖叫安妮的性高潮，或者说，对旅馆里的谋杀案，他们也见怪不怪了。从伯根兰来的那个老头说不定已经死了，进了房间没多久就死了吧。那几个英国自行车手住在四楼，昨晚或许喝得酩酊大醉，所以也没有见他们起来过。但是，在我和乔兰塔站在四楼楼梯的转弯平台上听激进分子的动静的时候，我们碰到了一个自行车手。

“真奇怪。”他轻声对我们说。

“怎么了？”我问。

“我觉得听到了一声瘆人的尖叫。”他说，“那是楼下传来的，现在我又听到他们往楼上拉尸体的声音，真奇怪。”

他看着乔兰塔。“这骚货会说英语吗？”他问我。

“这骚货现在是我的。”我说，“干吗不回去睡觉？”那天晚上我十八岁或十九岁。我发现，我的举重练习还是有效果的，人们现在开始对我的力量有所注意了。英国自行车手回去睡觉了。

“你觉得那是怎么回事？”我问乔兰塔，头一颠一颠的，朝寂静的五楼爬去。

她耸了耸肩——与我母亲的耸肩或弗兰妮的耸肩方式完全不一

样，但还算是女人耸肩的样子。她把她的两只大手又插进那个要命的小包里。

“我管他们出了什么事？”乔兰塔说，“他们可能会改变这个世界，但他们改变不了我。”乔兰塔说的是那些激进分子。

这话多少让我感到安心。我们爬到五楼。记得三四年前，我帮他们搬过打字机和办公设备之后，就再也没有来过这里。这里好像有了不少变化，连走廊看起来都不太一样了。走廊里放着很多箱子，还有一罐罐的液体——是化学品还是葡萄酒？我很想知道。一台油印机要不了这么多的化学品啊——如果这些都是化学品的话。我又想，或许是车用液体？我不知道。我做了一件不会让人起疑的事——到了五楼，我就敲了敲我和乔兰塔经过的第一扇门。

厄恩斯特开了门。他满脸堆笑。“怎么了？”他问，“睡不着？太多的性高潮？”他看见乔兰塔站在我后面。“想找一间更私密的房间？”他问我。他让我们进了他的房间。

这个房间与隔壁的两个房间连着——我记得它原来只与一个房间连着，房间里的陈设看起来也完全不一样了。可是，这几年里，我并没有看到什么大的东西被抬进抬出，我能看见他们拿进拿出的，我想也只不过是舒劳斯本舒吕舍尔修车需要的一些小物件。

舒劳斯本舒吕舍尔在房间里，还有那个阿尔拜特——那个不知疲倦不停工作的阿尔拜特。我和老毕力格刚才听到什么东西从桌子上掉下来，现在明白了，一定是一个大盒子，里面装的一定是电池，因为打字机在房间的另一个位置，显然没人在打字。房间里有不少地图，东一张西一张的——说不定是他们的行动图——还有一些类似汽车部件的东西，这样的东西一般会在汽车修理铺看到，谁承想会在办公室里看到：化学部件啊，电子部件啊，诸如此类。老毕力格，就是说阿尔拜特是个疯子的那个激进分子，此刻不在房间里。我那亲爱的菲尔格伯特也不在这里。她可是美国文学专业的一个好学生，不是在家里看书，就是在家里睡觉。在我看来，此刻在房间的，只有这几个坏的激进分子：厄恩斯特、阿尔拜特和扳手。

“今天晚上的性高潮来得真猛！”舒劳斯本舒吕舍尔一边说，一边斜眼看着乔兰塔。

“又是假的。”乔兰塔说。

“这次或许是真的吧。”阿尔拜特说。

“继续做梦吧。”乔兰塔说。

“你身边有个硬汉跟着，呃？”厄恩斯特对乔兰塔说。接着，他又对我说：“看得出来，你身上的肉很硬。”

“你也就只会写写而已。”乔兰塔对他说，“你的肉可是硬不起来。”

“我知道哪个体位适合你。”厄恩斯特告诉她。

我不想听。我害怕他们所有人。

“我们要走了。”我说，“对不起，打扰了。我们真不知道这个房间晚上还有人。”

“要不是我们时不时熬夜加个班，工作就要积压了。”

乔兰塔站在我身旁，她的两只有力的大手依然插在她的小包里，不知紧紧攥着什么东西。我们向他们道了声晚安。就在我转身离开的时候，一眼瞥见了距离最远的那个房间里的阴影中的一个人影——这绝对不是我的想象。那个人也有一个小包，只见她掏出小包里的东西，拿在手里，对准我和乔兰塔。我就这么瞥了一眼她和她手里的枪，转眼她又躲进暗处不见了，这时乔兰塔也随手关上了门。乔兰塔没有看见那个人，她一心盯着厄恩斯特看。但我看到了那个人。那人就是我们温柔的施万格，待我们如母亲一般的激进分子施万格——手里拿着枪的施万格。

“你的钱包里装着什么？”我问乔兰塔。她耸耸肩。我对她说了一声晚安，她并不应答，却伸出一只大手，一把捏住我的裤子前襟，捏了好一会儿不放手。我刚才飞快跳下床，飞速穿上外衣，匆忙之中没有穿上内衣。“你又要让我去街上游荡？”她问我，“今天晚上我还想再玩一招，不急着回去睡觉。”

“我觉得现在太晚了。”我说。捏在她手里的那个东西慢慢变硬了。

“好像还不算太晚。”她说。

“我没带钱包，可能塞在另一条裤子里了。”我撒了个谎。

“以后再给我钱好了。”乔兰塔说，“我相信你。”

“要多少？”我问，她的手捏得更紧了。

“你嘛，只要三百先令。”她说。我知道，别人也只要三百先令。

“太多了。”我说。

“好像不算太多。”她说，使劲拧了我一下。那东西已经非常硬了，她拧得我很痛。

“你弄痛我了。”我说，“对不起，我不想玩。”

“你想玩的，我知道。”说完，她放开了我。她看了看手表，又耸了耸肩。她跟着我一起下了楼，到了大堂。我又对她说了一声晚安。我回房间去，她到克鲁格大街上去。这时尖叫安妮回来了，走进大堂——又带了一个可怜的家伙来。我躺到床上，心想今晚不知能不能睡个好觉。睡好了，就不用听那假高潮的叫床声。可是我翻来覆去怎么也睡不着，于是就干脆睁着眼睛躺在床上，等着尖叫安妮的叫床声——等她叫完了，再睡吧，我想这之后有的是足够的时间睡觉。可是，这一次尖叫安妮的高潮迟迟不见到来。我想，那高潮已经有过了吧，刚才我打了个盹，说不定不小心错过了。这就是生活——我相信有些事马上就要发生，其实早已发生，也早已结束，只不过自己没有注意，或者忘了，过了一会儿，才吃惊地发现有这回事。我刚刚入睡，正是睡着最沉的时候，尖叫安妮的一声假高潮尖叫，又把我从梦中拽了起来。

“索罗！”只听睡梦中的弗兰克大喊一声——就像那时可怜的艾奥瓦鲍勃做梦梦到了那只狗，被狗发出的“警告”吓坏了。

我发誓，我感觉到弗兰妮在睡梦中身体突然一紧。苏西哼了一声。莉莉说了一声“什么？”新罕布什尔旅馆在一声巨雷过后的寂静中瑟瑟发抖。或许是过了一会儿吧，在我的睡梦中——确实是在我的睡梦中——我听到有人抬着一个很重的东西下楼去，抬出旅馆大门，抬上了舒劳斯本舒吕舍尔的汽车。一开始，我以为那是乔兰塔抱着死去的顾客小心翼翼地下楼到了街上的声音，但她才不会想着不要弄出动静呢。“这只不过是我的想象。”在睡梦中我对自己说。这时，弗兰克敲起了墙。

“不停地走过开着的窗户。”我低声说。我和弗兰克在走廊里相见。我们透过大堂的窗户，看到激进分子正往车上装着什么东西。不管是什么东西，反正看上去那东西很沉，不会动弹。开始我以为这或许是老毕力格——激进分子毕力格——的尸体，但看他们抬的时候极其小心的样子，我觉得不会是尸体。他们把那个东西竖起来放在后座上，放在阿尔拜特和厄恩斯特之间。接着，舒劳斯本舒吕舍尔带着这东西——不知道是什么——开车走了。

透过汽车车窗，我和弗兰克看见那个神秘的东西的剪影。只见那东西松软下来，歪斜着倒在厄恩斯特身上——身形比厄恩斯特要大——偏向阿尔拜特坐的地方的反方向，但阿尔拜特的手臂还是绕在那东西身上，似搂非搂的样子，好像在哄一个准备投向别人怀抱的情人，但不见有什么效果。那东西——不管它是什么——反正不是人，这是很明显的。从外表看，让人觉得奇怪的是，那好像是一只动物。我现在当然知道了，那完全是一个机械制品，在快速移动的汽车里，它的形状很像一只动物——好像厄恩斯特和阿尔拜特之间夹着一头熊，或一条大狗。我和弗兰克——还有我们所有人——后来会知道，那辆汽车装的是一车的悲伤。这汽车太神秘，我的心一直困惑不已。

我向父亲和弗洛伊德描述那辆汽车（以及我和乔兰塔在五楼房间看到的东西）。我还向弗兰妮和苏西熊描述我对这一切的感觉。我和弗兰克说起了施万格，说了很久。“我敢肯定，那把枪你一定看错了。”弗兰克说，“不是施万格。她有可能在那儿。她可能希望你不要把她和他们联系在一起，所以就躲着你。但她不可能有枪，也不会拿枪指着你，那是肯定的。我们就像她的孩子——她亲口对我们说的！你又在想象了。”

*

索罗浮出了水面。在一个你无比痛恨的地方待上七年，那可是很长的一段时间。但我觉得至少弗兰妮在这里度过了安全的七年。那总是最要紧的。那是弗兰妮的一段过渡期，她过得很悠闲，和苏西熊一起过得很放松——因此，我也觉得很舒心，就像天天踩水一样。

在大学里，我和莉莉都主修美国文学（菲尔格伯特一定会为此感到高兴）。莉莉主修美国文学，不用多说，当然因为她想成为作家——她想要长大。我主修这个专业，是间接讨好孤傲的流产小姐的又一种方式。我觉得这似乎是一件最浪漫的事。弗兰妮主修世界戏剧——她一直是我们这几个孩子当中的重量级人物，我们永远也赶不上她。弗兰克听从了激进分子施万格的建议，就像听从母亲的建议：他主修经济学。想到父亲和弗洛伊德这个状况，我们都意识到，确实应该有人去学习经济学。弗兰克将拯救我们，随着时间的推移，我们都会感激经济学的。弗兰克实际上读的双学位，尽管大学只给他颁发了一个经济学学位。我可以说，弗兰克还辅修了世界宗教。“了解你的敌人。”弗兰克总是微笑着说。

在这七年，我们都浮在水面上。我们学习德语，但我们之间只说母语。我们学习文学、戏剧、经济、宗教，但一看到弗洛伊德的棒球杆，我们就会为那个棒球之国（指的是美国）伤心（虽然我们对棒球没什么兴趣，但那根“路易斯维尔重击手”牌棒球杆总让我们泪流满面）。我们从妓女那里了解到，在内城之外，玛丽娅希尔菲大街是一个最适合于夜间女郎前去捕获男人的猎场。所有妓女都说，如果她们被赶到西火车站以外的地区，被赶到伊甸园咖啡馆，只能在高登茨多夫地区站着干来挣那区区一百先令的话，那就再也不干这一行了。我们从激进分子那里了解到，在维也纳，妓女也并非官方认可的合法职业——我们原以为是合法职业——大多数妓女都是注册在案的，她们照章营业，定期参加体检，在合法的地区进行皮肉交易。但有些妓女从来没有注册过，因此差不多算是这个行业的“海盗”，或者 Büchl[1] 被吊销了，但她们还继续从事这个营生。十八世纪六十年代初，维也纳大概有一千名注册妓女。世风日下，必然加快革命的步伐。

将会发生什么样的革命？这个我们从来没弄明白过。我也不知道激进分子是否弄明白过。

“你的 Büchl 到手了吗？”上学路上，我们这些孩子总是拿这个问题相互取笑——后来，上了大学，我们也不忘这样相互开个玩笑。

我们还不停唱着——“不停地走过开着的窗户。”这是我们的鼠王之歌的副歌。

我们的父亲，自从失去了我们的母亲，好像成了一个没有性格的人。在这七年里，我觉得，在我们这些孩子眼里，他一直在变，结果变成了一种存在，而不是一个实际的人。他对我们很有爱心，甚至可以说多愁善感。但是对我们来说，他不再是一个父亲——我们失去了父亲，就像我们失去了母亲和艾格。我们感觉到，他必须忍受一些更具体的痛苦，这样，他才能重新找回他的性格——才能重新成为一个有性格的人，就像艾格那样有性格，像艾奥瓦鲍勃那样有性格。我有

1 德语，意为“许可证”。

时在想，父亲还不如弗洛伊德有性格。这七年里，我们一直在想念父亲，好像他当年与母亲和艾格坐在同一架飞机上。我们一直在等待他身上能出现那个英雄气，但我们也不由得要怀疑——要是他以弗洛伊德为榜样，我们只好对父亲的志向打个问号了。

过了这七年，我就二十二岁了。莉莉，一直在努力长大，也长到十八岁了。弗兰妮二十三岁了，契帕·达夫依然是她的"第一个"，如今苏西熊是她唯一的伴侣。弗兰克二十四岁了，他蓄起了小胡子。这小胡子让人难堪，就像莉莉想成为作家的那个愿望让人难堪一样。

莫比·迪克最后掀翻了"裴廓德"号，只有以实玛利一个人一次次地幸免于难，终于有机会把他的故事讲给菲尔格伯特听，菲尔格伯特再讲给我们听。在大学读书的时候，我常常追着菲尔格伯特，要她为我大声朗读《白鲸》。"我自己怎么也读不了这本书，"我带着哀求的口气对她说，"我必须听你念。"

就这样，我最后终于走进了菲尔格伯特那个狭小凌乱的房间，就在大学附近，在市政厅后面。到了晚上，她就给我念《白鲸》，而我也会趁机说些好话，哄她为我解释，为什么几个激进分子常在新罕布什尔旅馆过夜。

"你要知道，"菲尔格伯特对我说，"美国文学区分于世界上任何一国文学的唯一一点，就是其轻佻浮夸、不合逻辑的乐观主义。在技术上来说，这相当复杂，但在意识形态上非常幼稚。"有一次我和菲尔格伯特一起散步（我们经常这样散步）去她房间时，她在路上这样对我说。弗兰克最后终于领会了其中的暗示，所以再也不陪我们一起散步了——尽管他花了大约五年时间才弄懂这个暗示。菲尔格伯特对我说这番话的那个晚上，我没有想去吻她——第一次吻她。听她说"意识形态上非常幼稚"这个词语之后，我觉得去吻她是不合时宜的。

我第一次吻菲尔格伯特，是在我和她一起待在她房间的那个晚上。她刚念到亚哈拒绝帮助"蕾切尔"号船长寻找他失踪的儿子那一节。菲尔格伯特的房间里没有任何家具，只有书，太多的书，地上铺着一块大垫子，就算是她的床了。地上还立着一盏台灯。房间里没有什么生气，拥挤不堪，干巴巴的像一本词典，像厄恩斯特的逻辑一样毫无活力。我斜着身子坐在那张不舒服的床上，吻了菲尔格伯特的嘴。“别这样。”她说。我继续吻她，直到她回吻我。“你应该回去了。”她说，然后仰面躺下，把我拉到她身上。

“现在？”我说。

“是的，你现在没有必要回去了。”她说。她坐起来，开始脱衣服——一如她念《白鲸》时的那种慢吞吞的劲儿，一副毫无兴趣的模样。

“这之后呢？我应该回去吗？”我边脱衣服边问。

“随你的便。”她说，“我想说的是，你应该离开新罕布什尔旅馆。你和你的家人，离开那里。在秋季演出季到来之前，赶紧离开。”

“什么秋季演出季？”我问。我现在脱得一丝不挂了。我在想小琼斯在克利夫兰布朗斯队的秋季赛。

“歌剧演出季。”菲尔格伯特说。她终于也脱得精光了。她好瘦，瘦得像个中篇小说。她的个头儿还没有她念给莉莉听的那个最短的短篇故事大——就好像她房间里所有的书都在靠她喂养，把她的身体耗尽了，却不曾为她提供任何营养。

“歌剧季将在秋天开始。”菲尔格伯特说，“你和你的家人必须赶在那之前离开新罕布什尔旅馆，答应我。”她一把按住我的手，不让我往上摸她那骨瘦如柴的身体。

“为什么？”我问。

“求你了，离开那里。”她说。我进入了她的身体。她流下了眼泪。我以为是做爱让她流的泪，其实是别的原因。

“我是第一个？”我问。菲尔格伯特那时二十九岁。

“第一个，也是最后一个。”她说着就哭了起来。

“你这里有什么我可以用来保护你的东西吗？”我问，我已经在她的身体里了，“我的意思是，你要知道，我可不想让你怀孕。”

“没关系的。”她说，那令人恼火的口气与弗兰克如出一辙。

“为什么？”我问。我移动着身体，尽可能小心。

“因为等不到孩子出生，我就死了。”她说。我抽了出来。我让她坐起来，坐在我身边，可是她却一把将我拉回到她身上——她的力气大得让我吃惊。“快点。”她说，好像有点不耐烦——那不是欲望得不到满足的那种不耐烦，是别的什么。

“干我。”她说，语气相当决绝，“然后在这里过夜，或者回家。我不管。离开新罕布什尔旅馆，求求你离开——尤其一定要让莉莉离开。”她恳求我。不一会儿，她哭得越来越厉害，刚才对做爱的那么一点兴趣一下子全没了。我还在她的里面，变得越来越小了。我觉得有点冷——觉得那冷气从地下冒出来，这寒冷，我记得，就像弗兰克第一次给我们念厄恩斯特的色情小说时的那种感觉。

“他们晚上待在五楼的房间都干什么？”我问菲尔格伯特。她咬住我的肩膀，摇摇头，紧紧闭上了刚才凶狠地斜视着我的眼睛。“他们在策划什么？”我问她。我完全从她身体里滑了出来。我感觉到她在发抖，我也在发抖。

“他们要炸毁歌剧院，”她低声说，“在演出达到高潮的时刻。他们想在演出《费加罗的婚礼》的时候动手——或者演别的什么大戏的时候。或者演更严肃的歌剧的时候。”她接着说：“我不确定他们要在哪场演出中动手——他们也不确定。总之是在座无虚席的时候。”菲尔格伯特最后说：“炸毁整个歌剧院。”

“他们疯了。”我说。我都听不出这是我自己的声音。这声音听起来有点嘶哑，就像老毕力格——妓女老毕力格，和激进分子老毕力格——的声音。

压在我身下的菲尔格伯特左右摇着头，稀疏的头发抽打着我的脸。“让你的家人都离开。”她哭着低声说，“特别是莉莉。小莉莉。”

“他们不会把旅馆也炸了吧？”我问菲尔格伯特。

“谁也跑不掉。”她说，口气很不祥，“必须把所有人都炸死，否则，有什么意义？”我从菲尔格伯特的声音中听到了阿尔拜特的声音，也听到了厄恩斯特无所不包的逻辑。一个阶段，一个必要的阶段。所有这一切，鲜奶油、情色、国家歌剧院、新罕布什尔旅馆。所有这一切都必须消灭。一切都是颓废的——我听到他们如此吟诵。一切令人恶心。他们要让环城大街躺满尸体，把爱好艺术的人，把旧式的理想主义者扔到大街上——这些人愚蠢如此，无头脑如此，竟然喜欢歌剧。他们要炸毁这一切，让人们看看他们的主张。

“答应我。”菲尔格伯特在我耳边低声说，“你让他们都离开。你的家人。每一个人。”

“我答应。”我说，“当然答应。”

“我告诉你的话，不要告诉别人。”她对我说。

“我当然不会说。”我说。

“快进来，快。”菲尔格伯特说。“快到我里面来。我想感受一下——就这一次。”她加了一句。

“为什么就这一次？”我问。

“按我说的做。”她说，“我让你怎么做，你就怎么做。”

她要我做的，我全为她做了。我很后悔，为此我永远感到愧疚。那种性爱令人绝望，毫无乐趣，跟我在第一家新罕布什尔旅馆里体验到的那种性爱没有什么两样。

“如果你认为你就要死去，连生孩子的时间都没有，”过了一会儿我对菲尔格伯特说，“那么，我们离开的时候，你为什么不离开？你为什么不趁着他们动手之前，或者准备动手之前就离开？”

“我不能离开。”她说——没有多说。

“为什么？”我问。说到我们新罕布什尔旅馆里住着的这些激进分子，我总是要问为什么。

“因为我要开车。”菲尔格伯特说，“我是个司机。这辆汽车就是个主炸弹，是引爆所有其他东西的炸弹。必须有人来开车，那个人就是我——我要开这辆炸弹车。”

“为什么是你？”我问她。我抱住她，不让她颤抖。

“因为我是一个最死不足惜的人。”她说——我又听出了厄恩斯特死气沉沉的声音，阿尔拜特割草机式的思维方式。我意识到，为了让菲尔格伯特相信这一点，就连我们温柔的施万格也得亲自出来说服她。

“为什么不是施万格？”我问。

“她是个太重要的人物。”菲尔格伯特说，“她太美了。”一副非常羡慕施万格的口气，同时对自己充满了厌恶。

“为什么不是扳手？”我问，“他很会摆弄车子。”

“原因就在这里。”菲尔格伯特说，“什么事都离不开他。还有别的汽车要‘修理’，别的炸弹要造。其实我不喜欢的，是人质的安排。”她突然脱口而出，“这次的安排太没有必要了。应该会有更合适的人质。”

“谁是人质？”我问。

“你们一家人。”她说，“因为你们是美国人。这样一来，不光奥地利会注意到我们的行动了。看这主意。”

“谁出的主意？”我问。

“厄恩斯特。”她说。

“为什么不让厄恩斯特做司机？”我问。

“他是个出主意的人。”菲尔格伯特说。“这些都是他想出来的。所有的主意。”她补充道。的确如此，所有的主意——我想。

“阿尔拜特呢？”我问，“他不会开车吗？”

“他太忠诚了。我们不能失去这么忠诚的人。我可没那么忠诚。”她低声说，“看看我！我不是把这些都告诉你了？”

“老毕力格呢？”我问。我的心渐渐平静下来。

“他不值得信任。”菲尔格伯特说，“他甚至不知道这个计划。他太狡猾，他只考虑自己的死活。”

“那样不好吗？”我问。我将她的头发往后拨，露出她那张满是不安的脸。

“在这个阶段，那样很不好。”菲尔格伯特说。我明白她是一个什么样的人了：她是一个朗读者，只是一个朗读者。她可以非常优美地朗读别人的故事，她接受别人的指引，她听从头领的安排。我为什么想让她朗读《白鲸》？就像激进分子要让她做司机，原因是一样的。我和激进分子都知道，她会这样去做的，她不会不做的。

“我们什么都做了？”菲尔格伯特问我。

“什么？”我说。我心里突然一惊——我听到了艾格的声音，听到他的声音，我总是心痛。听我自己说这两个字，我也心惊。

“我们什么都做了吗，性方面？”菲尔格伯特问，“是不是？什么都做了？”

我回想着刚才的事。“我想是的。”我说，“你还想做更多别的吗？”

“没有什么特别想做的了。”她说，“我只是想一次全都做完。如果我们全都做了，那你可以回家了——如果你想回家的话。”说完她耸了耸肩。这不是母亲耸肩的样子，不是弗兰妮耸肩的样子，甚至也不是乔兰塔耸肩的样子。这并非人的动作，与其说是抽搐，不如说是一种电脉冲——她紧绷的身体发生了一种机械性倾斜，发出了一个微弱的信号。最微弱的信号，我想。这是一个信号：无人在家——我现在不在家，不要打电话给我，我会打给你。这是一个时钟在嘀嗒嘀嗒响，或者说是一枚定时炸弹在嘀嗒嘀嗒响。菲尔格伯特又朝我眨了一眨眼睛，不一会儿就睡着了。我收拾起我的衣服。我看到她懒得标记一下《白鲸》念到哪里了，我也不想去标记。

*

我穿过环城大街的时候已是午夜之后。我从市政厅广场向卡尔伦纳环城街走去，来到了人民公园。在啤酒花园，不少学生在友好嬉闹叫喊，我可能认识其中一些人，但我没有停下来去喝一杯啤酒。我不想去跟他们谈论这个艺术那个艺术。我也不想去谈论《亚历山大四重奏》——不想去争论哪部小说最好，哪部最差，以及为什么。我不想听他们谈论谁从相互的通信中获益最大——是亨利·米勒还是劳伦斯·杜雷尔？我甚至不想谈论《铁皮鼓》，这也许是今晚最好的话题。我也不想再谈东西方关系，谈论社会主义和民主，谈论肯尼迪总统遇刺事件所产生的长远影响——也不想谈论，作为一个美国人，我对种族问题有什么看法？那是一九六四年的夏末。一九五七年我到了维也纳，就再也没有回过美国，现在我对美国的了解还不如不少维也纳的学生。我对维也纳的了解也不如他们。我了解我的家庭，了解我们的妓女，了解我们的激进分子。我在与新罕布什尔旅馆相关的事物方面是专家，在其他方面，一知半解，业余水平。

我径直穿过赫尔登广场——就是英雄广场——站在从前那个时候成千上万的狂热的法西斯分子欢迎希特勒的那个地方。我想狂热分子总是会有听众的。他们唯一希望的，就是能影响听众，不管听众多少。我要记住这个看法，我要说给弗兰克听，看他怎么认为。他要么拿过这个观点当作自己的观点，要么修改它、纠正它。我真希望自己也能像弗兰克那样读那么多书。我希望我也能像莉莉不断努力地成长。莉莉的成长努力已经有了成果，她把写好的书稿寄给几个在纽约的出版商。她本来不想透露这件事的，可是她口袋没有钱，只好向弗兰妮借钱付邮费。

“是个小说。”莉莉说，有点不好意思，“带一点点自传色彩。”

“带多少？”弗兰克问她。

“呃，这完全是一个想象的自传体小说。”莉莉说。

“你是说，带有非常多的自传色彩，而不是一点点？”弗兰妮说，“噢，天哪。”

“我很想马上看。”弗兰克说，“我敢打赌你一定把我写成了一个大傻瓜。”

“没有。”莉莉说，“小说里人人都是英雄。”

“我们都是英雄？”我问。

“对我来说，你们都是英雄。”莉莉说，“所以在书里，你也是英雄。”

“甚至连父亲也是？”弗兰妮问道。

“呃，他这个角色的想象成分最多。”莉莉说。

我认为书中父亲这个人物只能靠莉莉大量想象，因为在生活中，他活得最不真实——在我们一家人当中，他是活得最没有当下感的一个人。有时候，我们似乎觉得，父亲与我们生活在一起的时间，比艾格与我们在一起的时间还少。

“亲爱的，你的小说叫什么名字？”父亲问莉莉。

“《我要长大》。”莉莉说。

“难道还能取什么别的名字？”弗兰妮说。

“写得多远？”弗兰克问，“我的意思是，写到哪里为止？”

“写到飞机失事。”莉莉说，“在那里收尾。”

那是现实生活的结束，我想。在飞机失事之前结束故事，应该是一个完美的结局——我想如此。

“你需要一个经纪人。”弗兰克对莉莉说，“我可以做你的经纪人。”

弗兰克将做莉莉的经纪人。他将做弗兰妮的经纪人，父亲的经纪人，甚至是我的经纪人——到时候，他是我们家所有人的经纪人。我知道，他并不是无缘无故去学经济学专业的。可是我不知道的是，一九六四年那个夏末的晚上，当我离开熟睡的菲尔格伯特——那个可怜的流产小姐——的时候，她无疑在做梦，梦到她自己做出了一个巨大牺牲。她那种任人驱使的性格，在我一个人站在英雄广场的时候，从那些狂热相信希特勒的人身上看到了——希特勒让那么多的人成了任他驱使的人。在那个寂静无声的夜晚，我几乎可以听到那些毫无头脑的人在喊叫："Sieg Heil![1]"我可以看到舒劳斯本舒吕舍尔拧紧发动机座螺栓上的螺母和垫圈的时候，他那紧绷的脸上的那份绝对的自以为是。他还拧紧了别的什么？我可以看到阿尔拜特的眼睛流露出一种呆滞而虔诚的神情，虽然被捕了，还是以一副胜利者的姿态，向新闻界发表着声明。待我们如母亲一般的施万格小姐啜饮着奶油咖啡，鲜奶油在她毛茸茸的上唇留下可爱的白色小胡子。我可以看到施万格为莉莉编着辫子，对着莉莉的头发哼着歌，就像我母亲那样哼唱着。施万格对弗兰妮说，弗兰妮有世界上最美丽的皮肤，世界上最美丽的手——她说我有一副色眯眯的眼神。她警告说，我是一个很危险的人。（因为我刚刚离开了菲尔格伯特，我觉得自己不是很危险。）施万格的吻里总有鲜奶油的味道。施万格说，弗兰克是个天才，要是他能更周全地考虑一下政治就好了。施万格把所有感情都倾注到了我们身上——用她小包里的那支枪！我很想看厄恩斯特摆出母牛式体位——和母牛一起搞！还有大象式体位！与谁搞，你知道的。他们都是疯狂之徒，老毕力格说得没错——他们想把我们都杀了。

我沿着多萝西格拉斯大道慢慢向格拉本大街走去。我在哈韦尔卡咖啡馆停下来，喝了一杯鲜奶油咖啡。在我旁边的桌子上，一个留着胡子的男人正在向一个年轻的女孩（比他年轻）解释再现派绘画

1 德语，意为"胜利万岁！"，著名的纳粹口号。

的消亡。他所描述的油画，正好体现了已经消亡的那种艺术形式的全部特点。我不懂油画，我想起了弗兰克介绍给我的席勒夫妇和克里姆特夫妇——当时是在阿尔贝蒂娜博物馆和贝尔维第宫上宫。我希望克里姆特和席勒能够对这个男人说些什么。这个男人现在谈论起诗歌韵律和韵步的死亡。我不懂诗。接着，他谈论起小说来了，我想，我还是赶紧离开这里为好，可是为我服务的那个侍者很忙，我只好硬着头皮听那个男人讲小说情节和人物刻画。那个男人讲这个死亡，那个死亡，其中也包括同情心的死亡。等我的侍者终于来到我跟前的时候，我感到我内心的同情心死了。他谈到的下一个死亡，是民主的死亡。他的话题转换飞快，比我的侍者找零钱的速度还要快。我使劲盯着那个留着胡子的男人看，用的劲儿跟我练举重的时候差不多。如果激进分子想要炸毁这个歌剧院，我觉得，他们应该选择一个好时机，应该在那个男人去歌剧院看戏的那个夜晚炸毁它。我觉得我找到了一个司机，可以代替菲尔格伯特。

“托洛茨基。”一直在听胡子男人说话的这个年轻姑娘突然脱口而出——好像有人说了一句：“谢谢你。”

“托洛茨基？”我一边说，一边把身子往他们那张桌子斜靠过去。那是一张很小的方桌。最近这一阵子，我一直拿着七十五磅哑铃练单臂屈伸。那桌子可没有那个分量。我一把抓起桌子——不敢太用劲——小心地把它举过头顶，就像侍者举起托盘。

“哎，好人托洛茨基。”我说。“好人托洛茨基说，‘如果你想过轻松自在的生活，那么，你出生在这个世纪，就大错特错了。’你认为真是这么回事吗？”我问胡子男人。他什么也不说。女孩子用胳膊肘捅了他一下，他稍稍振作了一下精神。

“我认为真是这么回事。”女孩说。

“当然是这么回事。”我说。我注意到，好几个侍者看到我头顶上方的桌子上的酒杯和烟灰缸微微有些滑动，紧张得不行了。用不着担心，我不是艾奥瓦鲍勃——我举起杠铃的时候，杠铃上的举重片从来不见滑下来过。论举重，我的水平比艾奥瓦鲍勃要高。

“托洛茨基是被人用鹤嘴锄打死的。”那个大胡子家伙说，神情有些忧郁，却竭力装出无动于衷的样子。

“但他没有死，是吗？”我问。我像疯子一样傻笑着。“没有什么东西真的死了。他说的东西都没有死。我们如今还能看到的那些油画——它们都没有死。书里的人物——他们没有死，即使我们不去读那些书。”

那个胡子男人的眼睛只盯着原本放着桌子的那个地方。他确实很有尊严，我想。我知道我自己心情不好，这样做有点不厚道，我这是在欺负人，我感到很羞愧。我把桌子放下来，还给了这两个人。桌上的酒没有洒出一滴。

“我明白你的意思了！”我正要离开的时候，女孩在后面叫我。我知道我从来没有一个人活着，从来没有——让歌剧院里的人活着，因为坐在歌剧院里的人的模样肯定成了我和弗兰克看到的汽车里的那个动物——夹在厄恩斯特和阿尔拜特之间的那个动物——那样，成了那只机械熊，成了那个化学材料做成的狗头，成了那个悲伤的电荷。不管托洛茨基说了什么，他反正已经死了。母亲和艾格，还有艾奥瓦鲍勃，都死了——不管他们说了什么，不管他们对我们意味着什么。我从格拉本大街出来，感觉自己越来越像弗兰克，感觉自己对一切都看不顺眼，我感觉自己失控了。举重运动员失控了，那可不是什么好事。

我遇到了第一个妓女，一看不是住在我们家旅馆的妓女，但我以前在莫瓦特咖啡馆见过。

“去你的。”我对她说。

“去你的。”她对我说。她就知道那么点英语。我感觉自己心情很糟。我又说脏话了。我违背了对母亲许下的诺言。这是我第一次也是最后一次违背这个诺言。那年我二十二岁。我开始哭了起来。我往斯比格尔巷走去。那里有几个妓女，但她们也不是住在我家旅馆的，所以我什么也没做。她们说一句“Guten Abend[1]”，我回了一句“Guten Abend”。我没有回答她们其他的问话。我穿过纽尔广场，我感觉到，哈布斯堡王朝墓室里的那些尸体，胸膛里空荡荡的，什么也没有。另一个妓女对我叫了一声。

“嘿，别哭！”她对我喊道，“你这又大又壮的男孩——别哭！”

我想我不是为自己哭，我是为他们所有人哭。我为弗洛伊德哭，在犹太人广场上，他呼唤着那些人的名字，但他们再也不能回应他。我为我父亲而哭，为他不能看见的东西哭。我为弗兰妮哭，因为我爱她——我希望她也忠心于我，就像她现在忠心于苏西熊一样。我也为苏西而哭，因为弗兰妮让我看清了，苏西一点都不丑——事实上，弗兰妮也让苏西相信了这一点。我为小琼斯而哭，他的膝盖第一次受伤，使他不得不从克利夫兰布朗斯队退役。我为如此努力地长大的莉莉而哭，为了远走他乡的弗兰克而哭（他说，那是为了更走近人生）。我为黑英奇而哭，她已经十八岁了，她说自己“长大”了——但尖叫安妮坚持说她还没长大——不到年底，她和一个男人私奔了。那人与她父亲一样黑，他把她带到了德国的一个军事基地；有人告诉我，她后来在那里当了妓女。从此，安妮的尖叫声与以前稍微有些不同了。我为所有人而哭！为那命运不济的菲尔格伯特而哭，甚至为那心怀鬼胎的施万德而哭，为两个老毕力格而哭——他们都是乐观派，他们都是瓷器熊。我为所有人而哭——但我不为厄恩斯特，不为阿尔拜特，不为扳手而哭，不为契帕·达夫而哭——我痛恨他们。

卡恩特纳街上有一两个妓女向我招手，我没有理她们，从她们身边走过。在安娜巷的拐角处，一个个子很高、长相非常漂亮的妓女向

---

1 德语，意为“晚上好”。

我抛来一个飞吻——她以前是我们那条克鲁格大街上的一个妓女。我并不看她，右转径直往克鲁格大街走去——我不想看她，也不想看别的在向我招手的妓女。我走过了萨彻酒店——新罕布什尔旅馆永远不会是那个样子。接着，我来到了国家歌剧院，来到了格鲁克[1]（弗兰克马上背出了他的生卒年份，1714—1787）的故居。我来到了国家歌剧院，这是莫扎特的家，海顿的家，贝多芬和舒伯特的家——施特劳斯、勃拉姆斯、布鲁克纳和马勒的家。一个玩弄政治的色情作家想要把它炸飞到天上去。这是一个巨大的建筑。在那七年里，我一次也没有来过这里——这建筑看上去比我高贵多了，我不像弗兰克那样爱好音乐，也不像弗兰妮那样热爱戏剧（弗兰克和弗兰妮总是去看歌剧，弗洛伊德常带他们去。弗洛伊德喜欢听歌剧，弗兰妮和弗兰克向他讲述舞台上发生的一切）。和我一样，莉莉也从没去过歌剧院，那地方太大，莉莉说，大得让她害怕。

现在，我也害怕了。它确实太大了！我想。他们想炸的，不是这建筑，他们想炸死里面的人，我知道。人比建筑更容易被摧毁。他们想要制造一个奇观。他们想要阿尔拜特对施万格大声喊叫过的那些东西：他们想要鲜奶油和鲜血。

在歌剧院对面的卡恩特纳大街上，一个卖香肠的小贩推着一辆热狗车，在卖各种各样的黑麦加芥末的香肠。我不想要。

我知道自己想要什么。我想长大，快点长大。我和菲尔格伯特做爱的时候对她说，“Es war sehr schon”[2]，但实际上并非如此。“这太美妙了。”我撒了个谎，但也算不上什么谎言，它够不上谎言，那只不过是又一个举重的夜晚。

我拐向克鲁格大街的时候，心里已经决定，谁第一个朝我走来，

1 Christoph Willibald Gluck（1714—1787），欧洲歌剧史上最重要的人物之一。

2 德语，意为“这太美妙了”。

我就跟谁去，即使是老毕力格，我也不管，即使是乔兰塔，我也不管，我心里这样对自己许诺，谁都可以。说不定我会一个一个地试过去。弗洛伊德能做的，弗洛伊德都做了的，我都要做——不管是我们的弗洛伊德，还是另外一个弗洛伊德，我想——他们都不见了，不知到哪里去了。

莫瓦特咖啡馆的人没有一个我认识的，我也认不出那个站在粉红色霓虹灯下的人是谁——只有粉红色的霓虹灯在闪烁不停：新罕布什尔旅馆！新罕布什尔旅馆！新罕布什尔旅馆！

是巴贝特吧，我想，心里模模糊糊感到一点厌恶——夏日最后一晚那既令人恶心又叫人喜欢的带有柴油味的微风，不禁让我想起了她。那女人看见了我，向我走来——带着一副凶相，又似饿狼扑食。我想，那女人是尖叫安妮吧？我心下不禁思忖：如果她的假高潮一来，我如何能受得了她那著名的叫床声？或许——因为我喜欢低声细语——我可以要求她别来那一套，我可以直截了当地告诉她，我知道那是假的，根本没有必要那样喊叫，那叫喊对我也没有用。不一会儿，我觉得那女人长得太结实了，不可能是尖叫安妮，尖叫安妮也没有她那副匀称的身材。那女人又很苗条，也不可能是老毕力格。是乔兰塔？我问自己。如果是她，我终于可以弄清楚她那邪恶的小包里到底藏了什么东西。过一会儿，我甚至都可以拿起乔兰塔小包里的东西来用一用——想到这里，我不禁打了一个寒战。那女人没有乔兰塔那么结实，不可能是乔兰塔。另外，那女人的身材实在太好了——长得太圆润，太年轻了。那女人向我跑过来，立刻把我抱在怀里。她长得太美了，美得让我窒息。那女人不是别人——正是弗兰妮。

“你死到哪儿去了？一天一夜不见人。”她责备起我来，“真急死人了，害得我们到处找你！”

“怎么了？”我问。弗兰妮身上的气味熏得我头晕。

“莉莉的书就要出版了！”弗兰妮说，“纽约的一个出版商真的要买下她的书了！”

“能卖多少钱？”我问。我希望能卖个高价。能不能够我们离开维也纳的机票钱？——第二家新罕布什尔旅馆永远赚不到我们的机票钱。

“耶稣啊，上帝啊！”弗兰妮说，“你妹妹写书成功了，你却问能卖多少钱——跟弗兰克一个德行。弗兰克就问了这个问题。”

“弗兰克问得好。”我说。我的身体还在发抖，我心里一直盘算着找一个妓女，没想到找到了我姐姐。她不肯放我走了。

“你到哪儿去了？”弗兰妮问我。她摸着我的头，向后拢着我的头发。

“我与菲尔格伯特在一起。”我说，都有点不好意思看她。我没有撒谎——对弗兰妮，我永远不撒谎。

弗兰妮皱起了眉头。“呃，怎么样？”她问，手仍然抚摸着我——姐姐那样的爱抚。

“不太好。”我说。我把目光从弗兰妮身上移开，望向别处。“很糟。”我说。

弗兰妮搂住我，吻了我。她本想吻我的脸颊（亲姐姐嘛），我朝她转过脸去，又想马上别过脸，可是来不及了——我们的嘴唇碰在了一起。就这样——事情就这样发生了。那是一九六四年的夏末。突然之间，到秋天了。我二十二岁，弗兰妮二十三岁。我们一直吻了很长时间，什么话也没说。她不是同性恋，她还在给小琼斯写信——也给契帕·达夫写。而我呢，与别的女人在一起，从来没有开心过——没有，从来没有。我们就这样站在街上，站在霓虹灯闪烁不到的地方——新罕布什尔旅馆的人不会看到我们的。乔兰塔的一个客人跌跌撞撞地从新罕布什尔旅馆走了出来，我和弗兰妮只好停下了接吻。紧接着，我们听到了尖叫安妮的叫床声，我们的嘴唇又只好分开了。不一会儿，尖叫安妮的客人神情迷惑地走出旅馆。我和弗兰妮仍然站在克鲁格大街上。过了一会儿，巴贝特回家了。接着，乔兰塔回家了，她身边带着黑英奇。尖叫安妮出来了，很快又回去，接着又出来，很快又回去，就像潮水来来去去。老毕力格——名叫毕力格的妓女——穿过街道到了莫瓦特咖啡馆，坐在桌上打起了盹儿。我陪弗兰妮走到卡恩特纳大街，往歌剧院走去。“你总是想我，都想疯了吧……”弗兰妮说。她话没有说完，也懒得说完。我们又亲吻了好几次。我们身边的歌剧院是如此的宏伟。

“他们要把它给炸了。”我小声对姐姐说。“就这个歌剧院——他们想要炸了它。”她让我抱着她。“我太爱你了。”我对她说。

“我也爱你，该死的。”弗兰妮说。

虽然天已有秋意，但我们站在那里，守卫着我们的歌剧，真是舒服。我们就这样一直待到天亮，看到人们出来去上班。我们没有地方非去不可——我们知道，也没有什么事非做不可。

“不停地走过开着的窗户。”我们贴着耳朵，互相悄声说。

等我们最后回到新罕布什尔旅馆的时候，歌剧院还矗立在那儿——好好的，很安全，什么事也没有。这安全是暂时的吧，我想。

“比我们安全。”我对弗兰妮说，“比爱情安全。”

“让我告诉你吧，小子。”弗兰妮紧握着我的手说，“什么事都比爱情来得安全。”

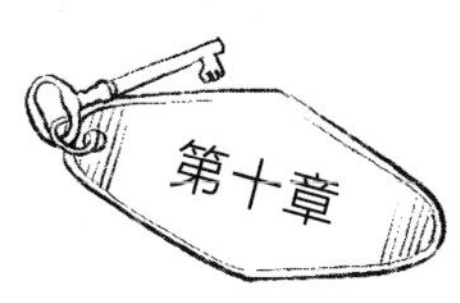

歌剧院之夜：奶油和鲜血

“孩子们，孩子们，”父亲对我们说，“我们必须非常小心才是。我想这是我们的转折点，孩子们。”听父亲对我们说话的口气，我们好像又回到了八岁、九岁、十岁的时候，回到了他对我们讲述他是如何在“海边的阿布史诺特酒店”第一次遇见我们的母亲的那个时光——那个晚上，他俩第一次见到弗洛伊德，身边总带着那头叫“缅因州”的熊的那个弗洛伊德。

“凡事总有一个转折点。”弗兰克说，一副很通哲理的派头。

“好吧，就算有。”弗兰妮说，一副很不耐烦的口气，“那么，现在所说的这个转折点是什么？”

“是什么？”苏西熊一边说，一边仔细地打量着弗兰妮。只有苏西一个人注意到我和弗兰妮昨晚一夜未归。弗兰妮告诉苏西，我们与几个朋友（苏西并不认识）一起去大学附近参加一个派对了。有自己的兄弟，一个举重运动员，来做保镖，还有比这更安全的吗？苏西是不喜欢派对的。如果她扮成熊去，没有人会跟她说话；如果她不扮成熊去，好像别人也没有兴趣跟她说话。她看上去闷闷不乐，很不开心。“依我看，真是有一堆烂事需要我们赶紧处理啊。”苏西熊说。

“说的正是。”父亲说，“这就是典型的转折点的形势。”

“我们不能搞砸了这一家旅馆。”弗洛伊德说，“我想我这辈子不可能再开更多的旅馆了。”我尽量不去看弗兰妮——我想这可能是一件好事。我们都在弗兰克的房间了，这里现在成了会议室。有假人模特在，好像给了我们很大的安慰，就像一个静静的幽灵在我们身边——母亲的幽灵，或者艾格的幽灵，或者艾奥瓦鲍勃的幽灵。这假人能够发出信号，我们能够捕捉假人发出的信号（弗兰克是这么说的）。

“这本书我们能卖多少钱，弗兰克？”父亲问。

“这是莉莉的书。”弗兰妮说，“不是我们的书。”

“在某种程度上说，也是我们的书。”莉莉说。

“说得对。”弗兰克说，“依我对出版业的了解，现在莉莉已经管不着这本书了。我们现在的问题是，要么被人骗，要么大赚一笔。”

“只不过写了我成长的事，”莉莉说，“他们竟然有兴趣，我真的很意外。”

“他们也就五千美元的兴趣，莉莉。”弗兰妮说。

“我们必须带一万五千或两万美元离开这里才行。”父亲说。“那样的话，回到美国才可以拿那笔钱做点事。”他又加了一句。

“别忘了：开好这个旅馆，我们就能赚不少钱。”弗洛伊德说。他总是为这旅馆说话。

“如果我们把那些该死的爆炸分子告发了，那就不好说了。”

“那事情就要闹大，”弗兰克说，“我们就找不到买家了。”

“我告诉过你们，我们一旦报警，警察就会把我们逮个正着。”弗洛伊德说，“你不了解我们的警察，不了解他们的盖世太保战术。另外，他们还会发现我们对妓女处理不当，他们会抓住这个问题不放。”

“嗯，是有很多问题。”弗兰妮说。我与弗兰妮无法对视，弗兰妮说话的时候，我就转头看着窗外。我看见老毕力格——那个激进分子——穿过了街道。我看见尖叫安妮拖着疲惫的双腿正往家走来。

“我们不去报警？那是不可能的。”父亲说，“他们真的以为他们能把歌剧院炸掉？说都不用说，那是痴心妄想。”

“我们从来没有跟他们说过话。”弗兰妮说，“我们只是听。[1]”

“他们一直那么疯狂。”我对父亲说。

“你难道不知道吗，爸爸？”莉莉问他。

父亲垂下了头。那年他四十四岁，长着一头浓密的棕色头发，耳朵周围已经出现了明显的白丝。他从来不留鬓角，头发剪得一色儿的齐，剪到耳朵中部位置，盖住一半前额，遮住后脖颈。他从来不削薄头发，还留着刘海，活像个小男孩。他的头发非常平整地贴在头上，从远处看，我们有时还以为他戴着头盔呢。

“对不起，孩子们。”父亲一边说，一边摇着头，“我知道这是一件很不愉快的事，可是我觉得我们真的到了转折点。”他又摇了摇头。他一下子好像消失在我们眼前了——过了好一会儿，我才意识到他就坐在弗兰克的床上，与假人模特在同一个房间里。父亲的外表真的很英俊，而且一切都在他的掌握之中似的。父亲总是能制造这样的假象：一切都在他的掌握之中，就像他当年掌握着厄尔一样。他不像艾奥瓦鲍勃和我那样练举重，却保持了一副运动员的身材，当然也保持了一份孩子气——“太孩子气了。”弗兰妮总是这样说。我想到，他的日子过得一定很孤苦。这七年里，他都没有找女人约会过！如果他找过妓女，那也一定想悄没声地去找——但在新罕布什尔旅馆，悄没声地找妓女，谁能办到？

“他不可能去找过任何一个妓女。”弗兰妮说，“如果他找了哪

1 这里有一个文字游戏。父亲说那些人想炸掉歌剧院是痴心妄想，原文是“There’s no talking to them”，字面意思是“不用对他们讲”，其实这是个英语俚语，意为“不可能的”。弗兰妮从字面意思上做出了应答——弗兰妮应该是在开玩笑。

个，一定瞒不过我。”

“男人做事总是鬼鬼祟祟。”苏西熊说，“即使是好男人，也不例外。”

“他就是没找妓女。别再说这事了。”弗兰妮说。苏西熊耸了耸肩，弗兰妮打了她一下。

在弗兰克的房间里，父亲却挑起了妓女的话题。

“我们应该把那些发疯的激进分子的事向她们说一声，”父亲说，“然后再报警。”

“为什么要告诉她们？”苏西熊问父亲，“说不定哪个妓女要把我们告发了呢。”

“她们为什么要告发我们？”我问苏西。

“我们应该告诉她们，这样她们好另有打算。”父亲说。

“她们只好另换地方了。”弗洛伊德说。“该死的警察会关了我们的旅馆。在这个国家，你与别人有牵连，人家就治你的罪！”弗洛伊德大声叫道，“不信你去问问任何一个犹太人！”问问另一个弗洛伊德，不就知道了？我想。

“要是我们成了英雄呢？”父亲说。我们的眼睛齐刷刷地朝他看去。是的，那样就太好了，我想。

“就像莉莉书里写的那样？”弗兰克问父亲。

“要是警察认为是我们挫败了这起炸弹阴谋呢？我们不就成了英雄？”父亲问。

“警察可不那么认为。”弗洛伊德说。

“我们是美国人，”父亲说，“假如我们把这事告诉了美国领事馆或大使馆，会怎么样？那里的人把这情报传递给奥地利当局——说不定那真还是一个绝密情报，是一桩顶级阴谋呢。”

“我太爱你了，温·贝瑞！原因就在这里。”弗洛伊德一边说，一边合着他内心的某一种节拍敲打着棒球杆，“你真是个梦想家。这哪里是什么顶级阴谋。这是一个二等旅馆。连我都看得出来，你要知道，我可是个瞎子。那些家伙根本算不上顶级的恐怖分子。”接着，他抬高嗓门，喊了起来，“即使是一辆完美的好车，他们都无法让它跑起来！我根本不相信他们有办法炸掉歌剧院！我真的认为我们是绝对安全的。如果他们真有炸弹，他们说不定早就被炸到楼下了！”

“那辆汽车就是一个炸弹，”我说，“或者说是一个主炸弹——管它是什么样的炸弹呢。那是菲尔格伯特说的。”

“我们找菲尔格伯特谈谈去。”莉莉说。“我相信菲尔格伯特。”莉莉又加了一句。莉莉很想知道，菲尔格伯特怎么会如此决绝地想毁掉她自己——算起来，那个女孩可当了莉莉七年的老师。如果说菲尔格伯特是莉莉的老师，那么施万格就是莉莉的奶妈。

可是我们再也不能见到菲尔格伯特了。我想，她一直在躲避的那个人，大概是我吧——她一定在与其他人约会。一九六四年夏末——秋季就要来临，我想尽办法不让自己与弗兰妮单独待在一起，而弗兰妮也在努力说服苏西熊，她们最好还是“只做好朋友”——当然她们之间的感情没有发生任何的变化。

“苏西没有一点安全感。”弗兰妮告诉我，“我的意思是，她的确非常可爱——莉莉也常常这样说——但我还是不能遂了她的意，同时也不想让她失去我给她的那一点点自信。我是说，她开始有点喜欢她自己了，就那么一点点。我已经差不多让她相信，她长得并不难看，如果我现在拒绝了她，她心里难过，又变成了一头熊。”

“我爱你。”我低着头，对弗兰妮说，“我们该怎么办？”

“我们会彼此相爱的。”弗兰妮说，“我们不用做什么事。”

“永远不做，弗兰妮？”我问她。

“反正现在不做。”弗兰妮说。她的一只手慢慢地从她的大腿上移过来，移过紧紧合在一起的两个膝盖，放到了我的大腿上——她一把捏住了我的大腿，捏得太狠，我猛地跳了起来。

“反正不在这儿做。”她小声说道，语气甚是严厉。然后放开了我。

“也许那只是欲望在作怪。”她接着说，“想不想在别人身上试试这种欲望，看看我们之间的感情是否会就此消失？”

“还有什么人好试？”我说。快到傍晚时分了，我还待在她的房间里。天黑之后，我是断断不敢待在弗兰妮的房间里的。

“你在想哪一个？”弗兰妮问我。我知道她指的是妓女。

“乔兰塔。”我说。我不由自主地甩了一下手，打歪了台灯灯罩。弗兰妮转过身去，背对着我。

“呃，你知道我在想谁吧？”她问。

“厄恩斯特。”我说，我的牙齿咬得咯咯响——我感觉身上很冷。

“我想他，你喜欢吗？”弗兰妮问我。

“耶稣啊，上帝啊，我不喜欢！”我低声说。

“呃，我也不喜欢你想乔兰塔。”弗兰妮说，“不喜欢你那该死的悄悄话。”

“我们以后不会说了。”我说。

“我想我们以后会说的。”她说。

“为什么，弗兰妮？”我一边说，一边朝她走去。

“不，别过来！”她喊了起来，后退了几步，差不多让她的那张桌子把我们隔开——还有，那盏摇摇晃晃立着的台灯，也把我们隔开了。

几年后，莉莉把一首诗分别寄给了我和弗兰妮。我一收到这首诗，就给弗兰妮打电话，问她是否也收到了莉莉寄去的诗。弗兰妮当然也收到了。这首诗是由一位非常优秀的诗人写的，诗人名叫唐纳德·贾斯蒂斯，有一天我在纽约亲耳聆听了贾斯蒂斯先生朗诵他自己的诗。他朗诵的所有的诗我都喜欢，当他朗诵的时候我不禁屏住了呼吸，很希望他能朗诵到莉莉送给我和弗兰妮的那首诗，但又怕他朗诵到。他没有朗诵到那首诗。朗诵会结束之后，我不知道自己该干什么好。很多人围上去与诗人说话，看起来那些人好像是诗人的朋友——或者他们也是诗人。莉莉对我说过，诗人们走在一起，总给人一种他们本来就是朋友的感觉。我不知道自己该怎么办。如果弗兰妮与我在一起，我们就会大大方方地走到唐纳德·贾斯蒂斯跟前，他一定会被弗兰妮折服，我想——每个人看到弗兰妮都会是这么一个结果。贾斯蒂斯先生看起来真是一个绅士，我不想说他会在弗兰妮面前惊慌失措。我想他一定会表现得非常坦率、矜持、严肃，甚至古板吧——就像他的诗一样。但他完全敞开了胸怀，甚至可以说无比慷慨。他看起来就像这么一个人：你可以求他为你深爱的人唱首挽歌。我觉得他可以为艾奥瓦鲍勃唱一首令人心碎的挽歌。那次在纽约的朗诵会结束之后，我一直看着诗人，看着那些外表精明的崇拜者围在他身边，我心里默默许愿：要是他能为我们的母亲和艾格写一首挽歌，朗诵一下这首挽歌，就好了。他写了一首题为《纪念儿时死去的朋友》的诗，我把这首诗拿来，当作为艾格而写的挽歌。我和弗兰克都喜欢这首诗，可是弗兰妮说这诗太让她伤心了。

纪念儿时死去的朋友

我们将永远不会在天堂里看到他们长着胡子的样子，
也不会在地狱的秃头鬼中间看到他们亮起光头；
也不会在黄昏时空荡荡的校园里，
与他们手拉手，或围成一圈，
做那些我们已经忘了名字的游戏。
来吧，回忆，让我们在黑暗中寻找他们。

在纽约见到贾斯蒂斯先生的时候，我心里主要想着弗兰妮和那首题目叫《爱的计谋》的诗——就是莉莉寄给我和弗兰妮的那首诗。我当时甚至不知道该对贾斯蒂斯先生说什么好。我觉得非常难堪，都没有与他握手。我本想告诉他，我真希望自己在维也纳的时候——在我与弗兰妮在一起的时候，在一九六四年夏末——读过这首诗。

“读过没读过，有什么关系？”弗兰妮后来问我，“那个时候我们会相信诗里写的东西？”

我甚至不知道唐纳德·贾斯蒂斯是不是在一九六四年写下了《爱的计谋》这首诗。他一定是在那个时候写的——那首诗似乎是为我和弗兰妮写的。

“没有关系。”弗兰克一定会这么说。

不管怎样，多年以后，我和弗兰妮都收到了亲爱的小莉莉寄来的这首诗。一天晚上，我和弗兰妮在电话里大声读起了这首诗，念给对方听。我读到喜欢的好东西的时候，一般会把声音放低，轻轻地念出来，而弗兰妮却抬高嗓门，声音洪亮且清晰。

爱的计谋

这些动作可以让你避免
手的触摸，
这些动作可以让你的眼睛
在物体上保持中立（比如荣誉，暂时的命令），
都将很难阻止它们的坠落。

需要药效更强的药物。
他们已经发现
他们的计谋没有一个成功的，
不，没有一个会成功。

即使他们的眼睛瞎了，
他们的手肘被砍掉了，也不会成功。

确实需要药效更强的药物。如果手肘被砍掉了，那么，我和弗兰妮一定会用残肢去触碰对方——我们身上剩下什么，就用什么去触碰，不管我们的眼睛有没有。

那天下午，我在弗兰妮的房间里。苏西熊救了我们俩。

“出事了。”苏西拖着脚步进来，劈头就说了这句话。我和弗兰妮没有急着搭腔，我们以为她是在说我们——我们以为她知道我们俩的事了。

莉莉当然知道——她一定有办法知道的。

“作家是无所不知的。”莉莉有一回这样说，“作家本该如此，作家必须知道，只是作家必须闭嘴。”

“莉莉必定一开始就知道了。”在我们朗读《爱的计谋》的那个晚上，在长途电话里，弗兰妮这样对我说。电话信号不好，里面嗞嗞啦啦响——好像莉莉在偷听，或者是弗兰克在偷听。我说过，弗兰克生来就喜欢偷听别人谈情说爱。

“你们两个听好了，出事了。”苏西熊又说了一遍，语气很凶，“他们找不到菲尔格伯特了。”

“他们是谁？”我问。

“色情王，还有他那帮同伙。”苏西说，“他们问我们是否见过菲尔格伯特。昨天晚上，他们还问了那些妓女。”

“没有人见过她吗？”我问。一阵寒气又从我的裤腿里升起——那是我非常熟悉的寒气，那是从埋葬着哈普斯堡家族那些挖去了心脏的尸体的坟墓里吹来的沉闷的寒气。

我们等了多少天，才看到父亲与弗洛伊德吵完了架？为了在告发那些炸弹袭击者之前，给新罕布什尔旅馆找个买主，他们俩吵个没完没了。我们又浪费了多少个夜晚，为应该向谁告发那些家伙争吵不休？应该向美国领事馆告发，还是应该向美国大使馆告发，让他们再转而向警察报警，还是我们该直接向奥地利警察报警？当你爱上你的姐姐的时候，你看待现实世界的视角就变窄了。这个该死的Welt——弗兰克总是这么说。

弗兰克问我："菲尔格伯特住在几楼？我是说，你见过她住的那个地方。她住得多高？"

我们的作家莉莉一下子对这个问题发生了兴趣，可是我觉得这个问题没有任何意义——反正当时没想到。"就在一楼。"我对弗兰克说，"上几步楼梯就到。"

"那不够高。"莉莉说。这下我明白莉莉为什么感兴趣了。她的意思是，"房间不够高，跳窗没用"。如果菲尔格伯特最终决定不想走过开着的窗户了，那她得另找一条路径。

"没错。"弗兰克一边说，一边抓住我的胳膊，"如果她拉住了鼠王，不让他跳，那她可能还在那里。"

我穿过英雄广场，走下环城大街，朝市政厅跑去，不禁感到有些气短——其实何止是气短。对一个短跑运动员来说，这段路确实很长，但我身体很好，跑这点路没问题。我是有些气喘，这是毋庸讳言的，但另外我感到非常愧疚。尽管那不可能只是因为我——菲尔格伯特不想再继续走过开着的窗户了，我不是她下这个决心的主要原因。他们后来说，没有任何证据可以表明，在我离开之后她做了什么过分的事情。也许她又读了一会儿《白鲸》：警察检查得很细，他们发现她在书中做了标记。当然，我知道，我离开她的时候，她没有在停止朗读的那个地方做过标记。让人奇怪的是，现在她标记的地方，正是她为我朗读的那个晚上停下不读的那个地方——好像在她决定不再在开着的窗户跟前走过的那个晚上，她又重读了那一段，整整一个晚上都在重读那一段。她实施那个决定的工具是她那把漂亮的小手枪——我都不知道她手里有手枪。自杀遗言寥寥数语，没有说明写给谁。但我一看便知，那是写给我的。

那个晚上，
你看见了施万格，
但没有看见我。
我也有枪！
“于是我们一路向前……”

菲尔格伯特最后引用了莉莉的小说里的一句话，那是莉莉自己最中意的结尾里的一句话。

我实际上最终没有看到菲尔格伯特。我在她房门外的走廊里等着——等着弗兰克。弗兰克身体不太利索，过了好一会儿才到了菲尔格伯特的房门外，见到了我。菲尔格伯特的房间有一个可以从后楼梯进去的私密入口，以前住在老式公寓里的人常用这个入口把家里的垃圾运出来。我猜，不少人闻到了臭味，还以为是住户家里的垃圾发出来的。我和弗兰克甚至都没有打开她的门。门外的气味相当大，比我们以前从索罗身上闻到的气味更难闻。

“我告诉你们了，什么都告诉你们了。”父亲说，“现在是我们的转折点，我们准备好了吗？”我们看得出来，他真的束手无策，不知道如何办才好。

弗兰克把莉莉的合同返回给了纽约的出版商。他说，作为她的“经纪人”，他不能接受那些没有约束力的条款，因为这明摆着是一部天才之作——“正在成长的天才”，弗兰克又加了一句。不过他并没有读过《我要长大》这本小说，还没有工夫看。弗兰克指出，莉莉才十八岁。“她有成长空间，有的是呢。”他最后说。任何一个出版商，都该睁大眼睛瞧瞧，最好赶紧跑进莉莉准备构建的这个庞大的文学大楼里来——跑进这个大楼的“一楼”（这是弗兰克的原话）来。

弗兰克要求得到稿费一万五千美元——另外，出版商还必须承诺支付用于广告宣传的一万五千美元。“我们不能让一笔小钱给打发了。”弗兰克说。

“如果我们知道菲尔格伯特死了，”弗兰妮说，“那么那些激进分子马上也会知道的。”

“只要伸出鼻子闻闻气味就行了。”弗兰克说。我什么话也没说。

“我们差不多找到了一个买主。”弗洛伊德说。

“有人要这个旅馆了？”弗兰妮问。

“他们想把它改造成办公室。”弗洛伊德说。

“菲尔格伯特死了。”父亲说，“我们必须马上报警——把全部情况都报告给警察。”

“今晚就报警。”弗兰克说。

“向美国领事馆报告，”弗洛伊德说，“明天早上就去向他们报告。今晚去告诉妓女们。”

“好，今晚就向妓女们说明。”父亲表示同意。

“那就明天早上，早点去。”弗兰克说，“我们去美国领事馆，还是去大使馆？到底去哪里？”

我觉得自己真不知道该把什么事报告给哪一家，让谁去告诉谁。我们感到父亲也不知道。“毕竟我们有好几个人呢。”父亲说，好像有点不好意思，“我们可以派一个人去向领事报告，派另一个人去向大使报告。”这个时候，我才明显地发觉，我们生活在国外，对什么事都知之甚少：我们甚至不知道美国大使馆和美国领事馆是否在同一栋楼里——就我们所知，领事馆和大使馆或许是一回事。这七年对父亲造成了怎样的影响？我现在算是看得清清楚楚了，他已经丧失了他在新罕布什尔德瑞镇的那个晚上所表现出的那种决断力——那个晚上，他带着母亲在艾略特公园散步，他的那个幻想像雪花一样落到她的身上。他要把汤普森女子中学改造成一家旅馆。他先失去了那头叫厄尔的熊——那头熊为他挣够了他上哈佛的费用。接着，他失去了艾奥瓦鲍勃，也失去了艾奥瓦鲍勃身上拥有的那种直觉。艾奥瓦鲍勃是一个训练有素的人，最擅长扑向一个在头上乱飞的球——那是一种很宝贵的直觉，你要是开一家旅馆，就特别需要这种直觉。现在我总算弄明白了，这些年失去亲人的悲伤，让父亲付出了多大的代价。

“他不玩弹珠游戏了。”弗兰妮后来这样说。

“他抓了一副不全的牌在玩。”弗兰克说。

“不会有事的，爸爸。”那天下午，在这家原先名叫弗洛伊德的旅馆里，弗兰妮一时动了情，安慰父亲说。

“不会有事的，爸爸。”弗兰克说，“我们能轻松回家去！”

“我要赚上几百万，爸爸。”莉莉说。

“咱们去散散步吧，爸爸。”我对他说。

“谁去告诉那些妓女？”他问，一脸困惑的表情。

“告诉了一个，就等于告诉了她们所有人。”弗兰妮说。

“不见得。”弗洛伊德说，“有时她们做事隐蔽得很，各不相干。我去告诉巴贝特。”巴贝特是弗洛伊德最喜欢的妓女。

“我去告诉老毕力格。”苏西熊说。

“我去告诉尖叫安妮。”父亲说。说这话的时候他好像有些精神恍惚。

没有人愿意去告诉乔兰塔，于是我说我去。弗兰妮看看我，但我很快移开目光看向别处。我发现弗兰克正全神贯注地盯着那个假人模特，他希望从它那里得到一些明确的信号。莉莉回她的房间去了。她看上去还是那么矮小，我想——当然，她一直是那么矮小。她回到自己的房间，想着能继续长大——她要写，不停地写。我们全家在这第二家新罕布什尔旅馆里开家庭会的时候，莉莉个头还是那么小，父亲都好像忘了她已经十八岁了。他时不时把她抱起来，让她坐在自己的腿上，玩她的辫子。莉莉倒也不在意。她告诉我，她喜欢自己这小个子的唯一原因就是父亲仍然把她当作小女孩看。

“我们家的儿童作家。”莉莉的经纪人弗兰克有时这样称呼她。

“咱们去散散步，爸爸。”我又说了一遍。我不知道他听到了没有。

我们走过大堂。有人把烟灰缸打翻在了前台对面那张凹陷的沙发上。我知道那肯定是苏西干的，今天轮到她打扫大堂。苏西有把事情做好的心，可她生来是个邋遢鬼。轮到苏西打扫大堂的时候，大堂简直就成了地狱。

弗兰妮站在楼梯脚下，往上看着楼梯井。我不记得她什么时候换了一身衣服，突然看到她打扮得这么齐整，有些吃惊。弗兰妮穿了一件连衣裙。她不是那种爱穿蓝色牛仔裤和T恤的人——她喜欢穿宽松的裙子和上衣，但也不太喜欢穿连衣裙。今天她却穿了一件很漂亮的深绿色连衣裙，带一副细细的肩带。

“这都秋天了。”我告诉她，“你还穿着夏装。你会冷的。”

“我又不出去。”她说，眼睛仍往上盯着楼梯井看。看着她裸露的肩膀，我都为她感到一阵寒意。快傍晚时分了，我们俩都知道厄恩斯特还没有收工——他还在五楼忙乎着。弗兰妮开始往楼上走。“我要对他说句话，好让他放心。”她对我说，但眼睛并不看我——也不看父亲。“别担心，我不会把我们知道的事告诉他的——我会装傻的。我只是想弄清楚他知道些什么。”弗兰妮说。

“他真是个令人讨厌的家伙，弗兰妮。”我对她说。

“我知道，”她说，“只是你太为我着想了。”

我带父亲来到了克鲁格大街。对于那些妓女来说，我们出来得实在太早，但人们已经结束了一天的工作：通勤上班的人已经安全回到了郊区的家里，现在外出溜达的，只有一些着装考究举止优雅的人，他们在打发晚餐前或者是歌剧院开门前的悠闲时光。

我们走在卡恩特纳大街上，向格拉本大街走去，像往常一样瞻仰了圣斯蒂芬教堂——每一次来这里，我们一定要瞻仰这座教堂的。我们漫步到了纽尔广场，盯着唐纳喷泉的裸女雕像看了好一会儿。我感觉到父亲对这些雕像的历史一无所知，于是简要地给他讲了讲玛丽亚·特蕾莎当年采取的那些压制性措施。他似乎很有兴趣听。

我们走过大使饭店的门口，这门口既鲜红，又金碧辉煌，面对着诺伊尔市场。父亲并不看大使饭店，他把眼光投向在喷泉里拉屎的鸽子。我们继续往前走。离天黑还有一些时间。我们经过莫扎特咖啡馆的时候，父亲说："那地方看起来不错，比莫瓦特咖啡馆好多了。"

"是不错。"我说，竭力掩饰着内心的惊讶：他怎么从来没有去过那里？

"什么时候我一定要到这儿来坐坐。"他说。

我想着换一条路走走，结果，就在天将擦黑的时候，我们来到了萨彻酒店——他们正打开萨彻酒吧的灯。我们停下脚步，看他们把酒吧点亮。这真是世界上最美丽的酒吧，我想。"In den ganzen Welt。[1]"弗兰克肯定会这么说。

"我们在这儿喝一杯吧。"父亲说。我们走进了这家酒吧。我突然担心起他的穿着来了。我的穿着是没有问题的，我一直都是这个打扮——没有问题的。但是我突然觉得父亲穿得有点寒酸。我看到他的裤子完全没有熨过，他的裤腿圆鼓鼓的，就像烟囱——还显得松松垮垮的。他在维也纳的这几年瘦下来了。吃的不再是家里烧的饭菜，这让他瘦了不少。他的腰带也太长——我发现那实际上是弗兰克的腰带。他借了弗兰克的腰带。他穿着一件褪了色的灰白色细条纹衬衫，这倒没有什么问题——我突然发现这是我的衬衣。最近的举重改

1 德语，意为"在全世界。"

变了我的上半身体形，我的这件衬衫现在穿着不合身了，不过还不错，只是褪色了，还有点起皱。问题是，这衬衫是条纹的，夹克是格子的。谢天谢地，父亲总算没有系领带——要是他系了，那会是什么样的领带？想到这里，我不禁打了一个寒战。不过，我很快发现，萨彻酒吧里没有人会鄙视我们，我也第一次看到了我父亲是个什么样的人。他看上去像一个举止古怪的百万富翁，他好像是世界上最富有的人，但他毫不在乎别人的反应。他完全是一副有钱人的派头，出手大方，毫无顾忌。他并不在意身上穿什么衣服，即使口袋上有个破洞，照样是一副身家百万的模样。萨彻酒吧里有不少衣着非常考究的人，有不少有钱人，看到我们进来了，他们都一脸嫉妒地看着我父亲——那种嫉妒看了叫人心碎。我想父亲能完全看懂他们脸上的表情，尽管他对这个现实世界所知不多。不少女人向他送来秋波，他当然还真的以为人家对他有意呢。这个酒吧里有不少人出门前要打扮一小时以上才肯罢手，可是我父亲在维也纳住了七年，买衣服的时间全部加起来，都不会超过十五分钟。他穿的衣服大多是我母亲以前给他买的，有时借我和弗兰克的衣服穿。

“晚上好，贝瑞先生。”酒保向他打招呼。我意识到父亲是这里的常客。

“Guten Abend。”父亲说。父亲的德语也就到这一步了。除此之外，他也就只会说 Bitte，Danke 和 Auf Wiedersehen[1] 这类的。他鞠躬的样子非常好看。

我要了一杯啤酒，父亲点了一杯他以前“常点”的。这所谓的“常点”的，就是让我感到恐怖的一杯类似果酱的饮料，里面混着不知什么牌子的威士忌或朗姆酒，看起来很像冰激凌圣代。他是不喝酒的。他一般只是啜一小口，然后就坐在那里拿着饮料玩几个小时。

---

1 德语，意思分别为：“请”，“谢谢”，“再见”。

他来这个酒吧不是为喝酒。

维也纳最漂亮的人在街上驻足观看，萨彻酒店的客人们在萨彻酒吧商量着事情，或者与准备一起晚餐的朋友见面。当然，酒保不知道我父亲住在那个糟糕的新罕布什尔旅馆——那个旅馆，即使是慢慢走过去，也用不了几分钟就到了。我不知道酒保以为父亲是从哪里来的。我想，他或许以为父亲刚下了游艇吧；他以为我父亲至少住布里斯托尔、大使或帝国这样的大饭店里吧。我意识到，父亲实际上根本用不着穿那套白色无尾晚礼服来证明自己的身份。

“呃——”在萨彻酒吧里，父亲对我说，声音很小，“呃，约翰，我什么也没干成。我让你们都失望了。”

“不，您不能那么说。”我说。

“我们该回到那个自由的国度去了。”父亲一边说，一边用食指搅了一下他那杯令人作呕的饮料，然后吮了一下手指。“也没有什么旅馆了。”他轻声说，“我得找份工作做。”

听他这说话的口气，好像在说，他马上要动一个手术。现在，他深陷在现实世界的包围中了——我讨厌看到这个情形。

“你们这些孩子也得上学去。上大学。”他加了一句，好像在做梦似的。

我提醒他，我们都上了中学、上了大学了。弗兰克、弗兰妮和我甚至都已经拿到大学毕业证书了。莉莉都写了一部小说了，为什么还要去上大学——去读美国文学专业呢？

“哦。”他说，“那样的话，或许我们都得去找份工作。”

“那没问题。”我说。他看着我，笑了。他俯身向前，吻了我的脸颊。他看上去那么完美，酒吧不会有人以为——即使在那一刻，也不会有人在脑子闪过这样一个念头——我是这个中年男人的小情人。这纯粹是父子之间的一个吻。他们看着父亲，心里更加嫉妒了——与父亲刚进门的时候相比，他们现在对他生起了更强烈的嫉妒心。

他一直玩着杯中的饮料，怎么也玩不够。我又喝了两杯啤酒。我知道他在做什么。他在全神贯注地看着萨彻，他这是在最后一次好好看看萨彻酒店。他一定在想象他是这家饭店的主人——他住在这里。

“你母亲，”他说，“一定会爱上这一切的。”他的一只手稍微移动了一下，然后放到膝盖上。

我母亲究竟会爱什么？我很想知道。爱萨彻酒店和萨彻酒吧？——哦，她会的。她还会爱什么呢？她会爱她的儿子弗兰克？会爱这个蓄起了胡子，试图从那个假人模特那里破译她的信息——她的意思——的弗兰克？会爱她最小的女儿莉莉？爱这个在努力长大的莉莉？她会爱她的大女儿弗兰妮？爱这个正在努力弄清楚那个色情作家所知道的一切的弗兰妮？她会爱我吗？我问自己：她的这个儿子嘴巴再也不吐脏话了，但他最想做的事情，却是与自己的姐姐发生关系。弗兰妮也想！那就是她老去找厄恩斯特的原因。

我突然哭了起来。父亲不可能知道我为什么哭，他开始安慰我，说的话都没错。“情况不会那么糟的。人类很了不起——我们懂得如何忍耐。”父亲告诉我，“我们失去了那么多东西，错过了那么多东西，那么多东西我们想要却得不到——如果我们不能为此而变得强大，那么我们永远都不能变得强大，对不对？”他紧接着问，“还有别的什么东西能让我们变得强大？”

萨彻酒吧的所有人都看着我哭，看着我父亲安慰我。在我看来，这个酒吧之所以是世界上最美丽的酒吧，原因就是这里：它宽容优雅，在这里，任何人袒露心中任何一件不开心的事，都不会感到难堪。

父亲搂着我的肩膀，我感觉好多了。

“晚安，贝瑞先生。”酒保说。

“Auf Wiedersehen。”父亲说。他知道，从此别过，他再也不会回来了。

外面，一切都变了。天黑了。时令已是秋天。一个男人从我们身边经过——这个从我们身边匆匆而过的第一个男人，穿一条黑色宽松裤、一双黑色正装皮鞋、一件白色的晚礼服。

*

我父亲没有注意到那个穿白色无尾晚礼服的男人，但我对这个预兆，对这个提醒，感到很不安。我知道，那个穿白色无尾晚礼服的男人打扮得那么漂亮，是为了去看歌剧。他怕迟到，一定急匆匆地赶着去歌剧院。菲尔格伯特警告过我“秋季”已经来临，它真的来了。看看这天气，你就可以感觉到。

纽约大都会歌剧院以多尼采蒂的《拉美莫尔的露琪亚》拉开了一九六四年的演出季。这是我在弗兰克的一本歌剧手册里读到的，但弗兰克说他很怀疑，维也纳的演出季怎么会以这个剧开场？弗兰克说，他们可能以更具维也纳风格的剧目开启这个演出季——“以他们钟爱的施特劳斯、莫扎特开场，甚至也可以以那个德国佬瓦格纳开场。”弗兰克说。我不知道，我和父亲遇见穿白色晚礼服的男人的那个夜晚，是不是维也纳演出季的首演之夜？我只知道，国家歌剧院已经开门迎客了。

“一八三五年意大利语版《露琪亚》于一八三七年在维也纳首演。”弗兰克对我说。“当然，从那以后，这部歌剧又回来演了好几次。也许最引人注目的那场演出，”弗兰克补充道，“是由伟大的阿德利娜·帕蒂饰演露琪亚的那一场——最让人难忘的是，那天晚上，帕蒂正要演疯狂的那一场戏，突然身上的演出服着火了。”

“什么？疯狂的戏，弗兰克？”我问他。

“你亲眼看了，才会相信。”弗兰克说。“即使在现场，也真让人不敢相信自己的眼睛呢。就在帕蒂开始演那疯狂的一场戏时，她的演出服着火了——那个时候舞台是靠煤气灯照明的，她肯定站得离煤气灯太近了。你知道伟大的阿德利娜·帕蒂做了什么吗？”弗兰克问我。

“我不知道。”我说。

“她立刻脱下正在燃烧的演出服，不慌不忙地继续演唱。”弗兰克说，“在维也纳，那个时候就是这个样子。”

我在弗兰克的一本歌剧手册里读到，阿德利娜·帕蒂的《露琪亚》似乎注定要受到种种干扰。例如，在布加勒斯特演出的时候，这场著名的疯狂戏因为一个看演出的人从上面掉到舞台下方观众站着观看演出的区域——还砸到一个女人身上——而中断，在一片恐慌中，有人大喊“着火了！”可是伟大的阿德利娜·帕蒂毫不惊慌，回喊一声“没有着火！”继续演唱。在旧金山演出的时候，一个怪人向舞台扔去了一枚炸弹，毫无畏惧之色的帕蒂又一次将观众的屁股牢牢钉在了座位上。不一会儿那炸弹爆炸了！

“一枚小炸弹。”弗兰克信誓旦旦地对我说。

但是，我和弗兰克看到的那辆汽车里的炸弹——就是夹在阿尔拜特和厄恩斯特之间的那一枚——可不是小炸弹。那枚炸弹的分量与索罗一样沉重，大小与一头熊差不多。我和父亲向萨彻酒店告别的那天晚上，多尼采蒂的《露琪亚》在维也纳国家歌剧院上演了？这是令人怀疑的。我倒愿意认为那晚上演的就是《露琪亚》——我有我自己的想法。这个歌剧里面有太多的鲜血和奶油——这一点甚至连弗兰克也没有异议——讲的是一个疯狂的故事：哥哥将妹妹逼疯、逼死，因为他强迫她嫁给了一个她不爱的男人……呃，你这下该明白为什么这个充满鲜血和奶油的歌剧好像特别适合于我吧。

“所有所谓严肃的歌剧，都是充满鲜血和奶油的。”弗兰克这样告诉我。我对歌剧了解不多，不知道是否真的如此。我只知道，我和父亲从萨彻酒店往新罕布什尔旅馆回的那个晚上，在维也纳国家歌剧院上演的应该就是《拉美莫尔的露琪亚》。

“其实没什么关系，真的——管他在演哪出戏呢。”弗兰克总是这样说。但我情愿认为那天演的就是《露琪亚》。我情愿这样想：当我和父亲来到新罕布什尔旅馆时，那里还没有演到那一场有名的疯狂戏。苏西熊在大堂里了——她没有戴上熊头！——她在哭。父亲从苏西身边走过，好像没有发现她很伤心，也没有发现她今天没穿那身熊装！——我父亲见过太多不开心的熊，已经见怪不怪了。

他径直上楼去了。他要向尖叫安妮通报一个有关激进分子的坏消息，一个有关新罕布什尔旅馆的坏消息。"她可能在家里接客，或者在街上招客。"我对父亲说。父亲说，他在她的房间外面等她就好了。

我坐到苏西身边。"她还在他那里。"苏西抽泣着说。我知道，要是弗兰妮到现在还和那个色情作家厄恩斯特待在一起，那她不是只与他说说话——事情就没那么简单了。再也没有理由去装什么熊了。我双手捧起苏西的熊头，戴到自己头上，然后又摘下。我不能就这样干坐在大堂里等弗兰妮与那个家伙完事之后回来，就像妓女干等着客人来——但是我又知道自己前去干预是毫无用处的。等我去了，早就迟了——就像以前一样。这一次没有一个像哈罗德·斯瓦罗那样腿脚灵活健步如飞的人了，也没有黑人护法队了。小琼斯本可以再一次把弗兰妮救出来，可是这次他也来不及了，无法将她从厄恩斯特手里及时救出来。我也是如此。如果我和苏西待在大堂，我也就只有与她一起哭的份儿了。我觉得自己哭得太厉害了。

"你告诉老毕力格了？"我问苏西，"给她说了炸弹的事了？"

"她只操心她该死的几只瓷器熊。"苏西说完，继续哭。

"我也爱弗兰妮。"我对苏西说。说完，我抱了她一下。

"你不如我爱她！"苏西说，竭力压制着哭声。不，我与你一样爱她——我心里想。

我往楼上走去。苏西以为我要去找弗兰妮——她误解我了。

"他们在三楼的一个房间。"苏西说，"弗兰妮下来拿了钥匙走了，但我没看清是哪个房间。"我转头望了望前台。不用问，今晚是苏西熊值班——因为前台乱得不忍直视。

“我要找乔兰塔去。”我对苏西说，“不是找弗兰妮。”

“你要去告诉她？”苏西问。

可是乔兰塔对我要告诉她的事根本不感兴趣。

“我有事要告诉你。”我站在她的门外说。

“三百先令。”她说。于是我把三百先令从门缝里塞了进去。

“好吧，你进来吧。”乔兰塔说。里面只有乔兰塔一个人。不过看得出来，前面一位客人刚刚离开，因为此刻她正坐在浴盆上，除了胸罩，全身赤裸。

“你也想看奶头？”乔兰塔问我，“那再掏一百先令。”

“我要告诉你一件事。”我对她说。

“那也得再掏一百先令再说。”她一边说，一边洗着自己的身体，那心不在焉有气无力的样子，就像一个家庭主妇洗着盘子。

于是我又给了她一百先令。她摘下了胸罩。“快脱。”她命令我说。

我照她说的做了。我一边脱，一边说：“那几个愚蠢的激进分子。他们想毁掉一切。他们想炸毁歌剧院。”

“那又怎样？”乔兰塔一边看我脱衣服一边说，“从根本上说，你的身体是不对劲的。你只是一个肌肉发达的小个子。”

“我可能要借用一下你小包里的东西，”我对她说，“一直借到警察来处理那件事为止。”然而乔兰塔并不理睬我。

“你喜欢站着干，靠墙站着干？”她问我。“你是不是想要那样干？如果想到那张床上去干——如果你想让我躺下——你得再掏一百先令。”我靠在墙上，闭上了眼睛。

“乔兰塔。”我说，“他们真的要那么做。菲尔格伯特死了。那些疯子有一枚炸弹，一枚很大的炸弹。”

“菲尔格伯特生下来就死了。”乔兰塔说。她跪在地上，把我那东西吸进嘴里。过了一会儿，她给我套上了安全套。我努力想集中注意力。她站起身，将我那东西塞进她那里，然后猛地把我推向墙边。她马上告诉我，我个子不够高，站着没法干。我又付了她一百先令，我们到床上去了。

“你那东西不够硬。”她抱怨说。我在想，这东西还不够硬，我是不是又得掏一百先令？

“不要告诉激进分子你知道了他们的事。”我对乔兰塔说。“如果你暂时离开这里躲一躲，可能会对你更好——谁也不知道这个旅馆会变成什么样子。我们要回美国去了。”我补充说道。

“好吧，好吧。”她说，一把将我推开。她在床上坐起身，下了床，走过去，坐在了浴盆上。

“Auf Wiedersehen。”她说。

“可是我没有高潮呢。”我说。

“那怪谁？”她问我。她在那里不断地洗着自己的身体，一遍又一遍，不知洗了多少遍。

我想，要是想得到高潮，我是不是得再掏一百先令？我看着她宽阔的后背坐在浴盆上摇晃着，那摇晃的力度比她在我身下的时候要大一些。因为她背对着我，我就从床头柜上拿起她的小包，翻看起来。小包里乱糟糟的，好像这是苏西熊在打理的小包。乔兰塔的小包里有一管已经打开了的药膏，内衬黏糊糊的，好像粘着奶油。小包里有口红，有安全套（我这才注意到我的安全套还没取下来），有香烟、一些药丸、香水、纸巾、零钱，一只鼓鼓的钱包——这些都是照例该有的东西，还有几个小罐，装着各式各样的破烂。没有刀，更不用说枪了。她的小包是个空洞的威胁，纯粹是虚张声势的玩意儿。她的做爱是假的——现在看来，她的暴力也是假的。这时我摸到了一个罐子，比其他罐子都大——大得真叫人有点不舒服。我把这个罐子从她的小包里拿出来，仔细看。

乔兰塔转过身，冲着我尖叫起来：“我的孩子！快把我的孩子放下！”

我差点失手将这个大罐子掉在地上。在大罐浑浊的水中，我看见了一个人的胚胎，那是乔兰塔唯一的一朵花，刚结成花蕾，就被掐了下来。在她心目中，这个胚胎难道就是一个武器，一个假武器？就像鸵鸟将头埋在沙中聊以自慰？这就是她把手伸进小包随时想掏出来的东西？每到时势紧张的时候，她总是将手伸进小包，她这样做对她来说有何安慰？真不可思议。

“快放下我的孩子！”她喊着，光着身子朝我冲过来，身上的水滴了一路。我把装着胚胎的罐子轻轻放在她的枕头上，赶紧逃走了。

就在我打开并关上乔兰塔的房门之际，我听到了尖叫安妮又在那里假高潮了。看来，父亲把那个坏消息告诉了她。我坐在二楼楼梯的转弯平台上，不想去看大堂里的苏西熊，也不敢上楼去找弗兰妮。父亲从尖叫安妮的房间里走出来。他一只手搭在我的肩膀上，向我道了一声晚安，然后下楼睡觉去了。

“你告诉她了？”我在他身后喊道。

“她听了好像无所谓。”父亲说。我走到尖叫安妮的房门前，敲了几下。

“我已经知道了。”她打开门，看见是我，这样对我说。

与乔兰塔在一起，我来不了高潮，现在站在尖叫安妮的房门外，另一件事占据我的心。“哎呀，为什么不早说？”尖叫安妮说。可是我还有什么话好说？她让我进了她的房间，关上了门。“有其父必有其子。”她说。她帮我脱掉衣服，她自己早已脱光了衣服。我突然明白了，难怪她赚钱赚得那么辛苦——都是因为她不懂乔兰塔的那一套“额外收费”之道。尖叫安妮只是一口价：四百先令。

“如果你不来高潮，那是我的错。不过你会来的。”她向我保证。

“求你一件事，”我对她说，“如果你不介意的话，我希望你不要来高潮。我是说，我希望你不要假装高潮。我希望到最后能静静地结束。”我这样恳求着，可是在我身下的她早已咿哩哇啦奇怪地乱叫了。紧接着，我被一个声音吓了一大跳。这完全不像我以前听到过的尖叫安妮的叫声，也不像苏西熊常哄骗弗兰妮发出的声音。那一秒钟真是可怕——因为那个声音里充斥着无比的痛苦——我以为那是色情作家厄恩斯特弄得弗兰妮发出的叫声。很快我明白了，那其实是我自己的声音，是我自己的可怜的叫声。尖叫安妮和我一起叫了起来。在这美妙的“二重唱”过后的寂静中，我清楚地听到了弗兰妮的叫声——那声音很近，她一定是站在二楼楼梯的转弯平台上叫喊着——“噢，天哪，你能不能快点，快点完事！”弗兰妮在那里尖叫。

“你为什么要这样做？”我低声对尖叫安妮说，她躺在我下面喘着粗气。

“做什么？”她说。

“假高潮。”我说，“我叫你别这么做的。”

“不是假的。”她低声说。我还没来得及把她的这句话理解成恭维话呢，她接着又说：“我从来没有假装过高潮，都是真高潮。”她然后问我：“你到底为什么觉得我是这样一个废物，连高潮也要装？”当然，还有一件事：为什么我就认为她一定不会让她的女儿黑英奇去做这个“生意”？

“对不起。”我低声说。

“我倒希望他们真的把歌剧院给炸了。”尖叫安妮说。“我希望他们也把萨彻酒店炸了。”她接着加了一句。“我希望他们把卡恩特纳整条街都炸掉。”她又加了一句。“还有环城大街，还有环城大街上的所有人。所有的男人。”尖叫安妮小声说。

*

弗兰妮在二楼楼梯的转弯平台上等着我。她的脸色看上去不比我差多少。我在她旁边坐下，我们彼此问候对方是否都“安好”。我们都没有给对方一个令人信服的答复。我问弗兰妮，她从厄恩斯特那里了解到了什么。听我问她，她的身子一下子颤抖起来。我用一只胳膊搂住她，我们一同斜靠在楼梯的栏杆上。我又问她这个问题。

“我想我什么都弄明白了。”她低声说，“你想知道什么？”

“什么都想知道。”我说。弗兰妮闭上眼睛，把头靠在我的肩膀上，然后转过脸，贴着我的脖子。

“你依然爱我吗？”她问。

“是的，我当然依然爱你。”我低声说。

“你什么都想知道？”她问。我屏住了呼吸，只听她说：“母牛体位，你想知道那个吗？”我什么话也说不出来，只有紧紧抱住她。“大象体位？”她问我。我感到她止不住地颤抖，她竭力忍住不哭。“我可以告诉你大象体位是怎么回事。最重要的一点是，这种体位很痛。”还没说完，她就哭了起来。

“他弄痛你了？”我轻声问她。

“大象体位弄痛了我。”她说。我们静静坐了一会儿，谁也没有说话，她的身体终于不再颤抖了。“你要我继续讲下去吗？”她问我。

“不要讲那个。”我说。

“你还爱我吗？”弗兰妮问。

“当然，爱得无法控制。”我说。

“可怜的你啊。”弗兰妮说。

“可怜的你啊。”我对她说。

对情人来说，至少有一件事是非常可怕的——我是说真正的情人：深深爱上了对方的两个人。即使当他们处于痛苦之中，正在互相安慰——即使在这样的时刻，他们仍能感受每一次身体接触所带来的性享受；即使他们处于某种哀伤之中，他们的性欲也能被唤醒。我和弗兰妮不能再坐在楼梯上相互拥抱下去了。再拥抱下去，不可能不干出别的什么事。

我要感谢乔兰塔把我们拆散。乔兰塔从楼上下来，准备到街上找另一个施虐的对象。看见我和弗兰妮坐在楼梯上，她便用膝盖猛地顶了一下我的后背。“噢，对不起！”乔兰塔说。接着，她又对弗兰妮说：“别跟他搞在一起，他不会来高潮的。”

我和弗兰妮都没有说话，默默地跟着乔兰塔来到大堂。乔兰塔穿过大堂，到克鲁格大街上去了。我和弗兰妮去看苏西熊。苏西睡在沙发上，烟灰缸翻倒在上面。苏西脸上神情安详——她并不像她自己想象的那么丑。苏西讲过一个小笑话，说她本来是一个“不错的女孩，如果你在她头上套上一只麻袋的话”——弗兰妮告诉我说，这个笑话其实一点也不好笑。强奸她的两个男人曾把一个麻袋套在了她的头上——“这样我们就不用看你的脸了”。他们告诉她。这种手法太残忍，任何人遭遇到这种不幸之后，说不定都想变成一头熊呢。

“强奸这种事真让我很困惑，”后来我向苏西熊坦白了我的心里话，“因为在我看来，这是一个人所能遭遇到的最残忍的经历了——虽然不至于置人于死地。如果遭别人谋杀，我们当然活不了了。但那是我能想象到的最残忍的经历了，因为我无法想象自己对别人做出那样的事来，我也无法想象自己会起这样的念头。因此，那是一种我从未有过的感觉：我认为那就是强奸的残忍之处。”

“我想象自己能对别人做出那样的事来。”苏西说，“我想象自己能对那些浑蛋做出那样的事来——对我做过那样的事的那些浑蛋。这不仅仅是为了报复。对该死的男人做那样的事，是无济于事的。因为男人说不定还喜欢你那样做呢。不少男人还认为我们真的喜欢被人强奸呢。他们只能那么想，因为他们认为他们喜欢干那事。”

在这第二家新罕布什尔旅馆烟灰色的大堂里，我和弗兰妮想尽办法要让苏西熊重新振作起来，让她回到自己的房间去睡觉。我们扶她站起来，找到她的熊头，掸去她松松垮垮的后背上沾着的烟屁股（刚才她就躺在这些烟屁股上面）。

“快点，快点脱掉你身上的这身旧衣服。”弗兰妮对她说。

“你怎么能——怎么能跟厄恩斯特混在一起？”苏西嘟囔着对弗兰妮说。“你怎么能——怎么能和妓女混在一起？”她问我。“我真搞不懂你们两个人。”苏西最后说，“我年纪大了，干不了这个了。”

“什么话？我才年纪大干不了这个呢，苏西。”父亲对苏西熊说，语气相当温柔。我们竟然没有发现他站在大堂，就站在前台的后面。我们还以为他早已上床睡觉了。他不是一个人站在那里。在旁边的是那位慈母模样的激进分子，我们亲爱的“奶油”，我们亲爱的施万格。她拿枪对着我们，示意我们回到沙发上去。

“乖乖的，别乱来。”施万格对我说，“把莉莉和弗兰克叫来。轻轻地叫醒他们。不要过于粗鲁，不要过于突然。”

弗兰克躺在床上，在他身旁躺着假人模特。他根本就没睡着，用不着我去叫醒。“我知道我们不应该傻等。”弗兰克说，“我们本该早早报警。”

莉莉也没有睡，她正写个不停。

“又有一个新的经历可以写了，莉莉。”我和她开起了玩笑，然后拉着她的手一起往大堂走。

“我希望这只是一次小小的经历。”莉莉说。

他们都在大堂等我们。舒劳斯本舒吕舍尔穿着电车售票员的制服，看上去“有模有样”的。为了今天的活儿，阿尔拜特也打扮得特别齐整，一身燕尾服——从上到下全是黑色。说实在的，可以说他穿得很讲究，即使坐在歌剧院里，也不会显得格格不入。四分卫也在大堂，这个发号施令者在那里引导着他们——就是那个女人一见就倾心的厄恩斯特，那个色情作家厄恩斯特，那个明星厄恩斯特。只有老毕力格——那个激进分子老毕力格——不在。就像阿尔拜特说的，他跑了，像一阵风似的跑了。老毕力格是个聪明人，他把自己排除在这次行动之外了。他准备在下一次行动中一显身手。对于厄恩斯特和阿尔拜特来说，对于舒劳斯本舒吕舍尔和施万格来说，这无疑是一场盛会（或许是他们的最后一场盛会）。

"亲爱的莉莉。"施万格说，"帮我们把弗洛伊德找来，弗洛伊德应该也在这里。"

莉莉又一次担任了弗洛伊德的导盲熊的角色，把瞎子老头带到了我们面前——他拿着那根"路易斯维尔重击手"牌棒球杆笃笃笃地点着他前面的路，身上披着一件鲜红的丝绸睡袍，睡袍背后绣着一条黑色的龙（"纽约唐人街买的，一九三九年！"他曾经告诉过我们）。

"这是个什么梦？"老人说，"民主到底怎么了？"

莉莉让弗洛伊德坐到沙发上，让他坐在父亲旁边。弗洛伊德不小心拿棒球杆打了父亲的小腿。

"噢，对不起！"弗洛伊德大声说，"你是谁？"

"温·贝瑞。"父亲轻声说。说来有点怪，这是我们这些孩子唯一一次听到他说出他自己的名字。

"温·贝瑞！"弗洛伊德大声说，"呃，有温·贝瑞在，就不会发生太坏的事！"大家谁也没像他这样面露坚信的神情。

"说说你们想干什么吧！"弗洛伊德面对着一片黑暗，大声喊道，"你们都在这儿，我能闻到你们的气味，我能听到你们的每一次呼吸。"

"说起来其实也很简单。"厄恩斯特轻声说。

"一个简单的要求。"阿尔拜特说，"的确非常简单。"

"我们需要一个司机。"厄恩斯特柔声细语地说，"需要一个人来开车。"

"这车开起来像在梦里一样。"舒劳斯本舒吕舍尔说，语气里带着崇拜，"这车叫起来呜呜的，像只小猫。"

“你自己来开好了，扳手。”我说。

“安静，亲爱的。”施万格对我说。我没有看她，只看了一眼她手里的那把枪，想确认枪口是不是对着我。

“安静，举重运动员。”扳手说。他那条电车司机裤子的前口袋鼓鼓的，好像里面是一个短小但很重的工具。他的一只手压着这个工具，好像压在一支手枪的枪把上。

“菲尔格伯特总是不相信。”厄恩斯特说。

“菲尔格伯特死了。”莉莉说话了——我们的作家，我们家的现实主义者说话了。

“菲尔格伯特有浪漫主义倾向，那是很要命的。”厄恩斯特说，“她总是质疑我们的手段。”

“为了达到目的，是可以不择手段的，你要知道。”阿尔拜特插了一句，“这是一个简单的要求，的确非常简单。”

“你这个白痴，阿尔拜特。”弗兰妮说。

“你和任何一个资本家一样自以为是！”弗洛伊德对阿尔拜特说。

“但主要还是一个白痴，阿尔拜特，”苏西熊说，“一个彻头彻尾的白痴。”

“这头熊可以成为一个好司机。”舒劳斯本舒吕舍尔说。

“闭上你的臭嘴，扳手。”苏西熊说。

“这头熊对我们充满敌意，我们怎么能信任她？”厄恩斯特说，好像很有逻辑。

“拿你的漂亮屁股打赌吧。”苏西熊说。

“我可以给你们开车。”弗兰妮对厄恩斯特说。

“你不能开。”我说，“你连驾照都没有，弗兰妮。”

“可我会开车。”弗兰妮说，“弗兰克教会了我开车。”

“我开车比你开得好，弗兰妮。”弗兰克说，“如果必须让我们当中的一个人开车，那我来当司机肯定更合适。”

“不，我更适合。”弗兰妮说。

“你确实让我吃惊不小，弗兰妮。”厄恩斯特说，“你更擅长于听从别人的指挥，我原来都没有想到——你很善于接受别人的指令。”

“别动，亲爱的。”施万格对我说。我的胳膊突然动了一下——就像我握着长哑铃在做曲臂练习。

“你什么意思？”父亲问厄恩斯特。父亲的德语很差。“什么指挥——什么指令？”父亲问。

“他干了我。”弗兰妮告诉父亲。

“坐着别动。”扳手对我父亲说，一只手隔着布握着口袋里的工具，走到他身边。弗兰克只好为父亲做着翻译。

“待在原地别动，爸爸。”弗兰克说。

弗洛伊德晃动着棒球杆——好像他变成了一只猫，棒球杆成了他的尾巴似的。他不停拿棒球杆拍打着我父亲的一条腿——一下、两下、三下。我知道父亲很想拿过那棒球杆来。他用起这“路易斯维尔重击手”牌子的棒球杆是很拿手的。

有时候趁弗洛伊德打盹的时候，父亲带我们去城市公园打棒球。我们都喜欢把地滚球接起来。在城市公园里，我们打一种老式的美国棒球，父亲抛出地滚球。连莉莉都喜欢上了这个游戏，因为要想接地滚球，你不用非得长个大个子。弗兰克打得最糟糕。我和弗兰妮擅长防守——在很多方面我们俩不差上下。父亲为我和弗兰妮抛出地滚球的时候总是最用力。

此刻，弗洛伊德手里拿着球杆——他是在用这球杆让我父亲平静下来。

“你和厄恩斯特上床了，弗兰妮？”父亲轻声问她。

“是的。”她低声说，“对不起。”

“你干了我女儿？”父亲问厄恩斯特。

厄恩斯特把这个问题当作一个玄妙的问题来回答：“这是一个必

要的阶段。”在那一刻，我本想一拳打向厄恩斯特，就像小琼斯做的那样：我已经能轻轻松松地卧推起两倍于自己体重的杠铃——快速地卧推三到四次，或许不在话下。我把那杠铃举在手上，毫不费力。

“我女儿是一个必要的阶段？”父亲问厄恩斯特。

“这不是一种感情能解决的问题。”厄恩斯特说，“这是一个技术问题。”他说完，并不理会我父亲：“弗兰妮，我相信你开车水平很高，不过施万格说了，我们要放过你们这些孩子。”

“连举重运动员也放过？”阿尔拜特问。

“是的，他也是我心爱的宝贝。”施万格说，对着我微笑——她的那把枪也对着我。

“如果你让我父亲开车，我就杀了你。”弗兰妮突然对厄恩斯特尖叫道。扳手走到弗兰妮跟前，一只手仍压着他口袋里的工具。要是他敢碰一下弗兰妮，一定会发生事情的——但他只是站在她旁边，并没有动手。弗洛伊德还在有节奏地拍打着棒球杆，我父亲闭上了眼睛——他听起德语来很困难。他的脑子里一定在想着来势汹汹的地滚球干净利落地飞过内场的情景。

“弗兰妮，施万格说了，”厄恩斯特不慌不忙地说，“你们已经失去了母亲，不能再失去父亲了。我们不想伤害你父亲，弗兰妮。我们不会伤害他的，只要别的哪一个人能把这车开好。”

新罕布什尔旅馆的大堂里一片寂静，大家都不知道怎么办才好。他们要放过我们这些孩子，放过我父亲，又不信任苏西熊——厄恩斯特难道是让哪一个妓女去当司机？他们肯定不会信任她们——毫无疑问的。那些妓女只顾自己，就在色情作家厄恩斯特向我们大讲特讲他那一套辩证法的时候，妓女们悄悄走过大堂，从我们身边溜过去——她们退掉了新罕布什尔旅馆的房。她们默默不语——这帮身处危难之中的人，这帮亲密如小偷的朋友——她们帮老毕力格搬着那些瓷器熊。她们把药膏、牙刷、药片、香水——还有安全套——一样不落地带走了。

“船快要沉了，这些老鼠纷纷弃船而逃。”后来弗兰克这样说她们。她们身上没有一丝一毫的菲尔格伯特那样的浪漫情怀——她们从来就只是妓女而已。她们走了，一声再见都没有对我们说。

“你这个大浑蛋，到底让谁做司机？”苏西熊问厄恩斯特，“见鬼，还剩下谁能做？”

厄恩斯特微微一笑——那微笑真叫人恶心。他是在向弗洛伊德微笑。弗洛伊德看不见这微笑，但他好像突然明白了什么。“那就是我了！”他叫道，好像得了大奖似的，非常兴奋，以刚才两倍的速度，笃笃笃地加快了敲打棒球杆的节奏。“我就是司机了！”弗洛伊德喊道。

“是的，就是你！”厄恩斯特非常高兴地说。

“棒极了！”弗洛伊德大声说，“这是一个瞎子能做的最好的工作！”他一边喊，一边挥舞着棒球杆，就像指挥着一个乐队——弗洛伊德的维也纳国家歌剧院乐队！

“你喜欢温·贝瑞，对吧，弗洛伊德？”施万格问老人，语气非常轻柔。

“当然喜欢！”弗洛伊德大声说，“就像喜欢自己的儿子！”他一把抱住我父亲，那棒球杆牢牢夹在了他的两膝之间。

“只要你把车开好了，”厄恩斯特对弗洛伊德说，“我们就不会伤害温·贝瑞一根汗毛。”

“要是你开坏了，”阿尔拜特说，“我们就把他们都杀了。”

“一个一个杀。”舒劳斯本舒吕舍尔补充道。

“瞎子怎么能开车，你们这些笨蛋？”苏西熊尖叫道。

“舒劳斯本舒吕舍尔，给他们解释一下。”厄恩斯特说，语气非常平静。扳手迎来了他的高光时刻，他活了一辈子，就是为了这个时刻——他要描述他那心爱之物的每一个动人的细节了。阿尔拜特脸上露出了嫉妒之色。施万格和厄恩斯特静静听着，表情温和安详，就像老师看着心爱的学生颇感欣慰自豪。当然，我的父亲德语水平还不够，不能明白所有这些。

“我把它叫作‘同情炸弹’。”扳手开始说。

“噢，太棒了！”弗洛伊德喊道，接着咯咯咯笑了起来，“同情炸弹！耶稣啊，上帝啊！”

“闭嘴！”阿尔拜特说。

“实际上我们有两枚炸弹。”舒劳斯本舒吕舍尔说，“第一枚炸弹是这辆汽车，整辆汽车就是一枚炸弹。”他狡黠地笑了笑。“这辆汽车只需在歌剧院附近一定距离内引爆——当然要尽可能靠近歌剧院。如果这枚汽车炸弹在歌剧院附近爆炸，歌剧院里的那枚炸弹就会接着爆炸——你可以这样说，第二枚炸弹出于对第一枚炸弹的‘同情’而爆炸。这就是我称之为同情炸弹的理由所在。”扳手补充道，神情极为愚蠢。这一节，连父亲也听懂了。“先是汽车爆炸，如果爆炸在离歌剧院足够近的地方，接着就是那枚大炸弹——歌剧院里的那枚——砰地爆炸。我把汽车里的这枚炸弹叫作接触式炸弹。接触点就是车子的前牌照。前牌照一旦受压，整辆车就爆炸，呼地飞上天。如果有谁在附近，也炸上天。”舒劳斯本舒吕舍尔补充道。

“那是逃不掉的。”阿尔拜特说。

“歌剧院里的那枚炸弹，”舒劳斯本舒吕舍尔无比深情地说，“比接触式炸弹要复杂得多。那是一枚化学炸弹，引爆它，需要一种非常微妙的电脉冲。它的引信相当灵敏，能对距离它一定范围内发生的爆炸做出反应。可以这么说，歌剧院里的那枚炸弹好像长了耳朵。”扳手说，自顾自地笑笑。这是我们第一次听扳手笑——这笑声让人恶心。莉莉有点喘不过气来，好像要呕吐。

“没人会伤害你，亲爱的。”施万格安慰她说。

“我只要做一件事：开上车，带着弗洛伊德，沿着环城大街开到歌剧院去。”舒劳斯本舒吕舍尔说，“当然，我必须开得极其小心，不能撞到任何东西。我必须找一个安全的地方，把车停在路边，我就下车。之后，就让弗洛伊德坐在驾驶座上。在我们一切准备就绪之前，车子就这样停着，没有人会赶我们走的。在维也纳，你穿着有轨电车售票员的制服，没有人会来盘问你的。”

“我们知道你是会开车的，弗洛伊德。”厄恩斯特对瞎眼老人说，“你以前做过汽车修理师，对吧？”

“对。”弗洛伊德说。他很兴奋。

“我就站在弗洛伊德旁边，隔着驾驶座一侧的窗户对他说话。”扳手说，“我要一直等到阿尔拜特从歌剧院出来，等到他穿过卡恩特纳街，走到街的另一边之后，才能动手。”

“等我走到安全的地方！”阿尔拜特补充说。

“然后我就叫弗洛伊德从一数到十，发动汽车，把油门踩到底！”舒劳斯本舒吕舍尔说。“我已调整好了车头，汽车已经对准了正确的方向。弗洛伊德只要把油门踩到底就行了——以最快速度向前冲去。他会撞上什么东西的——立刻就会撞上，不管他的方向盘朝哪个方向转。他是个瞎子！”扳手无比激动地叫道，“他一定会撞上什么东西的！等他撞上了，歌剧院就完蛋。同情炸弹就会马上做出响应。”

“同情炸弹。”父亲说，口气里不无讽刺。就连父亲也明白了同情炸弹是怎么回事。

“那枚炸弹放在一个极好的地方。”阿尔拜特说，“在那里已经很久了，我们可以肯定没人知道它究竟在哪里。炸弹很大，但他们不可能找到。”他补充道：“就在舞台底下。”

“已经与舞台连为一体了。”舒劳斯本舒吕舍尔说。

“就在演员最后出来谢幕的那个地方的底下！”阿尔拜特说。

“当然，不会把所有人都炸死。”厄恩斯特说，“舞台上的人恐怕都会被炸死，乐队的大部分成员或许也会被炸死，坐在前几排的观众恐怕也得死。坐在后排的人会很安全，对他们来说，那可真是一台大戏了，绝对会是一个难得的奇观。”

“奶油和鲜血。”阿尔拜特对施万格嘲笑道，但她只是微微一笑——她手里依然拿着枪。

莉莉吐了。施万格弯下腰，好言好语安慰起莉莉，这个时候我是有机会夺下她的枪的。但我犹豫了。阿尔拜特从施万格手里接过了枪。他这个动作真让我蒙羞——他的脑子竟然转得比我还快。莉莉呕吐个不停，弗兰妮也上来安慰她。厄恩斯特还在那里说个没完。

“等阿尔拜特和舒劳斯本舒吕舍尔回到这里，报告说我们大功告成了，我们就知道我们不用伤害这个美好的美国家庭了。”厄恩斯特说。

“美国人极端热爱他们自己的家，”阿尔拜特说，“就像他们极端宠爱体育英雄和电影明星；他们非常关心自己的家人，就像他们非常关心食物的健康与否。美国人对家庭的爱，近乎疯狂。”

“等我们炸毁了歌剧院之后，”厄恩斯特说，“等我们摧毁了那个维也纳人崇拜到叫人恶心的地步的那个东西之后——他们极端崇拜歌剧院，就像他们极端崇拜咖啡馆，因为他们崇拜过去……呃，等我们炸毁了歌剧院，我们还有了美国一家人在手里。我们要将这家美国人扣做人质。这也是一个不幸的美国家庭。这些孩子的母亲，还有最小的孩子，已经成了事故的受害者。美国人喜欢事故，他们认为灾难是美好的。我们看到一个父亲在努力抚养他的四个幸存下来的孩子——我们要把他们全部扣起来。”

我父亲并没有完全听懂厄恩斯特的话。弗兰妮问厄恩斯特：“你有什么要求？如果我们成了你的人质，你要提什么要求？”

“没有要求，亲爱的。”施万格说。

“我们什么要求也没有。”厄恩斯特耐心地说——他永远那么耐心，“我们早就得到了我们想要的东西，等我们炸掉了歌剧院，把你们扣做人质，我们就得到了我们想要的东西。”

“我们得到了观众。”施万格说，那声音轻得几乎成了耳语。

“这观众还不少呢，还是国际观众呢。不只是欧洲观众，不只是奶油和鲜血观众，还有美国观众。全世界都会听到我们发表的讲话了。”

“你们要发表什么方面的讲话？”弗洛伊德问。他的声音也压得很低。

“哪个方面都有。”厄恩斯特说——这话好像挺有逻辑，“我们要让我们的听众听到我们要说的一切——我们要谈到所有的议题。”

“要谈这个新世界吧。”弗兰克喃喃地说。

“没错！”阿尔拜特说。

“大多数恐怖分子都失败了，”厄恩斯特说，“原因是他们劫持了人质，并以暴力相威胁。我们一开始就采用了暴力。我们有能力实施暴力，这是人所共知的。接着，我们劫持人质。这样一来，不会有人不听我们说话了。”

所有人的眼睛都盯着厄恩斯特——当然了，厄恩斯特就喜欢别人看着他。这个喜欢杀人的色情作家杀人不为什么主张——他觉得那是很愚蠢的做法。他杀人，就是为了给人看。

“你绝对是个疯子。”弗兰妮对厄恩斯特说。

“你让我失望了。”厄恩斯特对她说。

“什么？”父亲向厄恩斯特喊道，“你说什么？”

“他说我让他失望了，爸爸。”弗兰妮说。

“她让你失望了！”父亲大声说。“我女儿让你失望了！”父亲对厄恩斯特喊道。

“冷静点。”厄恩斯特平静地对父亲说。

“你干了我的女儿，然后对她说她让你失望了！”父亲说。

父亲一把夺过了弗洛伊德手中的棒球杆，他的动作非常迅捷。他轻松自如地拿起这根“路易斯维尔重击手”牌棒球杆，好像这根棒球杆一辈子没离开过他的手似的。他平拿着棒球杆挥舞起来，肩膀和臀部也随之摇摆起来——他打出了一个完美的平飞球，一个水平的低飞球，球飞到内场时还在上升。色情作家厄恩斯特蹲下身去，可是动作太慢，他的头不高不低正好成了那个完美的快速移动的球，父亲挥起棒球杆打了个正着。砰！这比我和弗兰妮能够处理的任何地滚球都要难接。我父亲的棒球杆不偏不倚打在了色情作家厄恩斯特的前额和两眼间。厄恩斯特的后脑勺首先着了地，他的头着地过后整整一秒钟，他的身体才落到地板上。厄恩斯特的两眼之间鼓起了一个棒球大小的紫色肿块，一只耳朵流出一点血来，好像他身体里的一个很小但很重要的器官——比如他的脑，比如他的心——一下子爆炸了。他的眼睛睁得大大的——我们知道，色情作家厄恩斯特此时看到的，跟弗洛伊德能看到的，没有什么差别。随着棒球杆砰的一声响，厄恩斯特从大堂开着的落地窗飞了出去。

“他死了？”弗洛伊德大喊大叫起来。我想，要不是弗洛伊德这样大喊大叫的，阿尔拜特早就扣动扳机，一枪把我父亲打死了。弗洛伊德的呼喊声似乎改变了阿尔拜特本来就慢吞吞的思维。他拿枪顶住了我妹妹莉莉的耳朵。莉莉浑身颤抖起来——她嘴巴里再也呕吐不出什么东西了。

“请你别这样。”弗兰妮轻声对阿尔拜特说。父亲紧紧握着棒球杆，一动不动。阿尔拜特现在手里拿着大武器，父亲只得等待合适的时机。

“大家都冷静。”阿尔拜特说。舒劳斯本舒吕舍尔目不转睛地看着厄恩斯特额头上那个紫色棒球一样的鼓包，但施万格一直保持着微笑——对每个人保持微笑。

“冷静，冷静。”她低声说，“我们都保持冷静。”

“你现在打算怎么办？”父亲平静地问阿尔拜特。他用的是英语。弗兰克为父亲翻译。

在接下来的几分钟里，弗兰克忙着为父亲翻译，因为父亲想知道现在发生的所有事情。他成了一个英雄，他现在好像站在“海边的阿布史诺特酒店”的码头上——只不过他不是那个穿白色晚礼服的人，不是那个掌握全局的人。

“把球杆还给弗洛伊德。”阿尔拜特对我父亲说。

“弗洛伊德要拿回他的球杆。”施万格对我父亲说——这真是一句蠢话。

“别拿着球杆了，爸爸。”弗兰克说。

父亲把这根“路易斯维尔重击手”牌棒球杆还给了弗洛伊德，并在他旁边坐下来。父亲搂住弗洛伊德，对他说：“你不用开那辆车了。”

“舒劳斯本舒吕舍尔。”施万格说，“你赶紧按我们计划的去做。带上弗洛伊德，赶紧走。”

“可我还没到歌剧院去！”阿尔拜特惊慌地说，“我还没到那里——还没去弄清楚现在是不是中场休息。舒劳斯本舒吕舍尔必须看到我走出剧院，才知道那里万事大吉，才知道动手的时间到了。”

这几个激进分子眼睛盯着他们死去的头儿，好像他会告诉他们下一步该怎么做——他们需要他。

“你去歌剧院。”阿尔拜特对施万格说，“枪放在我这里更好些。我待在这儿，你去歌剧院。如果你看清了那不是中场休息，你就从歌剧院里走出来，让舒劳斯本舒吕舍尔看见你。”

“我穿的这身衣服不适合去歌剧院。”施万格对阿尔拜特说，“你的这身打扮，去歌剧院正合适。”

“向别人去打探那是不是幕间休息，用不着讲究穿着！”阿尔拜特向她喊道，“你今天气色不错，可以去歌剧院，你可以去弄清剧院是不是幕间休息了。你只是个老太太——上帝啊，没人会理会一个老太太穿着什么样的衣服！”

“保持冷静。”舒劳斯本舒吕舍尔干巴巴地说。

“呃，”我们温柔的施万格说，“我可不是什么‘老太太’。”

“快滚！”阿尔拜特对她喊道，“快走，赶紧走过去，快点！我们给你十分钟，接着弗洛伊德和舒劳斯本舒吕舍尔就出发。”

施万格站在那里，好像心里拿不定主意——要不要再写一本关于怀孕的书？还是再写一本关于流产的书？

“快走，你这蠢货！”阿尔拜特向她喊道，“记得要穿过卡恩特纳街，过街之前要先找到我们的车。”

施万格离开了新罕布什尔旅馆，神情非常镇定——实际上，她尽力在脸上摆出一副慈母般的表情。从此我们再也见不到她了。我想她或许去德国了，或许哪一天她又会写出一本全新的符号书，或许她会在别的地方发起一场新的运动。

“你用不着去开车了，弗洛伊德。”父亲低声说。

“我当然要去开，温·贝瑞！”弗洛伊德高兴地说。他站起身，手拿着棒球杆笃笃笃地朝旅馆的门走去。他非常清楚怎么走，虽然他什么也看不见。

“坐下，你这老傻瓜。”阿尔拜特对弗洛伊德说。“我们只有十分钟。别忘了下车，你这白痴。”阿尔拜特又对舒劳斯本舒吕舍尔说，但扳手并不理他，仍然盯着落地窗外的地板上躺着的那个死了的四分卫。我也盯着那个死人看。盯了十分钟。我明白恐怖分子是什么样的人了。恐怖分子只不过是另一种色情作家而已。色情作家假装极其厌恶自己的作品，恐怖分子假装对自己采用的手段毫无兴趣。他们说，他们只在乎结果。其实，这两种人都在撒谎。厄恩斯特热爱自己的色情作品，厄恩斯特崇拜手段。重要的永远不是结果——重要的只是手段。恐怖分子和色情作家都在追求手段。对他们来说，手段就是一切。炸弹爆炸、大象体位、奶油和鲜血——他们就喜欢这些东西。他们知性的超然是一种欺骗，他们的冷漠是假装的。这两种人都谎称自己有“更高尚的目标”。恐怖分子就是色情作家。

在这十分钟的时间里，弗兰克一直想改变阿尔拜特脑子里的想法，可是阿尔拜特根本就没有什么脑子，谈何改变他的想法？我认为弗兰克只是越说越把阿尔拜特搞糊涂了。

当然，弗兰克也把我搞糊涂了。

“你知道今晚歌剧院里上演什么节目吗，阿尔拜特？”弗兰克。

“音乐节目。”阿尔拜特说，“音乐和演唱节目。”

“重要的是——上演了哪部歌剧。”弗兰克对阿尔拜特撒起谎来，“我是说，今晚的观众没有爆满——我希望你知道这一点。维也纳人并没有蜂拥而至。今天上演的不是莫扎特的作品，也不是施特劳斯的作品，甚至连瓦格纳的作品都不是。”

“我不管他们上演什么作品。”阿尔拜特说，“反正前排会坐满观众，前排总是会坐满的。愚蠢的演唱者一定会登台表演，管弦乐队一定会在那里。”

“今天上演的是《露琪亚》。实际上没有什么观众来看，歌剧院是空的。即使你不是瓦格纳迷，也知道多尼采蒂的这部歌剧是不值得一听的。我承认自己多多少少是个瓦格纳迷，”弗兰克坦白道，“可是，即使你不赞同德国人对意大利歌剧的看法，你也知道多尼采蒂的歌剧是多么的平淡无味。陈腐的和声，根本没有与音乐相适应的那种戏剧效果。”

“闭嘴。”阿尔拜特说。

“街头手风琴手的曲子！”弗兰克说，“上帝啊，我真不知道会有什么人来看！”

“会有人来看的。”阿尔拜特说。

“最好等到他们上演一部大戏的时候。”弗兰克说，“挑选另外一个晚上去炸掉那个地方。等他们上演一部重要歌剧的时候。如果你把《露琪亚》炸了，维也纳人会拍手称快的。他们会认为你的攻击目标是多尼采蒂，或者是意大利歌剧——那更让他们称心！那样，你就会成为一个文化英雄，而不是你想成为的恶棍。”

“即使你有观众，”苏西熊对阿尔拜特说，“谁去给他们演说？”

“你的演说家已经死了。”弗兰妮对阿尔拜特说。

“你不觉得自己能吸引住观众，对吗，阿尔拜特？”苏西熊问他。

“闭嘴。”阿尔拜特说，“叫那头熊坐到车里，与弗洛伊德一起走。人人都知道弗洛伊德喜欢熊。就让一头熊陪着他，走这最后一程吧——这应该是个好主意。”

“计划不能改变，现在不能变。”舒劳斯本舒吕舍尔不安地说，“按原计划做。”他一边看手表，一边说：“还有两分钟。”

“你们走吧。”阿尔拜特说，“瞎子老头走到门外，再上车，都要好一会儿呢。”

“我用不了多少时间！”弗洛伊德大声说，“我知道怎么走出去！这是我的旅馆，我知道门在哪儿。”老人说着，拄着棒球杆一瘸一拐地朝门口走去，“你把那辆该死的车一直停在那个地方，好几年没有动窝！”

“跟着他去，舒劳斯本舒吕舍尔。”阿尔拜特对扳手说，“抓住那老浑蛋的胳膊。”

“不用别人扶我。”弗洛伊德说，很快活的样子，“再见，亲爱的莉莉！不要吐了，亲爱的。不停地长大吧！”

莉莉张开嘴，好像又喘不过气来，身体颤抖着。阿尔拜特原本顶着莉莉耳朵的那把手枪，从她耳朵移开了大约两英寸。看莉莉呕吐，他显然觉得厌恶，尽管莉莉呕吐得并不厉害——莉莉不是一个大吐特吐的人。

“站在那里别动，弗兰克！”弗洛伊德喊道——对着整个大堂喊道，“别让别人说你古怪！你是个王子，弗兰克！你比鲁道夫强多了。你比哈布斯堡家族的所有人都高贵，弗兰克！”弗洛伊德为他鼓劲。弗兰克说不出一句话，他哭得太厉害了。

“你很可爱，弗兰妮，我亲爱的弗兰妮，我的甜心弗兰妮。”弗洛伊德柔声地说，“不用拿眼睛看，就知道你有多漂亮。”

“Auf Wiedersehen，弗洛伊德。”弗兰妮说。

“Auf Wiedersehen，举重运动员！”弗洛伊德对我喊道，“来，拥抱一下。”说着，他向我伸出双臂——一只手仍然握着棒球杆，就像握着一把宝剑。“让我抱抱你，看你有多强壮。”弗洛伊德对我说。我走上去，拥抱了他。他趁机凑在我耳边说了一句话。

“一听到爆炸声，”弗洛伊德轻声说，“你就动手将阿尔拜特杀了。”

“快走！”舒劳斯本舒吕舍尔说，那口气非常不安。他一把抓过弗洛伊德的一只胳膊。

“我爱你，温·贝瑞！”弗洛伊德大声说。只见我父亲双手抱着头，陷在沙发里，并不抬头看前方。“是我让你做旅馆生意的，我对不住你。”弗洛伊德对我父亲说，“还叫你买了熊。”

“再见了，苏西！”弗洛伊德说。

苏西哭了起来。舒劳斯本舒吕舍尔领着弗洛伊德往旅馆的旋转门走去。我们看到了那辆车，那辆奔驰车，那整个车就是一颗炸弹，停靠在新罕布什尔旅馆门前的路边。弗洛伊德和舒劳斯本舒吕舍尔穿过了旅馆的旋转门。

“我不用你扶我！”弗洛伊德很不高兴地对扳手说，“让我摸摸汽车，把我带到保险杠旁边。我自己能找到车门的，你这个白痴。让我摸摸保险杠。”

阿尔拜特的后背僵僵的，斜靠在莉莉身上。他稍微挺直了身子，朝我瞥了一眼，想弄清楚我在什么地方，然后又朝弗兰妮瞥了一眼。

他握着手枪，枪头一会儿对着这儿，一会儿对着那儿。

“就是这个，我摸到了！”我们听到弗洛伊德在外面大喊起来，非常开心的样子。“这是车头灯，对吧？”他问舒劳斯本舒吕舍尔。父亲抬起双手抱着的头，看着我。

“这当然是车头灯，你这个老傻瓜！”舒劳斯本舒吕舍尔对弗洛伊德喊道，“上车，好吗？”

“弗洛伊德！”父亲尖叫一声。他一定知道接下去会发生什么了。他跑向旋转门。“Auf Wiedersehen，弗洛伊德！”父亲大声对他说。在旋转门旁，父亲清清楚楚看到了眼前的一切：弗洛伊德先是摸着车头灯，然后将手慢慢滑向车子的格栅，并没有滑向车门。

“门在另一边，你这白痴！”舒劳斯本舒吕舍尔说。

弗洛伊德知道自己在干什么。他甩掉了扳手的手，平平地拿着棒球杆，慢慢晃动起来。当然，他是在找车子前头的那块车牌。瞎眼人有一种诀窍，能准确地知道某一样东西在哪里。弗洛伊德手里的棒球杆只晃了三下，就找到了那个车牌的位置——我父亲永远记得那个场景。第一次晃过去，球杆有点高了——离格栅不远。

“再低一点！”父亲在旋转门边向外面喊道，“Auf Wiedersehen！”

弗洛伊德的球杆第二次打到了车牌左边一点的前保险杠上。我父亲喊道：“往右一点！Auf Wiedersehen！弗洛伊德！”父亲后来告诉我们，舒劳斯本舒吕舍尔这个时候早就跑开了——当然没有跑多远。弗洛伊德第三次挥起球杆，这一下打到了地方。弗洛伊德的这第三次挥杆真是太漂亮了。这根棒球杆在这个晚上经历了多少痛苦啊！从此，这个球杆再也没有找到。弗洛伊德也从没有被全部找到，舒劳斯本舒吕舍尔的母亲后来也无法确认她儿子的尸体。站在旋转门边上的父亲被弹了回来，一道白光闪起，玻璃碎片飞到了他的脸上。弗兰妮和弗兰克马上跑过去帮他。就在炸弹爆炸的那一刻，我用两只胳膊紧紧抱住了阿尔拜特——我没有忘记刚才弗洛伊德对我说的话。

阿尔拜特为了去歌剧院，特意穿了一身黑色燕尾服。他比我高一点，也比我胖一点。我把下巴紧紧地扣在他的肩胛骨之间，两只手臂死死搂住他的胸部，将他的手臂牢牢固定在他的两侧。他朝地板开了一枪。我突然想到，他说不定会拿枪打我的脚，于是我决不让他把枪抬得更高。我知道阿尔拜特是打不着莉莉的。他又朝地板开了两枪。我死死抱住他，使得他甚至找不到我的脚——我的脚就在他的脚后面。他又开了一枪，竟然打中了自己的脚，哇哇地尖叫起来。他扔掉了枪。我听到枪掉在地上的声音，看到莉莉过来拾起了枪。我并没有太关心那把枪。我正集中全部精力死死掐着阿尔拜特。他对着自己的脚开了一枪，刚才还吱哇乱叫的，很快就不叫了。弗兰克后来告诉我，阿尔拜特不叫的原因是因为他无法呼吸了。我也没怎么注意阿尔拜特尖叫不尖叫。我只一门心思掐着他的身体。我把他想象成了世界上最大的杠铃。我真的不清楚我对这个想象的杠铃做了什么——拿它做曲臂运动？卧推它？用力举起它？还是只把它抱在自己胸前？我究竟做了什么，这是无关紧要的——我只是全身心地关注于它的重量。我真的没有想任何别的。我让我的手臂相信自己的力量。如果我这么用力地拥抱乔兰塔，她一定会分成两半的。如果我这么用力地拥抱尖叫安妮，她一定会安静下来的——哪里还有什么假高潮的尖叫！有一次，我梦见自己紧紧抱着弗兰妮，就抱得这么紧。自从弗兰妮被人强奸之后，自从艾奥瓦鲍勃教我如何举重之后，这举重我就一直没停过。现在，我双臂抱着阿尔拜特，我是世界上最有力气的人。

“同情炸弹！”我听见父亲大叫起来，我知道他身上很痛，“耶稣啊，上帝啊！你能相信吗？那该死的同情炸弹！”

弗兰妮后来告诉我，她当时立刻就明白：父亲的眼睛瞎了。这不是因为爆炸发生的时候他正好站在旋转门边上，也不是因为旋转门的玻璃炸到了他的脸上。也不是弗兰妮给父亲擦脸的时候，看到他眼睛上流的血，弄明白怎么回事的。“我早知道是怎么回事。”弗兰妮说，“我是说，在我看到他的眼睛之前就知道。我一直知道他其实与弗洛伊德一样看不见东西了，或者说，我知道他总有一天会那样的。我知道他会失明的。”

“Auf Wiedersehen，弗洛伊德！”父亲哭着说。

“不要动，爸爸。”我听见莉莉对父亲说。

“是的，不要动，爸爸。”弗兰妮说。

弗兰克跑到克鲁格大街上，往卡恩特纳街跑去，拐了个弯，跑到了歌剧院。他当然是去看看那颗同情炸弹是否有了反应——其实，弗洛伊德早就想象到了，停在新罕布什尔旅馆前的那辆奔驰车离同情炸弹很远，歌剧院自然是不会有事的。施万格一定还在什么地方走呀走，或许她决定停下脚步，来到歌剧院，去看那歌剧的结尾。她说不定喜欢那个歌剧。说不定她想一直待在歌剧院，等着看演员们谢幕，看他们在没有爆炸的炸弹上向观众鞠躬致谢。

弗兰克后来说，他跑出新罕布什尔旅馆去看歌剧院是否安然无恙的时候，看到阿尔拜特的身体成了紫红色，非常鲜艳的紫红色。阿尔拜特的手指仍在动弹——或者只是在抽搐——好像还在踢脚。莉莉后来告诉我，在弗兰克不在的这段时间，阿尔拜特从紫红色变成了蓝色。“蓝得像一块青石板。”我们的作家说，“就像阴天时分大海的颜色。”弗兰妮后来告诉我，等弗兰克从歌剧院回来，阿尔拜特已经一动不动，脸色惨白——他脸上什么颜色也没有了。“他成了珍珠的颜色。”莉莉说。他死了。我把他掐死了。

“你可以放开他了。”弗兰妮最后告诉我。“好了，一切都好了。”她低声对我说，因为她知道我是很喜欢低语的。她吻了我的脸，我放开了阿尔拜特。

从此，我对举重的看法就改变了。我倒是没有放弃，还一直在举，但是现在我不把举重当回事了，我不强迫自己非要举起多少分量不可。举点轻的，也行，就让自己有一种好的感觉就可以了，我不喜欢死命举了，再也不喜欢那样了。

爆破专家告诉我们，如果那辆奔驰车离歌剧院更近一点的话，舒劳斯本舒吕舍尔的那颗同情炸弹就可能会被引爆。炸弹专家还暗示，这个地区附近的任何爆炸都可能在任何时候引爆同情炸弹。我猜想，舒劳斯本舒吕舍尔设计的炸弹并没有像他想的那样精确。激进分子的这次行动意欲何为？报上已经登了很多很多的废话。接着又会有大量的垃圾文章，说那些激进分子本来是要发表一个“声明”的。报上写弗洛伊德的文章并不多。弗洛伊德是个瞎眼老人，这倒是匆匆提过一笔，另外也有人写到他在纳粹集中营里待过。但他们一笔也没有写到一九三九年的那个夏天，没有写到那头叫“缅因州”的熊，没有写到“海边的阿布史诺特酒店”，没有写到有关做梦的理论——没有提到另一个弗洛伊德，一笔都没有写到那个弗洛伊德对这件事可能会发表什么样的看法。关于这个事件背后的政治动机，报上却胡话连篇。

“政治动机总是愚蠢不堪的！”艾奥瓦鲍勃要是活着，肯定会这么说。

报上对菲尔格伯特也只是寥寥数语打发了，没怎么写她念《了不起的盖茨比》的结尾是多么的让人心碎。当然，他们承认我父亲是一个英雄。对我们的第二家新罕布什尔旅馆在那个时期——“鼎盛时期”（弗兰克这样描述那个肮脏的时期）——所享有的声誉，他们倒笔下留情，写得很有分寸。

父亲出院时，我们给他送了一件礼物。为了这件礼物，弗兰妮早就给小琼斯写了信。这七年来，小琼斯一直为我们提供着棒球，所以弗兰妮知道可以指望他给父亲送一根全新的棒球杆。一根完全属于父亲自己的“路易斯维尔重击手”牌棒球杆。父亲当然需要这样的棒球杆，他收到这样的礼物似乎大为感动，难为弗兰妮想得这么周到——这是弗兰妮出的主意。我想，当父亲伸出手，拿住我们放到他手里的东西的时候，他一定哭了，他拿着棒球杆摸了好一阵。我们看不见他在哭，因为他的眼睛上还蒙着绷带。

弗兰克以前一直给父亲当翻译，现在又要为父亲做翻译了。国家歌剧院的人为了感谢我们，专门请我们看了一场歌剧。看演出的时候，弗兰克就坐在父亲旁边，贴着他的耳边，轻声告诉他舞台上演员的动作。父亲完全听得懂音乐，这没问题。我甚至都不记得那是什么歌剧。我只知道，不是《露琪亚》，是一部特别闹哄哄的滑稽喜剧，因为莉莉坚持说，我们不要看奶油和鲜血了。维也纳国家歌剧院为感谢我们救了他们，请我们看戏，这是很好的事，但我们不想看任何充斥着奶油和鲜血的戏了。我们早就看过那样的歌剧了，那样的歌剧在新罕布什尔旅馆已经演了七年。

因此，在这个充满欢乐的闹哄哄的歌剧——管它叫什么名字呢——的开场，管弦乐队的指挥、所有的乐手、所有的演员都指着坐在前排座位上的我父亲（父亲坚持要坐在这里，“这样我肯定能看到舞台上的动作了”，他说）。父亲站起来，鞠了一躬——他的鞠躬很漂亮。他向观众挥舞了一下棒球杆。维也纳人很喜欢那个英雄故事中有关“路易斯维尔重击手”牌棒球杆的那一节，当父亲向他们挥动棒球杆的时候，他们大为感动，热烈地鼓起掌来，掌声经久不息。我们这些孩子为父亲深感自豪。

我常常在想，如果我们没有这样一下子出了名——如果我们没有这样以古老的美国家庭方式挽救了歌剧院并杀死了那些恐怖分子，那个想以五千美元买下莉莉的小说的纽约出版商是否会理会弗兰克提出的要求呢？“管那个干吗？”弗兰克说，脸上露出狡黠的神情。莉莉还没有在那份五万美元的合同上签字。弗兰克开出了更高的价。等出版商知道这个莉莉·贝瑞就是那个被手枪顶着耳朵而无所畏惧的小女孩，这个莉莉·贝瑞就是贝瑞家（这个杀死恐怖分子，挽救了歌剧院的英雄之家）最年幼的（当然也是个子最小的）孩子的时候——呃……这个时候，弗兰克当然手握主动权了。

“我的这个作者已经开始创作另一个小说了。”莉莉的经纪人弗兰克这样对出版商说，“我们并不急于与哪家签合同，至于《我要长大》这本小说，我们只对最高的报价感兴趣。”

弗兰克当然大赚了一笔。

“你是说我们要发财了？”父亲问。他什么也看不见了，但因为刚失明不久，他总是很笨拙地伸出头去，凑近一件东西，好像这样他能看得见似的。而那根“路易斯维尔重击手”牌棒球杆是他的永远躁动不安的伙伴，是他的打击乐器。

“我们想干什么就能干什么了，爸爸。”弗兰妮说，“您想干什么就能干什么了。只要能想到的，您就都能做到了。”

“继续您的梦想，爸爸。”莉莉说。一下子有这么多事情好做了，父亲好像吓呆了。

“干什么都行？”父亲问。

“只要您说。”我对父亲说。他又成了我们的英雄——他终于成了我们的父亲。他眼睛看不见了，但是他掌控着我们家的一切。

“嗯，我得好好想想。”父亲一边说，一边小心地拿着棒球杆敲打出各种曲子——父亲手中的这根棒球杆，几乎可以敲出整个管弦乐队所能演奏的所有复杂曲子。虽然父亲敲不出弗洛伊德那样大的声音，但他能敲出的曲子比弗洛伊德多多了——弗洛伊德根本不会想到父亲能敲出这么多的曲子。

就这样，我们离开了这个离开家乡七年的家。弗兰克卖掉了这第二家新罕布什尔旅馆，他要了一个高得离谱的价格。弗兰克说，这毕竟是一家具有历史里程碑意义的旅馆。

“我要回家了！”弗兰妮给小琼斯写了信。

“我要回家了！”她也给契帕·达夫写了信。

“你怎么了，弗兰妮？”我问，“为什么要给该死的契帕·达夫写信？”

弗兰妮不愿意谈起这事；她只是耸耸肩。

“我不是告诉过你了嘛。”苏西熊说，“弗兰妮迟早要对付这件事。你们俩都得对付契帕·达夫，你们也得对付你们之间的事。”我看着苏西，脸上是一副“我不知道你在说什么”的表情。苏西说：“你要知道，我又不是瞎子，我长着眼睛呢。更何况，我还是一头聪明的熊。”

苏西并不是在威胁我们。“你们俩真的有问题了。”她对我和弗兰妮说了实话。

“别放屁。”弗兰妮说。

“呃，我们俩是非常小心的。”我对苏西说。

“哪个人能一直这样小心下去？能撑多久？炸弹并没有全部爆炸。”苏西说，“你们俩之间还藏着一个炸弹，你们俩得加倍小心才行。”苏西向我和弗兰妮发出警告，“你们俩之间的那颗炸弹，会把你们俩都炸飞的。”

这一下，弗兰妮好像无话可说了。我握住她的手，她也紧握了一下我的手。

“我爱你。”我们俩单独在一起的时候，我这样对她说。我们现在真不该单独在一起了。“非常对不起你，”我低声说，“可是我爱你，真的爱你。”

“我也爱你，非常爱你。”弗兰妮说。这一次，莉莉救了我们俩——我们要回家了，这个时候我们本来都应该忙着收拾自己的东西，而莉莉还在忙于写作，我们听到了噼噼啪啪的打字声，想象着我们的小妹妹用两只小手飞快敲击键盘的样子。

“我的第一本书就要出版了，”有一次，莉莉说，“我以后只得写得越来越好。我只得继续成长。”她说，语气中带着一丝绝望。“我的上帝啊，我的下一本书一定要比第一本书更成功！再下一本，一定要更成功！”听她说这话的时候，口气里有某种绝望，弗兰克就说：“包在我身上，孩子。有了一个好的经纪人，你就能玩转整个世界。”

“但是我还是得这么做。”莉莉抱怨道，“我还是得继续写。我的意思是，现在人家都期盼着我成长。”

莉莉的打字声——她如此努力急于长大的声音——让我和弗兰妮分了心。我们来到大堂，这里是个公共场所，我们倒反而感到安全一些。刚刚，两个恐怖分子死在这个大堂里，但对我和弗兰妮来说，这里比我们自己的房间要安全得多。

妓女们都走了。我也不再关心她们现在怎么样了。她们也不会关心我们最后怎么样了。

旅馆里现在没有一个客人。一大堆空房间在向我和弗兰妮招手呢——这真是一件危险的事。

“总有一天，”我对弗兰妮说，“我们不得不做那件事，你知道什么事。你是不是认为那件事会发生变化——如果我们这样一直等下去？”

“不会发生变化的，”弗兰妮说，“或许——总有一天——我们能够处理那件事。总有一天，那件事可能会比我们现在感觉的更安全。”

这事以后会变得足够安全？我很是怀疑。我差不多要说服她现在就做那事，就在这旅馆里——旅馆就是用来干这事的——将这事了结，看看我们之间的情缘是否就此终结，还是顽强地继续。弗兰克成了我们的救世主……就这一次。

弗兰克拿着他的行李来到大堂。他的突然出现把我们吓了个半死。

“耶稣啊，弗兰克！”弗兰妮尖叫道。

“对不起。”他咕哝了一声。弗兰克跟往常一样，带了一大堆古怪的东西：古怪的书、古怪的衣服，还有那个假人模特。

“你要把那个假人带回美国，弗兰克？”弗兰妮问他。

“我要带的东西没有你们两个的那么重。”弗兰克说，“这样就安全多了。”

我们意识到，弗兰克也知道我们的事了。那个时候，我和弗兰妮以为莉莉还不知道。考虑到我们现在所处的困境，我们很感激父亲成了盲人。

“不停地走过开着的窗户。”弗兰克对我和弗兰妮说。那个该死的假人模特，挂在他的肩膀上，就像挂着一根小圆木，散发出一种令人沮丧的气息。我和弗兰妮看着这个假人，浑身上下没有一样是真的：削尖的脸、明显的假发、僵硬的没有一点肉的身躯——假乳房，不会起伏的胸部、僵硬的腰部。第二家新罕布什尔旅馆的大堂，灯光昏暗，我和弗兰妮心生幻影，以为看到了索罗——其实我们什么也没看到。索罗难道不是教给我们这样一个教训——我们要时刻警惕，时刻注意四周动静？索罗可以以任何形式出现在这个世界上。

“你也一样，要不停地走过开着的窗户，弗兰克。”我说，尽量不去仔细看他那个假人模特。

“我们一家必须在一起。”弗兰妮说。

这时，父亲在睡梦中大喊：“Auf Wiedersehen，弗洛伊德！”

与弗兰妮相爱/与契帕·达夫了断

爱情也漂浮——真是如此。爱情，从别的方面来看，或许也与索罗类似。

一九六四年秋，我们一家人离开维也纳飞往纽约——这次我们没有分坐两个航班。弗兰妮说，我们一家人应该始终在一起。空中小姐为棒球杆的事很是犯难，但最后还是同意父亲把棒球杆带上飞机，要他夹在两膝之间——尽管航空公司有自己的规定，但是看在父亲是盲人，也就网开一面了。

小琼斯不能来接机场接我们——他在克利夫兰的一家医院度过了他在布朗斯队的最后一个赛季。“老兄，”他在电话里对我说，“告诉你父亲，如果他能把膝盖给我，我就把眼睛给他。”

“要是我把我的膝盖给你，你拿什么给我？”我听到弗兰妮在电话里这样问小琼斯。我没听见小琼斯是怎么回答弗兰妮的。弗兰妮对我笑笑，眨了眨眼。

我们本来可以从纽约飞到波士顿去，我相信弗里茨一定会来机场接我们，还会让我们安顿在第一家新罕布什尔旅馆，他们不会收我们的钱的。可是父亲对我们说，他不想再看到新罕布什尔的德瑞镇，也不想再看到第一家新罕布什尔旅馆。当然了，即使我们回到了那里，并在那里度过余生，我父亲也是无法看到了——我们明白他话里的意思。我们谁也没有心思再去看德瑞镇，不想再去回忆我们全家人都好好地在一起的那段时光了——那个时候我们全家人的眼睛都好好的，看得清这个世界。

纽约倒是个没有任何感情牵挂的地方——弗兰克知道，莉莉的出版商会安排我们在纽约住下来，还会招待我们一段时间。

“开开心心住下来，”弗兰克对我们说，“想要客房叫餐服务，尽管叫。”知道有客房叫餐服务，父亲兴奋得像个小孩，点了他从来不曾吃的东西，点了通常难以下肚的饮料——弄得好像他以前从未住过带客房叫餐服务的酒店，好像他以前从未来过纽约，他还嚷嚷着抱怨客房服务员说的英语还不如维也纳人说得好——维也纳人当然说不好英语，因为他们都是外国人。

“这些人比你能想象到的维也纳人更老外！”父亲大声说，“Sprechen Sie Deutsch？”他冲着电话大喊：“耶稣啊，上帝啊！弗兰克，给我们订一份像样的 Fruhstuck[1]，好吗？这些人听不懂我的话。”

“这是在纽约，爸爸。”弗兰妮说。

“纽约人不讲德语，也不讲英语，爸爸。”弗兰克解释道。

“那他们到底说什么语言？”父亲问，“我点了羊角面包和咖啡，他们却给我送来烤面包和茶！”

“没人知道他们说的是什么语言。”莉莉看着窗外说。

莉莉的出版商把我们安顿在第八十一大街和第五大道交叉口的斯坦霍普酒店。莉莉给他们说想住在大都会博物馆附近，我要求住在中央公园附近——我想在那里跑步。他们就安排我们住在这里。于是我每天就绕着水库跑步，一天跑两次，一次跑四圈——跑最后一圈

---

1 德语，意为“早餐”。

的时候，痛苦得不行，耷拉着脑袋，四周的高楼似乎要把我压倒。

莉莉从我们住的十四楼套房的窗户往外看。她喜欢看底下潮水般的观众不断进出博物馆。“我真希望一直住在这儿。”她温柔地说。“我好像在看一座城堡变换国王。”莉莉轻声说。“你可以看到公园里树叶的变化。不管你什么时候来看我，”莉莉对我说，“你可以先绕着水库跑一圈，然后上来告诉我那水库确实还在。我不想近距离看那水库。”莉莉古怪地说，“有你向我报告那里的水质如何，公园有多少人在跑步，马道上有多少马粪——我就足够欣慰了。作家是应该了解这些事情的。”

“要我说，莉莉，”弗兰克说，“即使在这里长期租一套房间，我觉得你都是不在话下的。可是，要知道，你完全可以买一套自己的公寓。你不必住在斯坦霍普酒店，莉莉。买一套自己的公寓，可能更明智一些。”

“不。”莉莉说，“如果我住得起，我还是想住在这里。我家里的人自然能理解我为什么喜欢住旅馆。”

弗兰妮颤抖起来。她对我说过，她不想住在旅馆里。但是弗兰妮要与莉莉一起在旅馆里住上一段时间——在出版商停止支付账单之后，莉莉还要继续住在十四楼边上角落的那个套间，弗兰妮要和莉莉一起再待上一段时间。“这样你就有个陪伴了，莉莉。”弗兰妮与莉莉打趣说。但我知道，需要陪伴的，是弗兰妮。

“我需要谁来陪伴我，你是知道的。”弗兰妮对我说。

陪伴我的，是父亲和弗兰克。我和父亲要与弗兰克一起住。弗兰克在中央公园南大街找到了一套富丽堂皇的公寓。搬到那里之后，我仍然可以跑步，跑着穿过整个中央公园，为莉莉调查水库的情况，然后大汗淋漓、气喘吁吁地跑到斯坦霍普酒店，向莉莉报告水库的水质等情况，同时也向弗兰妮报个到——我趁机也瞧上她一眼。

这两个地方不会成为弗兰妮、父亲或我的永久住所，但弗兰克和莉莉就要做纽约人，准备住在中央公园附近的某个地方，不离开纽约了。莉莉这辈子就一直住在斯坦霍普旅馆了，在那里写作，在那里长大——想长到十四楼那么高。她个子虽小，但心比天高。莉莉的经纪人弗兰克则住在中央公园南大街 222 号的那套公寓里，坐在六部电话前面，遥控指挥，处理一切事务。莉莉和弗兰克都异常勤奋。

有一次我问弗兰妮，她觉得他俩之间有什么不同。

“就相差大约二十个街区，中间还隔着一个中央公园动物园。”弗兰妮说。这就是莉莉与弗兰克之间确切的距离，但弗兰妮暗示这也是莉莉和弗兰克之间的区别：整个动物园和二十多个街区。

“我们之间的区别呢，弗兰妮？”我们刚到纽约，我就这样问她。

“我们之间的一个区别是，我得想个办法忘记你。”弗兰妮答道，“我就是这么个人：我能忘掉事情，我也会忘了你，可是你不行，你忘不了事。”弗兰妮警告我，“我了解你，我的弟弟，我的情人。你也忘不了我——至少，没有我的帮助你忘不了。”

弗兰妮说的，当然没错。弗兰妮永远是对的——而且总是领先我一步。弗兰妮最终与我上了床，但她始终掌控整个进程。她也清楚地知道自己为什么要这样做——那样做，是为了履行她原先做过的一个承诺：母亲去世后，她要做我们这些孩子的“母亲”；那样做，也是她照顾我们的唯一方式；那样做，也是她拯救我们的唯一方式。“你和我都需要拯救，小子。”弗兰妮说，“但你尤其需要拯救。你认为我们相爱了，或许我也这么认为。是时候让你看到，我并不那么特别。是时候刺破泡沫了，免得它自己破裂。”

她选择了这个时刻，道理就像她选择不跟小琼斯上床一样——用她自己的话说，就是为了“拯救”。做什么事，弗兰妮总是有她的一套计划，一套理由。

“天哪，老兄。”小琼斯在电话里对我说，“叫你姐姐到克利夫兰来看一个可怜的残废。我的膝盖被打烂了，可是其他部位还是好好的。”

“我不再是拉拉队员了。”弗兰妮告诉他，“你自己滚到纽约来，如果想见我。”

“老兄！”小琼斯对我吼道，“告诉她我无法走路。我无法同时戴上两副石膏！拄着拐杖去纽约，也太费事了一点。告诉她，我知道纽约有多么烂，老兄。如果我拄着拐杖去纽约，一定有人来抢劫我！”

“告诉他，等他忘了他那该死的橄榄球，也许他会有时间来找我。”弗兰妮说。

“噢，天哪。”小琼斯说，“弗兰妮想要什么？”

“我想要你。”弗兰妮在电话里小声对我说——她下定决心了。弗兰妮给我说这句话的时候，我正在中央公园南大街222号，在帮着弗兰克接别人打进来的所有电话。父亲整天抱怨那些电话让他听不好收音机——弗兰克不愿找个秘书，更不用说找一间正儿八经的办公室了。

“我不需要办公室。”弗兰克说，“我只要一个邮寄地址和几部电话就够了。”

“至少得装一部电话答录机，弗兰克。”我向他建议——不知哪一天，他终于勉强答应了。那是在我和父亲搬出去之后的事。

我们刚到纽约住的那些日子里，我就是弗兰克的“电话答录机”。

“我太想要你了。”弗兰妮在电话里小声对我说。

这会儿，斯坦霍普旅馆只有弗兰妮一个人在。“莉莉出去了，她有个文学午餐会。”弗兰妮说。我想，这或许是莉莉的一种成长方式吧：不停地参加文学午餐会。“一切都是弗兰克安排的。”弗兰妮说。“他和她一起去了。他们要忙碌好几个小时。你知道我在干吗，小子？”弗兰妮问我。“我躺在床上。”她说。“光着身子。”她加了一句。“我住在高高的十四层——高高地在你上面。”弗兰妮小声对我说，“我要你。快滚过来，小子。要么现在就来，要么就永远别来了。没有这个，我们能不能活下去？只有试了才知道。”

她啪地挂断了电话。另一部电话响了起来。我不去接，就让它响着。弗兰妮一定知道我在换穿跑步的衣服，我要出门跑步去了。

“我要出去跑个步。”我对父亲说，“要跑很长时间。”说不定永远不回来了！我想。

“我一个电话都不接的。”父亲满腹牢骚地说。那段时间，他心烦意乱，不知道以后该干什么。他枯坐在弗兰克的豪华公寓里，整日与“路易斯维尔重击手”牌棒球杆和那个假人模特为伴，一天到晚想着自己的心事。

“什么事都行？”他不停地问弗兰克，“我干什么都行？不要糊弄我——我想干什么，就可以干什么？”这样的话，父亲每个星期大概问弗兰克五十次。

“干什么都行，爸爸。”弗兰克对他说，“一切由我来安排。”

弗兰克已经为莉莉签下了三本小说的合同。他与出版商谈妥了，《我要长大》第一版第一次印十万册。他把《我要长大》的电影版权卖给了华纳兄弟公司，还与哥伦比亚电影公司签订了原创剧本版权合同，准备将发生在第二家新罕布什尔旅馆的爆炸事件——以及维也纳国家歌剧院爆炸未遂事件——搬上银幕。莉莉已经动笔写剧本了。

弗兰克还与电视台签订了一份电视连续剧拍摄合同，该剧根据第一家新罕布什尔旅馆的故事改编（编剧也是莉莉），同时加入《我要长大》中的一些元素。电视剧安排在电影上映之后播出。电影的名字就叫《我要长大》，电视连续剧的名字叫《第一家新罕布什尔旅馆》（弗兰克说，这就为后续的合同留下了空间）。

可是我想，谁敢把第二家新罕布什尔旅馆的故事拍成电视连续剧？弗兰妮也在问，那个故事谁会愿意拍？

如果说，莉莉因为写了《我要长大》果真长大了一点，那么，弗兰克加倍长大了，因为他为了卖掉莉莉的小说费了很大的劲——他这是为了我们全家人在忙碌。我们当然知道，莉莉太不容易了。我们都在担心，她写得太辛苦了，写得太多了——为了长大，她确实拼了命了。

“不要太紧张，莉莉。”弗兰克对她说。“现金流动非常快——流动性好极了，”弗兰克说——他可是学经济专业的，满嘴专业术语，“未来一片光明。”

“顺其自然吧，莉莉。”弗兰妮对她说。可是莉莉太把文学当回事了——即使文学永远不会把莉莉当回事。

“我知道自己很幸运。”莉莉说，“现在我得好好干。”——要更加努力地干。

一九六四年的一个冬日——就在圣诞节前的某一天——莉莉出去参加文学午餐会了，弗兰妮在电话里对我说，要么现在就来，要么就永远别来了。我与她之间只隔了大约二十个街区和一个很小的动物园。从中央公园南大街到第五大道与第八十一大街的交叉口这段路，一个优秀的中距离长跑选手很短时间就能跑完。这一天天气清冷，天色阴沉。纽约街头和人行道的积雪已经清除了，快步跑在上面，脚感很好。中央公园的积雪久未清扫，看上去死气沉沉，但我却异常有活力，我的心在胸膛里怦怦乱跳。斯坦霍普酒店的看门人认识我——贝瑞一家无论在斯坦霍普酒店住多久，都是受欢迎的。在我等电梯的时候（斯坦霍普酒店的电梯真是慢），前台的那个机敏开朗、说话带着英国口音的男人跟我打了一声招呼。我一边回应他的问候，一边在地毯上擦着我的跑鞋。这几年来，我看那个男人日见其秃，但仍快活如前。甚至对于前来投诉的客人，他也总是笑脸相迎，和颜悦色地处理问题。（比如，有一天早上，我和莉莉看到前台来了一个怒气冲冲的欧洲客人——一个胖胖的男人，身穿一件浴袍，浴袍上印着理发店旋转柱那样的条纹图案。这人从头到脚全身都是屎。没人告诉过他，斯坦霍普酒店有一个特色，那就是著名的上冲式马桶。如果你住在斯坦霍普，你要小心使用上冲式马桶。你在厕所办完事，最后盖上马桶盖，人离得远远的——我建议你拿脚踢冲水手柄，不建议你动手扳。这个肥胖的欧洲人一定站在他的那摊东西的上头了——他一定想看看他那摊东西是怎么冲下去的吧，结果，没有下去，突然腾地一下往上蹿，打得他浑身是屎。前台后面那个始终乐呵呵的操一口英国口音的男人抬头望向这个怒气冲天的客人说："噢，天哪。下水道里进了一点空气？"他总是这么说。肥胖的欧洲人吼道："我的头上都进了屎了！"那是前几天的事。）

那一天，我到斯坦霍普酒店去与弗兰妮做爱。电梯迟迟不来。我决定跑上十四楼去。跑到十四楼的时候，我一定显得等不及了。弗兰妮只开了一条门缝，从门缝里瞧了我一眼。

"恶心。"她说，"你得先洗个澡！"

"好吧。"我说。她让我把着门，就这样留一条缝，等她回到床上我再开门进去。她不想让我看见她的赤身裸体——这会儿还不行。我听见她一蹦一跳地穿过套间，一跃回到了床上。

"好了！"她喊了一声。我在门上挂上了"请勿打扰"的牌子，走了进去。

"把'请勿打扰'的牌子挂到门上！"弗兰妮对我喊道。

"我早已挂好了。"我说。走进卧室，我看见了她。她钻在被子底下，看上去有点紧张。

"你不用洗澡了。"她说，"我喜欢你浑身是汗的样子。至少我已经习惯了你那个样子。"

不过我有些紧张，还是冲了个澡。

"快点，你这浑蛋！"弗兰妮对着我大喊。我尽可能快地冲了个澡，小心翼翼地用了一下有可能往上冲的马桶。斯坦霍普是一个很不错的酒店——如果你喜欢在中央公园跑步，喜欢俯瞰大都会博物馆，看洪水般的游客进出博物馆，这个酒店尤其适合你，不过有一样得注意，就是用厕所的时候要特别小心。我是见惯了各种各样奇奇怪怪的厕所的——我们家的第一家新罕布什尔旅馆就有适合于小矮人使用的小厕所，那些小厕所，弗里茨马戏团的那些侏儒至今还用得好好的呢——对于斯坦霍普酒店的上冲式马桶，我是很想得通的，没有什么意见的。当然，我知道有不少客人说以后坚决不会再住这家酒店了。如果你玩得开心，这酒店带给你不少美好的回忆，那么下水道里的一点点空气——即使是头发里进了很多的屎——又算得了什么呢？

我光着身子从浴室里出来。弗兰妮看见了我，连忙用被单盖住脑袋，说："耶稣啊，上帝啊！"我一声不响地躺到她旁边。她转过身去，背对着我咯咯地笑了起来。

"你的蛋蛋都是湿的。"她说。

"我擦干了啊！"我说。

"蛋蛋没有擦干。"她说。

"湿蛋蛋是再好不过的了。"我说。我们俩大笑起来，笑得跟发疯了似的。我们真是疯了。

"我爱你。"她说。因为她笑得太厉害，说话有点费劲。

"我要你。"我对她说。我笑得太厉害了，突然打起了喷嚏——"我要你"这三个字还刚说到一半呢。我们只好暂时丢开手。她还是背对着我，我们两个人静静躺在床上，活像两只情人勺子。但是，很快一切就改变了——她向我转过来，趴到我身上，两只奶子贴住我的胸部，她的两条腿像剪刀一样紧紧夹住我。如果说，刚开始的时候有点搞笑，那么，现在却又变得太严肃了，我们怎么也停不下来。这是我们第一次做爱，我们用的差不多是传统式体位——"不要用坦陀罗式体位，求你。"弗兰妮这样请求我。做完爱，她说："呃，很不错。不是很好，但也不错——对吗？"

“比‘不错’要好——对我来说。”我说，“不是特别的好——我同意。”

“你还同意呢。”弗兰妮摇摇头，她的头发擦着我的身体，然后低声说，“好吧，准备来点好的吧。”

我一定把她抱得太紧了，因为她突然说：“请不要弄疼我。”

我说：“不要怕。”

她说：“我怕，不过只是一点点。”

“我怕——怕得很厉害。”我说。

与姐姐做爱的事，可是不好写得太多的。反正变得“很好”了，变得越来越好了——这样说已经足够了吧？当然，后来，又变得不好了——后来，我们累坏了。差不多下午四点的时候，莉莉轻轻地敲响了房门。

“是女服务员吗？”弗兰妮喊道。

“不，是我。”莉莉说，“我不是女服务员，我是作家。”

“快走开，过一小时再回来。”弗兰妮说。

“为什么？”莉莉问。

“我在写东西。”弗兰妮说。

“你写什么东西！”莉莉说。

“我要努力成长！”弗兰妮说。

“好吧。”莉莉说。“不停地走过开着的窗户。”莉莉加了一句。

在某种意义上说，弗兰妮当然在写东西。我们的关系如何发展？这本书全由她执笔——她承担了一个做母亲的责任。她做过头了——她与我做了太多的爱。她让我意识到，我们之间的感情太深厚了。

“我还想要你。”她低声对我说。现在是下午四点半。当我进入她身体的时候，她退缩了一下。

“痛吗？”我低声说。

“当然痛了！但你最好不要停。你要是敢停，我就杀了你。”弗兰妮对我说。我后来意识到，她真会杀了我呢。在某种程度上说——如果我一直爱着她，她真会要了我的命，我们会相互要了对方的命。她真的做过头了，她很清楚她自己在做什么。

“停下来吧。”我轻声对她说。差不多已经五点了。

“不能停。”弗兰妮厉声说。

“你痛得厉害啊。”我说。

“痛得还不够。你痛吗？”她问我。

“有一点。”我实话实说。

“我想让你痛得厉害点。上面还是下面？”她一脸严肃地问我。

就在我差不多就要像尖叫安妮那样大叫起来的时候，莉莉再次敲响了房门。如果周围有一座新桥，我的叫声说不定会把它震裂呢。

“过一小时再来！”弗兰妮喊道。

“都七点了。”莉莉说，“我在外面三个小时了！”

“与弗兰克一起吃晚餐去吧！”弗兰妮说。

“我刚和弗兰克一起吃过午餐！”莉莉叫道。

“那与爸爸一起吃晚餐去！”弗兰妮说。

“我什么都不想吃。”莉莉说，“我得写东西了——是我成长的时间了。”

“今晚就别写了！”弗兰妮说。

“整个晚上都不写？”莉莉问。

“再给我三个小时。”弗兰妮说。我轻声呻吟着。我觉得自己活不了三个小时了。

“你难道不饿吗，弗兰妮？”莉莉问。

“可以在客房叫餐。”弗兰妮说，“再说我也不饿。”

弗兰妮好像永不满足，她饿狼一般扑在我身上——那说不定会救了我们俩。

“停了吧，弗兰妮。”我恳求她。我想现在差不多九点钟了。天已经大黑，我什么也看不见。

“你爱我，不是吗？”她问我。她的身体好像成了一根鞭子，狠命地抽打着我——她的身体好像成了一个杠铃，我无论怎么举，也举不动她。

到了十点钟，我轻声对她说：“弗兰妮，看在上帝的分儿上，快停下来吧。再下去，我们就要彼此伤害了，弗兰妮。”

“不，亲爱的。”她轻声说。“我们不会那样做的：不会彼此伤害的。我们不会有事的，我们会过上好日子的。”她向我保证。她又一次带我进到她那里——一次又一次。

“弗兰妮，我不能做下去了。”我轻声对她说。我那里痛得太厉害了，我的眼睛什么也看不见，我瞎了，瞎得像弗洛伊德一样，像父亲一样了。我想，弗兰妮痛得肯定比我更厉害。

“不，你还可以继续做，亲爱的。”弗兰妮轻声说。“再来最后一次。”她催促我说，“我知道你能行。”

“我已经完蛋了，弗兰妮。”我告诉她。

“是差不多了，但还没彻底完蛋。”弗兰妮纠正我的说法。“再来一次，没问题。做了这一次，我们俩都完蛋。这是最后一次，亲爱的。想象一下，我们每天都像现在这样活着，会怎么样？”弗兰妮说。她死命压着我，夺走了我最后一口气。“我们会疯掉的。”弗兰妮说。“我们不能那样活着。”她轻声说。“来吧，最后一次。”她贴着我耳朵说。“再来一次，我亲爱的。最后一次！”她向我喊道。

“好吧！”我向她喊道，“我来了。”

“好的，好的，我亲爱的。”弗兰妮说。我感到她的双膝紧紧顶着我的脊背。“你好，再见，我亲爱的。”她轻声说。“好了。”她看我在颤抖，于是便大喊一声。“好了，好了。”她安慰我说。“就这样，这就是我写的全部东西。”她喃喃地说，“这就是结尾了。我们自由了。一切结束了。”

她扶着我进到浴缸里。浴缸里的水刺痛了我，就像我的伤口擦到了酒精一样痛。

“这是你的血，还是我的血？”我问弗兰妮。她已经拯救了我们，现在正努力拯救那张床。

“没关系，亲爱的。”弗兰妮高兴地说，“洗洗就掉了。”

“这是一个童话故事。”莉莉写道——她在写我们全家人的生活。我同意她的写法，艾奥瓦鲍勃也会同意的。“一切都是童话故事！”鲍勃教练一定会这样说。甚至连弗洛伊德也会同意鲍勃的说法——两个弗洛伊德都会同意。一切都是童话故事。

*

莉莉回来的时候，正好看见送餐服务生送了好几份菜上来，外加几瓶葡萄酒。都晚上十一点了，还要吃这么多东西？这个纽约的外国人很是困惑。

“你们在庆祝什么？”莉莉问我和弗兰妮。

“呃，约翰刚刚跑完了长跑。”弗兰妮笑着说。

“晚上你不该在公园里跑步，约翰。”莉莉非常担心地说。

“我沿着第五大道跑。”我说，“那里绝对安全。”

“绝对安全。”弗兰妮说，突然一阵大笑。

“她怎么了？”莉莉瞪了一眼弗兰妮，问我。

“今天是我有生以来最幸运的一天，我想。”弗兰妮说，依然咯咯地笑个没完。

“对我来说，这只是很多事件中的一件小事。”我对弗兰妮说。弗兰妮抓起一个小面包，扔到我身上。我们俩都大笑起来。

“耶稣啊，上帝啊！”莉莉说。她对我们俩颇有些恼火——看我们点了那么多吃的，好像很是反感。

“我们本来说不定会过上最不幸的生活。”弗兰妮说。“我是说，我们所有人！”她加了一句，用手抓起沙拉塞到嘴里。我打开了第一瓶酒。

“我依然有可能过上不幸的生活。”莉莉说着，皱起了眉头。“如果我碰到更多的像今天这样的日子。”她继续说道，边说边摇头。

“莉莉，坐下吃点。”弗兰妮说。她坐到餐桌旁，开始吃起鱼来。

“是的，你今天吃得太少了，莉莉。”我一边说，一边抓起一只蛙腿啃了起来。

“我今天吃过午餐。”莉莉说，“午餐真有点烂。我的意思是，食物还不错，就是分量太大了。我一天吃一顿就够了。”她坐了下来，看我们吃。莉莉从弗兰妮的沙拉里挑了一颗特别细长的四季豆，吃了一半，把剩下的一半放到我的黄油盘里。她又拿起叉子，戳了戳我的蛙腿。我看得出，她只是有些焦躁不安——她其实什么也不想吃。

“你今天写了些什么，弗兰妮？”莉莉问她。弗兰妮满嘴都是食物，但她毫不迟疑地回答了莉莉的问话。

“写了整整一本小说。”弗兰妮说，“真的有点吓人，但我不写不行。我一写完，就扔掉了。”

“扔掉了？”莉莉问，“有些东西或许是值得保存的。”

“全是狗屎。每一个字都是狗屎。约翰读了一小段，”弗兰妮说，“我从约翰手里要了回来，然后就把写的所有东西都扔了。我打电话给客房服务部，叫他们拿走扔掉。”

“你让客房服务的人帮你扔掉？”莉莉说。

“我受不了它，甚至都不能再碰它。”弗兰妮说。

“总共写了多少页？”莉莉问。

“很多页。”弗兰妮说。

“你读了那一段，觉得怎么样？”莉莉问我。

“垃圾货。”我说，“我们家只有一个作家。”

莉莉微微一笑。弗兰妮在桌子底下踢了我一脚。我洒了一些酒，弗兰妮大笑起来。

“你对我这样有信心，我很高兴，”莉莉说，“不过，我每次读到《了不起的盖茨比》的结尾，都不免产生疑心。我是说，写得真是太美了。我想我是写不出那样完美的结尾的——如果写不出完美的结尾，辛辛苦苦开始写一本书，还有什么意义？如果你觉得自己写的书不可能像《了不起的盖茨比》那么好，那么，写这本书就没有意义。我是说，如果你最终失败了——如果最终写成的书并不怎么好——那是没关系的，但是，在开始动手写之前，你必须相信这会是一本很好的书。有时候，我还没动手写呢，《了不起的盖茨比》的这该死的结尾，就让我灰头土脸，信心全无了。”莉莉的两只小手都捏成了拳头。我和弗兰妮都明白了：莉莉的一只拳头里紧紧攥着剩下的半个小小面包。莉莉不喜欢吃东西，但她倒有办法把一顿饭弄得乱七八糟，却又不能从中获取任何营养。

“莉莉，你想得也太多了。”弗兰妮说，“莉莉，你去干就是了。”弗兰妮说到“去干”这两个字的时候，又在桌下踢了我一下。

我带着受伤的身体回中央公园南大街222号去。事实上，直到我和弗兰妮饱餐了那顿过于丰盛的晚餐之后，我才意识到，我现在的身体状况根本不可能让我跑完二十个街区和一个动物园，我甚至疑心自己还能不能走路。我的私处疼痛难忍。我看到弗兰妮从餐桌旁起身去拿小包时对我做了个鬼脸，因为我们的这一次放纵，她也吃了不少苦——当然，这一切都是她设计好的：这做爱的痛苦，我们要忍受好几天。这痛苦让我们的头脑清醒起来，这痛苦让我们两个人都相信，如果我们再这样相互追求下去，等待我们的，当然是我们的自我毁灭。

弗兰妮从小包里掏出几块钱让我打车用。她把钱递给我的时候，吻了我一下——那是姐姐给弟弟的非常贞洁的吻。从那时到今天，我和弗兰妮之间，一直是这样相互亲吻，没有其他形式的吻。我们现在互相亲吻，就像我想象的大多数兄弟姐妹亲吻那样。这样的亲吻可能有点乏味，但是，要想继续走过开着的窗户，这是一条必经之路。

我离开斯坦霍普酒店的时候——就是在一九六四年圣诞节前不久的那个晚上——我感到很安全，这是第一次感到自己很安全。我吃了一颗定心丸：我们家的所有人都要继续走过开着的窗户——我们都活了下来。我心里还想，我和弗兰妮一直只想着彼此，这样做有点太自私了。我觉得，弗兰妮认为她那坚强性格是可以传染给别人的——你要知道，大多数自认为有那种坚强性格的人都是那样想的。我一直在尽我所能，努力去理解弗兰妮的那种想法。

午夜时分，我坐上一辆进城的出租车，出租车沿着第五大道，往中央公园南大街开去。我的私处很痛，但是我相信自己完全可以从南大街走到弗兰克的房间去。我正好想看看广场前面的圣诞节装饰。我还想多走一点，去看看 F. O. 施瓦兹百货商店的橱窗里陈列的各种玩具。我想，艾格该多么喜欢看这些橱窗里的玩具——他从没来过纽约。不过我想，艾格或许一直在想象更好的商店窗户吧——在他想象的橱窗里，玩具一定更多、更好。

我一瘸一拐地走在中央公园南大街上。222 号介于中央公园东侧与西侧之间，但更靠近西侧——我想，这个位置对弗兰克来说是最完美的了——对我们家的所有人来说，对从东西方关系研讨会的那些家伙手里活下来的我们所有人来说，这是一个完美的地方。

维也纳波尔格巷 19 号，是弗洛伊德——另一个弗洛伊德——的公寓。在弗洛伊德的房间里，挂着一张他的照片。那是一九一四年他五十八岁时的照片。照片中的弗洛伊德眼里有点恼怒，充满忧虑。他凝视着你，好像在说："我不是告诉过你了！"他的表情如弗兰克那样坚定，如莉莉那样不安。一九一四年爆发的那场战争摧毁了奥匈帝国，那场战争也使弗洛伊德教授——弗洛伊德博士——确信，他自己对人类攻击性和自我毁灭倾向的“诊断”是非常正确的。弗洛伊德有一个观点：人类的鼻子是一个“生殖器官”——看了这张照片，你可以想象，弗洛伊德是从哪里得到灵感，得出这个结论的。弗洛伊德的这个想法“来自镜子”——弗兰克这样说。我觉得弗洛伊德是非常讨厌维也纳的。因为他，我们的那个弗洛伊德也很讨厌维也纳——弗兰妮第一个为我们指明了这个事实。弗兰妮也非常讨厌维也纳。为了表示她对性伪善的蔑视，她说她永远要做弗洛伊德主义者。弗兰克也是一个弗洛伊德主义者，那是因为他反对施特劳斯——另一个“施特劳斯”，弗兰克特别说明，就是约翰·施特劳斯，维也纳的那个施特劳斯，写了那首愚蠢的歌的施特劳斯：“无法改变它，那就忘了它，你就是一个幸福的人”（《蝙蝠》）。但是我们的这个弗洛伊德，以及那个弗洛伊德，都对被遗忘的东西痴迷不已，痴迷到病态的地步——他们对被压抑的东西，对我们梦中见到的东西感兴趣。这样一来，他们两个人就很不像维也纳人了。我们的弗洛伊德把弗兰克称作王子——他说过，大家都不应该说弗兰克是怪人。另一个弗洛伊德也深得弗兰克的欢心，就是因为这一件事：一位母亲写信给我们的好医生弗洛伊德，请求他治好她儿子的同性恋“毛病”。弗洛伊德直言不讳地告诉这位母亲，同性恋不是病，没有什么好“治”的。伟大的弗洛伊德告诉这位母亲，世界上许多伟大的男人都是同性恋。

“所言极是！”弗兰克总喜欢这样喊叫，“瞧我就是了！”

“瞧我吧。”苏西熊常这样说。“他怎么不提世界上伟大的女人呢？如果你问我对弗洛伊德怎么看，”苏西总爱说，“我觉得弗洛伊德有点信不过女人。”

“哪个弗洛伊德，苏西？”弗兰妮老这样取笑她。

“两个都是。”苏西熊说，“随你挑吧。一个弗洛伊德棒球杆不离手，另一个弗洛伊德嘴唇上长着个东西。”

“那是癌症，苏西。”弗兰克说，语气极为生硬。

“当然是癌症。”苏西熊说，“可是弗洛伊德老管它叫‘我嘴唇上的东西’。他不直接说这是癌症，却说别人都受到了压抑。”

“你对弗洛伊德太苛刻了，苏西。”弗兰妮对她说。

“他是个男人，不是吗？”苏西说。

“你对男人太苛刻了，苏西。”弗兰妮对她说。

“说得对，苏西。”弗兰克说，“你应该找个男人来试试！”

“那你自己呢，弗兰克？”苏西问，问得弗兰克都脸红了。

“呃，”弗兰克结巴起来，“我可不是那样的人——这绝对是我的心里话。”

“我觉得你心里有个人。”莉莉说，“你心里有个人，那个人一心想跑出来。”

“噢，得了吧。”弗兰妮呻吟了一声，“她心里说不定有一头熊，老想跑出来！”

“她心里说不定有个男人！”弗兰克说。

“你心里说不定有个好女人吧，苏西。”莉莉说。做了作家之后，莉莉总是看到我们心中有英雄。

*

一九六四年圣诞节前几天的那个晚上，我在中央公园南大街痛苦地慢慢走着，一边走，一边想起了苏西熊，还想起了弗洛伊德——西格蒙德·弗洛伊德——的另一张照片，我太喜欢那张照片了。那是弗洛伊德八十岁时照的，三年之后他就死了。他坐在波尔格巷 19 号公寓的写字台前——那是一九三六年，很快，纳粹就来了，他只得放弃他的这个公寓，这个旧书房，离开了他的老家维也纳城。在这张照片里，你可以看到一副简易实用的眼镜煞有介事地架在弗洛伊德的鼻子上——架在他的生殖器上。他没有抬头看着照相机。他八十岁了，剩下的时间不多了，他正埋头工作，不想与我们寒暄，不想浪费他宝贵的时间。不过，照片里有一样东西正盯着我们看呢。是弗洛伊德博士的一只宠物狗，一只毛黑体壮的松狮犬，名唤乔菲，活像一头变异的狮子。狗狗总喜欢傻乎乎地盯着镜头，乔菲也不例外。想起索罗以前也是那样——当然，当它被做成标本之后，更是如此了，每次照相都盯着镜头看。年迈的弗洛伊德博士的这只满眼忧伤的小狗待在照片里，是要告诉我们接下来发生了什么事情；我们或许还可以从很多脆弱的小物件中看出悲伤来——正是这些东西把弗洛伊德赶出了书房，赶出了波尔格巷 19 号的公寓，赶出了维也纳（这个他憎恨的城市，这个憎恨他的城市）。纳粹分子马上就会在他的门上贴上一个纳粹党徽，这个该死的城市从来没有喜欢过他。一九三八年六月四日，八十二岁的弗洛伊德来到了伦敦；他的生命只剩下最后的一年时间——在生命的最后一年，他流浪在异国他乡。再过一个夏天，我们的这位弗洛伊德就要对厄尔感到厌烦了。他马上要回到维也纳去了，他回维也纳的时候，另一个弗洛伊德的时代里的那些因压抑想自杀的人都变成了杀人犯。弗兰克给我看了维也纳大学一位历史教授写的一篇文章，这位教授是一个非常有才智的人，名叫弗里德里希·海尔。海尔教授是这么评价弗洛伊德时代的那个维也纳社会的（我想，对这两位弗洛伊德所处的时代来说，都是正确的）："他们这些自杀者，马上就要成为谋杀者。"他们原本都是菲尔格伯特，正费尽心机地要做阿尔拜特。他们原本都是舒劳斯本舒吕舍尔，却无限崇拜起色情作家了。

他们已经准备按照一个色情说唱者梦中的指示去做了。

"你知道，"弗兰克总爱提醒我说，"希特勒得了狂躁症，非常害怕梅毒。说起来实在可笑，不要忘了，希特勒的国家可是妓女遍地，卖淫成风。"他的语气总是那么乏味。

要知道，纽约也是妓女遍地，卖淫成风。在那个冬夜，我站在中央公园南大街和第七大道的路口，朝黑暗一片的市中心望去，我知道不少妓女就在那边游荡。弗兰妮一心一意为了救我——救我们俩——把我的私处弄得疼痛难忍，我现在已经毫无性趣了。我终于明白了：我不会去找妓女了，我得救了。我终于远离了两个极端的危险——不会去找弗兰妮了，也不会去找妓女。

在第七大道和中央公园南大街的路口，一辆小汽车飞快地转了一个弯。现在已经下半夜了，这两条街上都是空荡荡的，我也就只看到这辆车在飞奔。车里坐着很多人，车里的收音机放着一首歌，他们一起跟唱着。收音机的音量很大，即使车窗紧闭，我也能清楚地听到那首歌的一个片段。不是圣诞颂歌，我觉得是一首与整个纽约城的圣诞气氛不相称的歌。当然，圣诞节来了就去，而这首歌——虽然我只听到了一个片段——却是那种什么时候都可以唱得让人伤感的乡村和西部歌曲。歌曲平淡却真实地唱出了平淡却真实的东西，后来我一直想着能再听到那首歌，而以后真的也听到了好几次，但每次听，心里的感觉与那一天都大不一样。弗兰妮开玩笑似的跟我说，我那天听到的那首乡村和西部歌曲，一定叫《与天堂只隔着一个原罪》。的确，可以是那首歌，任何一首类似那样的歌都行。

那首歌的片段，圣诞节的氛围，冬夜的寒冷，我私处的剧痛——我心里的解脱感：我终于可以过上自由的生活了——还有，在我身边疾驰而过的那辆汽车。看到可以安全穿过第七大道了，我便开始穿过去，一抬头，便看见了两个人迎面向我走来。他们从中央公园南大街往广场的方向走——自西向东——事后我想，在我和弗兰妮都得到解脱的那个晚上，在第七大道的中央，我与他俩不期而遇，这是命中注定的事。他俩都有点喝醉了，我想——至少那个年轻女人是喝醉了，她头靠在男人身上，使得男人走路也有点不稳。女的比男的年轻多了。至少在一九六四年，我们可以称这样的女人为女孩。她大笑着，拉着比她年长的男朋友的手臂；这个男的看上去与我的年纪相仿——

实际上比我还大。一九六四年的那个晚上，他应该已经快三十岁了。女孩尖锐的笑声，让这寒冷夜晚的空气发出噼啪噼啪的声响，好像冬日挂在屋檐下的薄薄的冰柱突然断裂，掉在了地上。那晚，我的心情真的不错——虽然那个女孩冰冷尖锐的笑声里带着某种受过太多教育而显得不够发自内心的意味，虽然我的蛋蛋疼痛难忍，我的鸡鸡阵阵刺痛——我抬头看了一眼这两个漂亮的人，不由得微微一笑。

我们——我与这个男人——毫不费事，就相互认出了对方。我永远忘不了这个四分卫的这张脸，虽然，自从万圣节之夜在橄榄球运动员常走的那条小道上发生了那事之后，我再也没有见过他。那条小道——所有人都会接受别人的建议，同意就让他们去走好了，就让他们独占那条小道好了。有时候，我一边练举重，一边觉得耳朵里响起他的话："嘿，小子，你姐姐长了一个全校最漂亮的屁股。她与什么人上床了？"

"她与我上床了。"那个晚上，在第七大道，我本来可以这样回答他。但我什么也没说。我只是停下脚步，站在他的面前，很快我确信，他也认出了我。他没怎么变；在我看来，他的外貌几乎与以前一模一样。虽然我觉得自己变了不少——我知道，举重至少改变了我的体型——但我想，因为弗兰妮一直在与契帕·达夫通着信，在他的记忆中，他一定觉得与我们家的人走得很近（当然心里不一定觉得亲近）。

契帕·达夫也在第七大道的中央停下脚步。过了一两秒钟，他柔声说道："呃，瞧瞧这是谁。"

一切都是童话故事。

我看着契帕·达夫的女朋友，说："当心了，别让他强奸了你。"

契帕·达夫的女朋友笑了一声——笑得非常紧张，过于夸张，就像冰裂开，就像小冰柱断裂。达夫跟着他女朋友一起笑起来。我们三个人都停在第七大道的中央。一辆开往市中心的出租车在中央公园南大街转了个弯，呼的一声在我们身边擦过，差一点就撞死我们，只有达夫的女朋友退缩到路边去了——我和达夫没有挪动一步。

“嘿，要知道，我们站在了街中央。”女孩说。我注意到，她的年纪真的比他要小得多。她退到第七大道的东侧等着我们，但我们还是站在街中央一动不动。

“我很喜欢读弗兰妮的信。”达夫说。

“你为什么不给她回信？”我问他。

“嘿！”达夫的女朋友冲我们尖叫。又有一辆去市中心的出租车转过弯，对我们使劲按着喇叭，绕过我俩开了过去。

“弗兰妮也在纽约吗？”契帕·达夫问我。

在童话故事里，你常常不知道人们想要什么。一切都变了。我想，我不知道弗兰妮是否想见契帕·达夫。我从来就不知道弗兰妮在写给他的那些信里都写了些什么。

“是的，她也在纽约。”我小心翼翼地说。纽约是个大地方，我想——想到这儿，我觉得很安全。

“呃，告诉她，我想见她。”他一边说，一边围着我走了几步，“不能让这姑娘久等。”他对我轻声耳语，好像与我密谋着什么，还对我眨了眨眼睛。我两只手分别插到他的腋下，把他架了起来。他还是个四分卫呢，分量可不怎么样。他没有反抗，但看他的样子，好像非常吃惊于我这么轻易就将他他架了起来。我不知道该拿他怎么办，我架着他，想了一分钟——或者说，契帕·达夫觉得有一分钟——然后就放下了他。我把他放回原地，放回我面前，放回第七大道的中央。

“嘿，你们两个疯子！”达夫的女朋友喊道。两辆出租车，呼啸着从我们身边驶过——一边一辆，好像是在比赛似的。两个司机按了很长一会儿喇叭，嘟嘟嘟地朝市中心开去。

“告诉我，你为什么想见弗兰妮？”我对契帕说。

“我猜你这几年一直在练举重吧？”达夫说。

“练过一点。”我说。“你为什么要见我姐姐？”我问他。

“呃，为了道歉——还有一点别的事。”他咕哝着说。我绝不会相信他的话。他那冰冷的蓝眼睛流露着冰冷的笑意。他看着我发达的肌肉，可能略略感到有些害怕吧，但他的傲慢自大，却是大多数人身上所没有的。

“你本应给她回一封信的。”我对他说，“你本该书面道歉的，任何时候都可以。”

“呃。”他一边说，一边把身体重心从一只脚转移到另一只脚上，就像一个四分卫调整自己的身体，准备接球。“呃，道歉这种话很难说出口。”他说。一听这话，我差点就要当场杀了他。我听他说什么话都可以，就是听不得他讲真话——听他讲一句真话，真叫我无法忍受。我真想拥抱他一下——用比我拥抱阿尔拜特时更大的力气来拥抱他——不过，算他走运，也算我走运，他变了说话的口气。他对我不耐烦起来。

“听好了。”他说，“根据这个国家的诉讼时效规定，我很清楚——我没有杀人。强奸不能算谋杀——如果你还不知道，我这就告诉你。”

“离杀人就差一步。”我说。又一辆出租车呼啸而过，差点要把我们俩撞死。

“契帕！”他的女朋友尖叫道，“要我报警吗？”

“听好了。告诉弗兰妮，我很想见她——就这样。”达夫说，蓝眼睛里的冰冷悄悄跑到他的口气里了，“很明显，她也想见我——我是说，要不她给我写那么多信干吗？”我觉得，他的口气里好像充满抱怨——好像我姐姐不停写信，让他都厌烦了。

“如果你想见她，你自己去对她说。”我对达夫说，“只要给她留个便条就行了——让她自己来决定，是不是想见你。在斯坦霍普酒店留个便条就行了。”

“斯坦霍普酒店？”他说，“她会从这酒店经过？”

“不，她住在酒店里。”我说，“我们家是开旅馆的。你忘了？”

“噢，是啊。”他笑了一声。我看得出来，他是在想，斯坦霍普是一家高档酒店，新罕布什尔旅馆——两家新罕布什尔旅馆中的任何一家（当然他只知道第一家）——怎么能与之相比。“噢，”他说，“这么说，弗兰妮住在斯坦霍普酒店。”

“斯坦霍普酒店现在是我们家的了。”我告诉他。我不知道我为什么要撒这个谎，但我必须对他做点什么。他看上去有点吃惊——这一瞬间至少让我感到愉快。一辆绿色的跑车擦着他的身体开了过去，一阵风吹得他的围巾飞舞起来。达夫的女朋友冒着险再次走进了第七大道，小心翼翼地向我们走来。

“契帕，求你了。”她柔声说。

“你家就只有这家酒店吗？”达夫问我，口气尽可能地保持冷静。

“半个维也纳都是我家的。”我告诉他，“我家控制了半个维也纳。在纽约，斯坦霍普酒店只是我家将拥有的多家酒店的第一家。我们将接管纽约。”

“明天呢？接管整个世界？”他问，口气里带着冰冷。

“去问弗兰妮吧。”我说，“我会告诉弗兰妮，让她等着你给她写的信。”我迫使自己离开了他——再不走开，我真要动手打他了。我只听他女朋友在问他：“弗兰妮是谁？”

“我姐姐。”我喊道，“你的朋友强奸了她！他和另外两个家伙一起强奸了她！”这次，契帕·达夫和他的女朋友都没有发出笑声——我把他俩留在了第七大道的中央。即使我听到了刺耳的汽车轮胎擦地声和刹车声，听到了人的身体与金属或人行道的撞击声，我也不会回一下头。只有当我意识到我私处的疼痛真的是属于我自己的痛苦的时候，我才知道自己走得太远了。我走过了中央公园南大街 222

号——我绕哥伦布环岛走着——然后不得不掉过头，向东走去。当我再次走到第七大道的时候，我发现契帕·达夫和他的女朋友已经不见了。有那么一秒钟，我甚至怀疑自己是否在做梦。

我宁愿在梦中见到他们，我想。我在担心弗兰妮，不知她会如何处理这件事，她会如何“了断”这件事——苏西爱用“了断”这个词。我甚至拿不定主意，要不要向弗兰妮提到我见到了契帕·达夫。如果达夫永远不来看她，她会怎么想？这似乎有点不公平：就在弗兰妮得到胜利——也是我的胜利——的那天晚上，我却见到了强奸弗兰妮的那个人，还告诉他，我姐姐弗兰妮就住在纽约。我知道自己太没用，我茫然不知所措——我回到了零点，我不知道弗兰妮想要什么。我知道我需要听取强奸问题专家的建议。

弗兰克睡着了。没关系，他反正不是什么强奸问题专家。父亲也睡着了（我和他合用一个房间）。看着躺在我父亲床边地板上的那根“路易斯维尔重击手”牌棒球杆，我突然明白了，要是问父亲对强奸的事有什么忠告，他的忠告必定是：挥动棒球杆。我脱跑鞋的动静大了一些，吵醒了父亲。

“对不起。”我轻声说，“继续睡吧。”

“你跑了这么久。”他迷里迷糊地说，“一定累坏了吧。”

是的，我当然累坏了，但我毫无睡意。我走过去，在弗兰克的那张放了六部电话机的办公桌前坐下。常住第二家新罕布什尔旅馆的那个强奸问题专家，只需一个电话就能找到，我想咨询的那个强奸问题专家现在就住在纽约。苏西熊住在格林尼治村。尽管是凌晨一点了，但我还是拿起了电话。那个问题终于出现了。现在是一九六四年，快临近圣诞节——但没有什么关系，因为我们又回到了一九五六年的万圣节。弗兰妮所有写出去的没有得到回应的信，最终都应得到回应。虽然小琼斯的“黑人护法队”终有一天将为纽约市提供令人钦佩的服务，但他现在还在调养身体，那场橄榄球赛双方拼得真是太凶了。他将去法学院读三年书，创建黑人护法队还得花六年时间。小琼斯是能救得了弗兰妮的，即使姗姗来迟，但总还是可以指望的。不过，契帕·达夫的问题现在就出现了。虽然哈罗德·施瓦罗再也没有找到过达夫，但是达夫已经出洞了，不再东躲西藏了。我知道，弗兰妮要想对付契帕·达夫，还得找那头聪明的熊来帮忙。

*

善良的苏西熊是一个童话故事，她一个人就是一个童话故事。

凌晨一点，电话铃突然响起，苏西熊整个人一惊，就像拳击手被打下了拳击台。她抓起电话。

“浑蛋！见鬼！变态！你知道现在几点了吗？”苏西熊吼道。

“是我。”我说。

“耶稣啊，上帝啊！”苏西说，“我还以为是个猥亵电话！”我把我见到契帕·达夫的事告诉了她。这下她认为这就是一个猥亵电话了。“你把弗兰妮的住址告诉了达夫，我想弗兰妮是不会高兴的。”苏西说，“我想，她给他写了那么多信，就是为了永远不再收不到他的信。”

苏西住在格林尼治村一个很烂的地方。弗兰妮喜欢去那儿看她，弗兰克偶尔也顺路去看看她——如果他正好到了她的住所附近（离苏西住的地方不远处有一家酒吧，弗兰克很喜欢）——但我和莉莉讨厌去格林尼治村。于是苏西就常来看我们。

在格林尼治村，苏西想当熊就可以当熊，那边还有比熊更可怕的人。可是出城到别的住宅区，她必须以常人的面目示人，因为斯坦霍普酒店是不会让熊进门的，在中央公园南大街，她还有被警察射杀的危险，警察可能会误以为这熊是从中央公园的动物园逃出来的呢。纽约毕竟不是维也纳——在格林尼治村，她虽然竭力想摆脱穿熊装的癖好，但她还是可以随性装扮成熊，不会有什么人注意她的。她和另外两个女人同住一个公寓，里面只有一个厕所，水龙头里只有冷水。苏西常常出来洗澡。她喜欢到斯坦霍普酒店莉莉的套房来洗澡，不喜欢去中央公园南大街222号弗兰克的公寓里的那个豪华浴室——我觉得苏西喜欢上了那个隐藏着危险的上冲式马桶。

那个时候她一直在努力想当一名演员。和她一起住在那个烂公寓的两个女人，都是一个叫西村工作坊的机构的成员。那是一个演员工作坊，主要培训街头小丑。弗兰克说，如果鼠王活到了今天，他足可以在西村工作坊里谋个终身职位。可是我想，要是维也纳也有西村工作坊这样的机构的话，鼠王或许也就能活到现在了。是该有个地方让人去学学街头舞蹈，模仿模仿各种动物，学学哑剧，学骑独轮车，研究尖叫疗法，学学如何表演低级节目——他们唯一能学的也就这样的节目。苏西说，西村工作坊主要教她如何在不穿熊装的情况下成为一只自信的熊。她承认，这个学习过程是很缓慢的——与此同时，为了不让自己两头落空，她让格林尼治村的动物服装专家重新设计了一套熊装。

“你应该看看现在这套装束。”苏西总是对我说，“我的意思是，如果你觉得我以前装扮得像一头真正的熊，老兄……你可就没有看到事情的全部！”

“太厉害了。”弗兰克对我说过，“熊的嘴巴竟然看上去湿湿的，眼睛也不可思议。还有那尖牙。”弗兰克不无羡慕地说——弗兰克是一直很喜欢各种服装和制服的，他总是说：“那尖牙真的棒极了。”

“可是我们都希望苏西不要再想着做熊了。”弗兰妮说。

“我们希望她心里的那头熊立刻跑出来。”莉莉说。她话音未落，我们全部不满地咕哝起来，还发出别的令人恶心的声音。

我告诉苏西，我和弗兰妮互相拯救了，我和她都没有危险了——可是我偏偏又遇到了契帕·达夫。苏西听了一脸的严肃。苏西真是一个永远不可或缺的朋友，一旦情势危急，她就会变成一头熊来保护你。

“你在弗兰克那里吗？”苏西问。

“是的。”我说。

“别走，小子。”苏西说，“我马上就过去。给门卫说一声。”

“苏西，告诉他放一头熊进来，还是放你本人进来？”我问她。

“亲爱的，总有一天，”苏西对我说，“我的真实面目将让你吓一跳。”没错，总有一天，苏西会让我吓一跳的。

苏西还没到中央公园南大街222号，弗兰克的一部电话——不知是六部电话中的哪一部——突然铃声大作。是莉莉打来的。

“出什么事了？”我说。这才凌晨两点。

“契帕·达夫。”莉莉轻声说，声音里满是惊恐，“他打电话到这里！他要找弗兰妮！”杂种！我心里骂道。他竟然给一个被他强奸的女孩打电话，还趁她睡着的时候打！他一定是想证实一下弗兰妮是否的确住在斯坦霍普。现在他弄清楚了。

“弗兰妮对他说了什么？”我问莉莉。

“弗兰妮不肯跟他说话。”莉莉说。“弗兰妮与他说不了话。我的意思是，她的嘴没法动——她说不出一句话来。我告诉他弗兰妮不在，于是他说他以后再打。你最好赶紧过来，弗兰妮很害怕。”莉莉小声说。“我从没见过弗兰妮害怕的样子。”莉莉加了一句。“她甚至都不愿回床上睡觉，只管看着窗外。我觉得，她心里一定在想，他又要来强奸她了。”莉莉小声说。

我走进弗兰克的卧室，把他叫醒。他腾地坐了起来，掀掉被子，把假人模特推到一边。“达夫。”对着他的耳朵，我只说了这个名字。“契帕·达夫。”我只说了这个名字，别的什么也没有说。弗兰克完全醒了，看他的样子，好像还在敲钹似的。我们打开父亲床边的录音机，给他留了一句话。我们只说我们去斯坦霍普酒店了。

父亲很会打电话的，他数着拨号盘的一个个小洞拨号码。当然，父亲经常拨错号码，拨错了，就生气，一生气就骂，把电话那头的那个人骂得狗血喷头——好像这号码是人家拨错的。“耶稣啊，上帝啊！”他总是这样大叫，“你打错了！”然后父亲拿起棒球杆乱敲——动作虽然不大，但他的这根“路易斯维尔重击手”牌棒球杆着实吓到了一部分纽约人。

我和弗兰克在中央公园南大街222号的门口等到了苏西。我们不得不跑到哥伦布环岛去叫出租车。苏西没有穿熊装。她下面穿的是一条旧裤子，上面毛衣套毛衣，竟然穿了三件毛衣。

“她当然很害怕。”苏西对我和弗兰克说。出租车飞快地往斯坦霍普的方向开去。“她必须去面对这件事。恐惧只是第一个阶段，亲爱的。如果她能克服了这恐惧，她就会变得愤怒。一旦她愤怒了，她就没事了。”苏西大声说道。我和弗兰克看着她，什么也没说。我们都不知道该怎么办——我们都清楚这一点。

弗兰妮裹着一条毯子坐在椅子上，椅子紧紧贴着暖气管。她一直望着窗外。圣诞节前的天气异常寒冷，立在寒风中的大都会博物馆活像一座被国王和王后遗弃的城堡——这座被遗弃的城堡看上去好像被施以了魔咒，连农民都不敢靠近了。

“我怎么能出去？”弗兰妮轻声对我说。“他可能从任何地方冒出来。我不敢出去。”她不断说着这几句话。

“弗兰妮，弗兰妮，”我说，“他不会再碰你一根汗毛了。”

“别跟她说这些。”苏西对我说，“那没用。别跟她说那些。就问她——问她想怎么做。”

“你想怎么做，弗兰妮？”莉莉问她。

“你想叫我们怎么做，我们就怎么做，弗兰妮。”弗兰克说。

“想一想，你希望发生什么样的事？”苏西熊对弗兰妮说。

弗兰妮身体颤抖起来，牙齿磕得咯咯响。房间里闷热得透不过气来，可是弗兰妮好像感到彻骨的冷。

“我想杀了他。”弗兰妮轻声说。

“什么也别说。”苏西熊在我耳边轻声说。说实在的，我也无话可说。我们几个人与弗兰妮一道坐在房间里，默默看着窗外，看了大约半个小时。苏西揉着弗兰妮的后背，想让她暖和起来。我看弗兰妮想对我耳语，于是就向她凑过去。“你还疼吗？”她低声说。她脸上有一丝笑意。我冲着她笑笑，点点头。“我也疼着呢。”她说。她微微一笑，接着马上又朝窗外看去，说：“我真希望他死了。”过了一会儿，她又说：“我真的不能出去，我可以在房间里吃饭——但你们必须有一个人在这里一直陪着我，一刻也不能走开。”我们向她保证我们会一直陪着她的。“杀了他。”她又说。这时公园上方已露微光。“他可能从任何地方冒出来。”弗兰妮看着渐渐变亮的窗外说。“杂种！”她突然尖叫起来，“我想杀了他！”

一连好几天，我们几个人轮流陪着弗兰妮。我们给父亲编了个谎话——说弗兰妮得了流感，躺在床上静养，过几天就好，到时一起开开心心过圣诞节。我们觉得这个谎话并不过分。弗兰妮以前在契帕·达夫对她做的事上就对父亲撒过谎——她告诉父亲，她只是被人“打了一顿”。

我们甚至没有一个方案——如果契帕·达夫再打电话来，我们真的不知道该怎么让弗兰妮应付。“杀了他。”她不停地重复着这句话。

我和弗兰克一起在斯坦霍普酒店的大堂里等电梯。弗兰克说：“或许我们真的应该杀了他，那样就一了百了了。”

弗兰妮是我们的领路人。她一迷路，我们所有人都迷路。我们拿方案，也要靠她的判断。

“或许他再也不会打电话来了。”莉莉说。

“莉莉，你是作家。”弗兰克说，“你的脑子更好用。他当然还会打电话的。”接着，弗兰克说出了一个反世界的观点，说出了他的一个反常理论：你不希望发生的事情，恰恰就会发生。我们的作家莉莉，总有一天也会有弗兰克这样的世界观。

弗兰克说得没错。契帕·达夫打来电话了，弗兰克接的，接得有点叫人笑话。弗兰克拿起电话机，听到听筒里契帕·达夫冰冷的声音，不由得抽搐起来——坐在沙发上的他抽搐得不能自制，啪地一下打着了立在他身边的台灯，打得灯罩乱旋。弗兰妮一看他这样子，立刻知道是谁打来的电话了。她尖叫一声，跑出起居室，跑进莉莉的卧室（这是离她最近的可以藏身的地方）。我和苏西熊赶紧追着弗兰妮进去，抱住躺在莉莉床上的弗兰妮，努力让她冷静下来。

“啊，她这会儿不在。”弗兰克对契帕·达夫说，“留个号码，让她给你打过去？”契帕·达夫把电话号码给了弗兰克——留了两个：一个是家里的，另一个是上班地方的。听到达夫有工作，弗兰妮好像突然清醒过来了。

“他做什么工作？”弗兰妮问弗兰克。

“呃。”弗兰克说，“他只说他在他叔叔的事务所上班。你要知道，这事务所，那事务所，是个人，张嘴就能说——他妈的事务所，管它是什么事务所。”

“说不定真是一家事务所呢，弗兰妮。”我说，“律师事务所啊、商业事务所什么的。”

“或许是一家强奸事务所。”莉莉说。弗兰妮笑了——这是我们这几天来得到的第一个好兆头。

“好样的，弗兰妮。”弗兰克鼓励她。

“十足的浑蛋，人渣！”弗兰妮喊道。

“好样的，弗兰妮。”苏西熊说。

“那个浑蛋在他叔叔混账的事务所工作！”弗兰妮说。

“没错。”我说。

最后，弗兰妮说：“我不想杀他了，我只是想吓唬他，我要把他吓个半死。”说着，她突然颤抖起来。她又哭开了。“他真的吓着我了！”她哭着说，“耶稣啊，上帝啊，我还是怕他的。我想吓吓那个杂种，我想把他吓回去！”

“这才像话。”苏西熊说，“这才是你对付他的手段。”

“我们强奸他！”弗兰克说。

“谁愿意强奸他？”莉莉问。

“我愿意——就为一个理由。”苏西说，“我想，即使是我这个样子，他也是愿意上的。男人就那个德行。他们可能对你恨之入骨，但他们的鸡巴却是喜欢你的。”

“我们不能强奸他。”弗兰妮说。弗兰妮已经没问题了，我想。她又成了我们的领路人。

“我们想怎么做，就可以怎么做。”弗兰克争辩道——弗兰克是个经纪人，他就喜欢安排事情。

“即使我们能想出一个办法把他强奸了，”苏西说，“即使找到了一个最适合他的强奸者，我觉得到头来还是无济于事：这浑蛋会想办法让自己快活的。”

这时，我们的作家莉莉开口了。我们的小莉莉，可是一个创造家，她的想象力谁也不能比。莉莉说：“如果他看到强奸他的是一头熊，我想他就快活不起来了。”

“鸡奸！”弗兰克喊道。他高兴地拍着手，好像拍打着铜钹——有一次他把铜钹狠狠地拍到了契帕·达夫的头上。“鸡奸那杂种！”弗兰克大声说。

“等一下！”苏西熊说，“或许他以为我是头熊，但我还是知道他是谁。我是说，我干什么都行。为了你，我愿意做任何事，亲爱的。”苏西对弗兰妮说，“不过你得给我一些时间，让我考虑考虑。”

“但我觉得你用不着真干，苏西。”弗兰妮说，“你假装要上他，就这么吓吓他就行了。”

“苏西，你可以假装自己是一头发情的熊。”莉莉说。

“发情的熊！”弗兰克高兴地喊道。“太妙了！”弗兰克手足乱舞地喊道。“发情的熊发疯了！你可以一口把那杂种的蛋蛋吞进你那吓人的熊嘴里！”弗兰克对苏西尖声叫道。“让他以为那头熊就要把他撕碎！彻底撕碎！”弗兰克说。

“我能一下子把他逼到无计可施的地步。”苏西熊说。

“就到那儿为止吧，苏西。”弗兰妮说，“我只是想吓吓他。”

“把他吓死。”弗兰克说。他很累了。

“不用那样。”莉莉说，“吓得他差一步要死，就可以了。”

“一头发情的熊。这主意不错，莉莉。”我说。

“给我一天时间。”莉莉说。

“干什么，莉莉？”苏西问。

“写剧本。”莉莉说，“我需要一天时间，写出这出戏的剧本。”

“我爱你，莉莉。”弗兰妮一边说，一边拥抱了她一下。

“你们都必须给我好好演。”莉莉说。

“上帝啊，我在上如何演戏的课呢！”苏西吼道，“我要把我的朋友带来！你可以把我的两个朋友也用上吗？”

“如果是女人，就可以用。”莉莉说，皱起了眉头。

“当然是女人！”苏西气愤地说。

“我能演吗？”弗兰克问。

“你不是女人，弗兰克。”我说，“或许莉莉只想要女演员。”

“呃，我是个同性恋。”弗兰克气呼呼地说，“契帕·达夫知道的。”

“我可以为弗兰克弄一套很棒的戏服来穿。”苏西告诉莉莉。

“是吗？”弗兰克兴奋地问。他有一段时间没有装扮了。

“让我赶紧写吧。”莉莉说。莉莉工作起来就没个完，她过于辛苦了。“必须写出一个完美的剧本。”莉莉说，“为了真实可信，我们得把所有情节安排得天衣无缝。”

弗兰妮突然问："莉莉，我也必须演吗？"我们看得出来，她心里是不愿演的，或者说，她很怕演一个角色。她希望让这事发生——她很想看到这出"戏"，但她不知道自己去扮演一个角色是否吃得消。

我握住了弗兰妮的手。"你必须给他打电话，弗兰妮。"我说。她的身体又颤抖起来。

"你只需邀请他来我们这里。"莉莉说，"你只管把他弄到这里来，别的你什么也不用说，什么也不用做，我向你保证。但是，叫他来的事，必须你来做。"

弗兰妮的眼睛又望向了窗外。我揉搓着她的肩膀，给她保暖。弗兰克拍了拍弗兰妮的头发。弗兰克有个让人讨厌的习惯，他喜欢拍别人，就像拍狗一样。

"你必须那样做，亲爱的。"苏西熊一边柔声地对弗兰妮说，一边把一头熊爪温柔地贴到弗兰妮的一只胳膊上。

"机不可失，时不再来，弗兰妮。记住了？"我低声对她说，"我们赶快把这事了结了，然后我们就能做别的事——去过我们的生活。"

"我们的生活。"弗兰妮说，显得很高兴的样子。"好吧。"她低声说，"如果莉莉能写好剧本，我就能打那个电话。"

"那你们都出去吧。"莉莉说，"我得工作了。"她一副忧心忡忡的样子。

*

我们来到弗兰克的公寓，与父亲一起欢聚。"别对爸爸说一个字。"弗兰妮说，"不要让爸爸参与进来。"

我知道，父亲大部分时间心不在我们的事情上。等我们来到弗兰克的公寓的时候，父亲已经做了一个小小的决定。父亲面前有无数个选项，但他就是没有艾奥瓦鲍勃所说的"全盘计划"，他依然不知道自己将来想做什么。对我父亲来说，好运是一个陌生的选项。我们怀着参加派对的愉快心情来到弗兰克的公寓，发现父亲做出了一个小小的决定。

“我想要一只导盲犬。”父亲说。

“您有我们呢，爸爸。”弗兰克对他说。

“您想去哪儿，我们就可以带您去哪儿。”我对他说。

“不光是一只导盲犬的事。”父亲说，“我需要一只动物陪在我身边。”

“噢，是这样。”弗兰妮说，“为什么不叫苏西来陪你？”

“苏西不能再做熊了。”爸爸说，“我们不应该一直鼓励她做熊。”我们面面相觑，颇有些愧疚之色，而苏西则满脸笑容——当然，父亲是看不见我们的脸的。“再说了，”父亲说，“纽约这个城市，对熊来说是个可怕的地方。我想熊的好日子已经过去了。”他叹了口气。“导盲犬嘛……呃，你们要知道……”说起他自己的孤独，他有点不好意思，“我想找个东西说说话。我是说，你们都有自己的生活——将来就会有。我很想有只狗，真的。导盲不导盲的，倒是其次。我只是想要一只狗。可以吗？”

“当然可以，爸爸。”弗兰克说。

弗兰妮吻了爸爸，告诉他，我们会送给他一条狗，做圣诞节礼物。

“这么快？”父亲问道，“我想你们不用这么急匆匆地去买导盲犬。我的意思是，要是买来一条没有经过好好训练的狗就麻烦了。”

“不会的，爸爸。”弗兰克说，“这事我来安排。”

“噢，看在上帝的分儿上，弗兰克。”弗兰妮说，“如果你不介意的话，我们大家一起给爸爸买一条狗，好吗？”

“我还有一个要求。”父亲说。苏西熊把她的一只爪子放在我的手上，好像连苏西都知道接下来会有什么事。“就这一个要求。”父亲说。我们个个屏气凝神，等着父亲说下去。“那狗不能长得像索罗那样，”父亲说，“你们的眼睛好好的，所以你们得好好挑挑。绝不能买一只索罗模样的狗。”

*

莉莉写好了那个童话故事，我们每个人都得到了各自的角色。在莉莉写的这个童话故事里，我们每一人都完美无缺。在一九六四年圣诞节前的最后一个工作日，弗兰妮深吸了一口气，拿起电话，拨通了契帕·达夫的“事务所”的号码。

“嘿，是我！”她高兴地对他说。“我很想与你一起吃午饭，哪怕是最糟糕的一顿午饭，也不在意。”弗兰妮对契帕·达夫说。“是的，我是弗兰妮·贝瑞——你随时都可以来接我。”弗兰妮说，“是的，斯坦霍普酒店，1401号套房。”

莉莉从弗兰妮手里一把夺过电话，非常暴躁地对弗兰妮说，活像一个蛮横的护士：“这是给谁打电话？你不该再打什么电话了！”声音很大，契帕·达夫一定能听到。莉莉挂了电话。我们静静等着。

弗兰妮走进浴室，她在里面呕吐。等她出来的时候，就没事了。她脸色很不好——当然，理应如此。从西村工作坊来的两个女人为弗兰妮化了妆，工作坊里的女人化妆手法真是不简单。她们把好端端一个美貌的女子，生生给糟蹋了。她们把弗兰妮的脸弄成了毫无生气的粉笔色，把她的嘴巴弄成了一道大伤口似的，让她的眼睛长满针眼。她们给她穿上了洁白的衣服，就像新娘一样。我们担心，莉莉的剧本说不定写得太夸张了。

弗兰克穿着黑色紧身衣，外套一件灰绿色长袍，站在那里，眼望窗外。他的嘴唇上涂了一点点口红。

“要是他不来，”弗兰克忧心忡忡地说，“我们怎么办？”

苏西的那两个从西村工作坊来的朋友，也是受过伤的女人。苏西对我们说过，是男人伤害了她们。长得黑黑的那个叫露丝，她简直是小琼斯的翻版。露丝上身只穿了一件无袖羊皮背心，里面什么也没穿，下身是一条亮绿色的喇叭裤，裸露的肚皮一颤一颤的。她把手指头插进头发——那银色指甲很长很厚，看上去就像粗大的铁路道钉插在疯狂的头发里。她的一只黑黑的大手握着一条长长的皮带，皮带的末端拴着苏西熊。

这套熊装真是人类对动物的想象力的极致。特别是那张嘴巴，特别是那长牙——弗兰克特意提到这两样。浑身好像湿漉漉的，眼里满是悲伤和疯狂。（苏西的眼睛实际上在熊嘴里，她从熊嘴往外“看”。）

熊爪摸起来感觉也很不错，是货真价实的熊爪，苏西骄傲地指出——所有的熊爪都是真家伙。苏西还戴上了嘴套，这让熊身上的一切变得更加真实了。这嘴套是从一家导盲犬配件商店里买来的。这是一个货真价实的嘴套。

我们把空调温度调到最高，因为弗兰妮抱怨说身上太冷了。苏西说她喜欢热气，出汗多了，她觉得自己更像头熊了。我们可以想象，她穿着这身厚厚的熊装，一定挥汗如雨了。“我以前从没有像现在这样感到自己是头熊。”苏西一边对我们说，一边四肢着地，来回走动起来。

“今天你成了一头真正的熊，苏西。”我对她说。

“苏西，你心里的那头熊今天终于跑出来了。”莉莉对她说。

弗兰妮穿着新娘装坐在沙发上，她身旁桌子上的一支蜡烛病恹恹地燃烧着。套间的各处都点上了蜡烛，窗帘拉得严严实实。弗兰克还点了一支香，弄得整个房间气味熏人，难闻得很。

来自西村工作坊的另一个女人脸色苍白、相貌平平，一头稻草色金发，很像个小姑娘。她穿一身酒店女仆的普通制服，与所有斯坦霍普酒店女仆穿的制服没有什么两样。她目光无神，脸上也毫无表情，与她那单调乏味的工作非常相称。她叫伊丽莎白什么的，但在格林尼治村，大家都叫她斯戈薇[1]，她是从西村工作坊毕业的最好的一个女演员——她是华盛顿广场公园表演者当中的女王。她可以让满院子的鼹鼠学会尖叫疗法，她本可以教会鼹鼠如何大声尖叫，叫得蠕虫从地下跳出来。她就是苏西所说的一流的歇斯底里者。“没有人比斯戈薇更能歇斯底里的了。”苏西熊对我们说过。莉莉还专门为她写了一个一流的歇斯底里的角色。斯戈薇坐在套间里，抽着烟，那死气沉沉的样子，就像坐在公园长椅上的流浪汉。

我在起居室中央摆弄着那只大杠铃。弗兰克和莉莉给我的身体抹上了油，我从头到脚都是油，闻起来有沙拉的气味——这油使我的肌肉显得更为突出了。我穿一件紧身衣——一种老式样的连体紧身衣，摔跤运动员和举重运动员常穿的那种。

“保持身体的温度，”莉莉对我说，“一直举，不要停，让静脉血管更加突出。在他走进来的时候，我要这些静脉血管明显地突出在你的皮肤表面。”

“他胆敢进来。”弗兰克气呼呼地说。

“他就要来了。”弗兰妮轻声说，“他就住在附近。”说完，弗兰妮闭上了眼睛。“我知道，他就住在附近。”她又说了一遍。

电话铃突然响起。房间里的人几乎都猛地跳了起来——只有弗兰妮和那个叫斯戈薇的一流歇斯底里症患者除外，她们俩毫无退缩之意。弗兰妮让电话响了一会儿。莉莉从卧室里出来，穿着一身清爽的护士制服。莉莉向弗兰妮点点头。弗兰妮拿起了电话。她什么也没说。

“喂？”达夫说，“弗兰妮？”我们听到了达夫的声音。只见弗兰妮的身体颤抖不已，莉莉不停地向她点着头。

“赶快上来。”弗兰妮对着电话低声说，“趁我的护士还没有回

1 原文为Scurvy，意为“坏血病”。

家，快上来！”口气显得很是不快。她挂了电话。她好像喘不上气来，我以为她又要去浴室呕吐了呢，可是她忍住了。她没什么事。

莉莉整理了一下头上戴的假发，那灰褐色的紧绷小发髻很像一只老鼠。她看上去就像小矮人之家的一个老护士。西村工作坊里来的两个女人把莉莉的脸化妆成了一颗李子。她走进离套房正门最近的那个壁橱里，关上了壁橱门。你走进套房的起居室的时候，一不留神就会把壁橱和套间出入口弄混淆。

斯戈薇把一沓干净的亚麻床单放在胳膊上，走出套间，来到走廊。“在他进到里面之后的五到七分钟里，你再——”我告诉她。

“不用你提醒我。”她说，好像有些生气。“站在门外，我听得见里面的动静。”她不屑地对我说，“你要知道，我是专业人士。”

苏西曾向我透露，西村工作坊的女人都有一个共同点。她们都被人强奸过。

我开始举重。我举得很快，让肌肉一下子充了血。苏西熊蜷缩在沙发的那一头，离弗兰妮远远的，假装睡着了。我看不见她的爪子和戴着嘴套的熊脸，从后背看，她很像一条呼呼大睡的狗。那个名叫露丝的黑女人——大块头，小琼斯的翻版——一屁股坐在沙发的中间位置，紧挨着弗兰妮。冬眠的熊打起了鼾，这时弗兰克脱下长袖外衣，挂到门把手上——他现在只穿了一件黑色紧身衣——然后走进莉莉的卧室，打开了唱片机。卧室门开着，从起居室可以看到莉莉的床。音乐响起，弗兰克在床上跳起了舞，这音乐是弗兰克自己选的。弗兰克毫不犹豫地选了这张唱片：多尼采蒂的《露琪亚》里那疯狂的一段。

我看了一眼弗兰妮。从她那满是针眼（那是两个女化妆师的杰作）的眼眶里费劲地流出了眼泪，把她的妆容都弄凌乱了。她的两只手放在膝盖上，手指交叉着。我轻轻地敲了敲壁橱门，小声对莉莉说：“莉莉，杰作。种种迹象表明，这是一部杰作。”

“别说乱了你的台词。”莉莉小声说。

契帕·达夫敲响房门的时候，我的二头肌已经高高凸起——达到了莉莉想要的效果——前臂看起来也相当不错。我涂满油的身体流下不少汗。卧室里，露琪亚开始尖叫。弗兰克在床上蹦蹦跳跳，动作极其难看——我都不忍心看他。

“进来！”弗兰妮对达夫喊道。我看到门把手在转动，立刻抓住我这一侧的门，拉门让契帕进来——让他快速地进来。或许我拉得过猛了，因为契帕·达夫好像是猛地被人推进了房间——一下子趴在了地上。我把“请勿打扰”的牌子挂在外面的把手上，把门关上。

“呃，看看谁来了。”弗兰妮说，语气极其冰冷。

“天哪！”弗兰克叫道——一下子跳到了最高处。

我把杠铃往门边推去，不过达夫很快站了起来——不慌不忙地站了起来，脸上依然挂着以前我见过的那副笑容——这笑容死不了了，至少今天还没有死。

“这是怎么回事，弗兰妮？”他问，一副若无其事的样子。可是弗兰妮已经说完了台词。弗兰妮的戏份结束了。（“呃，看看谁来了。”——剧本要求她只说这句话。）

“我们要强奸你。”我对达夫说。

“嘿，听我说。”达夫说，“从来就没有过强奸的事，我不承认那是强奸。我的意思是，你真的是喜欢我的，弗兰妮。”他对弗兰妮说，但弗兰妮并不应答。“另外几个人——我要说声抱歉，弗兰妮。”达夫又加了一句。弗兰妮的目光透过针眼紧紧盯着他，但没有任何表情。“见鬼！”达夫转过身来，对我说，“谁要强奸我？”

“不是我！”弗兰克在卧室里尖叫着，他跳得越来越高了，“我喜欢干那泥坑了，太喜欢了。那泥坑我一天到晚干个不停！”

契帕·达夫勉强笑了笑。“是沙发上的那个？”他问我，一脸的狡黠。他盯着大块头露丝；他盯着她，一定是想起了小琼斯吧。露丝也盯着他。契帕·达夫甚至还对露丝傻笑。“我对黑女人没有任何成见。”契帕·达夫说。他一会儿看看露丝，一会儿看看我。“事实上，我有时也喜欢黑女人。”露丝抬起她那大屁股，对他放了个屁。

“你别想干我。”她对契帕·达夫说。

达夫转过脸来看着我，把全部心思都集中在我身上。他脸上的笑容好像一下子不见了——我觉得，他在怀疑我就是那个被指派准备强奸他的人。他很不喜欢这个安排。

“不，不是他，你这个浑蛋！”弗兰克在卧室里大喊，喘着粗气，跳个不停——他越跳越高了。“他喜欢女孩子，与你一样！”弗兰克对达夫喊道，“令人恶心、恶心、恶心的女孩子！”弗兰克从床上摔了下来，马上又爬上床，在床上拼命乱跳。露琪亚唱得太疯狂了。

“你不会告诉我，是这条狗要强奸我吧？”契帕·达夫问我。“你以为我会让一条该死的狗强奸？”他厉声对我说道。

“什么狗不狗的，老兄？”露丝问契帕·达夫。她脸上的笑容与契帕·达夫的笑容一样可怕。

“就是那只狗。”达夫指着苏西熊说。苏西正蜷成一团，打着呼噜，毛茸茸的后背对着达夫——熊爪缩在里面，头也缩着。露丝伸出大光脚，在苏西的胯部揉搓起来，苏西哼哼地呻吟起来。

“那不是狗，老兄。”露丝笑着说——她色眯眯地用脚揉呀揉。过了一会儿，露丝突然踢了一下苏西的胯部。苏西熊咆哮了一声，醒来了。熊猛地转过身来，恶狠狠向露丝咬去。达夫看见那嘴套勉强罩住了熊嘴，看见露丝抓着那根长皮带的手及时逃脱了长长的熊爪的攻击。露丝将皮带往苏西熊脸上一扔，远远地跑到房间的另一边。苏西好像准备要追露丝，这时弗兰妮伸出了手，摸了一下苏西。就摸了这一下，苏西立刻平静下来，把头贴到弗兰妮的怀里，轻声地哮叫起来。

“厄尔！厄尔！”苏西熊叫道。

“原来是一头熊。”达夫说。

“没错，老兄。”露丝说。

弗兰克越跳越高，在露琪亚的歌声中大喊着——他的声音好像比露琪亚的歌声还疯狂——只听他大声吼道：“那是一头发情的熊！”

“一心想要你的，就是这头熊。”我对达夫说。

达夫再次定睛看那头熊时，正好看到弗兰妮将手放到了苏西熊的私处。弗兰妮揉着那个部位，苏西熊突然变得顽皮起来，耷拉着脑袋四处乱晃，发出最令人恶心的声音。西村工作坊让苏西熊变成了一头神奇的熊——她以前是一头聪明的熊，但现在却成了一头威力无比、势不可挡的熊。

“这头熊有些憋不住了，”露丝说，“甚至还想来干我呢。”

“嘿，瞧。”契帕·达夫说。他心里好像只有一个想法，以为这些人当中只有我一个人是没有疯掉的。现在他就是这么看我的，我成了他最后的希望。我们按着莉莉设定的剧本演着，达夫已经不知怎么办好了，这时，扮成女佣的斯戈薇敲响了房门。我把手中的杠铃轻轻扔到一边，好像扔一样毫无重量的东西。我用力猛地拉开门，斯戈薇飞也似的冲进房间，比契帕·达夫刚才进门的时候更混乱。苏西熊咆哮起来——她是不喜欢别人突然移动起来的——惊恐万状的女仆抬头盯着我。

“外面不是挂着‘请勿打扰’的牌子吗，你这个白痴！”我朝她吼道。我一把将斯戈薇抱起来，撕开她身上那件女仆制服的前襟。她一下子歇斯底里地乱叫起来。我把斯戈薇的身体倒过来，使劲摇晃起来。

“黑内裤，黑内裤！”在卧室床上的弗兰克一边蹦跳，一边兴奋地尖叫。

“你被解雇了。”我对哭哭啼啼的女仆说，“门外挂上‘请勿打扰’的牌子，你就不能进来。如果你连这个也不知道，你这笨蛋，我们只好解雇你了。”我仍头朝下抱着她，然后把她递给露丝。苏西告诉过我，露丝和斯戈薇一起练习这个动作已经有一年了。这是一种阿帕奇舞，是表现一个女人强奸另一个女人的一种舞蹈。露丝当着契帕·达夫的面把斯戈薇打得够呛。

“你是酒店的老板，但我才不管！”斯戈薇喊道。“你们这些叫人恶心的家伙。那头熊再弄乱弄脏，我不收拾了。不管了，不管了。”她哼哼唧唧地说。接着，她被露丝压在底下，抽搐起来——这绝对是一个令人震惊的景象：她张着嘴，好像喘不过气了，突然又喷出东西来，还不断胡言乱语。露丝放开了斯戈薇。斯戈薇在地上蜷缩成一团，呜呜地叫着——时不时地抽搐着身体，看得人不寒而栗。

露丝耸耸肩，对我说：“老兄，这个白人女仆是个垃圾，你得找几个比她更强壮的女佣来。这头熊每次强奸了人，这些女仆都受不了。她们就是不知道该如何处理。”

我转过脸，看了一眼契帕·达夫——我终于看到他脸上那冰冷的神情已经荡然无存！他两眼紧盯着那头熊：在弗兰妮不停地抚摸下，苏西越来越兴奋了。露丝走上去，取下了熊的嘴套。苏西露出牙齿，对我们笑了笑。现在，她比任何熊都更像熊了。在莉莉的剧本的这一节上，苏西演得太棒了，她的表演足以让任何一头熊相信，她就是一头熊——一头发情的熊。

熊会发情吗？我实在弄不清楚。“熊会不会发情，这个问题不要紧。”弗兰克总是这样说。

要紧的是，契帕·达夫相信了这熊发情了。露丝开始小心翼翼地在苏西的耳朵后面抓挠。“看到他了？看到他了？看到那边那个男人了？”露丝甜甜地说。苏西熊拖着脚，摇摇晃晃地朝前走去。她拱着鼻子东闻西嗅地向契帕·达夫走去。

“嘿，瞧。”达夫对我说。

“最好不要突然乱动。”我告诉他，“熊不喜欢任何突然的动作。”

达夫一动不动，苏西不慌不忙地在他身上嗅来嗅去。弗兰克躺在了莉莉卧室的床上，他已跳累了。“我会给你一些忠告的。”弗兰克对契帕·达夫说，“你让我见识了泥坑，所以我要给你一些对付熊的忠告。”

“嘿，拜托了。”契帕·达夫温柔地对我说。

“最重要的是，”弗兰克说，“不要乱动。不要做任何抵抗。熊不喜欢任何形式的抵抗。”

“听命吧，老兄。”露丝说——好像在说梦话。

我走到达夫跟前，解开他的腰带。他按住我的手，想阻止我。我说：“不要乱动。”只听轻轻的啪一声，达夫的裤子掉落到地上。苏西的熊鼻一下子戳到了达夫的胯部。

“我建议你最好屏住呼吸。”弗兰克从卧室向达夫发出了这个建议。

这实际上是对莉莉的暗示。莉莉进来了。在达夫看来，她好像自己有钥匙，打开房门，进来了。

我们的眼睛齐刷刷地盯着这个矮人护士。莉莉好像有点不高兴。

“我觉得你的老毛病又犯了，弗兰妮。”莉莉对她的病人说。弗兰妮蜷缩在沙发上，背对着大家。

“你是她的护士，不是她的母亲。”我厉声对莉莉说。

“这对她没有好处——疯子似的强奸，强奸，强奸所有人！”莉莉冲我喊道，“这该死的熊每次发情的时候，你就随意将人拉进来，让熊来强奸——我对你说了，这对她没有什么好处。”

“可是弗兰妮喜欢啊。”弗兰克暴躁地说。

“她喜欢，但对她没好处。”莉莉说，活像个固执的好护士——她确实是。

“啊，快点吧。这个人很不一般。这人强奸过她！”我对莉莉大声说。

“那家伙让我干了一个泥坑！”弗兰克带着哭腔说。

“如果我们能强奸了这一个，”我恳求莉莉说，“我们以后再也不强奸别人了。”

“说话要算数，说话要算数。”莉莉一边说，一边交叉着手臂，放在她的两只小乳房上。

“绝无戏言！”弗兰克喊道，“就再强奸这一个。就强奸一个。”

“厄尔！”苏西的鼻子哼了一声。我觉得达夫要昏死过去了。苏西对着达夫的胯部猛地喷了一鼻子气。苏西熊好像在说，她也对这个家伙特别有兴趣。

“求你了，求你了！”达夫开始尖叫。苏西猛地拱了一下他的腿，把他打翻在地，骑到了他的胸脯上。她将一只大爪子——货真价实的爪子——放到了他的私处上。“求你了！”达夫说，“不要！求你了！”

莉莉的剧本就写到这里为止了。演到这里我们就该结束了。下面谁也没有台词好说了——当然莉莉还有一句。

莉莉接下来的一句台词应该是：“以后再也不会有强奸了，不会再有了——这是最后一次了。”按照剧本，我最后一个动作应该是：一把抓起达夫，将他扔到门外的走廊里。

这时，弗兰妮从沙发上起身，把大家都推开，走到达夫身边。“够了，苏西。”弗兰妮说。苏西放开了达夫。“赶紧穿上裤子，契帕。”弗兰妮说。契帕站起来，但马上又倒了下去。他又挣扎着站起来，拉上裤子。“下次你脱裤子的时候，不管是给什么人脱，”弗兰妮对契帕·达夫说，“我要你想着我。”

“想着我们大家。”弗兰克说着，从卧室出来了。

“别忘了我们。”我对契帕·达夫说。

“如果你下次看见我们，”大块头露丝不动声色地对他说，“你最好绕着走。我们当中的任何一个人都可能杀了你，老兄。”

苏西熊取下了熊头。她以后再也不用戴它了。从现在开始，只是为了取乐，她才会穿这身熊装。她的眼睛直盯着契帕·达夫。那个叫斯戈薇的第一流歇斯底里高手从地毯上爬起来，也盯着契帕·达夫。她一直盯着他，好像要把他的样子记在心里。接着，她耸了耸肩，点上一支烟，看向别处去了。

“不要在任何一扇开着的窗户前走过！”弗兰克在走廊里看着达夫的背影喊道。达夫走不稳路了，必须扶着墙壁才行。我们都看到了，他把自己的裤子都尿湿了。

契帕·达夫走起路来，就像一个住在医院精神病房的病人在找男厕所，行动迟缓，毫无自信，好像不知道男厕所会有什么事情——甚至好像不知道站到小便器跟前该怎么办。

在我们所有人心中，最初都有一种失望的感觉，这种失望感应该记录在任何关于报复的研究中。无论我们对契帕·达夫做了什么，永远比不上他对弗兰妮所做的那件事那样可怕——如果说我们做的事同样可怕，那就是说，我们做过头了。

在我的余生里，我都会觉得自己好像依然架着契帕·达夫的腋窝——他的脚离第七大道的地面有好几英寸。除了把他放下来，我真的不能对他做别的什么事情。将来对他也真的做不了什么事情——对我们身边类似契帕·达夫这样的人，我们所能做的只有这件事：不断把他们架起来，然后又将他们放下去，永远如此。

*

所以，你一定会想，事情就这么了断了。莉莉用一部真正的歌剧，一个真正的童话证明了她自己的才能。苏西熊已经演完了这个角色，熊的角色她演到这里为止了。她会保留这套熊装，那也只是出于怀旧的目的，出于可以用来逗孩子们开心这样的目的——当然，也可以在万圣节上派上用场。父亲马上就要得到一只导盲犬，那是他的圣诞礼物。这将是他得到的第一只导盲犬，以后还会得到很多这样的导盲犬。一旦有了一只可以说话的动物，我父亲终于弄清楚他的余生想要做什么了。

“我们的余生来了。”弗兰妮说，语气中带着一种敬畏之情，“我们的余生终于要来了。”

那一天，契帕·达夫从斯坦霍普酒店回到他的“事务所”；那一天，我们所有人好像都成了幸存者——我们都活了下来。我们好像都成功了。现在，弗兰妮可以自由地寻找自己的生活了，莉莉和弗兰克也有了自己选择的事业——或者，用他们自己的话说，是事业选择了他们。父亲只需要与他的导盲犬过上一小段时间，就能让他做出决定下一步该做什么。我知道，从奥地利大学得到的那个美国文学学位，并不能让我长多少本事。除了照看好我父亲，我还能做什么别的事吗？除了帮助我的一个哥哥和两个姐妹减轻他们身上的重负——现在一有需要，我就举起压在他们身上的这些重量——还能做别的什么事吗？

在迎接圣诞节到来的欢乐气氛中，在我们以疯狂的方式与契帕·达夫做完了断的时候，我们都忘记了一样东西——我们忘记了那个从一开始就在我们的脑海里盘旋，无论如何也驱散不了的东西。与任何童话故事的场景一样，你觉得自己已经走出了那片树林，其实那片树林比你想象的要大得多。就在你以为自己已经走出了那片树林的时候，实际上你还在那片树林里打转。

我们怎么会这么快就忘记了鼠王给我们的教训呢？我们怎么能把童年时代的那个老朋友，我们亲爱的索罗，忘得干干净净了呢？——就好像苏西干净利落地叠好她的熊装，说：“就这样了。一切都结束了。现在我们要玩全新的游戏了。”

有一首维也纳人爱唱的歌——他们称作“尤丽根歌曲”，在庆祝当季酿出的第一批葡萄酒时，他们就唱这样的歌。这些人——弗洛伊德非常了解他们——就爱唱这样的歌，歌中充满了对死的期盼。毫无疑问，鼠王以前曾经唱过这个歌。

卖掉我的旧衣裳，我这就上天堂。

苏西熊带她的两个朋友回格林尼治村去了，我和弗兰克、弗兰妮、莉莉打电话订了餐，特意点了香槟。在我们品尝报复契帕·达夫的甜蜜滋味的时候，我们的童年就像一潭清澈的湖水，徐徐展现在我们的身后。我们觉得心中没有了悲伤。可是，即使在那个时候，我们当中有一个人一定在唱那首歌。我们当中的一个人一定在暗暗地哼着那个曲子。

生活很严肃，但艺术很有趣！

鼠王死了——可是，我们当中的一个人，永远没有忘记这个鼠王。

我不是诗人。我甚至也不是我们家的作家。唐纳德·贾斯蒂斯成了莉莉心目中的文学英雄。莉莉以前常给我们念《了不起的盖茨比》的那个精彩的结尾。现在她改为念唐纳德·贾斯蒂斯的诗了。贾斯蒂斯用无可辩驳的语言抛出了一个问题，击中了我们这个旅馆人家的所有人的心。贾斯蒂斯问道：

我怎样能把厄运，尤其是我们的厄运，
说成是一样人类共同的东西呢？

那么，将厄运列入我们的清单里。特别是在家庭中，厄运就是一样“共同的东西”。索罗漂浮在海面上。爱也是如此。从长远来看，厄运也是如此。厄运也漂浮在海面上。

鼠王综合征/最后一家新罕布什尔旅馆

这是故事的尾声了：不管哪个故事，总有一个尾声的。在一个爱与悲伤漂浮不定的世界里，会有许多个尾声——有些尾声会一直延续下去。在一个厄运不断的世界里，有些尾声是短小的。

“梦是被压抑的愿望的一种伪装式的满足。”在纽约弗兰克的公寓里，在一次复活节晚餐上，父亲这样对我们说——那是一九六五年的复活节。

“您又在引用弗洛伊德的话了，爸爸。”莉莉告诉他。

“哪个弗洛伊德？”弗兰妮问——她总是这样问。

“西格蒙德·弗洛伊德。”弗兰克说，“出自《梦的解析》第四章。”

这个出处我也是应该知道的，因为我和弗兰克晚上轮流念书给父亲听。父亲要我们把弗洛伊德的全部著作念给他听。

“爸爸，您在梦中见到了什么？”弗兰妮问他。

“海边的阿布史诺特酒店。”父亲说。父亲每次吃饭的时候，他的导盲犬总是把头靠在他的膝盖上。每次父亲伸手去拿餐巾的时候，总会往流着口水的狗嘴里塞一点食物，于是这狗就暂时抬起头，让父亲去拿餐巾。

“您不应该在餐桌上喂东西给狗吃。”莉莉责备起父亲。可是我们都喜欢这只狗。这是一只全身长着黑毛的德国牧羊犬，但是各处又点缀着浓密的金棕毛，它那张温文尔雅的脸更是以金棕色为基调——这是一张特别长的脸，颧骨又高，因此其外表一点也不像拉布拉多猎犬。父亲曾想把它叫作弗洛伊德，但我们觉得这个名字不好——我们平日说到弗洛伊德的时候都弄不清楚是在说哪一个弗洛伊德，现在又来个弗洛伊德，岂不乱上加乱？我们对父亲说，再来第三个弗洛伊德，一定会把我们所有人都逼疯的。

莉莉建议说：“要不就叫它荣格？”

“什么？叫那个叛徒的名字！叫那个反犹分子的名字！”弗兰克表示反对。“有谁听说过给一只母狗起名荣格的？只有荣格才想得出来吧。”他愤然说道。

于是，莉莉建议我们给这只狗起名为斯坦霍普，因为她喜欢这家酒店十四楼的这个套房，而父亲倒也希望用一家酒店的名字来给他的第一只导盲犬起名，但他说他更愿意用他自己喜欢的一家酒店的名字。最后，我们一致同意给这只狗起名为“萨彻”。毕竟有女人叫萨彻太太的。

萨彻唯一的一个坏习惯就是，每次父亲坐下吃饭的时候，总喜欢把头靠在父亲的膝盖上，父亲又惯着它这样做——所以，这实际上是父亲的坏习惯。除了这个缺点，萨彻算得上是一只模范导盲犬。它从不攻击别的动物，只顾自己乱跑，父亲跟在它身后，根本控制不了它，反而被它拉着跑。它摸透了电梯的规律，带我父亲坐电梯的时候十分在行：电梯门一打开，它就用身体挡着门口，以免我父亲在进出电梯时被夹着。萨彻对圣莫里茨酒店的看门人总喜欢叫几声，除此之外，它对父亲身边走过的行人还是很友好的，尽管态度似乎有些冷淡。当时纽约市还没有通过必须随时捡掉狗屎的法律，因此父亲免除了这项让他觉得耻辱的任务——他知道，这是一件他几乎无法完成的工作。事实上，早在这事引起人们广泛讨论之前，父亲就很担心纽约市会通过这项法律。“我的意思是，”他说，“如果萨彻在中央公园南大街当中拉了屎，我怎么可能找得到？捡狗屎这个活儿本来就够难的了，要是你的眼睛又看不见，那更难上加难。我不会去捡的！”他大叫起来，“如果有一些自以为是的市民上前跟我理论，说我的狗弄脏了环境，我必须为此负责，我想我会用上这根棒球杆的！”可是父亲是不用担心的——在很长一段时间里他是用不着担心的。等到纽约通过了狗屎法，我们就不住在纽约了。天气慢慢变好了，萨彻就带着父亲——就他们俩，没有别人陪——在斯坦霍普酒店与中央公园南大街之间的区域散步。父亲是不用管萨彻的大便的，他们只管放心大胆地散步就好了。

在弗兰克的公寓里，萨彻总睡在我的床和父亲的床之间的那块地毯上。有时我在睡梦中听到一种声音，不禁想，这是萨彻在做梦，还是父亲在做梦？

“这么说，您梦见了‘海边的阿布史诺特酒店’。”弗兰妮对父亲说，“那还梦见别的什么新东西了吗？”

“没有。”父亲说，“不是以前的一个旧梦。我是说，梦里没有你妈妈。梦里我们都不年轻了——没有梦到年轻时候的事。”

“没有梦到那个穿白色无尾晚礼服的男人，爸爸？”莉莉问他。

“没有，没有。在梦里我很老，比我现在还老。”父亲说。他现在四十五岁。“我梦到自己正与萨彻在海滩上散步。我们在酒店一带慢慢散步——就围着酒店转悠。”

“您是说围着那一堆废墟转悠吧。”弗兰妮说。

“呃——”父亲说，那样子有点顽皮，“当然，我是看不见的，不知道那个酒店是否还是废墟一堆，但我感觉那酒店已经修复如初了——我感觉它已经修复得好好的了。”父亲一边说，一边把盘子里的食物拨到膝盖上——塞到萨彻嘴里。“已经变成了一家崭新的酒店。”父亲带着顽皮的口气说。

“我敢打赌，您是那酒店的老板了。”莉莉对他说。

“你不是说过我干什么都行，对吗，弗兰克？”父亲问。

“您梦见自己成了‘海边的阿布史诺特酒店’的老板？”弗兰克问父亲，“那酒店修复如初了？”

“像往常一样营业了，爸爸？”弗兰妮问父亲。

“像往常一样营业了。”父亲一边说，一边点点头。萨彻也跟着点点头。

“那就是您想干的事？”我问父亲，“您想做‘海边的阿布史诺特酒店’的老板？”

“呃。”父亲说，“当然，我们得改个名字。”

“那当然。”弗兰妮说。

“第三家新罕布什尔旅馆！”弗兰克大声说，“莉莉！想想吧！又一部电视连续剧！”

“我还没开始写第一部呢。”莉莉不无担忧地说。

弗兰妮跪在父亲的身旁，把手放在父亲的膝盖上。萨彻舔着弗兰妮的手指。“您还想再开一家旅馆吗？”弗兰妮问父亲，“您还想从头再来吗？您知道，您是不必这么干的。”

“可是我还能干别的什么事呢，弗兰妮？”他微笑着问她。“这是最后一家旅馆了——我向你们保证。”他说——对我们所有人说，“如果我无力把‘海边的阿布史诺特酒店’改造成一家别具风格的旅馆，那我就彻底认输，就此罢手。”

弗兰妮看着弗兰克，耸了耸肩。我也耸了耸肩，莉莉翻了翻白眼。弗兰克说：“呃，我去问问这家酒店的老板是谁，买下来要花多少钱——我想这不难打听到。”

“我不想见到那个人——如果他还是老板的话。”父亲说，“我不想见那个浑蛋。”父亲老是对我们说他不想“见”这个，不想“见”那个——当然我们都不忍心向他挑明，他实际上是什么也“见”不了的。

弗兰妮说她也不想看到那个穿白色无尾晚礼服的男人。莉莉说她倒经常看见他——在她的睡梦里。莉莉说她都看腻了他。

我和弗兰克租了一辆车，往缅因州开去。弗兰克一路为我指点方向。我们又一次看到了已成一片废墟的“海边的阿布史诺特酒店”。我们发现，这废墟变化不大——废墟总是废墟，某样东西在变成废墟的过程中早就消耗了它所有的能量。所以，一旦变成废墟，它就几乎保持不变了。我们看到这废墟有遭人蓄意毁坏的痕迹，不过这些人或许觉得破坏废墟没什么太大意思吧，所以整个这一带看上去还是与我们在一九四六年的那个秋天看到的情景几乎一模一样——那个时候，我们来到“海边的阿布史诺特酒店”，却不幸遇上厄尔被人打死的事。

我们毫不费力就认出了那个老码头——那头叫“缅因州”的老熊就被一个小孩打死在那里——虽然那个码头（以及周围的几个码头）都重建过了。水上的新船也多了不少。“海边的阿布史诺特酒店”看上去就像一座鬼城，但是附近的那个古老的渔村（或者叫龙虾村也可以），如今却变成了一个旅游小镇，虽然脏乱依旧。那里有一个小艇码头，你可以租上一只小船，买到做钓饵的蛤虫。那里还有一个到处都是岩石的公共海滩，从原本属于“海边的阿布史诺特酒店”的那个私家海滩就可以看到。因为没人看管，“私家”海滩早就不再是私家的了。我和弗兰克去的时候，看到两家人正在那里野餐，其中一家是坐小艇来的，另一家人是开车来的。他们开过了那条“私家”车道——我和弗兰克那天也开过了。那块褪色的招牌依然还在，上面的字依稀可辨：季节性歇业！曾拦着车道的那条铁链早被拆掉，扔在一边了。

“要想让这个地方改造得适合人住，需要花一大笔钱。”弗兰克说。

“还不知他们愿不愿意卖呢。”我说。

“上帝啊，谁还会愿意留着这个破烂不肯出手？”弗兰克问。

在缅因州巴思市的一家房产事务所，我和弗兰克发现，那个穿白色无尾晚礼服的男人依然是“海边的阿布史诺特酒店”的主人——而且他还活着。

“你们想买老阿布史诺特的酒店！”房地产经纪人非常震惊地问道。

我们很高兴地得知“老阿布史诺特”还活着。

“我只与他的律师联系。”房地产经纪人说。“这么多年了，他们一直想把那个酒店脱手。老阿布史诺特现在住在加州。但他的律师遍布全国。与我打交道最多的那个律师住在纽约。”

我们想，这下事情简单了，只要通知他在纽约的律师我们想买下那个酒店就可以了。我们回到纽约后，阿布史诺特的律师告诉我们，阿布史诺特想见我们。

“我们得去加利福尼亚见他。”弗兰克说，“老阿布史诺特听上去老得像哈布斯堡家族的一个成员。他一定要见我们，否则他是不会卖掉酒店的。”

“耶稣啊，上帝啊！”弗兰妮说，“跑这一趟太费钱了，只为了见一个人！”

弗兰克告诉弗兰妮，路费由老阿布史诺特出。

“他可能想当面嘲笑你们吧。”弗兰妮对我和弗兰克说。

“他可能想见见比他更疯狂的人吧。”莉莉说。

“我真不敢相信自己竟然这么幸运！”父亲大声说，“真难以想象，这酒店还等着我去买！”我和弗兰克觉得没有必要向父亲描述那片废墟——还有围绕着他心爱的“海边的阿布史诺特酒店”的那个破烂的旅游小镇。

“反正他什么也看不见。”弗兰克小声说。

我感到高兴的是，父亲绝不会有机会见到老阿布史诺特了。老阿布史诺特常住贝弗利山庄酒店。我和弗兰克到了洛杉矶机场之后，便租了一辆汽车——这是本周我们租下的第二辆汽车——直奔贝弗利山庄酒店，去见年迈的阿布史诺特先生。

在一个带有独立的棕榈花园的套房里，我们见到了这个老人，他身边围着一个护士，一个律师（这是他的加利福尼亚律师）。后来我们知道，他得了致命的肺气肿病。在这个挂着一排空调的房间里，他背靠着枕头，坐在一张精致华贵的病床上，小心翼翼地呼吸着。

“我喜欢洛杉矶。”阿布史诺特喘着气说，“这里的犹太人没有纽约那么多。或者说，我对犹太人终于可以熟视无睹了。”刚说完，突然咳嗽起来，弄得他自己猝不及防，好像有人从侧面袭击了他一下似的，靠在床上的身体突然大幅度地扭动了一下。听他的咳嗽声，我们感觉他好像被一整块火鸡腿卡住了喉咙——好像无法喘过这口气了，好像他那顽固不化的反犹太主义立场最终会要走他的命（我想，听到这个消息，弗洛伊德一定会无比开心的）。不过，这场袭击来得快，去得也快，他很快恢复了平静。护士为他垫高了后背上的枕头，律师把几份看起来很重要的文件放在他胸前，把一支钢笔塞到他颤巍巍的手里。

“我就要死了。”阿布史诺特对我和弗兰克说——好像他不说，我们就看不出来似的。他穿着白色丝绸睡衣，看上去差不多有一百岁，人已瘦得不成样子，体重不会超过五十磅。

“他们说这两个人不是犹太人。”律师指着我和弗兰克，对阿布史诺特说。

“你想见我们，就为弄清楚这个？”弗兰克问老人，“在电话里你就可以搞清楚的。”

“我可能就要死了，”他说，“可我死也不会卖给犹太人的。”

“我父亲，”我对阿布史诺特说，“是弗洛伊德的好朋友。”

“不是那个弗洛伊德。”弗兰克对阿布史诺特说。老人又开始咳嗽。他没有听到弗兰克说的话。

“弗洛伊德？”阿布史诺特说。他又是咳嗽，又是吐口水。“我也认识一个叫弗洛伊德的人！是个犹太驯兽师。其实犹太人是当不了好驯兽师的。”他对我们说，“要知道，动物也很聪明的，动物也能发现你身上的可笑之处。我认识的那个弗洛伊德是个愚笨的犹太驯兽师。他想训练一头熊，结果让熊吃了！”阿布史诺特高兴地大叫起来——这一叫，他又咳嗽起来。

“这熊也反犹太人？”弗兰克问。阿布史诺特笑得很凶，我想要是他再这样咳嗽下去，一定会咳嗽死的。

“我真想杀了他。”弗兰克后来说。

“你们竟然想买那个地方，一定是疯了吧。”阿布史诺特对我们说，“我是说，难道你不知道缅因州在哪儿吗？那是个什么鬼地方！没有像样的火车交通，也没有像样的航空。开车去那里，也非常可怕——离纽约和波士顿都太远——你到了那里，就会发现水冰冷，虫子极其猖獗，不用一个小时，就会把你咬死。现在也没有什么高级的水手开船去那里了——我指的是有钱的水手，在缅因州，即使有钱，你也无处花去！甚至连妓女都找不到一个。”

“反正我们喜欢就是了。”弗兰克告诉他。

“他们不是犹太人，对吗？”阿布史诺特问他的律师。

“不是。”律师说。

“看他们的模样，还真不好说。”阿布史诺特说。“从前我一眼就能认出犹太人。”他对我们解释说。“可是现在我就要死了。”他加了一句。

“太不幸了。”弗兰克说。

“弗洛伊德不是被熊吃掉的。”我告诉阿布史诺特。

“我认识的那个弗洛伊德是被熊吃掉的。”阿布史诺特说。

“不对，”弗兰克说，“你认识的那个弗洛伊德是个大英雄。”

“那不是我认识的那个弗洛伊德。”老阿布史诺特争辩说，语气有点急躁。

护士拿起毛巾擦去他流到下巴上的口水，看护士那心不在焉的样子，就像擦着桌子上的灰尘一样。

“我们都认识的那个弗洛伊德，”我说，“拯救了维也纳国家歌剧院。”

“维也纳！维也纳到处都是犹太人！”他喊道。

“现在缅因州的犹太人也比以前多多了。”弗兰克逗他说。

“洛杉矶也是。”我说。

“反正我要死了。”阿布史诺特说，“感谢上帝。”他在放到他胸前的那份文件上签了字，律师把文件交给了我们。就这样，弗兰克在一九六五年买下了“海边的阿布史诺特酒店”和缅因州海岸上一片二十五英亩的土地。“就像白捡的一样。”弗兰妮总是这么说。

老阿布史诺特的脸上长出了一个几乎是天蓝色的鼓包，他的两只耳朵紫紫的，那是因为涂满了龙胆紫药水——一种过时的杀菌剂。巨大的真菌好像正从里到外吞噬着这个老家伙。“等一等。”我们正要离开，他突然叫住了我们——他的说话声引发了胸膛里水流一样汩汩的回音。护士又垫高了他的枕头。律师啪的一声合上了公文包。空调在呼呼作响，房间里非常冷，我和弗兰克觉得这里真像一座坟墓——用德语说就是 Kaisergruft——就像维也纳埋葬着哈布斯堡家族没有心脏的尸体的坟墓。“你们准备拿那个地方做什么？”阿布史诺特问我们，“你们到底要拿那地方做什么？”

“做特别突击队的训练营。”弗兰克告诉老阿布史诺特，“以色列军队的训练营。”

我看到阿布史诺特的律师脸上挤出了一丝笑容。正是这个非常特别的微笑，引诱我和弗兰克后来禁不住好好看了看交到我们手上的这份文件上出现的这个名字。这个律师名叫欧文·罗森曼——尽管他是洛杉矶人，但我和弗兰克敢肯定，他就是个犹太人。

老阿布史诺特脸上没有一丝笑容。“以色列突击队？”他说。

“哒哒-哒哒-哒哒-哒哒-哒哒！”弗兰克嘴里发出一阵机关枪枪声。我们以为欧文·罗森曼听了会笑得支撑不住，一下子倒在空调机上呢。

“熊会吃了他们。”阿布史诺特说，声音很怪异，“到头来，熊会把所有的犹太人都吃掉的。”他那张老脸显出没头没脑的仇恨，那仇恨已经不合时宜，就像他耳朵上涂着的龙胆紫药水一样过时了。

“祝你死得愉快。”弗兰克对阿布史诺特说。老人又咳嗽起来。他本来还想说些什么，可是因为止不住地咳嗽，只好作罢。他示意护士过来，护士好像不费什么劲就让他止住了咳嗽。她已经习惯这一切了。她示意我们离开阿布史诺特的房间，接着她也出来了，把阿布史诺特刚才想要说的话告诉了我们——是阿布史诺特特意让护士说给我们听的。

“他说他有钱，能用钱买到最好的死法。”护士告诉我们。阿布史诺特还让护士转告说，这是我和弗兰克永远无法得到的。

我和弗兰克一时想不出有什么话要让护士转告老阿布史诺特的。我们很高兴，阿布史诺特从我们嘴里听到的最后一个消息是，缅因州要有以色列突击队了。我和弗兰克就此告别了阿布史诺特的护士，告别了欧文·罗森曼。我们把第三家新罕布什尔旅馆装进口袋，坐飞机回到了纽约。

“你就把它一直放在那儿好了，弗兰克。”弗兰妮说，“让它在你口袋里睡大觉吧。”

“您再也无法把那个老酒店改造成旅馆了。”莉莉对父亲说，“它的好日子已经过去了。”

“我们开始的时候不用大张旗鼓。”父亲向莉莉保证。

父亲口中的“我们”，指的是父亲和我两个人。我告诉父亲，我会与他一起去缅因州的，我会帮他着手改造那个老酒店的。

“这么说，你与他一样，也疯了。”弗兰妮对我说。

我心里有个想法，永远不会告诉父亲。弗洛伊德说过，梦，就是一个人实现愿望的一种形式——如果真是那样，那么，笑话也是如此。这也是弗洛伊德说过的。一个笑话也是一个人实现愿望的形式。我跟父亲开了个玩笑——一直开到现在，已经开了不止十五年，因为父亲今年已经六十多岁了。平心而论，我想这个玩笑是“很成功”的，父亲没有听出任何破绽。

这所谓的“最后一家新罕布什尔旅馆”从来就不是——将来也永远不会是——什么旅馆。这就是这些年来我对父亲开的一个玩笑。莉莉的第一本小说《我要长大》赚了一大笔钱，我们修复“海边的阿布史诺特酒店”是完全没有困难的。后来他们要拍电影，我们得到的版权费也足以让我们把弗洛伊德旅馆重新买回来。那个时候，我们或许能买得起萨彻酒店了——至少可以买下斯坦霍普酒店。可是我想，这第三家新罕布什尔旅馆不必成为一家真正的旅馆。

“毕竟，”弗兰克总这样说，“头两家新罕布什尔旅馆也算不上真正的旅馆。”事实是，父亲一直是个“盲人”，或者说，事实证明，弗洛伊德的失明症是有传染性的。

我们把海滩上的乱石都清理干净了。我们把老酒店的“场地”或多或少修复了，也就是说，我们重新修剪了草坪，还修好了一个网球场。多年以后，我们建了一个游泳池，因为父亲喜欢游泳。父亲原来在海边游，看着他在海里游泳总让我不放心——我总担心他会转错弯，往大海深处游去。那两幢员工宿舍——就是父亲、母亲和弗洛伊德曾经住过的老房子——怎么样了呢？我们将它们拆掉了，拆下来的砖瓦让清障车拉走了。我们平整了地面，铺上了地砖。我们告诉父亲这是一个停车场——其实这里从来没有停过多少车辆。

我们把主要心思放在了改造主楼上。我们在原来放接待台的地方设置了一个吧台，我们把大堂改成一个大型的游戏室。我们想到了莫瓦特咖啡馆里的飞镖板和台球桌，所以我想弗兰妮说得没错：我们把大堂改成了维也纳咖啡馆。咖啡馆通向旅馆的餐厅和厨房——我们拆掉了几面墙，于是就有了建筑师所谓的“乡村厨房”。

“很大的乡村厨房。”莉莉说。

“很怪的乡村厨房。”弗兰克说。

修复舞厅是弗兰克的主意。他说：“保不齐我们什么时候要开一个大派对呢。”不过，我们不会有机会办大得不得了的派对——连所谓的乡村厨房都应付不了的那种派对。我们拆掉了好多间浴室，把顶层改造成了储藏间，把二楼改造成了图书室——尽管如此，我们还是有能力同时招待三十多位客人下榻——而且保证客人们互不相扰，每位客人都有绝对的隐私——只要等修整完毕，我们买上足够多的床就行了。

起初，父亲似乎觉得旅馆太冷清了，很是困惑。“客人都到哪里去了？”他总爱这样问——尤其是在夏天，窗户都大开着，本应听到孩子们的欢声笑语，孩子们高亢轻盈的声音断然会从海滩上飘来，其中还会夹杂海鸥和燕鸥的叫声。我只好向父亲解释说，我们的夏季生意太好，冬季都用不着开门营业。可是到了夏天，他有时又问我，怎么周围都静悄悄的，除了海浪冲击海滩的声音，什么声音都没有。“我心里默数过了，我想现在的客人也就只有两三位，”他总爱这样说，“除非我的耳朵也不中用了。”

于是我们便向他解释，这是一家高档度假酒店，根本不需要那么多客人。我们的房价定得很高，所以，即使不是客满，我们也能赚到大钱。

“那不是太棒了吗？”他说。“我知道这个地方就会变成这样的。只需要把阶层和民主的观点适当结合起来。我始终相信它会成为一个很特别的旅馆。”

当然了，我家是民主的典范。首先是莉莉写书赚了钱，然后是弗兰克拿着钱去买那个酒店，接着是第三家新罕布什尔旅馆免费招待客人入住。我们需要尽可能多的人过来住，有这些人在，他们的欢笑声或争吵声，就能巩固父亲心中的那个幻想：我们的旅馆终于成了一家有点名望的旅馆，而且是盈利的。莉莉常来旅馆住，来了就尽可能多住一些时候，直到住得受不了为止。我们把整个二楼都归她使用，可是她从来不喜欢在图书室写作。“图书室里的书太多了，让人难受。”她说。有这么多书在眼前，她觉得她小小的写书努力显得太微不足道。莉莉有一次甚至尝试在舞厅写作——那个地方也太大，老让人觉得音乐就要奏响，优雅的舞步就要展开。莉莉在那里写啊写，但她的打字机的噼啪声永远填不满这空荡荡的舞池——尽管她噼啪噼啪使劲地敲着打字机。莉莉敲得太辛苦了。

弗兰妮也常来旅馆住，来这里躲避大众的关注。弗兰妮常来这第三家新罕布什尔旅馆调养精神。弗兰妮出名了——她的名气恐怕比莉莉都要大。在根据莉莉的小说《我要长大》改编的那部电影中，弗兰妮得到了一个角色：演她自己。毕竟，她是第一家新罕布什尔旅馆时期的主要人物。当然，在那部电影中，她是演得最像我们这些人的唯一一个演员。他们把弗兰克演成了一个人们刻板印象中的同性恋、敲铜钹者和标本制作师。他们把莉莉演得非常“可爱”，但莉莉的小个子从来没有让我们觉得可爱。我想，她长成这样的小个子，是她努力长大却失败的结果——不论从努力长大的过程来看，还是从这最后的结果来看，都没有任何可爱的成分。他们把艾格演过头了——我们的这个让人伤心的艾格，本来倒是极其“可爱”的。

他们找了一位西部片老演员来演艾奥瓦鲍勃（我和弗兰克、弗兰妮都记得不知看过这个老笨蛋多少回被人射中，从马背上遽然落下）。看他举重的样子，简直就像狼吞虎咽地吃下一盘烙饼——根本没有举重的范儿，一点也不能令人信服。当然，他们把影片里所有的脏话都剪掉了。一个制片人告诉弗兰妮，说脏话只表明演员词汇的贫乏和想象力的缺失。我、弗兰克、莉莉和父亲都喜欢对着弗兰妮大喊，问她是怎么回应那个家伙的。“你他妈的狗屁不通的混账！你这笨得出奇的浑蛋！”她是这样回应制片人的，“去你的吧——说给你自己听吧！”

尽管有语言方面的限制，弗兰妮在《我要长大》一片中还是大放异彩。可是他们把小琼斯演成了一个为了加入爵士乐队而使劲试演的忸怩作态的小丑；他们把我父亲母亲演得平淡无味，形象模糊；还有饰演我的那个演员！——哎，怎么说好呢，耶稣啊，上帝啊！尽管有这些缺陷，弗兰妮的演出还是非常精彩。他们拍那部电影的时候，弗兰妮才二十来岁，因为长相异常漂亮，演十六岁的她自己刚刚好。

“我觉得他们选来演你的那个笨蛋，”弗兰妮告诉我，“身上一点生机活力都没有，只会傻里傻气地装可爱。”

“呃，我不知道，不过，你有时就是这样一个人啊。”弗兰克取笑我说。

“就像一个老阿姨、一个老处女在那里举重。”莉莉对我说，“他们把你演成了那么个人。”

在第三家新罕布什尔旅馆照顾我父亲的头几年里，大部分时间我就觉得自己成了这么个人：一个举重的老阿姨、老处女。从维也纳得了美国文学学位的我，现在成了父亲的幻想的看管人，说起来倒也是一个不错的事。

“你需要一个好女人。”弗兰妮在电话里对我说——从纽约，从洛杉矶，她不断打来长途电话，她现在可是一颗冉冉升起的明星了。

弗兰克跟她争论说，或许我更需要一个好男人。在这个问题上我是很谨慎的。我很高兴能帮助父亲创建一个梦幻的世界。那个悲观绝望的菲尔格伯特创立了一个很好的传统，现在我遵循她的做法，一到晚上就为父亲念书。我特别喜欢为父亲念书——为别人大声朗读成了我在这个世间最快意的一件事情。我还成功地激发了父亲对举重的兴趣。不是只有眼睛好好的人才能举重。现在，我和父亲在那个旧舞厅里度过无数个愉快的早晨。我们在舞厅的各个地方都铺上垫子，放上适合做卧推的凳子。每次我们都准备好各种杠铃和哑铃——从舞厅往外看，大西洋的壮丽景色尽收眼底。当然，父亲是没有办法看到美景的——他静静地躺在垫子上，感受海风拂过他的身体，也就心满意足了。我前面说过了，自从抱死了阿尔拜特之后，我就不怎么举很重的杠铃了，父亲现在也算是一个老练的举重运动员，他发现了我的这一情况。为此他也责备过我。与父亲在一起的时候，我只喜欢做些轻量级的举重项目。那些重量级项目，我现在都让父亲做。

“噢，我知道你的身体状况依然是不错的，”他带着嘲笑的口气对我说，“可是你无法与一九六四年夏天的你相提并论了。”

“人不可能一辈子都活在二十二岁。”我提醒他说。我们一起举啊举，一连举了好一阵。在缅因州，在这样的早晨——大雾还没有完全散去，大海的湿气包裹着我们的身体——我不禁想象起自己当年刚开始举重的那个场景——想象自己躺在索罗以前特别喜欢躺的那块地毯上，艾奥瓦鲍勃在我身边指导着我，而不是像现在，我在指导我父亲。

等时光把我悄悄晃到四十岁，我才想着要找一个女人一起生活。

我三十岁生日的那一天，莉莉给我寄来了唐纳德·贾斯蒂斯的一首诗。

她很喜欢那首诗的结尾部分，认为这个结尾非常适合我。我当时很不高兴，马上写了几句话给莉莉寄去：“这位唐纳德·贾斯蒂斯是何方神圣？难道他说什么都适合于我们？”不过，对于任何一首诗来说，这都是一个很好的结尾——在三十岁的时候，我确实有这样的感觉。

今天三十了，
我看见树林闪着光飞过，
就像蛋糕上的蜡烛，
就像太阳下山，
一道亮光刹那间闪过，
可是，在黑暗来临之前，
我们还有时间许愿，
但愿我知道该许什么愿，
以前我或许知道，
俯身在干净的
被烛光照亮的桌布上，
一口气把蜡烛全部吹灭。

等弗兰克四十岁的时候，我要给他寄去我的生日祝贺，里面附上唐纳德·贾斯蒂斯的一首诗《男人四十》。

男人四十
学会轻轻地关上门
那些房间
他们再也无法回去

弗兰克很快给我寄来了简短的回信——他说他再也不要读那该死的诗了。“关上你自己的门吧！”弗兰克气呼呼地写道，“你很快也四十了。至于我，我砰的一声关上那该死的门，以后什么时候想回来，就什么时候回来！”

好样的，弗兰克！我想。他总是不停地走过开着的窗户，没有一点害怕的意思。所有伟大的经纪人都是这样做的：他们让那些最不可思议、最不合逻辑的建议听起来合情合理，他们让你无所畏惧、勇往直前，这样你才能得偿所愿，或多或少得到你想要的东西——不管怎么样，总是能得到一些东西。你无所畏惧，勇往直前，勇猛地冲进黑暗——好像一个世上最高明的人在指点你——你这样做，到最后至少是不会一无所获的。谁会想到弗兰克最后会变得如此可爱呢？（他可是一个坏透了的孩子。）弗兰克把莉莉逼得如此之紧，我并不怪他。“紧逼莉莉的，”弗兰妮总是说，“是莉莉自己。”

那些该死的评论家喜欢上了莉莉的《我要长大》——他们屈尊俯就地盛赞莉莉，说不管这个作者原先是多么无名，现在看来，出身于挽救了维也纳歌剧院的这个著名家庭的这位莉莉·贝瑞小姐，还是“一位不错的作家”，真可谓“前途无量”。他们大吹特吹，说莉莉的文笔是多么清新自然——所有这些评论对莉莉意味着，她面前只有一条路可走：她只能一路向前，她只能把写作当作一件严肃的事来做。

我们的小莉莉写这第一本小说，几乎出于偶然。她写那本小说，只是想用这个委婉的方式表示她要长大。但是，现在外界都说莉莉是一个作家了，其实她或许至多不过是一个心思敏感、热爱文学的读者，只是觉得自己想写点什么而已。我想，最终害死莉莉的，正是这写作，因为写作是可以杀人的。写作耗尽了她的心血。她的个头不够大，经不起这样的自我虐待，经不起这样不断地自我消耗。《我要长大》这部电影上映后，弗兰妮声名大噪，而电视连续剧《第一家新罕布什尔旅馆》播出后，又让莉莉·贝瑞成了家喻户晓的名字。但我想，莉莉其实只想写作，她不想要别的——我们总是听作家这样说。我想，她现在只是静下来自由自在地写作。但问题是，莉莉的第二本小说写得不怎么好。这第二本小说名为《心灵的夜晚》，取自她崇拜的导师唐纳德·贾斯蒂斯的一行诗：

心灵的夜晚终于来了。

萤火虫在血泊中抽搐。

下面还有几行。其实，如果她更明智些的话，应该选用唐纳德·贾斯蒂斯的另一行诗作为她第二本小说的书名：

弯着弓计算着什么时候射出这支定然失败的箭。

她本该起《定然失败》这个书名，因为这第二本小说就是一个失败。这是一个她无法处理的题材，这个题材对她来说太难了。她写的是梦想的死亡，写梦想如何艰难地死去。这是一本勇敢的小说，与莉莉小小的自传没有直接关联，与她自己的生活相去甚远，她写了一个她根本无法把握的陌生国家——这是一本含糊其词的小说，可以看出她笔下的文字对她自己来说也是极其的陌生。当你用模糊的语言写作时，你总是变得很脆弱。当那些评论家，那些该死的评论家用枯燥乏味、油腔滑调的语言不急不缓地批评她时，她就很容易受伤了。

按照弗兰克的说法——弗兰克对莉莉通常看得很准——她写了这本糟糕的小说，却被一帮品位不高但很有影响的读者奉为大作，让她更加觉得无地自容。一个可以说是非常无知的大学生竟然被《心灵的夜晚》使用的模糊语言深深吸引。这个大学生发现，极为晦涩的文字不仅可以发表，而且那种文字几乎与庄严冷峻相提并论，为此他深感欣慰。弗兰克说，不少大学生最喜欢的书中的段落，正是莉莉最讨厌的部分——毫无结果的自我反省，没有什么情节可言，人物性格飘忽不定，缺乏故事性。不知何故，在一些大学生看来，这种含混不清的表达，这种明显的败笔，证明了这样一个道理：任何一个傻瓜都看得出来的某种恶俗，通过艺术的手段加以重新编排，就可以成为某种优点。

"这些大学生怎么会有这种想法！"弗兰妮抱怨道。

"不是所有的大学生都这样想。"弗兰克说。

"他们认为做作的、生硬的、无比晦涩难懂的货色要比直接、流利和易于理解的东西好得多！"弗兰妮喊道，"这些人到底是怎么了？"

"只有一部分学生是那样，弗兰妮。"弗兰克说。

"那些学生连莉莉的失败也崇拜吗？"弗兰妮问。

"那些人只听老师的。"弗兰克说，很有点沾沾自喜——令他高兴的是，他今天正处于一种反对一切的情绪中。"我的意思是，你认为大学生的这种思维方式是从哪里学来的，弗兰妮？"弗兰克问，"就是从他们的老师那里学来的。"

"耶稣啊，上帝啊！"弗兰妮说。

她不会去要求出演《心灵的夜晚》中的一个角色——当然了，不会有人去把这本小说改编成电影的。弗兰妮很轻易就成了一个明星，比莉莉做作家容易多了。"当明星真是太容易了。"弗兰妮总爱这样说，"你什么也不用干，只管轻松过自己的生活，自然会有人喜欢你。你只管相信：他们会得到你内心的那个你。你只管放松自己，等着你内心的那个你出现。"

我想，作为一个作家，你内心的那个你，需要更多的滋养才能显现。我以前一直想着要给唐纳德·贾斯蒂斯写一封信，但我现在不这样想了，我觉得看他一眼——就一眼，从远处看他一眼——就够了。如果他心中最美好、最清亮的一面没有表现在他的诗里，那么他就算不上一个好作家。既然在他的诗歌中已经出现美好、坚强的东西，再与他见面，或许会让人失望的。噢，这不是说，他可能会是个不怎么样的人。他说不定是个非常棒的人。但他这个人不如他的诗那样好。他的诗是那么的庄严大气，他这个人可能会让人失望。当然，拿莉莉来说吧，她的这本小说令人失望了——她自己也知道。她知道她的小说不如她这个人那么可爱。莉莉非常希望，情形反过来就好了。

拯救了弗兰妮的，不仅仅是这样一个想法：当明星比当作家容易。拯救弗兰妮的，还有这样一个想法：她用不着一个人孤苦地奋斗，就可以成为明星。唐纳德·贾斯蒂斯是明白这样一个道理的：要做作家，你必须一个人孤苦地奋斗，不论你是否一个人孤苦地生活。

你不会认出我的。
当你摸索着寻找电灯开关时，
我的脸绽放在
卫生间潮湿的镜子里。

我眼里的神情
如雕像一般
冰冷地盯着鸽子飞回来，
它们吃完了你撒出的食物。

“耶稣啊，上帝啊！”弗兰妮说，“谁会想见他呢？”

看到莉莉，大家都觉得她是个很可爱的人——或许只有她自己不知道这一点。莉莉想让她的文字变得可爱，可是她的文字让她失望了。

有意思的是，我和弗兰妮曾以为弗兰克是鼠王，其实我们错看弗兰克了。我们从一开始就低估了弗兰克的能力。他是一个英雄，但他需要赶到那个时间点上——赶到他在我们所有的支票上签名，告诉我们可以在这或那上面花多少钱的时候——我们才能认识到弗兰克这个英雄，这个一直以来的英雄。

是的，莉莉才是我们的鼠王。“我们早该知道她是鼠王！”弗兰妮不停地哭啊哭，“她只不过长得太瘦小而已！”

现在，我们失去了莉莉。她是我们心头的悲伤，那个从未完全理解的悲伤，我们从未识破她的伪装。或许，莉莉还没有长到那个让我们看清她的高度。

她写了一部杰作，但她从来没有给自己邀多大的功。她写了一个以契帕·达夫为主演的电影剧本，她是这部戏的编剧兼导演，她继承了奶油和鲜血的伟大传统。她知道那个故事应该写到哪里为止。《心灵的夜晚》没有达到她自己的期望，她又艰难地从头开始——想写另外一本小说，书名都想好了，一个很气派的书名：《童年之后的一切》。这个书名不是出自唐纳德·贾斯蒂斯的哪首诗——这是莉莉自己想出来的。但这次她又失望了。

每次弗兰妮喝高的时候，她就生唐纳德·贾斯蒂斯的气，怪他怎么对莉莉有这么大的影响。弗兰妮有时喝得酩酊大醉，借着醉意，把莉莉的不幸都怪罪到可怜的唐纳德·贾斯蒂斯身上。但我和弗兰克总是最先让弗兰妮明白，害死莉莉的，是她对小说品质的过高要求；是《了不起的盖茨比》的那个完美结尾——不是她自己小说的结尾——那个她无力完成的结尾，害死了她。有一次莉莉说："去他妈的唐纳德·贾斯蒂斯！所有的好句全让他写尽了！"

我妹妹莉莉死之前读到的，可能就是唐纳德·贾斯蒂斯写的那一行诗。弗兰克找到了莉莉的一本藏书，是唐纳德·贾斯蒂斯的《夜晚的光》，书打开在第二十页，这一页莉莉不知翻看了多少次，书角都卷了起来，这一页顶上有一行诗，被圈了好几个圈——一次是用口红圈的，还有好几次是用不同的圆珠笔圈的，色泽不一，甚至还用低劣的铅笔圈过。

我认为那结尾不可能是对的。

可能就是这行诗让莉莉走上了不归路。

那是二月的一个夜晚。弗兰妮在西海岸，她救不了莉莉。我和父亲在缅因州，莉莉知道我们睡得很早。当时父亲养着他的第三只导盲犬。萨彻死了——暴饮暴食就是这个结果。那只总是神气活现、叫起来没完没了的金毛小狗，被车压死了——它有一个喜欢追车的恶习，所幸的是，它乱追着车、被车压死的那一次，并没有牵着父亲在走。父亲给它起名为施拉格伯斯，因为它的性格有点像鲜奶油。第三只导盲犬爱放屁，这多多少少让人不快地想起索罗。这又是一只德国牧羊犬，只不过这次是只雄狗。父亲非叫它“弗雷德”不可。可巧，第三家新罕布什尔旅馆的勤杂工的名字也叫弗雷德，他是一个退休了的捕龙虾的渔夫，耳朵聋得要命。每次父亲叫唤他的导盲犬——不管是叫萨彻，还是叫施拉格伯斯——这个叫弗雷德的勤杂工，不管正在旅馆的哪个角落干活儿，都会大叫一声：“什么？”这让父亲很是恼火（不用说，他的叫声让我们想起了我们的小弟弟艾格）。恼火不已的父亲总是嚷嚷着说，下一条狗一定要叫弗雷德。

“不管我叫哪一只狗的名字，弗雷德那个老蠢货总要莫名其妙地应一声！”父亲喊道，“耶稣啊，上帝啊，如果他动不动喊‘什么？’，那么我们就给狗取个好名字。”

所以，第三条导盲犬的名字就成了弗雷德。弗雷德唯一的一个坏习惯是，清洁女工的女儿一离开妈妈的身边一会儿，它就欺负这女孩。它傻里傻气地把小女孩按到地上，就开始爱抚她，惹得小女孩大声尖叫：“放开我，弗雷德！”清洁女工赶过去，大吼一声：“住手，弗雷德！”然后操起拖把或扫帚——手边有什么就操起什么——猛打弗雷德。父亲听到这喧闹声，也知道发生了什么，大叫一声：“该死的弗雷德，你这色眯眯的杂种！快给我滚过来，弗雷德！”那个耳聋的勤杂工，那个退休渔夫，另一个弗雷德也大叫起来：“什么？什么？”我只好前去找他（因为父亲不愿意理他），告诉他：“不是叫你，弗雷德！没你的事，弗雷德！”

“噢。”他说一声，继续干他的活，“总觉得有人在叫我。”

所以，莉莉打电话到缅因州找我们是没有用的。除大喊几声“弗雷德！”之外，我们真的帮不上莉莉什么忙。

于是莉莉给弗兰克打电话。弗兰克与莉莉相隔不远，他也许能帮上莉莉。我们现在对弗兰克说，他当时是可以帮上她的，但我们知道，从长远来看，厄运是漂浮不定的。莉莉听到的是自动答录机里的弗兰克的声音。弗兰克已经不用别人为他接电话了，用上了自动答录设备，录的是他气呼呼的声音。

> 嘿！我是弗兰克！——其实我不是弗兰克（哈哈）。实际上我出门了（哈哈）。想留话？听到嘀的一声，你就尽情地说吧。

弗兰妮留下过不少话，弗兰克听了，很是恼怒。“去干你的甜甜圈吧，弗兰克！”弗兰妮有一次对着自动答录机大叫。“每次你那个该死的装置接起了我的电话，我都是要花钱的——我在洛杉矶，弗兰克，你这白痴，你这废物，你这小鸟戏水池里的大便！”接着是各种各样的放屁声，还有啪啪的亲吻声。弗兰克听不下去了，就给我打电话——真是讨厌，他的电话总叫我讨厌。

“说实话，”他说，“我一点也弄不懂弗兰妮是怎么回事。她总在我的答录机上留下这种叫人恶心的话！我是说，我知道她觉得那样很搞笑，可是她难道不知道我们已经听够了她那些恶俗的话？她都这个年纪了，再说这样的话已不合时宜了——如果以前不算什么的话。你已不再说脏话了，我希望你能叫她把嘴巴放干净点。”

如此这般。

莉莉的留言一定把弗兰克吓坏了。莉莉或许很早就留了言，弗兰克结束晚上的活动回到家才听到。他打开答录机，一边听很多人的留言，一边刷牙，准备睡觉了。

这些留言基本上是生意上的事。他代理的一个网球运动员在除臭剂广告上遇到了一点麻烦。一个编剧打来电话，诉说一个导演在“操纵”他，弗兰克很快在头脑中想了一下这件事——大意是，这个编剧需要更多的“操纵”。一位有名的编舞对他说，她的自传写不下去了——她向弗兰克大倒苦水，说她写到童年这一节就卡壳了。弗兰克只是不停地刷牙，然后漱了漱口，关上了浴室的灯。这时，他听到了莉莉的话。

“嘿，是我。”莉莉带着道歉的口气说，对答录机说。莉莉一直在用道歉的口气说话。弗兰克不禁笑了一下，掀开了被子。睡觉前，他总是先把假人模特放到床上，然后自己再钻进被子里去。很长一段时间答录机没有声音，弗兰克以为机器坏了。这机器常坏。不过，莉莉很快又说话了：“还是我。”听得出来，她的声音里有些疲倦，弗兰克不禁看了一下时间。他更加焦虑地听下去。答录机又没有声音了。弗兰克轻声说着她的名字：“快说，莉莉。”

莉莉唱起了歌，一首歌的一小段；那是一首尤丽根歌曲——一首愚蠢、悲伤的歌，鼠王之歌。对这首歌，弗兰克当然熟记于心了。

卖掉我的旧衣裳，我这就上天堂。

“天哪，莉莉。”弗兰克对着答录机小声说道。他飞快地穿上了衣服。

“Auf Wiedersehen，弗兰克。”唱完歌，莉莉说道。

弗兰克没有应答莉莉的话。他跑到哥伦布环岛，上了一辆出城的出租汽车。尽管弗兰克不擅长跑步，但我想这次他跑得够快的了，我都不能跑这么快。我总是对他说，在莉莉打来电话的时候，即使他就在家里，接到了这个电话，他也救不了她：从十四楼掉下来的时间——从斯坦霍普酒店十四楼角上那个套间的窗户落到第八十一大街与第五大道交叉口的人行道上的时间——远远短于任何人跑过二十个街区和一个动物园所需要的时间。莉莉的旅程比弗兰克的要短得多，无论如何，她都会比他先到达目的地。他是无力回天的。他说，即使如此，他一直没有对她说一声（甚至心里都没有想）“Auf Wiedersehen，莉莉”——直到别人指给他看她那小小的遗体，他才对她道了一声再见。

她留下了一份简单的遗书，比菲尔格伯特写得好。莉莉没有发疯，她留下的这份自杀遗书写得很严肃。

遗书就这么简简单单两行：

> 对不起。
>
> 我就是长得不够大。

我记得最清楚的，是她的那双小手：每当她说些心事很重的话时，她那两只小手就在她的膝盖上方跳来跳去——莉莉总是心事重重。小琼斯老对我说：“老兄，她心里没有太多的笑声。”他说得没错。莉莉的两只手无法自我控制。它们跟着莉莉自认为听到的节拍舞动着——也许就是弗洛伊德听到的那首歌曲，他那时一边听，一边用棒球杆拍打着那首歌的节奏。也许就是父亲现在听到的那首歌，棒球杆随着歌声在他疲惫的脚边优雅地摆动着。我的父亲，虽然眼睛看不见了，但喜欢到处走，不管是冬天还是夏天，他每天都要在新罕布什尔旅馆周围的空地上走，一走就几个小时，不知疲倦。先是萨彻带着他，然后是施拉格伯斯，接着是弗雷德。可是弗雷德后来养成了杀臭鼬的习惯，我们只好不要它了。“我喜欢弗雷德，”父亲说，“但它又是放屁，又是杀臭鼬的，会把客人都赶走的。”

“呃，客人们并没有投诉。”我告诉父亲。

“呃，他们只是出于礼貌。”父亲说，“这显出他们的品位。不过这确实很让人讨厌，真的是强人所难。假如我与弗雷德在一起的时候，它要袭击臭鼬……呃，看在上帝的分儿上，我就会杀了它，这棒球杆就是为它准备的。”

于是我们找到了一个想要一只看门狗的好人家。他们的眼睛都好好的，他们不在乎弗雷德爱放屁，也不在乎它浑身臭得像臭鼬。

现在父亲有了新的导盲犬带他散步，这是他的第四只导盲犬。我们已经厌倦了给这些狗起名。自从莉莉死了以后，父亲不再那么有玩性了。“我再也不想给狗起名了。”他说，“你们说叫它什么名字好？”我也不想给狗起名字。弗兰妮当时正在法国拍电影，而弗兰克——莉莉的死对他的打击最大——一提起狗，就莫名恼火。弗兰克心里装了太多的悲伤，他根本没有心情给狗起名。

“耶稣啊，上帝啊！”弗兰克说，“就叫它老四吧。”

父亲耸了耸肩，同意“老四”这个简单的名字。所以，如今，当父亲想找他的同伴一起在暮色中散步的时候，我就能听到他老四老四地大叫。“老四！”他吼道，“老四！”那个勤杂工老弗雷德，还是照旧应答：“什么？”父亲继续叫着：“老四！老四！老四！”就好像一个人想起了儿时玩的一个游戏：你把球扔上天，然后喊出另一个人的号码，那个号码的人必须在球落地之前把它接住。“老四！”我听着父亲叫喊着，不禁想象着孩子们奔跑着，伸出手，去接那个球。

在我的想象中，这个孩子有时是莉莉，有时是艾格。

父亲终于找到了老四。我望出窗外，看到老四小心翼翼地带着父亲到码头去。天色渐暗，看着我父亲和他的导盲犬的背影，你很容易将他们看成一个年轻得多的男人站在码头，身边带着一头熊——他们好像在钓波拉克鱼。“如果你看不到鱼在水里游动，这样的钓鱼是没有乐趣的。”父亲对我说过。就这样，父亲与老四一起坐在码头上，迎接夜晚的到来。等到晚上凶猛的缅因蚊子袭来，他们只好回新罕布什尔旅馆了。

我们的旅馆还是挂上了一个招牌：新罕布什尔旅馆。父亲非要挂不可。当然，挂了他也是看不见的，但他每次经过的时候都要摸摸这牌子，所以，在牌子的问题上我就不好骗他了：明明没有，不好说有——在这件事上，我很乐意为他做出让步，当然有时这牌子给我带来麻烦。时不时地会有迷路的游客忽然找到我们的旅馆。他们看到招牌，以为这真是一家旅馆。我已经向父亲解释过我们这家旅馆复杂的“盈利”原理，所以，父亲明白我们的旅馆为什么能不停开下去。每当这些迷路的游客找到我们，并要求住宿的时候，我们就问他们是否预订了房间。

他们当然只能说没有预订。然后环顾四周，看看这静悄悄的新罕布什尔旅馆，感觉这旅馆明明是空无一人的样子——我们的第三家新罕布什尔旅馆就是这副样子——便问道：“可是你们肯定有空房的，对吗？”

“没有空房。”我们总是这样回答他们，“没有预订，就没有空房。”

有时父亲会与我发生争执。“我们当然是有空房让他们住的。”他愤愤地说，“他们这家人好像很不错。一两个孩子，我听到他们在吵架，母亲听上去很累了——他们或许开了一路的车了。”

“标准就是标准，爸爸。”我说，“说实在的，如果我们把标准放得过松，那别的客人会怎么想？”

“这也太精明了。”他满是狐疑地小声说道，“我的意思是，我当然知道我们是一家特别的旅馆，可是，不知怎么的，我从来没有想过它真的会变成……”他一般说到这里就不再说下去，微微一笑作罢。接着，他又说了一句：“呃，你妈妈准喜欢这个样子！”他手中的棒球杆挥舞起来——好像在向母亲挥舞。

我说：“妈妈肯定会喜欢的，爸爸。”——当然说这样的话，我是一点资格都没有的。

"当然，不会全部都喜欢，"父亲若有所思地补充道，"但是至少会喜欢现在这个样子。至少会喜欢现在这个结局。"

*

莉莉的葬礼，可以说是一个很安静的葬礼——虽然她有不少狂热的追随者。我倒希望自己能有勇气请唐纳德·贾斯蒂斯为莉莉写一首挽歌，但想想算了，我们还是尽可能地将它办成了一场家庭葬礼。小琼斯来了，他和弗兰妮坐在一起，我不禁注意到他们彼此牵手的样子是多么好看。只有参加了葬礼，你才注意到谁变老了。我发现小琼斯的眼睛周围生出了好几道淡淡的皱纹。他现在是一个工作非常勤奋的律师了——他上法学院期间，我们几乎没有收到过他的一封信；他全身心地扑在学习上，全然消失在法学院里，就像他当年在克利夫兰布朗斯队时有一次被压在人堆底下一样，不见了踪影。我想，法学院和橄榄球队的经历对他来说是类似的，都是短暂的。小琼斯总是说，在橄榄球场上打球为他上法学院做好了准备。很辛苦，也很无聊，无聊，无聊。

小琼斯现在开了一家叫"黑人护法队"的律师事务所。我知道，弗兰妮去纽约的时候，就与他住在一起。

他们俩都是明星，现在也许他们终于能融洽相处了，我想。在莉莉的葬礼上，我满脑子想的是，要是莉莉看到他俩在一起，该有多欢喜。

父亲站在苏西熊旁边，夹在他两膝之间的棒球杆，沉重的那一头朝下，在轻微地摇晃着。当他挽着苏西的手臂——挽着弗洛伊德从前的那头"导盲熊"的手臂——行走的时候，便拿起这根"路易斯维尔重击手"牌棒球杆，看他那副很有派头的样子，仿佛他手持的是一根粗壮的手杖。

苏西伤心欲绝，不过她还是挺过了葬礼——我想是看在父亲的分儿上吧。自从我父亲挥舞球杆，做出了那个神奇的事情——凭着本能，他难以置信地一挥，竟然绝杀了那个色情作家厄恩斯特——之后，她对我父亲就心生崇拜之情。在莉莉自杀的那一阵子，苏西熊就在离莉莉不远的地方。她离开东海岸去了西海岸，然后又回到了东海岸。她在佛蒙特州经营过一段时间的公社。“我把那个混账的东西给玩坏了。”她一边说，一边大笑。她在波士顿开了一个家庭咨询服务机构，后来发展成了一家日托中心（因为那里对日托中心的需求更大），后来又发展成了一家强奸危机中心（因为日托中心后来遍地都是）。强奸危机中心在波士顿不受欢迎——苏西承认，并不是所有的敌意都来自外部。当然，到处都有支持强奸的人，到处都有憎恨女人的人，还有各种各样愚蠢的人认为在强奸危机中心工作的女人一定是苏西所说的“铁杆女同，女权主义者，捣乱分子”。波士顿人的态度让苏西和她的第一个强奸危机中心开始的日子相当艰难。显然，为了表明那些人的观点，他们甚至强奸了强奸危机中心的一名员工。但是，就连苏西自己也承认，早期在强奸危机中心工作的女性中，有一些确是“铁杆女同，女权主义者，捣乱分子”，但她们实际上都是讨厌男人的人，所以强奸危机中心的不少问题是内部问题。其中一些女员工只是单纯的反体制哲学家，又没有弗兰克那样的幽默感，如果执法者反对那些想要看到强奸的一点小好处的女性——她们只不过寻求一点变化而已——那么这些女员工就与所有的法律过不去，于是，没有一个人对受害者有过什么真正的帮助。

在波士顿后湾的一个停车场里，几个憎恨男人的女人把一个男人给阉割了——她们说他是强奸者。如此一来，苏西在波士顿的强奸危机中心彻底完蛋了。苏西只得回到纽约，重操起家庭咨询的旧业。这次她专业“处理”打孩子的事务——她说，孩子和打孩子的人，她都“处理”——但她讨厌起纽约了。（她说，要是你不是熊，住在格林尼治村真是一点乐趣都没有。）她坚信她事业的未来还是在处理强奸危机上。

我看过她一九六四年在斯坦霍普酒店的表演，不得不同意她的看法。弗兰妮总是说，苏西的那次表演，比弗兰妮自己的任何一次表演都好。其实弗兰妮的表演也不错。在与契帕·达夫了结的那场戏里，弗兰妮虽然只有一句台词，但她自始至终演下来了，那场演出一定给了她很大的信心。事实上，在以后她演的所有电影中，她都保留了那句台词，而且把那句台词演绝了："呃，看看谁来了。"她总能找到办法神不知鬼不觉地插进那句可爱的台词。当然，她没有使用自己的名字。电影明星几乎从不用真名。再说了，弗兰妮·贝瑞这样的名字并不吸人眼球。

弗兰妮有个好莱坞名字，那是她的艺名，你知道那个名字。这是我们家族的故事，我在这里说出弗兰妮的艺名是不合适的，不过我知道你了解她。弗兰妮是你一直渴望得到的人。她是你心中最好的人，即使她成了一个恶棍，她永远是个真英雄，即使她死了，即使她为爱情而死——或者更糟，为战争而死。她是最美丽的人，最难以接近的人，但是，怎么说呢——也是最脆弱的人，最坚强的人。（就是因为她，你总是往电影院跑。也是因为她，你才待在这里不走。）现在，别的人也能梦到她了——现在，她以一种毁灭性的方式不让我梦到她。现在，我可以带着原先我对弗兰妮做的那些梦去过我的日子了，但是她的不少观众必定没有那么幸运，他们带着对她的梦想，是过不好日子的。

她很容易就适应了她的名声。莉莉就永远无法适应，但弗兰妮却轻松地适应了——因为她从小就是我们家的明星。她已经习惯了受人瞩目，习惯于成为每个人关注的焦点——我们等待她，我们倾听她。她天生就是一个主角。

"我生来就是个可怜的经纪人。"在莉莉的葬礼之后，弗兰克忧郁地说。“我甚至把这事也代理了。”他说——他指的是莉莉的死。“我要她干这干那，可是她的身体长得不够大，哪干得了这些！”他显出一脸的愁苦。接着，他哭了起来。我们赶忙安慰他。“该死的，我一直就是那个该死的经纪人。这一切都是我造成的——是我。想想索罗吧！”他号叫起来，“谁把它做成了标本的？谁为这些故事开了头？”弗兰克哭着说，他哭啊哭，哭个没完，“我就是那个浑蛋经纪人。”

父亲伸出一只手去摸弗兰克，另一只手举着棒球杆好似天线。“弗兰克，弗兰克，我的孩子。弗兰克，你不是莉莉这些麻烦事的经纪人。”父亲说。“谁是我们家的梦想家，弗兰克？”父亲问。我们都转过身来看着父亲。“噢，是我——我是那个梦想家，弗兰克。”父亲说，“莉莉也是梦想家，只不过她梦想过了头，梦想做她根本无力去做的事，弗兰克。她从我这里，继承了那些该死的梦想。”

“可我是她的经纪人。”弗兰克说，一副傻乎乎的样子。

“是的，但那不重要，弗兰克。”弗兰妮说，“我是说，你是我的经纪人——那才很重要，弗兰克。我真的需要你。谁也做不了莉莉的经纪人，弗兰克。”

“本来就不重要，弗兰克。”我对他说——因为，他也总是这么对我说，“谁是她的经纪人，本来就不重要，弗兰克。”

“我是她的经纪人。”他说——他就是这么固执，真让人气死。

“行了，弗兰克。”弗兰妮说，“还不如跟你的电话答录机说话，跟那机器说话，真是容易多了。”这下终于让弗兰克没话了。

*

有那么一阵子，我们得忍受一大批哭哭啼啼地前来哀悼莉莉的人——他们是莉莉的崇拜者，他们对莉莉的自杀表达了狂热的仰慕。

他们认为，自杀是莉莉最后的声明，是她严肃人生的一个证明。这对莉莉来说，是个极大的讽刺，因为弗兰克、弗兰妮和我都知道，莉莉的自杀——从莉莉的立场来看——是她对自己人生不够严肃的最终承认。但是，那些人却因为莉莉最不喜欢自己的那一点而始终爱着她。

非常崇敬莉莉自杀的一群粉丝甚至写信给弗兰妮，要求弗兰妮扮演成莉莉，到全国各个大学校园去朗读莉莉的作品。因为弗兰妮是演员，所以他们这样要求弗兰妮——他们想让弗兰妮扮演莉莉。

我们还记得，莉莉有过唯一一次担任驻校作家的经历，她描述过自己参加过的唯一一次英语系会议。在那次会议上，讲座委员会透露，他们剩下的经费不多了，只够邀请两位中等名声的诗人——或一位非常著名的作家或诗人——来做讲座。要不，他们就把剩下的经费全部用在一个在各个大学校园"扮演"弗吉尼亚·伍尔夫作品的那个女人身上——那位女士提出过这样的要求。虽然莉莉是英语系中唯一一个开设了讲授全部弗吉尼亚·伍尔夫作品的课程的人，但她反对系里邀请弗吉尼亚·伍尔夫的扮演者前来朗读的做法，而且她发现只有她自己一个人提出了反对意见。"我认为，弗吉尼亚·伍尔夫应该会赞成把这笔钱用在一位活着的作家身上。"莉莉说，"用在一个真正的作家身上。"但是系里还是决定将这笔钱用在扮演弗吉尼亚·伍尔夫的那个女人身上。

"好吧。"莉莉最后说，"我同意你们的决定，但前提是那个女人能够演完全程。但愿她演完全程。"莉莉说完，会议室里一片寂静。有人问莉莉，她说这话不是开玩笑吧？她怎么可以如此"低级趣味"，竟然建议那个女人到学校来表演自杀？

我妹妹莉莉说："这就是我哥哥弗兰克所说的恶心事。你们都是教文学的，竟然把钱花在一个死去了的作家（你们并没有讲授过她的作品）的模仿者身上，而不是把钱花在活着的作家（他们的作品你们可能连看也没有看过）身上。"过了一会儿，莉莉又说："尤其恶心的是，你们不讲授这个女作家的作品，却叫人来模仿她——这个女作家其实是十分痴迷于作品的伟大与装模作样之间的区别的。你竟然想花钱请人扮演她？你们应该感到羞耻。快去，把那个女人带到这儿来。”莉莉补充道，“我要在她的口袋里装满石头，然后带她去河边。”

弗兰妮把这个故事告诉给了那些想让她扮演成莉莉在全国各个校园里“巡演”的人。“你应该感到羞耻。”弗兰妮说。“再说了，”她加了一句，“我的个子太高，演不了莉莉。我妹妹长得实在很矮小。”

那些崇拜莉莉自杀的粉丝们却将此理解为弗兰妮的无动于衷——由此他们联想，在各个报纸新闻上也可以读到，我们这一家人对莉莉的死漠不关心（因为我们不愿意参与扮演莉莉的各种活动）。沮丧之中，弗兰克主动提出来，说愿意“扮演”莉莉，去参加自杀诗人和作家作品的公开朗诵会。自然而然，没有一个作家或诗人会朗读他们自己的作品。许多朗读者被雇来朗读这些自杀了的作家或诗人的作品，读起来好像作家或诗人重新活过来了。这些雇来的朗读者非常同情这些自杀者的作品——或者更糟，他们同情这些作家的“生活方式”，或毋宁说，他们同情这些人的“死亡方式”。弗兰妮也不想参加这类活动，但弗兰克却主动提出来愿意参加。可是人家不让他参加。“他们的理由是，我‘不真诚’。”弗兰克说。“他们猜测我没有诚意。我就是没有诚意！”他喊道。“可是他们都能忍受过度虚伪！”他又加了一句。

*

小琼斯与弗兰妮结婚了——终于结婚了！“这是一个童话故事。”弗兰妮在长途电话里对我说，“我和小琼斯认为，要是我们再等下去，我们就不会有什么东西可以挽回了。”不知不觉中，弗兰妮都快到四十岁了。黑人护法队与好莱坞之间至少有一样共通之处：奶油和鲜血。我想，弗兰妮和小琼斯——在纽约和洛杉矶——会让人们觉得“魅力四射”，但我常想，这所谓的“魅力四射”，其实只是忙碌而已。小琼斯和弗兰妮每天为工作忙得精疲力竭，最后也就享受一下相互扑进对方疲惫不堪的怀抱里这样一点小快乐而已。

我真的为他俩感到高兴，只有一个遗憾，就是他们说，他们没有时间照顾孩子。“如果我无法照顾孩子，”弗兰妮说，“那我情愿不生孩子。”

小琼斯说：“我也同意，老兄。”。

有一天晚上，苏西熊告诉我，她也不想要孩子，因为她生的孩子可能会很丑，她不想让一个丑孩子来到这个世界——她说，无论如何也不想这样做。面相丑陋的孩子会遭遇种种歧视：这是一个孩子所能面临的最残酷的人生了。

“你并不丑，苏西。”我告诉她，“你只是需要一些时间来适应。我觉得你真的很有魅力——这是我的真心话。我真是这样想的。我认为苏西熊是个英雄。”

“那你就有病了。”苏西说，“我的脸长得像一把斧头，像一个凿子，而且肤色也难看。我的身体就像一个纸袋子，就像装燕麦片的纸袋子。”

“我觉得你很漂亮。”我对她说——我真的这么对她说。弗兰妮让我看到了苏西熊的可爱。我还听过苏西熊教弗兰妮唱的那首歌。我还做过梦，梦见苏西教我唱那样的歌。于是我又对她重复了一遍：“我觉得你很漂亮。”

“那你的脑子就成了装燕麦片的纸袋子。”苏西对我说，“如果你觉得我很漂亮，那你真是有病了。”

有一天晚上——新罕布什尔旅馆里并没有一个客人——我听到了一种奇怪的爬行声。父亲可能外出散步去了，就像他白天到处散步——当然了，对他来说，白天也是晚上，他眼前反正都是一团黑。

无论父亲走到哪里，他的棒球杆就跟到哪里——或者说在前面探路。他年纪越来越大了，他的步态也越来越像弗洛伊德了，好像父亲得了一个心理上的腿瘸病——也算是与释梦的那个弗洛伊德有了一点关系。当然，父亲走到哪里，导盲犬老四就跟到哪里！我们最近有点疏忽，没有剪一剪老四的脚指甲，所以老四走起路来，咔啦咔啦的弄出很大的响动。

老勤杂工弗雷德在二楼的一个房间里，睡得很死，就像一块石头沉入海底。他沉睡得像被海豹破坏、被人遗弃的水坝，时而被泥滩掩埋，时而被潮水冲洗干净。老弗雷德总是日落而息，日出而起；他说，因为自己是聋子，所以不喜欢晚上不睡觉。到了夏天，缅因州的夜晚特别吵闹——至少与缅因州的白天相比，晚上实在太吵闹了。

“纽约正好相反。”弗兰克老爱这么说，“中央公园南大街唯一安静的时刻是凌晨三点左右。但是在缅因州，凌晨三点左右正是最闹哄哄的时候——大自然这会儿苏醒了。”

我记得，那时大约是凌晨三点——夏夜里，昆虫乱飞。海鸟倒没有响动，但大海却不怎么平静。我耳朵听到了这种奇怪的爬行声。一开始，我分辨不出这声音是从开着的窗户传进来的（虽然窗前还有一道屏风），还是从门外的走廊飘进来的。我的门也大开着。新罕布什尔旅馆通向外面的门也从来不上锁——而且有很多很多扇门。

是一只浣熊，我想。

但听它沙沙沙地拖着没有铺地毯的地板的声响，我又觉得一定是一只比浣熊重得多的动物。只听那家伙上了楼梯，跑过转弯平台，轻轻地走过铺着地毯的走廊，朝我的房门走来。我似乎能感觉到那家伙的重量——地板在它身下吱吱作响。这会儿，连大海也平静下来了，好像也在静静地听着它的走动声。你在夜晚经常听到这种声音——它可以让奔腾的潮水突然停歇，让从不在夜里飞翔的鸟儿呼地一下飞上天去，突然停在半空，好像定格在了画布上似的。

“老四？”我低声说，心想，难道是父亲的导盲犬在四处溜达？可是转眼一想，不可能是老四，因为那家伙在每扇门前都短暂停留过了——老四以前是在走廊里走过的，但它从不会在每一扇门前驻足的。

但愿父亲的棒球杆这会儿在我身边就好了，一头熊大摇大摆地来到了我的门口。这个时候，我才意识到，整个新罕布什尔旅馆都找不出一件像样的武器能抵挡这个入侵者的攻击。我只好一动不动地躺在床上，假装睡着了——可是眼睛大睁着。在淡淡的、模糊的、法兰绒一般柔软的黎明前的光线中，这头熊显得很大。它盯着我的房间，盯着我的毫无动静的床，就像一个老护士在医院检查病房。我屏住了呼吸，但熊知道我在那里。它深吸了一口气，使劲闻了闻，然后就非常优雅地爬进了我的房间。是啊，为什么不进来呢？我想。我人生的童话故事是从一头熊开始的，让熊来结束这个故事，自然是最恰当不过的。这熊把热乎乎的脸贴到我的脸附近，嗅着我周围的一切。它特意在一个地方用劲嗅了一下，好像是在回顾我的整个人生故事——然后，好像可怜我似的，抬起一只沉重的爪子放在我的屁股上。那是一个相当暖和的夏夜——在缅因州是算很暖和的了——我全身赤裸，上面只盖了一条被单。熊的气息很热，带着一点水果味——或许刚吃过野蓝莓——让我吃惊的是，它的气息非常令人愉悦，即使不是那么清新。当这头熊拉开我的被单，看着我赤裸的身体的时候，我感到这只是恐惧冰山的一角——更恐惧的还在后头——我想，这就是契帕·达夫想象那头发情的熊就要强奸他时所感受到的那种恐惧吧。这熊看了我一眼，不以为然地哼了一声。“厄尔！”它叫了一声，粗暴地把我推向里边，于是床上就留出了空地。接着，熊爬上床来，钻进我的被单，抱住了我。这时我才分辨出它那浓烈的奇怪气息里有一种非常独特的味道。我想这绝不是一头普通的熊。熊身上的夏日汗味带有强烈的芥菜叶气味，混杂着让人喜欢的水果味气息，我还闻出了一股明显的樟脑丸气味。

“苏西？”我说。

“我以为你永远猜不到是我呢。”她说。

“苏西！”我大叫一声，转过身去，也抱住了她。见到她，我太高兴了。

“小声点。”苏西带着命令的口气对我说。“别吵醒你父亲。我在这个该死的旅馆爬来爬去，到各个房间找你。我先是找到了你父亲，接着找到一个人，睡得死死的，嘴里还说着梦话‘什么？’，然后遇到了一只狗，完全是个白痴，它竟然不知道我是一头熊——这浑蛋摇了摇尾巴，转眼就又睡着了。这是什么看家狗！该死的弗兰克给我指了路——我觉得，让弗兰克给我指去缅因州的路是靠不住的，更别提在这个讨厌的州的这个古怪的小地方了。我只想赶在天亮之前见你一面，想趁着天还黑着，赶紧找到你——上帝啊，我大概昨天中午就离开纽约了，现在天快亮了。”她说。“我累死了。”她加了一句，说完，就哭了起来：“穿着这身该死的衣服，热死我了，汗流得像一只猪，但我还是不敢脱，因为身上的气味太难闻，我的样子太难看。”

“脱下来。”我对她说，“你身上的气味很好闻。”

“噢，不可能。”她一边哭，一边说。我哄着她摘下了熊头。她拿着两只熊爪抹了一把眼泪。我一把按住她的熊爪，亲吻她的嘴，吻了好一会儿。我猜得没错，就是蓝莓味。我觉得苏西就是这个味道：野蓝莓味。

“你的气味很好闻。”我告诉她。

“噢，不可能。”她咕咕哝哝地说。她让我帮她把熊装脱下来。熊装里面热得像个桑拿房。我看到苏西的身板像头熊，浑身汗流浃背的，就像一头刚从湖里出来的熊。我突然感到自己是多么的喜欢她——喜欢她这熊一样的模样，喜欢她这一言难尽的勇气。

“我太喜欢你了，苏西。”我说着，走过去关上门，回到床上。

“快点，天就要亮了，”她说，“那时你就会看到我有多丑了。”

“我现在都能看到你，”我说，“我觉得你很可爱。”

“想要说服我，你得花很大的工夫。”苏西熊说。

好几年了，我一直在说服苏西，让她知道她很可爱。当然，我真的觉得她非常可爱。我想，过几年，苏西最终会同意这个看法的。熊的固执是出了名的，但熊是有理智的动物，熊一旦相信了你，就不会躲避你。

起初，苏西总觉得自己长得丑，陷于这个想法不能自拔，因此想尽一切办法阻止自己怀孕。她始终相信，把可怜的孩子带到这个残酷的世界，是她最不忍心做的事情，她绝不能让她可怜的孩子忍受相貌丑陋的孩子必定会遭遇的歧视和痛苦。我一开始与苏西熊上床，她就服用避孕药，还戴阴道隔膜，在膈膜上放了很多的杀精剂，我心里不禁想，我们对精子进行了过度杀戮——这话我当然不能说出来。为了减轻我对杀精产生的焦虑，苏西一再要求要我同时戴上避孕套。

“与男人做爱的麻烦就在这里。”她常这样说，“你先得全副武装自己，然后才敢和男人做爱，所以有时候你真不知道自己为什么要与男人做爱。”

苏西最近不怎么折腾了。她好像觉得一种避孕方法足够了。如果发生意外，我也没有别的办法，只能希望她勇敢地接受现实。当然，如果她不想要孩子，我也不会强迫她生的。一个人不想生孩子，你偏要叫她生，你不就成了食人魔？

“就算我不是很丑，”苏西说，“我也太老了。我的意思是，四十岁以后生孩子可能会有各种各样的并发症。不要说生个丑宝宝，我可能连宝宝都生不了——我可能只能生个香蕉！过了四十，就很危险了。”

“胡说什么呀，苏西。”我对她说，“我会让你把身体锻炼好——做一些轻量级的举重练习，跑个步什么的。你从内心讲还是很年轻的，苏西。你心里的那头熊还只是个幼崽。”

“说服我吧。”她对我说。我知道她是什么意思。这是我们之间的暗语——什么时候我们想要对方了，我们就说类似这样的话。有时候，她会突然对我说：“我需要让你来说服我。”

或者，我对她说：“苏西，你看起来需要我来说服你。”

或者，苏西只对我叫一声：“厄尔！”我就明白她的意思了。

我们结婚的时候，她当着牧师的面也是叫了一声“厄尔！”——本来她是该说“我愿意”的。

“什么？”牧师问。

“厄尔！”苏西边说，边点点头。

“她愿意。”我告诉牧师，“她那叫声表示她愿意。”

我想，我和苏西都不会忘记弗兰妮，我们都爱着弗兰妮——我俩比大多数夫妻所拥有的共同点都要多。如果苏西曾经是弗洛伊德的眼睛，那么我现在是我父亲的眼睛，所以，我和苏西还有一个共同点：我们都拥有弗洛伊德的梦想。“你俩的婚姻是天作之合，老兄。”小琼斯对我说。

每天早上我都要去舞厅为父亲上举重课。在我第一次和苏西熊做爱的那个早上，我去晚了一点。

我匆匆忙忙跑进舞厅，看到父亲已经在费劲地练起来了。

“四百六十四。”我对他说——这是我们家传统的打招呼方式。父亲和我这么多年一直过着没有女人的生活，还用这种方式打招呼，想着那个老流氓施尼茨勒的风流韵事，不禁觉得太好笑了。

“四百六十四，天哪！”父亲哼哼唧唧地说，“四百六十四——真见鬼！我听你们折腾了大半夜。耶稣啊，上帝啊！我是个瞎子，没错，但我的耳朵还管用。我数过了，你们只剩下大约四百五十八次了。不到四百六十四次了——没那么多了。那个女人到底是谁？我从来没有想到会有这么厉害的女人！”

我告诉父亲，我一直与苏西熊在一起，我非常希望她能留下来与我们一起生活。父亲听了，非常高兴。

“我们缺的就是这个东西！”他大声说道，“真是太好了。我的意思是，你找不到比这更好的旅馆了。我认为你把这旅馆办得太出色了！我们需要熊。每个人都需要熊！现在你已经得到了熊，你可以无忧无虑地回家了，约翰。你终于得到了一个幸福的结局。”

不完全是这样，我想。不过，在考虑了所有的事情之后——考虑了悲伤，考虑了厄运，考虑了爱情之后——我知道以后的事情可能会更糟。

*

那么，我们到底缺什么呢？就缺一个孩子，我想。我们就缺一个孩子。我以前想要个孩子，现在还是这样想。想起艾格，想起莉莉——我觉得现在只缺孩子。当然，我还得继续努力去说服苏西熊。不过，弗兰妮和小琼斯会让我得到第一个孩子。就连苏西也不为那个孩子感到一丝担心。

“那孩子会是个漂亮宝宝。”苏西说，“弗兰妮和小琼斯生的小孩，有什么好担心的？”

“我们还担心什么？”我问她，“相信我，你一抱到手里，就知道宝宝肯定漂亮。”

“只要想想宝宝的肤色就够了。”苏西说，“我的意思是，小琼斯和弗兰妮生的宝宝，难道不会有漂亮得不行的肤色？”

我知道——小琼斯告诉过我——弗兰妮和小琼斯可能生下一个任何肤色的孩子——“我想，从咖啡色到牛奶色，都有可能。”小琼斯爱这么说。

“苏西，不管是什么肤色，这宝宝都是漂亮无比的。”我说，“我想你是知道的。”但苏西需要我来进一步说服她。

我想，当苏西看到小琼斯和弗兰妮的宝宝时，她一定会心动，也会想要一个的。不管怎么说，这就是我希望的，因为我都快四十岁了，苏西也不再为孩子的事情担心了。如果我们想要孩子，我们就不能再等下去。我想，弗兰妮一定会生个漂亮的宝宝，连父亲也这么看——连弗兰克也这么看。

弗兰妮这么慷慨，愿意为我生个孩子——这不就是她的性格使然吗？我的意思是，那天在维也纳，她就答应要好好照顾我们，要做我们的“母亲”，从那天起，弗兰妮就一直坚持这样做，她这样一路走了过来——她那颗做英雄的心一直在她胸膛怦怦跳动，她心中的那个英雄一把可以举起一个满是杠铃的舞厅。

就在去年冬天，一场大雪过后，弗兰妮打电话给我，说她要生孩子了——那是为了我生的。弗兰妮那年四十岁。她说，生了孩子就等于关上了房门，她再也无法回到那个房间了。电话铃响的时候，还是大清早——我和苏西还认为是强奸危机中心的热线电话响起，苏西跳下床去，以为又要去接手一个强奸危机案子了，抓起电话一听，原来是普通的电话，是弗兰妮打来的——从西海岸打来。她和小琼斯一直没有睡觉，还在开两人派对。他们说，他们还没有上床——他们说，在加利福尼亚，现在还是晚上。听上去他们两个人都有点喝醉了，说着傻话。苏西有点生气，对他们说，这么早打来电话的，一般只有强奸受害者。接着，她把电话递给了我。

我像往常一样，向弗兰妮报告我们的强奸危机中心最近运转如何。弗兰妮为这个中心捐了不少钱，小琼斯帮助我们为缅因州的受害者提供了很好的法律咨询服务。光是去年一年，苏西的强奸危机中心就为九十一名强奸受害者或与强奸有关的虐待受害者提供了医疗、心理和法律咨询服务。“在缅因州，这是一个了不起的成绩了。”弗兰妮说。

“老兄，在纽约和洛杉矶，”小琼斯说，“每年大约有九万一千名受害者。”接着他马上加了一句：“各种各样的受害者都加起来了。”

想让苏西相信，新罕布什尔旅馆的所有房间都可以为强奸危机中心服务，这倒不是什么难事。开办强奸危机中心，这个旅馆完全够用了。布伦瑞克有一个大学，苏西对那里的几个女大学生进行了培训，所以每次总能安排上一个女人来接热线电话。苏西一再告诫我，我绝对不能去接热线电话。“一个强奸受害者打电话求救的时候，”苏西对我说过，“她最不想听到的，就是男人的声音。”

当然，对父亲来说就有点复杂了——他看不到哪个电话在响。所以，每当电话铃猝不及防地响起，把他吓一跳的时候，他总是大喊一声“电话！”——即使他就站在响个不停的电话机旁边。

令人惊讶的是，尽管父亲仍然认为新罕布什尔旅馆就是一家旅馆，他对强奸危机咨询服务也没有什么非议。我的意思是，他知道那是苏西的业务——他只是不知道那是我们唯一的业务。有时，父亲会与在新罕布什尔旅馆住了几天，接受了我们的服务之后渐渐康复起来的强奸受害者说话。父亲还以为这是新罕布什尔旅馆的“客人”呢——弄得受害者莫名其妙。

父亲有时拄着那根棒球杆笃笃笃地走到小码头边上，可能碰巧遇到一个受害者正静心坐在那里。老四拼命摇着尾巴，好让父亲知道有个人在这里。于是父亲可能会与这个人聊起天来。“喂！谁在这里？”他会问。

这个强奸受害者或许会回答：“是我，西尔维娅。”

“哦，是西尔维娅呀！”父亲会这么说，好像他认识她一辈子了似的。“呃，西尔维娅，你觉得这家旅馆怎么样？”可怜的西尔维娅还认为我父亲出于礼貌，没有直接说强奸危机中心，只说‘旅馆’——于是她只好应付他几句。

“噢，对我来说太重要了，”她会这样说。“我的意思是，我真的应该说出来，但是我不想让自己产生非说出来不可的感觉，直到我心里准备好想说了，我才说。这里很不错，没有人逼你，没有人说你应该有什么样的感觉，应该怎么做，但有了他们的帮助，你能更轻松地获得这样的感觉——光靠你自己一个人苦想是不容易得到的。你明白我的意思吧？”西尔维亚可能会这样说。

父亲会说：“我当然明白你的意思，亲爱的。我们干这一行已经好多年了，一家好旅馆就该是这个样子：它为你提供空间，提供氛围，提供你所需要的东西。一家好旅馆把空间和氛围转变为慷慨大方，转变为同情心——一家好旅馆会在你需要的时候（而且只有在你需要的时候）提供那样的服务，比如抚摸你，比如赞美你。一家好的旅馆总是那样。”父亲一边说，一边敲着棒球杆，好像一根指挥棒指挥着他说出了这番动听的话，“它从来不把这种感觉强加于你，而是像美妙的气息，让你自然而然地顺着喉咙吸到身体里去。”

“是的，就是这样，我想。”西尔维娅会这样应答道——如果是贝特西，或者帕特丽夏，或者哥伦拜恩，或者莎莉，或者爱丽丝，或者康丝坦斯，或者霍普，不管是谁吧，也会这么说的。“不知怎么的，它将那东西从我身体里掏了出来，但从来不用强迫的手段。”

“是的，从不强迫，亲爱的。”父亲会表示赞同。“一家好的旅馆绝不强迫什么。我喜欢把这样的旅馆叫作同情空间。”父亲会继续说道——但他绝不会承认自己的这个说法来自舒劳斯本舒吕舍尔和他的那枚同情炸弹。

“而且，”西尔维娅会说，“这里的所有人都这么好。”

“是的，这就是我喜欢一家好的旅馆的原因！”父亲会兴奋地说。“所有人都那么好。在一家伟大的旅馆，”他会对西尔维娅说——或者对任何一个愿意听他说话的人说，“你理应期待得到那种美好。比如你被人打得不成样子了——请原谅我打了这个比方——你来到我们这儿，我亲爱的，我们就是你的医生，就是你的护士。”

“是的，没错。”西尔维娅会说。

“如果你来到一家伟大的旅馆的时候是支离破碎、残缺不全的，”我父亲会如此这般继续说下去，“你离开这家伟大的旅馆的时候，必定又是完好无缺的。我们把你恢复得完好如初，这当然需要一种几乎可以说是非常神秘的手段——这就是我所说的同情空间——因为你不能强迫任何人回到原样；他们必须以自己的方式恢复。我们只提供空间。提供空间和阳光。”父亲会一边说，一边挥舞棒球杆，就像挥舞着一根魔杖为强奸受害者送去祝福，好像他成了一个圣人，正向另一个圣人送去祝福。

这就是你对待强奸受害者应有的方式，苏西说：“她们是神圣的人，你应该像伟大的旅馆对待每一位客人那样对待她们。每一位住在伟大旅馆的客人都是尊贵的客人，每一个住在新罕布什尔旅馆的强奸受害者都是我们尊贵的客人——而且是神圣的客人。”

“对强奸危机中心来说，这确实是个难得的好名字。”苏西赞同地说，“新罕布什尔旅馆——这名字可有点高雅呢。”

在有关部门和一个很棒的女医生组织——肯纳贝克女性医疗协会——的支持下，我们在这家不是旅馆的旅馆里开办起了一个名副其实的强奸危机中心。苏西有时对我说，父亲可是她拥有的最好的咨询师。

“每当有人难受得想不开的时候，我就让她们去码头找那个盲人和那只导盲犬。”苏西告诉我。不管父亲对她们说什么，总是有效果的。苏西下了结论。“至少到目前为止，还没有一个人跳下码头去。”

“不停地走过开着的窗户，亲爱的。”只要有受害者来找父亲，父亲就把这句话告诉她。“这样做很重要，亲爱的。”他补充道。毫无疑问，是莉莉让父亲的忠告变得权威了。他总是有本事告诫我们这些孩子——即使他完全不知道我们到底出了什么问题。“或许尤其在他什么也不知情的时候，”弗兰克说，“我的意思是，即使在他完全不知我是个同性恋的情况下，他依然给我再好不过的忠告。”这真是一个了不起的本事！

*

“好吧，好吧，”弗兰妮在电话里对我说——那是去年冬天，天刚下过一场大雪，“我给你打电话，并不是想听你讲发生在缅因州的每一桩强奸案的来龙去脉——反正这次不用，小子。你还想要孩子吗？”

“当然想要。”我告诉她，“我每天都在努力说服苏西要个小孩。”

“是这样的，”弗兰妮说，“你想要我的孩子吗？”

“可你并不想要孩子啊，弗兰妮。”我提醒她，“你这话是什么意思？”

“我的意思是，我和小琼斯有点疏忽大意了。”弗兰妮说，“我们也不用赶时髦了，我们知道谁可以做这个宝宝最好的父母。”

“尤其是现在，老兄，”只听电话那头的小琼斯说，“我的意思是，缅因州可能是最后的藏身处了。”

“每个孩子都应该在稀奇古怪的旅馆里长大，你说对吗？”弗兰妮问。

“我的想法是，老兄，”小琼斯说，“父母当中最好有一个不用工作——每个孩子至少应该在这样的家庭长大。我不是存心要让你难堪，老兄，但你真是一个完美的看护人，你明白我的意思吗？”

“他的意思是，你会照顾人。”弗兰妮甜甜地说，“他的意思是，你可以做那样的角色。你是一个最好的父亲。”

“或母亲，老兄。”小琼斯加了一句。

“等苏西身边有了孩子，也许她会回心转意的。”弗兰妮说。

“或许她会变得胆大些，会愿意试一试的，老兄。”小琼斯说。“差不多会这样吧。”他加了一句。弗兰妮在自己的电话机那头吼叫起来。很明显，他们俩各拿一个电话机，一起给我打了好长时间的电话。

“嘿！”弗兰妮在电话里继续说，“你的舌头被猫叼走了？你还在吗？喂，喂！”

“嘿，老兄。”小琼斯说，“你晕过去了，还是怎么了？”

“熊把你的蛋蛋吃了？”弗兰妮问我，“我问你，你想要我的孩子吗？”

“这不是一个无聊的问题，老兄。”小琼斯说。

“要，还是不要，小子？”弗兰妮说。“我爱你，你要知道。”她补充道，“我是不会为随便什么人去生孩子的，你要知道，小子。”我太高兴了，一时说不出话来。

“我要把我九个月的生命献给你！我要把我九个月的漂亮身体献给你，小子！”弗兰妮取笑起我来了，“要不要随你！”

“老兄！”小琼斯大声喊道，“你的姐姐，多少人渴望得到她的身体，为了你，要改变她的美丽体形。为了给你生个孩子，她情愿自己变成可乐瓶那样的身材，老兄。我不知道自己怎么能受得了她这个样子，可是，你要知道，我们都爱你。你怎么说？要不要随你。”

“我爱你！”弗兰妮大声对我说。“你想要什么，我就给你什么，约翰。”她对我说。

苏西熊从我手里拿过电话听筒。“我的上帝啊！”她对弗兰妮和小琼斯说，“你们大清早打来电话，把我吵醒，我还以为又有一起强奸案。现在你们说得他脸红耳赤，无话可说！这大清早的都出了什么事啊？”

“如果小琼斯和我生了个孩子，”弗兰妮问苏西，“你和约翰愿意照看吗？”

“拿你的漂亮屁股打赌吧——绝对没问题，亲爱的。”我的好苏西熊说。

事情就这么定了。我们还在等待。让弗兰妮生孩子，她花的时间总是要比其他人花的时间更长。“交给我吧，老兄。”小琼斯说，“这个宝宝太大，在妈妈肚子里要多待一段时间。”

他说得肯定没错，因为弗兰妮已经怀了我的这个孩子快十个月了。“她现在的身形很大，到布朗斯队打球都没问题了。”小琼斯抱怨道。我每天晚上都给他打电话，向他要最新进展。

“耶稣啊，上帝啊！”弗兰妮对我说。“我现在整天躺在床上，等待身体的爆炸。我太无聊了。我亲爱的，我为你吃尽了苦头。”她说——对这句话，我和弗兰妮两个人偷偷地会心一笑。

苏西在房间里走来走去，唱着“说不定就是哪一天”。父亲举的重量也越来越大，这几天他简直举疯了。他相信宝宝一出生就是一个举重运动员。父亲说他必须练好身体来对付这孩子。强奸危机中心的女工作人员对我也有了很大的耐心——电话铃一响，我就要冲过去接，对此她们也见怪不怪。“是个热线电话。”她们对我说，“别紧张。”

“说不定又是一起强奸案，亲爱的。”苏西也叫我别紧张，“不是你孩子的事，别火急火燎的。”

我一点也不想急于知道孩子是男还是女。这一次我同意弗兰克的看法。男女都没关系。当然，产前检查做得很频繁——尤其因为弗兰妮是个高龄产妇——他们已经知道了孩子的性别了；或者说有人已经知道了。弗兰妮不知道，她也不想知道。谁愿意提前知道这事呢？一个人的快乐大半来自对未来的期待，难道有人还不明白这个道理？

“不管这孩子是男是女，一定会是一个闷乎乎的孩子。”弗兰克说。

“闷乎乎，弗兰克！”弗兰妮大叫起来，“你怎么敢说我的宝宝会闷乎乎？”

弗兰克只是说出了一个纽约人对在缅因州长大的孩子的典型看

法。“如果孩子在缅因州长大，”弗兰克还是这样说，“必定会变得闷乎乎的。”

我对弗兰克说，在新罕布什尔旅馆过日子，一点也不沉闷无聊。在轻松愉快的第一家新罕布什尔旅馆，不沉闷无聊；在代表黑暗的梦想的第二家新罕布什尔旅馆，不沉闷无聊；在我们的第三家新罕布什尔旅馆，也不沉闷无聊——我们终于成了一家伟大的旅馆，在这里生活，怎么会沉闷无聊？没有人会感到沉闷无聊。弗兰克终于认同了我的看法。他毕竟是这里的常客，我们永远欢迎他来。他每次来，就占据二楼的图书室，就像小琼斯每次来，就占据舞厅里的那些杠铃，就像弗兰妮每次来，每一个房间因为她的美而变得蓬荜生辉——让缅因州的新鲜空气和寒冷的大海变得更美丽：弗兰妮让一切变得更美丽。我满心期待着弗兰妮的孩子会得到母亲的美好影响。

为安慰她，我在电话里给弗兰妮念起了唐纳德·贾斯蒂斯的诗，题目叫《给十个月大的孩子》。

来晚了，
没有人会责备你
这么犹豫不定。

抬手想敲
这陌生的门，
谁不会退缩？

“别念了。”弗兰妮打断了我，“拜托，不要再念唐纳德·贾斯蒂斯的诗了。我已经听够了，听了他的诗都能怀孕了，至少让我肚子难受。”

唐纳德·贾斯蒂斯还是对的。谁会毫不犹豫地来到这个世界？谁不想把这个童话故事拉得越长越好呢？你看，弗兰妮的孩子已经表现出非凡的洞察力和罕见的敏感性了。

*

昨天下了一场雪。在缅因州，我们学会了以各自的方式应对天气。苏西到外面调查一起强奸女服务员的案子了，我很担心她在风雪中开车的安全问题，不过她终于在天黑前安全回家了。我们都说，这场暴风雪让我们想起了去年冬天的那场大雪，想起了弗兰妮打电话告诉我们，她的礼物就要送到了。

父亲在雪地里玩，高兴得像一个小孩子。“对盲人来说，雪可是一个极其好玩的东西。”昨天，父亲浑身是雪地走进厨房的时候还这样说。他和老四一起在雪地里打滚，他们俩身上全是雪。那场暴风雪真大，到下午三点半，我们只得打开所有房间的灯了。我把两个柴炉都生上了火。一只鸟，被雪亮瞎了眼，飞过舞厅的窗口，把脖子都折断了。老四看到了躺在杠铃旁边的鸟，叼起它在各个房间里乱走，苏西好不容易才把它从狗嘴里夺下来。父亲穿的那双靴子上的雪融化了，厨房变得又湿又滑。父亲脚下一滑，他手里的那根棒球杆狠狠地打了我的肋骨——每当他失去平衡的时候，他手里的棒球杆总是狂乱地挥舞。为这件事我们还吵了一架。他总不肯在进屋之前把靴子上的雪敲掉——真像一个孩子那样顽皮。

“我又看不见雪！”父亲小孩似的抱怨道，“我看不见，怎么弄掉？”

“别吵了，你们两个。”苏西熊对我俩说，“家里有了小孩，你们两个都不能乱喊乱叫！”

我用弗兰克从纽约带来的那个面条机做了一些新鲜的意大利面。面条机把面团压成面片，然后把面片切成你想要的任何形状。

住在缅因州，这样的机器是很有用的。苏西做贻贝酱，父亲为她切洋葱。洋葱好像不会辣到父亲的眼睛。只听到老四又在外面乱叫。它是不是又发现了一只可怜的鸟？我们抬头看见暴风雪中一辆大众牌大巴正想朝旅馆门前的车道上开。大巴的车轮在不停地打滑。大巴司机要么兴奋过头了（“又是一起强奸案。”苏西想也没想就说了这句话），要么就是个外地司机。我想，要是缅因州的司机，在这样的雪地开车是毫不费劲的。可是，现在不是新罕布什尔旅馆的旅游旺季，怎么会有大巴来？大巴怎么也开不进停车场，不过已经很近了，我看到了亚利桑那州的车牌。

“难怪在雪地里开不了车。”我说——这是缅因州人对外州人的典型看法。

“是啊，或许吧。”苏西说，“到了亚利桑那沙漠，你或许也会是个白痴。”

“沙漠是什么？”父亲问。苏西笑了。

从亚利桑那州来的那个大巴司机踏着雪向我们走来。他甚至不知道怎么在雪地里行走——走不了几步就摔倒。

“苏西，遥远的亚利桑那发生了一起强奸案。”我告诉她，“你现在这么有名了，他们是奔着你来的。”

“他们不知道我们这是度假酒店？”父亲生气地说，“让我来告诉他们，这个季节我们不营业。”

从亚利桑那州来的司机听了父亲的话很失望。他解释说，他以为这是往山上开去，他们想去滑雪——他和他家人从来没有滑过雪——不是别人给他指错了路，就是他在暴风雪中迷了路，结果他现在跑到了海边。

“现在不是看海的季节。”父亲说。大巴司机也知道。这个司机看上去人不错，看样子累极了。

“我们其实有地方供他们住的。”苏西小声对我说。

我开始并不想让他们住下来。我最喜欢这家新罕布什尔旅馆的地方，就是我们并不接待客人，客人只在父亲的想象中。当我看到几个小孩子争先恐后地从大巴里出来，兴奋地在雪地里打起了雪仗，我一时心动，改变了想法。那个母亲看上去也是个好人，也是疲惫不堪了。

“那是什么？”一个孩子尖叫着问。

“是大海，我想。”母亲说。

“大海！”孩子们喊道。

“也有海滩吗？”一个孩子大声说。

“在雪底下吧，我想。”母亲对孩子们说。

我们请这对夫妇和他们的四个孩子进来，让他们成了新罕布什尔旅馆的客人——虽然我们的旅馆现在处在“季节性歇业期”。再多做些意大利面，这很容易；再做些贻贝酱，这很容易。

父亲有点弄不清是怎么回事，但还是把客人带到了他们的房间。这是他第一次带客人到这第三家新罕布什尔旅馆的房间去。当他在图书室寻找亚麻布床上用品时，突然想到自己根本不知道这些东西放在哪里。当然，我只好帮他找。我假装这些年都是这样领客人到房间的——装得天衣无缝，父亲没有任何怀疑。

“如果你看出我们的业务有点不太专业，你一定得原谅我们。”我对这些可爱孩子的父亲说，“因为是季节性歇业，我们的业务有些生疏了。”

“你们能让我们住下来真是太好了。”年轻和善的母亲说，“孩子们没能看到滑雪，很是失望，不过他们也从没见过大海，所以今天看到了，也是他们很大的乐趣。他们明天去看滑雪也不迟。”听这话，我觉得她真是个好妈妈。

“我很快也要有自己的孩子了。”我对她说，“就是这几天的事。”过了一会儿，苏西向我指出，我的话他们听了一定觉得怪，因为他们一看就知道苏西没有怀孕。

“他们一定在想，你在胡说什么啊，你这笨蛋！”苏西说。

这一天过得非常好。孩子们胃口大开，吃得很不错，晚饭后我又教他们怎么做苹果派。苹果派上炉烤了，趁着这空档，我带着他们去外面散步——冬日在雪地里散步对他们来说是有些吓人的——带他们看白雪覆盖的海滩和码头，带他们看海浪猛烈拍打岸边的冰带，带他们看海上的暴风雪景象——巨大的灰色波浪翻滚着，永不停歇。我父亲当然不会忘记告诉这对来自亚利桑那州的年轻夫妇，一家真正伟大的旅馆能为客人提供令人难以置信的同情空间，他向亚利桑那州来的这两个好心人描述了我们的旅馆。苏西后来告诉我，父亲描述的，好像不是新罕布什尔旅馆，而是萨彻酒店。

“对他来说，我们的旅馆就好像萨彻酒店。”那天晚上，躺在我怀里的温暖的苏西对我说。外面寒风呼啸，大雪纷飞。

“是的，我的宝贝。”我对她说。

第二天早晨，我一醒来就听到孩子们叽叽喳喳的说话声，躺在床上听这样的声音真是太美妙了。他们在舞厅里发现了杠铃，父亲这会儿正教他们举重的要点。艾奥瓦鲍勃一定会喜欢这家新罕布什尔旅馆的，我想。

想到这里，我立刻叫醒了苏西，让她穿上熊装。

“厄尔！”她叫了一声，有点不高兴，“我太老了，不能再装熊了。”在这个清早，我亲爱的苏西就是一头熊。

“快点，苏西。”我说，“装给孩子们看，想想他们会觉得多有意思！”

“什么？”苏西说，“你想让我吓唬孩子们？”

“不，不，苏西。不是吓唬他们。”我只是想让她穿上熊装，到外面走一圈，在雪地里走一圈，围着旅馆走一圈，然后我突然大叫一声：“看！雪地上有熊的足印！刚踩下的足印！”

听我这一声喊，从亚利桑那州来的这些人，不管是大人还是小孩，一定都会跑出来，面对着这个荒野才有的景象大发感慨——这样的事竟然让他们碰着了，简直就像做梦。接着，我就会大叫一声：“看！那头熊！正围着柴堆转呢！”这时，苏西会在柴堆边上停下脚步——也许我能说服她这时给我们来一两嗓子清亮的“厄尔！”接着，她会像真熊似的，慢吞吞地躲到柴堆后面，从后门溜进屋去，脱掉熊装，走进厨房，说道：“有熊？是怎么回事？这附近很少看到熊了。”

“你想让我跑到这雪地里去？”苏西问。

“给孩子们看，苏西。”我说，“对孩子们来说，这将是多大的乐趣啊。他们先看到了大海，接着又看到了熊。应该让所有人都看到熊，苏西。”她当然听从了我的建议，不过还是有些不高兴——这样一来，她装熊装得更像了。她一直以来就是一头了不起的熊，现在，她也终于慢慢相信自己是一个可爱的人了。

所以，我们最终让这些从亚利桑那州来的陌生人带着对熊的美好记忆离开了新罕布什尔旅馆。父亲在舞厅向他们挥手道别。他们走后，父亲对我说：“熊，嗯？苏西弄不好会死的，至少会得肺炎。都快要有孩子了，这个时候谁也不该生病——甚至都不该感冒。我对宝宝的事情，比谁都懂得多。”接着，他摇着头，又说了一声：“熊。”我知道，亚利桑那州来的那一家人肯定相信看到了真的熊——苏西熊真是一头让人不得不信的熊。

熊在柴堆旁停下脚步。只见它呼出的气息在这明亮而寒冷的清晨变成了一团雾气，它的爪子在没有人踏过的新雪上留下了柔和的凹痕——仿佛这是地球上的第一头熊，仿佛这是地球上的第一场雪——这一切让人相信都是真的。正如莉莉所说的那样，所有一切都是童话。

*

于是，我们继续做梦。于是，我们继续想象生活。我们想象了一个圣洁的母亲，我们让父亲成为英雄。我们想象别人的哥哥、别人的姐姐——他们也成了我们的英雄。我们想象了我们的爱，想象了我们的恐惧。我们总想到那个死去的勇敢弟弟，也总想到那个死去的小妹妹。我们不停地做梦：梦到最好的旅馆，梦到完美的家庭，梦到我们在度假。梦里的生活如此真实，但一梦到，就不见了。

我们这一辈子都被钉在了新罕布什尔旅馆。可是，如果你心中还有美好的记忆，那么，下水道里的一点点空气，甚至是冲进你头发里的一坨屎，又算得了什么？

母亲，我希望对您来说这是一个完美的结尾——艾格，对你来说，也是。莉莉，这也是你一直苦思冥想的最满意的结尾——你永远长得不够大，永远写不出来这个结尾。这个结尾里没有足够多的杠铃，艾奥瓦鲍勃不会满意。也没有足够多的宿命论，弗兰克也不会满意。这个结尾里没有足够多的梦，父亲和弗洛伊德也不会满意。对弗兰妮来说，这个结尾没有表现出足够的坚韧。对苏西熊来说，这个结尾写得不够丑陋，我想。对小琼斯来说，这个结尾可能不够大。我知道，这个结尾也不够暴力，不会让我们过去的一些朋友和敌人满意。这个结尾还不如尖叫安妮哼一声来得强——不知她现在躺在何处，是怎么个尖叫法。

这就是我们要做的事：继续做梦。我们的梦很精彩，但转瞬即逝。不管你喜不喜欢，结尾就是这样。正因为结尾如此，我们就需要一样东西——我们需要一头聪明的熊。有些人的脑子足够好用，所以他们可以独自过活——他们的脑子可以成为他们的聪明的熊。弗兰克就是这样的人，我想。弗兰克可以把自己的脑子当作自己的聪明的熊。我一开始以为他是鼠王——其实不是。弗兰妮得到了一头聪明的熊，名叫小琼斯。弗兰妮也非常善于克制心中的悲伤。我父亲有幻想做伴——他的幻想非常强大。我父亲的那些幻想变成了他的聪明的熊——到最后终于变成了熊。最后，当然只剩下我和苏西熊了——还有她的强奸危机中心和我那童话故事一般的旅馆——所以，我也就心安理得了。如果你准备想要一个宝宝，那就必须心安理得。

鲍勃教练始终明白这么一个道理：人这一辈子总得痴迷一事，坚守一生。一个人只得不停地走过开着的窗户。

后 记

约翰·欧文

一九九九年，根据约翰·欧文的小说《苹果酒屋的规则》改编的同名电影上映，一举斩获两项奥斯卡大奖（包括约翰·欧文获得的最佳改编剧本奖）。同年，欧文先生的My Movie Business（《我与电影的那些事》）一书出版，他在书中事无巨细地叙述了他的多部小说被改编成电影的过程，以及其中发生的逸事趣闻。以下的文字选自该书，约翰·欧文详细叙述了导演托尼·理查森改编《新罕布什尔旅馆》这部小说的整个过程。

当托尼·理查森告诉我，他想把我的第五部小说《新罕布什尔旅馆》拍成电影的时候，我感到前所未有的受宠若惊。我非常喜爱托尼·理查森的电影。他的电影有一种与众不同的气质——前一分钟狂暴而严肃，后一分钟狂乱而滑稽。就像《孤独的长跑运动员》和《所爱的人》，《汤姆·琼斯》和《边境》。我毫不怀疑托尼·理查森会把《新罕布什尔旅馆》拍成一部什么样的电影——一部恐怖的喜剧加童话故事，写实色彩肯定不及《盖普眼中的世界》的一半。当我告诉托尼，我不想为这部电影撰写剧本的时候，他一点都没有掩饰他的失望之情。他说，那他自己写——他说到做到。

他写出了一个非常出色的剧本。托尼心中的最初设想是，把《新罕布什尔旅馆》拍成上下两集。不少评论家对小说中的性闹剧多多少少觉得反感，但托尼毫不反感。他就是要把这部电影拍得既情色又欢闹，那才让他满意。他想对小说做毫不妥协的改编。他不想漏掉任何一个情节，他说他想把整部小说的内容全部呈现出来。

现在我在电影行业有了更多的经验，因此我不得不说，大多数改编自小说的电影都是折中妥协的结果。托尼不愿妥协。奥利龙影业公司一再要求他拍成一部完整的电影而不要分上下两集的时候，托尼拒绝大幅度删减剧本，只好缩短了场景，使用了大量的蒙太奇，增加了画外音，这就加快了很多场景的节奏——原本为上下集设计的电影剧本照用不误，他没有删减一个故事线或一个次要人物。他选择的雅克·奥芬巴赫的音乐让人兴奋，给影片增添了康康舞疯狂而欢快的节奏。

许多好的电影，比如乔治·罗伊·希尔的《盖普眼中的世界》，都是原著的浓缩版，托尼·理查森的《新罕布什尔旅馆》却故意放大了这部小说。托尼加速了情节的进展，以适应奥芬巴赫的音乐节奏，从而突出了原小说的喜剧和童话色彩，强化了原小说兴奋紧张的叙述气势。为此，他付出了不小的代价。许多次要角色（甚至是主要的次要角色）都变成了漫画式人物——这些人物的形象成了卡通版的。（还有一个经常听到的对这部电影的批评声音是，你必须先读小说再去看电影，否则你都弄不清电影里的很多角色是什么人。我当然很熟悉这本小说，对这样的批评，我无可置评。）

除了许多场景的快进，电影还采用了大量的画外音，这些画外音准确模仿了小说一贯使用的铺垫手法，但许多影评人对画外音持有一种下意识的反对态度，电影评论家和书评家经常对闪进表示怀疑。（请注意：“闪进”这个词没有印刷错误。快进和闪进是两码事。）我所说的“闪进”——在小说的叙事声音中，或者在画外音中——指的是，正在叙述事件的任何一个权威声音，比如：“十年后，我很后悔碾过了阿伯纳西太太的可卡长毛猎犬，但在当时看来，那只不过是一件转头就忘的事。”

在最近的一篇关于《独居的一年》的书评中，一位书评家甚至说，与闪回相比，闪进“在本体论上的地位更低”。更有甚者，这位评论家最后总结说，闪进是“一个颠覆性的、超自然的进程”。说得太对了。如果小说家或电影导演都不能扮演上帝，那谁能?

无论是在小说的叙述声音中，还是在画外音中，闪回所做的事情，就是邀请观众去看看故事的叙述机制本身。我的观点是，大多数读者和电影观众都喜欢得到关于未来故事发展的种种暗示，我不想给这个过程贴上“颠覆性”或“超自然”的标签。无论是小说还是电影，讲故事的乐趣之一，就是有所期待。

在《新罕布什尔旅馆》这部电影中，托尼·理查森做出了一个非常特意的选择——加强闹剧意味。他发疯似的快进、闪进。在小说中，约翰·贝瑞（电影中的角色由罗伯·劳饰）爱上了他的姐姐弗兰妮（由朱迪·福斯特饰），约翰对弗兰妮的迷恋让他既痛苦又快乐。在电影中，托尼却把约翰·贝瑞与他姐姐之间的不伦之恋拍成了一个滑稽的玩笑。弗兰妮是一个强奸受害者，后来又被一个恐怖分子诱惑，托尼却把她塑造成一个假小子，性格坚韧不屈，又带有一种咄咄逼人的性炫耀的意味。

在电影中我很难看出约翰对弗兰妮有什么迷恋。我一直无法说服自己，罗伯·劳，这个比大多数女孩都漂亮的帅哥，能为朱迪·福斯特神魂颠倒。福斯特女士扮演的小女孩远不像她本人这样有魅力。她是一个好看的年轻女人，一个很了不起的演员，但在这部电影中她不是一个漂亮的女孩。看了电影，我更倾向于相信，是朱迪·福斯特迷上了罗伯·劳。

但是，如果说乱伦这一节演得不能令人信服，朱迪·福斯特和罗伯·劳在其他方面是胜任他们的角色的，另外影片中的配角也是一流的。博·布里奇斯扮演的那个粗心大意、成天沉溺于梦想之中的父亲相当出色，他正是我想象中的那个不幸家庭的父亲模样。托尼让强奸弗兰妮的人和引诱她的那个恐怖分子由同一个演员（马修·摩丁）扮演，这是一个非常高明的决定。摩丁先生扮演的那个毫无良知的恐怖分子尤其出色，与阿曼达·普卢默扮演的那个有良知的恐怖分子一样出色。（普卢默女士在《盖普眼中的世界》中扮演了一个沉默寡言的角色，在《新罕布什尔旅馆》里演了一个身体不健全的人，她的绰号是“流产小姐”。）

影片中的几个更古怪的角色，比如艾奥瓦鲍勃（威尔福德·布里姆利饰）和弗洛伊德（华莱士·肖恩饰），与相对来说更有现实感的几个次要角色相比，他们的形象并不那么卡通化。布里姆利和肖恩都演得很出色。但影片中的那个悲喜剧角色苏西熊（纳斯塔西娅·金斯基饰）就不那么成功了。这不是金斯基的错，尽管在拍摄期间她明显挺出了肚子——她怀孕了——这对她的演出当然没有加分。也许她错误地认为，她在所有的戏份中都要穿上熊装，因此没有人会知道她怀孕了。可是，不幸的是，她与罗伯·劳之间有一场至关重要的做爱戏，她当然不能穿熊装——当然也不能穿别的服装——托尼只好在半暗的光线下拍摄。我想，不能让观众更多地看到她的脸，真是太可惜了。

苏西是一个最卡通化的人物，这个角色所受的伤害最大。托尼把上下两集的电影压缩成一部，苏西成了最大的受害者。只有一次，苏西熊展现出了她应有的遭受性创伤的形象——头发脏兮兮的金斯基穿着熊装（她没戴熊头，用一只爪子提着，很像拎着一个午餐桶）步履蹒跚地在普拉特酒店里行走着。苏西熊这才看起来成了所有遭受性创伤的女人的一个象征，这就是《新罕布什尔旅馆》的意义所在。

不管怎样，我还是很喜欢这部电影。托尼把这部小说拍成了一支带有性意味的康康舞，这比史蒂夫·特西奇在《盖普眼中的世界》中成功演绎我的幽默感的做法更为恰当。但是，对大多数电影观众来说，《新罕布什尔旅馆》并不像《盖普眼中的世界》那么成功。只有在一些欧洲国家，《新罕布什尔旅馆》更受欢迎，这可能是因为那本小说在那些欧洲国家更受欢迎——我的意思是，比《盖普眼中的世界》这本小说更受欢迎。(《新罕布什尔旅馆》这部电影在欧洲的成功，或许还因为托尼·理查森和纳斯塔西娅·金斯基在欧洲的名气比在北美更大。我不知道是不是有这方面的原因。)

早些时候，在奥利龙影业公司决定投资拍摄之前，曾有一位卖比萨的亿万富翁愿意投资拍摄《新罕布什尔旅馆》，托尼把这笔钱称为“比萨钱”。但是这位比萨巨头很快表现得像个制片人了。“连卖比萨的人都要对电影指手画脚！”托尼说。

在拍摄过程中，卖比萨的富豪那笔投资遭到了唾弃，奥利龙影业公司成了主要的投资人。或许就在这个时候，托尼只得放弃了把《新罕布什尔旅馆》拍成上下两集的想法。托尼的老朋友、《新罕布什尔旅馆》的制片人尼尔·哈特利曾向我解释过电影融资的错综复杂之处，但我始终无法理解其中的奥秘。尼尔是个很好的人，对我很有耐心，但我想，他对我谈这个，还不如向鼹鼠描述悬挂式滑翔运动的乐趣和危险。

托尼·理查森于一九九一年十一月死于艾滋病。在他去世当天，他女儿娜塔莎发现了他的回忆录《长跑者》，托尼把这份手稿藏了在他安放奥斯卡奖杯的那个柜子的背后。我很想念他。他是生活在洛杉矶的一个古怪的英国人（这样的人在洛杉矶很多）。不仅如此，他还像一个被罢黜但生活依然很奢华的皇室成员，像一位享受自己的流放生活的国王。

我与他拍过一张合影，是在《新罕布什尔旅馆》的一个片场拍的，那是魁北克的一所废弃的学校。那天正下着雨，托尼的雨披像风帆一样在他周围飘来飘去。我正站在这个古老学校的大拱门底下，托尼虽然站在低我一级的台阶上，但仍然比我高出半个头去，站在雨中的他根本不在意这雨。照片上留下的是他的侧面，他那独特的鼻子看上去就像 只非常好奇的猛禽的长嘴。不知为什么，我总忘不了托尼手上戴着的那副黑色的齐肘手套——就像在熔炉间工作的工人戴的那种防火隔热手套。他那天就戴着那种怪兮兮的手套——莫名其妙，荒唐可笑，不过也好像是他随手抓来就戴在手上的，对这些事他总是很随意，毫不放在心上。（只有上帝知道那双手套对托尼意味着什么——也可能什么意味也没有。）别人觉得他古怪，对此他毫不为意。

托尼拍完《新罕布什尔旅馆》那场摩托车戏的时候，我正好在佛蒙特州的瑞普顿市，在“面包作家会议”上讲课。要想找到一辆带挎斗的老式摩托车并不难，难的是如何把挎斗安装得足够结实，能撑得起那头熊的重量。（我说的是一头真正的熊，不是纳斯塔西娅·金斯基扮演的苏西熊。）在小说和电影中，弗洛伊德驾驶的那辆摩托车的挎斗上坐着一头名叫“缅因州”的熊。华莱士·肖恩一定很喜欢那场摩托车戏。

真没想到，托尼事后将那辆摩托车送给了我，挎斗里还留有熊毛呢。那辆摩托车，加上挎斗，被装了箱，用卡车从魁北克运到佛蒙特州。这是一辆没有牌照的非法摩托车，开起来也很危险，因为它的刹车装置只能刹住一辆功率和尺寸不及它一半的摩托车。在“面包作家会议”所在地周围的土路上，我儿子科林开起了那辆摩托车，他最喜欢的让摩托车停下来的方法是，把摩托车开到路边，让挎斗夹在两棵树中间——这时我的另一个儿子布兰登就坐在挎斗里。那个时候，我的两个儿子都才十几岁，做父亲的我当即决定该如何处置这辆摩托车了：我将它送给别人。

“太可惜了。”托尼后来告诉我，“要是有办法的话，我真该把那头熊送给你。”

约翰·欧文其他经典作品

《放熊归山》*Setting Free the Bears*, 1968

《盖普眼中的世界》*The World According to Garp*,1978

《苹果酒屋的规则》*The Cider House Rules*, 1985

《为欧文·米尼祈祷》*A Prayer for Owen Meany*, 1989

《独居的一年》*A Widow for One Year*,1998

《第四只手》*The Fourth Hand*, 2001

《绞河镇的最后一夜》*Last Night in Twisted River*, 2009

《神秘大道》*Avenue Of Mysteries*, 2015

马上扫二维码，关注“熊猫君”

和千万读者一起成长吧！

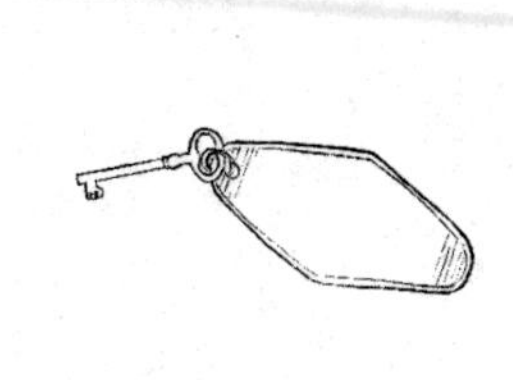